张炜文存

插图珍藏版 6 长篇小说

忆阿雅

山东教育出版社
SHANDONG EDUCATION PRESS

前言

从二十世纪七十年代尝试写作到今天，张炜创作发表了大约一千五百万字的作品，这还不包括他亲手毁掉的约四百万字的少作。就体量而言，现当代的严肃作家几乎无人可出其右者。这些文字至广大而尽精微，有宏阔的视野和抱负，也有对人性与存在最幽微处的洞察和发掘。张炜不但代表齐鲁文学的高度，也一直屹立在中国文学的高原。鉴于此，我们请张炜先生编选了这套颇能代表其个人创作实绩的文丛，也希望它能成为引领读者深入张炜丰茂的文学世界的一个精要读本。

阅读张炜，并不是一件轻松的事情。

四十余年来，张炜切实参与了新时期文学的进程，且在每个时段均留下具有范本意义的作品，如《古船》《九月寓言》《你在高原》《融入野地》等代表作无一不被允为中国当代文学的经典。有意味的是，除了在二十世纪九十年代前期以忧愤的态度参与过人文主义精神的讨论，在更多的时间里，他与所谓的文学热点和流行话题自觉保持着距离，他的创作也很难被妥帖地归类到某一文学思潮和概念之下。比如，在一些文学史中，《古船》是反思文学的集大成之作，在另一些文学史中，它是改革文学的扛鼎之作，还有一些文学史则将其放入寻根文学的专章中讨论。事实上，张炜对庞大之物近乎偏执的关怀，他那些让人战栗的道德诘问，他交织着时代的迫力、灵魂创伤与人类苦难的文字所彰显出来的写作的德性和思想性都决定了他不会是一个文坛的“弄潮儿”，恰恰相反，他常常是潮流化写作的反动者。可是，当我们以文学史的眼光回头打量他所置身的文学时代，又会讶异地发现，原来有那么多重要的文学话题，张炜在它们成为热点之前便已做出实践或洞见。比如，批评界一度称许新历史主义写作，尤其推重以个人史、家族史取代阶级史和革命史的写作范式，在批评家们罗列出一通九十年代的重要文本之后，蓦地发现发表于一九八六年的《古船》已经几乎包孕了这个写作范式所有可能的向度，并且以家族史和阶级史并举的方式避免了新历史主义容易滋生的意义偏失。又如，近年来批评界强调发掘中国本土的叙事资源，激活汉语传统美学的意义，而多年来张炜持续与古老而灵性不散的齐文化和更古老的神话传统对话，他在演讲中说过：“怪力乱神基本上是文学的巨资。”他在《〈楚辞〉笔记》《也说李白与杜甫》等诠解古代经典的散文中所表现出与前贤思接千载的会心以及借此获得的启悟，在《外省书》中对史传记人方式的创造性化用，也显见他对本土文学传统的倚重。再如，新世纪的底层文学蔚为壮观，欲迷人眼，当批评界顺着“底层”的概念前溯时，即会注意到张炜很早之前即有这样的提醒：“一个作家心灵的指针要永远指向生活在最底层的人们。”甚至有时，张炜会因创作上的前瞻意识让他的作品陈义过高而逾越出时代的理解和逻辑框架，导致外界严重的错位式的误读，如对其“道德理想主义”的标签化概括，以及连带的反现代性的保守立场的质疑等，在我看来，即属此例。

关注张炜的人都知道，《九月寓言》发表后，他一直承受着来自标榜启蒙现代性立场人士的非议，认为他的作品存在着一个善恶、正邪、大地伦理与现代文明的二元结构，并以对后者的弃绝将自己变成一个与潮流逆势的具有强烈乌托邦气质的不合时宜者。张炜对此决不妥协，他把道德力量视作一个写作者才华和人格构建的关键部分，依旧以近于独战的姿态横对失范的科技理性和物质欲望。阅读张炜的这些文字，常常让人想到二十世纪思想史和文学史上被划归到文化保守主义阵营的那些名字，学衡派、新儒家、杜亚泉、梁漱溟、梁实秋……他们在历史潮汐的进退中也一度被时人视为逆流而生的卫道士，是螳臂当车的文化反动势力，但当后来的人们跳出时代的烟云却发现，他们的探求和思索与西方近现代以来尤其是启蒙迷思被世界大战轰毁之后兴起的新人文主义思潮遥相呼应，他们代表的是对人类中心主义和工具理性万能论进行自我反省与批判的另一现代性路径，是参与现代性对话的建设性思维，也是与主导性的历史行为和历史观念相对峙的必不可少的制衡力量。当代西方最重要的伦理学家麦金太尔在他的《德性之后》中曾提出一个重要的问题：谁来为失去形而上学品质的现代人的精神立法，或者说，在德性被放逐的时代还有没有对个人而言的至善的目标？他如此质问道："道德行为者从传统道德的外在权威中解放出来的代价是，新的自律行为者可以不受外在神的律法、自然目的论或等级制度的权威的约束来表达自己的主张，但问题在于，其他人为什么应该听从他的意见呢？"他认为当代人深陷一种"情感主义"的道德迷思中，走出这种迷思的根本在于为当代人重建德性，而"德性必定被理解为这样的品质：将不仅维持使我们获得实践的内在利益，而且也将使我们能够克服我们所遭遇的伤害、危险、诱惑和涣散，从而在对相关类型的善的追求上支撑我们，并且还将把不断增长的自我认识和对善的认识充实我们。”我们以为，张炜的“道德理想主义”也应在此意义上理解。他捍卫君子固穷的价值观、严守义利有别的守成文化立场其实是对上述现代人文主义思路的自觉传承，其间固然有接续“斯文”、承袭道统的传统天命意识，亦有在终极关怀的层面重建现代人的意义世界的激进实践意图。他坚守民间的姿态也绝非像某些批判者说的那样是蹈入了老旧道德的泥淖，这些批判者被时代困陷的局限让他们忽略或者说失察了张炜站在全人类立场的超越意识和存在意识。而且，张炜这一信念几乎在他写作之初就建立起来，它当然经过一个不断磨砺和成熟的过程，但并不像一些批评者描述的那样存在着一个从八十年代张炜到九十年代张炜的急遽转型。我们分明可以在老得、隋抱朴和宁伽之间看到一条贯通的精神的丝缕。我们也不应忘记，《你在高原》的写作所经历了漫长的二十二年，没有持之以恒的心力和不为世移的信念，这样一部描写五十年代生人意志、情感和命运的百科全书式的大书不会完成。

明乎此，我们也就不难理解为什么张炜的写作不能被简约地归类了，他的写作对应的并非时代，而是时间。他不存在趋时的问题，自然也就无法被时代利诱或者绑架；他能预知文学的热点，只是因为他内心有对文学恒常价值笃定的判断。也因此，我们以为，出于表达的权宜，人们可以用一些约定俗成的语汇来评价张炜其人其文，但必须警惕这些语汇对其文学世界丰富性的缩减。比如我们一再提到的“民间”。因为参照物的不同，“民间”至少有两重意涵，它既可以指与庙堂相对的知识分子的价值寄居地，亦可指与精英文化相对的大众化的文化生成空间。张炜的民间立场中和了这两种意义的理解，同时又对二者抱有清醒的审视。四十余年中，他像一个真正的地质工作者一样不断漫游在以其故地为中心辐射开的莽野林间，并反复倾诉这种“在民间”的行旅之于写作的滋养，因为这种跋涉不但是对民间的亲历和发掘，还构成与庙堂那种案牍之劳的有效区隔，是逃逸体制化和职业化写作伤害的最有效的方式，漫游让他的写作与那些想象民间的写作之间划开了一道鸿沟。与此同时，他赞美民间的苍茫与混沌，颂扬民间热辣活泼的不驯顺的生命热力，但并不以为这是可以豁免民间藏污纳垢的理由，事实上他也从未搁置对民间之恶的揭示和批判—— 把张炜的民间简略成浪漫的乡愁或野地的生趣显然是失当的。

同样，我们也应当小心在时下生态写作的浪潮里，对张炜写作呈现出的生态伦理观念的简单追认。的确，他二十年前在《寻找野地》等作品中对大地之灵踪的追觅放之今日依旧是不可掩其光彩的，而他笔下还有那么多多姿多彩、栩栩如生的动物形象，有那么多对自然魅性的倾心书写，但仅以生态立场来解读他的这些作品是远远不够的。他写有情的生灵万物，写悲悯的山河大地，会让人想起《猎人笔记》《鱼王》《白鲸》《草原》《白轮船》，也会让人想起楚辞和诗经里那些精魂不散的草木花树，他以对自然的敬畏尝试建立连接“宇宙的神性”的可能。而且他并没有像很多生态写作者习惯的那样，因为要质疑人类中心主义的僭妄，便把人排除在自然万有之外，在他笔下，我们总能找到一个辽远的人，一个因为自然而获得性灵延展的人，用里尔克的话说，这是一个“沉潜在万物的伟大的静息中”的人，他“不再是在他的同类中保持平衡的伙伴，也不再是那样的人，为了他而有晨昏和远近。他有如一个物置身于万物之中，无限地单独，一切物与人的结合都退至共同的深处，那里浸润着一切生长者的根”。某种意义上说，张炜文学世界的开阔和深邃来源于他对自然理解的开阔和深邃，来自于他作为野地之子深扎在大地中的根须。

阅读张炜的难度即在于习惯妥协和随顺的我们与一颗灼热的、忧虑的、高远的心灵对话的难度。“伟大的心魂有如崇山峻岭，风雨吹荡它，云翳包围它，但人们在那里呼吸时，比别处更自由更有力。……我不说普通的人类都能在高峰上生存。但一年一度他们应上去顶礼。在那里，他们可以变换一下肺中的呼吸，与脉管中的血流。在那里，他们将感到更迫近永恒。以后，他们再回到人生的广原，心中充满了日常战斗的勇气。”这是罗曼·罗兰在《米开朗琪罗传》的结尾部分谈到的，阅读张炜，我们会有庶几近似的感受。

本卷导读

《忆阿雅》是张炜获得第八届茅盾文学奖的大河小说《你在高原》中的第五卷。

小说以回忆展开，阿雅便是触动叙事者童年回忆的那根引线。阿雅是一种美丽顽皮又聪明乖巧的小生灵，但常常遭到捕猎者的伤害。通过这种生灵，小说讲述了一个关于忠诚、背叛、牺牲与坚守的故事。小说有两条线索：一条是阿雅的线，阿雅是一旦选定主人，就会奉献终生，并历尽千辛万苦为主人寻找财富，无论主人怎么误解、驱赶、殴打，它都不离不弃。与阿雅的故事相对应的是“父亲的故事”，对于“我”及整个家庭来说，父亲就是原罪，思考父亲，思考他与家庭、理想、政治的关系，就好像在重新思考阿雅的命运及其启示。另一条线索是“我”的不断流浪与城市的现实生活。“我”既是自我心灵的探询者，莽野里的流浪者，也是中国当代政治与当代生活的书写者和疑问者。

小说通过叙述者的讲述把林子里的人分成两类：以卢叔为代表的捕猎者和以外祖母、叙述者“我”为代表的放生者。卢叔为了私利丝毫没有对生命的怜惜，而后者则对林中的万物生灵秉持休戚与共的生命观，对阿雅的命运有着急切的关怀。在父亲蒙难、家族蒙冤的岁月中，“我”经历着贫困和孤独，目睹了阿雅遭受的血腥。父亲和阿雅那不幸而又顽强的生命印记，让“我”对自然的神圣和人性的复杂有了更刻骨的体认。小说在塑造阿雅这一小动物时，并非仅简单地运用拟人的手法，而是在莽野和历史交织的多重视域中将其处理为具有丰富艺术内涵的象征性意象，也是张炜笔下众多灵奇的动物形象中最让人难忘的一个。

一九八二年夏在龙口园艺场

一九九三年在胶东半岛

二〇一四年在维也纳

书院旁渔港　田恩华摄

各版本的《忆阿雅》

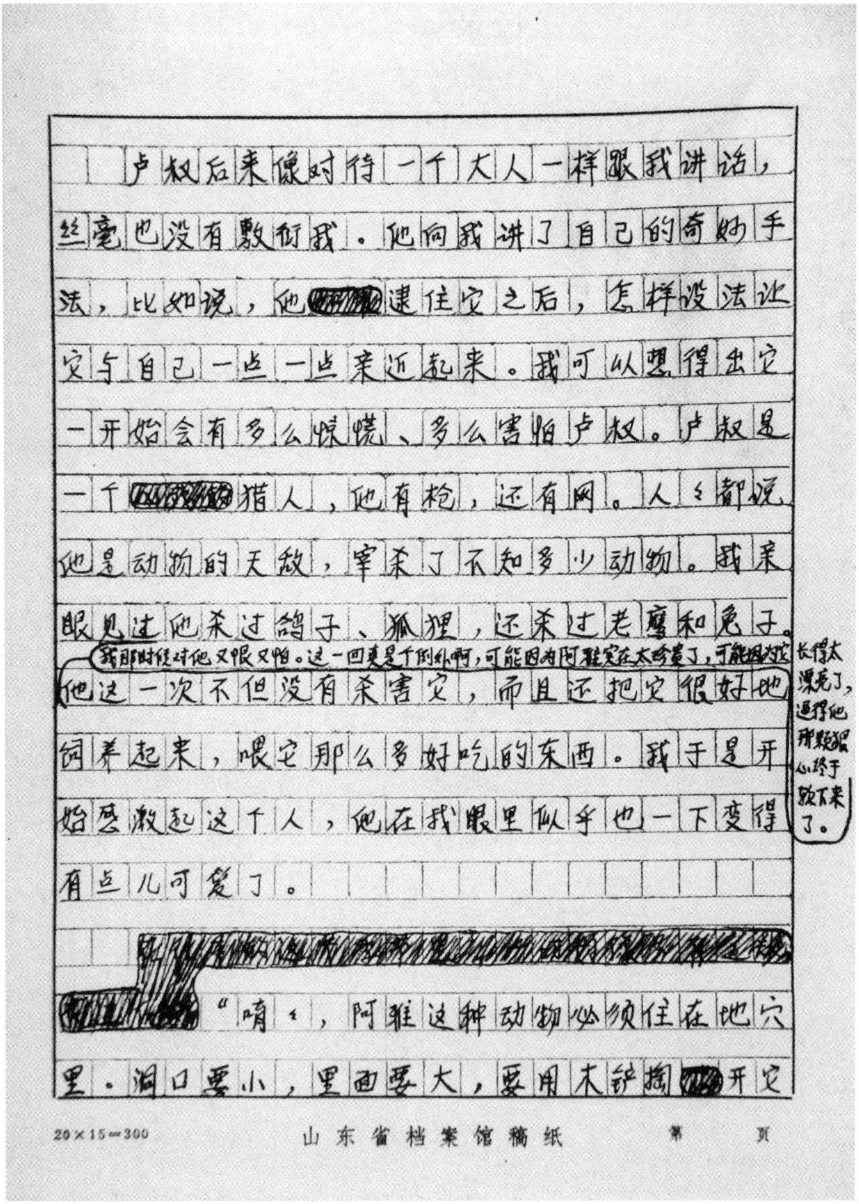
卢叔后来像对待一个大人一样跟我讲话，丝毫也没有敷衍我。他向我讲了自己的奇妙手法，比如说，他[redacted]逮住它之后，怎样设法让它与自己一点一点亲近起来。我可以想得出它一开始会有多么惊慌、多么害怕卢叔。卢叔是一个[redacted]猎人，他有枪，还有网。人人都说他是动物的天敌，宰杀了不知多少动物。我亲眼见过他杀过鸽子、狐狸，还杀过老鹰和兔子。我那时候对他又恨又怕。这一回真是个例外啊，可能因为阿雅实在太珍贵了，可能因为它长得太漂亮了，逼得他那颗狠心终于软下来了。他这一次不但没有杀害它，而且还把它很好地饲养起来，喂它那么多好吃的东西。我于是开始感激这个人，他在我眼里似乎也一下变得有点儿可爱了。

[redacted]“啧啧，阿雅这种动物必须住在地穴里。洞口要小，里面要大，要用木锨掘[redacted]开它

20×15=300　山东省档案馆稿纸　第　页

《忆阿雅》手稿

目 录

1 **前 言**
7 **本卷导读**

卷一
3 **第一章**
3 阿雅
20 城市的夜晚
41 **第二章**
41 柏慧
54 两个父亲
64 爱与背叛
77 **第三章**
77 外祖母的故事
87 卢叔
96 泣哭的阿雅
105 **第四章**
105 胜利者
116 关于粥的谈话
130 **第五章**
130 我的丛林
142 绝望和诅咒
151 出逃
156 **第六章**
156 寻找小屋
167 山中岁月

卷二
179 **第七章**
179 农场之路
189 一间黑屋
196 告别
206 **第八章**
206 徘徊的城市
217 等五分钟
226 愧疚
234 **第九章**
234 痛苦的审判
243 人的热情
252 心口疼

259 **第十章**
259 诱惑
270 心中的火
276 隐秘
285 **第十一章**
285 阿蕴庄
297 梦魇
303 噩耗
312 **第十二章**
312 折磨
323 帐篷夜话
331 约定

卷三

343 **第十三章**
343 聚会
356 亿万富翁
370 **第十四章**
370 山地行
377 小锚
385 义父的居所
395 **第十五章**
395 篝火夜
404 流浪男女
415 山草
423 **第十六章**
423 遗产
432 故地的创痛
441 三张纸币
449 母亲
457 **第十七章**
457 鼋山脚下
465 夫妻工
474 父亲的山
483 **第十八章**
483 岁月之手
493 祈祷

卷四

509 **第十九章**
509 红马
517 一顶礼帽
526 奔走癖
536 **第二十章**
536 缠绵病榻
546 挣脱
559 **第二十章**
559 恐惧和忧郁
569 饥饿
579 女模特
589 **第二十二章**
589 追逐和催逼
599 热与冷
607 无尽的远方
613 **第二十三章**
613 回转的背影
623 五十年代生人
635 **第二十四章**
635 父辈与远行
648 黎明是再生

卷一

第一章

阿雅

1

她的发梢泛出一种淡黄色。我逆着太阳光线去看，发现她头发的边缘闪着大团的金色，垂落在颈上的部分蜷曲成一个个圆弧，光闪闪金灿灿的……她的长颈那儿给遮去了一部分，使人看不到露在方领衫外边的肌肤。只待太阳落下去的时候，我们就偷偷去一个谁也不知道的地方，并排着坐在一起。开始谁都不说话，待上一会儿则是另一回事了。我们当中的一个，当然是我，终于稍稍活泼起来。我大胆地触动她滑爽的浓发，然后再用力握成一束 —— 这时她的颈部会轻轻仰起一点，眼睛也眯起来，嘴巴微微张着。她没有责怪和反抗。这是多么适合亲吻的时刻啊。

可那会儿还不行。当时我们好比两台拒绝发动的机器，绝不能随便触碰敏感的开关。电是有的，强大的电流让人浑身震栗，在我们的周身剧烈旋转，这是彼此都能感觉到的。春天已经深入了。这儿是学校一处废弃的饲料场，是前些年大学里学农学工的时候留下来的，如今只有旁边那几间空屋、屋外几个大柴火垛。垛子旁有一条水泥台阶，我们就坐在上边。垛子散发出的气味很好闻，那是浓烈的干草味儿和一点点腐木味儿。这让我想起田野和蘑菇，想起刺猬什么的。我真想和她仰躺在一片厚厚的干草上，入夜时分看满天的星星，无拘无束地说点什么。我们离得近而又近，我甚至闻得到她头上颈上散发出的甜味儿。那是栀子花的气味，这不会错。不过她身上究竟怎么会有这种气味，对我倒还是一个谜。但我敢肯定那不是化妆品的味道，而是一位好姑娘身上散发出来的气息。

干草的气味对我来说太熟悉了。一切都是它惹的祸。不知这个废弃的柴垛旁为什么堆了一大批干草，而且是新的，即虽然干干的却仍旧发绿的那种。这才是要命的东西，它散发出的香味是无可比拟的，一个人即便有天大的本事也不可能抵御这种气味。它一直往鼻孔里钻，让肺叶发痒，然后就使人身上涌起一股特异的冲动。我双手不自觉地在衣服上搓动起来，不知该放在哪里，后来略一犹豫就按住了她的胸部。我的头也抵住了她，那巨大的重量使她一下就仰倒在干草上。当我的目光触到她的颈窝、看到隆起的乳廓时，同时也预感了某种大难来临般的恐惧。我在越来越浓的夜色里清晰地看到了她的两行长泪。我害怕了，呼一下跳起来……

那是一种少年的气息。从很小的时候我就有个怪癖，迷恋干草，喜欢一个人躺在上面想没完没了的心事。那时心事多，孤独少年嘛，总有没完没了的心事。有一阵不是失学就是逃学，我一个人在林子里徘徊，望着野地上的一切出神。有一次我醉酒一般走到了一个草寮里，那是园艺场里一处护园人的临时住处。那天正好护园人不在，接替他的是一个戴了黄色套袖的姑娘，她笑模笑样的，给我水果吃，还和我一起躺在了香气四溢的干草上。她是园艺场的会计，不知为什么身上有一种烟草的气味，但我从来没见她抽烟。那天傍晚她一遍遍抚摸我的头发，我的身体。当她的手伸到我的小腹那儿时，我就挣脱了，跑出了草寮。可惜后来我又鬼使神差地去了那儿几次，那完全是因为好奇和倔犟。我心里有个声音在说：我偏要去，你又能把我怎么样呢？黄色套袖大概有二十五六岁，不过当时我却觉得她是一个年龄极大的人。我永远不会忘记她的模样：鼻梁一个漫洼，两眼像猫一样亮。她的嘴唇厚厚的，大嘴巴一下就能咬掉半个桃子。就是这张嘴巴，在天色变得乌黑时一下印到了我的脸上，猛地把我的脸弄湿了大半。她不容分说地解了我的衣服……就那样，她很快把我的周身都弄湿了。

她那会儿的声音让我一直记得。充满诱惑、恐惧，还有更多的屈辱。即便在今夜，我仍然能清晰地想起十多年前的声音，奇怪的喘气，连同她的体息。

我想拭去柏慧脸上的泪水，可又不敢。我从干草上跳起来，嘴里连连说：“啊，对不起，对不起……”

可是她并不起来。我看到她的眼睛盯着天空稀疏的星星，叹息了一声。她坐了起来。

黄色套袖在那个时候曾经像呵气一样对我说话。她唯恐折伤了什么，小心至极地抚摸，到处抚摸。她一遍遍地动我，飞快地动，让我欲罢不能。我哭了。我因为自己的惧怕和绝望而咬住了她的头发，像撕扯一片棉絮一样撕扯不休。她怜惜起我来，终于把我放开了，伸手轻轻推了我一下，让我消逝在夜色里。那个晚上，回家之前我去了河边。我在河里愤怒地畅游和冲洗，全身都被岸上披挂下来的茅草和苇须划得血淋淋的。

此刻，在这所地质学院废弃的饲料场上，我这副被河水冲洗一新的身躯已经长到了一米七九，稍稍黝黑的面庞上有一对执拗的眼睛，不移不动地看着她。我如果侵犯了你，你就快些惩罚我吧。

她不愿意看我。她那高耸的胸部一起一伏，格外触目。我已经懂得这胸部的全部奥秘，糟就糟在这里。我已经无法纯洁了，糟就糟在这里。我全身灼烫、毫无作为地坐在这片扑满了干草香气的地方已经十多次了，老天爷也会原谅我的。你从小养尊处优，是院长的女儿，对我拥有生杀予夺大权，我吃了豹子胆也不敢冒犯啊。可我恰恰冒犯了，糟就糟在这里。

深春的风又一次掠过这儿。干草的气息浓烈无比，荡漾起来。我正用尽全身的力气去遗忘那个草寮，突然这会儿双肩像被什么缚住一样，又好像大片大片的栀子花垂落到脸上。我被一阵突如其来的亲吻弄蒙了。我同样紧紧缚住了对方。我的唇和手全在忙个不停，我的可怕而又甜蜜的造访真的在不可阻止地进行下去。我幸福得忘记了泣哭和欢笑，嘴里全是梦呓一般：“你就像一只小动物，你就像我的阿雅……”

2

“我忍不住要向你讲述阿雅的故事，可是最后都耽搁下来。它有些难言的烦琐，也可能担心引出一些不必要的误解吧，结果总是作罢。它让我欲言又止。你会说它不过是一只小动物，大不了是一个精灵；可我说它也是一段没法遗忘的往事，一曲缠绵的老歌，一种欲望和幻想。反正怎么比喻都不过分，都不足以倾吐和表达我心中那些曲折而深远的蕴藏。在这个突如其来的特殊年头，在轰轰烈烈的苏醒的时代，在气喘吁吁的追赶的路上，此时此刻还是让我先停下来吧，停下来和你叙说。我这样做不是申辩不是抗议，也不是遮掩悲伤。这不过是一种回忆而已，这个世界上谁能不回想过去呢；在我这儿，这是关于爱和童年，关于残忍和怜悯，关于不幸和永生 —— 这一切的综合。午夜啊，在我眼里你是一种悠长徐缓的黑颜色，爱欲和感动的颜色，个人的颜色。我就在这样的光色里一会儿急切一会儿沉静，一遍遍呼唤着往昔，呼唤着一个名字，再把难以启齿的什么咽下肚里，与它连在一起的那些故事也就开始了……”

那个夜晚过去了许久，我给她写了这样一封文绉绉的信，却迟迟没有寄走。只塞到校传达室的信箱里就行了，可我总是在犹豫。没有寄走，就继续写下去。我想向她解释和倾诉，怀着无比的感激和愧疚。因何而愧疚我不知道，但总觉得事已至此，我也就没有权利对其隐瞒任何事情……可是，可是我还是胆怯，小心到了极点。我害怕，无比害怕。这种恐惧将不是另一个时空另一些处境里的人所能理解的。我只好求助于文字，我一直得意于自己的文字，一不小心就要卖弄辞藻。我在绕来绕去地向她——用一种词儿，向我无比心爱的人讲出这一切。我从一只可爱的小动物讲起，因为它是绕不过去的。

“有些事情在当时不过是一闪而过，到后来却再也不能忘记。有些事情也许在最初看起来是微不足道的，不过它却会在记忆中磨得闪闪发亮。每到沉默下来，每到属于一个人的安静时刻，它就会发出逼人的光泽……”

“我的故事，我们的故事，都是从那片林子开始的。”可是下面的故事，我却不敢直通通地讲下去。我的笔在这儿停下来了……它大半只能装在我的心中。

这片林子啊，我在心里说了一遍又一遍，因为我记忆中的一切都离不开它，而且随着年龄的增长越来越离不开了。林子里有我的、我们的一段光阴和生命，毫不夸张地说，它曾经是我们一家的活命之地，安身之地呢。我只要活着就会感激这片林子。我现在想说的是：它简直就是我的全部童年。

回味它以及关于它的一切，竟然使我永不疲倦。人长大之后总要经历一些事情——惊险的怪诞的，曲折跌宕和难以言表的，所有芜杂和烦琐的一大沓子。不过其他的一切对我来说都在渐渐淡远和飘逝，却唯独忘不掉我的林中岁月。那一片蓬蓬枝叶在我的想象中复活，许多场景可以在一瞬间变得簇新……原来童年的野花和浆果可以让人享用一生，那些永恒的朋友——各种各样的动植物，我的原野，或许能够一直陪伴我过下去……一切都像昨天发生的，刚刚发生。

童年的林子是彩色的，那里一睁眼就是逼人的绿和耀眼的红啊，当它和我共同处于色彩最鲜艳的那个季节里，我们就会与各种美丽的动物相逢。那时我在林子里每遇到一个从未见过的动物，心里就会引起长久的兴奋。我回家时要向大人描述：它的头颅、眼睛、爪子、毛色……当然这期间免不了要夸大其词，以突出它的罕见与神奇，如特别的美丽或凶猛迅捷之类。

那一年我和妈妈在林子里发现了一种动物，它真的是以前从未见过的。当时我想这多么好啊，我们的林子又有了一个新家伙、一个谜团了，它又要让我好好追寻一阵了。不过它到底是什么？当时谁也不知道，即便是今天对照动物图谱也搞不明白：灵猫？艾鼬？狗獾？貉？狐和豺？獴？都有那么一点儿像，可又都不是。

那是一个春天的下午，母亲领着我到林子里去。太阳暖融融的，正好是四五点钟，树隙闪出长长的阳光。前一年落下的松塔在脚下滚动，松针在沙土上盖了金黄色的、厚厚的一层。母亲弯腰在松针上摸索，有几个松塔被她随手拾起来。她做起活来两手很快，有时什么也不顾。我看到妈妈又一次弯下腰时，手突然一动不动了，全身凝住了似的僵在那儿。她低着头，眼睛却在向我示意什么。

我循着她的目光看去，看到十几米远的一丛小叶灌木下边，闪现出一只栗黄色的动物。它飞快地从一侧蹿到了另一侧，短短的前爪好像按住了什么。瞧它的嘴巴多么干净，当它的头向上仰去时，我甚至看清了它两个细细的粉红色的小鼻孔；还有一排尖细的牙齿，又整齐又洁白。它弓着的脊背上有棕红色的毛，尾巴又粗又长。刚开始我还以为那是一只小狗，差一点就喊出来。我在好长时间里凝住了神，忘记了呼吸。

我盯着它，直到它又是一个腾跃，闪到了灌木后面……它再也没有出来。

我愣在那儿，蹲在地上长时间不动。天哪，它漂亮得让人吃惊。我敢说从未见过这样一种可爱的动物。

我问妈妈看清了吧，它是什么啊？妈妈说它不是狐狸，当然也不是小狗，更不是野兔和獾。

“那是什么？”

“是‘阿雅’。”

妈妈当时用沉静的、非常肯定的语气说道。好像它的事情她全知道。

我于是就记住了它的名字，并且再也没有忘记。多么好啊，“阿——雅！”我在心底发出了一声呼唤，像是一种惊叹。

原野上的草叶逐渐枯萎。直到萧瑟的初冬来临，我又一次见到了“阿雅”。

这一次我能够很近地观察它，甚至看见了它细小的、金亮的眼睫毛……可惜这次重逢不是在林子里，不是和妈妈在一起，也不是我一个人。这一次、这个时刻啊，简直是糟透了，令人沮丧而又恐惧。这对于阿雅来说并不是什么好事儿，因为它落入了林中陷阱，正被一个人囚禁起来。我当时看着它在囚笼中蹿动，那么焦躁，那么震惊，然而却束手无策。我相信它一次次望向我的眼神充满了乞求。它真的在乞求我啊。

可我又没有办法解救它。它后来的遭际使人一想起来就要垂泪。人生中的十年、二十年一闪就过去了。我像所有人一样，在成长、成熟，在沿着来路和去路一步步走过。这期间有过多少坎坷，多少欢乐和懊恼啊，但这一切都未能使我忘记过去，未能忘记小时候偶然见过的那只小动物，特别是后来与它的交往、它的不测的命运。是一种特别的友谊让我回味不已。随着时间的推移，记忆中的阿雅已经变得像麒麟一样，美丽神奇，金光闪闪。是的，我直到现在都认为它是世界上最自由自在的动物，其聪明智慧完全比得上人。它的可爱与纯洁让人难以想象。我甚至认为它并没有彻底离我而去，而是在以特殊的方式陪伴我、跟随我。

把它比作什么更好呢？

也许那时的我过于孤单了。我那时有太多的想象，各种念头既隐秘又奇特。那时在林子里没有多少人与我说话，我总是一个人玩耍，有时就难免沉入没完没了的想象。我想象中的阿雅更像一个小姑娘，它美丽，灵巧，顽皮，出奇地聪明，永远欢腾跳跃。它难得安静休憩，大概有最充沛的精力，最活泼的性格。我因为它而想到了一个人，想到了她。不过这可是我心中的隐秘，我永远也不会道人的，即便是妈妈和外祖母。

那时我一个人在林子里徘徊，躲开妈妈、外祖母，以及少得可怜的同伴。我自己可以在树下躺上很久，从树隙望着天空，跟踪游云，尽想那些遥远的、不可能出现的一些事情。她的名字和阿雅混为一体，它和她同样又可爱又可怜，让人一想起来就泪水涟涟。我的林子啊，我的永远给予庇护、永远都在发生奇迹的林子啊，你什么时候交还我一个最大的梦想？

秋天即将离我们而去，大地变成了一片金黄，那是在阳光下闪闪发亮的秋末的干草。星星点点的花朵缀在上面，是秋霜也杀不死的原野之花啊。在那里，各种小动物欢快鸣叫，它们对即将来临的冬天毫无惧色。

可怜的阿雅，被囚禁的阿雅，这个最聪明最快活的生灵，本来应该欢叫着在原野上舞蹈：谁都可以欣赏它的舞姿，可是谁都不能接近它、攫取它。以前还从没听说任何人捕获过它，可见它有多么精明，躲过了一道又一道险关和陷阱，生活在一个无边的自由的世界里。也许好猎人不忍心伤害它，邪恶的人不能够伤害它。可是在某一天，这一切突然结束了……

我一直没有说出的是，我心里也有一个渐渐逼近的恐惧，那就是和这只阿雅一样的命运。因为我总觉得有一个陷阱、一道围网，它们真的隐在那儿，它们是无形的。它们已经成功地捕获了我们家的一个人，它们也总有一天会逮到我的。当我一天天长大，当母亲和外祖母的眼睛在我的脸上轻轻划过时，我就会稍稍感知一点什么奥秘、一种不祥……不过这种忧虑也许为时过早，也许真的可以不管不顾，我只需一个人在荒野上尽情奔跑。这片丛林就是我的全部欢乐，我既可以从中寻觅着自己的依恋和向往，又能编织着无穷无尽的幻想。家里的人都太忙了，她们都没有时间与我在一起，有时可以一整天都把我忽略。她们是大人，她们想不到我会在林子里在做些什么。

当时家里只有母亲和外祖母，好像从来都没有父亲。他像一只动物那样，被围网捕获了……

“你父亲哪去了？”

有人真的这样问过。我每到这时就慌慌地躲开对方的目光，然后跑开很远……

一个人为什么总要面对这样的发问？难道这真的是必须回答的一个问题吗？这样的询问还要多久？我懊丧极了。因为我知道自己必须把父亲当成一个隐秘来对待，不能说他，不能吐露那两个字，而只能永远闷着，永远装在心里。

3

这是一片多么辽阔的原野啊，站在林边的灌木丛中向南遥望，可以看见一片蓝色的山影。无遮无拦的晚秋的田野啊，一直往前延伸，直到远处那片神秘的大山。山影浓于天空的蓝色，它们重重叠叠，像童话一样奇妙。只有我知道那些重叠的山影里蕴藏了多少奇怪的故事 —— 那里面有一个人，他就是我的父亲 —— 我的父亲就在大山里啊，我什么时候才能去找他呢？

“我已经十二岁了，还不能去南山吗？”

母亲摇着头。每当我说“要去南山”的时候，她的眼里就噙满了泪水。外祖母走过来，揪了一下我的胳膊。这时我就得跟上外祖母离开了。

在一棵大海棠树下的茅屋里，外祖母用一把铁锥一下一下刺着玉米穗子，金色的玉米粒哗哗淌在簸箕里。哗哗哗哗，多么清脆的声音。像金粒一样的玉米呀，我捧起来，吹去屑末，闻着它浓浓的、特异的香味。

“你这个孩子，你这个孩子……”

外祖母把说不清的责备全掺在了这句话里，重复着我非常熟悉的一种慨叹。

我搂住外祖母，她就不得不停止做活，揽起我，把我拥到了一边。我又伏在她的后背上，她没有办法，只得这样驮着我费力地做活。我常常抚摸她头上的一个凹痕，发现稀疏的白发已经遮不住它。妈妈告诉我，这是很早以前一个狠毒的女人给她留下的印记。我抚摸了一会儿，就从她背上滑下来。“你这个孩子啊，你就不能安静一会儿，你就不能好好学着做活儿。”我于是坐下来，帮外祖母剥玉米了。

我后来才知道，人世间万事万物都是由什么庇护的，比如庇护我们这个小茅屋的，是一株大李子树。它可真大啊，大到了惊人的地步，体积足有我们好几个茅屋大。秋天来了，它的叶片已经开始散落，露出了淡红色的枝条。如果爬上这棵树，又可以望见南山了——白云下的山影正隐隐传来隆隆的声音，像雷声又像炮声。

“那是什么在响？”

外祖母斜我一眼，没有回答。其实这生气的目光就是最好的回答，我知道这种隆隆声同样牵扯到了一种禁忌—— 那是父亲他们开山的炮声，所以也就是我不该问的声音。

那时我们家的禁忌啊，真是太多了！

我也许一生都弄不清围绕在我们家四周的究竟有多少禁忌。它们像地雷一样遍布四野，我尽管谨慎小心，还是说不准什么时候就能踏上它们。

后来，当我长大了，一个人生活时，那些恐惧也仍然没有消失。时过境迁，许多年过去之后，我怎么也想不到那些禁忌还会依然存在——每当我触犯了它们时，就必定会遭到报应……

每一个秋天母亲都领我去采蘑菇。我们走啊走啊，在杨树下采一种浅紫色的蘑菇，又到柳树下去找金黄色的蘑菇。外祖母在家里笑吟吟地等待我们的收获。在林子里，母亲用柳条串起各种颜色的蘑菇，把它们像花束一样挂在我的脖子上。她退开一步端量我，端量了一会儿，不知怎么主动提到了父亲：

“小城刚解放时，人们把花挂在你父亲的脖子上……”

我想象着当时那个情景，仿佛闻到了一种无可比拟的芬芳。天哪，金灿灿的花束挂在我父亲的脖子上……

妈妈这一次例外地、主动地谈到了父亲。可惜她只讲了一句。我期待她说下去。可她很快弯腰去采蘑菇，额头上渗出点点汗珠。我给她揩汗时，她把我抱了起来。那时候我长得不够高大，所以妈妈可以把我抱起来。我在她的胸部抵着头颅，紧紧抵着。“妈妈！”我小声呼唤着。她会知道我在乞求，求她再讲一遍父亲的故事。可是她再也没有说什么。

在林子里，只要离开了母亲，我就要尽情地奔跑一会儿。我藏到灌木后面，让她焦急地呼唤，我故意不出来。有时在那儿待上十来分钟，或者更长的时间。妈妈怕我在这片无边无际的荒野上丢失，我告诉她不会的，永远不会。为什么？因为我望得见远处的山影，我知道那就是南方，有淡蓝色的大山指引着我呢。我还长了一双奇怪的耳朵，听得见大山里面各种各样的声音，它的嘈杂会直接从空中传过来——我听得见那里的锤子声，铁凿声，各种各样的呼叫之声……我已经习惯于捕捉空气中的这种声音了，而且从中可以分辨出自己的父亲弄出的各种声息，虽然我已经完全不记得他的模样了。

我有时叮嘱自己：再也不要想父亲了，完全彻底地把他遗忘吧。真的，人为什么非要有一个父亲不可呢？我有母亲和外祖母呢，还有这片林子，林子里的一切——我有“阿雅”……

4

就是那次去林子采蘑菇不久，母亲有一天风风火火从外面回来，一进门就说有人逮住了一种小动物，它就是“阿雅”，好像那个人是用围网捕获的……我一颗心扑扑跳起来，朦朦胧胧觉得就要有什么极不寻常的事情发生了。多么不可思议啊，有人竟然逮住了一只阿雅！那么我就可以离它很近很近地观看了，甚至可以去抚摸它……妈妈说那个人把它很好地饲养起来了，给它挖了个洞穴，喂它食物。它长得蛮好，这么多天过去，它正开始懂事呢。比如它能够像小娃娃一样端坐，还会做出好多有趣的动作。

那天晚上我没有睡着，满脑子都是那个小动物的奇怪模样、它的神态。天还不亮，我就央求妈妈带我去看。妈妈像是故意回避，只推说有事，让外祖母带我去。外祖母当然不会去，因为她不认识那个捕获阿雅的人——他是园艺场里的一个老头，大家都叫他卢叔。

后来还是我和母亲去看了卢叔的珍宝。

它真的就在那儿，在卢叔的小院中，在一个大大的铁笼子里。栗黄色，尖嘴巴，深棕色的胡须，软胖的前爪；那对眼睛啊，是真正的金色，闪烁不停。它直直地看着我，还伸了伸粉红色的舌头……它似乎对我笑了一下。不过只一会儿它就狂躁起来了，在铁笼子里蹿跳不停。

这一次，还有后来的日子，关于它的所有故事，竟使我觉得这一生再也看不到更让人惊讶的什么事情了，好像所有的经历，一切一切都比不上它更新鲜，比不上它留给我的印象更深刻、更刺激。

卢叔后来像对待一个大人一样跟我讲话，丝毫也没有敷衍我。他向我讲了自己的奇妙手法，比如说，他逮住它之后，怎样设法让它与自己一点一点亲近起来。我可以想得出它一开始会有多么惊慌、多么害怕卢叔。卢叔是一个猎人，他有枪，还有网。人人都说他是动物的天敌，宰杀了不知多少动物。我亲眼见他杀过鸽子、狐狸，还杀过老鹰和兔子。我那时对他又恨又怕。这一回真是个例外啊，可能因为阿雅实在太珍贵了，可能因为它长得太漂亮了，逼得他那颗狠心终于软下来了。他这一次不但没有杀害它，而且还把它很好地饲养起来，喂它那么多好吃的东西。我于是开始感激起这个人，他在我眼里似乎也一下变得有点可爱了。

“唷唷，阿雅这种动物必须住在地穴里。洞口要小，里面要大，要用木铲掏开它，不要怕弄脏了它的皮毛，这东西就像鹅不沾水一样，皮不沾土哩。入冬时给它铺上草，那就是一个暖暖和和的小窝儿……”他伸长了那双粗胳膊向我比画着，令人神往。

从此之后我就频频出入卢叔那儿了。我长久地守候在围了铁栅的洞穴旁，等待那个灵俏的身影一跃而出……

5

又是几年过去。后来我不须久久遥望那座南山了，因为那个叫“父亲”的人先一步从那座山里出来了——他有一天突然回到了小茅屋。当我突兀地面对了一个陌生的父亲时，真是大惊失色。眼前的情景把心中的幻想一下搓得粉碎，让我的呼吸都变得轻轻的，最后蹑手蹑脚地躲开了。妈妈喊我，我不应。我悄声跑开了，一整天都躲在林子里，直到天黑都不愿回去。远处传来了拉网的号子，四周有小动物的喘息，我只默默地躺在沙地上，嘴里衔了一株狗尾草……后来我才知道，妈妈和外祖母在那个夜晚到处找我。

也就是从此，更艰难更可怕的日子开始了。这是一段不堪回首的日子，我真不愿提到它。反正简单点说就是，父亲回来不久我们家就遭难了，我不得不一个人逃开，逃到南山：他来了，我就走了。这就是我与他——我的父亲短短相处的一段时间。可万万想不到的是，我的一生只有这一段时间能够和父亲在一起，我一旦离去了，我们父子几乎就不再重逢。可惜这在当时对我来说还是未知的命运。就这样，我们父子之间可怕地分别了，从而留下了永生的愧疚。

也许正是因为如此，反而注定了我的一生都将与父亲紧紧相连，他的影子要永远笼罩着我。

还记得那一天是怎样分别的，记得分手时妈妈的叮嘱：千万不要对别人提到你的父亲——你今后的父亲不是他，而是大山里的那个人——另一个老人了……

大山里的老人是谁？是我未曾谋面的义父！原来为了我的生存，家里人在这之前为我暗暗寻了个义父，听说那是一个真正的山里老人。

可就因为屈辱和愤恨，我在被送往南山、送到义父那儿去的半路上逃脱了！于是我从来也没有见过义父——直到后来，直到今天。与家里人的打算正好相反的是，从进山的那一刻起，我就开始在心里恨着一个人……

我恨他，而且下决心永远不再想他，也不讲他的故事；我要咬紧牙关，只把他和他的一切埋在心底。就让我真的变成一个没有父亲的人吧，就这样好了。

可惜，后来发生的一切却证明这是难以做到的，无论如何也做不到。仅仅是一场热恋，就彻底毁掉了我的决心……当时我刚刚走进了另一个世界，我的命运发生了极大的转折——第一次看到如同那个小动物般欢腾跳跃、美丽纯洁的姑娘时，就不由得心醉神迷。我开始在心里悄悄地把她比作阿雅，并且要不由自主地向她讲过去的故事……我也许还不明白，不测的灾难即将开始，它会一点一点引发出来，而且不知不觉地在四周蔓延。也许当我终于明白妈妈的话是千真万确的，关于那个人、关于昨天的一切是万万讲不得的时候，已经什么都晚了。

可这毕竟是我的一场热恋啊，我的周身都被一种不可抵御的干草的气味包裹起来。我已经无处可逃。刚开始咬住牙关：我将永远也不提父亲的名字，永远也不。可这是一个多么脆弱的誓言啊。我终于明白，干草的气息真的是不可抵御的，它又一次袭来了，它要摧毁我的誓言……我会痴痴迷迷地从头讲起童年，讲起南山和父亲，讲起那片草地和丛林。当然，还有丛林里活动着的那个可爱的精灵。我认定她和所有人都不同，她才是一只活生生的阿雅。如果说我们每个人真的都是某一种动物转生，那么她的前世是什么就不难判定了。我觉得她的眼睛，她的眉毛，她的嘴巴，甚至她的微笑，她的身姿，都有点像阿雅。我甚至用两手就能抚摸出她那种软软的、柔和的小动物般的骨骼。想想看，就在这种境况之下，我不知不觉地重提旧事，细说由来——也就是说，我触犯了最可怕的家族禁忌。

城市的夜晚

1

我们没法享受自己的夜晚。一声连一声昂昂的火车声和汽车的鸣叫、一阵阵煤烟和机动车尾气……一切都给笼罩了，一切都给冲了个七零八落。梅子去推窗子，把窗子关了个严严实实。我知道又一列火车进站了。我们的屋子尽管离车站还有一段距离，可就是不得安宁。这是什么地方？这是一座燃烧不停的城市，烧啊烧啊，什么都在燃烧。每到了这样的季节，灼热的气流就要把整整一座城市团团围裹。住在这样的一座城市里，在夜深人静时分站在北窗下望着那个丑陋的物件、那个立交桥，望着狂闪猛跳的各种霓虹灯，望着那些因酷热难耐而不得不在路旁躲闪和喘息的人流，我常常不由得会想起佛陀火诫中那一连串的诘问和呼告：

“究由何而燃烧？”“为情欲之火，为愤恨之火，为色情之火；为投生，暮年，死亡，忧愁，哀伤，痛苦，懊闷，绝望而燃烧……耳在燃烧；声音在燃烧；鼻在燃烧；香味在燃烧；舌在燃烧；百味在燃烧；

肉体在燃烧；有触觉之一切在燃烧；思想在燃烧；意见在燃烧；思想的知觉在燃烧；思想所得之印象在燃烧；所有一切感官，无论快感或并非快感或寻常，其起源皆赖思想所得之印象，也都在燃烧。”

天哪，反常的火夏就这样来了，无以疗救，这里的居民从此也就只有日夜忍受烘烤。“烧啊烧啊……”也许就因为这样，我和梅子在这座城市中才成熟得如此之快。这会儿我们不仅是成熟了，而且还有了一层硬壳。我们被熬去了所有的汁水，慢慢又将变得通体枯干。也许有一天我们还要变得焦煳呢，当然一定是这样。夜晚啊，城里人的避难所啊，看星星好不容易出现了——但这个城市里没有夜露——一座燃烧的城市怎么会有夜露。我曾经在深夜里去抚摸楼前的一丛小草，发现那丛小草是焦干的，上面没有一丝湿气。

在这样的时刻，发生什么都不会让我感到奇怪。在蒙蒙的夜色里，我习惯于和梅子静静地坐在桌前，各自翻看自己的东西。更多的时候我们会熄灯而坐，长时间一声不响。外面，多少人在立交桥、在马路边走动，他们想到公园和山上去躲避灼热。我们却只愿这样坐着，一声不响。我们已经习惯于用这样的办法对付夜晚了。多少年来，我们一直把这种静坐看成是一段美好的时光。

这天晚上有人砰砰敲门，梅子赶紧站起来拉灯。灯亮了，门打开，一个人——一个胖乎乎的小姑娘双脚并拢跳了进来，随着发出咯咯的笑声。

“啊，是你。老宁——你的小客人！”梅子的声音里透出一点过分的热情。

她踏着路边草坪走来，脚上沾了干干的草叶。这个热烘烘的夏夜啊，如果在北方的平原，她的双脚一路上要踢飞多少露珠。她穿了多么奇怪的一双鞋子啊，一只红的、一只蓝的。近来这个城市的很多年轻人都穿上了这种奇怪的鞋子——最初是有人穿上它在舞台上扭呀翻呀；可是当它真的穿在脚上踏着真实的泥地，竟显得这样有趣和可爱，当然也有点不伦不类。

“元圆喝茶。”梅子把一杯热腾腾的茶放在桌上。

“阳子怎么没来呢？”我问。我知道他们通常是一对儿。

元圆瞪了瞪眼睛，把鼻子往上缩了缩，摇摇头：“我也好多天没见他了。”

这个叫元圆的小姑娘刚刚十九岁，这个城市里的时髦歌手，两年前迷上了画画，还动手自己写歌词。阳子是画画的，是我们家最好的朋友之一，他因为与元圆是夜大同学，就把元圆领进门来。“他可是一个大艺术家啊！”阳子的拇指差点触到我的鼻子上。元圆那会儿扎着一对毛刷刷辫儿，当即向我鞠了一躬。她鞠躬时，后脖子上一层发黄的绒毛被灯光照得灿亮。她胖胖的，却不让人感到臃肿，笑起来露出一对虎牙，嘴巴长得可爱之极。整个人没有一点儿做作，就是很自然的那种小姑娘。她算是这座城市的特产——近年来这样的男孩女孩成打地出现。她大概从来就不懂得什么叫羞怯和陌生，坐在那儿，第一次见面就想引逗别人。梅子很快喜欢上了她。再后来她们手挽手地在屋里走，还互相评点着对方的衣服。

有一天晚上我们刚一打开电视机，就看到了一个女歌手，竟然就是元圆，她在演唱自己写的歌。那首歌的词儿写得好，她扭动得也好。可我赞扬时，梅子却并未像过去那样附和。后来元圆每一次来都要我们谈谈她的歌，这天晚上又是这样。我只说喜欢，因为真的没有多少可谈的。我告诉元圆：自己压根不懂唱啊跳啊这种事，再说你可别听阳子瞎吹，我不过是一个搞地质的，后来虽然去了一家杂志社，但根本就不是什么艺术家。

元圆张口就说：“我崇拜你。”

这样的一个字眼就被她那么随随便便地抛出来。“不过可别当真”——我在心里叮嘱自己。

她瞧着梅子，蹙蹙鼻子，两只不同颜色的鞋子在地板上活动了几下……

“阳子最近忙什么？”我问。

她避而不谈阳子，好像要故意把他隐去似的。我知道他们的关系非同一般，那个未来的画家有足够的魅力。我真希望阳子和元圆之间能发生一个挺好的故事：有开头有结尾。梅子也多次这样说过——只可惜事情并不像我们预想的那样——后来，直到好久以后，我们才知道元圆与阳子差不多没有一点那样的意思。他们不过是在一个夜大班上结识，后来常在一起玩，有了友谊；再后来就是一起画画，谈谈唱歌一类事。

这个夜晚，元圆刚坐下不久，梅子就推说有事走开了。当她打开屋门的那一瞬间，外面的喧哗一下子涌入，一股热乎乎的、多少带点硫黄和焦煳味的气流轰一声灌了满屋。她很快消逝在夜色里。

2

“也许你不相信，这个城市里真有赚了大钱的人！”阳子这样说了一句。我没有在意，他却靠在我的耳边说：“我领你去看一个私密收藏吧，这是全城独一份的，只是看了别吱声。”他说了一个地方，让我吃了一惊：那个地点离我的居所并不远，它是靠近一所大学旁边的一处饭店，以前模模糊糊记得，好像是一个不太起眼的院落，里面有七八座建筑，都是二三层的楼房。那里的生意肯定不好，因为很少有人走近它，十分冷寂的样子。阳子说那个饭店是东南部一个城市来这里开办的，主要是为了招待来这里办事的东部人，具有驻城办事处的意味。就因为那个搞私密收藏的人与饭店主人关系密切，所以就租用了那里的一座楼，里面摆满了艺术品，只对内部极少数人开放。所有去过那里的人，都是一些极特殊的人士。“那你就是这样的人士了。”我说阳子。他做个鬼脸：“才不是。那是因为一个模特儿的关系，是她引见了我，发誓似的不让我胡讲乱。”“那你敢领我去？”“那不一样。那里有个人知道你——他 们欢迎你呢。”我有些狐疑地看着阳子。这家伙是我最好的朋友，他不可能算计我吧。可凡事总要小心一些才好。只是他说的是艺术，他口中那些稀世珍宝让我心里发痒。

经过几天的踌躇，我还是跟阳子走了一趟。现在已经不是过去了，在这样的城市里生活了几年之后，谁的胆子都会变大。这个城市里的确有不少人连死都不怕，其他也就更不在话下了。比较起来，我还算一个相当拘谨和胆小的人。“一介书生”，有人这样说我。他们不知道我复杂的阅历，不知道我受尽磨砺的青少年时代，只被我一张不动声色的文雅面容所欺骗。那些人一旦真的触怒了我，就有他们的好看了。

这座饭店比我想象的要阔气得多。往常从外部走过只不经意地瞥过几眼，觉得那不过是平平常常一个大门，里面是灰头土脸的几幢建筑而已。谁知道真正的豪华和富丽都是藏起来的，就像这里面的一个家伙偷偷搞的这份私藏一样。一个人也是这样，别人从我安静甚至有点谦逊的脸上，怎么也想不到我会生了一颗怎样愤怒和野性的心。我这颗心最初也同样是细腻柔软的，经过了这么多年的风霜雨雪，现在如何就很难说了。世界很残酷，我的心嘛，也相应地改变了一点，尽管还远远说不上残酷。这个院落大约有二十多亩的样子，不太大也不太小，这在一座寸土寸金的城区多少也算个奇迹了。两道大门，从进了第二道之后一切都变了：绿草茵茵，奇花异草，假山，人造泉水，简直样样不缺。那几幢二三层的楼房都刷了暗淡的土黄色，像整个院落一样不事张扬。阳子小声说："你进了小楼里面就知道多么奢华了。这模样从外面看很隐蔽。农民的狡猾啊！"在阳子眼里，只要是从城外来的，都是农民。其实人家倒极有可能是新贵，是传统农民蜕变而成的第三代，是孙子，这些孙子一旦进了城，做高官做大买卖，或者更有甚者，敢组织黑社会贩毒走私、收藏吓人的艺术品。这些例子说都说不完。

天色已经很晚。这是与主人约定的来访时间。阳子看表，等待有人出来接我们。我说咱们直接进去不行吗？阳子摇头。几个穿了制服的饭店员工手提橡胶棍在游走，可能是专门的保安。我见了穿制服的人总有点紧张，因为他们灰色的裤子上有一条暗红色的条线，还有肩章，给人一种正规军的感觉。书生天生怕兵，恐惧暴力。他们可能认识阳子，所以并不过来盘问。几辆轿车无声地驶入，里面的人一出来就直奔那座三层楼。我向那里看着，阳子说：不是，不是的，我们要去的是最南面的那一幢。这时一个稍稍发胖的女人从楼里走出，走到我们身旁浅浅一笑。这个女人有四十多岁的样子，浓妆，香气袭人。她不经意地抬头看了我一眼，却让我浑身上下极不自在。我有些不安。令我诧异的是，她只从身边走了一趟，就如此怪异地吸引了我的目光：我竟一直盯着她往前，然后看着她在不远的荷塘那儿双手抱胸站住，开始低声训斥几个姑娘。那几个穿了旗袍的漂亮姑娘低着头，一声不吭。看来做一个漂亮姑娘也十分不易。阳子看着那个四十多岁的女人对我说："那是陆阿果，女领班。其实是这里的大总管。平时她说了算。"

我们总算被人领进了那个二层小楼。嚯，厚厚的地毯，整个屋子里一点声音都没有。静极了，在这座城市，享受这种极度的安静需要一种不小的特权。这无声无息的地方，所有人似乎一进来就被告知：你可要老老实实。空调机也没有声音，它在什么地方工作还是一个谜。凉意可人，在这种地方待多久都行。这又一次提醒我，这座城市有人一天到晚在苦熬，有人却在没白没黑地享乐。这会儿主人出来了：白白的，不，脸色有点灰暗。可能是灯光的关系，这家伙的脸色可真灰，没有一点油性。其实在更光亮处可以看得清楚，这人只是一个小伙子，比我要小不少。出了一个青年超级富翁？哪里人氏？姓甚名谁？一系列问号都涌到了脑海里。只是不能询问，这既不礼貌，又违背了来这里的诸多规矩：阳子早就叮嘱我进门后千万不要乱问。没什么寒暄，直接看收藏品。原来这是一个准四层建筑，地下室和阁楼都做得高敞考究，温度湿度及通风样样皆好。一幅幅国画和西画；青铜器；雕塑……有的作品其作者名气大得吓人一跳，大多是死了几百年的人了。当然，一色的珍品。如果不是假的，如果我能稍稍相信一点阳子在耳边的咕咕哝哝，那么这些藏品足可以买下我们整个的一座城市——连同这纵横交织的柏油路、楼房、汽车，甚至还有人，全买下来。到处是人，他们挤得满街都是。据说我们这里只有人是最不值钱的。谁知道呢。比如眼前的这个小伙子，他本人又值多少钱呢？这倒是相当晦涩的一个问题了。

“我早听说过您了……哦，您的岳父大人，他老人家！哦，欢迎您来这里指导工作。您是真正的艺、术、家……”小伙子钱很多，可惜说话并不十分利索。这就使我一瞬间怀疑起来，甚至联想到这小子的钱来路不正。因为连话都说不成句的人要正经赚下这么多钱也很难，即便再开放搞活也不行。更让我发怔的是，他竟然提到了我的岳父，并发出了一个刺耳的古词——“大人”。没有比这个词再让我不舒服的了，因为凭我身为梅子丈夫这一层而言，我可以明白无误地告诉他：我的岳父不是什么“大人”，他只是一个离休在家的老人，唯一不同的是如今住在这个城市最有名的橡树路上，如此而已。

看过了艺术品，我的心里虚虚的。我不害怕有钱的小子，可是我害怕艺术。真正的艺术，伟大的艺术，一股脑儿出现了这么多，就扎堆在这座城市里，在一触手就可以摸到的地方，在离我们家不到五六公里之处，说实在的，它们倒让我有点惮嘘嘘的了。我的脸一直木着，阳子与我说话，小伙子与我说话，我都答应得不太及时。阳子不得不大着声音对我说道："先生请你喝茶呢！"我赶紧点头。

在旁边的另一座小楼里，一些仿明代的家具摆得满满的。有穿旗袍的小姐——就是高个子白脸俊眉的那些姑娘们，她们一见我们仨进来就无比高兴地围拢过来，说老板啊领导啊辛苦了，想喝点什么啊。灰脸小伙子掏出一副金丝眼镜戴上，认真地看起了茶品介绍单，好像是第一次光顾似的。他只看了三两眼就递给了我。我递给了阳子。阳子装模作样看了几眼，说了一声："大红袍"。我知道这是一种好茶的名字。我不太在意。因为眼前这个小伙子一旦戴上了金丝眼镜，立刻让我觉得有点高深莫测了。

正饮茶，那个在庭院里见过的稍胖的女领班进来了。所有人一齐向她致意，她也含笑问候在座的所有人。几个小姐对她殷勤到了极点，她们显然十分惧怕这个女人。小伙子叫她"陆姐"，阳子则叫她"阿果"。我发现在安静下来的一刻，这个陆阿果正专注地看我。我全身都一阵刺刺的——不，是一种特别的感受，好像对方的目光具有深度抚摸的功能。我不得不站起来。小伙子询问的目光看着我时，我有些尴尬，只好借口去一次洗手间。我把门锁上，在镜子跟前久久地面对自己。这个时刻，我的脑海里慢慢浮现出一个女人的身影。那个女人比陆阿果年轻多了，但她们有同样的带漫洼的鼻子，大眼睛，平肩；还有，另一个戴了一副黄色套袖……我的心在嗵嗵跳动。因为此刻我已经在心里认定：这个女领班就是当年的园艺场女会计！一阵干草的气息涌进了这个窄逼的空间。我迅速搓了一把脸，打开了洗手间的门。

3

原来陆阿果第一眼就盯上了我。她这种职业的人有一种极不寻常的辨析力和记忆力。她比我更早地认出了昨天的那个少年，比我更早地震惊了一下。只是她的职业让其有了不同寻常的掩饰能力，那会儿一直没有表现出什么。一切离今天多么遥远啊，可惜再遥远也没有消逝，没有化为烟尘。这对于我们俩来说，到底是福是祸？我宁可想象成后者。所以我用了很长时间来镇定自己。当着别人的面我们都在掩饰，并没有说什么引人注意的话，只是临分手时她给了我一张名片。她理所当然地索要我的联系方式，比如电话。我没有理由拒绝。可是从此忐忑不安的日子就来了。还好，她没有马上找我。

梅子好像察觉了什么，她问我哪里不舒服？我说没什么，一切如旧。我琢磨着那个女人崭新的名字，更大的惊讶在心底泛开。她是怎么来到这里的？竟然摇身一变成了一个女领班，一切都像梦境。我害怕这样的梦境，因为我知道人一旦被模糊的梦境包裹，十有八九会遭遇不测和风险的。我准备小心谨慎地应对可能到来的故事和奇遇。令我稍稍安心一点的是，我已经远非当年的那个任人宰割的不幸少年了，这看看我下巴铁青的胡茬就知道。时下我的体重约一百三十余斤，这对一米八左右的个子来说只能算是一副相当单薄的身材。不过人的内在力量并未因此而减弱和缩小。直至今天，回想那个灰蒙蒙的不祥之夜，那个果园草寮中发生的一幕，还让我羞愧难当。我的手指骨节马上胀起来。只是我怀念那种干草的气息，因为这是原野上最好的气味。可惜只从我离开那片海滩平原之后，再就很少闻到它的气味了。

她终于约我到自己的领地去了一次，这并没有出乎预料。还是在黑夜，因为她的领地最美的时刻就在黑夜。我即便没有好奇心的促使也不会拒绝，真的，我怀念干草的气味，怀念可悲的少年时代，怀念昨天的一切，包括泪水和血渍。人真是奇怪啊，人总是对昨天的所有事情都入迷，这种情结非把一个人彻底毁掉不可。现在，趁着还没有毁掉的一段头脑清晰的时刻，我不动声色地去了她的地盘。这里有一个不甚明了的名字：阿蕴庄。我想过它的意思，想不明白就不再去想。“陆阿果”三个字当中也有一个“阿”字，可能只是一种巧合。南方人干的？东部城市出了一个能干的南方人？不知道也不重要。

陆阿果今晚单独和我在一起了。这是一种多么尴尬的相遇。好在我们双方都长得更大了——特别是我，已经成为一个真正的男人了。而她原本就不小了，原本就处在一个足以欺负人的年龄，所以，她就毫不客气地把我欺负了。使我格外难受的是，当年我正处于多么孤单可怜和走投无路的境地，而她肯定是暗中默默观察了许久，然后趁火打劫，稳稳地将我一把擒住。我害怕的心情直到现在还能记得一清二楚。今晚，她把我领到自己的一间办公与居住兼用的大套间，并无丝毫炫耀地啪啪打开一溜灯光，这就使满室富丽一无遗漏地展现在我的眼前。大落地灯，到处金饰触目。一间足有二十个平米的大浴室，令人吃惊的是浴盆的颜色：纯黑，其上缘离地面只有十几公分高。一些又像沙发又像床的东西，一些吐放芬芳的花草。还好，这里并没有致命的干草。这家伙如果在这里大胆地别出心裁搞出一个干草垛子，那我可就倒了霉。我会不由自主地躺下来，把鼻孔深深地埋进去，贪婪地嗅个不停。

她开门见山地讲了自己的由来：从园艺场调到了一个城市宾馆做服务员，然后认识了一位首长。首长先是欣赏、后是进一步培养了她的工作能力——这不，远在这里搞起了一处这么重要的接待设施，也就放心地交给了她。她表述清楚，毫无拖泥带水，前后只用了五六分钟就把事情大致说个明明白白。她如今其实是一个商人，在她来说时间就是金钱，无论干什么都要节省时间，快刀斩乱麻。可惜我这个昔日的旧友远比一团乱麻还要艮得多，我用挑战的目光看着她，仿佛在问：你想干点什么？

当然她并不想简单地重复我的少年时代那样的把戏，一方面是没有了那么强烈的欲望，另一方面她现在已经完全没有了这样的必要。一切对她来说都方便至极。如果我估计得不错的话，她已经早就是一个百炼成钢的将军级的人物了，一个把性之类看得像廉价的水一样的女人了。我凭感觉这个阿蕴庄绝不是什么好的场所，它一般来说具有相当特殊的接待功能。这只看它不事声张、遮遮掩掩的样子也就知道了。那些在灯影下挪动的姑娘个个漂亮，风韵动人，一看就知道是从远在东部的城市和乡村挑选来的。这些姑娘的年龄大概没有超过二十多岁的，一般都在十八九岁的样子，所谓的豆蔻年华。而面前的陆阿果一边吸着烟，一边自嘲说自己算是一个"老豆蔻"了。她说自己不大不小，刚好过了三十五岁的生日——"你也不来为我祝寿！"她吐出一口烟，把烟揉了。我却绝不相信她自报的年龄。如果真是这样，那么当年她只是一个十几岁的少女了？不，绝不是。那时她就已经是满脸烟味，身上有了蛮横的肌肉。

这会儿，她很快让我明白，她请我来的目的十分单纯，不过是出于怀旧和惊喜。“你前些天，就是刚走的那天晚上，我哭了，”她说。我对她的话并无怀疑，虽然那天我一点都没有哭。她留恋过去的时光，这一点人人一样。她现在可能是一个富婆，钱对她来说完全不是什么问题，但时光和青春这一类东西对她仍然是最大的问题。“我真是老了，看看，你当年吸过的奶子都耷拉下来了。那时你的小手……”她声音蔫蔫的，眼皮也蔫蔫的，显然并没有什么挑逗的兴致。她不过是在一种特殊的职业中变得更加质朴了而已。不过我的脸却像被开水烫了一下似的，照照镜子肯定是红的。看来我仍然不行，在某些方面仍然要处于她的下风。这是迫不得已的一种情形，令我很不舒服，甚至让我因此而厌恶自己。她像是随便地、极不情愿地瞥了我一眼，而后吐出一句：“就那样，我那天晚上糊糊涂涂地被你要了。”

我心底有一个强烈的声音在反抗，我想大声警告对方一句：不，你那时绝对不是一个受害者，而是一个蓄谋日久的阴谋，是对于一个少年可怕的、一生难忘的伤害……但这句话只是在心里翻腾着，并没有说出来。可是我脖子上的青筋已经暴了起来，这是我完全感觉得到的。我的拳头纂了纂，又张开十指轻轻叩着桌面，发出笃笃的声音，那仿佛在悄声质问：是吗？这是你说的吗？她又重新点上一支烟，声音更加懒散散的了：“你当时怎么知道，我那时还是一个黄花少女啊！”我抬起眼睛看她，她却一直耷着眼皮。我差点跳了起来。但我按捺着，紧咬牙关。我遇到了一个来自老家的、不可战胜的老江湖。

她让我待下来的理由，真是复杂到了极点。我对这个城市的夜晚有一种忍受的极限，我对她所代表的昨天有一种不可摆脱的依赖。这是毫不夸张的一个说法：依赖。一个人就像一棵树，他真的有根须，很深很深的根须。我的根须扎在那片海滩平原上，那儿关乎我的生死存亡。而面前这个人不管是邪恶的还是庸常的，她确凿无疑地将我一把拉回了昨天，让我不得不品味那个致命的时刻，那个让我心惊肉跳又是无比留恋的少年时代。

4

我已经神差鬼使地来了阿蕴庄三次。一切都是瞒着梅子进行的——其实并没有“进行”什么，我来这儿只是与她待一会儿，听她叙叨一会儿往事。她现在竟然有了一个特殊的爱好，就是虚拟自己的昨天，虚拟一些细节。如果这种虚拟关乎我们两人之间，她的话就不可遏止地多起来。她现在说话的声调永远是懒洋洋的，这不由得使我想到，她的生命激情真的已经在独特的生涯中用尽了，以至于在这种时刻无论如何都提不起神来。她身上时刻不离一个步话机，这可以让她随时随地控制整个地盘。这里的一些神秘事情已经无法瞒我，看来她也无心瞒我。对她来说，我是一个城市异数，一个完全不需要提防的角色。用她的话来说就是： 你是谁呀？尽管我们这么多年没见，可是一见了就连血带肉一样亲！世道再乱，女人再风尘里打滚，她的第一个到死都不能忘！她这样说时，当然是一次次强调我们两人所谓的昨天。我却一次都没有戳破她的公然说谎。我心里清楚地记得真正的事实不过是：一，我十多年前严格讲并没有与之真正发生那种事；二，她当时绝不是一个初次经历男人的女人。我极不情愿却又不得不沉入的回忆，是我最难以启齿的那一段——那时她极力诱导我，让我一起加入那种恐惧的游戏，可最终还是不行。是的，我的浑身都被她弄湿了，她也忘情地骑在了我的身上。我用尽全力地掀她、掀她，甚至想揪她的头发。可她依仗着年龄的优势，闭上眼睛不管不顾地压住了我，那会儿不得不让我想到了“蹂躏”两个字。她嚎叫的声音像猫一样，是春天爬上树梢或屋顶尖叫的那种猫。

我的回忆终于引出了愤愤的回击。我扔下一句：“一切都是无稽之谈！我那时候还什么都谈不上……”她第一次笑得这么灿烂，可是照旧耷着眼皮不看我，说：“当然了，你还那么小，用书上的话说就是‘聊胜于无’。不过这对我已经足够了。我很幸福，我那一次很幸福。”

她的这种概括和回应真是可怕。这甚至让我一时没了主意，只好愤怒无比甚至有些绝望地看着她。她还是不太在意我的表情，懒懒散散说着：“算了，别想那么细发了，想得太细发咱俩都会受不住的。因为我也不是七老八十的年纪，你也别惹火了我。”她丢了烟蒂，去近处的小卫生间，门也不关就哗啦啦撒起了尿。她一边提着裤子一边往外走，咕哝：“我是胖了。你还记得那时候吧，我的屁股像小瓷钵子一样，又圆又滑。现在不行了。你不洗个澡？”我不洗。“那我洗了，你自己看看电视什么的。你要不见外就进来说说话，我泡我的。”我没有理她。她去那个大浴室了。

我站在窗前看着这个阿蕴庄，这儿一切都尽收眼底。我发现夜深之时，这个院落原来是如此热闹，这与平时、与夜色初降时分大为不同。一些轿车无声地开进来，它们一辆辆泊在车位上，整整齐齐，使人想到这里的一切都是有条不紊地进行着。那些小姐们纷纷出来迎客，毫不扭捏地挽上车中出来的男人。有一个剃了秃头的中年人好像有点眼熟，他跨出车门就让我一惊，接着往窗前靠近了一步。可惜只一闪他就转过身去。我在心里说这不可能，因为一方面他在很远的那个城市居住，另一方面他绝不会到这样的地方来吧。门廊的红灯悬挂起来，血一样红。庭院里其他的灯都暗暗的，唯有这血红成了主要的色调。安静的红色笼罩着一地绿草，反射出一种暧昧，一种温煦中透着腐臭的气息。

我正在窗前看着，突然有一只湿漉漉的手按在了我的肩上。她只披了一条大浴巾站在我的身后，我一回头给吓了一跳。她浑身上下滴着水珠，一个刺目的裸体，肉滚滚的。她几乎没怎么耽搁就转身去取烟，又用什么东西在身上搽了搽。我只一瞥就发现了她的前胸那儿有一道短短的伤疤，极有可能是刀伤。她搓一下那个疤痕说："不用看，这里十年前被戳了一刀。都是小意思。"她像佩戴了一枚军功章一样骄傲，见我背过身去，就故意转到我的对面。她小腹那儿的毛发竟然在灯光下变得金灿灿的，这真是奇怪到了极点。我不得不克服难言的羞涩和越来越强的屈辱感，仔细看了一眼。不错，是一种金色。她大笑："这回算让你见见世面！这就叫'深度化妆'。什么描描眉、染染脚趾甲呀，那不过是小意思……"

不行，我得走了。我往门那儿跨了一步。

"走吗？走就走吧。记住，这里就好比你的家，你随时想来就来。"

5

这些天里，我常常不由自主地整理起屋角里的背囊，用刷子清除上面的落尘。梅子看在眼里，终于忍不住问了一句：“又要出去吗？”

我没吭声。因为我还没有拿定主意呢。她直盯盯地看着我，后来扯走了我手里的背囊，一下把它扔到了屋角。我真想告诉她：我快四十岁了，这个年纪的人就是要四下里走走，要到外面去，他的这份自由谁也不能剥夺；他要抓住自己所剩无几的一点点机会……我特别想说的是，我在遇到你之前就已经历尽了艰辛，双脚满是血口——难道我连出差、到山里去一趟的权利都没有了吗？难道因为你是我的妻子，你就有权任意摆布我、胡乱扔我用了十几年的背囊吗？要知道那里面可装满了一个中年人的辛酸……

她出门以后，我用了好长时间来平静自己。我把那个背囊拾起，折叠好，重新放好。

这是一个周末，梅子的弟弟小鹿来了。这是一个活泼可爱的小伙子，眼下正在市体工队集训。他长得很高，是体工队里才有的那种长腿小帅哥。他的到来使小屋里的一切惆怅一扫而光。我从心里喜欢这个内弟，一直觉得他是这个城市所能生出的最好的一个小伙子了，高爽，清澈，多么纯洁。他的眼睛里没有一丝惆怅，永远像漾着一汪清水。他在这儿玩了一会儿才流露真实的意图：邀请我们一起回爸爸妈妈那儿。平时我不愿到梅子家去——那个宽敞的小院尽管有一棵迷人的大橡树，有精心培植的花草，可对我还是没有什么吸引力。可是现在，这会儿，我却无力拒绝。当我一口答应到他们那儿去时，小鹿跳了起来，梅子也立刻变得高兴了。

老远就望到那棵大橡树了。橡树之家啊，你本来应该是最好的去处……岳母长得胖胖的，皮肤白皙，显得比实际年龄要少得多。我和梅子每次回去她都高兴得很，为我们张罗好吃的。岳父不苟言笑，十分沉稳，在我的印象中，任何时候他都在思索，都在工作。我这会儿在院子里稍一停留，然后径直走到了他的书桌前——他离休后搬弄了各种各样的书来看，一有时间就读，摆出一副继续办公的架势——这会儿他刚刚离开了书桌，桌上有一本摊开的大字印刷的书籍，中间正放着一支红笔。我瞥了一眼，正好看到了上面用红笔划过的一句话：

“皮之不存，毛将焉附？……”

岳父进来，我也就站得离书桌远一点。

我们的交谈总是十分简单。他说话时有许多的“唔”“嗯”“很好啊”。这使我无法畅所欲言。我甚至无法呼出“父亲”两个字。我心里明白，我自小被这两个字所伤。

梅子的弟弟正在院里玩，我就找个机会离开岳父，也加入到院子那一伙去。接下来的时间我差不多都和这个小伙子在一起。他和我比赛弹跳力。他每跳一下，都在能够触摸到的大橡树干上用粉笔划一道白线。我发觉他的弹跳力可以比我超出半米。这就是个体差异啊。

这个周末过得还算愉快。傍晚，梅子从外边捎回一件裘皮大衣。我们花不起这笔钱，这肯定是岳母给买的。一种金黄色的毛皮，黄得让人都有点害怕。我不能不想到那是从可爱的小动物身上剥制的……梅子多么高兴，她大概在想象冬天，想象那时走在雪地上会有多么快活。为了搭配这件衣服，她甚至顺路买了一双漂亮的高筒皮靴。

就在她喜气洋洋欣赏裘衣的这个夜晚，我终于提出：咱们一块儿回我的老家一次吧，到芦青河湾，特别是到那片大山里去转转——“你能和我一起吗？”

梅子的脸色冷了一下。她以前到过那儿，以前我们真的有过一次浪漫而难忘的山区之行。她大概想问：你在那里已经没有一个亲人了，为什么还要频频地、一再地跑向那片大山？

我心底里有个声音在奋力做出解释。我想说，在这座燃烧着的城市里，我已经被烘烤得快要枯干了。我发现先是头发开始失去光泽——而原来它是浓密油亮的，现在真的像一撮枯草了，再有不久就要一把把脱落了。我知道任何植物都要选择一块土壤，如果硬要把它移栽到一个贫瘠的地方，那么等待它的只有衰败和死亡。这就是我阵阵不安、急于离开这座城市的原因。梅子，你总是对我的频频出走、对我与那片泥土的关系做出完全不同的解释。你说过，我牵挂的是另一些东西——可它到底是什么你也讲不清，或者干脆就不愿说。但我知道这是游子的渴念，知道这渴念到底有多么深。

远方，我的山地，那里好像有一种时而清晰时而模糊的声音在呼唤——这声音绵绵不绝……这个城市的夜晚啊，我又无可回避地倾听着大山。无论是什么都无法隔绝这呼唤的声音，这正是我的悲剧。

梅子每天起得都很早。我每次醒来，都看见她已经在早晨的光线里活动着。从我这个角度看她的脸庞侧影：鼻子到了尖部顶端那儿才突然耸起，于是显得特别有趣。这是个挺好的早晨，这真是一段生气勃勃的时光，人啊，真该享受自己最好的时刻。多么好的早晨，这是一天的开端啊。我一直看着梅子站在橘红色的晨光里，如果早上三两年，我会不顾一切地去亲吻她的。

我和梅子晚上看电视，有时候碰巧就能在屏幕上看到元圆。说实话，她在那上面才是更加迷人的，虽然很嗲。她们这种人为什么要这么嗲呢？我不明白。同样弄不明白的是：这么一个蹦蹦跳跳的小姑娘是怎么写出那样意蕴深邃的歌子来的？歌子里面所含有的那种不安和骚动、那种奔走和寻找的精神，真的使人惊讶……她在这儿如果与其说是谈艺术，还不如说是闲聊天。小家伙可以把话题扯得很远，还不止一次把她的腿扳到我的写字台上按压，咕哝着：“人老先从哪里老？人老先从腿上老！”这么点年纪就开始预防自己的“老”，让人觉得可笑。梅子当然并不讨厌元圆，她担心的只是在我们家发生一些破破烂烂的故事。人哪，多么奇怪，她嗲成这样，本来是可以让人讨厌的；可无论是我还是梅子，都不太讨厌她……

我发现，除了阳子和元圆，我们的另一对朋友——吕擎和他的女朋友吴敏来玩时，或多或少也能引起梅子的一点不快。但我知道她心里其实是非常喜欢他们——因为这个城市里她没有更多的朋友了，他们恰恰是我们共同的朋友。后来我终于明白：梅子认为我的热情越来越多地被分散，而它本来应该留在这两间小屋里，用来烘烤我们的“小窝”。

我们能够安静独处的时间似乎也只有这样的夜晚了。可惜，各种车辆的轰鸣，列车进站时昂昂的鸣笛，在夜晚变得更加震荡耳膜。近处跑过的汽车可以把窗玻璃震得打抖……没有办法，这座日夜燃烧和旋转的城市啊，它不再有任何一个角落是我们自己的……

这样的夜晚如果我睡不着，鼻孔那儿就要飘过一阵阵浓浓的干草味儿。我与谁去谈谈那片原野，谈秋天里像雪片一样大朵大朵落下的海棠叶，还有那棵大李子树、外祖母和母亲；谈沙滩上的蘑菇，还有——阿雅的故事！

阿雅，我的阿雅，你多么顽皮啊！你本来是这个世界上最自由自在、最聪明灵智的一种动物——你的聪慧和机敏完全比得上人。夜深了，我只在心中叙说着阿雅的故事；我有一个朦朦胧胧的感觉，就是这只小动物一直在暗中尾随着我……

第二章

柏慧

1

是的，那是一场热恋，它让我很难忘记其中的每一个细节。这好像也不仅仅是因为它给予我的全部痛苦和幸福；因为除此而外，它留给我的还有恐惧。那是怎样可怕的一段经历……我对突如其来的一切都感到惶惑：奇怪的相逢，宿命般的遭遇，还有最后——我在最后的关头不可思议地逃脱了。我不得不离开她，忍受，悲伤，剧痛，仿佛一下跌入了非人的苦境……对我而言，逃离那片大山与进入一座有名的地质学院、结识柏慧以及她的父亲柏老，都多少有点大喜过望，有点猝不及防。想想看吧，好像只是一眨眼的工夫，我还没有做好相应的准备，简直是一点预感都没有，令人眼花缭乱的这一切就发生了。于是，随之而来的所有变故该让我怎样惊悸和荒乱，我那时不过是一个闯入城市的山地野小子，冒冒失失跌跌撞撞，既无力改变，也无力迎接……

仅仅在这场遭遇的两年多以前，我还在那片大山里流浪呢。我当时可没敢做一场大学梦，梦中也绝不会出现这一切。我那时只是在心里闪烁着一个恐怖的信号：这片望不透的山岭很可能要囚禁父子两代人呢。我于是要不顾一切地挣扎出去。那时我只有一个念头，就是尽快地逃出这丛丛大山——我几乎看到当年那道缚住了父亲的围网正在迎着他的儿子落下。我寻找重重山岭的出口……今天看这也许是不可思议的，我用了一年多的时间就啃遍了三个学年的课程，并设法挤入山区一处联中的高考复习班。一番拼搏之后，梦幻成真，我竟然真的进入了一所地质学院。从奇迹开始的那一刻起，我就有点恍恍惚惚，好像仍然要等待一个机会证实这一切都是事实。

我开始了自己既惊喜又紧张、小心翼翼的求学生活。就这样度过了第一个学年。第二年秋天我似乎发现，有一个姑娘，就是柏慧，好像故意在向我的沉默和警觉挑战似的。她与所有姑娘的不同之处，就在于这种挑战的能力和欲望非常强大。事后我才知道，我的蓬乱的头发、生硬的目光、野生生的神气，所有这一切不仅没有将其吓退，而且从一开始就引起了她的好奇心。她说："我偏偏要、我就是要明白你是怎样一个人！你知道吗？你与他们是那么不同！你……"

我好长时间都在心里感到好笑，我笑的是她的好奇心，我认为她永远也不会弄明白我。我心里非常清楚，我们是完全不同的人，我们两人之间的差距就像家兔与野狼那么大，虽然我已经被她完全地吸引了。可以说，我被这从未有过的、一种特异的幸福给弄得不死不活。我常常觉得自己被一股奇怪的力量吹拂着，那个来自山地的"我"正在蒸发，正在消失。这种奇特的感觉让我打了个冷战，于是我用尽全力镇定自己。我们在一起时，我会久久地沉默，咬紧牙关，常常对她的连连询问充耳不闻……

她很任性。我觉得她的目光连同她的呼吸，都是滚烫逼人的。后来我还是不得不听从她，跟随她走进了那个令人生畏的家。我抬头望着这个让人惶惑的、极为陌生的环境，视界里到处朦朦胧胧。一座多么宽敞的屋子，脚下铺了橡木地板……老天，在这之前，我可压根不知道人世间会有人过得如此舒适。古怪的世界啊。

许久以前，我记得外祖母跟我讲过我们原来的房子 —— 那其实是一座府邸，更大更宽敞，也是橡木地板，院内有很多白玉兰树……但我只能去想象它，想得脑子发胀也弄不明白那到底是怎么回事。而这会儿，也就是现在，我真的来到了类似的一个地方。

“再讲啊，讲讲你们那片林子吧……”

柏慧对我过去的一切都感兴趣。她在我眼里只是一个什么都不懂的洋娃娃。虽然她并不比我小多少，可是她知道的事情真是少得可怜。我相信她在我眼前一辈子只有好奇的份儿，好像是包在棉花里长大的一枚嫩芽。她听我说话，嘴里总要发出“是吗？”“啊呀！”等尖叫。我简直没法使她安静下来，尽管我讲的不过是一些极其简单的事情……

当然，在地质学院的这段日子里，我最幸福的时刻就是和柏慧待在一起。她家里有一架钢琴。我可没听外祖母说她家里有钢琴。柏慧专门为我弹过好几支曲子。我现在已可以随便进出她的家，而她的父亲柏老就是这座学院的院长。这儿发生的一切都有点招人嫉妒。所以我预感会发生什么事情，却从未想到它的性质和结果——它只是让我有一种莫名的惶悚——人哪，任何时候太顺利了总会担心什么，比如担心厄运会在一边等待、它迟早要赶过来干一家伙什么的，等等……

柏慧是我的同班同学，又是院长的宝贝女儿，所以我从心里认定，她和她的父亲就是我的恩人。真想不到，幸运这东西真的存在，而且它总是要选择一个人，这一回选择的是我；而对于德高望重的柏老来说，对于柏慧来说，选择谁都差不太多……柏慧与我是同龄人，如果比作植物，我们就是在完全不同的土壤上生发出来的植株。那时候我虽然刚满二十岁，可山野上的风雨已经把我的手足洗得苍黑，皮肤被太阳炙成的铜色像是永远也褪不掉了。单单是看手脚的颜色和上面的老茧也会明白我是怎样的人——柏慧有一次开玩笑，说我好像是一只四肢着地行走的动物，我的手与脚都满是裂口，还有许多变色和凸起的疤痕。我也多少为这个感到害羞。在她面前，我那些拗气和桀骜不驯暂时被遮掩了，而更多的是不得不面对的渴望、兴奋，还有无法领受的巨大幸福……可是在这样的时刻，她完全想不到的是，我的心灵其实比我的躯体苍老十倍。我觉得自己真像是一个历尽沧桑的人，我的拙纳就像伪装出来的一样。我在大山里常常表现出的那种机灵，在这一瞬间飞得无影无踪。我像一个在黑夜里待久了的人，突然就来到了阳光灿烂之地，强烈的光线刺得我双目迷蒙，泪流满面。

我完全不知所措了。我何时才能适应这个崭新的世界呢？

2

在这间铺了橡木地板的大屋子里，我常常忘掉自己刚刚说了些什么。我的两只手不知该放在什么地方。好在柏慧从来没有取笑我，她那么温柔宽容。她与我在一块儿时，迫切需要的只是满足自己的好奇心，是倾听那片原野和大山的故事；而我则需要她的目光、她的微笑、她的一切—— 我最不愿承认却是真实存在的一个渴求，就是需要她的肌肤。这种可怕的自私而无耻的欲求曾被我很好地遮掩了下来，但我心里明明白白，它无论如何都遮掩不了多久。我的稍稍文雅的举止，一切，都不过是为了一种不无痛苦的延缓能够有效地进行下去。我的痛苦也许只有她——凭借自己过人的姑娘家才有的敏感稍稍体察一点，也许一切都是我的一种幻觉，一种自欺欺人。我在这里既无比幸福，又无比痛苦。简单点说，就是我只想着黑夜早早来临，以便我们能够去那个遗弃了的饲料场，去嗅那里浓浓的干草气息和——或多或少的马粪的臭味儿。只有在那里，我才能够加倍地快乐和焦虑。我渴望这焦虑，它把我逼到了一个再也不能转身的角落里时，我就会像个无敌勇士那样一跃而起——当然了，那时候她就会因恼怒而最后离开我。她是一个自小在毛茸茸的小窝里长大的小雏，就等着让一只野狼一口吞下了。我就是这样的野狼。她后来总算多少领略了我的可怕，我从大山和原野上带来的青生气以及莽撞孟浪的盗匪气。“我是强盗，”我在那个时刻解嘲说，“可是我会改正的。”她生气地瞥我一眼，那没有说出的话是：但愿你能够。其实我心里明白，我才不能呢。我如果改正了，我就再也不是我了，你也不见得这样依恋我。

得想想办法了。不然我在她家香气四溢的这个小楼里就得被一种文明的二氧化碳闷死。这是肯定的，丝毫用不着怀疑的。她的高挺的胸部和微黑的面庞，那像大理石一样的长颈，还有一双古怪而迷人的眼睛，这一切都合在一起往死里折磨我一个乡村青年。我是不甘屈服的倔种山魈，可是我不得不在这城市的脂粉气里一次次地溃败下来。我装作十分文雅虚弱的样子，再配合一副不足六十五公斤的单薄身躯，小心翼翼地与她的父亲说话。不过这一切只能瞒住柏慧一半，我的真实的另一半，曾经在那个废弃的饲料场上暴露无遗。

她的外语大概会永远比我好，她的地质专业课也是如此。可是对后者我心里清楚：无数次磨破了手足和身躯的岩石泥土、打生下来就在其间奔波的原野和河川，它们理应要属于我的，等着看吧。它们在我眼里可不仅仅是什么纸面上的东西，它们远远比那些拉丁字母、数码和专业名词更为实在，它们的灵性与我相通、它们的脉搏与我相挨。我知道它们有各种各样的叫法，这些叫法既顺耳又贴当。我躺在花岗岩上睡过觉，我在所谓的霏细玢岩、风化细晶岩上打过盹。我无数次打过交道的那些动植物，她恐怕一辈子都难以如数见识。对于这个岩石和泥土的世界，我比她握有更大的真实。这是我唯一用来安慰自己的方面。

大概就因为这一切，柏老常常要花费许多时间与我交谈。我因此而多少有些自得。我相信这个老前辈在择婿方面起码不会弄错。

我令人羡慕地出入着这个芬芳的家庭。柏慧没有母亲，柏老刚刚六十岁。可是老院长比我见过的所有这般年龄的人都显得更为庄重。他的头发有一半变白了，总是梳理得十分齐整。我第一次看到他时，记得他穿了一件浅棕色的毛衣，一条褪了色的、略显松大的军裤，手里还拿着一个烟斗。他朝我点点头，微笑着，让我坐在一把藤椅上。一切都是这么随便和自然，我觉得柏老就应该是这个样子。我那时还是第一次离得这么近打量他。我觉得他身上似乎还有什么让人感到奇怪的地方——离开时想了想，才明白是那条褪了色的、稍稍肥大的军裤。

“你的父亲呢？”柏老有一次把烟斗从嘴里取下来，这样问我。

我不知从什么时候增添了一个毛病：说不定什么时刻，大半是一句话、某个字和词的出现，我的两耳里就会鸣响——在一种突来的刺激之下，整个耳郭里涌满了尖厉的噪音，脑子嗡嗡作响——这样我就怎么也听不清别人在说什么了……我在柏老面前恰好又犯了这样的毛病。接下去我好像听见隆隆的声音从一架架叠起的山影里、从远处那看不见的夜色里漫卷过来。我两手用力按了按耳朵，急得手心出汗。可是没有用，我还是听不清他在说什么。

“你怎么啦？”柏慧端过一杯茶。我轻轻揉了一下耳郭：“没怎么……我的耳朵……”

“你的父亲——他老人家健康吧？”柏老仍在问，微笑着。

“我……”

我的父亲，我的父亲是谁？他是那一架架大山吗？我一直认为我的父亲就是那一片蓝色的山影。当然了，那片山影越退越远，越退越远，有一个人最终从那片模糊的山影里剥离出来。他显得那么瘦小，腰也挺不直了。他开始踽踽前行……

“爸爸问你哪！”柏慧在一旁笑着提醒。

柏老慈祥地看着我，重新吸起了烟斗。

我好像听清了。我咬咬牙回答：“我的父亲在山里……”

“噢，他老人家多大年纪了？”

“他八十……多岁了！”

“哦哟，喔，一个老同志了。”柏老磕磕烟斗，“他比我整整大二十多岁呢。老人家身体好吧？”

“很结实……”

我的父亲，我的父亲，他一定在黑影里诅咒我了，因为只有我自己知道，我说的“父亲”指的是谁——那是另一个人，是我从没谋面的义父……我这一次终于忍住了，总算没有吐露心中的秘密。

可我再也待不下去了，我找个借口赶紧告辞。

柏慧坚持要送我出门。路上她说：

“我觉得你好像不舒服，你的脸色……”

我支吾了一声，匆匆跑开了。我只想一个人待一会儿。

3

那天我一直没能安定下来。整个的一天我都在心里杜撰着自己的“父亲”——我的那位义父。我想尽可能把他变成一个实实在在的人，越实在越好。我想象中他该是一个山里人，不高也不矮，有点粗壮，但并不是特别臃肿的一个老人；他深默寡言，像石头一样缄默，蹲在地上一声不吭；他会吸烟；他的两腿已经伸不直了，走起路来使劲弓着，每一步都迈得很慢。我甚至可以看到他向着大山褶缝里走去，弯腰拾起了一个钎子，把又长又尖的钎子硬是插进了石隙……他按动这只钢钎的一端，石头发出碎裂的声音。他蹲在一边歇息，伸手取烟——那双眼睛已经浑浊无光了，一双手磨得已经没有一根汗毛，与石块的颜色和硬度都差不多……很长的时间里，我都在想象中与老人对话：

“您搬弄这些石头干什么？”

“砌窑。”

“我……一直不知道您是干什么的。”

“烧砖窑的。”

我想起该叫他“父亲”—— 但我忍住了。后来我还是问：

“父亲……您烧了多少年砖窑？”

“一辈子……”

他说话时嘴唇都没有动一下，我觉得是他的眼睛在告诉我。我想他该有老伴，老伴可能很久以前就死去了。义父的身体还多么结实啊，苍苍的脸是被窑烟熏黑的，干干的眼睛也是被火焰烤成的。我想象他的皮肤已经不含一点水分了，连那暴起的青筋也变硬了，如果按一下也会像石头上蜿蜒的根脉一样老壮。

“我在好多地方做活，没有固定的住处，就这么在山里转悠了一辈子。这里做上两年，那里做上三五年。我在哪里做活就在哪里弄饭吃，这样过到了八十岁，还要往下过。我没有孩子，也没有老伴，一辈子都拱在砖窑里、烤烟窑里。”

我想否认他的话：“不，你有儿子，你看我……”

老人摇着头，他不认识面前这个人。我的心在颤抖：多么可怕啊，他应该是我的救命草——没有他，我的一切都将不复存在：在高考复习班上填写档案时，我填写的正是义父的名字。我心里再清楚也没有，正是因此我才得以被学院录取。粗心大意的学院！我真想抱住老人：

“您就做我的父亲吧，做我的父亲吧……”

我的内心又一次发出了哀求，两手渗满汗水。

这天傍晚，我们如约来到了废弃的饲料场。感谢这无处不在的干草气息和隐隐若若的马粪味儿，是它驱除了纠缠一天的不安和愧疚，还有恐惧。我在暮色中尽情欣赏着她如同石雕一样的面庞轮廓，挺起的鼻梁、稍稍深长的鼻中沟、长睫、微翘的唇。她的母亲我无缘见到，那肯定是天下最漂亮的母亲。她因为没有过分地遗传柏老而变得如此优秀。柏老，也许是同性相斥的缘故吧，我并没觉得他在相貌体态方面可以算作第一流的男子。他只是一个学究、一个德高望重的人，一个令我不得不尊重的口含大烟斗的人（而已）。未来的某一天，他极有可能变成一个“而已”，如果他最终反对我和女儿结合的话。我的心胸在这方面并不宽广。我此刻有些晕乎乎的，我在她身边只要待上一会儿就会这样。我晕得渐渐厉害起来，就会做出一些不太规范的动作。她知道这种危险，但是却因此而怀着稍稍探险的心情与我一次次坐在了这里。我在心里一遍遍说：“妈呀，老天爷，我怎么整治自己呢？我爱你，这是自然的；可是我还有更现实更不可忍受的需求……”

“你在父亲面前慌成了那样！他不过想问问家里老人嘛……”

她在说昨天的情形。当然，她永远不会理解那个场面的究竟，因为我不会这么早地对她说出那些家族秘密。我搓动着汗漉漉的手说：“我那时想的全是这里、天黑时……我们在这里……还有，我当时走神了。”

“你再也不能这样了，父亲会不理解的。”

谁说不是呢。可是我想把你即刻就按在干草上。我很小的时候就被一个泼辣女人这样整治过了，也许是她把我教坏了，关于它的邪恶记忆就时不时地跑出来，把我一次次逼到了这儿，让我想入非非夜不能寐，在床上乱拧乱绞的，只是到了你的面前才装得好人一个。这种表里不一的情形也许不会坚持得太久，原形毕露的日子就在眼前。

因为胆怯和极度的渴望，我全身剧烈颤抖起来，然后在越来越浓的夜色的掩盖中流下了两行滚烫的长泪。

4

在集体宿舍里，同屋的人都走了。我却因为浑身发烧而不能离开。这种情况并不多见，我从不旷课。可是经过了一夜的折磨，我实在没法爬起来了。一夜未眠，因为思绪就像奔马一样。它真是猛烈啊，一夜的狂奔不羁，我甚至真的听到了它踏在我的脑海中，嗑嗒，嗑嗒，巨大而清晰的马蹄声都把我磕痛了。我一遍遍翻动着身子，想挣脱什么，想拼尽全力抗拒。一会儿是沉在心底的哀求，我挣脱不成，也就只好哀求。我在哀求：你饶了我吧，我再也不到这儿来了……她在那个草寮里发狠屏气，只用更加狂热的行动回答了我。夜色渐深，果园里万籁俱静，我相信除了那些伏在深处的草獾之类小动物，没有任何生灵看到这罪恶无耻的一幕。我的屈辱的泪水在眶中旋转，终于哗一下流个一空。我的手被她引导至夜的最深处，然后是听不见的呻吟和哀求。我脑海里一遍遍重复上演那一夜的场景，直到又一个黎明来临。黎明来临的前一刻，窗棂上闪动着黄色套袖的颜色。我发现她的两只黄色的手臂交叉挥动了一下，新的一天就拉开了帷幕。

柏慧因我在合堂教室里缺席感到纳闷。她找到我，一眼看到我灰暗的脸色，马上怜惜了。她要领我去看校医，我拒绝了。“你怎么能这样啊，你这样不珍惜自己！”我苦笑着：“不用了，你就是我最好的医生。”“胡说什么。”在这个世界上，最真实的话别人总是不信。

也就是在这天下午，一个吓人的消息传了出来：一个男同学因为不齿的行为被开除了。这当然是杀一儆百。那个好小子令人难以置信地在一个晚上潜入女同学的宿舍，其目的却令一些人十分费解。因为他既没有伤害任何一个女生，也没盗窃什么钱财，只是偷走了几只微不足道的乳罩和内裤。而且这种行为据交代曾有过三次。“真是变态，可恶！”柏慧说。我看着她红红的脸庞，机械地重复她的话：“变态……可恶！”但那时我心里怦怦乱跳，觉得那个不幸的男同学的行为一点都不费解。他不过是运气不好，而且，像我一样胆怯。再就是，他没有我一样的幸运，他没有柏慧。我心里无比地同情他。我甚至愿意罄尽所有来帮助他。我于是马上向她求助：请向你父亲说情，千万不要开除他，哪怕给他一个严重的处分都行。柏慧惊讶极了：“为什么？”“因为，他太冤枉了！”

柏慧那一刻像不认识我似的，直直地注视我。“你真的认为他冤枉？”

我被她的目光刺得发疼。可是我真的认为他是冤枉的。只是我的表述不够准确。我思忖着，在心里寻找一个更确切的说法。我后来嗓子涩涩地说："他可能是实在没有任何办法了——所以，然而，于是，他干了这样的傻事。"

"他没有什么办法？"

"他解决不了……自身的一些问题，比如……"我脸色红涨，只是说不明白。我那会儿甚至伸手比比画画。

柏慧越发看得糊涂。她那双黑葡萄一闪一闪，湿漉漉的，让我心里发毛。我说："反正，他是给你们逼急了！"

"我们？谁逼了他？"

"有那么一股力量，从早到晚地逼他，他也许再也受不了啦！"我的语气趋于坚定。

她好像这次听明白了，稍稍瞪大了眼睛说："哦，你是说残留的一些——极左的—— 思想？"

我差点笑出来！她想到了哪里。老天，一个养尊处优的院长千金怎么才能明白这种关乎荷尔蒙雄性激素一类的科学问题！可是她还没等我开口进一步做出解释，就有些生气地为院方辩护起来："这根本就不是什么极左的问题，要知道，这种事发生在任何地方，都会给予严厉处置的！太无耻了……"

我只好认输。但我明白，这绝不是什么极左和极右的问题，这只是怎么对付和抵挡你这样的美丽之极的、青春四溅的女子的问题！看来在这所学院里，我们男子的苦日子才刚刚开头呢。

这个夜晚的饲料场上，在没有了马儿的废弃的柴火垛子旁边，我不敢再提那个倒霉的男同学的事情，而是专注于我们之间的事情。也许受那个事件的影响，我这一夜的胆子小极了。我一动不动地坐在那儿，任凭逼人的干草味儿肆虐，就是怯于行动。还是她更放松更自由，只待了一小会儿就把手搭在我的肩上。那种痒痒的感觉和甜甜的气息让我眼前一阵迷蒙。我吭吭哧哧地说了一句："我是一个……极右的人。""你说什么？"我轻轻咳一声："我是说，我要好好地和你在一起，然后再认真地、一丝不苟地谈谈……""谈什么？"她突然笑吟吟的。她单纯而傻气地看着我。我说："什么都谈！"随着一句落地，我紧紧地缚住了她，还没容她再说出一句话，就吻住了她。我感到她在无力地拒斥，于是更加起劲地拥紧了。我的双手找到她最丰腴的丘陵，正不顾一切地攀缘。她幸福的抽泣鼓励了我。我把她缓缓地压倒在一片干草上。

在最后的时刻，她猛烈而不容置疑地阻止了我。她惊讶地看着突然被严重弄脏的方格裙子，喘息一样说："这是不可以的……"

两个父亲

1

从柏老家出来，我躺在床上胡乱假设：如果作为一个人，他一生真的可以没有父亲也就好了。比如说，那时候他可以随便让一株大树或是一架大山做他的父亲——那该多好啊！我学的是地质专业，我多想让泥土和山脉做我的父亲，如果这样不是更恰当更贴切吗？可是我做不到。所有人都做不到。

因为实际上我有父亲，人人都有父亲啊，父亲作为一种最必要的人生现象，并非是可以随便杜撰的啊。其实格外倒霉的是，在很久以前我就有父亲，并且不止一个。那竟然是两个截然不同的父亲。他们对于我都是真实的，虽然一个见过，一个连面也没瞧到。我所说的“杜撰”，是指我总要煞费苦心、煞有介事地描绘一番那个从未见面的父亲——因为他属于大山，干干净净，贫困而又清白。事至如今，我该感激他的存在，还是诅咒他的存在呢？我不知道。那时候我甚至分不清这两个父亲当中，究竟哪一个更为可亲可敬、哪一个又该是我毅然弃绝的？因为我清清楚楚地知道，一个父亲带给我的是常人难以想象的恐惧，而另一个父亲带给我的却是虚无和荒谬……

那些夜晚里，我的思绪常常要缠绕在两个父亲身边，就像枯树缠藤一样。他们如果有知，一定会被我折磨得夜夜难眠吧。我那个死去的生身父亲倒好说，我那个虚构的父亲该有多冤。我现在开始同情那个人了：我对您老一无所知，可是我不忍再折磨您老了。您真的一点过错都没有。您是一个无辜的好人。

春天，校园里的丁香花开了。我好像从来也没有闻过这么浓烈的、醉人的香气。在这样的季节，让我把一切忘却了该有多好！我在丁香花间漫步，只渴望看到一个身影。她的微黑的面庞啊——我只想说她的脸有点红，据她说自己很像母亲年轻的时候。她的母亲我没有见过，但我想那肯定是一个最好的母亲。柏慧曾告诉我，母亲在前些年死去了，那时候正是混乱年代的末期。关于母亲的死，讲起来很像一个被人重复了多次的、有些雷同的故事。那个年代真是黑暗而晦气，残酷且毫无想象力，连害人都是千篇一律！不过其中的一些细节她有点讲不清楚。算了，引得她为此泣哭太不值得。反正母亲死的时候柏老在外地，他们俩没有见上一面。我想象的那个美丽而温柔的母亲，当时是多么渴望见见自己的女儿和男人啊！她的身边最后没有一个亲人——柏慧当时住在姨母家里，什么也不知道！她母亲的身世和遭遇让我想起了外祖母，还有我永远不愿提起的——父亲。我的两个父亲当中，那个从未谋面的一个极可能活着，而亲生父亲却过早地死去了。他死的时候，他唯一的儿子也不在身边。他死得非常奇特……

有一次从柏老家出来，柏慧把印制精美的两卷书交给了我，这就是柏老的著作了。我听说这是两部大书、了不起的书。我不知该怎样接过这份礼物才好，它太重了。我想象不出有什么人比柏老更值得尊敬、同时又是如此平易近人。打开这两卷著作，总像看到一个慈祥的人在叼着烟斗。这一切简直令人难以置信，那种精装布纹封面让我抚摸再三，让我顾不得过多地去看它的内容。好好领略那些密挤挤的文字总会有些时间，这种时间多得不可思议。在未来，在一种亲情暖意的笼罩下一遍遍翻动它的日子肯定很多。而现在主要是把玩，是把它与这个男人的另一个亲生孩子联系起来。那个迷人的女孩子叫柏慧，妩媚而端庄。不过这两卷庄重的著作却常常让我与作者拉开一段遥远的距离，我不由自主地要把它和他分离开来。好像那该是一个更为独特的、陌生的学者，那个人正从书的背后、从文字的栅栏间走出来，微笑着。我不敢相信一个活生生的导师，他就站立在我的面前，而且这个人就是柏慧的生身父亲……

柏慧的左肩上背了一个黄色挎包，它都洗得发白了。这让我想起了一段刚刚逝去不久的岁月。我当年那么喜欢这种帆布挎包，这会儿，它和她的整个装束、整个人在一起，显得那么和谐。这张微黑的面庞上永远有着一股特殊的神气。我早就注意到，她的那双眼窝多少有点深陷。她看人时的目光简直就像火焰一样，滚烫烫的。她经历简单，有一颗最单纯的心灵。只有她紧紧抿起的嘴角，才流露出一丝小小的隐秘。那是关于我们的一切，一切不需言语的东西。我想用无边的干草把她簇拥起来，我想为她用洁净无比的故乡的干草做一身蓑衣。

2

在丁香树下，她一只胳膊撑在树干上，一只手扶着自己的脸颊。我注视她许久了，突然心中一烫。我想和她一起去那个废弃的饲料场，我用眼睛示意了一下。她笑了。她看看天色，这只是半下午时分。而那里的黄昏或者更晚的时候才属于我们。天越黑越好，天上闪着星星挂着一轮圆月，四处的小虫鸣叫起，露水不声不响地抹在我们身上脸上。她那生了一层细小的桃绒一样的脸庞此刻滚烫烫的，那大概是渴望亲吻了。我们的渴望总是一样的，但两个人的表达是那样地不同。她拒绝我的时候总是分外起劲，而我在这种拒绝中常常变得不可理喻。她那时候往往在我耳边说点什么让我平静下来，比喻她说：

“坐下来说说话吧，说说你小时候的事——父亲和母亲……”

就是“父亲”两个字，会让我立刻蔫了下来。但我不会表现得过分恐惧和低沉——其实何止如此，我那时简直是绝望！我真想有一种什么办法，让她永远、永远不再提“父亲”两个字……当然，事实上我没有任何办法，而且将来也不会有。我真倒霉。

我的心在怦怦乱跳。后来我听到自己一颗有力的心脏又沉又稳地跳动起来。从哪儿说起呢？整个故事简直太漫长了。我踌躇着，最后还是像过去一样忍住了。我那时看着天上的星星，像痴人说梦、像告诉一个遥远的事不关己的故事一样告诉她：柏老的烟斗里装的烟丝，是烤出的烟叶制成的；还有我们周围的房舍，包括你们住的房子，都是砖石盖成的。为什么要说这些呢？因为烘烤烟叶和烧制砖块的土窑里，有一个奔忙不停的焦黑的老人，他常年不说一句话，眼睛都给烟熏得浑浊了，两手就像花岗岩……

她长长的眼睫眨动着：“还有这样的老人吗？”

“是啊，那就是我的父亲。”

柏慧好久没有闭上嘴巴。她低下头——这个光亮洁净的小额头，里面正转动着什么呢？我看着她的额头，她那油黑油黑的头发，觉得喉头一阵发烫，再也说不出什么……

讲过了“父亲”，身上一阵轻松；可轻松之后又觉得一阵深深的歉疚——不是因为我欺骗了她，不是，而是因为我只说出了一半——我讲的是一个从未见过的父亲，而隐去了另一个——我的更真实的父亲。这个时刻，我觉得自己不仅欺骗了柏慧，而且深深地伤害了那位未曾谋面的老人。

因为一切都没有经过那个山里老人的允诺；我做的这一切，他什么都不知道。我只是在利用他、伤害他；我盗用了他的名字。真实的情况是，我没有给他当过一天的儿子……

那个夜晚正是第三学年的夏天，不久暑假到了。

我是最后一个离开的。一直挨到同学们都走光了，我才对柏慧说：我要回去看望父亲……”

她手里缠绕着一根红色的头绳。她从来不扎这样的东西，这会儿大概是觉得好玩吧。她把红色的丝绳绕在洁白的腕子上——奇怪的是她一张脸庞微黑，可是身体的其他部位却是如此柔白。我没有看到得更多，我在这年开春的时候吻过她敞开的方领那儿，那时只觉得从一对高丘那儿反射而来的白色光芒刺眼夺目。我喘息得像一只巨兽，手不能动口不能张，只伏压在她的身上。我那样待了好久才吭吭哧哧地说：“我，我不能这样然而……”她傻傻地问：“那你要怎样？”我身体的某个部位把她磕疼了。可她几乎没有任何实际生活经验，还一个劲问哪里这么磕人？然后就躲开了一点。可见城市出生的饱受呵护的姑娘是多么幼稚可笑。她们是很容易受到伤害的。想到最后一点，我就鼓起了保护她的侠义豪情，久久揽住她的肩膀站立着，不再设法贴得那么紧了……这会儿她的眼睛像星星一样明亮，仰着看我。她仰脸的样子是孩童一般纯洁，小鹿一样娇弱。我说我要回去看望父亲了。她说：“啊啊，真的？那你……”她马上低头思忖起来。

第二天，她竟然给我买了一大包礼物，让我捎给父亲。

我把一切都接受下来，心里却酸酸的。真是从未有过的沉重。与所有同学不同的是，我现在已经没有家了，当然也无处去找那个所谓的父亲。

从此我在心盘算的只有一件事，这就是：这个假期到哪里去厮混呢？像以前一样，我只得背着挎包，带上我的地质锤，重新回到那些大山里去了。如果从学业上来看，这倒是一次再好也没有的机会，比起其他同学，我将如此不同地消磨一个假期，过得再充实也没有。可问题是我已经回答她去看望自己的父亲！父亲啊，人为什么非要有个父亲不可呢？如果你真的藏在那片山影里，那么我的山地之行也算是一个不小的安慰了。我这样想着，心里已经在遥望那片山地了。

可就在我即将离校的时候，柏慧突然找到了我。她的两眼明晃晃的，语气急匆匆的，说：“幸亏你还没走呢，我想好了，再约上一二个同学，我们要一起跟你回老家！”她竟然异想天开，认为这会是一次很好的旅行，我们大家可以一起做一次大山里的实地考察；同时，也是最重要的，她想去看看我的父亲——她的语气中隐约流露出：这对于她将是多么重要的一次远行啊！

我的心里却被什么强烈地碰撞了一下。

柏慧啊柏慧，你太憨直孟浪了！你为什么非要在这个倒霉的夏天去见我的父亲呢？

可我又没法拒绝。我不知如何是好，于是就借故推迟了两天。

回绝她既需要时间，又需要方法。我在心里盘算，盘算着怎样想出一个计谋，以便赶快逃离。

3

直到第三天，我还是没有一点办法。第四天黎明，我差不多是来了个不辞而别。我给她留了一张纸条，上面干脆讲我有一个朋友找我有什么急事——他就在一个海滨小城里，这个假期突然约我见面，事情大概很急的，于是我只得赶紧走了——如果时间来得及我将从小城早日返回，那时我再带上她和她的朋友去那片大山……

这是一篇蹩脚的谎话。

就这样，我走了。当然，我一旦离开就绝不会中途返回的。这个夏天啊，这将是我一个人度过的多么寂寥、痛苦和矛盾的一个夏天啊。我竟然忍受分别的痛苦和焦灼，放掉了大好的同行的机会——这个机会极有可能是千载难逢和稍纵即逝的。我不得不一个人落荒而逃，踏上最无趣的旅程。我是被不得已的谎言和独特的命运给打败的，而且毫无办法。

我像往常一样回到了入学前徘徊过的那片山地。整个夏天闷热极了，我几乎什么也干不下去。在犹豫的日子里，我最后真要去那个常常使我梦牵魂绕的海滨小城。那才是我生身父亲的城，是我一直要躲开和逃离之地。不仅是我，就是母亲和外祖母在世时也不敢轻易提到的地方。这座小城啊，是父亲寻觅幸福之地，也是他的苦难之地。他就是从这里启程，走向了永生的苦役，直到死亡。

那是一个早晨，我一直向着一个方向攀登。我想早些走出这片山峦。再翻过几道山梁就可以抵达那个极顶了——当我终于踏上高高的山顶放眼望去时，一种异样的冲动倏然涌出，让我汗津津的两手紧紧揪住了背囊带子。我所立足的地方正处于山口地带，它是三条河流的发源地。山脉一直向南，与有名的栾河几乎平行；它再向前延伸，即与芦青河界河的分水岭汇合了。从早晨的霞光里望去，那个海滨小城真像一朵朵绽开的木槿花！它真是一个奇异的存在，从昨天到今天，就那么镇定自若地存在着。要知道它对于许多人、特别是对于我们一家来说，可是一座铭心刻骨的城市啊。它的故事催人泪下，因为它留下了那个人的足迹；他的命运就在它曲曲折折的街巷中发生了可怕的转折……我本来对母亲有过许诺，一生都要摆脱一个人、一座城市，却不知为什么会在这个尴尬的夏天不由自主地再次走近。我走近的是一部可怕的历史，一种可怕的命运……

我缓缓下山，徒步往前，背囊却越来越沉。

很久了，我规避着它，就像害怕闪电一样。我简直不记得自己有多久没有踏上这儿的街巷了。如今像寻觅一个奇迹一样，像第一次走近了这座小城，第一次得以切近地盯视。我知道自己的这股勇气来自何方，它来自一个女性的目光。她让我怦怦心跳，让我逼近自己归真实的昨天，走近我的父亲。因为我无权也无法对最心爱的人隐瞒任何秘密。这个夏天，我开始用目光细细地抚摸这座“父亲的城”……我首先奔向的是古老的海港，因为它是一座城市的心脏。可以看到，原来的港口差不多已经废弃了，而新的海港刚刚建成没有多久。老港深入陆地相当深，它现在离真正的海岸已经有好几公里远了，边缘是陡峭的海蚀崖。整个小城建在滨海平原上，平原的总面积为四十多平方公里，全部由河水的冲积物形成。这种陆地增长的过程会是多么缓慢啊。如果沿着满是花岗岩的河谷往前，就可以一直走到海湾。沿着海湾向东绕一个弧线，走上三十多公里，转过山嘴，就可以进入那片更为开阔的原野了。

我在小城一带徘徊了整整一个星期。每一条街、每一个巷子都印上了我的足迹。我没有多少关于小城的记忆，可是我的心里整整装了一部母亲和外祖母口述的历史啊。这里有一个家族的传奇，有一代人的血汗浸染，甚至有他们依稀的回声。无论是过去还是现在，小城里都有什么东西会永远存在，它不会消失。这一切，连同我这个夏天看到的一切，我都将向你——我心爱的柏慧——一一诉说。我将驱逐心里最后的一点恐惧，向你和盘托出一切、一切、一切……

走在石板街道上，脚下发出了咔啦咔啦的声音。这让我想起了很多年以前父亲的坐骑——那匹大马的叩蹄声。大马多么威武地在这座小城里奔驰，然后顺着曲折的巷子一闪就不见了。大马驰向了外祖父的深宅大院，那儿的高墙下有多么美丽的白玉兰啊。大马驰向了那个码头，这在当时属于半岛地区最大最繁荣的港口，属于战略要地，也是父亲频频出入的地方。他在这里既找到了终生不渝的爱情，又建立了不灭的功勋。他在这里重生和死亡。

我仿佛看到父亲被自己的战友披上了生锈的锁链，沿着脚下的石板路往前走去，发出咔啦啦的声音……这是一条怎样披挂的锁链啊！倔强一生的父亲啊，叱咤风云的父亲啊，他对突然变得穷凶极恶的战友完全没有预料，他跳了起来……“于是，他们就重新找来一副脚铐，是刚刚让铁匠锻出来的，还没有凉透就硬套到你父亲脚上。那时他脚踝上的皮立刻掉下来……满街都听到你父亲撕心裂肺的喊叫……这帮丧尽天良的人哪，对待自己人比对待敌人还凶残十倍！”母亲生前诉说着那个场面，泪水哗哗流下来……

“柏慧，你听到了吗？这就是我的父亲！这就是他在这座小城留下的最后的声音！”

爱与背叛

1

我匆匆回到校园，这才发现离开课的日子还有好多天。心里一直有些忐忑、有些牵挂，但还是像一只鼹鼠那样缩在了宿舍里。回来两天了，还是没有见到柏慧。我担心她的责备，不知道她会做出怎样的反应。还有，我害怕看见柏老。傍晚走在宿舍区，在白杨树下走了很久，又穿过冬青林里的小路。我渴望、又惧怕在路上碰到柏慧。夜里，我又听到了那熟悉的钢琴声，于是再也抑制不住心中的期待。

但我还是忍住了。第二天是个周末，而周一就是正式开学的日子。我终于在周末的上午鼓足了勇气，去敲那扇门。

我站在台阶上，手心里全是汗。里面终于有了应声，我推开门。柏老从桌边一下站起，迎着我呵呵笑，满面红光。他过来亲热地握手、拍打我的后背。我一时不知怎样才好，脸上有些烧灼。柏慧停止了弹琴，睁着那双大眼睛看我——像看一个陌生人。她站起来，微笑点头，远没有父亲那么热情。这使我想到：自己在这个假期是偷偷溜掉的，看来她心里并没有原谅我的这次过失。柏老说了几句什么，我没有听清。他后来就回里屋去了。

柏慧走近了时，我盯着她的目光，奇怪的是从中看不出半点责备的意思。她端量我，又看我的手。她大概想看到被石头磨损的痕迹。

“这个假期过得好吗？”

我点点头。

“你啊，一张纸条就把别人给打发了。”

我这会儿不想跟她解释什么，塞在胸口的那团乱麻连提也别提。再说她并未生气。可能因为柏老离开了的缘故吧，接下去的时间她像个小孩子一样活跃起来，有点蹦蹦跳跳的样子，一口气在屋里摆出了很多东西，都是好吃的。

柏老从里间屋捧着几本书出来，那模样也愉快极了。他离开一点距离端量我们，吸着那支黑胶木烟斗。接近中午了，我要离去，柏慧和父亲一定要留我在家里吃饭。我答应了，但心里有点怯怯的，我无法放松地在这儿吃东西。

柏老和女儿亲手做了饭菜。吃饭时，柏老喝了一点酒，还给我和柏慧每人添了一点。喝酒时，柏老很是兴奋，为我们朗诵了一首诗。柏慧指着我告诉父亲："他也会写诗呢。他一个人在山里的时候写了很多。"柏老眯着眼睛，已经是洗耳恭听的样子了。我赶紧否认："不，不不，我那算什么啊！""那算什么？"柏慧问。我"哎哎"着。我也不知道，我只不过是在漫漫长夜里思念着，一个人蜷曲在山上的小屋中，全靠这样一些没头没尾的喃喃自语安慰自己罢了。我想念母亲和外祖母，想念我们的林子和平原。

柏慧的目光扫在我的脸上，让我有一种灼烫感。

就在这会儿柏老说："孩子，你不仅可以成为一个地质学家，也可以成为一个诗人。我晓得。"

"我想……我想……"我正在心里挑选一句得当的话来回答这莫大的鼓励，突然两耳嗡嗡鸣响起来。是的，这完全是因为他接下去又改变了话题：他突然又说起了我的父亲！

"老人家一切都好吧？嗯？"

"一切都好……就像……过去一样！"

"哦，哦！"柏老的烟斗又插进了嘴里。

"他还在忙、天天忙吗？"柏慧问。

我害怕眼里的泪水随着这一声询问哗地流出。我扭过头去说了一声："是……是的。"

"该让老人家到城里走走，住几天。"柏老说。

我那么感激他，可是我只想快些离开这里。

这一顿饭让我吃得好累。当我从屋里走出时，只觉得双腿像跋涉了千山万水般的沉重……月亮很亮，柏慧伴着我出门，我们一直往前。

我们沿着校园里的一条小路走了很远，然后才折回。马上开学了，校园里已经不像前几天那么安静。我们选择了一条更小的路，一直走到丁香树下，再往前——当然是去那个废弃了的饲料场。我们终于又坐在了那个水泥台阶上。柏慧问：

“你知道我是怎么度过这个假期的吗？”

我没有作声。

“我跟你在山里转了一个夏天！”

“你是说……”

她笑了：“别害怕，我没有跟踪你——我是说这个夏天一直都想着你呢。”

“柏慧……”

2

天仍然有些热。经过一个夏天的闷晒，这儿的牲口粪味儿混合了干草味儿，变得更为深沉悠长。我张大鼻孔贪婪地吸着，不知餍足。身边有唰啦啦的声音，我们一阵紧张之后，看到了从柴垛中慢慢挪动出来的一只刺猬。她像个孩子一样从台阶上蹦下来，一下凑近了它，呀呀叫着，与它说话，逗弄它。它开始一动不动，最后球起来。这个刺球被她小心地拨动着，让其滚动。这样许久它才伸展开来，爬向了远处。我在月光下一直看着她，我又一次闻到了浓烈的栀子花的香气，这气息是从她的头发上散发出来的。

这个时刻，所有的惧怕和不安、忧虑和踌躇都离我远去了。一种强烈的归来感笼罩了我，无法言喻的幸福使我不知该说什么才好。月色从来也没有这样好过，它比那个山区和平原上的光色还要柔和细腻。柏慧的呼吸渐渐急促起来，她又一次攥住了我的手，把它举到眼前看着……我开始叙说着整个夏天的故事，讲那个山脉和小城。我没有过多地重复那些孤寂和思念的夜晚。那些日子里我是多么想念她啊，一个男人独自等待和消磨的日子，那些情形，她永远也不会知道的。

“你那时没有想过要早早返校吗？”

我摇摇头。接上我的咽部有些发胀，有好几次我只想紧紧拥住她。后来她又说了什么，那一连串的话我都没有听见。我什么也听不见了。她吃惊了：

“怎么了？你怎么了？”

“没有，没有怎么……”

当她的手再次碰到我时，我就不顾一切地缚住了她。她挣脱，喘息剧烈。后来她就抵在了我的胸前，再也不肯抬头。她这会儿多像那只小动物，是的，她就像阿雅那样顽皮和羞涩地吻了我一下。那一刻我真的想到了阿雅。我真不像一个十几岁就开始在大山里游荡的人，多么冲动不安，难以把持和沉着。我这种时候总是无法忍受和坚持。

她的手抚摸我的胸部，我知道那儿蓄满了山区和小城的气息。我因为一个夏天的愤怒和激动而变得愈加粗韧鼓胀的肌肉会吓着她的。这时候我一动不动，凝住了一般。我从她有些颤抖的肩头上方看着那轮晶莹的月亮。我想到了山坳里遍洒的银辉。那些山坳里的故事啊；还有，那些丛林和平原的故事啊——我的、我们一家，还有阿雅的故事，已经如鲠在喉……

所有的故事都等待复活——它们几年来在胸中淤积、叠起，让我再也不能忍受……这样不知过了多久，我突然问了一句——我的声音那么低沉细弱，但字字都送入了她的耳郭：

“柏慧，你愿意听听我的、我们一家的真实故事吗？”

“真实的故事？你的？”

“是的，我必须讲给你了……”

“那就快讲给我啊！”

我看着她亮晶晶的眼睛，口吃一样说下去：“它是我的、我们一家的故事，我从童年开始……”

“从童年开始……”

面对聆听者，我的滔滔话语突然遭遇了无形的阻障，竟一时找不到倾吐的出口。我回避着她期待的目光，望着远处。我不无艰难地描述着那片原野、丛林，那棵大李子树旁边的小茅屋。然而这对于她毕竟是一片崭新的天地，是她从未听到过的。我讲下去，觉得既不能、也无法再向她隐瞒什么了——我多么爱她啊，我应该把一切都告诉她。想到这里，我的心底泛起了一股从未有过的感激之情。我不知怎么小声呼唤了一句：“阿雅！”

我们再次紧紧相拥……

一场长长的倾诉就这样开始了。

我告诉她当年奔跑的踪迹——怎样逃出了那片丛林，怎样被迫去找一个新的“父亲”。我带着深深的懊悔向她承认：我以前跟柏老和她讲过的“父亲”全都是假的——我与那个人至今没有见过面，我不过是借了那个山里老人的名义而已，老人充其量也只能算是我的“义父”……

“什么是‘义父’？”

“我是指名义上的、后来的‘父亲’……”

“他真的八十多岁了吗？”

“不知道，什么都不知道——因为我压根就没有见过他嘛；我说过，他只是我名义上的父亲。”

“为什么——要这样？”柏慧皱起了眉头，一动不动盯着我。

“因为……”

怎样解释？为了挣脱厄运？为了离开那片大山？为了摆脱真正的父亲？我相信她永远也弄不明白这一切。她太幸运了，她生活在与我完全不同的世界里——或者说只有我自己才是一个真正的“异类”，别人没法懂得我，我与其他人永远也无法沟通……我内心深处是无边的恐惧，它是黑夜一样的颜色——她怎么会明白这一切呢？

随着往下诉说，我有些失望和畏惧了，因为我觉得自己难以把那一切讲得清楚。可我还是要对柏慧做出解释，我已经无法逃避了……柏慧长时间怔在了那儿——她此刻会觉得自己是受了欺骗？

她后来长久地低了头。当我把一切讲完时，她才慢慢仰起脸来。那对目光里有着遮掩不去的惊讶。是的，尽管我说得小心谨慎，但这会儿再也不想隐瞒、也无法隐瞒了。她是这世上唯一一个倾听这长长的故事的人。因为她是柏慧。

就这样，我在这个夜晚，在明晃晃的月光下，完全忘掉了昨天的誓言。母亲曾在远行前让我发誓：永远也不在别人面前提到真正的父亲。我答应了母亲，我发过誓。

可是今夜……我背叛了母亲吗？

可怕的念头只闪了一下，很快就消失在无边的月光中了。

在叙说的末尾，为了弥补，也为了最后的说明，我告诉她：我真正的父亲并不可怕，他不是魔鬼，更不是敌人；他像很多人一样，是带着深深的冤屈离开人世的——尽管这种冤屈暂时还没有被证明，但总有一天真相会大白于天下的。我请求她等待那一天，并相信我。

她马上回答：“我相信你！”

由于她说得太快，像是未加思索，这使我有了一点隐隐的不安。

分手的时候我特别叮嘱她：千万不要把这一切告诉柏老，这只是我们两人之间的秘密——不久以前还只是我自己一个人的秘密——我曾经对母亲发过誓——因为这是真正的家族禁忌，说出来就会招致厄运，你能明白吗？

柏慧久久地吻着我，再没有说什么。我则因为爱和超越一切的信任，更有亲情和依赖，感动得泪花闪闪。

那个夜晚之后，一连许多天过去了，我再也没有见到柏慧。我发现自己好像在有意回避，心中因为失却了一个巨大的秘密而突然变得空荡荡的—— 那像是一个难以填补的空洞。而对她来说，这可能是一个猝不及防的、完全出乎预料的故事。那就得让我们彼此冷静一下了，尽管这个过程让人分外难受。

又是一个星期过去，我实在无法等待下去。一个黄昏，我终于敲开了那扇门。

柏老不在，只有柏慧一个人在家。她好像在期待什么，见了我，立刻笑了。可是我同时也看出她好像在犹豫什么，脸色红红的。我们都没有说一句话，只紧紧拥在一起。一会儿，她贴紧我的耳郭告诉一声：爸爸就要回来了。当时我真不希望看到那个令人尊敬的长者，而只想和她单独在一起。我心里仍然在想那天晚上的叮嘱，那可是最后的叮嘱啊——我们要保存一个不可示人的秘密。

那是一个难忘的时刻，它让我有机会向对方验证了自己的忠诚和爱。后者也许才是最为重要的一个理由。是的，我因为这爱，终于把什么都讲过了，讲给了一个人。这使我像卸下了千斤重负一样，多年来第一次感到如此轻松和幸福。从此我可以坦然地看着这所美丽的校园、校园里的丁香，面对柏慧诚实无欺的眼睛。从此我们走在校园小径上，在合堂教室里，彼此只是远远地看上一眼，就会获取无法言喻的满足和安慰。在她的目光里，我可以把一切忧愁都忘个净尽。我觉得我愿意用一生的苦难去换取她深深的一瞥。

3

第四个学年来到的时候，丁香花又一次绚丽开放。

一天早晨，像往常一样，看上去没有任何的不祥和异样——我正准备从操场赶往宿舍，突然有一个人叫住了我。原来这人是学院政工处的工作人员，他一直把我带到了一间办公室。

我不知发生了什么事情，只是看着他神秘而阴沉的脸色，心里有些慌。好长时间我的动作都有点机械，他让我坐下我就坐下，他让我喝水我就端起杯子……有一种奇怪的预感，像是要发生什么……那个人在开头时故意不说话，一个人在那儿忙着。他啪啦啦打开了一个铁柜子，接着找出了一个档案袋。它打开来，一叠纸片陌生而刺眼。我几乎不认得纸片上的笔迹了——我自己的笔迹。他伸手指点着，指甲在字迹上使劲划着，引得我把脸深深地沉下去。一点不错，那正是我的名字。多么稚拙而丑陋的签名。在“父亲”一栏中，我清楚地填写了义父的名字——因为这个名字是杜撰的，从而巧妙地回避了真正的父亲。仅仅从档案上完全看不出破绽：一个山里人的后代，一个来自大山的学生……这个时刻我用力回忆填写这些表格的情形，一片朦胧。纸片上有几个红色的印鉴，它可能来自我参加复习班的学校，也可能来自其他方面。我这时只是想着当年复习班里的老师、校领导，一个一个面孔……我的脑海里唯独没有一点那个山里老人的形象，因为他对于我只是一个符号，这个符号当时被轻轻地、却是无法消除地刻在了档案里。

“讲一讲你真正的父亲吧！”

一种隆隆的雷声从遥远的山地漫滚过来，徐徐地推进到我的耳畔。这种声音渐渐细碎而且强大，变得像海潮一样涌动、旋转。我按了按耳郭，摇摇头：

“我讲不出——我不能讲。”

“是啊，你不能讲，你隐瞒了这一切！”

政工处的干部说着，又打开了另一个铁柜子，拿出了又一叠材料，上面是花花绿绿的字迹，仔细看了看，原来只有蓝黑色的字迹，上面盖了一些大小不同的印章。这些印痕都来自遥远的山区，包括那个滨海小城和平原。

我终于明白，原来有好长一段时间我正被暗暗追踪——而我还若无其事地走在校园里，完全蒙在了鼓里。我吸了一口凉气。

一个危险的信号在脑子里飞快一闪，头又嗡嗡响起来。我相信那时我的脸煞白煞白。

“你可能要被勒令退学，你应该有个思想准备。不过你可以把动机、把全部事情的背景从头到尾写出来，由我们来替你争取一下，争取宽大处理。”

我马上想到了一个人，那是一个极其不幸的、直到最后也没有被赦免的同学——那个因闯到女生宿舍而被辞退的男生……我咬住了牙关。

谈话简短而严厉。我的两条腿像木头一样，只随着我的上身移动，一挪一挪地走下楼梯，走向了校园。在餐厅门口，我看见一群一群的人，敲打着饭盆从里边涌出来，我差一点被他们裹挟进去。我又折向左边，沿着一条砖铺的小路向前，直走到了那丛丁香树下。这时我才发现一个人站在那儿，她是柏慧。我忍住什么，躲开了。可她偏要迎住我，无论如何不让我脱身。当她离近了时，我终于听到了她的小声呼喊：

“那全怪父亲。他听我讲了以后——你知道啊，我完全没有别的意思……因为我没法向他隐瞒啊，我从来没有对父亲隐瞒过什么——可我讲了以后，他惊讶得半天说不出话。后来他说：这可不得了，不得了！父亲那一代人就是这样，他把事情看得过重，重极了，你知道，他那一代人和我们是不一样的……反正他当天就让政工处的人给几个地方发函，说要政审，要查个水落石出。我原以为他是说说而已，想不到后来有人真的去做了。这些我以前怎么也想不到，我后悔极了，可是已经有些晚了。不过你不要怕——我会让父亲想想办法的，他的火气马上就会过去的……”

我一声不响。那会儿我只觉得口渴难耐，身上一阵阵发冷。最后我不知怎么吐出了干巴巴的一句话：

“谢谢。不过你知道什么叫——‘背叛’吗？”

我发现自己在吐出这两个字之后，头脑一下变得清醒了。

也就在那一刻，我觉得自己重新变得执拗和顽强了，我甚至想起了那个在铁笼里挣扎的阿雅：它一次次蹿动跳跃，它要咬折钢筋，重新走上原野，走向那一架架大山……

……

这个事件的结果是——也许完全是柏慧保护了我——我总算在学校待了下去。她说得不错，我只挨了个处分，总算是凑合着读完了最后一个学年。这段时间我一直回避着一个地方。直到最后的日子，一个黄昏，我踟蹰着，不知怎么又来到了那个废弃的饲料场。

柴垛四周长了一层绿绿的草叶。这一夜，我没有嗅到干草的气味。

第三章

外祖母的故事

1

那棵大李子树啊，那棵走到天边都无法忘怀的大树啊。

我一想到它就想到了外祖母，它银色的、雾一样的花朵就像外祖母的满头白发。李子树下有一口砖井，外祖母要花上很多时间在井台上洗衣服。她把衣服放在木盆里浸一会儿，然后搓洗、在一块石板上用洗衣槌敲打。那个木槌精致极了，它是一种硬木做成的，光滑得很，手柄上边一点、槌子的背面，都雕刻了美丽的花纹。我常常拿着这个棒槌玩。后来我才明白：它虽然是很小的、微不足道的一个器具，却是大户人家才有的东西。有一个时期我曾经用心收集过外祖父的遗物，我发现，只要是从外祖父身边传过来的东西，哪怕只是很不起眼的一件什么，比如木制书包提系、珠帘坠头之类，也会做得特别讲究。就说这个洗衣槌吧，它的选料和精制简直就是独一无二的，除了在外祖母手边一见，再未曾于任何地方发现过类似的物件——不过很可惜，如果细究起来，它还是一件可憎可恶的纪念品。

外祖母头上那个凹痕，就是外祖母的婆婆用这个洗衣槌打成的。当时外祖母血流如注，痛得倒在地上，身边的一大片泥土都给染红了。大家都以为她这回是必死无疑了，十几天吓得大气也不敢出。外祖母多惨哪，她的生命力又多强啊。那时候她长得身子娇小，不停地为主人一家奔忙操劳，平时不多说一句话，是大院里一个最勤劳、最沉默的丫头。外祖父不知什么时候爱上了她，接受了一个下人不声不响瞥过来的目光，两个人偷偷摸摸地好起来——这事的代价就是那狠狠打过来的一木槌……

我恨着那个老女人。我抚摸着外祖母头上的疤痕时，悄悄地洒过眼泪。外祖母给我讲过的故事数也数不清，但最令我难忘的，是那个叫阿雅的小兽的故事。

外祖母是一个奇怪的有神论者。当年的有神论者不仅信神，而且还信各种精灵。她说这里的人有一些神秘的传统，这些传统被秘密地遵守，有时一连几代人都信守下来。她说那些极其精明的、幸运的人家，常常会不动声色地豢养一种宠兽：有的养猴子，有的养笨熊。“我们家呢？”“我们家，”外祖母一边做活一边说，“等你长大了的时候我再告诉你，我们家养什么……”

外祖母说这话的样子很神秘。她告诉了我一个朴素的、然而在当时足以令我大惊失色的道理：所有的大户人家，要想获得长久的幸福，过得一辈又一辈富裕、衣食无忧，那就必须暗暗结交一个有特异本领的野物。有些野物总是具备我们人类所没有的神奇本事，比如说，它们能够暗中护佑这户人家无灾无难，辈辈平安；个别本领超群的，还会在这户人家毫不注意的时刻搬来一些东西：搬来粮食布匹，搬来林子里好吃的东西……

无论是当时还是现在，我都没有怀疑过外祖母的话。我把她的话告诉母亲，母亲也十分肯定地点头说："是的。是这样的。"

外祖母并未指出谁家曾豢养了这种叫"阿雅"的小兽，只说它长了黄色的皮毛，光亮得像缎子一样；它的尾巴粗粗的，毛儿蓬松；它的鼻梁从脑瓜那儿往下拉成一道直线，很尖很尖；小小的鼻孔，尖尖的牙齿，灵活到极点的身躯……如果它腾跃起来，可以把空中飞动的小鸟咬到嘴里。它的两只前爪很短，但极为灵巧和有力。总之它是一个机灵透顶的家伙。别看它只有一两尺长，像小狗一样，可它的聪明是世上所有动物都比不过的。有一户人家就养了这样的一只小兽，世世辈辈都养，他们称呼它的时候就像发出了一声悄悄的叹息："阿——呀（雅）——"。

"阿雅"成了这户人家的一个成员。它在这一家里进进出出，大家都装着没有看见，因为事情最好不要挑明了。所有的家庭成员都小心翼翼地提到它，嗓门压得低低，只说一声"阿雅"来了、"阿雅"走了。他们把院门木槛下边锯出一个洞，正好能容那个小兽进出。有人一旦问起这个洞来，他们只说那是"猫道"。他们围墙外面有一个大草垛子，下面有一个洞穴，口儿小，里面却十分开阔，铺着软草，那就是"阿雅"的窝。

这户人家在过年过节的时候都要大摆酒宴，可是他们从来没有忘记在屋角多摆上一份饭菜，那就是给从不轻易露面的那个特殊家庭成员准备的。当家宴席散了时，再到屋角去看看，那份饭菜真的被动过了，不过只动过一点点。“阿雅”并不需要吃这样的盛宴，它有很多自己喜欢的东西可以吃，它不过是为了满足这户人家的一片心意，就随便吃了几口。它热爱自己的主人，早已经离不开它的主人了。

据说，只有交了好运的野物才能找到一户殷实牢靠的人家收留它们。可是它又不需要这户人家做任何事情，不需要他们的庇护，更不需要他们的援助。相反它倒要因此给自己的一生添上永远也没有尽头的劳碌和负担。它要为他们起早贪黑去搬弄东西，去冒险。想想看，它们本来可以在林子里过得多么自由自在，想干点什么就干点什么，可以尽情嬉闹玩耍，不管白天还是黑夜，所有的时间都归自己所有。可是当它从属于某一户人家的时候，这种自由就再也没有了。它们的心要永远牵挂在这一户人家身上了……

2

外祖母讲过这其中的奥秘，她说：那些小动物们固执地认为，只有找到了一户人家的“阿雅”才有最好的报应，它到来世的时候也才有可能转生为人。所以只要有机会为一户人家服务，那些小兽大都乐于去做，而且在林子里，在它们那一伙里，从此就成为极受尊敬的一种动物。它们一个个既遭受嫉妒又领受羡慕，走到哪里大伙儿都尾随着，用钦敬的目光望着它；它伏在地上解溲的时候，大伙儿也要站在一边观看；它爬过的树，大家都要试着爬一爬；它去过的地方，大家也都要去打个滚儿才舒服。

外祖母说，那时候所有的大户人家都有自己的秘密，千万不要去问他们。因为知道底细的人很少，人们都普遍认为他们是靠自己的智慧、自己的双手才挣来了万贯家财的。实际上啊，那是因为他们在暗地里交往了一个神通广大的野物，这才能让他们不至于坐吃山空，一辈又一辈富得流油。外祖母说：交往任何野物都不如交往一只“阿雅”，它有多么聪灵、多么忠诚啊。有一个大户人家就交往了一只“阿雅”，当这家的老祖宗知道自己将不久于人世的时候，就特意到“阿雅”的洞穴边上祷告了半天。他说自己是个善良的人，他的后一代也是善良的人；为了不让家道衰落，他求“阿雅”千万帮衬他的儿孙们，他们一代一代都忘不了它的恩情。就这样，老祖宗含着眼泪告别了小兽，不久也就死去了。谁都知道“阿雅”是个重信义的生灵，老祖宗将死的那一刻，人们都眼看着一个飘飘的少女样的影儿来到床前，它把芬芳的小嘴凑过来吻遍了老人。它吻过他的额头，又捧起他那双枯黄的手贴在脸上。人们睁大眼睛，却是一片迷离什么也看不清楚，只听到咂咂的亲嘴声。老人就在这快活的安慰中告别了人世。就在他死去的那一刻里，全家人都听到一阵哀哀的恸哭。这哭声在床边旋转着，升上屋梁，很久才飘向窗子，然后消逝在远处。大家都知道这是谁在哭。

老祖宗走了，这个大户人家的另一个时代开始了。他的儿孙们，就像他们的老祖宗做过的那样，每天晚上在窗台放一个瓷碗，里面盛了半碗清水。他们都习惯了，也都知道，在半夜时分，将有一个小兽从很远很远噙来一颗金粒，将其吐在碗里。那时候所有人都要装作什么也不知道，只安静地睡自己的觉，不准起来偷看，更不准打扰……

“阿雅”具有一种超凡的本领，它能够一口气跑到南山，在大山里找到常人辨认不出的金粒，然后再在天亮之前赶回来，把它吐到那个水碗里。黎明时分，这户人家年龄最大的人要早早起来，他的第一件事就是去察看碗里的清水。如果有一颗金亮的小颗粒，他就高兴得手舞足蹈。当然有时候“阿雅”奔波一夜，最后还是找不到那颗金粒，可它的肚子已经饿极了，就不得不去搜寻一点东西吃，这样才能支撑着疲惫的身子奔回来。

它在这条路上不知奔波了多少年，这些年里所能寻觅的范围越来越大，路也越跑越远。一开始只在周围的河汊里，后来就要向南，奔向那一座座高山了。它已经为这户人家采了一辈子金粒，所有的山溪沟坎差不多都寻遍了，如今不得不跑向更远更远的地方。但是在天亮时分如果还跑不回来，那也只得放弃这一次收获了。因为这是它的规矩：必须在太阳公公露出地面的那一刻，把一切事情全都做好。它有时沿着河畔往大海的方向奔跑——那里没有黄色的金粒；可是它惊喜地发现，那里有被河水冲刷出的白色金粒。在它眼里白金粒比黄金粒更为宝贵。于是它就噙着回来了。

可惜这户人家的后代只认识黄金。他们认为如今落进水中的只是一些银白的沙石罢了。第一天早上，当那个人洗了手脸到窗前去端水碗时，发现了这颗白金就大失所望，一气之下把它泼到了地上。这一次他有点隐隐的惧怕，预感到有什么不祥的事情要发生。接连两天晚上，水碗里都只是一颗白金粒，他同样愤愤地把它泼掉了。

最后这户人家终于骂起来。他们认为“阿雅”变心了，或许是被另一户人家收买了去，这会儿在存心嘲笑他们糟蹋他们。开始的时候，主人在“阿雅”的洞穴那儿祷告，再到后来就是威吓。他说：“我们供养了你一辈子，想不到你这么坏，这么没有廉耻，如果再这样下去，我们就废了你的洞穴。你回到林子里、回到你那个半路做下手脚的新主子那里去吧。”

当他这样说的时候，听到洞穴里传来了一阵泣哭。可他无动于衷，跺着脚，连连吐着说：“呸，呸，有脸哭哩。”

第二天早晨，他到窗外去端那个水碗，发现里面空空的什么也没有了。

隔了一天，他再去看水碗，发现清水里又一次有了那个银白闪亮的东西。他骂着，狠狠地把它泼到地上。这一天，这户人家的主人把全家老少都叫到一个角落里，互相使个眼色，然后提着铁锹，拿着木棒，悄悄地向屋子西面的草垛子围过去。那个草垛子是他们先人特意为小兽搭起来的，为了让它便于做窝挖穴。可是这会儿他们恨不能把那个草垛子点上，让烈火把那个负心的东西烤焦，只是因为怕它燃着大宅才没有那样做。他们想把它从洞穴里捉住——根据大户人家自己的原则，如果那个野物一旦变了心，就必须想办法把它铲除，不然的话会留下后患：它会把全部技能和心智都用到另一户人家，让他人暴富；或者它在一怒之下把这户人家所有的宝贵东西一点一点搬空。野物都有过人之处，说不定它还会使他们处处都不顺心，让媳妇生出一个怪胎，让孙子得个怪病，诸如此类等等。他们怀着既恐惧又仇恨的心情把那个草垛子包围起来。有人拿出一面小网，迅速地蒙住了洞口，接着就是用烟熏，用棍子捅。奇怪的是里面一点动静都没有。后来他们干脆用锨挖起来。洞穴全部挖开了，那是一个长长的曲折的洞穴，最里面是圆圆的一个大窝，铺了细细的茸草。

阿雅跑了，这个狡猾的东西早就听到了风声，它跑了。

接上一连几个夜晚，他们都听到一个小姑娘在四周的林子里泣哭。他们听到了，心里什么都明白，恨恨地说：哭去吧，你个不要脸的东西，没有人可怜你。

阿雅一夜一夜不能安睡，它哭啊哭啊，整个林子都笼罩在它的哭声里。这户人家只是恨着它，他们怎么能知道，当它失去了自己的主人时，双重的灾难就降临到它的身上了。一是它有巨大的委屈不能吐露，因为它没有一种语言可以和人沟通，简直是悲哀欲绝，恨不得把自己身上的毛发全部揪光。它有时一口气爬上一棵很高的大树，又猛地跳下来，想用这个办法来消解心头的愤懑。更大的不幸是，四周的伙伴们都开始嘲弄它，往它身上吐口水，说：再也不用神气了，小贱皮东西。它们骂它，往它身上扔土块，有一次还把一个死去的小老鼠扔到了它的鼻梁上。它忍受着一切，无心反抗，只长久地坐在那里望着西方落日。每到了太阳落下去的时候，它身上都有一阵冲动，因为往常它都是在这个时辰奔向南山，奔向河口，去那里搜寻一天的喜悦，再把收获小心愉快地投放到那个洁净的水碗里。可这会儿它不能去了。它千辛万苦寻来、含在口中的白色金粒吐给谁呢？它不愿背叛这个人家，永远也不。它想起了与这户人家久远的友谊，想起了他们相处的欢愉和幸福，想起它对老祖宗曾经发过的誓言：永远也不背叛他们。可是从今以后它再做些什么呢？最悲伤的莫过于这个时刻了。往日劳碌中它过得多么快活，简直什么都可以忘掉；它享受了整个林子的尊敬，它的愉快和甜蜜连星星也会嫉妒……它痛苦，犹豫，最后发现只有从事往日的劳动才能免除一切不幸和懊恼。于是它重新奔向了高山大河，重新噙起了白金。

刚开始它还想找到那种令主人痴迷的黄色金粒，可它寻了一生，早已把遍地黄金寻个干净，真的再也找不到一粒了。它只得小心翼翼地噙着那颗白金粒，踏上了熟悉的归路。它又要迈进那户人家的门槛了，可是刚刚走近，就发现留给它的那个通路已经罩上了一张险恶的网。它身上像被烙铁烙了一样剧烈一抖，赶紧退回来。多么冒失啊，如果一不小心闯进去，就会被网上的暗扣给死死缚住。怎么办呢？它蹿上院墙，又小心地滑溜下来，然后跃上窗户——那个水碗还在。这一回它聪明了几分，先仔细观察：它发现水碗的下面、离水碗不远处，隐下了什么可疑的东西。那个东西它从来也没有看到过。它借着月光端量了许久，后来终于看懂了，那是一个弹力十足的铁夹子。也就是说，当它走近那个水碗的时候，铁夹子就要打下来，它就会被活活夹住。多么可怕啊，“阿雅”在窗台四周急急奔走，许久才战胜心中的恐惧。它有好几次想小心地绕开这些危险，把白色金粒吐到碗中的清水里，但还是忍住了。最后它只好噙着它的收获重新跑回了森林……

3

"阿雅"啊，无数的折磨和思念开始了，酸酸的东西不断涌上心头。它望着天上的星星，乞求什么来解救它，解救它的主人——有什么东西蒙住了他们的眼睛啊！有什么办法才能在"阿雅"和那个愚昧的大户人家之间搭起一道理解的桥梁啊！没有办法，没有办法。它等待着，看着星星落了又出……

又待了一天，它实在忍受不住这煎熬，终于下了决心，一定要把口中的白金粒吐到那个水碗里。它不能违背自己的誓言，它记得这个大户人家的老祖宗辞世时说过的话。它被那一段历史深深地激动着，周身热血奔涌不停。它的心怦怦剧跳，全身滚烫滚烫。就这样，它重新来到了那个大户人家的院落。一切如旧，水碗还在那儿，不过那仍然是一个诱饵。陷阱也在。它小心地、凭着无比的灵捷跳到一边，然后又一丝丝地往前挪动。它想用小小的前爪踏着铁夹的缝隙往前挪动。眼看就要成功了，它尖尖的鼻子马上就要沾上水碗了。可就在这时，轰砰一声，夹子的机关被触动了，冰凉的铁夹牢牢地扣住了它的前爪。

在那最后的一刻，它差不多听见了骨头折断的咔嚓声。

夹子声很快引来了一群人。他们举着火把跑来，连连说："逮住了逮住了，可恶的东西。"他们提着夹子，连它一块儿提起来。

可怜的阿雅不省人事，小小的鼻梁抽动着。就在一家人七嘴八舌议论怎么处置它的时候，它慢慢睁开了眼睛。它的智慧在最后一刻帮了它的忙：故意没有把眼睛睁大，而且用力屏住了呼吸。这户人家里最小的那个小人儿伸手抱住了它，说：

“我要玩，我要玩，我要它。”

年龄最大的那个老太太劝说着，他们就扳开了夹子，把它取下来。可是他们还紧紧地握着它的前爪。那个小家伙把它抱在了怀里，对着它的嘴吹气，想让它转活过来。它心里多么感激啊，可是折断的前爪钻心地疼，它用力忍着才没有呼喊出来。

小家伙摆弄了一会儿，见它没有转活，就把它抛到了一边。这会儿那个年老的人取来一根绳索，说趁着它还没有转活过来把它绑了吧，免得再跑掉。另两个人在一边议论说不如干脆的好，于是去找刀子——就在那一刻，“阿雅”奋力站了起来，在他们还没有来得及发出惊呼的当口，就用剩下的完好的一对后爪使劲蹬了一下，腾地蹿了起来。他们连连惊呼，它就在这呼叫声里一口气蹿上院墙，一拐一拐地洒着血滴跑开了。

它一口气跑进了森林，永远告别了为人类服务的历史。

这就是外祖母的故事。

卢叔

1

我独自待在林子里的时间越来越长了。外祖母的故事啊，狠毒的大户人家啊，我竟然一下知道了这么多的奥秘。当一个人望着树隙中的天空出神、听着阵风穿过林梢时，我想得最多的就是一个生灵的悲伤，它的命运。也就在这样的日子里，我认识了一个朋友，因为我发现他至少像我一样孤单。这个人一天到晚在荒野上转悠，总是一个人。

他的家就在河边上，那其实只是一个空空的小土屋。他拖着一条拐腿走路，河边的人都叫他“拐子四哥”。不知怎么，我看到他一拐一拐走路的样子也要想起外祖母的故事，想起那个受伤的小兽——它是个多好的动物，忠诚，勤劳，所以它在转生的时候肯定变成了人。

我一辈子都会为“阿雅”感到难过，为我们这些无情无义的人感到羞耻。再也没有比我们这些人更可耻的了。我们无论讲得怎样动听，说到底还是一些没有廉耻的人。我与拐子四哥在一起消磨时间，我们在原野上蹿着，有时在丛林里一待就是一天。我们找来一些花生和地瓜烧了吃，说一些有趣的故事。我把阿雅说给他听，他怔怔地看我，眼里是闪动的泪光。原来拐子四哥从小就在东北，他是在一个兵工厂负伤后才归来的——如果我没有听错的话，他这会儿正想念着一个姑娘呢。他就是因为这想念而不安，而悲伤，所以才要四处走动。有一会儿他低着头，许久才说：“‘阿雅’就像她一样。”他吐出这一句就再也不说话了。又是一些日子过去，他说自己要到远处游荡去了——说不定要到很晚很晚才能回来……

他真的走了。我想他一定是因为“阿雅”的故事联想起许多往事，所以再也不能待下去了——我琢磨他是动身寻找那个姑娘去了。

他一走，我的最孤单的日子也就来了。

林子里又剩下了我一个人。我想要一个新的伙伴，这伙伴可以是人，也可以是一只动物。我在安静的时候偷偷观察过小动物们的世界，想看看它们的生活。它们当中肯定也有孤独者、落落寡合者。说不定我还能看到一只真正的“阿雅”呢。只有此刻我才能真正原谅拐子四哥的走，也深深理解了他为什么要那么急切地去寻自己的“阿雅”。我在心里祝愿他一切顺利。

太阳升起来，沙子晒得温热了。这沙子多么洁净，它像黄色的金粒又像白色的金粒。我攥起一把闻着，我甚至嗅到了一种特别的清香。树影花花点点落在我的脸上，我的脸也给晒得热乎乎的。突然我听到了扑棱棱的声音，就屏住了呼吸。我在头顶的树杈上发现了一只很大的鸟：它长得多么好看，翅膀是蓝色的，脊背呈现棕色，翅膀的边缘不仅是蓝，而且是黑，是红，总之它在阳光下闪出了各种各样的色彩。我第一次离这么近看一只大鸟，发现它的眼睛真像我所见到的一个姑娘的眼睛——是啊，很多动物都长了一双女性的眼睛。这个大鸟待在那儿，好像不会呼吸一样，那么恬静安然。它在那儿待了一会儿，可能后来闻到了我身上的气味吧，先是一怔，尔后拍动双翅飞走了。多么惋惜啊，我刚刚看过了它的翅膀、额头，还没有好好看它那一对脚掌呢，它就飞走了。

还有一天我在树下躺着，一转脸看到了一个跳跳跃跃的小兽。那么一会儿我惊喜得差点儿喊出来——它是“阿雅”吗？我仔细瞧着，不，不是，它只是一只松鼠……后来的日子里我还看到了鼹鼠，各种小鸟；

我看到两只高傲的天鹅，看到了胖胖的大雁 —— 它们落在地上 —— 要知道它们通常都是在高空排成“一”字或者“人”字。从近处看它们的脖子多么长啊，奇怪的头颅和脊背不知怎么让我想起了骆驼。

我每一次从林子里走出都是空手而归。我不是说自己要收获什么、逮住什么；不是，我只是想在这无边的林子里遇到一点什么——就像那一次拐子四哥的不期而至一样。我需要朋友，需要挚友，需要彼此的倾心交往。反正那时我急于获得一段真正的友情，我觉得人世间最可怕的就是孤孤单单了。我认为经受过这种孤单的人永远也不会背叛友谊 —— 所有的友谊，当然也包括小兽们的友谊。就凭着这样的一颗心灵，我想我总有一天会成功的，我必定会在林子里交上一个朋友。也许有那么一天，当我把一个新交的朋友或一个小动物突然领回家里的时候，无论是妈妈还是外祖母都会像我一样高兴。当然了，如果是它一只“阿雅”就更好了；但我们绝不会让它为我们家去找什么金粒，不让它做那么辛劳的事情，而只让它做我最好的伙伴。

那一段我简直是寂寥极了。我盼望拐子四哥早日归来，还到他以前经常出现的路口去等待，可惜他一直都没有出现。我在心里琢磨过：他肯定是在寻找自己阿雅的路上遇到了困难……有一次小路上走来了一个大人，他肃穆的面容让我不敢说话；偶尔有姑娘和小伙子，还有和我年龄差不多的孩子走过，我却没有勇气上前搭话。他们都不愿和一个生人说什么。有几次我见到过往的行人就微笑着去看他们，然后往前走几步 —— 他们大概觉得奇怪吧，赶紧退开了。他们最终都绕开了我。我只得重新回到林子深处。我明白了：我和他们是不一样的，因为他们都不是孤单的人。这些日子里我一直在想那只不幸的阿雅，想其他友善的小动物。我在林子里走啊走啊，有时候能跟上一只青蛙跑上很远。我看到了河里有一条鱼，就一动不动地立在岸上看它半天。我看到一只悄立枝头的麻雀，心里想：它如果愿意和我在一块儿，那我将一辈子对它好，一辈子都会爱护它，保护它，不让它受到任何伤害，晚上睡觉的时候，就让它待在枕边。

妈妈看出了我的孤寂，就说："你长大了，快要上学了，那时就有许多伙伴了。"

我最挂记的还是阿雅，就问妈妈它现在怎样了？

妈妈知道外祖母给我讲过它的故事—— 她说平原上许多人都知道这个故事，大家讲的都差不多，其间只有微小的差异。"阿雅嘛，它在林子里过得挺好的。"

"阿雅到我们家来该有多好啊，它每天去南山寻找金粒的时候，我会和它在一起的！"

母亲抬起头。她又在望南面那一片蓝色的山影了。我知道她在想父亲。我不敢吱声了。

我不记得父亲的样子，他对我而言仍旧是一个陌生的人。我只知道他要永远待在那片大山里了。那一座座大山哪，他藏在了里面，锁在了里面——"阿雅"跑进大山里的时候，是不是见过我的父亲？阿雅，你认识我的父亲吗？

2

也就是这一年的秋天，我和妈妈在林子里见到了阿雅；再后来就是那个惊人的消息：有一只阿雅被卢叔逮到了。

我永远忘不了第一次去卢叔家的情景。阿雅啊，我终于这么切近地看到了你！你真是漂亮得不可思议啊，你真是让人震惊得说不出话来啊。你的样子我敢说没有谁可以比得上，瞧这眉眼神情，真的像我梦中见过的那个小姑娘……不过卢叔说当时阿雅实在是给吓坏了，它在笼子里嗦嗦抖动，什么都不吃，什么也不喝。

卢叔给它最好的菜叶，馒头和肉，它就像没有看见。它一见了我就在笼子里蹿跳，尾巴狠狠地扫着铁梁。到后来累得实在跳不动了，就伏在那儿。卢叔是个逮野物的好手，他会在丛林里下皮套，也会使用夹子和网。他逮住了不知多少兔子、野獾和鸟。附近的人都知道他是一个可怕的狠家伙，不知宰杀了多少动物。不过他对阿雅要怎么办呢？

我看到卢叔那一天兴高采烈，他说这一回可逮住了一个宝贝。看来这一次他不会杀它的。真的，他说要把阿雅喂熟，让它跟着他，走到哪儿就让它跟到哪儿——“我这个老头子啊，这一回算是有了做伴儿的了。”

他说得多么好啊，我高兴极了。要知道他是个孤老头子，他就该这样做啊。

“可是怎么才能让阿雅跟卢叔好起来呢？”我问母亲。

“卢叔会有办法。”

我天天去卢叔那儿。有一天卢叔告诉我：从明天开始，他就要驯阿雅了。

“怎么驯呢？”

“你瞧着好了。”

第二天，卢叔把所有喂它的吃物全部收起来。结果两天过去，那只可爱的小家伙饿得一点力气都没有了，一天到晚只是伏着，见了我们也顾不得躲闪。它闭着眼睛，好长时间才睁开一条缝。我央求卢叔给它一点吃的喝的，他总是摇头。狠心的人啊。

几天过去了，我想阿雅快要饿死了。我用棍子威胁卢叔，让他赶快拿出吃的东西。卢叔哈哈大笑，从一个柜子里摸出了一点什么，一丝一丝推到了阿雅的鼻子下。我看见它鼻子抽动了一下，缓缓地睁开了眼睛，接着两个前爪猛地按住了吃物，大口咀嚼起来。

卢叔哈哈大笑， 我也高兴得蹦起来。

就这样，每天到了喂食的那个时刻，阿雅就来了精神，瞪着眼睛期待着。可卢叔故意要馋它一会儿，总是拖延时间。有好几次阿雅急得叫起来。那叫声我觉得就像一个小孩儿在啼哭。我也真的把它看成一个小弟弟或小妹妹。阿雅急哭了，怎么办呢？有一次我从家里偷了一点东西给它，阿雅老远就伸出前爪，抱住，然后咯吱咯吱啃咬——谁知卢叔见了猛地扑过来，火冒三丈，脸都红了。他嘴里喊了些什么我没有听清，只知道他险些要打我了。

那一刻我才看出卢叔长了一对三角眼，厚厚的眼皮耷拉着，特别吓人。他的火气太大了，我真有点害怕。

卢叔那样做显然是有算计的。又过了一些日子，他给阿雅的后蹄拴上了一条细绳，然后把铁笼打开。它竟然不再设法挣脱，只在院子里跑来跑去，渐渐欢腾起来。有一次它跑着跳着，突然直起了身子，像是记起了什么，猛地往院墙那儿一蹿 —— 幸亏有绳子扯住，它没有成功。

卢叔捋着胡须大笑："早着哩，急什么。"

我心里充满了矛盾：既害怕它挣脱，又无比怜惜。卢叔倒不慌不急，一副很得意的样子，说："不急哩，咱得慢慢调理它呀。调理好了，它有大用场哩。"我听了马上明白了，卢叔肯定是要用它噙回金粒。你这个财迷心窍的人哪，我知道你会这样做！

就这样，我和卢叔每天有大部分时间伴着它玩耍。到后来我竟然可以伸手去抱它、摸它，它一点儿也不害怕。我心里溢满了幸福。

卢叔说："是我把它驯好了，你白白拣了个便宜。"

3

我终于结交了一个林子里的动物，它正在成为我的挚友。自从卢叔的院子里有了阿雅，我就很少到原野上奔走了。我差不多天天都要和它在一起，与它一起嬉戏。这是一个多么艰难的、令人难以置信的过程啊，因为不久前它在卢叔的呵斥声里还要瑟瑟发抖。也许阿雅天生就是人的朋友，也许真的就要发生什么奇迹了：它要为卢叔从大山里噙回金粒。

它现在大概也知道了，如今再也没有人会伤害它。它高兴时会像小狗一样跳跃，身子立起，用两个短爪去抱我和卢叔的腿。有一次它跳起时用力大了些，结果把卢叔的裤子给撕破了。我知道那是卢叔最好的一条裤子，于是他的脸色马上变了，变得铁青，接着照准那个小家伙的肚子就是狠狠一脚。可怜的阿雅只一下就被踢得老远，在地上滚动了两下才爬起来。它沉默不语，伏在那儿一声不吭，嘴巴贴在地上，发出了请求原谅的哼叽声。我走过去，一下下抚摸它的脊背。

卢叔长时间端量裤子，粗鲁的骂声一直不断。

那一会儿我在心里说：阿雅绝不能待在这儿。我暗暗决定：一定要把它偷走。

大约又过了十几天，我在卢叔不注意的时候，真的给阿雅解了绳索。我把它一口气抱回了家里。

这事儿除了外祖母谁也不知道，她看在眼里，什么也不说。我一天到晚和阿雅在一起，只要有人来，不管是不是卢叔，我都要把它藏了。阿雅那时一声不吭，就伏在床下的一个纸盒里。

卢叔很快来我们家找阿雅了，一边找一边骂：“不是有人偷走了，就是这家伙开溜了。妈的。我真霉气啊！”

看着他急得疯癫，外祖母用木槌敲着一件衣服，不吭一声。后来他骂着走了。我又害怕又得意，但一点都不后悔。

泣哭的阿雅

1

夜间我和外祖母睡在一个床上，听她给我讲没完没了的故事，我就在这故事里安然睡去。我把阿雅抱到了床上，开始它不习惯，老要往床下钻。再到后来，它就像一只小猫一样睡在我的枕边了。外祖母吓唬我，说它在半夜里会把我的耳朵咬去，我说不会的。果真没有发生那样的事。晚上我听到它细细的呼吸声，心里高兴得要命。这是一个多么好的伙伴，我忍不住，在入睡前给它讲了很多故事，这些故事大半是我即兴编出来的。

我编造了一个小姑娘和一只阿雅一块儿建造小房子的故事，编造了一个强壮英俊的小伙子领着阿雅走遍天涯的故事。这些故事外祖母全听见了，她说："讲得好！"

几天之后，外祖母劝我把阿雅还给卢叔："你不能总留着它，因为它不是你的。"

"让阿雅自己决定好了，它愿跟上谁，就让它和谁在一起。"

外祖母看看窗外，不再吱声。大概她是害怕卢叔吧。我重新去林子里了，是和阿雅一起去的。我把阿雅揣在怀里，看上去就像一个大肚子女人一样。我晃晃荡荡地走到原野上，钻进林子里，这才把它放到沙土上。我和它一起比赛奔跑。

当然我远不是它的对手。它像闪电一样迅疾，一下就逮到了草丛里的一个小蜥蜴。我还见它咬住了一条蛇、一个田鼠。原来它也有自己的杀戮生涯。不过尽管这样，我还是喜欢它。

我们大约尽情地玩了一个多月，我才不得不把它塞到了卢叔的院内——因为他后来就像嗅到了什么秘密似的，背着一杆枪，越来越多地在我们家四周转悠，还骂骂咧咧的。外祖母也就严厉起来，催促我赶快把偷来的阿雅还回去。

那一天卢叔重新见到了他的阿雅，高兴得喝了一场酒。他带着满脸酒气对我说："怎么样？我告诉你驯熟了吧！你看，它跑开了这么久，还不是又回来了。"

我故意问："它跑到了哪里？"

"它跑进了林子里。告诉你吧，它是去找伴儿哩！"

"什么伴儿？"

"哼哼"，卢叔笑了笑，朝我使了个眼色，"这是一只母的，它要去找公的，那时它就要怀上孩子了，等它抱了几个小崽的时候，我就有了一大群这东西了。"

我可没想这么多，没想到这些事情，看来眼前这个三角眼真有心计啊。

"只要它不忘我卢叔，我还盼它天天往外跑哩。让它自己去搞来吃食，你以为我能老喂它东西吗？"

卢叔真的鼓励它到外面去，一次次把它抱到院子外边，还引着它往林子里跑。

有一天半夜，我被一种奇怪的叫声给惊醒了，抬头一看，见窗户上有个黑影。我马上想到那是阿雅，赶紧给它打开了窗子。它一下就扑到了我的身上。说起来真是好玩，它脏乎乎的小嘴巴贴在我的脸上，竟然吻起了我。我嗅到的是一股青草的气味。我想它大概刚刚吃下一个野果吧。我一点儿不嫌脏，抚摸着拍打着，把它抱到了床上。外祖母被半夜的响动惊醒了，伸手一摸，摸到了它的身上，说："啊哟哟，是这东西啊，它又来了。"

我高兴得差不多下半夜都没有睡觉。它不停地用一对小前爪来抚摸我的腋窝、我的肚子，我被它弄得痒痒的，咯咯笑。

从那次造访之后，大约又是一个多月过去了，我再也没有见到阿雅。后来才知道，原来卢叔也在焦急，他到处都找不见它，就急匆匆地赶到我们家了。我告诉他：我真的没有看到过。卢叔拍打着身子说："坏了，坏了，这个叛逆！"

"怎么了啊？"

"它跑到林子深处去了！这一回恐怕真的不会回来了……"

他告诉我，如果没有驯好，那么它在林子里安了家，就再也不能回来了。

2

我天天到林子里去。我呼唤着"阿雅"，嗓子都哑了，可它还是没有出现。

不知过了多久，有一天我正在采蘑菇，突然觉得衣襟被什么扯住了。回头一看，就发现了一对机灵无比的眼睛。

“阿雅！”

我大喊一声，把它抱住了。它在我怀里不好意思地蹭着脸颊，不时地抬头往远处遥望。顺着它的目光看去，我发现在一百多米远的一棵杨树下站着另一只阿雅，它的个子几乎比我身边的阿雅要大一倍，毛色也深，差不多是棕色的；它那只粗尾巴有着白色斑点，还有着一道道漂亮的环纹。我知道那是一只雄阿雅。

“喂，你过来呀。”

我怀里的阿雅也吱吱叫了两声。

可远处的那只雄阿雅摇摇头，反而往后退开了一步。

我就抱着阿雅往前走。刚开始那只雄阿雅一动不动，后来就唰一下跑开了。

它在远处急促地叫着，我知道它呼唤什么。

“阿雅，我们走吧，我们走吧。”

我这样劝说着，再也不想把它放到地上了。我紧紧地抱住它往回走去，因为我害怕永远地失去它，再也看不到它。我走着，一会儿觉得有什么不对劲儿，低头一看怀中的阿雅，见它正在急促地喘息，仰脸望向我，眼睛里充满了乞求；它开始吱吱叫唤，它在抗议。这时它如果猛地一挣，我无论如何是抱不住的。可它没有那样，只向我发出一遍又一遍的乞求。

怎么办呢？我矛盾到了极点——我的这种两难，这种犹豫，在以后也常常遇到。我第一次被难住了。我几次想把它放到地上，可又害怕这会成为最后的分别——它将永远地逃向丛林。怎么办呢？这样想着，我还是咬了咬牙，抚摸着它的头颅说："好阿雅，回家吧，哪怕只待几天就回来。"我这样说着，安慰着它。与此同时，我听到了那个雄阿雅在远处哀号。

我紧紧地抱住了它——令我后怕的是，那个瞪着三角眼的家伙就在半路上等待，他几乎不容分说就抢到了手里。

在卢叔把它按到怀里并快速拴上绳索的那一刻，我清楚地看见阿雅眼里闪动着一片泪花。我今生只看到一次动物的眼泪，那就是阿雅的泣哭。可我那时还不知道自己做了一件多么可悲的事情，不知道我将为此付出永远的自责和愧疚。

从此卢叔就一直拴着它。

由于一个月的丛林生活，它怀孕了。卢叔喂它好东西，让我去看它，说："你也没有白白出力，你来看看好光景吧。"

就这样，在阿雅怀孕的整个过程中，我经常待在它的身边。它沉沉的目光盯住了我，可是我不知道该怎么帮它。卢叔十分警觉，他不再离开。

初秋的时候，它生下了自己的孩子。那是四只小阿雅，它们可爱极了。慢慢它们的皮毛就像锦缎一样在阳光下闪闪发亮了，几乎每一只都有一对漂亮的眼睛。像它们的母亲一样，它们也都长了一对短短的前爪，而且像人的小手差不多，也是五个手指。它们也许比自己的母亲更要顽皮，而且一只比一只顽皮。它们互相爬到背上，让对方驮着自己在院子里蹦蹦，发出欢快的叫声。它们不时地打斗，像皮球一样滚来滚去。一些草屑泥土沾到身上，做了母亲的阿雅就给它们用舌头舔去。

不知什么时候卢叔发现了一个秘密，阿雅的“男伴儿”——那只雄阿雅几乎每晚都要来这里一次。它大概知道自己有了四个孩子吧!

卢叔不动声色，只动手编结一个什么东西。我看出那是一个皮扣儿。很明白，他要把那只雄阿雅逮住。我的心怦怦跳，急急阻止他：

“你不能，你不能这样干！”

卢叔冷笑着，还是编着他的扣子。

阿雅久久地注视着，它似乎什么都能明白。

到了夜晚，阿雅尽管被绳索拴着，还是尽量跳到高处，向着旷野大声呼叫。它喊了些什么我不知道，但大致的意思不会错的。它在警告那个雄阿雅，让其一定不要走近……

我多么希望那只雄阿雅能听懂她的话。

可是，也许那只雄阿雅根本就不在乎——要知道它多么想念它的孩子、它的阿雅啊；也许是因为不慎和大意，反正十几天之后，那只雄阿雅就活生生地被捕获了。

3

它像阿雅一开始那样，被装在那个铁笼子里。不过看来这一次雄阿雅是决心一死了。它什么也不吃，无论怎么饿都不吃。我可怜它，也隐隐感到了自己做下的罪孽。我只有一遍遍哀求卢叔，让他把它放掉："它什么都不会吃，它很快就会饿死的。"

卢叔一声不吭，咬着牙。这是一个最狠的人。

有一天，我亲眼见阿雅伏在铁笼跟前，两个前爪蜷起来，泪眼盈盈地望着它的雄阿雅。

它们默默相视，一夜又一夜。

在雄阿雅最后的时刻里，我听见阿雅发出了长长的一声惨叫。

雄阿雅死了。

阿雅整整有几个月的时间没有欢跳。它每天注视着一群孩子，看着它们嬉耍，偶尔吮吮这个，舔舔那个……

卢叔有了这群小阿雅什么都不怕了。他给阿雅解了绳索。阿雅有时候跑到林子里，可最终还是恋着自己的孩子，待不上多长时间就要跑回来。"这一回，哼，我就不怕你不回了……"卢叔阴阴的声音让我一直记住了。

就这样，第二年暮春，它又产了三个小崽。卢叔的院子里有了一群可爱的小生灵。不知有多少人前来观望。后来，我发现卢叔做起了一个买卖：他把一只小阿雅卖给了一个带黑皮帽子的人。那个人脸上疙疙瘩瘩，一看就知道是个凶狠残暴的人。可是没人能够阻止卢叔，他是个见钱眼开的家伙。

我担心再有不久，这些阿雅就会一只一只全被卖掉。我有一次鼓起勇气问他：是否真的打算这样做？他哼了一声，说才不呢，他有更好的打算。我不知道他要做什么。

有一天，我把卢叔的话告诉了外祖母。外祖母说：“伤天害理的东西！”我问外祖母：卢叔还要干什么？外祖母只那样骂，不再应声。

我独自和阿雅在一起时，就一遍遍鼓励它说：“快离开这里吧，领着你的孩子。我和你一块儿，我们一口气跑到林子深处——然后再也不回。卢叔是个坏人，他骗了你和我——你知道吗？”

阿雅看着我，它有这么聪慧的眼睛，不会听不懂我的话。可是我见它低下头，再也没有理我。

回到家里，我失望极了，沮丧极了。一连多少天，我都去看它，想法让它和我一起逃出这个地狱般的小院。我做着奔跑的姿势，想引它这样做；后来它真的跟我蹦了起来，一边蹦一边吱吱叫唤。后面的小阿雅也跟着它走出来——我们眼看就要成功了！

我往前奔跑，做着各种动作。阿雅也像我一样跳起又伏倒。跑啊跑啊，我的身后是唰唰的蹄子声。可是只跑了一会儿，我觉得后面沉寂了，回头一望：阿雅已经站住了。它定定地站在那儿，向我遥望。那时候太阳快要落山了，阿雅也许记起了该领着孩子们回到自己的小窝——回到那个小院。

它再也不走了，我呼唤着，它不应声。就这样，我白白等了几十分钟，眼瞅着它掉转头颅，领着孩子重新回到那个小院里去了。

在我眼里，那个小院是一个罪恶的陷阱，它正酝酿着可怕的阴谋。

我没有想错。一个偶然的机会，我到卢叔后院去，突然发现那儿一块发霉的木板上钉了一张毛皮……我只看了一眼就吓得两手哆嗦，全身的鸡皮疙瘩都起来了。那是什么？那是死去的那只雄阿雅的毛皮！我认得它，认得它尾巴上的环形花纹。原来他把它剥制了……我的牙齿打战，轻轻地放了木板，一口气跑出了这个小院……

不久，父亲从那座大山里回来了。

第四章

胜利者

1

早些时候，我和梅子几乎每个周末都要到她的娘家去。从我们简单的小窝到橡树路，一开始还算是一段愉快的路程，尽管那儿对于我还多少有些陌生。人有时候真的需要挪挪窝儿，需要换一下节奏，需要来来去去——我发现这个城市里差不多人人如此。

在这拥挤的街巷里，岳父一家真是最大的幸运者了——也可以叫作“胜利者”——只有胜利者才能住在橡树路上，拥有这样的一处居所。他们竟然占据了一个独院；尤其让我羡慕的是，这院里还有一棵高大的橡子树。

“这棵橡树是谁栽的？”我问。

胖乎乎的岳母抚摸着粗糙的树皮说：“不知道，前面住这个院子的人也不知搬到哪去了。有人说这棵树有几十年上百年了，我们进城以前很多很多年就有的。”

“那么它也是旧社会过来的一棵树了……”

梅子笑了，岳母也笑了。可是她们刚刚笑过就严肃起来。

我心里却在想：这棵高大的橡树很可能就是那些“失败者”栽下的。我很喜欢这棵橡树，我曾对梅子说：“如果没有这棵橡树，你们家的吸引力可就差多了。”梅子蹙蹙鼻子。

那时岳父已经离休一年多了，岳母虽然不到离休的年龄，可实际上也早已不上班了。在这个小院里，她已经有滋有味地奔忙了二十几个年头。她说自己有病，而且很重。岳父也这样讲。可是我从她的言谈举止、从她的气色上看，她比同龄人都要健康得多。

“都是战争年代给弄坏了的，”岳父说。

这是一对参加了战争的人，每想到这一点，我就觉得站在他们面前有点愧疚或自卑。对于每一个人而言，战争都是一场神秘而奇特的经历，我自己就常常对具有这种经历的人抱有一些复杂的情感。这是迷惘和好奇，有时甚至是一种向往。谁知道他们杀没杀人呢，看样子不会。但战争是无法诠释的，战场上发生什么都是无法预料的……梅子的母亲很会管理家庭，院里栽满了花。这个院子很大，大得都让我觉得有点不好意思。这座城市像一座蜂巢，到处分割成很小很小的格子，各色人等就在这些密挤的孔洞里钻进钻出。而岳父他们这一类人却有办法在这中间活得挺好，闹中取静，可以开拓出绿蓬蓬的一个大空间，真是个奇迹。瞧岳母在院子里用鹅卵石精心地铺了几条甬道，这样下雨天也可以在花圃里来来去去。四周的泥土都被翻松了，有的地方还种了一点蔬菜，但大多还是她喜欢的各种花草。秋天，橡树落下了圆圆的橡子，她把橡子一颗颗收拾起来，装在一个纸盒里。那些橡子像板栗一样，但比板栗更光滑也更饱满。有人到这个小院里来玩，岳母就把这些橡子拿出来送给他们；他们如获至宝地捧在手里，颠来倒去地看，然后回家塞给自己的孩子。

这座房子一共有六大间，有高敞的阁楼；最东边连接的几间厢房直接通向了阁楼。那厢房是原来梅子居住的，现在空着并保持了原来的模样。这样我们回来的时候就可以住在那几间厢屋里。我觉得唯有这儿才能让我感到一点点亲切。这几间屋子透露出很多梅子做姑娘时的秘密。比如我可以看出，她很早就是一个喜欢收藏一些小玩意的人——在屋子里不容易注意到的一些角落里，直到如今还塞满了一些小贝壳、一些挺好的图片、各种各样的书籍。被遗留在这里的还有一些多年以前的画报。有几份外国画报让我很感兴趣，上面的图片印得也好。我常常翻着这些画报看上很久。当我提出把它带回我们家的时候，梅子却不同意。她想在这里保留一些青春的印迹吗？这里甚至还有她过去的很多照片，我从前大多没有见过的照片。从照片上看她当然幼稚可爱，只不过嘴角上透着一股少见的拗气。今天她成熟了，但这股拗气不是消失了，而只是被她成功地掩饰了。大约有两三张照片上，她留了男孩似的头发，远远看去就像一个英俊少年。有一次我正看着，岳母走过来伸手指点着说：“那一年上她脸上生了一种东西，怎么治也治不好。后来机关上的一个人从保姆那儿讨来一个偏方，说把一种东西烧成灰，用香油调了擦在脸上……你那时见她就好了，你想想她那个模样吧。”“涂了多久？”“涂了一个月，一个月她都是一个小黑鬼儿。”梅子进来说：“我怎么一点儿也不记得了……”

2

不论怎样，我在这儿总有一种做客的感觉。这毕竟是梅子的家，不是我的家。我的家在哪里？是这座城市里的那个小窝吗？那个小窝也是岳父给我的。如果没有梅子一家，我在这座城市连立足之地都没有，那样我就只好长久地住在简陋的集体宿舍了——那是一段难以回首的岁月……那个集体宿舍又潮湿又窄巴，竟然住满了五个人。虽然当时大家都想尽量处好，可最后还是弄到争吵起来。因为其中有一个人会偷东西，不过到现在我也不知道他是谁。每过一段时间我们这五个人中就会有一个丢点什么。

我对岳母说起这事儿时，她说："那还不好办吗——你们要学会侦察。"

"侦察了——到最后觉得谁也不像。有一次我新买来的一件汗衫也给丢了。"

"到现在还不知道是谁吗？"

"不知道。找不出谁是小偷，大家就互相怨恨。有一段我甚至觉得自己就是那个小偷……"

梅子笑起来。岳母毫无幽默感，皱着眉头抬起眼睛："你拿过别人的东西吗？"

这一问，连梅子的表情也严肃了。

"怎么可能呢，我怎么可能拿别人的东西？"

"乱弹琴！"岳父从一边踱过来，"乱弹琴！"他那两只很嫩的手指在桌子上弹了两下。奇怪的是他这么大年纪了，脸上已有了黑斑，一双手还是这样娇嫩。要知道他可是一个出生入死的人。我看着这两只手，心里闪过一丝不快。

比起这个独门独院，我们的那个小窝太窄逼了，简直不是人住的地方。很长时间我都在想办法，挖空心思扩大空间。后来我和伙伴们终于一块儿动手，给它修补和增添了一点。当时街道上对机关宿舍管理并不严，我们就钻空子，在门前的一侧搭了个棚子，而且还开了个小窗，这样朋友多了就能坐在棚子里喝茶……那一回梅子差点没给气死。她说那个加了棚子的小窝简直不像样子，说它更像一个狗窝或者一个狼窝……好在那个棚子没有多久就因故毁掉了。

我很少到岳父的其他房间里去。除了待在梅子过去的那几间、在院里玩耍，再就是到中间那个大些的客厅里去坐。可常常只是坐上不一会儿，就有一些人客客气气地走进来——他们都是岳父的朋友，谈的都是一些莫名其妙的话题。岳父只要和他们在一起，与他们谈话，待不了多久就要激动起来——那时他就要不断地离开沙发，在屋里走来走去。有许多时候他的模样是愤愤不平的。我由此断定，他的这些朋友从养生的角度看是要不得的。

“他们只会说一些大而无当的话。”我有一次听了几句，对梅子说。

“你怎么能这样讲呢！你不会理解父亲他们这一代的。”

我点点头：“他们也不会理解我。他们……”

我的口气中有难以察觉的一丝不恭，但还是被梅子捕捉到了。她每到这时候就有些冲动，说：“你算什么！你还不如他们小脚趾上的一点灰呢……”

梅子脸上没有了笑容。我知道这种奇特的比喻真需要一副好头脑。于是这种巨大的侮辱不光没有使我发火，还让我笑起来。我问：

“他们小脚趾上的灰是金粉吗？不过那也没什么了不起。”

“他们在战争年代冲锋陷阵，在山里、在平原上打击敌人，端着枪。我们脚下的泥土渗进了先烈的血啊。他们流血流汗，我们今天才能……”

像背诵一段课文。不过难得她这么激动。我不愿再刺激她了。我得设法缓和一下，于是就嘲笑起她那些头发削短、看上去像是小男孩的照片……

可梅子就是不笑。她再也不笑了。

有一次我应邀到岳父那间屋子里去了一下。

那儿是他的一间办公室。他离休以后没有自己单独的办公室了，于是就在家里搞了一间。这办公室据岳母讲是完全仿照他在机关上的那个大套间搞起来的。只是写字台略小一点，其他差不多处处一样：书架放在什么位置，桌子放在什么位置，都与过去一模一样。这是整座屋子中最宽大最明亮的一间了，用它搞了这么一间大办公室，我觉得既有趣又可惜。岳父告诉我，他每天都保持一个“好的习惯”——像离休前那样严格遵守作息时间：每天必定按时坐到写字台前。

“您忙了一辈子，平时出去走走多好，或者到小院里搞搞花草……”

他瞥我一眼。我于是闭了嘴巴。

3

我发现岳父的胡茬还没有全白，就像他的头发一样，黑白间杂。我想等它们全白起来的时候，他也许就会改变一点什么吧，比如这脾气，就会好一些。无论怎么说黑胡茬是残留的一点青春，它透露出人的火气和拗性……离写字台几步远的地方是一个铺了毡子的书桌，他就在那上面画画和练书法。他练的是“颜体”，很胖，就跟他的体形差不多。

“我喜欢颜体。”岳父说。

他把临摹的字一张张摆出来。那当然还不能算什么书法作品，但的确是写得一丝不苟。他饶有兴趣地谈论这些字，还伸出手去抚摸。到后来我们终于谈得投机起来。因为我随便诌了几句关于书法的术语，他高兴了。他接着把藏在小柜里的几件书法作品拿出来——那全是他选中的自己的作品。我觉得这些字写得很难看，只是装裱得很好，用了全绫子。“书法作品怎么可以轻视呢。”我一边欣赏，一边在心里这样告诫自己。

梅子走过来，贴着门框站着。她为父亲补充说：

“它们参加过老干部书画展，得了一等奖！”

我点头。那上面大多写了一些古书上的现成话，什么“淡泊明志”“宁静致远”，等等。

岳父特别爱写一个很大的草书“寿”字——它大约有两尺见方，装裱后尺幅更大，要两人以上才能展开来。

岳母说：“我喜欢这个‘寿’字。他去年才学会写这个字。”

岳父不快地哼了一声，把“寿”字放起来……

我们继续欣赏书法作品。岳母离开了一会儿又走来，对在男人耳朵上咕哝了几句。我知道客人来了，就随岳父走到客厅里来。

进来的人是一个比岳父还要老的、瘦削不堪的老头儿。他的头发白了大部，但两眼炯炯有神；一条腿有些毛病，走路一歪一歪的；腰虽然很厉害地佝偻着，可这会儿正在努力地挺起。他一见岳父就赶紧上前一步，接着双腿并拢，“啪”地打了个敬礼。

岳父鼻子左侧的肌肉抽动了一下，松松垮垮地向对面的老者还了个敬礼。

我笑不出来，而且心情立刻变得肃穆了。我发现自己也像那个老者一样，不由自主地把脚跟并到了一起。

他们在沙发上坐下。

我想听他们说话，但待了一会儿又觉得不妥，就退到了一边。梅子小声告诉：“来的老人是父亲在部队时的一个警卫员，他刚在环保局副局长的位子上办了离休手续……父亲是他的老首长，他隔一段就要来一次……”

“‘首长’永远是‘首长’吗？”

“那当然了。当年父亲的一些部下如今很多都在这个城里工作，他们常常来玩，不过都不怎么打敬礼了，只有他还这样。多好的老同志啊。”

“打敬礼好，我就愿看他们打敬礼……”

梅子觉出了有什么不对劲儿，不跟我谈了。

老头走了。我发现岳父增添了一种不能抑制的兴奋。他把衣扣解开走到院门口，又站在小院里大口呼吸，望着远方。西南方有一朵红云，太阳就要落山了。岳母走过去，站在男人身边。岳父这样待了一会儿，转回身来长长叹息：

“老啦，我们都老了！剩下的事情要由你们去做喽。”

我神往地看着他。

“你那些东西，”他用食指指着我的衣袋，好像我衣袋里就装了什么东西似的。但我很快明白他是指我平常写的那些东西——“你那些东西，也该写一写我们的这位老同志。很勇敢的人嘛！出生入死。他腿上中过弹，那是一颗炸子儿，到现在还留下一块很大的疤瘌。”

我点着头，这时突然想起了什么，问：“您也受过伤吗？”

岳父好像不屑于回答这个问题。我们一起回到了沙发上，“那一年我们被围在一个小山包上，小山包的下坡那儿有一个小村。我们从村里退出来，占领制高点。”岳父右手的食指在半空里点了一下。

4

与岳父在一起时，我珍惜每一次谈话机会。只要谈到了战争，我就忍不住好奇，越问越多：“那时母亲也和您在一块儿吗？”

岳父的思绪完全陷入了那场战斗，对我的询问充耳不闻。“我带着警卫员边打边撤。就是这个老同志，那时他年轻得很哩，就像你这么大年纪，一手好枪法。就是那一次突围中他受了伤……我怀疑我们那一次驻扎被人告了密。出了叛徒啊——我一直在怀疑一个人，那个人如果活着，大概至少也有九十多岁了……”

我最恨的就是背叛。这时我脱口而出：“那个人大概不会活着了……”

岳父一愣，木木的眼睛转向我：“你怎么知道？”

我吞吞吐吐：“谁知道，反正……叛徒还能活那么大年纪吗？大概不会的，从心理与生理的角度看，叛徒们的一生总是被巨大的痛苦压迫着……他们要活过九十岁是很难很难的。”

岳父终于听明白了，失望地叹了一声。

而我毫无调侃之意。我在说这些时，甚至在心头涌起一股对叛徒的仇恨……记得很早以前了，我还曾经写过一首关于“叛徒”的诗，其中有两句这样写道：

“我是一个叛徒 / 所以我活不久 / 为了活得久 / 我才背叛 / 然而我是一个短命的叛徒……”

我随口念出了这么几句。岳父一开始听得很认真，后来又皱起了眉头。

梅子说：“什么啊……”

岳父接上被中断的话头：“那个人就在这片平原上活动，他常常进山。本来是我们的人，可是他的行为后来还是让人觉得可疑。他经常到海港上去，那时候你知道，海港可在敌人手里啊。他跟港上的人混得很熟。我曾经提醒过首长，可是首长不愿意谈这个。有一次我没经过首长的允许就一个人盯过他的梢。那天他一直在前边，化了妆，扮了商人模样，带了礼帽，穿了长衫，枪就掖在长衫下边。鬼精，走了没有二里多地他就发现了我。可他装着什么都不知道，拐过一个山尖嘴时一阵急跑，人不见了！我就往前摸；刚刚摸了没有多远，他就从一边蹿出来，抬手给了我一枪。那一枪打在我的耳朵上面，只擦破了一点皮……”

我看看他的耳朵那儿，没有发现伤痕。

“嗯，”岳父在耳朵那儿伸手弹了一下，“我就掏出枪来，先找个地方隐藏好。我知道他早晚要从石头后面蹿出来。我等着，等了好久，一点声音都没有。这时我才知道上当了。我转到山石那儿一看，见下面有一条羊肠小道。原来他从那儿滑溜下去了。下面有绿腾腾的茅草、葛子、松树，他就攀着它们绕过了山涧，顺着河口跑了……再到后来我们还见过面。不过日子久了他认不出我来罢了。也许是一场误会，他还跟我握手！这人会讲一口流利的南方话。”

梅子在我旁边，脸色冷冷的，两眼一眨不眨盯着父亲。

“那时候很冷酷啊，什么事情都会发生。梅子她妈十几岁就会打枪。她有一手好枪法，可是后来服从工作需要，当了护士。有一天战斗间隙里我去看她，她正好从帐篷出来，两手都是血，就带着两手的血，她抱住了我……”

岳母咳嗽着。

“她抱住了我。我身上也沾了血，可是我们顾不得那么多。整整一年多没有见面了……”

岳母听到这里不咳了，眼圈红了：“那是什么日子啊，什么日子啊！”她的眼睛在那一瞬间变得火辣辣的，直直地望着自己的男人。

岳父站起来，手在胸口那儿抚摸着。这时我不由得想到：那个扮了商人的家伙如果枪法再稍微准一点，那么就没有眼前的岳父了，当然也就没有我的梅子了——也没有了我们的小窝——更不会有眼下的这个小院……一切都将完全不同——可见只差那么一点点，我的生活就将全部改变。看来很多事情完全出于偶然，一切都只差那么一点点。历史正是如此，往往就是在一瞬间里被决定和改变的……后来我又反过来想：如果岳父当年打死了那个人呢？如果对方根本不是什么“叛徒”，而他的子弹又落到了一个没有任何罪愆的人身上，那么眼前的这个人不就成了一个杀人犯吗？那个扮作商人模样的人就因为遭到了盯梢才向他射击——而岳父有什么理由去盯梢一个无辜的人呢？就因为一点点怀疑吗？这种盯梢显然是对别人的一种侮辱，而且一旦有了那个可怕的结局，也就完全可以被理解为一场谋杀：于是对方也就有理由用枪射击……这种道理也许在血与火的时代已经讲不通了，也许岳父做的才是对的。当然，从哪一方面讲，他今天也都不必埋怨那颗射来的子弹了……当时他如果被击中，那也丝毫没有什么可抱怨的，也不必吃惊，因为在战争年代发生什么都是完全可能的、合情合理的。

关于粥的谈话

1

不知怎么，周末与岳父的那场谈话总是萦绕心头，挥之不去。我从头至尾回忆着他讲叙的那个追踪和对射的场景，后来竟出了一身冷汗……

因为我突然记起了母亲和外祖母讲过的父亲：当年他就常常扮作商人，来往于山区和海港之间；而且，他就能说一口流利的南方话！天哪，我简直不敢想下去了……

我开始设想那个被岳父追赶盯梢的人与我的生活一定有什么更密切的关系。无可怀疑的是，我的父亲的确在战争年代里扮过商人，而且他的个人经历与岳父的叙述简直相差无几——这当然也极有可能是幼稚的联想，因为我没有其他更重要的依据，但我总觉得他们两个人在过去的年代里遭遇过，我有一种强烈的直感……

有一天晚上临睡前，我竟糊糊涂涂对梅子说了句："你的父亲用枪打过我的父亲……"

梅子把灯按亮，直看了我十多分钟。大概后来她把这当成了一句玩笑，转过脸去继续睡了。

我却执拗地说："我父亲也曾经扮过一个商人，也曾经在山区和那个海港之间蹿来走去。你怎么敢保证你父亲就不是用枪打了我的父亲呢？"

梅子笑了。可我没有笑。当然这种可能性也许只是一种想象、一种虚构，但是谁也不能完全将其排除吧。

那天我与梅子就宿在她原来的房间里。第二天，起床后我发现岳父显得很疲惫。显然他夜间没有休息好。我想这一切都坏在那个随便打敬礼的瘦老头身上。果然，岳父仍然沉浸在昨天的情绪里，早饭后沏了一杯茶，一边喝一边讲起了战斗故事。

他说他认识一位连长，双手打枪，打得准极了，他在一个多月的时间里就零零碎碎击毙了二十多个敌人，“营里给他开庆功会。那一年正好我们要转到地方休整，临走时，大家把他放到一头骡子上，胸口挂了一朵大花。我拉着骡子，我们在街口上转，老乡放鞭炮，给他茶蛋吃……”

这样谈了一会儿，岳母也走过来听。后来岳父终于疲惫了，就闭了嘴巴。他把目光转向我，好像我也该谈点什么——他们平时最感兴趣的当然还是海边林子里的事儿，因为他们当年随队伍在那儿活动过。

我说：“……我们那儿有个卢叔，战争年代给队伍喂过马。他常拉着一头大青骡子在园子里走。卢叔退伍以后就做了饲养员。他把我放在骡子背上，牵着骡子吆吆喝喝到处走……”

岳父闭上了眼睛。我认为他是在专心听我讲。

“卢叔是个猎人，单身汉。他枪打得好，心非常狠。他早年当兵时可能不光做饲养员，有时也要打枪吧？也有人说他做过伙夫。他的那个屋子围了小院，离我们的那片林子算是最近的了……我小时候常去他那儿玩，可是他并没怎么讲在山区和平原打仗的事儿……”

岳父干咳了两声。

岳母两手合在胸前：“你爸在山区和平原都打过游击。他对芦青河口那儿也熟得不能再熟了。”

岳父眼睛仍然闭着，点点头：“我在那里任过支队长，和北海银行的同志很熟噢。那个战时银行了不起啊！我在那里住过一年的光景，那儿的人会熬一种春米粥，好喝着哩。现在没有种春谷的了，都是夏谷——

夏谷，没有油性，做粥不好喝。战争年代我们最喜欢的就是春米粥……”

我说：“那里的林子很密，林子南边的空地上种满了谷子，都是春谷。河口那里的谷子长得最旺盛，到了秋末简直是一片金黄，叶子卷起来，太阳一照金闪闪的。野兔很多，在谷地里蹿来蹿去。天上的老鹰瞅准了就一个猛子扎下来。老鹰有时一动不动，像在天上放了一个风筝……大多数时候它们逮不住兔子，因为兔子活动的地方总离自己的洞穴不远，再加上特别灵巧。它可以跟鹰在谷棵和草丛里斗智，鹰盯住它，它就躲到密密的谷棵下面，有时候还躲到荆棵里。鹰钻不进去……”

岳母觉得有趣，看着我，微微含笑。

我顿了顿又说：“林子里每天都有很多动物在闹，有的动物……”

岳父一声不吭，他睁开眼又闭上，把脸转到一边。

2

我不管不顾地说下去，因为一说到过去的事情就让我停不下来：“到了秋天，各种动物都活跃了，它们在野地上跑来跑去，好像一下子数量增多了好几倍。老人说狐狸在晚上会唱歌，不过谁也听不清它们唱了些什么，也许那歌就是北风在响。有人说那是它们吃足了秋天的果子高兴的。妈妈说：‘不要随着狐狸的歌儿往前走，那样你就会迷了路，你跟上这歌儿走啊走啊，直走到密不透风的林子里，到时候想出也出不来了。狐狸常与一种大兽勾结起来，它是要把人骗到里面。有好多光棍汉就在这歌声里醉了，脚不沾地往前走，最后再也没有回来……’我跟妈妈说，用不着害怕狐狸，外祖母就生气地瞅我。我说狐狸不过是像淘气的孩子，它们说到底都是好孩子，不会害人的。它们是人的好朋友……”

岳母笑出了声音。

岳父倒了一杯茶，抿了一口，打断了我的话。原来他早就不耐烦了。他看看岳母，后来又断断续续讲起了战争年代的事情：“那年下雪了，队伍转到了你们那一带，发不下冬衣，一连的人都冻得打抖。冬天，飘雪花了，我们就在树底下蹲着熬过这一夜，不能睡觉啊，睡过去也就冻死了。可是又不能站起来蹦跶，因为我们要躲在林子里……”

我记得以前听岳母讲过，那肯定是在芦青河口附近——而我小时候也常常在河口那儿转悠。我问：“是芦青河口吗？”

“就是芦青河口附近，那里死了很多人哩。有一个女兵……”

岳母的茶杯碰了一下什么地方，发出了很响的声音。

“我是说我们的女同志死了很多哟！她们有的才十六七岁、十七八岁。那时候她们为了什么？有的死在敌人的刺刀下枪口下，那是没办法。有的就是活活给冻死、给疾病折磨死的。所以说……”岳父握紧了拳头，“我们要建立自己的野战医院。就是那时候，你母亲才做了护理工作。”

岳母的呼吸急促起来，她的眼睛望向别处。

“那时候，”岳父喝一口茶，“我们很少见面，战争年代嘛，就是这样，什么都得忍受。你母亲也管不了我那么多。老乡好啊，那真是鱼水深情。有一个老乡用手捻成了毛线，给我结了件毛衣。她用紫穗槐的花儿把它染成了紫红色才送给我。可惜这件毛衣丢了，要不的话，我会把它送给你们做个纪念。”

岳母眼圈红了，这一次真的流下了泪水。可是岳父没有看到，继续讲下去。岳母于是就扭过头走了。

我用目光询问梅子：妈妈怎么了？

梅子责备地看了我一眼。我听下去。

岳父的思绪完全沉浸到那一段岁月里了，“那件毛衣不知怎么就没有了，我在什么时候都经心保管它。后来它不知怎么丢失了……”

“肯定被人偷了，哪里都会有小偷—— 我们那时候住集体宿舍，就有一个这样的人……”

岳父打断我的话：“革命队伍不会那样的。我可能宿营时把它掉在了哪里，不过我实在记不起来。革命队伍里要丢东西也不丢这种东西。我记得自己丢过一包烟丝，到后来才知道那是被老炊事员歪脖子给偷去的。那个家伙烟瘾太大，后来我找到老歪说：‘老歪，你想抽烟就跟我要，可不能偷偷摸摸的啊。’老歪说：‘咋哩，我抽这个哩。’他从衣兜里掏出一把橡树叶，还有豆叶掺和成的烟末。我可不信他那一套，因为我发觉他把烟丝掺在了树叶子里。你把鼻子对上去一闻就知道。老歪是个好同志啊，尽管他偷了我一包烟丝，我还得这样说。他有一天死在了半路上——那天本来战斗停歇了，他顺着壕沟担着一担子稀饭往阵地上送，嘴里还哼着一段小曲。这就不对了。枪声停了，那些王八崽子手就不痒啦？他们是在那儿歇息。那些家伙听到有人哼小曲，一抬头看见了老歪，人家就叭勾一枪，正好打在了他的歪脖子上。我们赶过去已经晚了，血顺着脖子流下来，把胸口那儿的一大片都染红了。大家整理他的衣物，找出一撮烟丝：那点烟丝他还没舍得抽完呢。桶里的稀饭撒了一地，那是春谷熬成的粥，我们最爱喝的一种粥，里面还掺了山菜，这山菜好吃得很哩，唉。”

岳母这时正好回来了，赶紧插话：“你看到院子里种的那种细长叶子的菜吗？那就是山菜，我们不是用它做过糊糊吗？”

我点点头。

3

我这时候想起了外祖母亲手做的一种野菜糊糊。它也是用了类似的一种野菜，不过不是这样的山菜，那种菜长在河湾那儿。它们长得很肥嫩，适合在盐碱地里生长。外祖母把它们采下来，先用水烫一下再晒成干菜。于是整整一年里我们都可以吃到这种菜。外祖母用它做成玉米饼，掺到米饭糊糊里，再放一点盐和花生米，真是好吃极了。那时候我们每天都能喝上这种野菜稀饭。妈妈也会做这种稀饭，可她做的味道不如外祖母。什么东西经过外祖母的手都变得有滋有味的。她亲手做果子酱，把红果、海棠果和山楂，还有树下的草霉都掺到一块儿，掺上蜂蜜，在锅里熬成糊状。这种果酱我们每年都能吃上很久，连卢叔这种人也厚着脸皮跟我们讨过。我总用小瓷勺挖果酱吃，里面有蜂蜜呢……外祖母对我说：你父亲就爱喝野菜米粥——他是在队伍上养成的习惯，他回来时喝这些米粥就会高兴了……她说着说着就抹眼睛：“苦命人哪！打了多半辈子仗，这会儿还在山洞里苦做，还得被人看押着。他的脚磨破了，手上全是锤子和凿子碰上的血口，血把石头都染红了。那一年你妈妈去看他，他还故意把手藏在身后。你妈妈把东西交给他，放到桌子上，他也不伸手去取。后来你妈妈把他的手从背后拉过来一看，吓了一跳。有的地方用棉花包着，那是生了冻疮……”外祖母讲着讲着哭出了声音。

“我的父亲……”我这时想起了外祖母说过的一切，小声呼唤起来。岳父什么也没有察觉，他继续讲自己的故事。我却在心里诘问：他的队伍与父亲的队伍是同一支吗？谁能回答我呢？

“我们对芦青河有感情哩。后来我们又去了南部山区，砧山四周哪里没有我们的脚印！三旅十八团都在那一带活动过。我的那个警卫员，战争结束以后还在山里工作过一段呢。他指挥过一个水利工程，对那里可真叫熟悉哟。沟沟坎坎他都知道，他领人在那里打山洞，一半是民工，另一半就是……”

他不愿说下去。我知道这是因为那一半人当中就有我的父亲。

他煞住了话头，看我一眼。

这目光里包含了怜悯和失望—— 我知道梅子早就把我的家世跟他讲得清清楚楚。他每一次讲到我的父亲也就不愿再讲下去了。

岳母赶紧倒茶。

“一个人哪，这辈子有时脚步一滑就跌进了泥坑里，到那时后悔也没用了。一个人要记取教训哩！要经受考验。严酷的环境锻炼人、识别人，也淘汰人……战争年代里就是这样，有人在流血、有人在背叛。我们今天的人不应该忘记这些嘛。”

很显然，他在暗指我的父亲。是的，这一次我没有听错。我刚才一直在想那天见过的警卫员——这个人就在水利工地上当过指挥……母亲和外祖母在世时曾多次讲过一个凶狠的工地头儿，那个人的外号也叫“老歪”。这个心比铁硬的家伙往死里折磨做苦役的人，父亲差点就死在他的手里……是不是因为他的腿有毛病才叫了那个外号呢？

这时候我觉得血涌到了头顶，全身发胀。我差不多是一丝一丝从茶几边上站起来，两眼直直地盯着岳父：“你是在说……我的父亲吗？”

岳父倦倦地扫我一眼：“我在说战争年代的事儿……”

“不！你在说我的父亲——你在说他‘背叛’，而只有你才是‘流血’。可我的父亲也在流血，他干得并不坏，他多半辈子都在打仗，后半辈子又花在那座大山里了，他们硬是一凿一凿凿穿了一座大山，整整的一座山哪。这样东边的水就可以穿过山洞流到西边，解救那里几千亩地的干旱。我的父亲他们也实实在在地做了很多事。他也流过血受过伤——流过很多很多的血……”

我看见岳父额头上的筋脉猛地鼓了起来。他嘴里喷出了一个字：“混……”我知道下面是个“蛋”字。我就等着他的“蛋”弹射出来，可是终于没有。

他使劲咽了一口，喉结上下活动了一下。我知道他咽进了一个“蛋”。

岳母喊着：“宁！宁！你怎么啦？你怎么啦？”

梅子从隔壁跑过来，见我冲她父亲面对面地站着，两手吓得抖起来。

我说：“梅子，走！我们回去……”

说着我头也不回地穿过客厅向外走。梅子站在那儿一声不吭。我回头瞥了她一眼。我看见梅子一瞬间脸色变得蜡黄。岳母碎着步子往外跑，身上一颤一颤的：“好孩子，你怎么能这样，你怎么这样就……我做好了山菜稀饭……”

我丢下了一句：“留给战争年代的人喝吧！”

4

我推开院门向前走去。他们追了几步就没了声音。

后来我停住脚步，站在长长的巷子口，久久地望着远处那棵高大的橡树。多好的一棵橡树啊。我仿佛又看见橡树上吧嗒吧嗒落下了橡子。在那片原野上有多少这样的橡树，每到了秋天，无数的橡子在草地上滚动。我们一边采蘑菇一边捡橡子。那些矮小的橡树灌木的叶片上生了很小很小的黄色圆果，就像时下这座城市流行的那种糖果。我们曾经咬过当年的那种“糖果”，它们也有一种甜甜的香味儿。有一只灵活的小兽在灌木丛中尽情地欢叫奔跑。它竟然能用前爪抓住灌木圆圆的枝条在那儿悠。它每悠动一次，就要换一个灌木枝条。无忧无虑的一个小兽啊，你也有一个大户人家做自己的主人吗？可你千万不要痴痴地依恋他们。你该回到自己的田野上去，那里才是你真正的家园……

这时梅子一步一步沿巷子走出来。她的手紧紧地扭在一块儿，走几步就回头看一下。我就站在巷口盯着她往前走，直到她走近了。

我说一句：“我们回家去吧。”

当天晚上我和梅子就和解了。几个小时过去之后，我也不再像白天那么激动了。不过她却在漆黑的夜色里哭起来，哭个不停。这场恸哭真让人难过，大概我以后也不会忘记。她哭过了，擦擦眼睛说：

“你该知道，他完全是好意，他不这样讲又会怎样讲呢。你知道他流过血，他对那条河、那片大山有感情。他忘不掉自己差点在那儿死过去，再也回不来了……”

我本来已经消气，心里觉得有点对不住她、对不住岳母。可是她的一番话又让我气从心来：“我没有经历过战争，可是我对那条河、那座大山一点也不比他更生疏，也一点不比他更薄情。他说那些我全都知道，我从来不敢嘲笑他的历史。可是你听听他在用什么口气谈论我的父亲！”

梅子眼里又涌出了泪花：“当时我不在场，可妈妈告诉我，他并没有提到你的父亲！”

“不，相信我好了，他那些话就是指我的父亲，我在这方面绝不会弄错的……十几年、几十年过去了，风雨把山地血迹都冲刷干净了。可是我不敢、也不能忘掉它，因为它是真的。我在流浪的那些年亲眼看到了很长很长的山洞，风雨要冲刷它们就难得多了。我知道这是父亲他们凿出来的，我一下一下摸着这些凿印，哭不出来。这是一些所谓的‘罪人’一凿一凿弄出来的。这里面不知死了多少人，这个山洞如今还黑苍苍地在那儿大睁着眼——你去看看吧！”

梅子低下了头。

“你难道不觉得你没见过面的那个公爹一定是受了什么冤屈吗？我跟你讲的已经够多了，你应该把这些都告诉你的父亲。”

“我告诉过……”

“可是我发现他至今也没有原谅他，一点都没有。你如果听到他当时在用什么口气讲他就好了！”

梅子一声不吭。我又问：“那个老警卫员呢？他大概就因为残酷迫害做苦役的人才立了功，当了环保局长吧！他的外号是不是叫‘老歪’？”

梅子摇头，不再说话。我们都没有吃饭，也没有心思做饭。

已经很晚了，梅子的弟弟提着一个保温铁桶来了。桶盖打开，原来是山菜稀饭。我心里一阵发热。

小伙子站在那儿，像梧桐苗儿一样，高高细细，爽利得很。他好像一点儿不知道白天家里所发生的冲突，一进门放下盛饭的铁桶，就喊着要听音乐。他自己熟练地打开抽屉找到了自己喜欢的几盘带子，放到了录音机里，然后开到了最大的音量。嗡咚嗡咚的声音把整个屋子给闹得热腾腾的。那是一首火爆的乐曲。

小伙子旁若无人，一边听一边摇动着身子，后来竟扯着嗓子唱起来。这歌声强烈地感染了我。这是市体工队的一位英俊少年。我扯起他的手、与他比量身高——他比我足足高出半个头。

我问他：“今天过得愉快吗？”

“愉快。我们去踢足球，我们赢了。后来我们又到公园里去，去看新来的熊猫。还有一只东北虎，不胖。”

“那我们下个周末一起去好了……”我让他到时候来我们家。他马上说：“好，我以后每个周末都来，只要没有特别重要的事情。”

“你会有什么‘特别重要’的事情呢？星期天你不是休息吗？”

梅子向我使了个眼色。我知道有一帮小女孩常常去找小鹿玩。她们的年龄都比他大，可即便是她们也不见得会懂什么恋爱之类的事情。至于这个小伙子，梅子说他纯洁得像一泓清水，什么也不懂，只知道玩：听音乐，打球，游泳，有时也和别人吵几架……梅子告诉我，有一次她亲眼见那一帮女孩中的一个在里间屋和他玩，他们吃葡萄，下棋——那个女孩去吻他，他生气了，擦擦嘴巴说："干什么你？"梅子说就是这么一个小伙子，什么也不懂；别看他扯着女孩的手在公园里走，其实他什么也不懂。

我这时候对梅子的话倒怀疑起来。我想这么欢快的一个小伙子不可能什么都不懂。虽然他比我们只差十几岁，但他与我们这一茬人的距离仿佛遥远得多。他是另一种活法，我们可能对这一切全然不知，因为我们进入不了他们的世界……我真希望他在这里过周末，把他的那一伙朋友全都请过来。不过他们一玩起来就会把我和梅子抛在一边，那是不由自主和不言而喻的。想到这里我苦笑了一下。

不过无论如何我是不想到梅子家去度周末了。

我心里有一种东西，虽然不知道它是什么，但我明白最好谁也别去碰它；他们甚至也不要轻易地用目光去触及它。要小心，要小心翼翼地回避它。连我自己都是这样——我轻易不能触碰到心中的那个东西。我不会允许任何人用去亵渎它，更不允许他人不怀好意地去挨近它。它也许在某一天早晨发出啪啦一声，自己碎掉了，变成一片雪粉似的屑末……这屑末飞到空中，飞遍这个世界，那时我就彻底完了。我将不再有血有肉地存在，因为我再也不能将它收集起来……

那些不幸的人哪，他们因极度痛苦而死亡……

“谁也不能伤害你、哪怕是用轻薄的口吻谈论你——深夜里，我曾小心翼翼地面向苍茫，发出了类似的警告……

而你，我多么爱你。请你稍稍地怜惜一点吧，请你保护我心中仅有的这一点点东西吧，不让任何人去触及它、碰撞它，更不允许蹂躏它。让我永远地葆有这一点点——仅此一点，好吗？

那时我将是安宁的，我会感到幸福。

在今后的岁月中，让我们变成两只欢快跳跃的动物吧。让我们一起在树丛灌木间蹦跳，就像它一样，发出欢快的吱吱鸣叫声，让天上的鸟儿也羡慕我们。谁都不能伤害我们，谁都不能约束我们，我们要在最宽阔的原野上四处奔跑……

小鹿还没有吃饭，原来他要和我们一块儿喝山菜稀饭。

第五章

我的丛林

1

在这片苍茫的海滩丛林中，我们一家的小茅屋显得实在是太孤单了。平时除了妈妈和外祖母，除了那些偶尔到林中打猎采药的人、园艺场派来小果园的工人，最常见到的一个人只是卢叔——一个令人如此厌恶和惧怕的人。

我渐渐讨厌起自己的孤寂和沉默：有时半天说不出一句话，有时会一直站在林子里发怔。妈妈和外祖母为我着急、叹气，其实她们自己也差不多，我发现她们也不像过去那样愿意说话了，几乎不再发出笑声。我知道她们都心事重重，只不过装得像没事人一样罢了。

我大概和她们一样，都在默默地等一个人。时间无声无息地流逝，时间真是无情啊。我们一家竟然在这么长的时间里没有了一个人，而这个人对于小茅屋又是绝对重要的。我们不能没有他，无论在记忆中还是现实中，都需要他的存在。随着时间的推移，一个强烈的期待也就渐渐逼近了。

回来吧父亲，你回来的一天，小茅屋的转机也就来了——它将彻底地变个模样。我想，到了那时候，整个的丛林都会变得喜气洋洋的。小茅屋里的欢声笑语会引来无数的动物，它们将和我们一起流下幸福的眼泪。

可是事实上什么也没有发生，我们仍要一天天地等待下去，而在等待的日子里就只有煎磨，只有无所事事。这期间，只有在卢叔捕获雄阿雅的时候，我才算暂时忘记了其他，因为这时最关心的就是这只生灵的生与死。我每天都去看它，为它忧心如焚。如果我不是从一开始就熟悉这个聪明的生灵，简直就不相信它会是从高山和森林、从芦青河两岸密匝匝的灌木丛中跑出来的一个动物。瞧吧，它的皮毛从柔和光顺闪闪发亮到脏乱不堪，再到最后的满身臭气，已经令人目不忍睹。这个可怜的雄阿雅完全是被卢叔给弄成了这样。而我暗暗痛心的还有自己犯下的罪过——我不该帮他去林中找回雌阿雅……

我晚上开始做噩梦，梦见有人把我关在了一个铁笼子里，我急得四处蹦蹿，用拳头擂着周围的铁栏呼号。大概是我真的在连连喊叫吧，外祖母有好几次在夜里把我抱起："孩子，你怎么啦？怎么啦？"我在她怀里使劲拧动、挣脱，她就用力地把我搂紧。我喊着：我一定要出去、出去！外祖母安慰我，拍打我，好不容易才让我安静下来……

妈妈平时在园艺场做临时工，挣来的钱不仅要供我和外祖母吃穿，还要余出一部分让人送到南山——那儿有一个可怜的父亲啊，他匍匐在石头上，隐在锤子和凿子中、隆隆的炮声中。我们全家没有一个人能救他回来，而只能按时接济他。妈妈托人送给他的都是一些食物，因为送钱没有用：那些看守们不允许做苦役的人出山买东西。

送东西的人从南山回来时，妈妈和外祖母就匆匆忙忙和他关在里屋，两个人焦急地听他诉说……他们不知道我屏住呼吸立在门边，已经把那个人的话听得一清二楚。他说：父亲的脸完全变成了蜡黄色，已经满是皱纹了；头发也花白了，人瘦得不成样子，身上的皮肤没有了一点水灵气，整个人远不如上次看到的……

每一次听到父亲的消息，接下来的几天妈妈都无心做活，好像一下子耗尽了所有的力气。她真该躺到床上安歇了，可是不行，她每天照旧要拖着疲惫的身子到园子里去上工。她要跟身强力壮的工人们干一样的活，像男人那样攀在高高的树上修剪果枝。有一天她连续昏厥了两次，好多人都以为她再也不能转活了，大呼小叫地来跑来喊外祖母……最后她还是在树下苏醒过来，而且一睁开眼睛又去摸那把剪刀了。

这些日子里，最值得庆幸的是阿雅的孩子们：这些刚生下的小家伙终于能够自己进食了。它们尽管吃得很少，但总算能省下母亲的一点奶水。我听见它们把食物咬得咯吱咯吱响，心里高兴得无法言喻。我甚至也想到了养一只阿雅，并决心以最好的方式去对待它。我让卢叔给我一只小阿雅，他哼一声：“那你就自己找去吧，我这儿的一只也不能送人。”这个凶恶而又贪婪的家伙当然不能指望。我到河滩苇丛中玩，钻在里面静静地等待，希望出现一个奇迹。当然什么也没有逮到。我只好忍住了惧怕，像卢叔那样，在橡树和松树下面布了好几个皮扣——每一次空手而归时，都不能忘记把皮扣收起，不然被这些皮扣套住的动物就要一直挣扎到死。想一想那是多么残忍的事啊——所以好心的猎人每天下几个皮扣都要做到心里有数，每一次离开时都要如数收起，再清点一遍。

讲起来多么可怕，我有一次套住了一只兔子，可又不敢去取，因为它拼命蹿跳，还发出了吱吱的尖叫。这是一只刚刚长成半大的兔子，非常可爱，栗色的皮毛让我惊喜不已。它一抱在我手中就浑身战栗，一颗小心脏扑扑跳动——一颗小孩子的心脏，一个挺好的小孩子。我一直把它抱回家去，一路安慰它，还给它取了一个好听的名字。可它全不管这些，战栗如故。我哄着它，喂它白菜叶，喂它最好的果子。它什么都不吃。两天过去了，我终于慌了。我当然没有卢叔那样的耐性和狠心，只得忍痛把它放掉了。

阿雅啊，它就像那只小兔子、像所有的动物一样，本能地在丛林里躲开了我、我们。

这期间给父亲捎东西的那个陌生人又从山里回来了。当他转告怎样把东西交给了父亲时，母亲的眼里马上变得泪花闪闪了。那人离开时，我就悄悄跟了上去。我终于追上几步，大着胆子问了一句："我父亲什么时候回来？"那人捋着一溜胡子四下看看，告诉：快了，快了。他说山洞已经挖得差不多了，整整一座大山都快挖穿了。"那座大山挖穿了时，你父亲，还有和他在一块儿的所有做苦役的人，都该回家了。你想不是吗？"

我回家把这个消息告诉妈妈，妈妈眼里又渗出了泪水。不过我知道她在想这一天，那是高兴的泪水。她那会儿把我抱在怀里，长时间没说一句话……

2

放掉那只小兔子后，我再也不敢尝试着去捉阿雅了。我知道卢叔是用人世间最卑劣的办法逮住了那只雄阿雅的，当它绝望而死的那一天，我会在心里永远诅咒他的。从逮住它的那一天起，小阿雅们就有了一个被囚禁的父亲——它不能像那只雌阿雅一样享受自由。我发现雄阿雅真的具有男子汉的刚强，它在笼子里滴水不进，只盯着它的妻子和孩子。它的妻子领着一群孩子在院子里玩耍，让每一个孩子都给囚禁的父亲唱一支歌。孩子们哇哇地唱起来，嗓子粗粗细细，汇成了一片歌的海洋。它们唱呀唱呀，唱得人心碎。孩子们轮流趴到父亲跟前待一会儿，眼泪汪汪……

夜里我把在卢叔那儿看到的情景告诉外祖母，她说："这些生灵啊，和人是一样的，有爹也有娘……"后来她又叹着气说："你爸也许真的快回来了，他回来的时候，你可要好好听他的话，千万不要惹他生气，他这一辈子真不容易，真不容易！"

我轻轻呼吸着，小心翼翼地问："爸爸年轻时候什么样子？"

"他年轻时清瘦，白净，中等个子。那时候他忙得脚不沾地，从这座城走到那座城，有时还在山里活动。我这儿有他一张戴礼帽的照片。"

外祖母真的爬起来，在柜子里翻找出一叠黑白照片。她细细地抚摸这些照片。

"这个是父亲吗？"

外祖母摇头。

"那一个呢？"

她又摇头。

有一张照片上的人戴着礼帽，长了一双火热的眼睛，这时候正含笑盯着我。我的心一热， 不由得把这张照片取到手里。外祖母还是摇头。

可是不久这照片就不见了。“照片哪去了呢？”她咕哝着，料定是母亲取走了。

第二天我问母亲，母亲也摇头。

外祖母描绘着父亲的模样。在我眼里他像个最完美的英雄。他的很多故事我一辈子既不能忘记，也不能完整地复述，因为那是父亲的故事啊。如果一个人能够重新生活一遍多好。可惜每个人的生活只有一次开始……父亲后悔过吗？那时候母亲和外祖父、外祖母一块儿住在海滨小城里，所以他就要待在这里了。也许他真不该来这里一趟——从此他的一生就要和小城连在一起了。从此以后，他就永远属于了这片土地，他的所有厄运也是从这里开始的。

“你父亲被牵连进一场冤案里，一走就是好几年。我和你妈搬出小城，在这片荒原上等他。好不容易才把人等回来，都以为苦日子到头了，指望全家人在这片林子里好好过日子，可谁想到刚过了没有两年，又让他进山。那时催他上路的说：只去一年，顶多两年，中间还可以回来看看。人走了，一去就是这么多年，再也没有回来。原来他还是去做苦役啊，原来做过苦役的人这辈子都要做苦役。大山里面常常死人，我就一遍遍为他祷告：‘如果真有神灵的话，你保佑这个男人吧，他是个好人，这辈子没做一点恶事。他是我的女婿，我是他的岳母，我知道这个男人有一副好心肠，他就是脾气不太好。保佑他吧，他是个苦命的男人。’

也许就因为我的祷告，你爸总算在山里活下来了——可活下来就得受罪，也许还不如死了好呢……”

外祖母说着，却没有像母亲那样抹眼睛。

“有人亲眼见过你爸，说他可能跑过又被逮住，要不那些日子不会脚上带着锁链做活，脚杆上的皮都给磨破了，上面血淋淋的，血就滴在石头上。他一天到晚闷声打锤子，凿洞——有人要在凿好的洞里放上炸药，把石头炸飞……我从来没把这些告诉你妈妈。你懂事了，只记住爸爸做的是什么苦役就行了，千万嘴巴要严实。你不能在妈妈跟前说这些。”

我的泪水汪在眼里，用尽了力气才没让它流下。是的，我也该是一个男子汉，我要把一切都咽进肚里。后来我从来没有把这个残酷的故事告诉给他人，也没有告诉妈妈。

3

那只雄阿雅快要不行了，因为它刚试着吃了一点，就又一次停止了进食。它已经两天两夜没喝一点水、吃一点东西。我央求卢叔快些放了它吧，卢叔铁青着脸，像看一个仇人那样盯了我两眼，再不搭理。我差不多要哭出来了，紧紧咬着牙关。卢叔不动声色，后来把铁笼子加了一把大锁。我简直毫无办法。有一段时间他甚至把院门也锁起来——不过我可以从墙边那棵野椿树上翻进去，这倒难不住我。

阿雅有许多次在我跟前伏卧、尖叫，泪花闪烁。我知道它在向我泣诉，仿佛要向我讲述一个动人的爱情故事……我可以想象，雄阿雅是整个原野上最剽悍的一个男子，它好不容易才赢得了她的爱情——那时它天天来找她，阿雅一声不吭，只看着它来去匆匆。它一次又一次表白自己的爱，与林子里所有的雄性阿雅展开了角逐。它可以在原野上一口气奔跑十里，速度比得上弓箭；它能够一连战胜好几个对手，把它们统统掀翻在地；它一口气爬上最高的老橡树，然后又以最快的速度冲刺下来……那些日子里它曾一连几个夜晚伏在她的身边，等待那一声回答。它一夜一夜不睡，眼睛熬红了，凹凹的小脸儿更瘦了……就这样，它靠无比的真诚和勇气赢得了一颗芳心。

我一大早跑到卢叔那儿，用双拳嘭嘭擂门。卢叔嘴里咬着烟斗开了门，甩着头说：

“啊呀是你！正好，快帮我做点正事吧！”

卢叔急火火招呼我，让我把雄阿雅的后腿扯住。我看到一旁的铁勺里有些食物，明白了他要干什么。那只雄阿雅本来极壮，它挣扎起来我们两人根本无法按住，可这会儿它已经饿得一点力气也没有了，暗淡无光的眼睛看一下卢叔，然后一直盯着我。卢叔要往它嘴里灌食物，我觉得也许这次他做得对。

它的嘴紧紧闭着，卢叔就找来一个螺丝刀，要把它的嘴巴撬开。它奋力挣扎，牙齿咬在铁上发出咔嚓咔嚓的声音。卢叔还是用力地撬。我尖叫了一声。他不理不睬，一手握紧螺丝刀，一手端着一个铁勺，里面是稀稀的吃物汤水。

它给呛得连连打喷。它的嘴巴用力咬螺丝刀，随着咔嚓声，鲜血一滴一滴从嘴角流出……

“卢叔你快停下吧，停下吧……”

他一声不吭，满头大汗地伏下身子干。折腾了半天，那一勺食物灌进多少又吐出多少。

“他妈的，这个混蛋！”卢叔搓着手大骂。

他衣襟上溅满了食物渣屑，手上还沾了血。他扔了螺丝刀，又抓起雄阿雅，像扔一条破口袋一样把它扔到了笼子里，然后咔咔上锁。

它躺在笼子里，紧闭带血的嘴角，不再睁眼。

我这会儿明白它已抱定了必死的决心。我一遍又一遍央求卢叔把它放开，他像没有听到一样，铁青着脸说：“饿得轻了，还得饿！”

它卧在那儿，身体的厚度只剩下几公分，我相信再有不久它就会活活饿死。

我急急回到家里，让母亲去劝说卢叔。母亲有些犹豫，但最后还是去找了卢叔。卢叔嘿嘿笑着，瞥来瞥去，嗯嗯着，并没说要怎样。妈妈不再讲什么。回茅屋的路上，我问妈妈他这算同意了吗？妈妈说：“不要找他了，他是个畜生。”

也许是为了让我尽快遗忘那只雄阿雅，妈妈不断地催促我去林子里做活。其实我从来也没有辜负家里人的期望，只要有机会，总是帮妈妈和外祖母。我不停地去割青草拣橡子，到了夏天采蘑菇，到了秋天拣松塔。我采回的蘑菇在院子里晒成了很大一片，这样在整个冬天和春天不仅我们自己有了吃物，还可以卖给不远处的那个村子；我拣来的松塔卖给了园艺场子弟小学，冬天他们用来生火。我那时已经渴望上学了——妈妈也开始为我上学的事奔波。她期望我最终能进入园艺场子弟小学。

后来事情真的成了。这在当时是我们家唯一一件让人高兴的事。外祖母说："你爸要是知道了，还不知会乐成什么样子呢！"可这对于我既是一件喜事，还是一件令人惧怕的事。我觉得这是我的一个奇怪的门槛——我一开始不太敢往里走，而一旦走入，就将有一场意想不到的煎磨。

后来证明，我的预感并没有错。总之整个做学生的日子一言难尽，那虽然不过是短短的三年，可是这三年时间却足够我一生咀嚼了。也就在这段时间里，我们家发生了一些大事：父亲的归来、外祖母的去世，还有其他……当然这都是后话了。

当时我一边期盼着入学，一边继续着丛林里的生活：等待和孤寂，当然还有——欢乐。我的大部分时间都在林子里度过，我的一切希望和梦想也都藏在这片林子里。我没有找到阿雅，可是我结识了一只小鹿，我们常常在一起。我几乎从来没有在里面迷过路，这在当时可算是一个奇迹了。要知道林子里的工人，还有远处村子里的那些猎人，他们都不敢一个人在林子深处进进出出。大多数人对这片林子都有些惧怕，大概也从没有一个人对林子的熟悉程度能比得上我。我心里装下了那么多林子的秘密，只很少对别人讲过。那些秘密包括了很多，像里面有什么动物、发生了什么奇怪的事情，其他人都不会知道。我已经知道的这一部分肯定也会让人害怕、让人怀疑。有一次我讲了一点给外祖母听，她根本不信：有一天我正躺在树荫里，突然听到沙啦吵啦的声音，结果一睁眼睛就看见了像小牛犊那么大的一个动物。它长了和人脸差不多的那样一张圆脸——准确地讲那是一张女人的脸，很好看，只不过生满了黄色的茸毛；它有一对水灵灵的大眼睛，嘴巴大而肥厚，多少有点像老虎；它的蹄子肉乎乎的，踩在地上没有一点声音，就像两个小皮球一样柔软。那时它一边往前走一边冲着我笑，我却没有害怕，因为我知道它不会伤害我。可我还是向它摆手，我说你不要过来，不要过来。它当时是听懂了，真的待在了原地，只向我哈哒哈哒打着招呼——就这么僵持了一会儿，尾巴转动几下，走开了……

外祖母说：胡诌！这林子里从来没有那么大的动物。

可是我心里知道，这一次外祖母实在是错了。因为到后来我又看到了一个较大的动物——那个动物我倒认得，那是一只鹿。因为在芦青河入海口的林子里，狼差不多早就灭绝了，这里更多的是狐狸、草獾和兔子、各种各样的鸟类，再有就是鼹鼠、黄鼬和松鼠等。像漂亮的花鹿，大概只有我一个人见过。

那是一天中午，天挺热，我觉得前边有踏哒踏哒的声音，就小步儿追了起来。追了一会儿我看见了一个白乎乎的影子在前面抖动。我打了一声口哨，那个影子往前一缩，露出了长长的带着花斑的脊背。接着我又看到了鹿头和刚刚生出一截的鹿角。奇怪的是它并不怎么怕我，可能它觉得我是一个孩子，不会伤害它吧。要知道动物最怕人，可是一般而言它们并不怎么害怕孩子们。它们可能觉得小孩子还没有学坏，还不会使用致命的武器。反正这只鹿一听到声音就站下来，认真地看了我几眼，鼻子上方的肌肉一缩一缩的。就在那一刻，我发现它的一对眼睛真是好看极了……很久很久以后，我都能回忆起它的一双美目。

还有一次我告诉了外祖母另一件奇怪的事情：在一团黑乎乎的紫穗槐棵子里，发出了咯吱咯吱的树条折断声。我马上想到出现了什么大动物。我慢慢爬过去，爬过去，竟看到了两个人在扑打！他们打得非常激烈，一声不吭，而且是一男一女！女的头发很长，都给男的抓乱了。一会儿男的就把她压在了身子底下，用力按她的胳膊，按她的腿。女人挣扎，嘴里发出唔唔啊啊的声音。一会儿那个女的就不挣扎了——我以为她正在死去，可是只有一会儿，她又用拳头使劲地打起男人的胸部。她还试图去咬他的耳朵。我当时吓坏了，就那么趴着一声不吭。不知停了多长时间，我看见他们一块儿站起来——奇怪的是他们像没有争吵一样，相视而笑。人要和好可真快啊，这真是奇怪极了，瞧他们还亲亲热热坐着说话……我把这个令人百思不解的场景告诉了外祖母，外祖母却严厉地说："小孩子家胡诌！"

我很失望，再也不想讲什么了。但我心里明白，那是属于自己的一片丛林，它只在我的注视和理解之中；它包容我，娇惯我，让我在它的怀抱中长大。丛林是我童年的慈母……

绝望和诅咒

1

我瞒着妈妈和外祖母，仍然去卢叔的小院。因为我实在无法割舍那个生命。

雄阿雅眼看就要死了。在它即将告别这个世界的日子里，阿雅和它的孩子们全都围在铁笼边上。

我几乎一步也不想离开。我诅咒卢叔，却不再乞求；我只想让雄阿雅在最后的时刻里有一丝转念，我对它说：你是一只好阿雅，可你该设法活下来，然后才有机会逃走，逃到那片林子里；我一定会帮你。你要领走自己的全家……这些话都是小声吐出来的，因为我怕卢叔听见——这个家伙越来越像凶神恶煞，他的两只眼角都变红了，嘴巴发青，总之怎么看都像一个刽子手了。

雄阿雅的呼吸越来越弱，开始还可以让人听到，后来只能看到肚腹一动一动，表示它还活着。它动得十分轻微了，这使我知道，最后的时刻就要来了。

我忘不了那天下午——太阳就要落山的时候，它一动也不动了，它真的死了。

“姥姥，它死了！”

我哭着找到外祖母。外祖母没有听清，她以为发生了什么别的事情。

我看见她一下从木盆边站起，三两步跨到我面前。她的动作从来没有这样敏捷过。

“怎么啦孩子，怎么啦？”

我告诉雄阿雅死了。“它死了。”她重复一声，又回到木盆边。

就在它死去的第二天下午，我听到了自己的好消息。我终于被应允去那个园艺场子弟小学了。我以前好像并不太渴望入学，这会儿却激动得脸都变了色，很长时间里像个木头人一样站着，被妈妈和外祖母动来动去……

我开始了新的生活。

我永远都会记得：上学后第二年，一个初秋的下午，有一个瘦干干的老头儿背着一卷破布出现在我们家门口。

他不停地咳嗽，那一对眼珠像石头做的一样，硬而无光，直僵僵地盯着屋里的人。

我小声告诉外祖母：来了一个要饭的。外祖母头也不抬地说：“送两片瓜干。”我听从她的话，捏着两片煮瓜干走出去，递给了老头儿。

老头鼻子那儿活动了一下，捏起两片瓜干放在眼前看着，然后轻轻地嚼起来。他嚼得很细，好像在慢慢品味。可是他吃了煮瓜干还不满足，还要往屋里走。我不得不伸手拦住了他。

外祖母这时候颤颤抖抖地从屋里走出，刚开始的时候满脸怒气，当走近了老头儿的时候，突然两手拍打着膝盖，哇哇地叫起来。

外祖母一边叫一边疯了似的在周围寻找什么，伸手一指后边说：“叫你妈去，叫你妈去！”

我不知出了什么事情，但我听从外祖母的命令，急急地往园子深处跑去了。

我告诉妈妈有一个乞丐，外祖母见了他怎样怎样……

妈妈听了像肚子痛一样蹲下来，两手按在了小腹上。

她一颠一颠往前跑，我也跟着往前跑去……

那天下午的场景我一生都不会忘记——只是当时并不知道，那是自己的命运发生重要转折的又一个关口。

当我和妈妈跑回家的时候，外祖母已经和那个人坐在了桌旁。外祖母从坛子里倒出了两个咸蟹子，又找出两块窝窝头。那个老头儿正在大口地吞食。咸蟹子在我们家可是最好的食物啊，我怔怔地看着，不知外祖母是怎么了。

妈妈僵在那儿，后来她嘴里发出了一种被噎住了似的声音，这才让我回头去看：她刚刚迈进屋里就跌坐在了地上。

那个老头一看妈妈，砰的一下扔了手里的窝窝，站起来……

我的头嗡地响了一声。我一瞬间好像明白了什么。但因为害怕和其他，我不敢再停留下去，而是猛地转身跑出了小院。我听到有人在身后呼喊什么，可我再也停不下脚步。

……

2

父亲的归来真使人失望啊；除了失望，还有羞愧。这是一个比我心目中的形象不知要差多少倍的人——他们简直是南辕北辙。他比我想象得要矮、要瘦、要苍老更要难看；他的牙齿已经残缺不全，而最可怕的是，这个人的脾气如此暴躁！他从回到这个家之后就没有亲热我一下，好像从来不会说一句软话，甚至也永远不会笑了。他脸上的皱纹是刻就的，又深又黑又硬，满脸的胡茬白了一多半。他回来不到一个月就对妈妈发火，外祖母给气得呜呜哭。

当然了，我没有叫他一声爸爸。

有一次我不知把什么东西弄坏了，他差一点折断我的脊梁骨。我告诉妈妈：我讨厌这个人，我恨他。外祖母在最关键的时候总是袒护我，在暴怒的父亲面前，她像藏一件东西一样把我藏到身后，然后又把我拉到一边。她事后小声告诉我：你爸爸有病，你爸爸开山的时候弄断了两根肋骨，到现在还没有长好，他一活动肋骨就捅他的心肺，捅一下他就要发一次火。

这倒把我吓了一跳。我怎么也没想到会是这样。

从那儿以后我对父亲的怨恨似乎减弱了一点，我只是可怜他，可怜这个叫作“爸爸”的人……

他的情绪稍稍好一点的时候我就跟在他的身边，小心翼翼地走。我多想给他讲一讲丛林里的故事、讲一讲卢叔的阿雅以及其他。可惜他从不屑于听这些事情，不吭一声，木着脸。

有一次他突然问了一句："你多大了？"

"十四岁了。"

"十四岁了，哼。"他咕哝一声，继续吸那个烟斗。

我这会儿再次告诉他：北面的那个卢叔养了一群小动物，它们叫"阿雅"，刚刚死了一只，它被关在了笼子里，差不多是给活活饿死的……

他听了无动于衷。

我告诉他那一群小动物多么可爱，皮肤油亮活泼欢快，它们老要唱歌蹦跳，像一群小孩子……他还是一声不吭。

就在父亲回来的这一年，我们家发生了那件大事。它大概是我一生中所经历的最为不幸的事情之一。

那是一个春天的下午，外祖母正在园子里做什么，突然伸手去扶了一下篱笆，然后倒在了地上。妈妈去请医生，父亲干脆背上她向场部医疗室跑去——只跑到半路，父亲回头看了看肩上，站了下来。一切都结束了，外祖母去世了。

外祖母去世了，可我当时怎么也哭不出来。我知道外祖母去世以后就再也没有她了。可我直到后来还不明白、还不能原谅自己的，是我当时没有哭……父亲把外祖母放在床上，给她盖上了被子。外祖母就像睡着了一样仰躺着，脸上的表情像过去安睡的时候差不多。那时候我突然想起了外祖母在睡觉前给我讲过的所有故事。我伏在了床边看着她，像看一个恐怖的奇迹……她再不会动，也不能张口了。这时候我才哇一声大哭出来。

我哭得死去活来。

那个春天我觉得与外祖母一块儿死去了。我什么也不知道什么都忘记了。那一年大李子树开出了双倍的白花，简直遮得看不见一点枝丫，像一个巨大的、白色的神灵在那儿伫立着。我亲眼看见外祖母在白色的花朵间上上下下地浮动，在向我招手；我走过去时，无数的蜂蝶围着我们旋转，然后隔开了我们俩。我在这白色的海洋里游动，从这个枝丫爬到那个枝丫。外祖母显然是在逗我，她的身子那么轻飘，像云彩一样在枝条上飘游不止。我呼唤她，后来我想她大概在与我捉迷藏……

我一直留恋那个巨大的李子树，到后来，每到了最悲伤的日子里，我常常一个人躲在大李子树上。妈妈喊我，父亲喊我，我都一声不吭。天黑的时候，我才慢慢地从树上滑下来，奇迹一般出现在那个小茅屋里。

给外祖母送葬的那天，我总觉得是一个特别奇怪的日子。这就像有人在我的生命里狠狠刻了一条印痕一样，让我一直注视它。天阴着，多了几个人盯视我们的悲伤——小茅屋四周日夜有人巡逻，这些人自从父亲归来不久就陆陆续续出现了。他们背着枪，监视我们家的一举一动。崭新的规定是：只要父亲离开茅屋一公里远，就要向背枪的人请示，被应允后才可以走开……外祖母的坟头就立在了那片荒野上。坟边有一株松树。

3

父亲归来的前夕，园艺场在小果园里加盖了一幢小泥屋，而后就住上了一对新婚的工人。他们算是我们一家的近邻。接着父亲回来了，也就是从这时起，背枪的人就常常出现在我们的茅屋四周了。深夜里窗户被轻轻弹响了，我吓得心上一抖。有一次我悄悄开了门，转到屋后一看，见一个背枪的黑汉正在那儿打盹儿，他手上的烟还没有熄灭呢。我又蹑手蹑脚地退走了。我告诉妈妈看到了什么，妈妈理了理头发没有作声。这一切对她来说都已经习以为常了。

阿雅的孩子们长大了，它们当中的两个已经长得像她一模一样了。不过它们的毛色更鲜亮，神气也更足。阿雅见到我就跑过来。它的孩子在一块儿打闹，它却变得出奇地安静。我知道这是为什么。因为只有我们俩知道全部的历史。我知道阿雅是怎么来到了这座小院、它的故事、那个雄阿雅的死亡……可最让我感到奇怪的是，它为什么还不逃走呢？为什么不带着这些孩子永远地离去呢？

我不知道，这对于我来说真是一个谜。

只是过了许多天以后，我才恍然大悟——原来那个狡猾的卢叔差不多总是把一个小阿雅关在笼子里；笼子下面是一个洞穴，洞口上就罩着一个铁笼。我明白了，原来做母亲的不愿抛弃任何一个孩子……

就在我发现那个秘密不久，有一天妈妈把我叫到一棵大树底下，说要跟我商量一件大事。

我以为又是逃学的事，因为我已经好多天未能上学了——父亲的归来给我带来了巨大的屈辱，这一切已经让我在学校里无法忍受；我开始逃学，开始一次次撒谎，只为了不让妈妈失望——再后来我唯一喜爱的老师也失踪了，于是我就再也不到学校去了。我重新回到了丛林，而且准备永远这样游荡下去，永远也不再回到学校——那里变成了最令人恐惧的地方。这些最黑暗的日子里发生了一件无比可怕的事情，它既让我羞于启齿，又让我终生难忘。这就是我神差鬼使地游荡着，挨近了果园里的一座草寮。从那里面突然伸出了一只戴黄色套袖的手，只一下就把我抓住了……草寮里铺了柔软的干草，那种特异的气味让我头晕目眩。

可妈妈在大树下跟我谈的是远比这些还要可怕、还要沉重一万倍的事情。

我当时不敢相信自己的耳朵。我听不下去了，后来干脆捂着耳朵跑开了。我跑啊跑啊，一口气跑到荒滩上，拼命地在林子里奔逃，就像要把强缚在身上的什么东西甩掉一样。我要把自己变成一个动物，四肢着地飞快往前……我的前爪太短了，这有点像阿雅。我学着动物爬树，我看见那些动物在树干上是怎样爬上爬下的，这会儿也像它们一样。有一次我试着从一个枝丫弹到另一个枝丫上，结果失败了。我的后背、脸上，到处都划上了血口。火辣辣的疼痛让我忍受不住，我不得不缓慢地往回挪动。

我走到了卢叔的小院，忍不住又走了进去。他正在后院干什么，发出了嗯嗯的屏气声。我悄无声息地绕到了后院。

天哪，我马上看到了一个恐怖的场景——一只刚刚被剥制的下来的阿雅的毛皮，一个低头做着这一切、手上沾血的人……

我吓坏了，也顾不得身上的疼痛，一口气跑回了家。

我呼呼喘息，见到妈妈第一句话就是：“妈妈，我想好了，我听你的话，我走了……”

我到现在也弄不明白，那个老头——也就是我的父亲，到底用什么办法蒙骗了妈妈？他们又用什么办法瞒过了我的眼睛，偷偷做了一件我怎么也想不到的事情？原来他们很早就在合计一个阴谋，在想方设法把我送走。为这个，他们暗暗地找人联络，花费了多少心思。结果真的成了，他们要把我送出这片林子，送到南部那片大山里去。他们甚至通过一个尖下巴的人给我找了一个“义父”！那个“义父”叫什么名字不知道，他们只叫他“老孟”——多么可怕啊，这一切都是极其秘密地进行的，不仅瞒过了我，也瞒过了那些背枪的人。妈妈说那是一个心慈面软的山里老人，他要收下你做儿子。因为他是一个孤老头子，一辈子没有娶过亲，或者娶过又死掉了……

我当时大声喊道：“不，我不当什么‘老孟’的儿子，我只是这里的儿子！”

妈妈说：“你心里明白就行，不过你还是要走。你如果在这个小茅屋里，不等你长大长壮——也许就是明年吧，又会像你父亲一样被送到南山，再不……那时你就什么指望都没有了。趁着你还小，蹄子还轻快，能跑就快跑吧，跑吧，自己逃出去吧……到那边你可不要忘记接上读书，不要忘记……”

这天晚上妈妈最后一遍叮嘱，我含泪点头。不过我在心里暗暗发誓：我可以走，我可以踏着父亲的足迹一直走到那座山里，但我不会去找什么“老孟”，更不会去给一个陌生的人做儿子。

出逃

1

第二天早晨，天还不亮，大约只有三四点钟的样子，我就被喊起来了。我一夜没睡，妈妈也没有睡，只有那个可恶的父亲在隔壁里打着呼噜。妈妈走过来，她也许早就走过来了，因为我一睁眼就发现她坐在床边。她抚摸我的脸，抚摸了一遍又一遍。她把我从枕头上扶起来，这会儿完全把我当成了一个小孩子。可是我自己知道从今以后我就是一个大男人了——床边是一个挺大的包裹，我将背着它进山……妈妈告诉我：要趁着天不亮摸出园子，在园角上的那棵桃树下边有人接你。我知道那人就是小泥屋里的邻居，他会把我送走，然后交到一个尖下巴的人手里……我吃了一点东西，把我们的小茅屋看了又看，背起了那个包裹。

走了两步我又听到了呼噜声。

我想起了什么，想最后看一看那个打呼噜的老头，想看清他的样子，以后好好恨他。

就这样我走到了西间屋——父亲，就是那个又丑又老的人，这会儿仰躺着，在那儿发出了一阵阵急促的呼噜声。他睡得好香啊，这个该死的，他睡得好香。他毁了母亲，毁了外祖母，毁了我们全家，最后又毁了我。

我走到了床边。他毕竟是我的父亲哪，我要最后记住他的模样。

妈妈大概完全理解我的心思，那时她点了一根蜡烛，凑前一步把那个男人的脸照亮了。

就在那一刻，我看到了奇怪的事情，后来一辈子也没有忘记：我发现父亲打着呼噜，一声又一声打着，越来越响，可是他紧紧闭着的眼睛里竟然溢出了泪水……

我正疑惑，母亲就扯了扯我的手。我想我不能耽搁，转过身大步走了出去……

我很小心地沿着树底、猫着腰往前走。母亲就跟在我后面几步远的地方。走了一会儿我觉得有什么尾随着我，是比母亲的脚步声更为柔和细腻的一种响动。我感到了什么，驻足不前——这时那个声音也没有了——到底是什么？我觉得非常奇怪。我不得不继续往前——我终于发觉了一个细小的影子，它沿着树下的地垄往前跳蹿……我的心头热了一下，把手挡在嘴巴上轻轻地打了个口哨。

那个小小的身影跳到了树上。

我就这样走走停停，最后走到了园子一角的那个大桃树下。那个叫老骆的邻居扯了扯我的手，我们就上路了。走出园子，走到丛林尽头时，老骆把我交到了一个早就等候在那儿的人手里，这个人就是尖下巴。

我和尖下巴整整走了好几天，走到了重重叠叠的大山里。一路上他常用闪烁的眼神看我，只不说话。我也不说，我讨厌他。许多年之后我还记得他不断牵拉我的那只手：冰凉而瘦削，汗漉漉的……

进山之后，最令我吃惊的是这山的颜色——从我们的小茅屋往南望去，这大山一片蔚蓝，好看极了，而且总是那么神秘；可这会儿我看到的却是干黄干黄的土山，石头也不是蓝色的，裸露的石头甚至也是土黄色的，或者是长着斑点的青黑色。总之这是让人失望到极点的一片大山。我从来没有到过山区，这会儿感到透心地沮丧，尽管还有一丝丝好奇。山路难行，时而靠近深不见底的山涧。我想在这细细的小路上稍不留神就会掉下去，当然了，半空里的枝丫会把我接住，可那时候我的身子一定会被扯得稀烂……

走了一天，前边出现了一个村落。在这个村子里，尖下巴的中年人把我交给了一户人家。

刚开始的时候我还以为这就是“老孟”的家。我错了，“老孟”住得更远更远。这一户人家据说只是尖下巴的亲戚。他们在这里招待我吃了一顿午饭——一种用淡水鱼做成的包子，好吃极了。

包子是用菜叶和鱼肉掺和一块儿做成的。我记得自己一口气吃了五个包子，吃过之后那户人家告诉，从今以后我的父亲就是“老孟”了——他没有儿子，我要负责给他养老送终、要对得起他，他自然也不会亏待我。为了找我这么一个儿子，他一辈子的积蓄全搭上了！那是个老实巴交的人，烧了一辈子砖窑和烤烟炉，那真是一个好人……

“积蓄”两个字像石块一样砸了我一下，我吓得全身发紧——有谁把我卖掉了吗？是谁？尖下巴？我的爸爸和妈妈？最后一个问号让我差点跳起来大喊……我咬得牙关乱响，忍住了。最后我一口气把什么都答应了：我一定听话，一定会做那个老人的好儿子。

就这样我们启身了。我要去见自己的义父了。

2

一路上我都咬紧了牙关，我只在心中诅咒。

走啊走啊，一口气走了几个钟头，我们终于深入到了大山的最深处。这座山变得真正险要高大起来，那时候我不知道最高的山就叫砧山。看到这些高山，我觉得像来到了一个奇怪的世界。那个小茅屋，那片荒滩，那里的大李子树、海棠树，我度过了童年的一切景物，好像一下子都变得陌生而遥远了。它们渐渐变得与我毫不相干……一路上只有那个跳动的黑影一直在伴着我，伴着我。我觉得它从果园里开始就一直在暗暗跟踪我、护佑我。它的四只爪子在这高山之巅跳跃不止，它在走一条与我完全平行的路线。有了它在身边，我想我不再那么害怕，而且以后也会生活得幸福安怡……

翻过大山就来到了一个村庄，我想我就要归于这当中的一户人家了，我从现在起就要属于一个孤老头子了。这样想着，尖下巴却并不停步，还在往前急奔。后来我们穿过了村庄，又走上了另一座大山。在山的半坡上，月色下可以朦朦胧胧看到一个孤房子。那个孤房子的旁边就是筑起的一座高高的烤烟炉——原来那个孤房子里就住着我未来的父亲！

在我打量那个小屋的时候，尖下巴伸手指点起来，可他说了些什么我差不多一句也没有听清。一颗心咚咚跳，那个小屋也在我的眼前闪动跳跃。我不知怎么脚步迟缓起来，后来借故解溲，就到路边的一个大石头下边蹲了。这样蹲了一会儿，我才突然明白自己要做什么：再也没有比从这儿逃开更好的了。

我小心地摸索着往后退去。我退呀退呀，直退了十几米远，然后一猫腰就向另一块大石头奔去了。在那块石头后面我探头望了望，见尖下巴还在那儿着急地观望。这时候我悄悄说了声：“对不起了。”就撒开腿猛跑起来。

我的脚踢到了石子上，石头沿着山坡哗哗往下滚动，发出了咕咚咕咚的声音。又跑了一会儿，我听见后面的尖下巴被狼咬了一样，嚎着骂着。我顾不得这一切了，一直向前、向前。

不知跑了多久，也不知跑到了哪里，反正直到太阳冒红的时候我才停歇。我记得当坐下喘息的时候，这才发现衣服大部被撕烂了，脚上胳膊上全是血口；眼前是一条清清的河水：河水清极了，借着黎明之光我差不多看到了水下的小石子、沙子、沙子上的几条游鱼……我跪在河边捧了水喝，这才发觉自己渴得真厉害、这河水真甜啊。我喝啊喝啊，一口气喝得肚子鼓胀。我从包裹里翻出了几块红薯吃起来，后悔包裹里没有火柴，不然我就可以在这儿生一堆火了。我身上有些冷，摸摸身上，到处都湿漉漉的。山里的夜气真重啊，它把我全身都打湿了。

这时候，我觉得我身边、离我不远处的山溪里，正有一对机灵的眼睛盯住我。那是多么美丽的一只小兽、是它的眼睛在注视我啊——从现在起，它将伴我流浪……

第六章

寻找小屋

1

大概每个人都有过这样的梦想，即如果时间能够倒转、能够重新开始生活一遍就好了。是的，这种梦想之中就包括了无尽的追悔和思念，以及其他。时间像水一样流过了，一切都无以弥补，无从捕捉，也没法寻觅新的开端……我常常想到的是，我在当年如果能够用另一种方式对待柏慧，如果能从稍稍不同的角度去理解她，不那么恐惧和慌乱无措，那么整个事情就将是另外一种结局了。比如，我干脆对她讲出关于自己、关于这个家族的全部——或者相反，做到真正的守口如瓶、一丝不漏……总之那种恐惧不安和小心翼翼、遮遮掩掩和欲言又止，反倒容易造成更大的误解。事发之后我却没有了一点理性和最起码的镇定，几乎从来没有试着去理解和修复，没有往这个方向探索过一点点可行性。我仿佛是一个迎声毙命的丛林动物，从此彻底失去了一个生机盎然的世界。关于父亲母亲，关于童年和整个家族的悲惨命运，关于这一切的禁忌和隐秘，还有深不可测的痛苦和仇视，让我变得那么勇敢决绝而又超常脆弱。你不能碰，不能染指，不能侵犯，甚至不能有一点点这样的企图和一点点的尝试。所以，我和你之间就注定了是那样的一种结局。

我今天至为惋惜的不仅仅是因为失去了这个皮肤微黑、风韵迷人的姑娘，也不仅是因为一场热恋的失败，而是与之连在一起的那些深刻的误解和伤害。这伤害如果仅仅存在于我一个人的心中就好了，不，它是彼此的；它尤其关乎我们整个的家族——那个光荣而又而不幸、雄心勃勃却又一筹莫展、最后是任人宰割的家族。正是这种来自爱人的深深的伤害，才造成了我长久的、铭心刻骨的痛苦。这种痛苦他人无法理解。

作为那个家族的后来者和幸存者，为了生存和尊严，还有自身的禁忌，守卫隐秘正是我的权力，更是我不可推脱的义务和命运。

不过我现在常常设问的是，那个皮肤微黑的姑娘当时真的就没有权力知道那一切吗？是谁剥夺了她的这种权利？是一种血缘？一种时代的惶恐？还是因为她是柏老的女儿？今天看是再清楚也没有了：她还不是我眼中的“自己人”——显而易见，对于我来说她直到那时候还是另一种人，这正像柏老他们一直将我视为“异类”的道理一样。这就是血缘的残酷……

这个浑身散发着栀子花味的姑娘当时只有二十岁。那会儿她对于我、对于一个来自山野的青年一无所知，可以说什么也不懂。她不过是怀着合情合理的好奇心和刚刚萌发的一丝钦羡，与我越走越近罢了。在后来的时刻，在彼此难分难离的日子里，她自然而然地就要问到我的父亲。这一声平淡无奇的询问在我心中激起的波澜，她倒是无论如何也想不明白。当然，我必须向她掩藏真实的父亲，而只说出义父—— 那还是一个相当寒冷和无情的岁月，我的这种提防毫不多余，后来事实证明也是如此。当她后来执意要与我一起去看那个山里老人时，我也只有一种选择，那就是拒绝。

我当时吐出“父亲”这个要命的字眼时，心里咯噔响了一下……我马上想到的是那个逃脱的夜晚，想到了我躲在山石后面的窥望——山坡上有一个模模糊糊的黑影，那是一座孤独的小石头屋子。是的，我的“义父”就住在里面，虽然我们从未见面。

我常常想象石屋里的老人。时至今日，经过了无数的风风雨雨，那座孤屋中的老人也许还在艰难地活着，或者早就不在人间了……

我这样想真该受到惩罚，因为这简直是对老人的诅咒。但这是我真实的想法。令我有些害怕的是，如果他真的死了，那么我将负有不可推卸的罪责：老人花掉了全部“积蓄”从海边买了一个儿子，而这家伙却在半路上跑掉了。这对他将是一次怎样的打击和侮辱，还有不可容忍不可承受的捉弄。我相信我的父母对这老人付了多少钱的事一无所知，只是那个尖下巴的中年人暗中得到了这笔罪恶的血汗钱。整个事件的可怕结果我直到现在还是不敢想象，只是为此而造成的自责、我对老人一生的亏欠，一直像磐石一般压在我的心头。

当年我在那片大山里逃脱、游走，留下的是一条多么苦痛的踪迹。那段岁月曾经是可怕的，它不堪回首——可现在不知为什么，当我真的回头遥望时，却常常产生出一种特别的留恋。它像那个孤寂的、未曾谋面的山中老人一样，既难以消失，又深深地诱惑。

从那个逃脱的夜晚开始，我就成了一个真正的“孤儿”——不仅离开了生身父母，而且还失去了一个“义父”。

一场始料不及的流浪开始了。

有多半年的时间，我像一只野狗一样在大山里游荡。我曾给自己找了一个安静的住处，那就是被人遗弃了的看山小屋。小屋只有一半屋顶，露着天，角落里堆着一些柴草和一个破碎的锅灶。我把那个锅灶重新垒了一下，使剩下的一片铁能够勉强烧开一碗水。我在山里四处寻觅，只要找到一些零零散散的人家，就向他们伸手讨要。我无师自通地叫着“大爷大娘”，伸着一只又脏又小的手。余下的时间是采蘑菇。我在那片平原丛林中练出的本事帮了大忙。我采了很多蘑菇，在石板上晒干，然后送给一些人家、卖给山里的代销点，换来一点点钱，一些玉米饼和红薯片。我还讨来了火柴和烟。他们把我当成了一个无家可归的小乞丐，实际上我当时的处境比那样的乞丐更糟。我只能装扮成一个没有来路也没有去路的流浪少年。很久很久了，我吃的都是山里的野果、讨来的零碎食物。我随身的包裹里带了几件衣服，可又舍不得穿，因为我在等待，等待有一天把它们派上更好的用场。我知道自己在这大山里还没有立足之地，暂时什么都得忍受。我眼看着全身的衣服都撕个稀烂，却没有一点办法。石头和荆棘划破了我的衣服，越来越烂，我只好讨来针线把它们简单连缀起来。不可思议的是我的手脚不止一次被刺破，鲜血直流，沾满了泥土，却从未感染过。

我在山里常常一夜夜不能安睡。开始的日子里我甚至不敢点火，即便是寒夜也不敢。我怕远处有什么人看见火光走过来。我特别害怕深夜走近的人，也害怕野兽。我知道这个陌生的大山里什么妖怪都有，它们会毫不费力地把我吃掉，连个痕迹都不留。除此之外还有猛兽，我想到了狼，想到了比狼更为凶狠的一些动物。这样的夜晚，实在熬困了才打个盹，但只有一会儿又吓得睁开眼睛四下观望：远处有什么在吼，那声音正闷闷地顺着山溪传过来。我只好等待天明了。

我当时想：自己也是一头隐在大山里的野物，终究会有冲出山口的一天。我不会一直埋在大山里的，我有这个预感。

深夜，我寄身的小石屋四周常有唰唰的走动声，它们吓得我蜷在那儿；后来实在忍不住，就出去寻找，结果什么也没有发现。我突然醒悟过来：我想起了那个可爱的深情的伙伴！天哪，它真的一直在追随我护佑我，它就是那个可爱的生灵……

我心里立刻充满了巨大的温暖……

2

许多年过去了。岁月的流逝不但没有使我淡忘了山中岁月，反而滤出了越来越多的时间的沙粒，它们沉甸甸地留在了心里。在一个火热的夏天，我终于带着一把地质锤重新回到了那个山区。我想再一次寻找那座石头小屋。

什么痕迹也找不到了。当年的小屋到底在哪儿？我凭着记忆找到了当年脱身的那个山坡，可是这儿除了石头还是石头，即便一砖一瓦也未能拣到。我多想找到逃奔之夜所遇到的第一条河流，那条在黎明时分让我饱饮一顿的清流！结果同样徒劳。山里大大小小的河流很多，谁也分不清它到底是哪一条。时间之河把一切都冲刷得面目全非了，一切都变得如真似幻。我根据地形地貌确认河流和石屋的位置，差不多沿着奔向山区的路线重新走了一遍。今天看来，最初入山时那个吓人的山地，除了砧山之外，大多只能算是一些丘陵而已，其中最高的海拔也不过五百多米。这些低山主要由花岗岩、花岗闪长岩构成；有的地方虽然地势险峻，但海拔高度也不到六七百米。它们经过了长期剥蚀，已经形成了地势和缓的山丘——沿着这条路线继续向北，只需半天时间，就会走向那片海滩平原。

而今我可以用另一种语言来描述这块心烫的土地了：一片泻湖平原，濒临大海，所谓的古浅海湾。由于海湾逐渐脱离了海洋环境，成为泻湖，并被沉积物逐渐淤塞，形成了一种沼泽环境，然后又成为那样一片平原。它的底部组成物是冲洪积相黏土亚黏土，中部为海土黏土，而上部是含蛤蜊海沙的泻湖沉积……

我印象中的海滩平原至今没有大的改变：近海由一片片丛林围割成一方方小盆地似的沙壤，那上面又有一处处沙丘，它们连绵不断，成为东西向或东北西南向排列的沙丘链。沙丘的北坡总是比较平缓，而南坡陡峭。平原的东部尽头开始出现火山地貌，玄武岩台地给这儿镶了一道边，它们是火山爆发时的熔岩流，冷却后形成了平缓的台面，平均高度不到十米——这些低低的山脉丘陵连绵不绝，以至于与南部大山悄悄衔接起来……这里曾经印满了我的足迹。当年没有人和我在一起，没有柏慧，没有任何人。是的，当年没有与我一起用脚板仗量过这片山地的人，也就无法分享和领悟我的隐秘……我不知该怎样抚摸这片土地，也无法将其植入爱人的心扉——她如果具有一颗特异的灵魂，那么就会从中找到滚烫灼人的东西，分离出我一路洒下的汗滴和鲜血……

我一再寻找那条黎明的河流，结果总是失败。从这片丘陵区向北有无数条支流，它们多得难以计数。我知道芦青河就是这片大山孕育而成的。这些小小的河流，很久以前却是那片平原的塑造者。我踏在河畔上，脚步匆促不曾停息。我在心里呼唤着：记忆的河流啊，用力地冲刷我、洗涤我吧，让我再一次沿着你的源头向前、向前，直到走完整个夏天……

在酷夏将尽的日子里，我登上了高高的砧山。从这儿，我可以更好地遥望当年谋生的这片山地。

一眼望不到边的丘陵雾气苍苍，往北直接连起了那片平原。我望到了蜿蜒闪亮的童年的河流，它一直向着北方。这河水奔腾不息，这会儿仿佛让我听到了一阵急促的呼吸……从它的起步处望去，可以见到一片片闪亮的水洼，一块块被分割的沼泽——它进入辽阔的原野之前，已经有两支水流注入，一条叫作湾河，另一条叫作汶河。进入原野之后，芦青河开始变得浩浩荡荡，一泻千里。在汶河流经的那座山丘慢坡上，分布着疏疏落落的一些房屋——我久久地注视那里，因为在记忆和想象中，那该是义父当年生活过的地方……

我那时住在看山人丢弃的破屋里，常常对着夜空发问：到底是一种什么力量偏偏要把我变成一个孤儿呢？我有父亲母亲，不久前还有一个外祖母……这种奇怪的道路究竟从哪里开始和分岔、又为了什么？我这一场逃窜真的是一种必然吗？这就是人们所说的命运吗？

我怎么也弄不明白。我至今无法回答。

3

我离开了原野丛林，却忘不掉那里的一切：满地滚动的橡籽和在草尖上奔腾的野兔，那头可爱的小鹿，猎人和他的故事，还有阿雅和它的一群孩子……转眼间一切都变了，眼前只有苍茫山岭。我不习惯在山里奔来奔去，好几次差点从悬崖上跌下去，摔个半死。有一次我试图扳着山腰的一棵枣树，想把树梢上的几颗枣子摘下来，结果一脚踏空，从山坡一直滚下去。我给摔得不省人事，不知过了多久才苏醒过来：左腿被什么刺烂了，鲜血正一滴一滴流出来，染红了跟前的几块石子；摸了摸脸颊，还好，脸上没有重伤。如果那一次受伤的不是腿而是脸，那将是更糟的一件事。

我后怕自己的面容被搞得一塌糊涂，因为我一直觉得它是心灵的一面镜子。我一瘸一拐离开那个山坡，并未十分懊丧，倒像是有点高兴——我觉得又一次经历了生命中的一个关隘，总算是闯了过来。未来的岁月啊，还会有多少折磨多少艰险呢？该来的一切就快些来吧！

那时候最难对付的，就是常常袭来的钻心的饥饿。有一次我在小河汊里发现了一条颜色发黑的鱼，它足有一尺多长：伏在水下的砂石上一动不动，只有腮部在轻轻活动。我想这条鱼的样子很可怕，瞧它的颜色像墨一样，它是一条毒鱼吗？无论怎样我还是想逮住这条鱼，把它作为一顿美餐。一股巨大的攫取的欲望彻底控制了我，我差不多失去了理性，直接迎着它扑上去。这当然是白费力气。它灵活得很，只轻轻摆一下尾巴就逃到了远远的地方。而我的头却磕在水湾的一块石头上，凸起了挺大的一个疙瘩。我不甘失败，也学得聪明了一点，把身上的衣服脱下来，上面的无数破洞正好像一张网。我再次找到了那条面貌丑陋的鱼，发现它还像刚才那样伏在那儿，一双眼睛阴险地瞅着我。这一次我先在离它不远的地方垒了一道小石坝，从石坝的另一边慢慢地驱赶它。它游得很慢，简直像一辆坦克那样沉重地往前推移。当我把它驱赶到离那条小石坝不远的地方时，就把破衣服浸到了水里，然后往前推着、推着，最后迅速一按。我觉得这一次它真的给逮住了，我连带着沙子和那个活动的东西一块儿紧紧地扭住，从水里把它小心地端出。我端着沉甸甸的、活动不停的东西往岸上走，刚到了岸上就兴奋地一摔。那条黑鱼就在石板上蹦起来，我又摔了好几下，它安静了。我几乎一刻不停地拢上一堆火烧起来。

那是许久都没法忘掉的美餐，它的那种巨大的香味当时就让我明白了，这绝不会是一条毒鱼。

冬天来临时，山窝里再也待不下去了。我大着胆子进入了附近的一个小村，一边讨要，一边帮他们做点什么。他们渐渐把我当成了一个劳力，不再疑惧什么。夜间我可以睡在牲口棚里，或者是随便哪一家盛杂物的厢房里。有的人家待我好一些，就把我叫到炕上去睡。

有一天晚上我睡在一个小棚子里，睡到半夜，突然被什么给摸醒了。我想喊叫，可是有一只手把我的嘴巴封住了。我闻到了热乎乎的肉体的气味，可不知是谁、是什么人。我只想他肯定是这户人家的。从喘息的声音上，我听出对方是个女的，年纪不大，因为她正顽皮地向我的耳朵和脖颈上吹气呢，用手捏弄我的鼻子。后来她细细地抚摸我的身体、一下一下摸。我觉得两耳嗡嗡响，头胀得发疼。我不知该怎样。我推拥着，听着她嘴里咕咕哝哝不知说些什么。后来她拍打我，让我安静，我真的也就安静下来。但只是一会儿，她又开始抚摸我。蓦地，我脑海中立刻闪过了那只黄色的套袖，然后紧咬牙关。我渐渐感到了兴奋和恐惧，就拼命地用脚蹬踢。黑影里我什么也看不见，但知道有一脚踢在了她的嘴巴上，因为我立刻闻到了一股血腥味儿——大概她的嘴或鼻子被我踢破了。整整有十几分钟她一动不动。我怕极了，等待着惩罚。

就这样安静了一会儿，她在黑影里捂着嘴巴，一声不吭地离去了……

天亮时我没有逃走，因为我不想失去一顿早饭——天亮了，那家的老人招呼我吃饭，我就坐到了饭桌前。老人让孩子去召唤他的姐姐——那个小孩子只有四五岁，脑壳上长了一撮厚厚的头发。他去了，一会儿回来说：

"姐姐不吃饭了，她病了。"

"她怎么啦？"老人问。

"没怎么，她捂着嘴，牙痛。"

大家也就不再吱声了。我的心狂跳着，草草吃过几口，就偷偷地转到一个小窗下边。那窗户是白纸糊成的，我从白纸破洞里看到了一个姑娘躺在那儿：她盖着破破烂烂的被子，嘴角真的有血迹，脸庞好像有点青肿。我一眼就看出她比我大，差不多有二十多岁了，长得有点黑，那双眼睛真是漂亮啊……我咬着手指悄悄地退开了。

当时我觉得自己是天底下最愚蠢最丑陋的人。

我可能永远也忘不掉无意中伤害的山中大姐，可她像我的义父一样，一旦错失就再也找不到了。这片雾气茫茫的大山啊，原来盛满了我的内疚和悔恨……我在那些日子里到处寻找那个记忆中的孤房子、寻找所有牵动神思的大山里的痕迹……我找到了很多孤房子，可里面不是空着，就是住了一个与我毫不相干的人。我当然并非为了回到“义父”身边，而只是好奇，只是想找到他。我知道当年父母把我送到山里是迫不得已，是一种救赎之方；可有时又觉得我是被自己的亲人给抛弃了——一想到“抛弃”两个字就特别难过。当时我固执地要找到山里老人，哪怕仅仅是看他一眼也好——如果面前的老人是善良的、和蔼可亲的，我能待在他的身边吗？

当时还没有想那么多。

我只是想看他一眼。我想看看命运给我安排了一个什么样的“义父”、又是一个什么样的老男人在等待一个儿子……

后来我真的在一所孤屋里看到了一个老人。他没有牙齿，颧骨很高；个子矮小，头上还包了一块黑布，整个人显得可怜巴巴，看上去简直就像一个老太婆。我想这绝不会是我的义父吧——问了问，他果然不叫“老孟”。我长长地舒了一口。

山中岁月

1

我逃离了“义父”，一个人在大山里游荡。我不知这样的日子还要持续多久，渐渐不再去数大山里的冬天。最可怕的就是冬天，这是冻死孤儿的季节。记得又一个可怕的冬天慢慢过去了，太阳晒得土地蒸发出一种雾气，那种湿润、温暖而又多少带点香味的气息使我非常高兴。我把那些破烂衣服卷一卷扔在了一个山沟里，换上了包裹里的一套干干净净的衣服。我离开了那些村子，沿着大山继续向南。

我又回到了自由自在的日子，却不知道我的好运气就要到来。

在那些小村打工时，我知道他们正忙于寻找一些门路来过生活，打着各种各样的主意。比如说，他们把山上的荆条割下来编成大大小小的筐子到集市上卖，把满山野枣剥出核卖给药店……他们用这种办法换来一点点钱，买油盐酱醋，买针线和布料。总之他们贫穷到了极点——有一次我追赶一个野物时，竟发现了一种奇怪的石头：像煎饼那样一层层闪着银光。我马上记起有人在一个地方出售过这种石头。我当即就采了一些，又找到了村里人，马上看到他们两眼放出惊奇的光……

我和那个村里人一块儿开采那个石英矿，一度做得热火朝天。整整一个春季一个夏季都在忙这件大事，后来惊动了公社里的人。

一个衣兜上插了钢笔的人到我们的小作坊看了看，还特意了解了我的情况——一个孤儿，父亲死了，从小就在山里面流浪，一句话，是个“吃百家饭的人”。他很喜欢我。他的年龄不大，而那支钢笔又特别地吸引了我。

他经常来这儿，甚至还把钢笔借给我用。

他认为我是一个特别有用、又是一个特别靠得住的人。当时村里人只把我看成跟野物差不多的一个孩子，是大山里边滋生出来的一个奇怪物件，有着特殊的本领，比如可以辨认各种石头等等。他们认为我的作用就是钻到大山里去寻找各种各样的矿脉。我真的能够胜任这种工作，并且显示了独辟蹊径的能力。而那个带钢笔的人却认为我有更大的价值，他不仅要我完成村里的工作，还让我到外地一个更大的作坊里去参观。在一年多的时间里，他竟然领我走了很多地方。

我那一年快到十七岁了。就是这一年我坐过了一种冒黑烟的车子：前边两个轮子小，后边两个轮子大，跑起来发出嘎嘎的声音……这是一辆没有拖斗的拖拉机。我和有钢笔的朋友就坐在拖拉机上，在山区崎岖不平的道路上幸福地奔波。

他当时二十来岁，已经有了女人，据他讲很快就要有自己的孩子了。这个近在眼前的事实不由得让我正视起来：我想人真是奇怪呀，如果一个男人和一个女人在一起，不停地在一起，就能够产生出崭新的另一个人，这真是奇怪呀。

我带着无比的好奇问起了这方面的事情，他立即缄口不语。后来他说：反正就快有一个小孩了。我问男孩还是女孩？他说这怎么会知道呢？

“你自己的小孩，你还不知道啊？”

他一个劲地笑，大笑。

我说：“你们家有小孩的时候一定要告诉我，我要去找他玩。”

我告诉他，我最喜欢的东西就是小孩，还有小动物，比如小猫之类。当然，我想到了阿雅……

2

就在我坐着那辆拖拉机在山路上颠簸、叩问着人生奥秘的时候，我未来的、终生难忘的女友柏慧刚好十六周岁。与我完全不同的是，她那时正被包裹在一层天鹅绒做成的小摇篮里。也是这一年，她的父亲正好出版了那两大册了不起的著作，成为一个地质界人人知晓的体面物。大概也就是从那一年开始，这个后来被称作“柏老”的人留起了背头——而在我眼里，一般人是不能留背头的，一个人必须到了一定的年龄、有了一定的资历和名声之后才会留起一个大背头。想想看，全部头发向后梳理，露出一个大大的脑壳，多么气派多么威严，它在我们这个地方可不是随便就能留的。

柏慧在初中二年级担任了少年合唱队的队长。从那时起她就能弹一手好钢琴，但她的小提琴拉得不太好。有个和她一块儿长大的小男孩教她拉小提琴——小男孩技艺高超。后来，就像一条河流分开的两道支汊一样，他们流向了不同的土地。柏慧上了父亲的地质学院，而那个童年伙伴却提前一年到了市歌舞剧院，成了“第一小提琴手”——这大概就是柏慧经常去看歌剧的缘故吧。

她后来曾经向我指点过那个小提琴手：他果然长得漂亮，漆黑漆黑的眼睛，有点卷曲的头发；我不知道这种卷曲是自然生成的，还是用什么办法做出来的，反正这样一来也多少增加了那家伙的帅气。他略微有点发胖，但并不臃肿，坐在那儿另有一种魅力；站起的时候，你会觉得他的确是某个领域里的权威人物：沉着、镇定，嘴角紧紧抿着。不过他身上不知哪个地方刺疼了我，也许是那种天生的优越感什么的，不知道。

后来，当我第三次或第四次去看演出时，总算明白了这种反感是从哪儿生出来的——原来他的小腹大了一点，看上去那个地方鼓起了一块，像一个浑圆的丘陵。我明白了，就是因为这个我才不喜欢他；我甚至想劝阻柏慧再也不要来看演出了，更不要和他频繁来往。试想，当一个男子腆着小腹出现在柏老家的时候，那一定是让人腻歪透了。

柏慧听了我的话总要发笑，尽管我没有把意思全部表达出来，她还是明白了，笑个不停。我当时认为她绝对不会爱上他吧。因为她可算是一个有主意有心劲的姑娘，特别有眼光，很能理解事物，理解更深一层的含义。我想在我周围的生活中，无论是过去还是今天，也可能还包括未来，都不会出现很多像柏慧这样灵慧的女子。她不像我们平时所见到的那种聪明姑娘：故作镇静，用一层孤傲包裹着自己，实际上却浅薄粗俗得很——她们往往被自己的聪明所误，只看到鼻尖前边一点，成为生活中最大的受害者，最后只得把说不出的懊悔留给自己——可她们又绝对不会承认这一切，只是硬撑着，这样直到苍老，直到有了后一代，整个生命郁郁不快地结束……

而柏慧不仅是敏慧，而且还出奇地直爽，就像所有正直的人那样。她能告诉你自己正渴望什么、担心什么、忧虑什么。在后来的日子里，特别是在我们分手之后的那些年里，她的表现也进一步证明了我如上的判断。那时我又一次意识到：她多么可爱，错失了她，对于我的一生都是一个极大的错误。可是没有办法，人这一生就是这样——从过去到现在，悔疚是无用的。

要命的是，她不该触犯我心中的那种东西，因为那对于我是神圣的，不容亵渎的。她在未曾察觉的时候就深深地伤害了我和我们一家，我无法承受，无法忍受……

她面对的是一个从苦难深渊里逃出来的人，从山一样堆积的怨愤中挣扎出来的一个人啊。

3

那个拥有一支钢笔的年轻干部介绍我住进了一户人家，这才使我有了一个比较安定的住处。我于是像很多战争年代的人一样，有了自己的“房东”——她是一个四十多岁的中年妇女。

她的男人在外地做矿工，她一个人领着两个满是鼻涕的小孩过日子，非常清苦也非常寂寞。她跟那个干部约定，让我住在她空着的一间屋子里，由这个小村子拨给一份口粮，我和他们全家合伙。我空闲时可以帮她做点杂活，还可以为她那两个满是鼻涕的孩子辅导功课。因为我靠自修已经学完了好几册书，完全可以做孩子的老师。我多么愉快地接受了这一切。这个中年妇女没事了就缠住别人讲话，一口气可以讲上很多很多往事，让人听得心烦。她告诉我这个村子里谁是一个爱偷东西的人，谁是一个狡猾的贩子，谁是流氓，谁是扒手，谁是最有意思的人，谁是最恶毒的人……

亏了她的一张嘴，我才一下子知道了这么多花花色色的事情。她告诉我，这个村子里的会计是一个真正的流氓，他有一次半夜跳进院里，欺负她男人不在身边，在窗户上说了整宿下流话。那时候她有一把剪刀，迎着窗户就扔过去，可那个流氓把一片瓦往上一举，当的一声把剪子碰在了地上。“你说气人不气人？那真是一个流氓啊！”

房东说到这里脖子都红了。“你是个好孩儿，就在我家住下，大婶不会亏待你，只不过我夜里睡觉打呼噜，你可别烦气。”

就这样，我睡在了她的隔壁。

可是后来发生了一件让人吃惊的事情——我们的作坊里被委派了一个新头儿，就是那个被称作“流氓”的会计。不久他把作坊里很多老少都辞退了，专门招来了一帮姑娘。我知道这个作坊非要倒霉不可——那些姑娘们一天到晚被这个会计逗得嘎嘎大笑，再也没有心思好好做活了。

有一个叫“偏”的姑娘，长得出奇地白净，整个脸上除了那双特别大特别黑的眼睛之外，其他就全都暗淡无光了。她长得那么瘦弱和单薄，一点不像山里人。我觉得这真是一个一尘不染的姑娘，只是太弱了。她比我大约要大两三岁，差不多快二十岁了。可奇怪的是她总是跟我叫

“哥”，而别的姑娘都跟我叫“师傅”。

不久，“偏”一个人在角落里哭了。我听到那个会计在屋里走来走去说：“不识抬举的东西，给好脸不知好脸。”

那天我回家问了房东，房东说：“‘偏’能到作坊里做活还亏了那个会计呢，人家会计什么也不顾才把她要到作坊里。”

“为什么？”

“‘偏’的父亲在大监里哪 。”

我给吓了一跳。我立刻想到了被囚禁的人，想到了吱吱咔咔的锁链声……

房东继续说：“她爸在监里，谁敢招惹这样的人？人家会计也是恩人啦。”

作坊要做夜班，我有时夜里也要到作坊去。有一天我发觉隔壁屋里有什么打斗的声音——守夜的老太太揣着手，头抵到了膝盖上。我小声问怎么了？她的下巴扬了扬说：“还能怎么……”

里面的打斗声越来越响，我不得不去敲门。

会计从里面走出来，鼻子边上有一块挠伤。我走进去，“偏”一下跳了起来，迅速地整整头发。我发现她的眼睛里充满了泪水。她又叫了一声：“哥。”

会计跟进来，满地吐，一会儿又走开了。

会计一走，“偏”伏在墙角大哭，说：“哥，你是个满山跑的人，为什么待在这个作坊里？你跑吧哥，我也跟上跑……”

她说完这句话肩膀使劲地抖。我觉得她身上一点肉也没有，她的骨髂快要直接地凸出来，她的肩头多么尖哪！我那时候心里难过死了，如果会计还在一旁，我也许会拣一个石块拍到他的头上。我的鼻子一阵阵发酸，可我没有说什么。

我当时也许没有选择——好不容易有了一个立足之地，我不能再逃了……

就在那年秋天，不幸的事情发生了。

那一天我看见很多穿黄衣服的人，他们从远处来到了这个山缝里的小村，又奔向了那个作坊。有人在四周站了岗，不准外人接近。又过了不久，有人把两个蒙了白布的担架抬走了。

所有人都惊慌不安地站在小河边，因为那个作坊就盖在堤上。他们伸长了脖子观望，半天合不上嘴巴。

我是从房东那儿最先听到消息的。她从外面跑进来，两手拍打着膝盖说："不好了天哪！不好了天哪！"

我问怎么了？她说："还怎么了？你们作坊出人命了！"

原来在半夜里，"偏"用做活的刀子把不断向她扑来的那个会计捅了。那个会计倒在地上，接上"偏"就用这同一把刀子割了自己的脖子……

我后来到了作坊都不敢去那间屋子。很久以后，我隔着窗户往里窥望，还能看到墙壁上有喷溅的血迹，但分不清是"偏"的还是会计的。它们都是一样的颜色：我们无法分得清哪些是绵羊的血，哪些是恶狼的血……

可是那些血迹提醒了我：我必须快些离开这里。

那一年我正好十七周岁。

我离开了。事后我才知道，“偏”的妈妈不久就疯了——她把全身的衣服都撕破了，赤裸着身体在大山里奔跑。

村里人说她变成了一只母狼：无论遇到人还是动物，她都立刻会把他们撕得粉碎。

大山里有了一只多么可怕的“野兽”啊，那是一只复仇的母狼。

卷二

第七章

农场之路

1

总算从地质学院毕业了。或许是阴差阳错，我被分配到了著名的〇三所。谁不知道〇三所啊，这对于任何一个热爱自己专业的人而言，都会有大喜过望的感觉。可是对我来说，开始的日子竟是如此忐忑不安，我甚至怀疑来这种堂皇的地方十有八九是走错了门，它断然不会是自己的久安之地。由于担心终有一场迟来的什么灾变，踏在长长的有些阴冷的走廊里，脚步总是放得轻轻的、轻轻的。我像一只误闯到华丽厅堂里的小鼠。可是度过了最初的胆怯与兴奋之后，又沉入了没完没了的回顾和观望：不安、踌躇，瞻前顾后，像又一次来到了人生的十字路口。我明白自己还没有完全从一场震惊中走出来，心头所经受的战栗仍然还没有休止。还有，与柏慧分手带来的痛苦真是绵长无尽，它把许多欣喜和幸福都抵消了。也许我在青少年时代经历了过多的变故和跌宕、一种战战兢兢的日子，如今已是身心俱疲一蹶不振。心底有个声音早就告知：这里不是你的归宿，因为你的地质学已经与柏慧紧密相连了，所以有一天就会像那次分手一样，你会与自己心爱的专业分手……

这个不祥的预感在三年之后就被验证了。

我说过，我从很早起就开始了一种记录——严格讲这是一种源于内心的自语——关于自己、山地平原、家族渊源，关于命运的猜想和叩问，还有无边无际杂乱无章的一些回忆……它们一股脑儿堆积在心里，越积越多，最后总有一天会倾吐一空，让自己得到安宁。这将成为一场不可遏制的相诉，一场没有尽头的对话，与另一个“我”、与故友亲朋、与熟悉和不熟悉的人。所有这一切慢慢占据了我的心灵，也耗损了我的热情和精力，却让人欲罢不能。这种事儿原来是一个人真正不能放弃的纠缠，是宿命，也是人生的最大功课。我的有些紊乱的记忆中无所不包应有尽有，从莽野丛林茅屋再到那片大山，从心爱的老师再到黄色套袖；海边拉鱼人的号子和看山老人的呼叫，大李子树和我的小鹿我的阿雅……似乎越来越难以专注于某一门学问，散漫恍惚却又愈走愈远，无论是从情感上还是现实的可能性上，自己都难以执着于原来的专业了。

还有一个重要的原因就是：随着时间的推移，我已经无法排解〇三所带给我的诸多烦恼。说起来很不幸，毕业不到两年，我在这儿遇到的第一个尊敬的导师就去世了。整个事件的来龙去脉让人不忍复述，留在心中的只有深深的愤懑和惊愕——要知道这一切都是由一个刚刚踏上工作岗位的人所目击。生活啊，多么强烈地、一次又一次地向我发出了警示，它严峻而冷酷，让人不再存有一丝奢望。原来人世间到处一样，非但没有一块净土，而且极有可能是一个角落比另一个角落更加肮脏。我终于决定离开了——不是离开生活，而是离开生活中与我最为切近的那个部分：地质学。

我越来越难以忍受，越来越想寻找一个能够容纳和忍受自己这混沌一片的思绪、身体、感知，以及这一切的复杂综合体。给我自由，给我空间，给我一个蜷曲潜伏的地方吧。我在深夜里发出了深长逼人的长嚎，尽管它只在心底，可是险些震毁了自己的耳膜。这是被孤独和思念逼到了一个角落且再也没有退路的嚎叫。我一个人留在办公室，想着柏慧，想着无边无际的干草的气味。我在一张工作笺上涂满、抛掉，再涂满。我在它的背面写下了这样一句：我知道，无论是未来或现实，都绝对不会容忍你这样的人……茂长的思想，浩繁的记录，生猛的心身……然而你会固执地坚持，你有与生俱来的奇怪的韧忍……

不管愿意与否，后来仍然是在岳父的帮助下，我去了一家杂志社。无论怎么说，这个稍稍宽松的环境令人长舒一口，它使我有机会一次又一次远行，并且让我有了独自打发的空间和时间——这当时对于我，对于一个外表冷漠躯体干瘦、多少有些羸弱无助、内心里却是火热烫人甚至称得上狂野的、隐藏下来的某种生活中的顽敌，是多么重要啊……

我将为自己早日离开〇三所而庆幸。这种脱离专业的过程多少有点自我流放的意味。我渐渐开始了一次次远行。最初不过想借工作之便看看好多地方，正好回应心中一阵阵的渴念。实际这个过程也是悄悄的忍耐和积蓄，是不断地往心里捏上一点点火药……到哪里去？到南方和北方，到梦想的高原……我想从头步量自己的出生地和苦难地，领略她动人心魄的美丽和不可思议的奥秘，以及其他——阴冷、自私、苛刻和贪婪。我隐隐约约知道，每一片土地都有令人惊惧的繁殖，比如鲜花和毒菇。

我终于可以借机无数次回到那片山区和平原，去那座留下了家族血痕的海滨小城——我在那里一次次徘徊，踏着石板路，听着那个男人于五十年前发出的惨烈大喊……

这期间的一个巨大缺憾是未能见到柏慧。多么思念这个皮肤微黑的姑娘。让她留在记忆里，留在甘美的痛苦中，让绝望的自己在那儿一夜夜尖叫吧。干草。黄色套袖。被苇叶划得血淋淋的身子。有时我倾尽全力，只不过为了让思绪离得远一些、再远一些。可悲的是我后来发现，自己这些年来总在自觉不自觉地接触一些与柏慧切近、与其有着千丝万缕的联系的人与物。这真是毫无办法。

我所得到的消息是，她最终还是与那个小提琴手结婚了，生了一个儿子。那个小腹凸得像一个浑圆的沙丘的家伙，现在差不多全部秃顶了。到现在我还记得当年所见到的那一头弯曲漂亮的黑发，可惜。柏慧多么完美，多么漂亮，又是多么柔弱的一个姑娘。没有办法，今天她只能亲自承担这种种不幸和古怪的别扭了：秃顶、凸起的小腹、金鱼似的鼓眼。当然她也可以更多地享受那个家伙拉出的美妙琴声。莫扎特，帕格尼尼，诸如此类。他有时需要用这些迷惑她，然后再将其死死按住。干草。罪恶啊，这么想简直是可怕的亵渎；当然，还有人人都有的嫉妒——这是一种致命的力量。

有一次，完全是一个偶然的机会，我遇到了过去的一个老讲师。我读书时接触他并不多，好像只说过三两句话。在学校时我觉得他对人特别冷淡，是一个极不愿讲话的人。他的年纪已经不小了，当时就有五十多岁，这会儿看上去已是衰老不堪。但他说起话来却显得比那副模样要年轻得多。我惊讶地发现他今天已经成了一个喋喋不休的人。当年那个少言寡语、腹富口俭的人再也不见了。他见到我，一种突来的热情不知从哪儿爆发出来，一下子就扑上来，然后扳住了我的肩头拍打、捏弄，揉着潮湿的双眼。他问这问那，就是闭口不谈我们当年的学习生活。好像那一切都不曾存在过似的。他问的是我现在所生活的那个地区、那里的种种奇闻——“生活一日千里，瞬息万变……”他说话时口腔里有一阵奇怪的抽动，像是同时吞下了什么。

我们在一块儿吃了饭，我为他买了炖得很烂的小牛肉。自然而然，我们又提到了柏老，当年的院长——他如今已是这个城市里最著名的人物之一了，除了仍然担任院长，仍然握有这所大学的实际权力，还兼任了更高的职务。他俨然成为一个地区的学界泰斗了。我从毕业至今一直没有见过他，但凭我的想象，他这会儿也一定会像一个泰斗的样子：头发花白，眼镜烟斗；如果可能的话，手中还会有一支做工讲究、式样别致的手杖。他的面部肌肤经历了缓慢而严谨的学术滋养，会隐约闪烁出一丝细润的光泽，就像某种沾了醋的金属——我现在是那么急于见他一眼，想面对面地注视一下这位“泰斗”，看看岁月在这个老人身上发生的微妙作用——那将是一种活生生的奇迹……

老讲师喝了几盅酒就愤愤不平地骂起来——当我终于听清了他是在骂柏老时，简直大吃了一惊。

“一个伪专家，一个伪学者！”他撇着嘴，露出了一颗闪光的金牙。

2

我那时实在不快。因为柏慧的缘故，也还有其他，我无论如何不想听到这样的诋毁。我特别不能容忍诋毁一个人的专业成就。那个人的两大本地质学著作是能够随便动摇的吗？虽然它在今天看来不免粗陋，有些地方还显得牵强附会，可它毕竟是一个时期极有影响的著作。我可以举出几个不同的版本，那种漆布烫金、精美的装帧……总之它仍然是使人尊敬和令人难忘的。

老师歪着嘴笑起来。

他说那两本书都是当年的特殊产物：那时候，这个所谓的柏老刚刚从部队上下来，因为他读过几本地质学方面的书，也许他从地质学的角度描述了一个地区的见闻之类。那根本称不上什么学术著作。可关键问题是谁写了这本书——想想看，一个军人，参加过战争，竟动手搞起了地质！当时抓到篮子里的就是菜，有关部门极为重视，如获至宝地把他送到大学进修，半年之后人出了校门，一个专门小组也随之成立了。这个小组说白了不过是为他加工润色、整理那团乱糟糟的文字。其实也就是让行家为它重弄，完全要另起炉灶。天知道那里面融聚了多少专家的心血。真正的作者应该是那些人！这在当年是人人心知肚明的事。就这样，两本大书出来了，无论是初版还是修订版，都找了很多人修理——而柏老事后还要埋怨，好像别人把他的“书”给弄坏了似的……

我仔细听下来，觉得这未免有点夸张了吧。他嘴里的事儿多少有点玄。难道历史会给我们开这么大的玩笑吗？这不成了一出恶作剧吗？

他饮下了一大杯酒，擦擦胡子："当年那个班子的个把人还在，他们都能证明，就怕不敢说。当年恰好我政审不合格——我因为一个远亲有点毛病才没有进那个班子。后来人手不够他们又让我干，我就装痴卖傻。当年参加这个小组的人有的不识时务，半道出来'显摆'，结果当然是很快倒霉；反正嘴巴松的都出了毛病，都没落下什么好下场。如今剩下的人大概也不多了，因为当时全被一鞭子赶到了农场林场，干粗活去了。现在活着的还有一两个人，他们这会儿都住在北方的那个农场，打谱在那儿养老送终了。你如果见到他们就会信我的话了……"

我这顿饭没有吃好，只吞了一肚子凉气。我记起了柏老手中的烟斗，想起了他那冰冷的面孔；还有柏慧的号啕大哭、她的父亲给予我的羞辱、我一时难以接受的现实……

好像直到今天，这一瞬间我才开始正视昨天——柏老真的不像是一个货真价实的学者。如果事实能够证明这个老师的话，那么一切我都不再惊讶；那一场羞辱、对我的深深伤害，也都不值得去计较了。

因为从此我将把他看成另一类人。

离开那座城市之后，我不想马上返回自己那个小窝了。因为这儿离老师所说的某地只有一天多的路程——我本来因为杂志社的事情要找一个外号叫"老汉儿"的人，他叫林蕖，是吕擎的朋友，也是我们敬佩的一位老大哥。这个人脾气怪异，但他的真知卓识、才华，以及追求真实的巨大勇气、从不与世俗浊流妥协的坚毅品格，一直吸引着我。过去他曾是学界里叱咤风云的一个人物，后来因为遭遇了一场可怕的失败，就转向了商场。几年时间过去，他现在已是地地道道的一位大富翁……我揣上了一件心事，这会儿就盘算着怎样在看林蕖的时候顺路拐个弯，去那个农场看看……

从车站出来时正好是一个早晨。这是一座北方城市所能拥有的最好的早晨。太阳升起来，火红火红的朝霞把所有的楼房街道都涂成了橘红色。街道被夜间的清洁工人扫过，十分干净。车辆也不算拥挤。总之一切都还好。空中好像鸣奏着某种音乐，柔和悦耳，像一个男童唱出来的一样。

我踏着一条砖路向前。有个姑娘捧着一束鲜花，差点和我撞个满怀。她笑笑，往旁迈出一步走开了。一个老妈妈手里端着一点什么东西，正愉快地和另一个老太太打着招呼。我看见她们身后是四五只鸽子，它们落在桥头，光滑的小脑袋正东张西望，然后又迎着霞光飞去了。

我愿意在这样的城市多逗留一会儿。我发现这儿的车站离城市中心还有很远。这儿严格讲只是一个准郊区。我羡慕林蕖住在这么好的城市里。从路边的一个小红房子里传来了叮咚的钢琴声。这声音多么熟悉。啊，叮咚的钢琴声。我在桥头坐了片刻。我想让这个城市的霞光浸泡一会儿。好像有粉红色的苹果花雪片一样，一丝一丝坠落下来、坠落下来。它们洒在我的肩上、头发上。

3

林蕖至少有三两处窝。他居无定所，也许富豪们个个如此。我口袋里有吕擎提供的两三个电话，有的没人接，有的是他的助手：“我是他的助手，有话请讲。”甜甜的少女的声音。林蕖有了女秘书，这真有点让人措手不及。我对女秘书没有多少话好谈，只问怎样才能尽快找到他？对方不温不火地说那是没有可能了——因为老板到外地去了。“去了哪里？”“哦，这就难说了。”“那你们老板什么时候回来？”“那可不一定，有时他会去国外休假。”

我一阵沮丧。看来我们的杂志社如果知趣，就应该早点止步。国外休假、女秘书，这一切离我们过于遥远了一点。我在大街上徘徊的时候，蓦地想起了许久前的那个夜晚：我站在阿蕴庄的某个窗前看到的那一幕。

那天尽管夜色灰暗灯光朦胧，窗子上有一层薄薄的水汽，我还是看到了外面的情景，这使我像被什么蜇了一下似的，发出了“啊”的一声，嘴巴长时间都合不拢。窗外有一个身材颀长的人，剃了光头，肩膀厚实，腰板挺直，正被几个浓妆艳抹的小姐簇拥着往前。可惜那个人很快转身，进了一条长廊，被藤萝遮去了。陆阿果听到我的叫声走过来，问怎么了？我说刚才看到了窗外的一个人，他很像我认识的一个朋友——那个剃了光头的高个子是不是叫林蕖？她木木地看我：“那是穆老板。”“穆什么？”“就是穆老板。”

那一天肯定是我弄错了。因为林蕖不可能来到我们的城市连个招呼也不打，更不可能去阿蕴庄这样的地方。

离开车的时间还有一个多小时，我沿着江边走了一段。江边上有很多老头儿，他们坐在那里，孤零零的，彼此也不怎么搭腔。有的吸烟，有的就那么呆呆地望着江水，坐着一个马扎。江里好像散发出一股药水味儿。这里盛产一种有名的鱼，看来现在它们不会有了。偶尔有一艘机动船在江心里驶过。除了机轮之外就是摇橹的船了。江心有一个不大的岛子，那是一片沙洲。从岸边到那个岛有人摆渡，过一趟要交五元钱。如果时间来得及，我会到那个岛上去一次。一年前我与林蕖去过那个岛，还在那儿喝了一种很好的春茶。那天“老汉儿”林蕖搔着剃秃的头皮嘎嘎笑，欢快得像个孩子。总之那天我们过得很愉快。可眼下好像什么都变了，一切都让人觉得突兀……

我抓紧时间赶往那个农场。临近时脚步放得慢了，简直是蹑手蹑脚地走近了一个神秘之地。

这个农场所处的位置不错。它的西南部大约四十多华里的地方是那座有名的古城——古城因为发生了一场特殊的战争而闻名遐迩；城的东南部是一片大山，那里孕育出两条河流；伸入两河之间的是陡峭的山脉，山脉西北部就是大面积的冲洪积平原。可以想见当年的河水就像锯子和锉刀一样，缓慢地开垦出这片平川，如今成为最好的粮仓。

我按照老师提供的线索去找两个人。其中的一个已经不在了，剩下的一个七十多岁，休闲在家——他对我的来访非但毫无兴趣，还有一点不难察觉的警惕。我说出了几个熟人的名字，拉了一会儿家常，老人这才放松下来。他还是欢迎我的到来，因为他实在是太寂寞了。

我问他在这个地方有什么亲人？多不多？他摇摇头：

“没有什么亲人了，一个儿子，一个儿媳，都在农场上班，还有一个小孙子刚考上市里的一所中专。”

老人的手指很粗，脸上的皮肤也很粗，手脚完全像一个体力劳动者。

我想象不出他在当年会是那个小组的成员。简而言之，我不认为他是一个知识分子。在谈起这一带的山岭、地质构造，他连一个专业名词都蹦不出来，完全使用了当地土语，什么“山疙瘩子”“琉璃石”“黄沙岭子”，等等。

我这时甚至有点怀疑那个老讲师的话了。这样绕了半天，我终于单刀直入地问起了柏老的事情。

老人不语。但我发现他听到那个人的名字时，口中的烟斗突然颤了一下，差点掉到地上。

一间黑屋

1

接下去的时间老人只是低头吸烟，咕哝着：“咳，提他干什么，反正就是这样了……这是那个年头的命啊！”

这几句话倒提醒了我：他终究不是当地的一个“土著”，也不是一般的农场工人。

“当年你们一块儿来农场的人呢？现在都哪去了？”

老人扳着手指数上半天，说有的在这里，有的在那里……讲来讲去，目前还健在的已经是微乎其微了。他说大部分人离开农场时已经没有任何用处了，一个个荒疏了专业，再说年纪也不饶人——本人还算这些人当中身体最好的一个哩——说着他翻翻白眼：“你知道为什么吗？”

“为什么？”

“嘿嘿，就因为我是个没志气的人……”

后来我才明白，他所说的“没志气”是一种自嘲：能把事情看透，将其快快忘掉或者干脆就不再计较。总之他没有像别人那样耿耿于怀。他认为世上的一切事情，早有一只大手安排好了——你如果去阻挡它，就像一个人要用双手去阻止造山运动一样，那是可笑和徒劳的……谈起了当年那个小组，他说自己在这伙人中本来就算一个粗人，真正的秀才也不过一两位。他当年主要是搞点资料性工作，如此而已。

“可是不客气地讲，”他抽了几口烟，“我比那个柏老还是强几分的。那家伙才是一个粗人，比我还粗。”

随着谈下去，我渐渐明白，当年班子中那个最优秀的人物就死在这片农场里。他说那人本来也可以像眼下的他一样，种种地喂喂牲口，把日子对付下来，可坏就坏在那家伙的“手贱”——“手贱哪，刚强啊，没有好处。有一年上他发了神经，往本子上划拉了一些字，说了那两本书的事、一些别的事，涉及不少像模像样的人——特别是从京城来的‘首长’。‘首长’，你想想，这是闹着玩的吗？结果这本子给人搜走了，不久就来了一帮家伙，审来查去没个完。我也跟着受了不少牵连。他们把我们两个人分别关在不同的小屋里，也不打也不骂，就是不让睡觉。来人问我们是不是经常谈论这些事？我说天哩，什么事我压根就不知道。

"'你不知道那些内容吗?'

"我说:'不知道。'

"有一天一个脸上长了颗红痣的人进来了,我一见这个人心里就咯噔一下。我知道事情不妙。告诉你吧小伙子:你在险要关头见到脸上有特殊标记的人,可要小心……"

"怎么?"

"怎么?善者不来呀!"

他哼哼一笑,我却一点也笑不出来。

"那一天我知道事情不好。那个脸上有红痣的人把所有的老家伙都赶到屋外,然后小声问我:'老同志,我们都是内部的人了,我们谈几句原则性很强的话好吗?'我连连摆手说:'我不是内部,不是内部。'我知道'内部'就是在组织的意思。

"'噢噢噢,'脸上长红痣的人忘了,拍拍头说:'那一位是……'他说的'那一位'就是那个有口吃病的老教授。他被关在另一间黑屋里。我当年只是一个讲师,还算个'小人物'。他知道我不是内部的人,就立刻换了一种口气,'这么说吧,我们从来没有把你当外人。你回忆一下当年小组的工作、你所承担了的任务?你还能记起有哪些篇章、由哪些人分担了哪些项目吗?它出版前后的修改情况、再后来的情况,实事求是说说吧。'他每说一句话就像往我身上扎一根针。那天的情景至今还历历在目。我对小组的事清清楚楚,一张嘴就能说出来。可是咱才不会那么冒失,因为咱心里有根神经绷着呢,告诉自己:'小心哪,小心,这是个脸上有标记的人'……我那会儿故意装糊涂,两手拍着脑瓜说:

‘我想想，我想想’……他就耐心地等着我。这个家伙抽一种雪茄烟。我真馋那种烟。我刚才告诉过你，我是一个没有志气的人哪，这会儿就伸手跟他讨了一支。

“他说：‘使劲抽，多得是。’说着还啪一下打开一个镀金的烟盒。小伙子，告诉你吧，无论是里面装的烟还是那个烟盒，都让我馋得流口水。我真想跟他讨来那个烟盒。我费了好大劲儿才止住那股馋劲儿。反正我一口气要了他三支雪茄烟，那可不是个小数目啊。那种烟比大拇指还粗。我抽了一会儿烟，两手捂着头继续想。其实我想个什么？事情明摆着，你要照实说出来就得遭殃。我只是装模作样地骗他的烟抽。当我抽完了一支的时候，就跟他讲起来了：‘其实也没有什么小组。谁知道有没有哩，我这个人老糊涂了。我真不记得有什么小组。不过那两卷大书可是好哩。天才哩。’脸上长红痣的人笑嘻嘻问：‘书是天才？’我说：‘不，柏老是天才。人家可是个革命的大学问家哩。’脸上长红痣的人笑了。他后来怎么问我，我还是这样一套话。终于提到了‘首长’，我说那更是伟大啊。他高高兴兴拍我的肩膀，说：‘改造得好哇’……他夸了我一句，我可不能饶他，立刻伸出手来：‘再给一支’……他扔给了我第四支烟，然后把门狠狠一关，走了。

“就这样，不久我就被放出来了。放出来之后，我就到处打听那个口吃老教授的下落。嘿，老教授再也没有出来。后来我又听说他给押走了，押的时候有两个解差，还带了锁链，解差穿着黑衣服，开着黑车，把他呜呜地拉走了……”

他的嘴唇费力地包裹起缺少牙齿的嘴巴，咝咝地吸着凉气。

“小伙子啊，有志气的人没有好结果。雪茄烟老教授不愿抽吗？愿抽。可他有志气，给也不会要。结果哩？他走了就一去不回。他的老伴也来了农场里，天天来问我怎么办——怎么办，怎么办呢？我也没有别的办法，后来我只能每月从自己的菜金里拨出几块钱寄给那个可怜的老妈妈。她男人是不会回来了。你瞧瞧世道有时候会多厉害。你该知道这不是柏老的力气，这是那个年头的力气。那个年头就是柏老这样的人才有力气——究竟是柏老有力气还是年头有力气，这可说不明白。不过怎么说都一样，小伙子你自己琢磨去吧……”

我再没吭声。

2

第二天，在老人的指点下，我去了离这儿几十里远的那个很有名气的小城——那里有口吃老教授被关押的一间黑屋。

当年负责给黑屋做饭的一个人现在还活着，我怀着探险似的心情，非要找到他不可，结果费尽了周折……

我将每天听来的事情都写在本子上，并在本子中间画了一条线：左边是我的详细记录，右边就是我随手写下的感慨和疑惑。我不知记下了多少。我觉得有一个人应该是这些文字的第一个读者，这人就是柏慧……

第一天，当我与做饭的那位老人谈起了口吃老教授时，他拍拍脑袋：

“噢，就是那个倔家伙吗？”

我点点头。

“不错，口吃。他一急起来脖子上就绷起一道道青筋。那个人才叫倔呢。上边的人要他写一份材料，他就是不写；上边的人问他话，他偏要反着答。你正过来答不就行了吗——他就要反着答。后来上边的人气急了，就揍他，揍，狠狠地揍。打掉了两颗牙。还是我的心好哇，我给他送饭的时候就送稀的。你知道，掉了牙的人嚼不动硬东西呀。”

“他关在这儿没人知道吗？亲人也不知道吗？”

“亲人？开始不知道，后来老教授得了重病……”

“什么病？”

“什么病？胡乱解溲！”

我明白那是大小便失禁，“这就通知了他家里人？”

“可不！要不谁给他收拾？不过有点晚了，去找他老伴，老伴已经不行了，一会儿清醒一会儿糊涂。他的儿子离这里几千里远，这会儿正好儿媳妇回来看望公婆，有人就把她骗来了。谁知她一来就再也走不了啦。让儿媳侍候公爹可不是个办法。不过那个年头谁又顾得了这些？那个小媳妇——小伙子，我告诉你吧，你这辈子要能娶来那么个小媳妇也就算是得着了……”

我听下去，觉得全身发冷。

“哼，别看小人儿不大，浑身是劲儿，长得也好看。听说她在城里一个博物馆做事情。有人说那会儿她就是因为崇拜这个老教授，崇拜人家的学问，才跟上了他的儿子。这是胡说罢了。当然了，他儿子也准是个好小伙子。她给公爹擦洗身子，扶着他解溲，一天天累得什么似的，没有一点怨言。那些丧了良心的东西，看人家闺女长得好，动不动就伸手动脚，净说些下流话。我真想用铁匙把那些家伙的眼珠挖下来。你不知他们看人的眼神……人哪，坏起来不如野兽。”

老人完全是不经意地说出了一条真理，我想，没有一个正常人会怀疑他的结论。

“后来，那些狗娘养的还不是把人家儿媳妇给糟蹋了。其实早就糟蹋了。她忍着羞辱，因为要活着侍候公爹。大约又待了一个来月的功夫，老教授就死了。老教授一死，他的儿媳也吃了药死在老人身边……她是跪着死的。”

……

这就是当年一个目击者的口述。这一切在我听来都如同发生在眼前。我没有遗漏一个细节、一句话，仔仔细细全记下来。

第二天老人领我去看监禁老教授的那间黑屋。

如果不是亲眼所见，我简直不能相信。这个小屋子实际上只是锅炉房的一角，它用土坯间隔而成，另一边就是看守住的地方。老人指着土坯上的通洞说：“看见了吧？这些通洞还在，当年那些家伙就从这儿往里望。最可恶的是，老教授死了，儿媳妇也给折磨死了，他们还向上汇报，说正是因为他们看见了什么，那个闺女才羞死了……”

我心中有什么东西被搓碎，发出了破裂的声音。整个过程我都一声不吭。眼前的这个小屋紧靠着锅炉烟囱垒成，挤得只剩下一点点空间，又没有通风处，可以想见这里的夏天会怎样，那一定像个大蒸笼。

“那年夏天老教授和他的儿媳就关在这间屋子里——他们故意让两

人在一块儿，故意往锅炉房里塞煤火，因为农场有个小作坊需要蒸汽……住在这儿的人天天湿淋淋的，要想不给闷死热死，就得不停地喝水、冲洗。人哪，什么恶事都做得出。小伙子你千万不要随便相信人。你如果听进了我老头子的这句话，才算没有白来一场！”

这是一位老人最终的结论。我没有点头也没有摇头，只是抚摸着这伤痕累累的墙壁。不知是什么把这些墙壁砸成了一个个凹痕。凹痕里有一些深色的东西，它们是凝住的血汁吗？这一间屋子应该让柏慧来看看，让梅子和我的朋友们来看看……

离开时，我在那些凹痕上砸了一拳。

还剩下了一点时间，太阳还没有落山。胸口被塞得满满的，我想快些出去走一走……

告别

1

在与那个老人交谈时，我得知小城郊区有一处风景，是一处战争遗址。我顺着老人指点的方向走去。胸口仍然堵得太紧，我大口地呼吸，尽力把目光投向远方。

很快到了城郊。在这儿，连接那些坚固巨大得让人难以想象的工事一侧，有一座不大的山包。根据说明书上的描述，这座小山当年是一个火力制高点，为争夺它不知多少人付出了生命。那是异族人的生命，那些生命对于我们来说有些陌生。

小山不大，它裸露出来的岩石已经变了颜色。那是被褐铁矿的氧化物染成的，它的下面是灰色花岗岩和石英斑岩。转到山的另一面，是不规则的巨石崩裂的风化细晶岩。这座小山现在树木葱茏，被雨水滋润得一派生机，几乎掩盖了当年的一切痕迹。仔细些看才会发现山的半腰还有当年的暗堡，它们瞪着黑洞洞的眼睛。这些地堡都隐蔽得很好。我想象不出这里当年会是什么情景。

沿着山路往上，直走到顶部才看见一座高塔。这座塔的建筑风格非常古怪，从塔侧遗留下来的文字判断，这是由另一帮异族人建造的。但那些暗堡的确切年代仍无法考定，因为它不知是属于更早一些参加那场战争的人、还是后来侵入的另一拨异族人，反正它们如今都一块儿存在于这座小山上了。一座小小的山峦能够承载如此复杂、如此沉重的历史吗？

绕过山坡上密密的灌木就可以更好地看到那些巨大的工事了。尽管经历了久远的年代，这儿似乎仍然可闻浓烈的血腥气。它们就在面前，是借助于一个山坡垒起的一道巨大的地下通道，周折神秘，沟通连接，里面可以藏匿万名士兵。这些工事一定耗费了巨大的人力和财力。当年强大的异族人一定是胁迫四周的民众来做这些。工事由灰浆灌注，有的地方是夯土。工事的顶盖由巨大的石块搭成，现在已破败不堪；有的地方被战争的炮火撕裂、当腰剖开，这会儿好像故意要把历史的陈迹、把它的内脏剥开来给人看一样。黑苍苍的内壁是硝烟熏成的。各种各样的颜色使你想到汗水、血迹，想到一群异族人怎样痛苦挣扎。当年那些年轻的士兵们就蜷曲在它的肠腔里面蠕动，在这弯弯曲曲的长洞里面移动。它真的宛若巨兽的肠道。

今天这里多么安静，真是寂然无声。此刻我很想听到一丝隐若的嘶鸣，可是没有，什么声音都没有……这里已开僻为一处古迹公园，于是它真的就像公园那样静谧，到处碧绿葱葱。可以想见，在当年这是隐蔽得很好的一片工事，现在由于风雨的剥蚀，它们惊人地裸露出来。整个工事巧妙地利用了那个山坡的淤积物把躯体覆盖起来，上面长满了荒草。它无情地记录了距今并不遥远的那段历史上，这里发生了一场异族人惊心动魄的争夺。他们双方在不属于自己的国土上展开了如此强悍野蛮的争战，尸陈遍野，鲜血灌溉了泥土。时间就这样流逝，一眨眼，盔甲与嘶喊一块儿消失在尘风中，荡然无存了，留下的仅是这座工事。年轻硕壮的士兵当年在这里想了些什么？四野沉寂，我们再也没法知晓。我们甚至不可能有一个准确的判断，因为我们不是当事人。后人对此的所有批评都显得有些轻飘。我们没法说当年士兵们的激动就完全没有意义。因为他们有着自己的情感和使命，他们是活的生命。他们有着像我们一样的滚烫烫的热血。总之他们像我们一样脚踏泥土，不管这泥土是否属于自己。他们身上奔涌的东西与我们现代人的成分也大同小异……

我想象着当年战士的服饰——破败或鲜艳的戎装，无一不是悲剧的装饰，像戏装。今天，我们只有根据历史上的记载来判断那个壮怀激烈的场面、那场撼天动地的厮杀。当年的那场战争只进行了十五天。十五天，短暂还是漫长呢？一场厮杀用了十五天，可是人类也完全可以用十五天的时间来干点别的。时间是个奇妙的东西，它并不因为那一场剧烈的厮杀而稍稍改变了自己的秩序，而是仍旧依照故有的步伐往前迈进。它像河流一样流淌。十五天一眨眼就过去了，而现在离这座工事不远处就是一个热热闹闹的当代城市——他们在忙自己的十五天、又一个十五天，一年、两年……

在接近黄昏的时刻，这儿看不到一个人。荒草在风中摇动，只有我一个人注视着它们。

人们好像把这里给彻底遗忘了。

这里如今平平淡淡。

当年献身于这场战斗的人——他们的后来者呢？这片工事与他们发生着什么关系？这片异国的土地对他们究竟意味着什么？没法回答。我只相信，即便是一位战死者的后代，他也一定会觉得这一切太遥远了。有多少人会对一段历史耿耿于怀呢？离开了当事人刻骨铭心的体验，又有多少真实的意义可以追究呢？我不知道。

2

黄昏来临了。火一样的霞光把工事顶部的枯草全部染成了红色。蓦然，我觉得这种植物是这样的熟悉，后来才发现这是一片在风中抖动的荼花。啊，一片荼花。

在我度过了童年的那片原野上，翻过沙丘慢坡，一眼望去全是这样的一片——一片白色绒花，它在风中悠动，在微风中慢慢地荡漾；晚霞把它们染成一片火红；它们沸沸腾腾，所谓的“如火如荼”……那燃烧的花丛肯定掩藏了一些奇怪的故事，一段漫长的历史在晚霞里沸腾啊。是的，这两片相同的花海好像都在向后人启示着什么：在那片原野上，在那片童年的荒野上，也会有什么痕迹无声地消失在历史的沙尘之中。荒沙覆盖了一切，只留下了丛林，留下了沙丘，留下了童年嬉戏的原野和奔跑的野物……

沿着弯弯曲曲的人工长道往前走着，突然发现前方有什么动了一下——原来在那个慢坡上还蹲着另一个人。仔细看了看，是一位老人。他的胡子白了，头发也白了，拄着拐杖蹲在那儿。

原来有一位老者已经比我更早地来到了这里。他在凭吊？他在怀念？难道这场战争、这场在近代史上赫赫有名的战争与他有什么关系吗？

我站住了。我不想去打扰他。该让他一个人沉浸在自己的世界里——一会儿，那个老人也许发觉了什么，站起来。他站得那么费力，全身颤抖，好像随时都要跌倒……

我看着他拄着拐杖往前走去。他走得十分艰难，让人担心随时都能摔倒。

可是他并不低头寻路，只是昂头向前。那个时刻落日把他的全身都染红了，他就踏着那片沸沸腾腾的火焰走去了。

他走了，直到变成一个小小的黑点……

我在他久久呆立的那个山坡上蹲下来。原来从这个角度看去一切都变了：整个工事被它左侧那个葱绿的山包遮去一截，这时那个小山包的蓬蓬勃勃的绿色，还有绿色掩隐不住的那个高塔构成了如诗如画的一幅图片。真是一个奇妙的角度啊。我想那个老人可能是个画家。我再也不想移动，真想在这里迎接一个黑夜。我觉得这样的地方，这样的气氛，这样的夜色，最适合人的艺术冥思。这儿真是美极了。

回到住处后，我把一路所记的一切都重新翻看了一遍。它们在深夜里看起来不知怎么多多少少有点失真：就像搜集而来的一段段民间传闻似的，飘飘忽忽。当然我深知它们都是真实发生过的。我特别不能忘记当年那个目击者、那个殉难女性，她是那个口吃老教授临终时在场的唯一一个人，一个美丽的少妇。

我将永远钦佩她、她代表的那一类人。她是目击者——接下去有人又目击了她的死亡……隔壁的那些小孔后面藏下了一些贪婪丑恶的眼睛；而这些眼睛后面还有一个目击者，这就是那位向我叙述故事的老人——这个老人的背后还有没有目击者呢？回答当然是肯定的：那是一位无所不在的老人，即时间老人。

我相信冥冥中真的会有一双更锐利的眼睛，他会把一切尽收眼中。这位永恒的老人就像陪伴了我童年的那棵巨大的李子树。是的，他就是那样一棵宽容的、无所不知无所不晓的大李子树，在春风里喷吐着银雾一般的繁密花朵，引来蜂蝶、让人沉醉，在原野上播散出深长的气息……

入睡前我一直抚摸着这些记录……

3

剩下的日子我沿着滋润了那片开阔平原的河流走下去。我在笔记本上又涂抹了很多文字。我想让这些冲淡心中的那些淤积，因为它们压得我没法有片刻的安宁。我心里已经装不下这么多沉重。我在这母亲般的河流旁奔走，还顺手采集了一些植物标本夹在笔记本里……

只要一个人有韧性沿着河流一直走下去，那么高山峻岭也不能将其阻挡，他终有希望看到一片浩渺的大水——它们阔大到人的视野都无法企及——我此刻站在海边，与我相对的那一面就是发动了那场战争的国家。那个方向对我来说一直是一个谜。

我在那里徘徊了很久。两天之后，我再次返回农场。

该与那个老人告别了。我进门时老人正在家里搞奇怪的手工：编了很多鸟笼，一个个罗列在自己的院子里。

“编这么多？”

“送给朋友。”

原来农场里有退离休的老工人，他们都喜欢养鸟。那一刻我真不喜欢这些鸟笼，因为它们让我想起小时候，想起卢叔那只关锁阿雅的铁笼。它们都是囚禁生灵的牢笼，无论做得多么精巧……

临走前我想让他领我去看看那个老教授生活过的一些地方，去寻找一些痕迹。

老人拍拍手：“那就去吧。”

我们一起在农场的疆界里走着。他向我指点说：“看见这片农场了吧？老教授在这里耕作了八个年头。本来他可以把余下的精力全都花在这片土上，你知道这是一片挺好的黑土，肥得很，攥一把流油。上面长出的东西你见了，都是乌油油的。可那家伙太刚强，太有志气——我跟你说过这没有好结果。你看，他后来一走就再也没有回来。那时候我们老哥俩在这儿躺着聊天，什么都谈，就是不谈地质学。我们还小心地躲开了一个人的名字，这个人你知道是谁了，就是那个人模狗样儿、叼着烟斗、如今还穿上了背带裤子的家伙……”

我纠正他：“他没穿背带裤子。我最后见他时，他穿的是一条褪色军裤……”

老人摇了摇头：“你错啦小伙子，那时候他穿褪色的军裤，这个时候你再回去看看，他肯定穿上了背带裤子。没见电视上演的？那是外国人才穿的裤子哩。”

“你怎么知道他穿了？”

“我知道。你别看我是个没有志气的人，可是我的耳朵长。有人到那座城市去了一趟，碰巧见过了那个人，回来捂着嘴在我耳边上小声说：柏老如今喝的是咖啡，穿的是背带裤子……”

我不再吭声。我又想到了柏慧。

接下去老人又告诉：口吃老教授的老伴死时还不知道男人的下落，实际上她的男人比她早死一年多。还有，他的儿子在她死的时候千方百计回来了一次，是给母亲送葬的。“埋了母亲，又埋父亲、埋妻子。什么都晚了……他自己的老婆怎么死的他也不知道。我琢磨他怎么也不会想得出来。除非有人告诉他。那是个奇怪的小伙子，我想他比你还要大十来岁吧。他什么也没有问就离开了，再也没有回来——你不想看看老教授的坟？”

我心头一震，抬头看着老人。

“看不看？”

我点点头。

老人领着我往前走。走啊走啊，穿过了大片的土地，来到了一片石砬子那儿。那里有很多坟尖。

“这都是……”

“都是‘罪人’。”

老人告诉，当年所有被贬到这个农场里做活的人，还有那个城里、郊区，所有的“坏人”，死后都要埋到这儿，他们不能埋到公墓里。

我沉默着。起风了，树梢在响。

“老教授死了，我们都不知道。不知道也好，可是后来知道了，总得给他立一座坟哪。我跟农场的人千央万求，他们才让我到城里去一趟。我们俩是一夜一夜聊过来的一对老伙计啊！我哭着去找他的遗物。什么都没有，没有骨灰，火化的时候没留下来。我找到的只是他临死前留下的一只烟斗，还有一顶帽子。我只得把这些取回来，钉了个木头箱子，一股脑儿装进去，埋了。”

“这座坟里只有一顶帽子、一只烟斗？”

老人点点头。

可是那里有个石碑，石碑上刻了老人的名字。我把石碑上简单的几个阿拉伯数码记下来。我想这几个数码也会发人深思的。

就这样，我们在墓前徘徊了一会儿，就离开了。

离开墓地的时候我想：这一切我知道得太晚了……

站在荒草萋萋的原野上，我突然认为那个微黑的姑娘本来就不属于我，因为我一生下来就属于另一个家族——我们的这个家族不是靠血脉连接的，它所依靠的东西也许比血脉更为牢固和坚韧，以至于没有什么能够将其挣断和斩绝。

第八章

徘徊的城市

1

从农场回来，我几乎没有耐心在一个地方长时间停留，也无心做任何事情。北方之行简直是一次出乎意料的遭遇，它在短时间内把这么多东西一股脑儿塞进心中，让人实在无法忍受；我难以沉默，可又无处诉说。我待在家里、上班，想的往往都是同一件事情。我把寻找林蘖未果以及他的女秘书如何回应，都如数告诉了吕擎。吕擎笑了，继而摇头：“这怎么可能呢！”他马上拨通了几个电话，最后真的响起了那个女秘书的声音。吕擎哦了一声，敷衍几句放下话筒。他说：“嗯。”接下去就不愿说什么了。本来我还想谈更多的事情，包括那个农场，但这会儿只好作罢。

从吕擎那儿出来天还没有黑，我晃晃荡荡往前，又走到了离家不远的那所学校旁边，一抬头就瞥见了那个不太起眼的院落。哦，阿蕴庄。我几乎没怎么思考，径直走了进去。这会儿正是忙碌热闹的时刻，一些小姐正描眉画眼，打扮一新，铆足了劲儿准备迎接客人。这个时候要找陆阿果真不容易，穿制服的保安好歹才算拨通了她的对讲机，说了几句然后交给我。我根本不会用，保安有些烦。陆阿果口气冷淡，大概我来得不是时候。但她让我待在原地不动，一会儿有个小姐派人送来了房间的钥匙，说让我等她。

还是她的办公室兼住所，上次来过的地方。等人时我留意了一下房间，发现了那个晚上没有看到的东西：挂在墙上的军刀、骇人的面具和大团的棕色假发；两个扭在一起的裸体男女雕塑，动作猥亵……我也许早点离开更好，但掂了掂手里的钥匙，还是耽搁下来。她很快回来了，怒冲冲的，进门就说："最难办的就是新手……"这样嚷过之后立刻抱歉地笑笑，拍拍我："对不起老伙计，这不关咱的事。"她咕咕喝了几口冰箱里的东西，又点上烟。我的目光扫过军刀之类，她马上笑眯眯地凑上来："噢，有人喜欢它……他愿意戴上面具玩，喝茶聊天。过腻了嘛，和我一样。""他是谁？"她马上板起脸："这就不能告诉你了，不该问的最好别问。"但我忍不住好奇，想起了什么，直接问道："你不姓陆嘛，为什么叫这个名？"她好像胸部不太舒服，揉着乳部："人这一辈子想叫什么就叫什么，谁也管不着。"

她的话让我想起了林蕖。我担心上次她说到的穆老板也不过是随意取下的名字。我故意谈到了这个人。她大口吸烟："你真了不起，瞥一下就对上了眼。那真是个大怪人，胃口不小。能整夜喝酒，三五个小姐都陪不下来。""一个流氓。"陆阿果大笑："这你就错了，在阿蕴庄你找高官和大款有的是，要找个流氓就难了，这里可没有那东西。""那他们是什么？""老熟人。""相互熟悉？"陆阿果加重语气："不是那个意思。是成熟了、熟透了的人。这些人一个个都不是你想得那么简单。一般人比起他们不过是些小学生、嫩毛。”我思忖着，忍不住说：“还是一些酒囊饭袋吧。”“那你错了。比如老穆，论学问至少顶你十个——也许还不止呢！你要和他在一块儿，保准再也狂不起来，服服帖帖……”

我没有接茬，只想林蕖。那也是一个学贯中西的人物。不过他更是一个感时忧世的壮怀激烈之士，目光所盯之处尽是无底的深邃。我想歪了，他绝不会出现在这里。

“穆老板的生意做到了国外，南北都有他的企业和公司，身价至少几十亿吧。”她说着一扬脸：“想不想那样？”

我所知道的林蕖也是一个亿万富翁，而且这还是以前、没有女秘书之前的事。有了女秘书就不同了，这好像也是一个新的指标吧。

“想不想那样？”她上上下下端量我，又一次问，提高了声音。

我的脸一下涨得发痛。我突然明白“那样”指的是什么。我看看她，发现这双眼睛淫荡而平静。我心里憋了一句可怕的话，但总算没有说出。

“那就算了，以后有的是时间。我说过了，这里你随便来，只要嘴巴管得住！”她叹息，揉着乳房。

我该离开了。她又提议去年轻的收藏家那儿，我拒绝了。“收藏其实也是投资——还有更大的用处；穆老板也是合伙人……”她跟在身后咕咕哝哝。不知为什么，她一提到那个人的名字我就有些异样的感觉。摸黑走出楼梯时，她伏在我的颈上咬了一下，轻轻地咬。她把我沾湿了。混合在这个夜晚的，除了干草味儿还有其他，那是逼人的血腥气——它们来自我不久前见过的一间黑屋，黑屋墙上的暗紫色……这气味让我心里装进了一团火药，让我恨不得今夜就去那个城市，去找那个老师，再次开始我们的彻夜长谈。

三天之后，我真的去了……

老师的胡子好像更黑更长了，漠然地看着一个长途跋涉的人站在面前，好像把我，以及上次所谈的事情全都忘了。

我只把那个记得满满的笔记本推到了他的面前。我相信他只要轻轻瞥一眼，就能回忆起当年的事情。

他拿起来翻着，好像只是粗粗地看了看，又放回桌上。我觉得他在翻动时，更感兴趣的是我写在笔记本右边的那些话——一些芜杂的、痛苦的慨叹。

“老师……”

老师搓着胡子，好像还做了个鬼脸：“你不过是刚刚知道了一个柏老。那时候这样的人多了，你如果再见一些，也就不会有这么多牢骚了。”

“牢骚？”我直盯盯地望向他。

他苦笑了一下，“都怨我那天喝多了酒，发起了豪气——无用的豪气啊，人都是被这些无用的豪气给毁掉了。小伙子，回去好好过你的日子吧，好好保护你自己、你的家里人，冬天把小窝弄暖和点，夏天也别中暑，高兴了就喝点酒，做点爱做的事情，这比什么都好……”

他扳着手指，咳着：“你看我都到了退休的年龄，才是个副教授。为什么？就因为得罪了上边的柏老，他像块石板一样压在了头顶。那可不是一般的石头，那是花岗岩呢。死在农场的口吃老教授不是别人，他就是我的老师，你这回该知道了，他连一撮骨灰都没留下。我这辈子嘛，什么都经历了，所以也不想再折腾了，因为折腾没用。再说人这一辈子啊，也就那么回事。算了，剩下的日子也不多了。够了。”

老教授是他的老师，这让我有点不敢相信……我愣愣地望向他，那目光分明在问：那你就能忍下来?

老师垂下了眼睛，又像一开始那样搓揉胡子：“当然……我说了，再折腾已经没用了，没用了……”

“为什么就没用？”

他不愿讲下去。我的手指骨节握得咔咔响……我终于忍不住开口了，说你如果早一些发发“豪气”，比如说为自己的老师拍案而起，一切大概都不会是现在这个样子了。我们其实是恐惧得过分了，这也太窝囊了一点。我说到这儿悲从心来，因为又想起了自己在〇三所里的遭遇、我的第一个导师的死。毫不夸张地说，也是像柏老那样的人害死了我的导师。我愤愤地说：今天不仅是你，还有农场的那两个老人，都是难得的证人。我们该揭露这个道貌岸然的院长，要告诉大家昨天是怎么一回事、谁的手上沾了多少血。我们已经没有多少时间了——农场的那两个老人，还有其他的目击者，他们的年纪越来越大了，我们想找他们站出来说点什么都来不及了……

他拍了一下我的肩膀：“小伙子，你让我想想吧。不过下次你最好带一瓶好酒给我，我喝了酒也许能做点什么。人到了这把年纪火气小了，他要借借酒力呀……”

我们分手了。

剩下的时间里做点什么？就在这座城市里散漫下去吗？我可没有那

么多时间。我没有时间，或许是眼下的时间又太多——我既不能在一个地方无所事事玩好几天，又不愿即刻离开。我渐渐感到这座城市有一股巨大的魔力和磁性，它使我不能挣脱。

这里的街道、建筑，一切是何等熟悉又何等陌生。它是在我的人生道路发生重要转折的时候出现在面前的一座城市，对我来说，它的那种巨大的欣喜感和陌生感一生都难以消失。它同时给我带来了多么巨大的感激，这种感激会温柔着我，让我享用一生。

我毕竟在这座城市待了四年，许多地方都烂熟于心。在我眼里，那经过精心粉饰的街面掩不住背后小巷的粗陋，我透过它一眼就能望到那片低矮的屋顶、贫寒的门楣……一个又一个拥挤的空间，被分成的小格子——这儿仍然是我们人人熟知的那种城市蜂巢。那些吵吵闹闹的市场，高大的法桐树，雨天里闪亮的柏油路，吱啦吱啦的车轮摩擦水泥地面的声音，还有刹车声、排气管喷出的烟气，随处都能唤起当年的感觉，引出一阵阵回忆。

这一切都联结着那个微黑的姑娘的笑容。

2

多少年了啊，我离开了她就再也没有返回一次……可是今天，当我冷静下来时，回顾自己无数次的出差、长长短短的跋涉，不由得有些暗自惊讶：如果沿着我的步履在地图上描画出一道道踪迹，那么它们就像一团缠裹的线团，线团的内核就包裹了这座城市……这真像一条条神秘难测的、难以解脱的命运的曲线……

走在这座城市的街头，听着自己的足音，却仍然无法忘记那个口吃老教授，特别是那个跪着死去的少妇……他们的目光让我无法躲闪。因为他们的命运与这座城市紧密相连，他们的魂灵肯定也会在这儿出没……

时间只一闪就过去了这么久，我已不是当年那种容易冲动的毛头小伙子，而是饱受摧折的中年了。可是连我自己都时时吃惊的是，我的心头仍旧存有灼热烫人的一块，就是它常常让我难以忍受。我总是要倾尽全力去遏制它，直到心口疼痛起来……这时我就大口呼气。怎么办呢？我问着自己，也问这座城市……时间把一切都带走了，带走了一些人热恋时的冲动、感激，也带走了另一些人无数的屈辱和不幸；带走了那么多的误解、偏激、丑恶、污秽的脓血。剩下来的只是一些怯懦的人、一些无耻的人和一些特别软弱、像小鸡一样团团绒绒、笑模笑样和温柔可爱的东西。他们分别是女人、男人、老人和少年，是留了背头、这时候或许已经变得满头皆白的所谓的学者——他们当中就有一个叼着烟斗，手执拐杖，动不动要出席最体面的会议，与有身份的人握手寒暄；这些家伙就是这个城市里毫不含糊的名流，而且看上去很可能个个长寿……那么由谁去追究昨天？由谁去追根问底？

这座城市遗留下来的一笔遗产太丰厚了，简直堆积如山，它极有可能属于后来人；当然，这一切也许会白白流走。但我仍希望它会变成真正的财富——如果我们还不太健忘的话，如果我们还多少有些勇气，愿意探寻、愿意正视真实的话，如果我们还始终能葆有一个儿童般的热心和好奇、纯洁和忠诚的话。

我在这座城市里徘徊，久久不忍离去。走在这长长的街巷上，有时真的需要用力忍住……最后总算安定了一下自己，先后找到了一些当年的同学和朋友。见到他们，我突然明白了自己最急于做些什么了，明白了自己一再待下去的理由。我想知道那个肤色微黑的姑娘：她的生活，她的现在……无可奈何地消磨时间，心里却藏了一个热望。我和同学朋友们一块儿到郊区的山上去看那些名胜古迹。那儿照例有一些佛像、古树、寺庙，山石上照例刻着什么“曲径通幽”“一线天”“回马岭”之类的文字。可见到处都差不多，人们已经想不出更好的词儿，大家都无一例外地丧失了创造和想象的能力，无法给自己看到的这一切重新命名……我们一块儿郊游、饮酒，谈那一段永远值得留恋的生活。当然，我们也谈到了爱情。

这些朋友当中几乎没有人知道我与柏慧的详细情况，所以他们并没有谈起她。原来每个人在校时都有自己的一段隐秘生活，只是到了重新聚首的时候才勇于把这一切谈出来，抖落一下心中积聚的渴望。我却说不出什么，一句也说不出。

有一个人终于提到了柏慧，他喝醉了之后悄声告诉我：他心中有一个永远忘不了的人，她就是——柏慧。

我的心头强烈地一动。我有些失态地一把扳住他的肩膀：“为什么？”

“因为我从来没有把这一切告诉她，我只是远远地看着她。我知道如果走近了，只会遭到她的拒绝……我就这样，让她生活在我的想象里好了。我从来没有走近她。她大概直到现在也不知道有一个人总在思念她呢！”

“……现在还是——这样吗？”

他点点头。

我发现他的眼睛由于饮酒充血，眼白都红了。他因为要忍住什么而用力地把上唇绷紧。他说：

“我现在有了孩子，我们的家庭应该说非常幸福，这我还要感谢柏慧呢……”

他的话让人费解。

“我一想起她——无论什么时候想起她，心里立刻就暖融融的，觉得很踏实；所以我觉得这个世界也没有什么不可忍受的。我也用不着埋怨谁，一切都挺好的。瞧我和她现在还生活在同一座城市里，有时候还能看见她。不过我离她很远。你知道我们上学时不在一个系，她也不见得就能认出我来。反正我只是远远地注视她，每隔一段时间就设法看上她一眼——这样也就满足了。”

3

我惊愕地看着他。这是怎样的聚会和交谈啊。那一刻我不由自主地、下意识地拍打起他的后背……当我们分开的时候，他突然哭了起来，告诉：

“老宁，你不知道柏慧现在过的什么日子！你如果去看看她就好了。你看见她也许会吓一跳……”

“怎么了？”

“她大约比我们还要小一两岁，可是头发不知怎么白了许多，两个鬓角那儿……我见过的。”

我一声不吭。我心里有什么一下凝住了——这种特别的、说不上是沮丧还是惊悸的东西已经好久没有出现过了。我轻轻呼吸着，小心翼翼听着。最后，我只愿早早结束这场同学聚会。

后来我不知怎么就离开了，一个人在屋子外面徘徊……

整整一天我都在心里追问：这为什么？这怎么了？我首先想到的是那个小提琴手，那个戴了假发的家伙。我想这一切一定与他有关。这个消息使我再也不能安静。我顾不得别的了。我想我必须见到柏慧。很久很久了，我必须见到你啊，你这微黑的、甜蜜而美丽的、不幸的、比任何人都要不幸的姑娘！你的真正不幸不仅是你曲折的命运，你早生的华发，而更多是因为——你有那样的一个父亲！

我决定马上去看柏慧。

做出了这个决定之后，我当即就坐上了通往那座学院方向的交通车。可是我随着长长的拥挤的车子摇晃了一站之后又有点后悔——越是接近那个地方，就越是犹豫。

最后我跳下车来。我好像有点害怕。

反正我最后那一刻还是动摇了……下了车时，那座学院已经离我不远了，它的轮廓一出现在视野里，往事立刻像潮水一样漫过来。我差不多不能自持，全身烧灼地在那儿伫立了一会儿，又重新登上回返的交通车。

车子依旧摇晃，向着相反的方向。我在车上决定：为了不让那个奇怪的念头再次折磨我，我要尽快离开这个城市。

我急匆匆地赶到住处，几乎什么也不想就收拾起洗刷用具，整理背囊，然后快速地到柜台上结账，挎起背囊就出了门。

我直接奔向了车站。买好了车票，看一看表，离开车时间竟然还有几个小时……这段时间可真难挨。我只好在车站广场上溜达。

这个车站与我记忆当中的样子没有什么变化，只不过广场南端那些破旧的建筑物上涂了一些乳白色的涂料；还有，广场的另一端立起了很多广告牌。四周的水泥电线杆上，甚至是出站口边上的铁栅栏，都贴满了一些奇奇怪怪的医疗广告，上面是密密麻麻的关于性病的文字。前边一连有三个小小的亭子，都很漂亮，很洋气，仔细一看，才发现是新添置的投掷硬币的自动电话亭。我不由自主地摸了摸口袋。我发现衣兜里正好有几个硬币。

根据上面的文字提示，我把一个硬币投进了小孔。话筒里传来了拨号音。这拨号音清脆动听，像一段最好的音乐，它催促我马上开始拨号吧，拨吧。我差不多没加思索就拨起来，哗啦哗啦拨着，脑子里并没有一个具体的通话对象。

奇怪的是真的拨通了，真的传来了一个声音！这声音近在眼前，逼真、清晰。我机械地答应着，却没怎么过脑子。可是那个声音停了一瞬，接着又问了一句：“你？”

全身的血呼地一下涌到了头顶。我的心怦怦跳。

“柏慧！”

等五分钟

1

是的，许久之后我还会记得，听到我的呼叫，那一刻对方的声音立刻凝固了。四周的空气在颤抖，然后像夏天的热浪一样旋转起来……我告诉她：我来到了这座城市，是路过这里的。我说着看看手表，告诉她火车还有多长时间要开 —— 我不过是、我只想 —— 跟她打个招呼，我没有什么事情——真的，我只想听听你的声音，然后就离开；我只是特意在这个车站上问候你一句，并不想去打扰你。

当我说完这一切的时候，才发现对方早就沉默了。我大声地喊着，以为她挂了电话。话筒里一点声音也没有。我又耐心地等了一会儿。接上，里面那个低沉但却十分清晰的声音说道：

“请你在原地等五分钟。”

还没容我反应过来，那边的电话就挂上了。

我重新投了一个硬币，拨号音又响起来。我要重新拨号，可奇怪的是我的脑子里一片空白，我根本就不记得那个号码！这真是奇怪。我想那个号码刚刚从意识之海的深处浮现出来，现在又轻轻地潜走了。我揪了揪头发，砰的一声把话筒放下了。

怎么办呢？内心里有一个坚定的声音告诉我，宁可错失一万次乘车的时间，也不能放弃这次会面。

我就在这里等她，别说五分钟，等她五年我都愿意。

我倚坐在“原地”——电话亭旁边的一个铁栅栏上，一动不动地待着。

刚刚过了两分钟，我觉得像过了两个小时一样长。我站起来，在铁栅栏旁边走着，走着，然后又回到原地。一会儿，一辆市内交通车在前面不远的地方停下了。我紧盯着从车上涌下来的人，一个，两个。下来一个胖胖的夫人，她手里扯着一个小孩，后面又是一个少女；再后面，再后面就是她了……

我一动不动地站在那里，一只手按在背囊的背带上。她转过头来，一眼看到了我。啊，还是那双火辣辣的目光。我知道，我知道她像我一样紧紧地盯着对方。我把所有的一切都在心里飞快滤了一遍。我们的形象在彼此眼里改变了多少？我已来不及想这些。我看到的她与过去并没有太多变化，于是很快在心里否定了那个同学传来的坏消息——她的头发还像过去一样黑亮，形体也没有太大改变。她简直不像个生过孩子的女人！

她走近了。当她完全站到面前的时候，我才看出，她脸上已经没有了过去的光泽。她的皮肤还像过去那样微黑。她的头发是染过的吗？看不出。只是觉得她的头发太黑了，黑得有点让人生疑。她嘴角动了动，眉梢也跟着动了动。

“真想不到……你真的就走吗？”

我下意识地摸了摸口袋里的车票：

“我反正……这班车……下班车……原则上都一样。”

她笑着，重复着“原则上”几个字，和我一起往前走去。

她提议到车站旁边的一个小咖啡屋去。我们一声不吭地走。那个咖啡屋里已经挤满了人，我们只好又换了一个地方。最后我们在一个安静的角落里坐下来。可以算出来，我们正好有十一年没有见面了。十一年，这在一个人的中青年时期是多么珍贵、多么完整的一段时间哪。我故意说了句：

“柏慧，你还像当年一样。这十年你的变化比我少得多。”

“……我们还是不说这个吧。不过让我说说你好吗？”

“好。我知道自己变化很大的……”

她的下巴歪了歪，仔细端详着我。那种目光呵，那是一个饱经沧桑、一个和心爱的人分手之后的恋人才有的目光。这是毫不夸张的，她在用这种目光打量我。打量了好长时间，最后甚至伸出手来，在我的鬓角那儿抚摸了一下。这火烫烫的手啊。我真不敢看这只手，可是，我还是看到了这只手。它还是那样热，那样柔软。她的手从我的鬓角上挪开了。她说：

“当然谁都老了一点儿，不过你的皱纹不算多；这张脸添上了棱角。你眼神里的那股拗劲儿比起当年，简直一点没少。是的，它还像过去一样呢。头发很好，差不多没有一根白头发。”

我想她说的是实话。我觉得要了解一个人有多大年龄、经历了什么，最可靠的就是看他的眼睛。人的眼睛里储藏了一切秘密，什么东西都难以在一双眼睛里隐瞒。眼前的柏慧就是这样。我这会儿离近了才看清这双眼睛：这里面实在是有了太多的、无法掩藏也无法遮挡的冷漠，这只有在她安静下来、只有此刻，才让我看得如此清晰。

2

接下去谈些什么呢？问她这些年的生活、她的小家庭——那个小窝？我觉得这都没有必要了。我们坐在这儿喝水，喝淡得无味的咖啡，轻轻地端起杯子，也就足够了。

“你一直待在家里吗？”她不知为什么问了这么一句。

我摇摇头。

“去哪儿呢？”

“最近还去了北边，那个农场。”

“北边？农场？”

她的声音明显地提高了。我有点后悔。不过我的手重重地在桌子上砍击着，敲出了一种越来越强烈的节奏，到后来竟然不能中止。

“你怎么了？”她按住了我的手。

我的双手收到了衣兜里。可是马上碰到了什么——是那个笔记本。我的牙齿磕碰着，有点像冬天里被冻得打抖的样子。我问：

“柏老……一切都好吗？”

她点点头。

“他还担任院长吗？”

她再一次点头：“名誉院长。”

我觉得她该回答得多一点，再说点什么。

“多少年了。我很想去看看他……”

柏慧微笑着端量我，摇摇头：

“你不会的，你说的是假话。”

“为什么？我不敢吗？”

她继续微笑：“当年他伤害了你，虽然那时候这已经算是客气的了。他对你已经是够原谅的了，他至今还这样认为。”

我在这个时刻一点都不愿意辩驳。我只是说：

“不是他宽容，而是你。是你在关键时刻保护了我——你央求他保留了我的学籍。我知道这个。不然的话，我还得重新回到那些大山里。我不会忘记的。我因为这个要永远感谢你。”

柏慧的脸冷下来。

我又一次告诉她：真的。我就是带着这种感谢离开了这所学院的。我一生都会感谢你，而且，我当时也感谢柏老。你知道，如果没有你，没有柏老，我的命运也许不会发生那么大的转变。我如今不干地质了，成了另一种行当的人，现在看我一辈子都不会重新返回地质学了，你知道这种选择和改变是一辈子的大事……我这样说着，语气越来越和缓；我突然想到了其他——一些很现实的事情，接下去问到的也许是一个不大不小的问题：

“你现在住在哪儿？和柏老一起吗？”

“开始是的，去年我们搬出去了。”

“那就剩下柏老一个人住那所大房子了？太清冷了。”

柏慧苦笑一下：“他有那么多书做伴呢，还有，他有那么多弟子，有些人一天到晚围着他，他不会寂寞。”

我摇头：“对于一个老人来讲，什么也不能取代身边的亲人。”

柏慧的眼睛转向了一边。她不知在沉思什么。

停了一会儿我又问：“那个小提琴手，他一切都好吗？他待你——好吗？”

“很好。我们很少——不，我们从来都没怎么吵嘴。他不是惹我生气的那种人。他总是抢着做家务、做饭。这些本该由我去干的……”

“孩子多大了？”

“四岁了，在幼儿园。”

“他叫什么？”

她看了我一眼：“小宁。”

“你胡扯。”我这样说，脸却不知怎么红了起来。

“真的。”

她说完这句话，眼睛里涌出了泪水。但没有流下来。她转向一边去擦眼，像怕我发觉什么，一转脸就笑起来。她告诉我：孩子长得圆圆的，胖胖的，尽管这样，却丝毫不像他的那个父亲。

我在心里想：这是骗人，圆圆的胖胖的，还不像父亲吗？

我们扯着一些没意思的话，小心地回避着什么。后来她终于问：

“你去北边时，到了那些地方吗？”

“什么地方？”

她说出了河、山、几座古迹，奇怪的是它们都离那座小城和那个农场不远。但她就是没有提到它。这难道是故意的吗？当然不是，我相信她对那一切还一无所知。这对于她总算是幸事。

3

然而她多么需要知道那个口吃老教授临死时的情形，知道那个比她还要年轻的少妇怎样受尽屈辱跪着死去……我真想把她领到那个锅炉房旁边的小屋，让她看看留在墙上的凹痕和乱七八糟的涂抹、嗅一嗅那里散发出的死亡的气息。

我的手在衣兜里紧紧捏着笔记本。我想如果自己在离开前把这个笔记本留给她，那是再合适不过的事情了。

在我想着这些的时候，她有点着急了：“你怎么老不讲话？你讲话呀，讲讲你这些年的事儿。”

“我的事儿……我也像你一样，大家都一样。这个年头大家会怎么样，你想也想得出来——反正就是这么过下来的。”

似乎有一股刺鼻的气味——它是从衣兜里冒出来的。我知道它是笔记本记录的内容——有些内容真的是有气味的。我一只手用力攥紧了它。

它在手里跳动。

柏慧说："我有时候想起你，真想到那座城市去看看你。晚上我常看着西北方向—— 我知道那个城市的位置。"

我衣兜里的笔记本好像真的有了一个活的灵，它正扑扑抖动呢，这时如果不是我的手紧紧按住它，它肯定要蹿出来、要飞到桌上。我全力按住了它，感受着一种强烈的跳动。

"你知道，我有很长时间想摆脱这个校园，调到一个新的工作岗位上，哪怕是去做清洁工、去做苦工，反正做什么都可以，只要离开这个校园就好。有一段我还想去做服装设计师，为这个我还看了很多书……"

我插话："如果这样，那么我们两个就一块儿背叛了地质学。对我来说是不值得大惊小怪的，因为我们家本来就没有干这个的。而对你就不同了，它是你们的家学……"说到这里我觉得触碰到了什么，赶紧刹住了话头。我一抬头看见柏慧脸色蜡黄，嘴唇抖动起来。她在注视我，然后低下头。她嘴里喃喃着：

"家学……家学……不，还是让我离开校园吧……"

"那为什么没有离开？"

"是孩子的爸爸，他坚决不同意。我们不愿为这个吵架，我经不起这样的折腾了，最后也只得向他妥协。"

我点点头："这种妥协太应该了。"

我又记起了那些丁香树，树隙里洒上的月光……我禁不住问了一句："还经常弹琴吗？"

她"嗯"了一声。

“……”

到底是什么把我们生生分离？这种分离对于一个人有多么残酷，要很久以后才会明白。一个人只有在渐渐苍老下来，沉静下来，常常遥望天边星斗的时候，才会知道一切都不再回返，心上的什么被永远地挖空了。他仅仅用沉默来抵御这一切还远远不够，他知道这几十年的时间里已把忧思和万般苦痛一块儿嚼成粉末，然后在午夜里无声地吞咽……那么她呢？如果她的满头黑发真是染成的话，那么这个火热的、在一个人的心中永远留恋着的微黑的姑娘，就过得一点儿也不轻松……我想起了与岳父的一些争执，我想说的是，我们这一代人没有亲历战争，可是在那些血与火的残酷争夺中，在生命朝不保夕的战争年代，又有多少三十多岁，或者更年轻一点的女子顶着满头华发呢？有谁知道这个年头负在我们背上的沉重有多少呢？

我捧起了柏慧那只烫烫的手，放在眼前。当年我们常常这样做。这双手呵，它的每一条纹路我都熟悉。多么久了，漫长的日子里，有多少东西需要这双手去搓揉、洗涤，因为汗渍和污垢太多了……一件又一件洁净的衣服晾干了，她的手却再也无法保持往日的细腻光润。我想说，那个小提琴手的手并不比你的重要多少，你可以让他去多做粗活。你怕他的手真的弄糙了，按不准音阶吗？不，那时候他如果真的拉变了调才好呢。难道一双柔嫩的手就一定会拉出更为美妙的音乐吗？我在心里否定这个，我觉得最好的办法就是把那个乐团的第一小提琴手的手给搞糙，搞糙——那样才能让我稍稍满意一点。那是一种奇怪的欲念，是嫉妒生成的。

时间不早了。柏慧开始提醒我。我知道开车的时间就要到了，可我频频看表的时候突然记起了一件事情——我答应离开这座城市前去找一次老师的，我们两人有个至为重要的约定。

我发现自己差一点遗忘了那件最重要的事情，就说：

“不，不，我必须马上离开，我必须马上走。”

“来得及，离开车时间还有二十二分钟。”

“不，这比开车更重要。我要到一个朋友那儿去一次。我要走了。”

我们就这样匆匆离开了——刚走了几步，我突然想起要记下她的电话……

她惊异地看看我，写在了纸片上。她回头走了。

我急急地往老师的住处赶去，一边在路上看着纸片上那一串阿拉伯数字——记起来了，这就是我在电话亭前下意识拨出的那个电话号码！

我渴望与她再一次见面。

愧疚

1

又一次面对老师。他头也不抬地伏在桌上。我就在他的旁边坐着等待。停了好一会儿他才说话：

“我考虑好了。不想跟你一块儿做那些事情了。”

“为什么？真的因为没有喝酒吗？”我讥讽的话语中带着明显的激愤。

他摇摇头：“你错了小伙子。你走了之后，我一口气喝了半斤酒，是高度白酒。我平时的酒量只有三两。我喝了半斤，你知道那是什么滋味。我站都站不稳。喝了酒之后头脑还蛮清醒。我就是在那个时候做出了一个决定：不能与你合作啦小伙子。我要请你原谅，因为我们是两代人。你或许应该找一个年纪差不多的人去干。我不能与另一代人合作。我们互不理解，喝再多的酒也还是两代人。”

说完他幸灾乐祸地笑了。

“你与柏老他们当年不是一代人吗？”

他点点头：“是啊，所以直到现在我们还可以合作。我们可以一块儿聊天，骂大街……”

“你和柏老能骂到一块儿去？”

老讲师奇怪地做着鬼脸：“能骂到一块儿。”

“你们骂什么？”

“骂什么？净骂他妈的地质学！”

我愣了一下：“你敢在柏老面前骂地质学吗？”

老讲师瞪瞪眼：“是他先骂的。有一回柏老喝醉了，他骂起了什么人，骂得比我还狠。那时节他就不像个院长了。他骂了一会儿又去解溲，跑回来比比画画地还要揪我的耳朵。我用手把他拨开了。他说妈的，他这辈子本来可以做更大的事情，可有人硬逼着他当这个鸟‘专家’。他是被逼上梁山的。‘那个狗日的小组害了我啊！’他骂，‘如果不是他们整出那两册劳什子，我还用干这份苦差吗？’我大吃了一惊！可我镇定了一会儿，大着胆子说：你成了一个有名声有地位的大人物，而另一些人呢？妻离子散，什么都没留下……”

他低下头，叹息着：“妈的，如果我的老师活着，或许也能和柏老骂到一块儿了。”

我盯住他：“他会骂什么？”

“他会骂……骂自己入伙，搞出那么糟糕的两本东西。”

“什么？”我惊讶了，“你说那是糟糕的东西？”

他点点头：“小伙子，我想你一定是很久没有读它了，你用今天的目光去重新看看，就会承认它是个糟糕的东西。你知道吗？在老教授被关押前的三四年，我偷偷去看过他。我们一块儿喝酒，在田里逮鸟。老教授那时就亲口对我说过，那两卷东西‘糟糕极了’。”

“可是，它在学术界的地位……”

“错了。你现在已经不是行当中人了。那是你过去的印象。它绝对谈不上好，因为那样的年头实在也没什么更好的了。当然了，今天看它也并非一无是处——不过一部严肃的学术著作仅有这一点还远远不够。里面的粗陋和错误比比皆是。老教授难过的就是这些，可惜他当时已经没有机会去更正了。这不是一个人的力量所能做到的。这让他直到最后还在懊悔——你知道吗？”

我久久思量着……

“他不甘心，他想做得更好。人家都把他投在农场里了，他还是日夜琢磨那事儿，想得头疼……这老人拼了命也要干点什么，就在纸上偷偷摸摸地搞，还给上边提出自己的诉求。一句话，他还想回到案头去干……”

老师这样说时，我却想到了那只可怜的阿雅。主人遗弃它、放逐它，最后甚至要杀死它，它还是一腔忠诚，九死不悔。

“他像疯了一样，倔劲上来谁也管不住，最后把一腔悲愤都倾泻在纸上。他开始诅咒那些残酷剥夺自己劳动权利的人，诅咒那些迫害者和捉弄者……好在他把这些纸片都藏起来了，只有自己最好的朋友知道，他就是你见到的农场老人，这同样是一位好学者。最让我的老师想不到的是，竟是自己最信任的这位老友把他告发了、出卖了……”

我站起来：“你是说接待我的那个老人？”

“就是他。可老师直到死的一天也不知道是他干的……”

我回忆着当时农场老人对我诉说时的悲愤之情，此刻怎么也难以置信，“这可能吗？是不是搞错了？”

“许多年过去，一个参与调查的人才透露出来。我怎么也不信，千方百计查阅了当年的案卷——一切都白纸黑字留在那儿。”

我坐下来，手心冰凉。我仍然不解的是：在老教授最后的日子里，他的这位老友尽自己所能，做过了该做的一切，甚至按月给他的遗孀寄钱……直到现在，老人还时常来到那个只埋了一个帽子和烟斗的坟前——坟里仅有的两样东西还是老人亲手找来的。我看着老师，缓缓摇头。

“你不相信？”

我不敢相信啊。

老师叹息："那个人心里有愧啊！就是这愧疚把他的下半辈子压垮了。知道这秘密的人至多三两个还活着，他自己不说，没人会提到这档子事，再说现在的人除了自己，谁还关心别人，更不要说那些陈芝麻烂谷子了。大家都恨不得把昨天的事情全忘个干净才好，要不就太苦了！提那些事谁都不会高兴，等于是冲了别人的喜庆。一个人如果老说过去，就等于自讨没趣。可我就像那个农场老人一样，下半辈子就得这样折磨自己了，折磨到死……"

我看着他，一声不吭，心里有些怜惜。

"那老家伙本来早可以返回城里，可他没脸回来了。他作了孽，该自己惩罚自己了……"

我们这次深聊带给的是双倍的惶惑。当最后离开时，我心中的矛盾和痛苦不是减轻了，而是加重了。说实话，我很少像今天这样犹豫和迷茫过。

我在街头踏来踏去，不知道下一步该走向何方。我在怀疑自己是不是灰心了——我想控诉的是谁？我想辩驳的又是什么？我们又到哪儿去找一个公正的法官？谁能给我们一个准确的评判？我觉得自己陷在了一个奇怪的迷宫里，像被捉弄了一般。好像每个人都在背叛和欺骗——我当年隐瞒了自己真正的父亲，所以柏慧才多多少少有理由背弃自己的承诺……在真实和挚爱面前，我竟然没有了一点宽容和理解，只冷酷地转身、逃离。从此她却要留在原地，要一生承受，生出满头白发……愧疚啊，此刻压得我举步艰难。

2

令我惊异的是，无论是柏老还是口吃老教授、农场老人，他们都在悔恨和抱怨之中。他们对命运的捉弄都表示了一种无奈。不同的是，这些人分别是幸运儿、告密者和牺牲者。

无处不在的背叛和欺骗，无处不在的神秘游戏。有一刻我下决心重新去读那两册厚厚的地质学著作，以得出自己崭新的判断——可这种想法保持了没有多久便淡漠下来。何必呢？我好不容易才挣脱了它，它除了再次唤起我更大的痛苦、让我重新陷入无力排解的忧郁，不会带来任何有益的东西。即便真如老师所言，它的粗陋、它的谬误，它最后带给老教授的委屈和遗憾，今天也无从补救了。仿佛一切都失去了意义。剩下的一个问题就是：我将走向何方？

我不知不觉地又一次来到了电话亭边。

掏出她留下的那张纸片，拨响了电话。

又是那个平静得出奇的声音。我们约定在原来的地方，去那个小小的咖啡馆。

她来了，坐在了我的对面。我们要了红茶。这一次衣兜里那个笔记本再也没有冒出异样的气味，也不会突突跳动了。它大概在衣兜里睡着了。这一次我的手可以放松地端杯了。

是的，再也不需要眼前的这个人去知道那一切了。那可不是一个好故事。如果说她已经有了白发，那么我还忍心使她变得满面皱纹、过早地变成一位皱巴巴的老太婆吗？我这会儿突然多少理解了那位老师的心情：他可能不忍心与我一起进行这种残酷的合作，并且认为种种努力都是无用的。一开始我觉得别人庸俗而胆怯，现在却认为自己是幼稚可笑的。我第一次觉得柏老并不像原来想象的那么可憎可恨，因为他一个人既无力也无意加害那个口吃老教授、让那个美丽的少妇跪着死去。他一开始对整个事件、对发生的那一切甚至一无所知。他对可怕的后果并没有足够的预料。他对自己鬼使神差、冒冒失失闯进了地质界而感到了深深的惊愕，还有厌恶。

“你想不到我多么盼望……多想见到你……”

“我……”她好像不知该说点什么。她犹豫了一下抬起头：“我后来常常想到你的父亲。我一遍遍想着那个老人。”

“你是指我的‘义父’吗？”

“不，我想知道的是你真正的父亲——后悔没有听你多讲一点。今天再讲已经不可怕了……”

我叹了口气：“今天已经太晚了……以后吧，以后会有更多的时间。”

“当然。我也可以更多地讲讲自己的父亲……”

“哦，那倒不需要……不需要了。”

我在说这些的时候，不知怎么眼前出现的是那棵巨大的李子树；还有树下的茅屋、茅屋下的老人——她就是我的外祖母。我的外祖母啊，我就是由她抱大的；她夜间搂着我睡觉，给我讲了那么多的故事。她把一切故事都装在心里，那里面有泪水也有欢笑。可就是这样一位永恒的老人，就在那么平常的一个下午，突然地死去了。她的死对于我将是一辈子都不能破解的谜团，尽管在她前边和后边还有很多的人死亡；可是，只有外祖母的死才使我不能接受、不能原谅。我在心里一遍遍呼叫着冷酷的神灵——我觉得外祖母的死戳穿了一个巨大的骗局……这么好的一个老人怎么可以突然离开呢？一个善良的没有一丝过错的老人，突然就被粗暴地拒绝了。她撇开了这个小果园、这个茅屋，还有她日夜牵挂的亲人、她身边的一切……这是公正的吗？这多么不可思议、不可理解，又多么蛮横！这所有的粗暴和蛮横究竟藏在了哪里？我一辈子都要诅咒它，只要活着，我就会诅咒……

这时候我的眼睛渗出了一层什么。一只温暖的手按在我的脸上，我把这只手抓住了……一股温暖的气息扑到脸上，她久久地伏在我的怀里。我抚摸她，摸着她的肩头，她的骨骼。啊，这个微黑的姑娘，昨天如在咫尺。

她热烈地吻着我，我又嗅到了那种熟悉的气味。她仍然那么芬芳，那么芬芳。我吻着她，吻着她……不知多久，我试图再次探究和领略往昔——她身上或口腔里的那种栀子花的气息……

没有了。没有那种气息了。原来生活在悄悄地改变什么——这一瞬间我才意识到，这毕竟不是当年的她了。我们默默地、轻轻地分开了。

我注视着她的眼睛，一双像昨天一样的眼睛。

当海棠树叶扑扑落在地上时，秋天就要结束了。海棠树叶把我们的茅屋顶、把泥土，都厚厚地盖了一层。这些彩色的树叶多么美丽，多么美丽——我捡起来叠好，送给外祖母。外祖母把它们摆在桌子上，摆成了一个好看的图案。

“外祖母，你看它们红得像花儿一样……”

第九章

痛苦的审判

1

我希望这是最后一次叙说父亲的故事。因为无论对于去世者还是其他人，今天讲叙这些已经没有什么意义、甚至有些多余了。时过境迁，再一次回头遥视那一个个令人胆战心惊的场景，除了恐怖，还会有一些奇异的、莫名其妙的恍惚感。我简直不敢相信，就是父亲当年的这些故事把我们一家死死缠住，使我们在有生之年永远也不能解脱。

不仅是不想讲叙，即便是有意无意地走向山区和平原——走近那片神秘之地的时候，也总要小心翼翼地绕过——绕过所有沾上那个人的气味的地方。每当我觉得自己的双脚暗合了他的脚印时，就会感到一阵惧怕。我总是在心里说：绕开他吧，绕开他的影子、他的痕迹，绕开有关他的一切……可是做到这些谈何容易，也许只有当事人才会明白，那终究是不可能的。我身上流动着他的血，我是他唯一的儿子。

我已经不能够把往事讲叙得再明白了；我也没有能力叙说一个有头有尾的故事。因为它们早在我出生之前就被一把时间的剪刀剪得七零八落。我可怜的母亲和外祖母，她们在折磨和恐惧中尽可能地避开先人的名字，闭口不提外祖父和父亲的名字。我得了解的所有故事和细节，都是一点点拼凑的，使出了十二分的力气，才让记忆的链条尽可能地衔接起来。

那片平原、那个海滨小城，还有那片大山，都留下了父亲那个不幸而顽强的生命的印迹。谁都知道那儿发生过很多战争，残酷的争斗一场连着一场，它们性质复杂，相互纠缠，简直没有规律可循。父亲就在这些战争期间来往奔走于几座城市之间、山区和平原之间。他是一个热情的参与者，那时候刚刚二十多岁，身上奔涌的血流滚烫滚烫。

我今天怎么也没法将他的行为与他的容貌稍稍地结合起来，因为从照片上看他只是一个儒雅青年：有时穿西装结领带，有时穿了长衫戴了礼帽。我曾经对着照片长久地研究过他的眼睛——因为它是如此地吸引了我，它执拗而诚恳地盯过来，如此熟悉又如此陌生。这真的是一双纯洁的眼睛，生了这样一双眼睛的人不可能染指污浊和残暴，更不可能历经难以想象的复杂和坎坷。可他又是从冷酷的岁月中走过来的一个人，几次死里逃生，这是千真万确的。不过他在最初的几年几乎没有流过血——也许他做的是比流血更危险的工作吧。

如今在那个平原上大概只有极少数的老人才能回忆起一个事件：一支部队的哗变反正。这个事件震动了整个平原。因为事情太突然了，它发生得令人猝不及防，事前一点风声也没有。敌人为应付这个突发事件调集了大批部队，军舰就停在港口，空中盘旋着飞机。但一切都晚了，无济于事了。他们眼睁睁看着那支流失的部队、大批武器弹药……这一段故事已经写进了历史，但至今也没人知道它的真正导演者是谁。他就是我的父亲——说起来没人相信，他那时候刚刚二十七岁，还是一个年轻人。

他的智慧和勇气让世人惊叹。几年之后有名的鼋山战役打响了，我们赢得了这场战斗。当然，这次巨大的胜利与前不久那支部队的反正有着绝对的关系，因为这一来敌我双方的力量对比发生了根本性的变化。这场战役彻底改变了整个平原的格局。从此长期对峙的局面也就结束了，我们迎来了历史性的、新的转折。父亲当时参加的是一场更为隐蔽的战斗，并与一个人结成了最好的朋友，那个人的名字必须记住，他叫殷弓。殷弓比父亲要年长五六岁，他们在一起无所不谈。那时候父亲还是一个商人—— 这是他的公开身份；实际上他有更多的时间与殷弓待在一起。他们在几个有名的大城市里一起度过了难忘的岁月，最后因为新的使命才不得不分手。

又过了几年，当父亲在平原东南部那个大城市里再一次见到殷弓时，两个人都三十多岁了。他们又开始了新的合作。当时战争还没有结束，斗争形势日趋复杂。山区和平原一带像雨后蘑菇一样冒出了数不清的武装，这些武装番号复杂，代表的利益也稀奇古怪，每年里大约要发生十几次火并。那种争夺残酷到了令人发指。就在这时候，我们最重要的武装团体内部出现了分裂。

这次分裂非常可怕，它很快影响了整个战局。那时候殷弓必须在当年春季彻底改变这种局面，不然整整十多个年头的奋斗成果就要付诸东流。分裂的原因非常复杂，主要起因还是地方家族势力的渗透。在这种情势之下，从中斡旋的人需要过人的机智和勇敢，还要有强大的韧忍力，有对于各种复杂情况的详尽了解和随机应变、能屈能伸的那样一种睿智和机敏。这时，殷弓最好的搭档当然又是父亲了。

2

父亲那时来往于各个派别之间，冒着随时失去生命的危险。有一次，一支队伍把他和他的战友一起捆在了树上，敌人用刀子把他身旁的战友一个一个捅死，告诉他：两天之后将用同样的办法把他处死。那是他在四十岁以前遇到的最大一次危险……当然后来他逃脱了，至于怎样拣了一条命，详细情形一时难以说清，总之有人在关键时刻伸出了援手。现在看，那一次脱险才是命运的分水岭——作为一个后来者，这种揣测危险而又过分——没有翔实的根据，既没有直接的见证人，也没有其他旁证。一切都来自推论，来自不幸的绝望者日复一日的张望。父亲那时在大山里回忆苦难的一生，脑海中细细过滤每一个细节，寻找一切可能的答案……这是他后来终有一天从大山里回来，一点一滴向母亲叙说的。经由母亲的转述，我从掀开的幕布一角艰难地窥视。

从此父亲就处于自己人没完没了的质疑之中。一遍遍审查之后，好像一切污浊都悉数抹去，可实际上一切都没有改变。没有人真正相信他。“幸亏这不是初期……如果在更早的时候，你爸早就被杀了。”母亲曾经这样感叹过。我马上说：“不可能！不是已经查得清清楚楚吗？证据在哪里？”母亲摇摇头：“不需要证据啊，孩子……”她不再说下去了。后来外祖母告诉我，母亲说的“初期”，就是队伍在山区和平原一带刚刚立足、被敌人驱来赶去的困难日子里。那时候只要内部怀疑起一个人，这个人很快就不见了。我问：“哪去了？”外祖母低低头：“杀了。暗中有人传个纸条，也不知从哪儿来的密令，就把人杀了。当年创建这支队伍的十几个老人中，后来只剩下了两个，其余都杀了。是我们自己人杀的。敌人做梦都想杀他们，可就是逮不着……你外祖父告诉我，这些被自己人杀掉的人个个都是好样的，他们有的还是他的朋友，抛下万贯家财参加了队伍，有的还从国外回来，都是一腔热血的刚烈汉子……”

在外祖母压得低低的声音中，我听出了无以言说的悲愤和绝望。我大声问：“那他们为什么不跑？”

外祖母摇头：“不会，他们不会跑，就是跑了还会回来。”

“为什么？”

“因为……”外祖母声声长叹，“孩子，跟你说不明白啊。打个比喻，他们就像阿雅……”

从此我觉得那些无辜的牺牲者，所有纯洁无欺的献身者，都是阿雅。这其中也包括了父亲。

那些分裂的部队和蜂起的匪徒、各种各样的武装力量纠结一起，他们之间有着纵横交织的复杂关系。一个陷阱连着一个陷阱，一个阴谋套着一个阴谋，几乎没有人敢于在这些地区铤而走险；但即便在这种危险的时刻，父亲也没有胆怯过。与一般人不同的是，在那个年代里，他作为一个真正的知识分子，仍然未能放弃自己的读书生活。他有很多藏书，而且受过十分严格的教育。可是人们从他的外表简直看不出一点读书人的样子：从性格到形体都变得有些粗粝，因为整个人都在这片山冈上滚打磨炼出来了。那时候他一身戎装，与殷弓一起率领着那支部队。他们的部队进行过大小几十场战斗，其中有失败、也有令人胆寒的恶仗。殷弓受过两次伤，而父亲只不过擦破了一点点皮。后来由于斗争的需要，他才不得不脱下了戎装。这时候需要他渐渐恢复起过去的儒雅——起码从外表上看需要如此，当然也只有这样才能与天生的品性吻合起来，整个人显得更为洒脱自如。

大约就是离开部队的前两年，他在那个海滨小城里认识了外祖父和外祖母，还有我的母亲——曲绮。

本来一切都该是挺好的。谁也想不到他的厄运就从这个海滨小城开始了。当时他自己完全不能预料这一切。他是一个绝对忠诚的人，完全可以为自己的事业和信仰献出生命。他甚至亲自参加过对自己一个叔伯爷爷的审判。

他的叔伯爷爷是一个富有而高傲的老人，当时属于一位政要，一个上层人物，对故乡的事情非常关切。像许多这类人物一样，他在自己的出生地犯下了不可饶恕的罪行。他亲手策划了对当地武装的三次致命围剿。我们一个战功赫赫的团长就在最后一次围剿中牺牲了，同时损失了六十多位战士。最后这个可恶的大人物在一次返乡途中被逮到了——我们甚至专门成立了一个巡回法庭，而巡回法庭的成员当中就有父亲。

那是一场痛苦的审判。因为叔伯爷爷才是决定和改变了父亲命运的人——父亲小时候家里遭了火灾，成了孤儿，叔伯爷爷就把他领走了。

叔伯爷爷当时在几个大城市里都有自己的银行、绸缎庄，许多大作坊和工厂都有他的股份，总之是一个非常有势力的人物。他很喜欢父亲，常常领他到河边上玩，休闲的时候牵一匹白马，把父亲放上马背，两人一直走上很远很远。老人还是个喜欢读书的人，他可以接连一个小时不停地背诵《诗经》和《离骚》，甚至还可以说几句德语。那是一个博学的老人。他如果能够再淡泊一点，如果不那么热衷于世俗事务，或许就能得到善终，成为一个值得怀念的绅士。作为一个人，他不能说不善良，如亲手用自己的钱在山区修起了好几所学校，同时还是几个慈善机构的创立者和资助者。当然这不仅是因为他的善良，还因为他的富有。他的钱简直太多了，他完全可以过挥金如土的生活。

就是这样一个人，喜欢父亲，将其领到城里，供他上学，最后又让他当了银行的一个职员。如果事情顺利的话，叔伯爷爷也许还会让他做自己的继承人，为自己养老送终。他自己没有儿子，唯一的一个女儿令他极度失望：那是一个放荡、狂妄，没有自尊的女人……父亲从叔伯爷爷那里获得了受教育的机会，而且得以永远脱离愚昧和贫困，告别了祖辈厮守的山地。

父亲那会儿要参加的就是对这样一位老人的审判。巡回法庭做出的决定最终将是残酷的。可是谁也没有办法。那是不能妥协的。

事情就是如此简单。可时过境迁之后，当我们的目光得以穿越历史的尘烟去辨析整个事件，又会觉得复杂到无法言说。比如他的叔伯爷爷策划的那三次围剿，原因也相当复杂；而且在围剿中死去的那个远近闻名的英勇善战的英雄团长，还亲手杀死过一些无辜的人，其中有两个还是女人；同时那个团长又的确为这片土地立下了汗马功劳，洒下了自己的鲜血——就在这个过程中，他深深地伤害了另一些派系的利益，而且这些派系所代表的利益在我们这儿十几年、几十年里都是不可动摇的：他们建立自己势力范围的同时，也建立了自己的道德准则。所以对于叔伯爷爷来说，他当年的选择余地是小而又小的，他的一切行为几乎都是自然而然的。

3

叔伯爷爷的不幸在于他在那个时代里是一个背运的人，他的对手竟如此强大。这对手不是父亲，甚至也不是父亲这一边的所谓“同志”和“政党”。他的对手似乎更加虚无缥缈，它似乎可以称为“时光”——叔伯爷爷正好处在不属于他的一段时光之中，时光当然不会向着他。

在当时的巡回法庭里，父亲是一个具有多大影响力的人物已经不得而知；如果他有能力改变那个人的命运，拥有整个事件的解释权和决定权，那么一切都将重新判断了。反正自始至终他都没有什么惊人的举动。审判在人们的预料之下进行，结果是可想而知的了。叔伯爷爷被判处死刑。

执行判决的那天，父亲一个人到关押犯人的地方去看望老人。老人没有一点恐惧的表情，他知道末日到了，找出了崭新的衣服，找出了领带。他一辈子喜欢干净。这时候他只对父亲提出了一个要求，就是允许他洗一个热水澡。他当然得到了满足。他仔仔细细刮了脸、剪了头发，打扮得漂漂亮亮坐在那儿。

他实在是老了，头发有些稀疏，可是这时候被精心修剪过。他的脸上还有很好的红晕，一看就知道是一个保养得极好的人。从外表上看去，怎么也看不出那些邪恶的智慧到底藏在哪里。这完全是一个善良的老人。

他抚摸了几下父亲的头，父亲没有躲闪。他又跟父亲要了一支烟。父亲陪着他吸烟。在剩下的一段不长的时间里，他赞扬了父亲，说父亲是一个头脑清晰的人。他还说这完全是得力于教育——他指出，一个没有好好读书的人就不会拥有如此坚实的立场、如此清晰的逻辑。可是他接上说，读书也可以增加人的情感，而情感从来都是坏事情的东西。他说父亲既读过书又没有让那些可恶的情感缠住，这真是太难得了，这简直是他们这个家族里最了不起的一次杰作。他就这样说着，议论着，恳切真诚，唯独没有半点嘲弄的意味。

天至中午就要打发老人离开这个世界了。老人没有别的要求，只说：这是我们自己家的事情，可同时又是一件公事，最好——他要求父亲说——最好我们能够公私兼顾。也就是说，他想让我父亲亲自动手来结束这一切。

我父亲在整个审判过程中都表现得十分镇静，但这一会儿他的嘴唇颤抖起来了。他没有回答。这样过去了很长时间，他终于问道："那一次被捕，第二天就要处决我了，突然行刑的人接到命令，我被释放了——我知道下这个命令的人只能是您。现在不说再也没有机会了，我只想最后印证一下自己的判断……"

老人微笑着，未置一词。

时间到了，两个非常粗鲁的年轻人把叔伯爷爷领走了。我的父亲没有到现场去，因为他还没有勇气去看那最后的一幕。结果就由两个没有读过书的人，两个地地道道的庄稼孩子——他们刚刚学会使用武器还不足十天——把那个老人带走了。他们把他带到了沙河边一片柳树林里，那里只有几只麻雀，中午时分十分安静……

听母亲说，父亲直到晚年还不敢回忆这些，并不是因为太多的后悔，而是对于最后的那一幕感到了深深的懊丧。他说，那两个年轻人粗暴地对待了一个儒雅的老人。他们不懂得尊重他，在最后的时刻里，他尤其需要尊重，需要让别人明白：他可以交出生命，但至死也不能没有自己的尊严。可是那两个没有受过教育的年轻人一边骂着一边动了手。

父亲说，虽然没有听到对方的一句亲口回答，但他心里一直确信是叔伯爷爷救了自己的命。他这一辈子真正对不起叔伯爷爷、一想起来就感到椎心之痛的，就是没有按照老人最后的要求去做……

人的热情

1

就在父亲最艰难的岁月里、痛不欲生的日子里，殷弓的人生里程却抵达了最辉煌的时期。他们两人的命运曲线恰好相反。

可是对命运的总结从来就有不同的方法，不同的视点。如果说父亲与那座海滨小城结下了不解之缘，那儿是他的倒霉之城，那么后来母亲和外祖母一块儿逃离，逃到了荒原上，就该是再好也没有的一个选择了——后来，当父亲从南山归来，看到自己的家人找到了如此简陋的一个茅屋作为归宿时，一定会感到极大的满足和安慰吧。然而那个时候他是多么疲惫和绝望……

父亲比起我们这一代人是多么不同啊，这真是完全不同的两代人。我不知道这两代人如何对话。二者之间无法理解，难以沟通……其中最大的不同，就是比起我们这一代人，上一代更为热情——那简直是一种滚烫逼人的热情。我们平常所理解的激扬、热烈，比起父亲和他的朋友们，简直不值一提。我们无论如何还是走向了反面：走向冷漠，走向无动于衷。

我相信战争本身并不是父亲最热衷的事情，这与他的性情也许相去甚远。但为了自己心中的热望，一切与之相冲突的东西他都可以去适应下来，因为他心中有一个神圣的遵从。他为了那个热望可以牺牲自己的一切。在这方面，大概唯一使他难以压抑的也只有爱情了。令其感激的是，发生在父亲身上的爱情与心中的热望是那么贴切地合而为一。

在那场连绵不绝的战争走向结束的最后几个年头，那个海滨小城由于拥有一个港口，就变得极为重要；当时那儿离一个著名的黄金产地不远，各种各样的势力展开的曲折斗争常常围绕着黄金。父亲因为有了这样一桩婚姻，即可以顺利地进入当地上层社会的圈子，处处得心应手，把一切都处理得非常圆满；外祖父出身于这座小城里的一个望族，父亲成了外祖父的女婿，也就拿到了这座城市的一把金钥匙。他来往于那些上流人物之间，到后来几乎与所有头面人物都取得了联系。父亲把他的几个助手都安排在这座小城里，不露一丝破绽……

如果是经历过那场战争的人，就一定还会记得那次劫金案。整个事件就像那次部队哗变一样，已经写进了我们光荣的历史——当然，书中同样没有提到父亲的名字。后代人不知道历史忽略了至关重要的一笔，所以也不知道它为何难以做到天衣无缝。于是那个时代的人只要认真捧读有关这段历史的记载，就常常免不了生出一些疑问，接着是阵阵尴尬……很多具体的事件、一些细节，都被抽象成几个词儿一掠而过。要恢复真实只有去问那些当事人了，只有他们才知道这些词儿后面潜下了什么。

那一次就由父亲和他的助手们做出了严密筹划，整整有几个月的时间，他们一直在做着周详的准备。当那些黄金眼看就要流失的时候，组织上毅然做出了提前行动的决定。父亲真可谓胆大心细，也许只有他才能做出这样周密的、滴水不漏的安排。他几乎把行动中的每个细节都想在了前头，纤毫不乱，各种可能性都在他的预料之内，掌握之中。可即便这样，行动一旦开始也还是要超出人的设想——那次如果没有一个小小的纰漏就好了。那个小小的纰漏最终使我们蒙受了一点损失，不过这一点损失也足以抵消全部的成功了。在有的人看来，责任必须让父亲来负，而且弄到最后好像这些过失具有更为深远的背景——可怕的是，这样一来父亲就不仅是整个劫金案的策划者，而且还成了这个疏漏的蓄意制造者。

这次行动不久，整个平原，当然也包括那几个重要的大城市就全部解放了。胜利本来应该是父亲和他的同志梦寐以求的事情，可胜利带给他们的却是巨大的屈辱和灾难。

他和五六名助手在很长的一段时间里都被内部监禁，再后来又遭到了正式的审判。说起来可笑得很，那些参加对他们判决的人，在父亲眼里都是一些地地道道的黄口小儿。因为父亲在部队里和殷弓并肩作战那会儿，他们还只是一些刚刚穿上军装的庄稼娃儿。他们连枪都打不准。

可是就由他们对父亲做出了监禁七年（后改为五年）的判决。

好在时间还不算太长，父亲咬咬牙准备忍受下去。他算了一下，自己从监狱里走出来的时候还不足五十岁，也就是说，他前面还有很长的一段自由生活在等着他。他认为自己还有足够的时间用来申诉。他这时候又露出了自己的天真，但这回他真的错了。他不明白更大的痛苦不是来自监禁的时间，而是监禁的性质，是监禁之后的长长的后半生。

2

五年时间一闪而过。这五年里，他究竟受到了怎样的折磨、究竟在哪些地方度过了五年，一直到最后他都守口如瓶。母亲，外祖母，没有一个人讲得清。只是她们后来告诉：五年结束的时候，父亲先是急匆匆地赶到那个毁掉了他的海滨小城，去寻找原来的窝——他什么都不知道，不知道自己离开的日子里，家里人已经搬到了那个荒原上……

在父亲被监禁之前，外祖父先一步离开了人间。那同样是一个悲惨的故事。我们到现在还分不清外祖父的死与父亲的被监禁，这之间是一种什么关系？这二者究竟是谁决定了谁、谁影响了谁？我们弄不清楚。它永远是一个谜了；不过有一点是明明白白的，那就是我的外祖父、我的父亲，都是两个极端热情的人，他们都在用自己巨大的热情，烧毁自己。

父亲结束了监禁，在那座小城里扑了个空，然后才打听着来到了这片陌生的荒原上。

他走了一天一夜，归来时正是一个下午，太阳刚刚斜到西边。外祖母告诉我：父亲其实早就来了，他站在那片灌木和野草长得浓密的大荒滩上，眼含泪花走来走去——当今天回忆起外祖母这些话时，我还是感到有些奇怪：一个人经历了那么多事情，快要五十岁了，却还是那么热情，那样激烈。他寻找的是什么？当时没有人明白。

后来我才知道，原来这一片片灌木和野草间有他和战友的足迹、有他们的血汗。父亲所在的队伍从鼋山到砧山，再到这片平原，经历了多少转折。就在这片荒原上，他失去了两个最好的战友。他们死去了，就埋在这儿。父亲那会儿转来转去，原来是在寻找两个烈士的坟墓。结果白费功夫，因为每到了开春狂风就要舞动起来，不停地搬动着沙丘，那些没有草、没有灌木的地方很容易就会旋起一个个像坟堆似的东西。到哪儿去找他的战友呢？他那天迎着太阳看着这一片土地，肯定是想起了一个个催人泪下的故事……

找不到战友的墓，剩下的事情就是回家了。他钻进了茅屋，腰佝偻着，全身上下都像一个落魄者、失败者。这个镜头是我亲眼所见。

外祖母告诉，那一天她见了他，好久都没有认出来。他的个子好像一下子矮小了许多，人瘦得皮包骨头，脸上没有一点血色；那曾经是浓浓的一头黑发变成了一缕疏疏的黄草。他的胡子、眉毛，也都不如过去黑了。好像他的皮肤给熟皮匠熟过了一样，没有水分，没有光泽，也没有一点鲜活气儿；那两个陷下去的眼珠焦黄焦黄，看人时尖利利的，真不让人喜欢。谁也想不到这就是当年那个叱咤风云的人。不过最后外祖母还是认出来了，心里有说不出的悲酸和失望。她端出一碗发霉的红薯干给这个归来的女婿吃。她见他吃东西的样子很费力，仔细看了看，才知道他很多牙齿都脱落了。

就这样，他在这里开始了完全不同的另一种生活，从此之后，荒原上的一家再也没有片刻的安宁了。

随之而来的就是一些跟踪和盯梢的人，他们不时地出现在茅屋四周。每天，他们要押上他去田里做活，让他到很远的一个村子里去劳动，把最苦最累的活摊派给他，而且人人都可以呵斥他，像管理一头牲口。

随着时间的推移，他连在小村里劳动的权力也没有了——南部山区当时正搞一个巨大的水利工程，他就被一些人押到工地上去了。

他走的时候我还不足一周岁。我是在母亲和外祖母身边渐渐长大的。我开始不断地询问，询问父亲，询问有关他的一切。母亲和外祖母总是懒得开口。外祖母叹息，说算了，那是一个没有指望的人。我后来才慢慢懂得，她说的“指望”含有非常复杂的意思。原来，除了世事强加给他的不幸之外，父亲这个人本身也使外祖母彻底失望了。

我知道这是父亲从监禁地出来之后，给外祖母造成的恶劣印象。

她说他已完全不像这个家里的人了。那个在外祖父面前循规蹈矩、谈吐文雅的男人，如今连影子都不见了，就像完全换了一个人似的。他像个乡下人一样赤着脚在地上走来走去；如果身上有了裂口，或者哪里发痒，就乱挠乱抓；而且还有了随地吐痰的恶习。在地里做活时，有时一转身就解了裤子小便。总之他变成了一个粗俗的人。而我们家，外祖母告诉，无论是贫穷还是磨难，什么厄运都夺不走我们的“规矩”。她说出的“规矩”两个字，同样也包含了非常复杂的内容。那主要是指做一个外祖父那样的人——文明儒雅的人。她说：

“你外祖父一家的规矩就让你父亲一个人给毁掉了。我难过的就是这些……”

她说，一个人无论到了什么时候都不该像他这样，不该这个活法。

3

可是，我从来没有听到母亲发出过类似的责备。

父亲最后从那片大山、从水利工地上归来之后的事情，我不愿一一叙说。时至今日，闭着眼睛一想，就是他坐在地上的样子：两条腿伸得很长，一手握着一把菜刀，啪啦啪啦剁猪菜；那时候他多么能做啊，每天从荒滩上采来很多野菜，扛着它们往回走。那时候他的病已经很重了，可还是奇迹一般，能扛起那么大的菜捆。我记得他怎样从远处走来，那时整个人差不多都给遮在了那一大团绿色下面，真是吓人哪。我想他随时都会给压得趴下。他驮着东西往家里一步一步走来，就像在地上爬行一样……

我最怕的是他突然而至的怒火。一个瘦小的人竟有这样的霹雳性格，他打起人骂起人来狂暴吓人，让人怕得要命。总之他变成了一个绝对粗俗、绝对野蛮、绝对不讲理的人了。在他身上，谁也看不到过去的一点影子。他不像是一个受过良好教育的人。他睡觉时总要打出一连串的鼾声，而且谁也不能把他惊醒。他是一个完全遗忘了自己和别人的人，遗忘了痛苦和历史。任何传闻都引不起他的兴趣。

在他去世的前两年，我们家的事情眼看有了转机——一个对我们至关重要的人物突然出现了。

那个人就是殷弓啊！

母亲当时听说殷弓到海滨小城里来了，激动得手都抖了。

她是一个偶然的机会听到了这个令人惊喜的消息，激动得浑身打战，一口气跑回家，摇动着正在酣睡的男人说："快啊快啊，殷弓来了！"

父亲的眼睛都没有睁一下。他像没有听见似的。

母亲又是摇动，又是叫，迎着他的耳朵大声喊：

"殷弓来了！"

父亲这才把眼睛睁开了一条缝。他没有作声。母亲提醒说：

你这一辈子最好的一个朋友，也是最有力的一个证人出现了，活该老天有眼，你的苦日子要到头了——我们立刻去找他吧，我们得让他站出来说句公道话了。

父亲愣怔怔地看着激动不已的母亲。

母亲告诉他：殷弓这时候已经是很大很大的官了，大得让人难以置信，他只在这座小城里停留三天。

父亲大概这会儿完全听明白了，他“唔”了一声，又躺在了炕上。

母亲又去拉他，告诉他，这是花了大半辈子才等来的一次机会——要知道在前些年里，他们费了多少周折，到处打听殷弓的名字。一切的希望都寄托在他的身上了，他们从各种各样的渠道了解他的行踪，可仍旧白费力气。在这个世界上，他像个影子一样消失了……有一段时间，父亲甚至坚信殷弓是牺牲了，心情无比沉重。因为他记得他们的部队南下了，再后来就没有了任何消息——他唯独没有想到这个殷弓南下时换了一个名字，而且胜利后早就归来了，并一直待在我们这个省份里，成了最为重要的领导人之一。父亲的事情他可能一无所知，也可能另有隐情，有其他原因，反正没有关于他的任何讯息。但在这个时刻，他总不能对父亲的求助不闻不问吧？绝对不会。母亲当时就是这样想的。

她含着泪水，一遍遍恳求着、摇动着父亲。最后父亲发起火来，埋怨她打断了他的安睡。母亲哭出了声音。

母亲不停地哭。

父亲坐起来，猛一挥手，碰到了她的脸。

母亲的鼻子、嘴唇全都破了，血哗哗流。外祖母吓得用手巾给她捂着，喊着找药，一边狠狠地盯着父亲。

父亲跺着地，用拳头擂炕。我担心那个炕让他擂塌。

这样闹了一会儿，父亲突然抱住了母亲。他一直抱着她，一下一下抚摸她的后背……

心口疼

1

外祖母后来告诉我说，你父亲多少年没有这么好的脾气了，他那时大概真是后悔了……可是他那一抱不要紧，母亲又哇哇地哭起来——她差不多要给男人跪下了，让他去求殷弓——如果他不愿去，只要他同意，她就要自己去一趟。

父亲听了这句话立刻严厉起来。他指着母亲的鼻子说：

“你敢！”

这句毫不通融、毫不留情的话把母亲吓呆了。她一动也不敢动了。但只是一会儿，母亲又苦苦哀求起来。

父亲仍然不动声色。他铁青着脸坐在那儿。

就这样，关于殷弓的事情差不多也就完结了。可是母亲仍不甘心；她知道男人的脾气，不敢背着他去求那个人。又过了一天，母亲试着问父亲：

“你到底为什么？你知道，比你的冤屈不知少多少倍的人，他们只要有一点机会就要为自己申冤叫屈。你这是怎么了？”

似乎是唾手可得的一件事，父亲把它放弃了。这到底为什么？我在当时，还有后来很久，都感到深深的迷惑。母亲那会儿一个劲儿追问。父亲被问得心烦，就大声嚷了一句。那是简简单单的四个字：

“懒得去找。”

说过之后就什么也不讲了。直到他死之前，关于那个事情，他也仅仅留下了这么简简单单的四个字。

那四个字就够我琢磨一辈子的了。“懒得去找”——我想到了那个口吃的老教授，想到了北方的那片阔土、那个血迹斑斑的小锅炉房的隔壁，当然也想到了柏老，想到了那个胡茬浓旺的老师……

我稍稍明白了什么才叫“懒得去找”。

当有那么一天，当一个人历尽艰辛，走入老迈，当他终于失去了全部的热情……

这将是一个多么漫长曲折的过程啊。一个人一旦如此这般地失去了热情，那将再也不会恢复了。这就是人生的一种真实。

……

那些年里，父亲跟外祖母相处得不好，这是最让我痛心的事情之一。我不知道他们谁该负主要的责任，只知道父亲常常惹外祖母生气——后来我才知道，老人从把这个不祥的小伙子招回家的那一天就没有安宁过，她从心里认为这是一个不祥之兆。最初她是喜欢这个女婿的，但同时还有些担心。他后来果然遭遇不测，给整个家庭带来了厄运。她有一阵还一口咬定外祖父的死与这个男人密切相关。有一段时间，她甚至误解为是父亲那边的人出卖了大院里的主人……当然这都是无稽之谈。

外祖母活动的范围毕竟有限，她仅凭自己的预感，凭各种各样的猜测，不知编织出多少不近情理的故事。到后来一谈到这些事情，她差不多都像个神经错乱的人。母亲无论怎样劝说她都不听。有一阵，她像对待一个敌人一样恶狠狠地盯住父亲。直到最后也不知他们和解没有，反正他们之间没有再发生什么更大的冲突，只是她对父亲的冷漠依然如故。

父亲拼命地做活，也拼命地发火。他脾气暴躁得让人吃惊，动不动就要毁坏一样东西。母亲从外祖父那儿继承来的一些精致的器具，比如说一个八音盒子、一个精致的嵌了银丝的红漆盒、一个手拨琴，甚至是一柄拂尘，在父亲眼里都是可恶的。他有时候也动手玩一下这些东西，可看上去与其说是玩，还不如说是要存心损坏它们。他发疯似的按着那个琴，用手拍打，调弦的时候使劲拧，不一会儿就把弦给弄断了。他用拂尘柄去敲击苍蝇，苍蝇当然安然无恙，拂尘柄只几下就给敲折了；他甚至故意用那个漂亮的洗衣槌去打一只淘气的猪，那个猪一蹿，木槌就打在了一个木柱上，结果碰得坑坑洼洼，差不多也等于毁掉了——外祖母一见到那个破损的木槌就骂父亲，骂他是个短命的东西。

她也许说得对。因为种种不祥的征兆早就出现了。他去世的前两年断过两根肋骨，而且再也不能复原，据说肋骨断裂处老要扎他的内脏，每扎一次他就要疯狂地大喊一声，有时候甚至揪掉了自己的头发……他成了一个恶魔。我想外祖母的死也肯定与他有关。

外祖母死去之后，他疯得更厉害了，后来又添上了一种新病：心口疼。有时在地里做活，突然心口就疼起来，疼得先趴在地上，后来就是绞拧和翻滚，发出一阵阵啊啊大叫。母亲说，有一次他亲眼见他怎样在田野里翻滚，那时候好多人都围住了看，没有一个去救他，就看着他在田里那么绞拧。他的手指都插到了土里，喊着，发出“哧哧”的吸气声。田野让他给滚出乱七八糟的一片痕迹。他头发上，衣服上，到处都是土末。

最后他的脸也紧贴在地上，看上去像在亲吻土地。他用脚蹬着，用脸贴着，用手拍打着，看上去他对土地真是亲热不够啊！

他嚷着“心口疼”，每一次都要在田里滚动半个小时。

每当他从外面回来，满身沾满了泥土，家里人就知道他又犯过了一次“心口疼”。

2

外祖母去世之后，他犯病的次数越来越多了，到后来差不多每天都要犯一次。

最后父亲就死在了“心口疼”上。

这是一种奇怪的病症。我后来查了很多医学书籍，又询问了医生，他们有各种各样的解释，都不能令我满意。

我所知道的人当中，只有我的父亲是“心口疼”给疼死的。他在土地上滚动，直到告别人世的那一刻，都在往死里亲热那片土地……这片土地留下了他的心汁和汗水，耗尽了他的热情，最后他就紧紧地抓住这片土地，亲吻它，拍打它，直到为它心疼而死……

我不知道父亲在最后的岁月里把什么东西藏在了沉默里。他想没想过激烈动荡的一生？他在那几座城市之间的奔波、在山区的战斗、出生入死、一次次杰作，真的会全部忘掉吗？他对自己的结局感到不解吗？他想到了叔伯爷爷、想到了殷弓吗？他与殷弓两人踏上了同一条道路，却走向了两个决然不同的结局——这些他都用心地想过、一一想过吗？

海棠树叶在晚秋里带着血一样的红晕飘落在地。它们大朵大朵地坠落。我不知收集了多少这种颜色的树叶。那时候我不仅不懂得怀念父亲，甚至还在恨着他、厌恶着他。我真是一个孩子，一个有罪的孩子。当后来我走向南山，或者在丛林里奔跑的时候，我也很少想到：这些地方早就印遍了父亲的足迹，当年他多么激动地在这里奔走啊……

母亲最终是不甘的。她在去世前还对我嘱托一个事情：一定去见一下殷弓。

我不能不听母亲的话。我完全知道这句托付的重量。

那是一个假期，我鼓起勇气，利用放假的时候去找殷弓了。我想这是在执行母亲的遗嘱，不过又好像不是。

我更像是在洗刷自己的、一个家族的屈辱。最起码我在用自己的努力换取一种自由，那就是可以随时随地告诉别人：我有一个怎样的父亲、一个怎样清白和光彩的父亲。

我去了，那是多么忐忑不安、多么火热的一种期待呀。我去见殷弓，却不知道我将为此后悔一辈子。

那时我还不懂“懒得去找”四个字究竟包含了什么、是什么意思。反正我费了很大的周折，托了无数的熟人，才见到了那个把我的耳朵磨出了老茧的人——父亲的战友殷弓。

我原以为他是一个威严而干练的老人，一定有满头白发，炯炯的目光可以毫不费力地射穿年轻人的心灵……我错了。

谁也想不到他会长成这么一副样子，做梦也想不到——矮矮的、胖胖的，颧骨很高，满是皱纹，当时正患糖尿病，而且还有前列腺肥大什么的。他刚刚做过前列腺手术不久，但看上去气色尚好。他的一个漂亮的外甥女搀扶着他在病房里接见了我。

我叙述了父亲的整个经历，特别是他的结局。我使用了极其简练的语言。因为我不敢更多地耽误他的时间。

殷弓听着，脸上没有一点表情，整个倾听的时间，双目一直射在对面的墙纸上。他就那样听着。

我讲完了。他伸手去取了一支烟。我知道他激动了。可是他去取火柴的时候，那个外甥女埋怨了一句什么，从他手里把香烟扯走了。

他骂了一声。那是很文雅的一种骂法。

我不知他在骂外甥女，还是骂那一段荒唐的岁月，或是骂我父亲的遭际，反正他在骂。

我请他干预一下，关照一下，为一个冤死的战友……

他未置可否。

这样沉默了一会儿，他仍然对我的请求无动于衷。我想他的确负有这样的责任，无论从道义上还是从其他方面，都负有这样的责任。就是因为他的突然消失，才毁了父亲的一生，也毁了我的全家——包括我。他眼下为我们所能做的也就是这么一点点了，尽管这已经太晚太晚了……

我等待着。时间一分一秒地过去。我已经对这种沉默快要受不住了。

大约又停了十几分钟，他突然大喊了一句：

“拿纸来！”

他大概终于要为我们家写一封至关重要的什么证明文字了，我激动得双手抖动，手心里满是汗水。我急急地四处搜索，这才看到他那个外甥女很快从隔壁取来了毛笔和纸墨。

那是一大张很好的宣纸。我明白他们这一代都是习惯于使用毛笔的。我眼瞅着殷弓把纸铺在写字台上，然后蘸了浓浓的一朵墨。

这笔在他手上颤抖、颤抖，要知道他是抱病挥毫啊。

不小心一大朵墨滴在了纸上。或许这滴落的浓墨正好引发了他的愤慨，只见他赶紧将笔端按上去，接着手腕熟练地摇动起来。

我感动得眼睛都迷蒙了，也许还闪出了泪花。可是我定睛一看，一下子呆住了——

一大张宣纸上只有大大的几个行书字，原来是当时人们耳熟能详的一句诗词：

忆往昔，峥嵘岁月稠。

殷弓也许为这几个大字把全身的精力都耗尽了。他长长地吐出了一口气，发出一声浩叹，一下子将笔扔掉。

他闭上双眼，颓坐在了沙发上……

第十章

诱惑

1

阳子考取了艺术学院，这是一件让人稍稍高兴的事。阳子和元圆一起来了。这个小姑娘似乎对阳子考入一个正规的艺术学院不以为然，她凑近了梅子说：

“这其实是个坏事。”

我也听到了，问元圆：“这怎么讲？”

“他在那里也许会学坏的。”

看来单纯的孩子更有可能直取本质，因为接下来发生的一件事倒让我吃了一惊，使我对上学后的阳子心存疑虑：他竟然说服岳父担任了某一处私人艺术品的“顾问”！岳父本人懵懵懂懂地接受了对方颁发的“顾问证书”——烫了金字，十六开大，堂皇得很。“艺术收藏嘛，总不是坏事。”岳父咕哝着，把证书放在我的面前，多少有些炫耀的意味，“阳子说你对那里是很熟的嘛，”他看着我。我差点跳起来：“阿蕴庄？那个收藏家？”

我掩饰着心里的巨大不安，问："您去过了？"

"唔，还没有。他们邀请我们几位老人茶叙——我们不妨去那里开开眼……"

岳父说出了他准备找的两位，都是这座城市退下来的头面人物，他们之间经常来往。像岳父一样，他们也搞起了艺术，迷于写写画画。我想这大概就是阳子能够说服岳父的原因。"也许我还会拉上吕南老呢！"岳父沉沉的语气透着自豪。吕南老是他以前的首长，岳父说起这个人总是无比崇敬。我随口说了一句："让那位老警卫员也一起来吧！"岳父马上否定："唔，那怎么成！""为什么不成？""那怎么成！"

我知道岳父的意思：那是一个粗人，而且级别太低。

"茶叙时你陪我走一趟吧，先看看，其他的以后再说。"

事后我责备阳子："你小子打了什么主意？你真的认为他们这几位老人是行家里手？那个人到底想干什么？"阳子满脸红涨："他不过是想结交有名望的人嘛！你别想得太复杂了！至于我，与那家伙之间更是干干净净。我不过是痴迷他那儿的艺术品，一去了那里就给黏住了……"

阳子的话倒是真的。是的，那些价值连城的东西突然出现在眼前，谁也受不住啊！而它们以前都是在书中、在那些大画册中才得以一见的……不仅是他，就是岳父他们几个老人走进阿蕴庄的那座楼中，也一定会看傻了眼的。

我还没有想好该怎么应付这件事，"茶叙"就来到了眼前。岳父穿上了久已闲置的西装，头发好好梳理过，郑重的模样让家人别扭。收藏家派来的车子早就停在门外，岳父却仍然叫来了自己的车子。我问其他几位呢？他摇摇头："我们先去看看吧——然后……就有底了。"我从心里佩服老一代的慎重和严谨。是的，如果糊糊涂涂就把自己的老朋友甚至老首长领了去，弄不好会是十分没面子的一件事。

只有我和阳子两人陪同。阳子脸色红红的，显得有些兴奋。

两辆车子行驶在暮色中，这与我第一次去阿蕴庄的时间差不多。因为岳父住在橡树路上，所以需要三十多分钟的时间才能抵达。岳父在车中连连慨叹，拍打着座位扶手，不知是什么意思。很快看到那个不起眼的院落了，他马上说了句："唔，这里。"我马上问："您来过？"他摇摇头。院门口站了四五个身穿整齐制服的人，他们一齐向我们的车子敬礼。岳父在这一刻神色庄严。车子进门后一刻不停，直接驶向了院落南边一点的那座小楼。

那位细高个小伙子站在门前的草坪上迎接，这时我才注意到这家伙留了怎样的一个发型：发梢剪得很短，一律向上，像黑色的火苗一样。我料定岳父会对这副模样非常反感，可我错了，因为我发现他笑吟吟地看着小伙子，丝毫没有厌恶。小伙子双手攥住了老人的手，连连说："首长，首长。"然后躬了躬身子，草率地打了一个敬礼。岳父在他敬礼的一瞬竟突然站直了身子，神色肃穆。

首先是参观那些艺术品。这儿的一切与我上次见过的大同小异，除了墙上的画稍有变动，再就是多了一件很大的鼎。嚯，这是一个大家伙，而且——"是真的！"，阳子主动地凑近了我说。我白了他一眼：我也没有说是假的吧。岳父得到了主人的殷勤接待，小伙子这会儿只陪他一个人，指着一件件藏品细声细气地解释，仿佛怕打扰了它们的沉思。与上次不同的是，我好像在这儿闻到了一种说不出的气味，有点像干花，不，像檀木的香气。阳子惊讶万分地站在一幅小画跟前，这画只有一尺见方——画的作者名声如雷贯耳……阳子久久端详，咬着下唇，发出咝咝的吸气声。当我们走开一点时，阳子又回头瞥瞥，把声音压得极低说：“我觉得那是一幅赝品。”“假的？”“哦，我不敢说……”

我们转了一圈，又重新回到那个铜鼎跟前。它沉沉地踞在一座楼的正中。主人已经陪岳父去了楼上，阳子不知何时也溜开了。我转了一圈，最后发现阳子正和一个穿旗袍的小姐嘀嘀咕咕，他们见了我立刻闭了嘴巴。小姐戴了胸牌，高爽漂亮，有两个特别大的酒窝。阳子介绍说：“这是她。”小姐点头，主动握手。柔若无骨的手。

“你们是老熟人了？”我走开后问阳子。阳子点头：“这里的服务员。怪可惜的，考古专业毕业……”我笑阳子：“哪有这样介绍人的？‘是她’，她是谁呀！”阳子没说什么，回头望着小姐所在的地方，一副心神不定的样子。

2

说是茶叙，其实是一场豪华的晚宴。地点在那座三层楼的西餐厅，一个十分讲究的房间，所有家具都是白色，还溜了金边。长餐桌上铺了亚麻布，银餐具闪闪发亮。咖啡和奶油的香味以及打扮特别的侍应生，还有从门口闪过的戴高筒帽的洋人，一切都让人觉得来到了另一个国度。

“这里的厨师真的是法国人，叫‘马克’。”阳子小声说。长条桌旁安排了六个人的位置，除了主人，再就是那个考古专业的姑娘。姑娘坐在那儿一动不动，气质高雅。主人对面的位子空着，宴会已经开始。

我一开始还担心岳父吃不惯西餐，谁知老同志刀钗使得透熟，而且谈笑风生。我和阳子显得有些僵硬，旁边的姑娘也是同样。她的一股无所不在的磁力可以让人感受得到，特别是阳子，正在这强大的磁力线中极不自在地摇动着身子。他坐得越来越不稳。我夹在他们两人中间，由于磁场过于强大，最后只好要求坐到那个空着的位置上去了。

宴会进行到一半的时候，闲置的那个位子上终于有了人，这就是阿蕴庄的总管陆阿果。她可能为了不使我尴尬，在主人介绍过主宾之后，彬彬有礼地与之握手，然后又稍稍主动地对我和阳子点头微笑。她穿了一件做工十分讲究的藕荷色中式女装，脖子上谐配了浅绿色纱巾，头发精心打理过，施了一点淡妆。今夜陆阿果就像换了一个人，这使我暗暗惊讶。她浑身上下没有一丝风骚气，而是稳重沉着到不可思议。她说话声音放得很低，只是微笑。明亮的电烛光下，我看出她的头发已经染过，是那种微微的紫黑，发梢那儿泛着一点金色。她给岳父敬酒时，岳父已经喝得有点多了，这时略有生硬地要求对方一块儿干杯。她碰过杯，微笑着，只饮下了一点点，然后就对一位发出嚷嚷声的老人视而不见，转身对那个学考古的姑娘轻轻吩咐了一句。姑娘立刻站起来出去了，一会儿，取回了几个精制的纸袋，原来是分送给今天来客的小礼品。

我像岳父一样，不知不觉喝得有点多。但直到宴会终止的时候，我的头脑都是十分清醒的。岳父今夜高兴极了，频频拍打那个年轻的主人，说了一些有求必应的大话，慷慨而空洞。而阳子与那个酒窝深深的姑娘差不多触膝而谈了，我注意到他的眼睛有点湿润，望向姑娘的目光深情而痛苦。这大大出乎我的预料。六个人自然而然地结成了三组对谈者，除了阳子和姑娘、年轻主人和岳父，剩下的一组正好是我与陆阿果了。她因为没有喝多少酒，比所有人都清醒冷静，谈吐间仍然分寸感十足，这倒让我一时不知如何是好。

那种逼人的干草味儿又一次袭来……她凑近了我，用只有我们两人听得见的低音提议说："你一会儿留下来吧。"我哑着嗓子："不，不行。改日吧……"她似乎对我的回答并不意外，从桌子下边飞快地摸了一下我的手，快捷到没有任何人发现。我的脸一下烧了起来。

回去的路上，酒在心里泛动，开始发烫。阳子非要半路下车和我走一会儿不可，岳父同意了。我知道阳子心里积了许多话。我们一直往前走，走进了校园内的那片小杨树林，见人太多又走出来……最后来到了一排长得七扭八歪的枫树下边，他一屁股坐下，开始长长地叹气。

我笑着问："'是她'吗？"

阳子苦笑。

阳子长得还算帅气，比一般的青年更像青年，如黑亮的头发和有光泽的面庞。我相信姑娘们喜欢上他是很容易的。他在这种事儿上很少向我隐瞒什么，我知道几年来曾有几个挺好的姑娘表达过爱慕：她们有的小心翼翼，有的泼辣大胆；有一个姑娘竟在夜大放学路上拦住他喊叫："你还等什么啊！你还等什么啊！"

阳子这次遇到的是一件真正苦恼的事情：既强烈地爱上了，却又没有勇气走近……“我多么渴望，可她在这种地方工作！她与别人有过那事儿，而且她自己承认了……这让我痛不欲生……”

“……”

我端量着黑影里的阳子，什么都看不清。我害怕这家伙把自己折磨坏了。但愿他能忍住——怎么忍呢？二十出头，一双眼睛黑白分明，像清水一样亮澈的小伙子，他和她相互诱惑，一旦爱情来临会是非常迅猛的。

阳子咕咕哝哝谈了很多，也许本来想让我听得更明白一些，结果反而让人更加模糊。他告诉真正的痛苦是既无法原谅又无法放弃：焦躁，狂热，一种奇怪的巨大力量在推动自己……每天里都充满了无法言说的、巨大而含混的渴望——它们有时就像涨起的大潮一样，把全身都淹没了；有时又像一把烈火，使自己的每根发梢都在火焰里抖动，一直到烧成粉末——一场火焰过去之后，他整个人简直都成了焦炭。他周身的肌肉、骨骼、心灵，包括他的一双眼睛，都被这种火焰焚烧得发疼——奇怪的是他并未因此而变得比过去更加成熟，相反的倒是更加冲动了……这种火焰还在不断地燃烧、燃烧，这真让他害怕了……

“简单点说，我一刻都不能等、一刻都不能……我想那样，我想现在就回去——我想回阿蕴庄！我们一起——我们这就回去吧！啊，你说话啊，我们现在……”

我紧紧攥了一下他的手，发现这手滚烫滚烫。我摇摇头。

“你怎么了？我们回吧……我实在不行了……”

枫叶在空中轻轻旋下，落在了我们身上……阳子头上有好几片枫叶，他就像没有发现：“我……白天黑夜都在想她。她的眼睛一直在我面前闪着。我见到她时——那时我只想去握她的手、摸她的头发，想扳住她的肩头……可就在我的手抬起来时候，又一下想起她身上发生过的事情。那种渴望一下都没了。可是只要离开她一会儿，我又忍不住要跑到她那儿。她太美了。她是那个藏馆里最大的艺术品！”

“是的，她身高足有一米七二，很大的艺术品！”

3

阳子今夜再也不能安稳。这使我知道他许久以来都是怎样度过的。我甚至认为正是与这个姑娘的结识，才让他与这个神秘的收藏馆有了诸多接触。这个过程也许稍稍复杂一些，但我不想问得太多。这涉及他的隐私。收藏，多么奇怪的行当，这个行当里的最大隐秘或者说奥秘，就是将活生生的、客观存在的、几乎是毋庸置疑的美据为己有，封存于一个他人不能染指的地方。这就产生了一种巨大的诱惑力。这对于某一类极想获取这种美的人来说，成为非常残酷的一件事。这是一种日夜不停的引诱和烤灼——对生命的烤灼。

那些收藏品我亲眼看到了。不仅是我，就连久经战争考验的岳父都被吸引到它的近前，目不转睛，不能超脱。但如今对于阳子来说，那个藏馆里最致命的艺术品是一位姑娘。

“当我面对她时，那种渴望让我绝望，让我没有一点办法。我不是个软弱的人，可是我试着克制了好久，最后还是失败了。我这一次和过去不一样，就是一开始没有告诉你，原因就是想自己战胜自己……”

“你准备怎么战胜？”

“我……”阳子咬着下唇，“我准备彻底离开她！可是，可是……”

“可是失败了。”

阳子低下头：“是的。我知道最后也不会和她走到一起的，可是我没法舍弃她——我为她快烧起来了……”

“你真的爱她，又为什么走不到一起呢？”

“因为她在阿蕴庄！因为她招待过那里的客人！关键不是她失去了贞洁，而是为什么失去……”阳子急得更是难过得流出了泪水。

我对他充满了同情。我完全能够理解面前的人。可怜的家伙。我抚摸了一下他浓浓的黑发，拍拍他。

“一想到这些我就想离开，欲望也会消失。这已经不止一次了。我于是需要等待，直等到下一次，等到崭新的欲望又重新燃烧起来——又是那种让我熟悉的火焰在烘烤我，它太强烈了，让我日夜不能安息。有时候我在黑夜里难受得叫出了声音。我问：我为什么要生下来？为什么？渴望像一张网一样把我全身包裹起来，勒得我鲜血淋淋，我知道一辈子也没法挣脱它，没法挣脱。我恨不得用拳头把四周的夜色全都捣破……我有时多想跟上你，像你一样出去奔跑，也到大山和原野上去；我想让开阔地的阳光好好晒一晒，我想那样也许就会好得多，会健康起来……”

我倾听着、思忖着。我问：“你以为自己现在不健康吗？”

“大概已经不健康了。我身上好像有什么宝贵的东西给烧坏了、烧掉了。我不会再健康了：我这些年不是在常温下生活的。你知道我的心里在夜夜燃烧——这种不正常的高温会把我身上的什么给毁掉，包括所谓的‘灵感’。我在艺术上会越来越迟钝、越来越平庸的。这是我最担心的。我肯定已经不健康了……”

我很长时间里无言以对。我看着他的眼睛，只想用什么办法分担他的忧郁，打破他的臆想。我后来几乎是呵斥说：“你胡扯。你才二十来岁，看你的肌肤、头发，它们都表明你的健康；你不过才是个毛头小子！”

阳子执拗地摇头：“不，我已经不健康了，这个只有我自己知道……”

这真是一种很奇特的思路，我无论怎么努力，也只能朦朦胧胧地把握它。但他这些不无偏执的、有时仅是一闪而过的念头，似乎又并不完全是陌生的。回想一下，它们在我二十多岁的时候也曾出现过，它们真的似曾相识——它就像对方一样强烈。我想说出我的阿雅，我的柏慧……生命啊，充满奥秘的生命，谜一样的人生啊……我的思绪飘走了，嘴里却不知怎么发出一声轻轻的感叹：“你应该知道，有罪的是阿蕴庄。你如果真的不能原谅，那就离开。我发现你和元圆就……”

阳子张大嘴巴望着我，连连摇头：“元圆啊，她单纯得不能再单纯了，其实什么也不懂。她身上大概也有火焰，不过我用手试了试，那火焰是冰凉的；而我的火焰是滚烫的。我们俩一挨近，就会发出一种噼噼啪啪放射静电似的声音……”

我定定地望向他。

阳子低下头。后来他扬起脸，紧缩眉头：“我想知道的就是，你处在这样的年龄是怎样的？我真的很想知道，因为不这样就没法对比。我真的快受不了啦。我很恐惧。我恐惧自己了……这个世界上只有你才可以听到这些、和我探讨这些。这就是我的秘密啊。我如果搞不明白，如果不能战胜自己，那么我的整个艺术，我的事业，包括我眼下考上的艺术学院，都没有多少意义了……真的，求求你了，你觉得有什么办法可以改变、可以制止我身上的这一切？它们也许是很怪的、非常顽固的毛病……”

他的坦诚和纯洁让人感动。我不得不回避着他的目光。我实在说不出什么。我认真想了想，只能就自己的理解说道：

“我觉得每个人的情况并不完全一样……也许，越是一个特别强大特别旺盛的生命，这一切也就来得越猛烈。这是青春的特征，是它的力量，你大概不应该去压迫它。我也曾有过类似的情况，说真话，它即便到现在也没有完全消失。我有时与你完全一样、一样——你相信这一点好了。你为什么要去制止它？为什么？”

“因为我觉得它太强烈了，它最终要、它肯定要……毁掉我！”

“它不会毁掉你。”

“它会。”

“不会的。”

“真的吗？那我怎么办？”

“你试试看。你该用全部心身去爱你所爱的人、所爱的一切——特别是具体的人……”

阳子急躁地搓手：“我可以给你从头讲一下我爱过的人……以前的那些故事吗？”

我点点头。

心中的火

1

“我十三岁的时候就爱过一个姑娘呢……那时我爸爸还在一个农场里劳动，我常跟爸爸住在乡下。农场里分配给爸爸的工作就是让他推磨—— 推磨你知道吗？”

“当然知道。那时候没有面粉机，要人工推动石磨磨粮食……”

“爸爸推磨时，我就负责往磨眼里灌粮食。我那时候十二岁，邻居家的小姑娘也十二岁。后来我们要帮助爸爸，就在磨盘的另一端拴起一个推棍，我们俩一起推。这样爸爸就可以省点力气。我们俩——我和那个小姑娘，干活时就要紧紧挨着。我们天天帮爸爸一块儿推磨。有时候爸爸还没来，我们就提前到了磨坊里……那时就是这样，整天偎在一起。我直到今天还能回忆起她身上那股热乎乎的气味。那种气味我一辈子都忘不了：有点像干草的香味，还像一个挺好的小动物的气味，比如猫在阳光下……”

我笑了。

“真的。反正那时候我一闻到她身上的气味心就扑扑乱跳。后来爸爸不到磨坊来了，我们还是照旧到这儿玩……”

阳子说到这儿顿住了。他瞥瞥我，确信我在认真倾听，反而不好意思说下去了。他咽了一下：

“那时候我们不过是紧紧搂抱着，还不懂得接吻……从来没有见过别人接吻，可是不知怎么，我们的脸刚碰到一块儿，就互相找到了对方的嘴。她的小嘴软乎乎的，像小猫舔食什么东西似的，对在我的嘴上……

“后来我就回城了。她爸爸也带她回城了——她那个城市离这儿很远很远。”

“你应该去找她的。”

“我去了……”

“找到了吗？”

“找到了——”

我听下去。

“她真是长大了，长得比元圆还粗一倍，个子也比元圆高。说话瓮声瓮气的，像个男人，我给吓了一跳。她见了我一点也不亲热，大概完全认不得我了。我不喜欢她现在这副样子，可又总想从她身上寻找十三岁的那种感觉。我在她家多待了一会儿。后来，我不知怎么就谈到了小时候在一块儿推磨的事情。她爸在一旁说：‘就是呀，就是呀，那时候你们俩可好哩。’说完之后就到另一间屋里去了……我那一年正好过二十岁生日，就是说那是前年的事了。她爸爸刚刚离开，那个粗壮的姑娘立刻瞪圆了眼睛说：‘原来就是你呀，你怎么不早说呢？’她说着伸出两只又粗又长的胳膊，我还来不及躲闪，就被她一下抱住了。她把我揽到怀里，我动都动不了。这时候我才感到有点害怕，想抽出身子从她怀里逃走，谁知她的腿也把我绊起来，两臂一缩，再次使劲搂紧了我，嘴里咕哝：‘原来就是你呀……’她的两臂可真有力气啊。她想吻我一下，可我总在奋力抵挡。我觉得可怕极了，只使劲低着头。最后她的口水把我的头发全弄湿了……”

我忍不住笑起来。

“你还笑！那一会儿我真给吓坏了。我决心一辈子再也不冒这样的风险。到后来，我好不容易才挣脱开跑了。我跑开很远，才听到后面有什么声音，回头一看，见她父亲站在门口望着我，直呆呆地望着。”

我不作声了。不知为什么，这个故事最后有点沉甸甸的。

“从那儿回来以后，好长时间我懊丧极了……真的。”

“你太敏感，也太脆弱了。它过去了也就过去吧，不要想得太多。”

“不，我想到了很多别的事儿。不知怎么我觉得人要活下去很难，很难很难。我不知该怎样处置自己。我觉得每个人都是很难很难的，只是他们不说罢了。人原来都是很痛苦的，除了别人加给他的一份痛苦，还有自己的、装在心里的。装在心里的谁也不愿讲，要讲也讲不清。好人都在不停地管束自己，可是我觉得我已经快没有这个力气了。我觉得我自己常常要分成两个人：一个正常的人，一个不正常的人。我现在已经不能监督另一个‘我’，害怕那个‘我’跳起来干坏事……那个‘我”想让她像接待其他客人那样走近自己，多么可怕！我就是为这个才感到恐惧，来求你帮我——你比我好，我知道你做得比我好。”

“你能看到我是怎样管束另一个‘我’的吗？”

“能看到。”

“你错了，一个人内心里的挣扎别人怎么看得见？况且每个人都在掩饰这种挣扎……”

2

阳子默默的，大概来不及对我的话加以深究。后来他只愿自己说下去：

“我没有办法，我害怕我自己。半夜里，妈妈爸爸都睡着了，他们睡得好香，可他们不知道我正在另一个小屋里折腾自己。有一段时间，我每夜都要想十三岁的那场热恋，每夜都要想。我幸福极了。我身上尽管在燃烧，可每一次都觉得那是值得的。我终于没有垮，没有被烧成一堆灰。多么好的十三岁啊！后来我见到了那个姑娘，就再也不敢想我的‘十三岁’了。憋得难受，火炭一样的东西在我心里烤啊烙啊，有时一个人赤脚跑出去，只穿很少的衣服。我觉得冰凉的泥土从脚板那儿凉遍全身，怪舒服的。跑啊跑啊，有时候一口气跑上很远……有一次我跑到大街上，一个要饭的流浪女人——也许是个疯女人，半夜正在街头游荡，见我从她跟前跑过去就喊：‘哪儿来的野物，家来，家来！’她张大手臂要来搂抱我，我吓得四处躲闪。可她左右移动着身子，像篮球运动员拦球那样一遍一遍阻拦我前进。那天正好有月亮，我看见了她身上碎成一缕一缕的衣服，看见了两个很大的鼓胀胀的乳房。那两个乳房使我感动了，如果有一支画笔一片纸，我真的会把它画下来的。我差一点不顾她的肮脏和丑陋，凑得更近一些。我觉得再也没有比这个女人更可亲可敬的人了……就因为一阵踌躇，我让她一下给搂到了。她把我的头按紧在两个乳房上。我的脸第一次碰到这么柔软这么饱满的地方……这个女人刚刚三十多岁，乳房胀得很。她使劲搓揉我。我清清楚楚感到有一股喷香的乳汁哗哗地在鼻子两侧流下来，又顺着嘴巴流下去，流到了我的脖颈、胸口。我像大声泣哭了一场似的。不知停了多久，我知道有什么可怕的东西在挨近我，就伸手奋力推拥——我因为恐惧，不顾一切推开她，撒腿就跑。那个女人就在冰凉的夜气里大声呼着：‘我孩儿，我孩儿。’我跑啊跑啊，直到那声音越来越远，越来越远，才在一棵树下站定了。心还在扑扑乱跳，我擦身上脸上的乳汁，好费力。后来我发现我真的哭了。我满脸都是泪水和乳汁，觉得像受了天大的委屈，又像找到了最大的安慰。那天我艰难地走回去，剩下的半夜，我睡着了，睡得比哪一天都香……”

我在倾听时，不知什么时候把手搭在了阳子的肩头。我得承认，我被这个真实的故事深深地打动了……

阳子两手捧着头，不停地摇动。停了一会儿他突然声音涩涩地问：

“你那时候一个人在山里是怎么过的？”

怎么回答？孤孤单单一个人，却要面对无数个夜晚。可那时候最主要的还是想法吃到东西，把肚子填饱，别的暂时都顾不得了……当然，我也有各种各样的渴望，有不安；有时候我一个人烦躁极了……

我这时候不由得想起了“偏”，一种深深的内疚和疼痛袭上心头。我闭上了眼睛。

“你讲一讲自己的故事吧。你总不该向我隐瞒什么吧……”

“……我那时候不像你，我没有一个安定温暖的小窝。我的住处经常变换。小时候，我除了在林子里玩耍时愉快一点、在外祖母和妈妈的身边是幸福的之外，剩下的回忆就全是可怕的了。在山里，我千方百计要把嘴巴填满，要找吃的。那时候我常常为一顿午饭和晚饭发愁，动着心眼想弄点东西。我到山上偷红薯和花生，再到人家的菜园里拔一棵葱、揪一个辣椒。这就是我的生活。我还没有来得及去想更多的事情，有时候它们出现了，但只是一闪而过……即便这样我仍然能感到它们的存在，它们正令我不安。我知道我心上有个渴望——我渴望奔跑、渴望找到自己的心爱。我是这样地不甘屈服。我觉得我首先是要活下去，要走出这片大山——因为有什么正在远处向我呼唤呢。就是这样……”

阳子急促地打断我的话：“对，它在遥远的地方，它不在眼前。所以我一回到具体的事物上就变得犹豫了。它真的只在远处，在想象中……就是这想象让我浑身灼热，一闭上眼睛就能看到心中有一股火苗在蹿跳。为了熄灭心中这股火苗，我就让冰凉的雨水冲刷周身。有一次我们在田野里写生，眼看雷声响起来，风阵阵大了，大雨就要来临。一伙人都慌慌地收拾东西往回跑，只有我一个人故意做得慢慢腾腾。他们像是怕极了，都一齐喊我，我听也不听。就这样，我让一场大雨淋了个痛快。有时我在野外画着画儿，心思早就飞到了远处，这时就不知道手底下涂了些什么。我把太阳画成了碎玻璃，像一个太阳破碎了……”说到这儿阳子的目光呆滞了，停止了诉说。他望了望四周，简直像央求似的：“带我走吧。你什么时候出发，我就和你一块儿出去，那肯定是最来劲儿的一趟旅行了。我不能一直待在这个城市了，真的不能了，再这样过下去我会生病的……你带我走吧！走吧……”

我看着一会儿沉默、一会儿焦躁难耐的阳子，心里生出了深深的、奇特的怜悯。我像面对着一个孪生兄弟、一个硕果仅存的同伴，却不知如何是好。更多的时候只是一种无言。因为我知道，谁也不能安慰他，他依仗的其实只有他自己。

我们这样沉默着，相对而坐。一阵又一阵涌来的怜悯淹没了我……不知为什么，我又想到了童年，想到了那只可怜的阿雅。在这个城市里，我一次次试图听到它的声息，看到它的影子，可都没能如愿。

我不忍心在这个时候讲它，更不愿去想它悲惨的结局。可我这会儿面对阳子，却怎么也忍不住要讲它的故事……

真的，我此刻那么想对他——而不是别人，讲一讲那只小动物的故事。我暂时还没有勇气讲出黄色套袖和那个草寮，那要留待将来；可我要告诉他卢叔怎样逮住了阿雅，怎样运用了可怕的智慧：抚摸它们，爱护它们，有时又用饥饿折磨它们。这故事太残忍了，但我无论如何要对阳子讲出来……

隐秘

1

当冬天还没有走到尽头时，阿雅一直收敛起自己的野性。它们每天苏醒之后就在卢叔的院墙上唰唰跑动，瞪着一双机警的眼睛四处观望。

荒野里各种野物此起彼伏的呼叫让它们昂起头颅。可是它们总也不愿离开这个小院。春天终于到了，各种野物欢腾起来，采野果、追逐、交配、产仔儿。只有在这个季节里阿雅才真正骚动起来。它们从院墙上一蹿而下，发疯地奔跑，号叫着。有的一头扎进丛林里再不出来。卢叔对它们真是费尽了心机。他把小阿雅锁在笼子里，这样它的妈妈就跑不脱了。可有时那些被原野强烈吸引和撩拨起来的生灵什么也不顾了，它们只是向着丛林深处奔跑。那种日夜蹿跳和歌唱，那种亲亲热热的生活，对于它们来说才是真正的生活。正在卢叔伤透脑筋的时候，荒原上来了一个屠宰手，他向卢叔建议说：

“如果把它们阉了，就会好得多。”

卢叔拍拍手：“我怎么就想不到呢？妈的我就想不到！”

在当地，一些小动物实在拘管不住了，就要把它们阉一下。这儿猫、狗，什么都可以阉。

这一次就像阉猫一样。他们找来一个柳条编制的小米斗，就是那种细细高高的一种米斗，然后把阿雅的后爪提起来，把它倒着装进小米斗里——这时一个人用膝盖夹住小米斗，再用两手扯住它的后蹄，无论它怎么挣扎都不碍事了。那个屠宰手最会干这个，因为他不知阉了多少猫和狗。他说阿雅就和猫差不多，会阉猫就会阉它。

那一天我正在卢叔院子外面，突然听到了撕心裂肺的尖叫。我知道阿雅遭难了，赶紧跑进去。那时候屠宰手和卢叔正在忙着，两个人额头冒汗，手上沾血。他们用沙子泥土把手上的血擦掉……阿雅还在用力蹬着两腿，每动一下，血水就往外流一些。那个可怜的阿雅，它才刚刚长大。

他们像没有听到我的呼喊一样，最后做完，把小米斗翻倒。阿雅一挣出就给关在了笼子里。它滴着血，不断地回头舔着伤口，在笼子里团团旋转。它多么疼。它看着笼子外面的几个人，一会儿闭一下眼睛。它给疼蒙了，吓蒙了。它想不到自己正在经历什么。

我觉得那只阿雅会死，它的伤口肯定会感染。卢叔和这个屠宰手太残暴太可耻了……

我每天都去看那个阿雅。它的割伤竟一天天好起来了。再后来，它又像原来一样了，油亮的毛皮遮住了疤痕。只不过它比过去安静多了，再也不像过去那样蹿跳，也不再尖叫了。卢叔拍着手对我说："看看，好了，毛病没了。"他把它从铁笼里放出来，看着它在院子里走来走去。

这个阿雅不但老实了、安静了，而且吃东西比过去少多了，却很快地胖起来。它变得那么温顺。在所有的阿雅当中，它是最听话的一只。我看见卢叔朝它摆一摆手，它就走过去，像小孩一样直立着身子端坐了。我那会儿也奇怪地看着它，把它遭受的折磨全忘了，忘掉了那一天从它身上流出来的血，它震耳的尖叫……

这一下可糟透了，那个屠宰手不断地被卢叔请来。他们凑到一块儿就喝酒，喝过酒就动手做那件事情。一连多少天我都听到尖叫，这声音让我逃得远远的。但我一闭眼睛就能看到，卢叔的院子里到处都是殷红的血。

这个春天里，卢叔家里除了有意留下繁殖的阿雅之外，所有的都给阉过了。那是一群安静的、不会吵闹的、肥肥胖胖的小动物。有时候卢叔故意把它们领到院子外面的野地上，它们像害怕阳光一样眯着眼睛四处看一看，然后很快汇集到卢叔脚下。远处传来了各种声音，它们像没有听见；而在过去，即便听到了树叶被风吹出的呜呜声，它们也要瞪起光闪闪的大眼睛。这会儿它们变得那么安静、驯服。它们只玩了一会儿就厌了，要回小院了。

有一次阿雅把它的一个儿子领到了林子里去。母子俩在林子里只待了七八天。尽管有母亲保护，那个被阉的儿子还是遭了劫：皮毛被扯得流血，身上到处是咬伤，眼角、腮上、鼻梁处，到处都是伤痕。

它的母亲再也不会冒险让自己的孩子回到林子里了。孩子们没有了过去的机灵劲儿，一个个胖了，笨了，争斗起来很容易就被伤害。那时候林子里的野物会说：看哪，这群窝囊废……在大树林子里，它们就像陌生的外来人，眼神直直的，再也没有过去的热情，好像什么都不懂得，变得冷漠痴呆。过去只有衰老的阿雅才不愿蹿跳、不再活泼，那时它看见人、看见绿色、看见田野、看见其他的动物，只是一副呆呆的样子——因为它实在太老了，已经没有什么欲望了，它什么也不再爱、不再好奇了。它就像被阉了一样——阉它的不是人，是看不见的时光……

我就这样对阳子讲过了阿雅遭受的苦难。他沉默着，脸上冷冷的。他抬头看着天空的太阳，强烈的光线刺得他立刻闭上了眼睛，掩不住的泪滴顺着两溜睫毛流下来……

2

我相信这次长谈对于我和阳子都是重要的。我们以前尽管常常在一起，但相互很少这样倾诉。阳子肯定是难以忍受，所以再也不想掩去内心的隐秘。

对他而言，绘画也仅仅是一场倾诉。

沉默了许久，阳子又开始了自语一般的叙说：那些睡不着的夜晚，当全身变得滚烫的时候，他就要把灯打开。他需要不停地画。他的笔触啊，如此灵捷飞动，简直是带着令人惊悸的野性和狂躁。只想把记忆中的一切一口气全画出来。他的手变得准确而又泼辣，非常大胆。那时候他都不知道为什么会有这样的笔触。浓烈的颜色涂了满纸，不可遏制的东西在心头涌动，又沿着笔尖、顺着脉管喷吐出来。颜色就像血液一样在纸上流动，它流到哪里，一支笔就追踪到哪里。后来他的心已经跟不上它流淌的速度了。它流啊流啊，像水一样沸动，喷溅着，热气腾腾。他画出一个石榴，石榴又酸又甜的汁水仿佛刚刚溅了一脸。画一个苹果，苹果表皮上那红色的纹路、那层白粉和绒绒不仅能看到，还能够触摸，能够闻到它的气味。他画了无数个青春的面庞，画了吕擎以及那个即将与之走到一起的姑娘——她叫吴敏……他特别喜欢画吴敏……

说到这里他突然长长地停顿。一层汗粒从他的额上渗出。我听到他轻轻地、口吃一样问道："你喜欢吴敏吗？"

"一个真正的贤妻良母，又温柔又漂亮……"

"可是……她要结婚了。她真莽撞啊。"

"你说什么？"

"她结婚以后就会……我是说，她也许应该更好地准备一下。她从今以后就要天天和吕擎在一起了，我们这些朋友都会给甩到一边的。这多么可怕啊……”

我的心头蓦然一动。我回忆着，突然记起我和梅子结婚时，我们与阳子的关系也经历了一个奇特的过程……他当时很别扭，故意疏远我们，脾气也大了，整个人有点不可理喻——这样几年时间过去才渐渐复原，彼此才能像过去一样相处。我叹息一声，忍住了什么。我安慰他说：

“不会的，吴敏和吕擎就像我和梅子一样，对你都会一如既往的。”

阳子不语……我仍然在想当年的事情——我和梅子住到一起时，阳子好像遭受了一次突然而巨大打击。他后来忍不住对我说出了一种感觉：他当时觉得人世间有一种力量不可抗拒，它硬是把我和梅子从他身边扯走了。我听了多么惊讶，因为实际上我们与他在一块儿的时间不是少了而是多了，因为我们有了一个小窝，可以更好地招待他。但他来我们的新家并不愉快，虽然他什么也不说，可我们完全感觉得到这一点。后来他说：

“这儿是你们的家……”

“我们真希望你能把这儿当成自己的家。”

“你们对我好我知道。可过去我和你、和梅子在一块儿，觉得大家都是平等的。大家都一样，我们玩起来自由自在……”

现在有什么不平等吗？他这种奇怪的感觉我没法体验。我无论那时还是现在，总试图去理解眼前这个奇怪的小伙子。我知道他的感觉敏锐而又准确。但我极力领悟，似乎只明白了一点点。他大概不愿意看到身边最好的一些朋友发生什么变化，哪怕是一点点的变化。眼下，吕擎和吴敏的结合对他而言又是一次生活中的跌宕。我似乎能明白这一点。

“我觉得自己一下又变成了孤单单的一个人 —— 我被朋友给遗弃了……”

“不会的，绝对不会的。”

3

我想起了我和梅子刚结婚不久，阳子生病的事情。那次他的病好像从表面看起来没有来由，其实是极力忍受的结果：他在抵御生活给予的冲击，竭尽全力，直到最后病倒。他与别人所不同的，是对我和梅子、对身边的朋友，有一种罕见的、深刻的依恋。这种特征、这种情感方式让人多么惊讶啊，但又的确是真实的。瞧这样的一个朋友就在我的身边。我尽可能依照他的情感逻辑去思索：突然之间朋友中的两个组成了一个崭新的家庭，他们要朝夕相处了——一种长期形成的情感秩序、稳定而又习惯的秩序，就这样被一朝打破了。这使他无法接受。他的内心发生了紊乱，于是一时难以承受。那次他病得可怕，浑身滚烫、手脚哆嗦，医生一时也束手无策。他自己讲不清因为什么得病，症状是如此奇特。他在机关门诊部直躺了一个星期，稍微感觉好一点就挣扎着坐起，说要画画儿。谁劝阻都没有用，他只说要画画。我们给他取来纸和墨，看他胡乱涂抹，涂了什么谁也看不明白。有一次他画了一条路，那条路很远很远，直通天际；路上有一个人影，晃动、摇曳，像一根草一样消失了……他不愿把自己的病告诉父母，父母住在市区的另一端。他那时倒真的要以我们的小家为家了—— 我们给他熬药，劝他服药，像对一个不懂事的娃娃那样照料他……

眼前这个小伙子从外表看起来没有任何异样。他和其他人没有什么两样。可只有我知道他是怎样的：过人的敏感、怪癖和脆弱。他这时真的需要我，需要和我在一块儿，待在枫树下倾诉一场。因为吕擎和吴敏的婚期正在挨近，对他来说，一个孤苦无告的特别的时刻又要来临了……他两手搓着："每一次见到吴敏和吕擎在一块儿扯着手，拍一下肩膀，亲密地一笑，都有点受不了。当然，我知道他们迟早要结婚的。我没有任何别的意思。我只是觉得那种结局里包含了某种很残酷的东西。我受不了。到底为什么我也讲不清。我试图阻止两个最好的朋友结合吗？当然一点都不是。可实际上又有一种类似的企图或倾向。它们在心底一旦出现，自己都无法控制。我很害怕……"

我想说这是一种怪癖，但不敢说出来。我只能告诉他：朋友当中又一个家庭组成了，让你和我、我们大家一起，为他们祝福吧……

阳子苦涩地笑，点头。我知道自己说的全是废话。阳子有自己的一个独特世界。我不能理解的是，他那么聪慧，对各种各样的深奥或诡秘都能够理解，却唯独在眼前的事情上——一件多么常见的事情啊，变得难以理喻……最后，我鼓了鼓勇气，终于大着胆子问了一句：

"你爱着吴敏吗？"

想不到阳子立刻回答："当然爱。我也爱梅子。"

我的脸火辣辣的，好像被什么刺了一下。

"你能表述一下这种爱的性质吗？"

“没有性质，就是爱。我爱她们。我永远也不会背叛她们。”

“你喜欢吕擎吗？”

他生气地白了我一眼：“这还用问吗？我讨厌的人就不会和他在一起了。这种友谊是我生命的一部分。”

“你喜欢吕擎，那就应该替他高兴。”

阳子表示了深深的怀疑，摇着头：“不，我觉得这太可怕了……”

“你觉得他们在一块儿不合适吗？”

“不，太合适了……所以太可怕了……”

“为什么？”

“不知道。反正觉得这很可怕。我爱他们两个人，真的，我很痛苦。我觉得我生命里的什么东西就快闷死了，它们要经历很长很长时间才能重新转活过来。我难过极了，我受不了……”

最后他提出，在吕擎结婚的这一段时间里，我能否陪他到远处去一次——最好就到我生活过的那个山区、那片平原上……他要去那里看一看，再亲手揍卢叔一顿解解气，等等。我告诉他卢叔早已没有了；至于阿雅，你或许还会看到……

我和阳子沿着一排枫树往前走去。太阳变红了。

人哪，生命啊，它有那么多隐秘——这让我们一生都不能穷穿……

第十一章

阿蕴庄

1

梅子有了越来越多的叹息。她似乎在注视我——可当我转过脸去，她的目光又迅速躲开……

看着她沉重的背影，我有时觉得自己真是罪孽深重。可是没有办法，没有任何办法……她渴望的是另一种东西，然而它从来就没有在我的心中萌芽。这是谁的过错呢？人生中一些最沉重的感触，一些隐隐发酵的菌母，一些危险的飞沫，正在悄悄生成。我和她一样，也许我们心底有着相同的叹息，可是我因为更多的悲伤而无暇表达了。

我不能像其他人那样，进入“正常”的生活轨道。不过“正常”包括了哪些内容，我们一时又难以回答。从她和她的一家所恪守的标准来说，那大概也是模糊而严厉的。一种相当清冷的气氛弥漫在她们一家、她的周围。有时我也在心底为她的一家难过：一种不甚确切的责任心弄得自己无聊、别人也无聊。他们真的不知道自己对这个瞬息万变的世界应该做点什么，甚至对自己惯有的态度也悄悄怀疑起来。但他们宁可把面容绷得紧紧的，宁可对这个世态表现出不屑或奇怪的怜悯。具体到家中出现的一个异类，那倒是实实在在地感到了棘手的滋味。

梅子要我怎样呢？从眼下来说，大概她认为一个男人起码不能像我这样难以安定自己，总像待在一个临时住所里，总像被什么所追赶，总像随时要走、走……是的，多年来我总是处于出发前的那么一种状态，仿佛随时都要掮起行囊。她对我的担心突然加剧起来，还因为几年前像树路上发生的一件奇闻：一位老领导的儿子，他叫庄周，拥有妻子儿子和令人艳羡的一份生活，却突然扔下这一切出走了……这个人同时也是我和吕擎的朋友，但事前我们却没有一点预料……是的，朋友的离去似乎真的唤醒了一副沉睡的身心。

这之前我和梅子都没有想到：我是这样的一个人，这个人从一开始就注定了将要失去一份“正常”的生活。其实我比她更渴望安定的生活，更厌倦、甚至是更恐惧于这种匆忙和紊乱。一种烦躁、若有所失和时时泛起的痛楚，像不知名的病菌一样在侵蚀我的生命。我只是没有力量去改变和抵御……梅子甚至说：你不能设法自我调节一下吗？像父亲，他为了适应离休后的生活，开始练字作画，一头钻到了艺术里！我淡淡一笑，忍住了没有说出那句刻薄的话：好大一个艺术家。

可岳父真的比我所想象的还要迷恋艺术，这倒让我始料不及。自从他去了阿蕴庄，做了那个所谓的顾问之后，人明显地比过去忙碌了，有时来去匆匆，不动声色又神神秘秘。这让我有点不安起来，因为我担心他频繁出入那个地方会有不好的后果，如果弄个晚节不保，一切也就太晚了。即便结局稍稍往这个方向倾斜一下，我和阳子也就成了罪人。因为我们在一开始就该阻止他，而不应该陪他走那么一趟。尤其是阳子，简直是昏透了！我事后一度把事态想得更严重一些，以为这里面会有什么不可告人的谋划，以为阳子参与了那些艺术学院的三流艺术家与收藏者的共同策划—— 后来才觉得自己想多了。其实这不过是阳子为了能够更自由地进出那个收藏馆，为了更多地接近那个姑娘，主动地为主人帮了一点忙罢了。阳子显然只挂念着他的姑娘，而主人却另有打算 ——这家伙年纪不大心机不小，况且背后还有别人，比如那个穆老板。

我对梅子说出了自己的担心，特别说了阿蕴庄的奢靡和神秘、无所不在的淫荡，说了来往于那里的都是一些什么人，这些人行踪诡秘，是一些极特别的金钱与权势结合的腐化阶层——她听了立刻笑了，而后悄悄惊讶："还有那样的地方？就在咱眼皮底下？"我说是的。她皱皱眉头，然后很快板起脸说："你想到了哪里。你以为父亲是那么容易被引诱的？一个人出生入死身经百战，这点糖衣炮弹算得了什么！""可是这次不同，他们是以艺术的名义。" "那也没有用。腐败糜烂的东西以什么名义都没用。"我笑了："不见得吧，过去以革命的名义，现在就以其他的名义，这还是有用的，还是能办成许多事情的。我的意思是你不要太大意，你要提醒他一下，因为我发现他并不跟我说这方面的事情，连去了多少次阿蕴庄都不讲——与过去不同的是，父亲竟然甩开了阳子！要知道最初是阳子为他接上头的，可现在他与那个年轻老板直线联系了。这可不妙！他们不同于我们，他们老革命千万不要中了小雏们的计……"

我说这些的时候，梅子终于不吭声了。她深思起来，严肃的样子是很动人的。她的一对杏眼严肃起来，会让人想起许久以前的爱情，想起那种浓烈逼人的爱的氛围。她可爱的鼻中沟抽动了两下，抬起头说：“小心一点当然好。你也要跟他说嘛。不利的是，他们这些人现在都在写写画画；这个领域不是他们的强项。如果是搞战争和建设，他们一眼就会看出问题—— 那方面谁也别想骗了他们……”

我听了差点笑出来。问题就在这里呀，老婆一语中的！可我觉得从某种意义上讲，从驯化一些刻板顽梗的老人这个角度来讲，艺术之类倒也蛮可爱和蛮有趣的，不失为一味好药。不过艺术作为一种武器，落在那个收藏馆的年轻主人，尤其是那个老谋深算的穆老板手里，也就变得可恶而可悲了。我此刻对岳父有了一种两肋插刀的侠义心肠。

再次去橡树路时，我注意端量了一下岳父，发现这个人真的变了不少。整个人兴冲冲的，尽管仍像过去一样不苟言笑，嘴唇两边的深纹往下重重地垂着，但那种内在的欣愉还是很难遮掩的。他的额头那儿有铜钱大的一块地方开始闪亮——这是我多年来的经验，只要那里有了光泽，这个人的兴奋也就抵达了顶点。他耳朵上方的毛发似乎有些乱，很不驯服地　着，一些白毛格外刺眼地扬起来。我记得他最得意的时候才会这样。一切都再清楚不过地说明，他在阿蕴庄的事情一定有了某些实际性的进展，或者说改变。为了使其有一个心理的提防和准备，我装作心不在焉和十分随意地说道：

“那些奸商什么主意都有。他们现在也投资艺术品了……”

岳父马上转过脸来。

“他们手里把持了艺术品，让其成为最大的资本……”

岳父嗯了一声，开口说：“你是说，他们要搞艺术品倒卖？”

我还没有想好怎么回答，他立刻挥手否定：“那你错了。小商小贩们才那样干，大收藏家收集起来，是因为对艺术的热爱、是着迷。他们迷得深哪……”

我不想扫他的兴。我想总有一天会把阿蕴庄的收藏目的搞个明白。令人生疑的是，那里把最昂贵的艺术品和最美丽的姑娘一块儿收藏了。这就形成了天底下最大最不可抗拒的诱惑，也许最难以攻克的堡垒都要在它的面前垮掉。

2

阳子这天一进门，我马上发现他的眼圈是红的。泣哭的男人可不怎么样。我不太搭理他，他就蔫蔫地说了一句：“她发誓了。”“她”当然就指那个姑娘。我询问的目光看着他。“她昨天对我说了，这辈子再也不陪穆老板了，也不陪所有人！她将用一生的忠诚来证明自己、洗刷自己的污浊……她只想让我原谅她。”

我不知说什么才好。这至少听起来是动人的。可是我对那种将自己的身体轻许于权势人物的姑娘，总是有着极大的惊惧和警惕。我不会理解她们。我更为震惊的是“穆老板”三个字，原来就是这个家伙占有了如此美丽的一个女孩子！她还多么年轻，真正如花似玉，却毁在了一个卑鄙的亿万富翁手里。巨大的不可抗拒的力量，来自金钱，这就是我们前一代人发誓要摧毁的一种权力。看来我们这儿一切都不过是刚刚开始，而不是结束。我们曾经对那些豪言存有奢望，现在则没有任何一个人还如此天真。我们身边的人，无论老少，都不再这样单纯可笑了。我摇摇头。阳子立刻问：

“你是说不要原谅她？”

“不，我没有那样说过。我在想别的。”

“想别的不好啊！你该帮帮我了，我为这事儿快要折磨死了——我不知该往哪里走、该怎么办，你帮帮我吧，你答应过我。”

“我答应过你？”

“你答应过……”

我不吭声了。我不记得有过这样的承诺。这不是因为自私和吝啬，而是其他。因为这种事情谁也无法相助，这是生命深处的冲动需要以及——神秘的灵与肉的拼接……这在许多时候是无关乎理智和现实利益的，也就是说无可理喻。我这样想，却点头应允说：“那好吧，我会尽自己所能……”

阳子冷静了一会儿，这才记起了其他事情，说：“你知道吗？你岳父一口气拉上好几个老同志去做那人的顾问，还真的把吕南老也约了去——至少去了一次。这是大家都想不到的。”

“吕南老？连他也去了？”

“是啊！听她说，主人高兴死了，正不知道怎样才能感谢你岳父呢！他们会经常请他去吃饭和……健身……”

阳子说到“健身”两个字，眼睛诡秘地闪了几下。

“他去了？”我的声音不由得放大了。

“据我所知，他去了。”

我觉得下巴那儿沉沉的发痛。每逢遇到了极大的懊恼和难以排解的惊悸与愤怒时，我的下巴才会这样。可我甚至无法和最亲近的人、无法和梅子言说。就像一口气吞了几个苍蝇，恶心，想吐。我在心里说：“别人可以，然而，你不可以！”这样说过，又轻轻加了一句：“就是我可以，你也不可以——你绝对不可以，嗯！”

我想到了陆阿果。我想知道这家伙是否参与了这个可怕可耻的圈套，也想明白那些人到底打了我岳父什么主意。当然，也许我什么都不会探听出来，她会狡猾地瞒过一切；不过我总得试一试才好。还有就是，我心里乱极了，一时不知往何处去——每逢这时候，我就自然而然地想到了那个地方，想到了神秘而诡谲的阿蕴庄。我至今都不知道它的真正主人是谁，不知道有怎样一只大手在主宰这一切？凭感觉，我只知道它的根源长远而复杂，交错攀结，也许远不是我所能够理解和掌握的；但我相信那个像一根有毒的针芒一样扎伤了我的童年的人，那个陆阿果，她会知道整个隐秘的大半。

就怀着这样矛盾痛楚以及复杂的心绪，我又一次走进了这个院落。

陆阿果与我待在她的那个宽大凌乱、气氛十分怪异的居所里，只一会儿就扬扬脚踢飞了皮鞋、甩甩手脱下了外衣，赤着脚穿着薄薄的内衣，在屋里走来走去，懒洋洋的。我想问她一句：为什么在那天的宴会上她会成为完全不同的另一种人，而现在竟会变得这样懈怠，就像一摊泥似的？她浑身的肉都哆嗦松软，半躺在沙发上，眼睛也歪斜了，口水都要流出来，不停地打哈欠。“你困了吗？”她听了嘻嘻笑：“我想困你。”

我脸上一阵刺痛，转脸向着窗户。她依旧说着：“小时候你像只小狗子似的，别看个头小，凶着呢。真像俗话说的，‘胡椒虽小辣死人啊’，我一个黄花大闺女就这么被你糟蹋了……”我这次不得不严正地指出：“你记错了人。那不是我。”

陆阿果一愣，然后很快笑了，和和气气地走过来，抚摸了一下我的后脑：“是啊，你没有，你被别人欺负了——反正都是一样……”说着紧紧缚住了我，伏在我的背上。她不知什么时候下身完全赤裸了，蠕动不停，嘴里咕哝着：“快回到年轻时候吧，快吧……”我推开了她。她用了很长时间才算冷静下来，叼上烟说：“就当你是个没良心的家伙吧，我也不怪你——咱们缘分深了去了！你说呢？”

她总是让我回答。我没有与之纠缠深与浅的问题，应付了几句，就切入艺术收藏馆的话题。她对在我耳边小声问：“你说那个老板，就是那个年轻人，帅不帅呀？”我点点头，但心里认为那个年轻人眉眼尽管不难看，但并不让人喜欢；而且长得也太单薄了，那腰像小女人一样细。陆阿果继续贴着我的耳朵说着：“我在他住进来的第一个星期就把他睡了。”我点头：“这完全可能，你是一头母熊。”“哟，我有那么胖？”“主要是凶猛。听说母熊在发情期是很厉害的家伙。”

我提议出去转转，她同意了。我还是第一次随上她各处参观一下。她出门后就庄重了许多，有时在那些小姐们面前一脸冷笑。这种笑容就是“老鸨”们才有的？不，我怀疑这是她的独创。她用一副过来人的姿态君临一切，把一个阿蕴庄玩弄于掌股之上。“你如果想要哪一个就吱一声，这里咱说了算。”我说你想到了哪里。她立刻停住脚步乜斜着我：

“别以为我是小肚鸡肠的人。再说你也别委屈了自己，都这么大了。以后想干点什么也晚了。”我回她一句：“真有敬业精神。”“你也别把我们想歪了。你以为这是黄色场所？这是最高档的餐饮娱乐健身一体化，实行会员制——不是我们的会员，就是钱再多也不接待。我们接待过的人加起来也不过几十个，他们来这里主要是休息，难得对女人感兴趣——有的劝上半天才应付一下，有的连眼都不转过去。像人家穆老板，基本上不沾女色的，除非两人有了大感情……”

我在一处冒着白色蒸汽的地方站住了：“穆老板？那么收藏馆里的女孩是怎么回事？”

陆阿果哼一声：“姑娘家哪有不喜欢穆老板的？酷得要命，又是东家……后来他们总算有了点感情，这才让她陪了陪……”

我趁热打铁问下去：“那些老同志呢？他们会怎样？”

她哈哈笑，笑弯了腰：“你岳父让姑娘们按摩，舒服极了。他走路也愿意让小姐搀着，其实他自己能走的。收藏馆那个小子调皮，暗中指使小姐按摩时下手，趁着老人痒痒的就动动他——谁知你岳父不愧是战争年代过来的人啊，一把推开了小姐说：‘这怎么可以呢？’很严厉呢，小姐哪见过这样的人，立马把手从下身拿开，吓得一动不动了。”

我一颗心总算放下来。她笑眯眯地在一旁观察我的脸色，然后出其不意地动了我一下——我马上推开了她：“‘这怎么可以呢？’”

3

这个阿蕴庄远比我想象的还要晦涩。我们进入了一间带玻璃顶的大型浴室，水波阔大宛如小型泳池。四周是床和躺椅，还有热带植物之类。一旁的储物间里有大量的饮品，比如苏格兰威士忌和法国白兰地之类。几个穿了超短裙的高个子姑娘在池边走动，头上戴了和网球手差不多的大檐帽。她们对我微笑，陆阿果就朝她们扬扬手。她讲解说："这里一次只招待一位客人——如果是重要客人的话；其实一般化的客人我们也没有；除非由几个客人自己提出来一起洗，那时就扑通扑通一块儿跳下去。这时几个小姐都得下水，给这个搓搓给那个搓搓……如果是一个客人，她们就把他抬起来往水里扔——当然太老的同志就免了，呛了水不得了的……"

一间间按摩室、餐室和大中型宴会厅；像那天我们吃西餐的地方至少还有五六处。健身房的设备超一流，泳池的一汪碧水让长期居住在一座干燥之城的人心上一动。最吸引我的还有一个体检室：里面装满了进口的各种自动检测设备，它们可以在很短的时间内将人体的许多指标以数值表达出来。"这是全市唯一的一台，连中心医院都没有。"陆阿果炫耀着。拐过一条长廊，是一个个棋牌室、小型赌场，里面的角子机之类看得人眼花缭乱。"你想玩一把吗？想试试运气？"我摇摇头。"想玩就给你一把筹码！"我拒绝，走开了。

"这么昂贵的设备，还有整个的这座院落，要日常运转下来开销会大得不得了，你的老板有那么多钱往里赔？"我再次表达了自己的困惑。

陆阿果反问一句："谁是我的老板啊？"

"你自己？"

她合手大笑，一对大乳房抖得厉害，下意识地用两手托住："我还没有混这么阔，不过借你的吉言，也许真会有这么一天呢！你没有记性，忘了我以前告诉过你，它的所有权是东南部城市的。他们根本不是为了赚那几个小钱，你想想，多交几个像样的朋友，这是再多的钱都买不来的啊……这样的朋友一多，再有钱的主儿都会围上来，大老板们从来不吝啬钱，他们倒是愁得有钱花不出去。那个穆老板就是最好的例子，他来这里没有几次就喜欢上了……"

"他更喜欢这里的姑娘吧！"

"我的姑娘个个都好，这你看对了，男人在这方面眼力就是好。不过我的姑娘可都是正经服务员，她们不是下三烂。"

"因为她们都像你，她们找了个好师傅！"

陆阿果对这句讽刺挖苦竟然听不出，或者根本就不在乎，兴奋得一下抱住了我，剧烈摇晃着："好样的啊，真是打小一块儿的老乡啊，你怎么那么懂得我呢？"她的兴致突然高涨起来，一时不准备松手，身体把我顶到了走廊墙壁上……这样直听到一阵脚步声，她才放开我。她嘴里咕哝："多好的姑娘啊，全是一个一个从东部挑来的，个头要在一米七以上，矮了不行，俗话说'身大力不亏'，对老板对首长都不能太客气了，要用大个的对付他们……这样他们就会谦虚一点……"

我想象不出那些人怎样"谦虚"。我说："无论怎么，无论他们谦虚还是骄傲，你们都得为他们服务。"

“那倒是。哪个社会都是这样，都要有一些好姑娘为他们服务，为这些像模像样的混蛋服务。”

我直眼逼视着她：“我们以前不是一直承诺，要从根上干掉这样的社会吗？”

她又一次笑得浑身乱抖：“是吗？‘我们’？‘我们’又是谁？那都是扯淡吧……”

“我们”是谁？她不经意间问了一个多么致命的问题！本来没有比这个再容易回答的了，可这会儿我真的回答不出了。

出了主楼，她再次让我去那间怪模怪样的办公室，我的腿像灌了铅一样。我说算了吧，我已经被你折磨了几十年，这会儿腿都拖不动了，你还是饶了我吧！“你多么幽默，你真是幽默啊！可见这些年里你长了多少学问——咱以后多联系吧……”她没有什么恋恋不舍，一挥手与我告别了。

梅子近来没有过多地谈起父亲，看来她真的不太担心，对自己的父亲有足够的信心。通过这次阿蕴庄之行，我对岳父的信心也大为增加，因为在极为关键的时刻，他毕竟能够说出一句“这不可以”。是的，简单的几个字，却不总是那么好说。这天傍晚，梅子突然凑到我的耳旁，有些神秘地说：

“你去看看吧！”

“去哪里？”

“父亲那儿……他们要给吕南老一幅画，让父亲转交。”

我第二天即约了阳子一起去了。岳父像面临一场重大的战役，站在军用地图前剧烈思索，一脸严肃。他的写字台前就挂了那幅画，很小的一幅。我凑近了一看就觉得熟悉：这是我们在收藏馆见过的，阳子指出的那张“赝品”。我和阳子同时发出了一声惊叹。岳父搓着手：“我知道这很贵的，太贵重的东西，吕南老绝不会收的。”阳子看看我，说：“哦，这画嘛，是很适合送人的……”“为什么？”老人皱起了眉头。阳子伸手指点着：“瞧画得多好啊。再说艺术本来就是无价的，不能用钱去衡量……”

从岳父家出来，阳子马上说：“你去阿蕴庄了。”我惊奇他的消息这么灵通。他低下头：“我们又在一起了。我们都有些忍不住……不过最后的一刻我还是停下来，因为有一个声音在心里警告我，这不可以！”我拍拍他的后背。我知道那是怎么一回事。我这会儿鼻孔里突然溢满了栀子花的气味……仿佛又坐在了那个废弃了的饲料场里，她就坐在身边。我轻轻呼唤道：

“柏慧……”

梦魇

1

从老师身边归来到现在，一直是想从头看一遍柏老的那两部著作。

也许这是毫无意义的，但一种好奇心、一种重新鉴定重新判断的念头在催促和撩拨着，让我放不下。但我知道这事儿需要一个完整的时间，所以迟迟没有动手。

这会儿，我终于把它们从箱子里翻找出来。我发现这厚厚的两册大书在今天看起来还是那么庄严肃穆。这是当年柏慧送我的一套精装本，漆布封面，烫金点银，装饰着一种很古典气的花边。我把它们摊在桌子上，一种极其复杂的情绪立刻漫延开来。这会儿该珍惜它们还是睥睨它们，连我自己都不知道了。我只知道它们凝聚了许多人的心血，并掩盖了一个悲惨的故事。我甚至觉得它不是一部学术著作，而是不停诉说的一个故事书，这个故事只有在那个时代里才能编织得这样哀婉动人。我恍惚觉得这故事中也包括了我，包括了柏慧，包括了梅子和她的父母，甚至包括了我的家族、我的先人——如果从这两部著作里钩沉索微，或许真的可以破解无数的谜语。

我把书页缓缓翻开……仿佛又看到了那个口吃的老教授，看到他蹒跚的脚步。老人的眼睛不时往路径两旁观望。我看见海风把他的白发吹到了一边。他咳嗽着，用力地揪着衣领。这一来正好掩饰了他咽部松弛的肌肉。他尽力想把腰杆挺得笔直，可是已经做不到了。几个人过来搀扶他，其中就有一个胡茬乌黑的老讲师。他们一起往前。他们直走到了一片荒芜的草地上。那儿有一座高塔。我努力辨认，终于看出是那片农场。老教授拿起镢头，与大伙儿一块儿艰难地开垦。遍地都是白花，茶草。它的根系非常发达，扎入深土，化为泥土的筋络。他们要费力地刨开，把这些草根从土里抖出来。有人在一旁不停地吆喝，一开始我还以为他们是喝牛，后来才知道是在催促做活的人。监工的家伙满脸横肉，特别粗暴。一会儿又走来一个穿了褪色军裤的人——他正是柏慧的父亲。他一出现，那些吆喝的人就停止了呼喊。老教授也悠闲地收了镢头，盘腿坐在温乎乎的泥地上。

柏老在他们对面坐下来。老教授伸出一根手指，有些口吃：

“你……你……你这个……地主！我们……我们……为你……卖命……”

柏老大口吸着烟斗：“你们被骗了。你们才不是为我做活哩。真正的主人还不知在哪儿哩，我背了个虚名。”

教授连连咳嗽，黑胡子老讲师给他捶打后背。柏老站起，吸着烟斗，愤愤不平地骂着，就这样骂着走了——他刚走了不远，有一个神秘的人从一旁过来拦住了，伸手指着他的鼻子：

“请注意仪表！你现在是有身份的人了！你怎么能随随便便游晃？嗯？”

柏老惶惶后退：“我没有啊，我不过是想，我只是想……”

那个人根本无意听他的辩解，仍旧大声呵斥：“你是个有身份的人了，你怎么可以这样！这是第一次警告……”

柏老连连点头，几乎是后退着离开了。

大概就是从那之后，柏老留起了背头。他的言谈举止开始进入某种规范，并一点点养成了其他的一些习惯。他学会了慢声细语地讲话，学会了不动声色地坐在桌前，学会了一连串僵化刻板的动作……

这个夜晚我失眠了。我想起了以前柏慧诉说的一个梦境，那究竟是什么时候，我已经不记得了；但那的确是留给我印象至深的、一个关于柏老的奇奇怪怪的梦——她说梦中也是一个夜晚，泛着淡淡月色的夜晚——夜深人静时，爸爸在楼上突然变得狂躁起来。他穿上了轻便的鞋子，跑出了校园。离这所学府南部二三公里的地方是一座小山，他一口气跑进山里，只一会儿就变成了一只奇怪的动物：毛手毛脸，毛儿闪着吓人的浅红色，颌下是濡湿的……

这只动物啊，骁勇无比，从一个石块跳到另一个石块，呼呼喘息。它想捕捉一种东西，可是四周死一样寂静。急躁中它把枝条咬折了，把石块含到嘴里又抛到空中。它尽情地蹿跳，一会儿皮毛全湿了，这才停息下来……柏慧被一阵风声惊醒后，就蹑手蹑脚地往外走，小心地跟了上去，轻轻地迈着脚步。就这样她直跟着父亲出了学校的一个边门，接着又踏上通向小山的路径。她在一丛灌木下藏了，直盯盯地看着父亲，眼瞅着他变成了一只奇怪的动物！

她吓得差点喊出来。那个动物在咆哮，远处发出了回响。她捂住了耳朵。它一蹿而起，像闪电一样迅猛，腾跃到山坳，一霎时又在山腰那儿狂奔。它的四蹄在险峻的峭壁上飞驰自如……天哪，她亲眼见它是多么灵巧地跃到半空，跳过了那个悬崖。她看着看着，惊讶地站起来，直到后来那个野物又迎着她跑过来，这才赶紧躲藏起来——可它的嗅觉是超人的，几乎毫不费力就把她找到了。

她往后缩着，伸出两手，像投降一样举过肩部，连连喊着：“爸爸，爸爸！”那个野物伸出了红红的舌头，一下一下舔着她的脸庞。她吓得差不多就要昏过去了，闭上了眼睛。这时候她立刻觉得那个舌头像温柔的手掌一样抚摸她的脸、她的头发……她呜呜地哭起来。后来，这个野物张开大大的嘴巴咬住了她的衣服，轻轻地把她提起来，甩动着尾巴，从山坡上一路衔将下来……

她昏过去了。当她重新苏醒过来时，发觉安然无恙地睡在了自己的床上。她怀疑自己是做了一个梦，可是她摸摸后背那儿，发觉衣服还是湿的，上边似乎还有野物的牙齿咬痕。她起来去看父亲，发现他正在打着轻轻的鼾声。他睡得好香啊。

……

2

一连多少天我都在研读这两册著作，渐渐入迷。因为我读到的不仅仅是一部地质学，我在感受着另一种激动。它的确是一部杰出的著作。如果说它从学术和专业的意义上看还显得粗陋的话，那么从另一个方面看，它又具有了无限的深奥曲折。它简直是隐语处处，象征处处，成了一部最奇特最隐晦的著作。我觉得它真不愧是众人的智慧。

那个口吃的老教授在这部著作里充分地表现了自己：某种与生理特征扭结一起的、多少带点神秘色彩的怪异的天才。因为行文中有着一种欲言又止、一种语言障碍被突破之后的大声：那是特别锐利、特别有力的铿锵之音。它们在地质学的山谷里回荡，发出了雷鸣似的巨响。我觉得有什么巨大的鼓噪藏在这厚厚的两大册书里。那是一个人的心底——

最深层的欢欣和痛苦化成的。它们隐藏了苟且的眼泪和天才的辉光，里面既有七色彩虹，又有可怕的蜘蛛。感激的泪水在字里行间流淌，恶毒的诅咒也在扉页上滚动……

我记得那一次：当自己默默地伫立在那个只埋了一只烟斗、一顶帽子的墓前时，曾经在心中发出了怎样尖利的质问。那种质问也许太残酷了。我大概只得永远把它藏在内心。我在质问口吃老教授——作为一个后来人这可能真的是太苛刻了——你为什么要动手写这两部著作呢？你为什么能够忍受这样的屈辱？为什么？是什么让你容忍了这一切？

直到离开农场，那些问号仍然在脑海里萦回，它像个虫子一样叮咬我，使我难以安宁……

翻动着这两册著作，我终于明白了一点点。我似乎读懂了。

我想起了卢叔在装了阿雅的铁笼前边的狞笑，想起了他对我说过的话："你不要怕，不要着急——它饿得还不到时候。还要饿它！还要饿它！"它没有一点力气了。它伏在铁笼里，几乎连喘息的力气都没有了，卢叔还是喊：

"还要饿！还要饿！"

三天过去了。四天过去了。后来，他把一点点肉和水放进了铁笼里。我看见即将死去的阿雅眼睛睁开了一道缝，看了看，鼻子上的绒毛轻轻动了动，开始伸出红色的舌头舔着，后来又费力地嚼起了一块肉……

饥饿，不可抗拒的饥饿。我明白了，饥饿在许多时候真的是不可抗拒的。

我觉得这两部著作的一行行排列齐整的文字就像一道道铁条，编织成了一个巨大的笼子。就是这巨大的笼子把一些活鲜的生命给囚禁了。

它们在这里狂躁不止，试图折断这些铁条，但最终还是没有……我终于明白了这两册书的真正内容到底是什么，它们是极度饥饿的产物。我将珍藏它。当我感到迷惑的时候，我就会翻出来看一看。所有的浅薄、粗陋、卑俗，都一块儿组成了它难得的深邃，它的另一种渊博，它的巨大的智慧。这部书以及与这部书连在一起的故事本身，就是一个伟大的奇迹。我觉得让它与我的命运交织在一起，真是再好也没有的了。

噩耗

1

这天梅子有些慌张地跑回来，报告了一个坏消息：父亲的那个老警卫员体检时查出了癌症……

我怔了一下。

“父亲哭了。医生告诉父亲，老人顶多能活一个月，也许……父亲和医生吵起来了。他让医生改变一个决定，就是把真实的病情告诉病人。而医生说这个决定谁也不能破坏，这是他们医院的规矩。因为无数病例证明，如果把真实的情况讲给病人，那么只会加速病人的死亡。父亲对那个医生喊：‘混账逻辑！你这只是对一般人而言。你知道我的警卫员是什么人吗？他是个坚强的战士，是个出生入死的人！一个彻底的唯物主义者还怕这个吗？’”

梅子说父亲气得擂桌子。最后医生没有办法，只好迁就了一下，因为他们都知道父亲的厉害。他们不得不按他的意见办，把整个病情跟老警卫员讲了……

我听到这儿担心地看着她。

梅子叹一口气：“结果那个老警卫员像孩子一样哭了。他哭得让人难受。父亲一个劲儿劝他。父亲讲了很多很多，坐在床边。他们一块儿回顾了斗争生活，还讲了人体的客观规律……”

我重复着“客观规律”这个词，摇摇头。我不能认同这个规律……这一段时间我不断听到有人身患绝症的坏消息，真有点可怕。但老警卫员七十多岁了，他的寿命毕竟还算可以。在这座城市和这座城市之外的地方，在我熟悉的人当中，癌症患者的年龄不断提前，有的四十岁、三十岁，还有一个只有三岁——他只有三岁呀！那是我朋友的一个儿子。他仅有那么一个儿子，活泼可爱，脸庞红得像苹果……

梅子约我去看看那个老警卫员，我犹豫着。我心里也替这个人难过，尽管我一直在心里将其与另一个最可怕的人连在了一起——这个人就是在水利工地上残酷迫害父亲的“老歪”。当然这仅仅止于想象，我对这个老人并没有多少了解，更没有友谊，我只知道他是一个献身于战斗的人、一辈子忠诚于事业的人。他直到晚年还一如既往地尊敬着他的首长。他的首长甚至比他还要年轻一点，但他直到晚年还在毫不含糊地打着敬礼。一般来说，他的一生既忠诚又顽强。

梅子说老警卫员的突发病情也提醒了父亲和他的一些战友。他们这些人差不多整天忙于工作，从不好好地检查身体，即便离休在家，也还忙着工作上的事情，比如父亲，多少年了，从来没有好好地查一次——大家都约定最近要到医院里去查体。

但我觉得像岳父这样的人是不会患那种绝症的，为什么我不知道，反正觉得就是不会……我仍然沉浸在那个老警卫员的事情里，梅子提出我们要尽快去看看那个老人。我同意了。

第二天我和梅子去了医院。刚开始我们想约岳父一起，可梅子的弟弟告诉，妈妈陪父亲到医院查体去了。

在那个小小的白色病床上，老警卫员转动着头颅，可是已经认不出我了。但他还认识梅子，握着梅子的手，用力地握着。这是告别的握手。梅子向他介绍了我。他再次冷漠地转过头来……

整个过程中，他没有跟我说一句话。我觉得他的精神完全被摧毁了。我不知道他的意识正常与否。他不断地流泪，枕头两旁被泪水打湿了。后来他的眼睛突然干燥起来，定定地望着梅子，望着我，那神情尖利利的……疼痛袭来了，他扭动起身子。旁边立刻有人去喊医生。他给翻转了一下身体，注射了一针。

我不忍心看下去。我的眼睛老要发酸。我把头扭到一边，等待着那一次痛苦过去。

一会儿老人又恢复了平常的样子。他的眼睛还是尖利利地望着我们，手向上举了举，像在空中抓挠什么，抓了一下，想握住它，可是那两只手已经握不拢了。梅子给他把手轻轻地放到被子里，他又顽强地抽出。

这一次他的拳头握紧了，在肩头那儿使劲儿挥舞着……

我本来想趁机引他回忆一下那个水利工地的事情，可这时再也不忍开口了。

2

从医院回来时已经是黑夜了。我和梅子刚要吃饭，小鹿匆匆赶来。他一步闯进屋里，很长时间没有说话。事情有点奇怪。梅子的脸色一下变得蜡黄，她问弟弟："怎么啦？"弟弟看看她，又看看我：

"妈妈让你们立刻过去一趟。"

梅子二话不说，抓起一件衣服披上，拉着我就走。我觉得她的两条腿都有点迈不稳了。我扶着她：

"不要紧张，不会有什么事的。"

小鹿说："妈妈只说让你们一块儿过去一下……"

我对梅子说："也许是那个老警卫员不行了。"

梅子没有回答。踏上橡树路静静的街道，她的脚步越来越乱了。进了院子，进了屋子……我一看岳母的脸色就立刻知道：这可不是什么老警卫员的事情。

岳父不在家，他还在医院里。

"你爸去体检，进了那个门就再没出来……"

梅子一下哭出了声音："爸爸……查出了什么？"

岳母叹一声："还没确诊，不过……"

"不过什么？"

"只是怀疑……"

这时全家只有我一个人是镇静的。我仔细地询问起来。

"X光透视的时候，他肺部有个地方不太好，只是有个怀疑。明天更多的医生还要会诊。他们单位的领导、战友，现在好几个人都在那儿。我是想叫你们过来商量一下，是不是要告诉你父亲本人……"

我说："还没有确诊，告诉他什么？"

岳母叹口气："自从那个老警卫员得病以来，我心里就有点发慌。我觉得你爸越来越瘦了，脾气也有点大。我就想，恐怕也不是个好病。我一直劝他去查体，他就是不听。这会儿，我觉得十有八九是那个病了。我们不告诉他，瞒着他，他知道了会生气的。让他有个提防也好……我就是叫你们来商量一下。"

梅子这时候已经哭成了泪人，弟弟小鹿也在一旁擦眼睛。这个可爱的小伙子这会儿像个小姑娘一样抽泣。我劝阻他们，最后不得不严厉起来：这样完全无济于事，而且结果还没有出来——我们不如趁这一段时间到医院去。

在我的提醒下，他们才擦擦眼泪。我们四个人向医院赶去。

这儿出奇地安静。这个病房比那个老警卫员住的地方好多了，套间，卧室很宽敞，只有一张大床。病房里有洗澡间，有一块肉红色的地毯，而且悬着丝绒窗帘。它的颜色真美，光线从这个窗帘里透过来就像一种很美的黄昏的颜色。"夕阳无限好，只是近黄昏"——我脑海里不知怎么飘过了这行诗句。

他们都到病人跟前问着、安慰着。我离病床稍远一步，看着他们。我发现岳父只一天没见就憔悴了。他躺在那儿，显得那么苍老、无力，脸色果真是煞白煞白。我好像第一次注意到他的头顶原来秃成那样，鬓角白成那样。他的神色木木的，好像已经打定了什么坚实的主意。他的嘴角用力闭着，问妻子：

"医生跟你全讲了吗？"

"没有。他们只说问题不大。"

"扯淡！乱弹琴！"岳父的手烦躁地挥动了一下。

梅子赶紧说："真的是这样，爸爸，明天才开始会诊呢。"

她刚说完这句话就哭出来。这时候我真想把梅子扯到一边去。多么脆弱，而且她有一副何等混乱的头脑！她的泣哭不是太早了点吗？她如果真爱父亲，何必制造这种悬念、这种紧张空气呢？她的哭声一下子引发了岳母和那个可爱的小鹿的哭声，三个人一块儿哭起来。

岳父反而在这种声音里变得安静了。好像这时他就需要听一听亲人的恸哭。他仰躺在那儿，闭上了眼睛，显得非常坦然。

我一声不吭。我等待着这场恸哭平息下来。

3

三个人哭了足有五分钟，才擦擦眼睛直起身子。岳父重新睁开眼睛的时候颇具几分幽默，问：

“哭够了吗？”

我很欣赏这句话。我微微笑了笑，上前握住了他的手。可是他的目光一碰到我又立刻变得严肃了。他看看我，又看看梅子，说：

“我离开倒不要紧，我最牵挂的就是你们俩。我希望你们两个好好相处。你们互相之间要好好照顾——人这一辈子不容易啊！”

他的话让我马上陷入了感动。这种美好的情感让我一时不知说什么才好。我觉得自认识岳父以来，还没有过这样的感动呢。我紧紧地握着他的手，点了点头。

他说下去：“你们不会总是一致。世界上哪有完全一致的人呢？但是，只要能够求大同存小异，就会慢慢走向一致。你们要坚信这个。做到了这一点才会乐观，也才会幸福……”

我点点头。我想，一个人在死亡的威胁下尚能够说出这样清晰有力的话，不愧是一个革命的老人。一丝敬意从我心头油然而生。同时我也想起了一句古语：人之将死，其言也善……

他拍了拍我，把手抽回了。这时候他对在老伴耳边说了几句什么，老伴迟疑着，吞吞吐吐：“这，这……”

我问干什么？她对我耳语了几句。我说：

“不妨取给他。”

岳父要纸和笔，他想写点什么——要留下遗嘱吗？梅子明白之后又哭起来。

我告诉她：这不过是父亲在病情的触动下记起了什么。这时候想写就让他写吧。我还想说：实际上以后也用得着——但我总算没让这句话吐出来。

岳母取来了一张大纸和一支笔。

岳父想爬起来到一边的写字台上去，我们都阻止了他。岳母又找来了一个文件夹，这样他就可以躺在床上，把它按在胸前一笔一笔写下去。

岳父每写一笔，就抬起头来看一看天花板。

我们都坐在一边，像等待宣判一样。

他写着，后来“啪”的一声，笔掉在了地板上。

岳母赶紧跑过去捡起来。他摇摇手：“写完了。”

岳母接到手里看着，开始抽咽。她看完之后，首先递给了我。那上面原来写了这样几条：

一、我死之后，不要开追悼会，不要搞告别仪式；

二、把我的骨灰撒到战斗过的那片大山里，撒到那儿的河流和土地上；

三、把我积蓄中的三分之一上缴组织，剩下的三分之二平分给老伴和两个孩子；

……

我盯着这个遗嘱，不知是什么感觉。我多少有点慌。

整整一晚我们都没有睡好………

第二天过去了，仍然没有什么消息。第三天梅子笑着，从外边一蹦三跳地回来了。

我什么都明白了。接下去她嚷了什么我都没有听清……

一块石头落了地。我觉得身上那么轻松。可是那个遗嘱又在眼前一闪而过……

梅子欢跳着跑开了，她太高兴了。她又想起已经耽误了很长时间没有去上班了，于是赶紧收拾一下走了。她的脚步奏出一种欢快的音乐。

我沉默着，突然想起了什么重要的事情——我想起了元圆让我转给阳子的信——我赶紧回到屋里，取来那个薄薄的纸袋。没有封，纸页散着，我瞥了一眼，见上面像诗行一样写道：

他长了一双什么样的眼睛——他不知道。

他的眉毛。我真想吻一下。他的眉毛。

他长了棱角分明的嘴巴——

他知道吗？这个嘴巴多么适合亲吻！

我开始爱他——好吗？

她好像在同自己商量什么……最后的括弧里写着：

他就是你——你这个傻瓜！

就是这么简单的几句话。

我在想阳子，想阿蕴庄里的那个姑娘。淘气的、可爱又可怜的元圆，这次希望你能如愿。我知道你是天真无邪的一个姑娘，可惜你把自己的爱隐藏得太深了，对方什么都不知道。

第十二章

折磨

1

阳子来了，一进门就告诉，说吕擎这些天闷声不响，正在捣鼓一架帐篷呢：“他不知从哪儿弄来的，是两三个人合用的那种帆布帐篷，这会儿正动手把它改成一个简易帐篷。他以前已经有一个尼龙充气帐篷了。”

我怔怔地看着阳子。

“他那个尼龙帐篷给我用还差不多。我背上它出去写生，晚上住在里面，可以画画夜景，画画日出什么的……他弄帐篷有什么用？”

我想了想：“也许他们要旅行结婚吧，那样在野外也许用得着。”

余下的时间阳子不再吭声，低着头在屋里走来走去。他一沉默就显得没精打采的。没有办法，这个人近来的情绪很容易冲动不安，正处于一个极其特殊的时期。我又想起了那天我们在枫树下的长谈，心里涌过一阵怜惜。他只耽搁了一小会儿就要走了，离开时只轻轻嗯了一声，算是打了招呼。看着他远去的背影，我的喉头有些发热，想起了年老的爱尔兰诗人叶芝的一句吟唱：“为那无望的热爱宽恕我吧……”

手头的事情做不下去了，很想去看看吕擎。

他果然在搬弄帐篷，这对我有一种特别的诱惑力。这让我想起了自己那些年在山区的生活——如果那时候我有一顶这样的帐篷，可以免受多少野外之苦啊。帐篷是男人移动的家……是的，在我的朋友当中，吕擎算是最不安分的一个人了。他从毕业时就想出去走走，不久又有了辞职的念头。他曾经串通起几个人一块儿到天南海北去闯，最后因为各种各样的原因才没有走成。吕擎巨大的鼓动力、天生的梦想家的气质，在当时真是太有魔力了。那是怎样热烈的场景啊，那时的一切直到今天还历历在目。他这一次捣弄帐篷马上让我想到了当年的那些举动，让我想到这是一种旧病复发，他肯定还在为那一类事情做准备：也许我们很快就会看到一场默默的、蓄谋已久的行动。因为我知道他的那些念头一直没有断过，只是掩在心底罢了，就像未能熄灭的火，只等大风一吹就会熊熊燃烧。

在我所有的城里朋友中，除了出走的那个庄周，吕擎大概是最富有的一个了。他的家也在橡树路上，有一个真正的“好窝”。在我们这儿，像他们家那样的好房子是绝对少见的，也只有橡树路上才有。那是一个典型的四合院，随着这个城市的旧城改造活动日益疯狂，它的存在就显得愈加珍贵。当我们一路穿过闹市，从那些千篇一律的、丑陋的六层公寓楼跟前走过，一座小四合院突然出现在视野里时，会给人一种梦幻感。小院静谧、温厚，院子当心还有一棵老槐树。在今天，特别是在这座拥挤的城市里，拥有这样一个地方多么令人羡慕。可是我们这一伙还是很少去吕擎家，这除了不想打扰他年迈的、沉浸在工作中的母亲之外，还因为其他。这儿太静了，静得让人难受。它非常容易让人想起一些往事，让人产生一种很凄凉的感觉。它甚至令人联想到一个奇怪的囚室。

吕擎的父亲早就去世了，平时整个小院里只有母子两人。母亲逄琳已经离休，每天的大半时间都待在书房里。吕擎工作并不积极，越来越多地守在家里。他最高兴的事情就是招待几个挚友，还为我们几个专门腾出了一间客厅。他想让我们更多地到他那里去。有一段时间大家真的经常去小院里品茶，在那儿度过一个安静的下午。但这种日子并没有坚持太久，小院又变得人迹稀疏了。大家还是更多地把吕擎拉出去，去别的地方一块儿喧哗。小院里于是渐渐恢复了过去的清静。

吕擎的父亲吕瓯是一个著名学者、老翻译家，如今他的全部著作都被吕擎的母亲装在一个很精致的书柜里，柜子的搁板上还铺了朱红的缎子。那些书籍各种各样的版本摆了长长的一排。我们这些人都知道小院的往事，知道老学者一度多么辉煌，最后竟被一帮年轻人活活折磨死。吕擎母亲告诉：那年冬天他们突然闯进来，在全家人毫无准备的情况下，这伙人突然掏出了一叠红色的纸条，纸条上盖了印章，不容分说就把这四合院里的几间主要房子都封上了。这就意味着再也不能打开。那里面还有刚刚沏上的一杯茶，有刚脱下的一双皮鞋，甚至还有带着体温、没有来得及叠好的被子。吕瓯的一个老花镜也封在了屋里。总之这些东西都突然遭到了囚禁。吕擎的母亲说到这些往事语气淡淡的，好像已经不再伤心。她像丈夫一样，也是一个好学者，出身于书香门第，承袭了家学。

吕擎的父亲是一个高个子，人长得清瘦，一辈子都没有离开过眼镜。当一切情同手足的东西——书籍和笔砚之类都给囚禁起来之后，那些闯人者又把他捆在了院里的那棵老槐树上。这个弱不禁风、一辈子与书籍打交道的人忍无可忍，伸出手指怒斥起来。年轻人火了，开始用皮带抽打他。吕擎母亲苦苦央求，没人理她。她不知道丈夫犯了什么王法，他一辈子除了偶尔出门参加一些学术活动外，大部分时间都伏在自家案头，用一支毛笔写着蝇头小楷。那些人非但不听她的，后来还将她一块儿捆了。那个秋末，院里的一间水房就是他们全家的住处了。冬天提前来到了，水房里滴水成冰，一片逼人的湿冷。逄琳用土坯垒了一个火炉，这样他们才算熬过了那个寒冬。吕瓯不断被人拖到大街上，忍受着各种各样的折磨。有人知道他不敢到高处去，就故意把两张桌子摞起来，然后再把他抬到上面。他在桌上不停地颤抖，他们就哈哈大笑，有时还故意把桌子推得乱晃。老人挺不住了，一个筋斗栽下来，摔得满脸青肿。这样折腾下去，整个人眼看不行了，他们才放人回家。三口人蜷在那个水房里过了一冬一春，又迎来夏天。天热得透不过气，他们就到槐树下支起蚊帐。可是后来有人在槐树上也贴了封条，他们要挨近槐树都不行了，于是只得再次搬回了水房。

到了秋天，水房也贴了封条。再到哪去？四合院旁边有一个堆煤的棚子，那儿就成了他们新的住处。吕擎的母亲不知哀求了多少人，结果只是一个回答：让你们待在这个棚子里就算不错了。棚子不断灌进北风，天冷下来这家人就没法活了。初冬，吕瓯又被单独囚在了水房兼厕所里，那里更是一个冰窖。

好在这年刚刚入冬不久老人就死去了——开始是伤风，到后来就咳嗽、吐血，一天早晨晕过去，再也没有醒来。

吕擎的母亲紧紧搂抱着她剩下的唯一的亲人，一个身材细长的孩子，挨过了那个恐怖的冬天。

吕擎后来告诉我，那时候他们最愁的就是没有住处。如果有个帐篷，也许他们早就逃跑了——逃到山上去，逃到谁也找不到的地方去。这当然是吕擎的一些幻想。当年的父亲和母亲谁也不会有这样的念头，他们大概从未想过这一家人还可以逃走——人世间哪里会有他们的藏身之地？

吕擎越长越像父亲，母亲说他与丈夫真是再像也没有：同样的细细高高，白净而孱弱；手指很长，说起话来声音很亮。他平时很少说话，是那种典型的内向、沉静的性格。我走进那个四合院的时候常常想：让后一代住在这样一个地方是有幸还是不幸？如果我是这儿的主人，要做的第一件事就是设法搬家。因为这里的老槐树，这个小院，这里的一切，都沾上了那个老人的汗渍和血迹。活着的人啊，如何安宁。

但我也明白，他们眼下没有办法，他们没有其他地方可以居住。

2

我笃笃敲门，开门的是吕擎母亲。老人见了我立刻显出很高兴的样子。她七十岁左右，头发全白了，戴着深度花镜，镜片后面的那双眼睛温暖、宽容。老人有点瘦，但精神非常好，人很健康。她也在吕擎所在的大学工作，离休后把所有时间都用在整理丈夫的遗著上。我曾经看过她写下的文稿：仍然保留着竖写习惯，用毛笔在红格竹纸上写下规整的一行行小楷。

走进她的工作间，无论谁都立刻会被一种肃穆的气氛所笼罩。整个屋子里透着墨香，透着一种温馨和幽静。老人在一个红木条案上工作，旁边稍大一点的写字台用来摆放资料。屋子里一尘不染，看不到一张揉皱的纸，也看不到一点纸屑和散放的杂物，毛笔端放在笔架上。写字台的上方是吕瓯的照片，那是一张放大的黑白照。这间屋子的清洁和规整与儿子的住处恰恰形成了鲜明的对比。

吕擎从我认识的那一天就是这样邋遢，他的房间里堆满了各种各样的东西：如果有一个生人走进这间屋子，一定难以判断它的主人到底是作什么职业。床头书架上的所有书籍都没有放正，上面满是灰尘。屋子里有鸟类和植物标本，还有不知从哪儿搞来的一条小小的鳄鱼标本。屋子主人就像这房间的摆设一样，充满了怪癖与不和谐、矛盾和冲突。吕擎给人的感觉是出奇地文雅又出奇地粗鲁：有时会突然蹦出一两句粗话。他的外语很好，他母亲讲，他的水平现在完全可以用来搞点学问了；汉语表达能力也非常强，可以写出很干净的文字——这样的人搞翻译真是再合适也没有——“如果他抓紧时间工作就会获得成功，可惜他总像长不大似的。前年有一个出国做访问学者的机会也让他放弃了。”母亲发出了叹息。

我不知道吕擎心灵深处正涌动怎样的波澜。因为这是深潜难查的，是痛苦更是隐秘的一部分。在他的目光里，你至少会看到两代人的沉淀。这是无法交流无法沟通的东西，它们不能轻易交付，比如说不能放在你触手可及的什么地方。每个人所独有的隐痛和创伤，永远只会属于他自己。

我们在一起时更多的是默默对坐，或者是谈点其他事情。除非是他自己首先接触了一个敏感的话题，由他提起——他说自己好像越发拿不定主意了，“真想做点什么，就一定会做点什么；但我特别不能肯定的，就是自己要不要从头再做一次？我会是一个成功者吗？”

“当然。对你来说这根本不成问题。”

“不。我不是说能不能，而是说敢不敢。我常常听到心里有个声音在阻止我，可另一边又是鼓励的声音……我父亲就是一个很固执的人，他到现在还要把我拖向书桌，而我一直在逃离它。你知道我看不到书籍心里就空荡荡的，那是很难受的一种滋味。说到底那是很深的一股魔力，它已经毁掉了很多人，最后还会毁掉我……我们院里的那棵老槐树就可以证明我的话，它还活着呢！你想想看，至今仍然住在这个院子里的人需要多大的勇气！这个院子当初归还时母亲高兴得哭起来，我也像发了疯似的高兴，因为我们终于又有一座四合院了。后来才知道重返小院意味着什么——我害怕有一天也要捆在那棵老槐树上……”

我没有马上反驳。因为我不想说这完全是无稽之谈……

吕擎毕业前后都是一个飘飘忽忽的人、一个晃来晃去的人，简直像一个无所事事的大龄青年。有一段他发疯似的搜集矿石、各种标本，还埋怨我，说我是天下最愚蠢的人了——竟然放弃了如此迷人的专业。他向我借去了所有地质和自然地理方面的书籍，真的关在屋里啃起来。他的这种专注让我惊讶而又感动。可是我刚刚夸了几句，他就气愤地把书扔在地上：“你错了，我才不会走进这个魔圈——任何一个魔圈。我不过是把它们当作行路指南来读的——有一天我会走进真正的高山大河，那时会有用。”

他特别不能忍受的就是自己在大学的工作。虽然这并不需要每天来来去去，也没有严格的作息制度，但还是使他无比痛苦。他认为这是一种极大的浪费。浪费的不是时间，而是生命——生命中充满的各种可能性。他说：“一个人的最大悲剧是从年轻时就囚在一个笼子里，他呼叫蹿跳，就是无处可逃。”

他认为自己总有一天会辞掉公职，然后走开。这只是个时间问题。我对这一点并不怀疑，知道他之所以到现在还没有摆脱这里，那完全是因为母亲健在的缘故：他总不能抛下母亲去闯荡世界啊。有一段时间我去他那儿，发现他的小屋里竟吊起了一个很大的沙袋。这让我觉得幽默。我从未料到他要习武练拳。可是那次吕擎当着我的面就手脚并用，在沙袋上狠狠来了一通。我问他要弃文从武吗？他没吭声，只伸手戳戳眼镜。不过我知道，这个人远不像他的外形一般文弱。他的两条腿长而有力，可以走很远的路。他还有一颗很好的心脏，能够有力地、源源不断地把新鲜血液推进到肢体的最末梢，使他永远保持一副清醒的头脑，一种蓬蓬勃勃的精神面貌。他的眼睛平时看上去没有多少神采，可是每当激动起来盯视你的时候，又会闪现出非同一般的穿透力……

“半夜里我睡不着，常常听见老槐树那儿传来噼噼啪啪的皮带声。他们还在一夜夜抽打父亲……我用耳塞堵上耳朵，这声音还是要传过来。我从来不敢告诉母亲……你明白我为什么要从这里逃开了吧？我必须逃开，必须……”

3

在吕擎说这些的时候，我脑海里却要极力排除那种声音。一下一下都像抽在了我的心上……外祖母和母亲生前的一些讲述片断被我一点点拼接起来，却又恨不得忘掉它们。它终于成为我最可怕的记忆，永远也抹不掉……

当父亲好不容易结束了牢狱之灾，欢天喜地与荒原上的一家人汇合时，怎么会想到更漫长的苦役在等待他？不久他就被押到南山的水利工地上了，编在了一些由释放的罪犯组成的“二队”。这里完全是军营式的生活，对二队则是使用了劳改犯人的管理方式，所不同的是没有发放统一的带编号的服装。民工春夏秋一律住在简陋的工棚里，冬天则搬到深入地面二分之一的地窨子。大家睡通铺，每人只分到二尺左右宽的窄窄一条铺位，要用砖块作度量单位，所谓的“每人两砖半”。上下工和吃饭休息时都要吹号。伙食全是粗粮，最多的是煮瓜干和高粱米饭，好一点的是玉米碴。二队的伙食基本上没有玉米碴，上工时间长，常常要集合训话，劳动定量非常严格。整个水利工地的最高首长是一个退役军人，这人据说是一个立有战功的残废军人，残而不休，主动要求来这里指挥一个“世纪工程”。这个人伤的是左腿，走路一歪一歪，大家暗地给他取了个外号叫“老歪”。

“老歪”瘦削不堪，全身好像都是由筋脉扭结而成，没有一点多余的肉，精力超常充沛。他与一般管理人员不同的是，随身配有一把手枪，并且动不动就把它打响。天上飞过一只老鹰、远处跑过一只野兔，他都要放上一枪。与那只伤腿不相协调的是他的奔波：可以飞快地一歪一歪走路，在坎坷不平的山地上丝毫不比正常人慢。他的粗哑嗓子只要一响起来，所有人都要身上发紧。他的一句口头禅就是“我毙了你”，平均每天至少要说上五六次。问题是他险些将这句话真的付诸实施：一个在工地上害了眼病的小伙子央求下山没有被应允，结果就自己摸索着跑下山去。人给逮回来就捆在了指挥部门口的那棵老槐树上，先是不管不问过了一夜，第二天一早所在连部的头儿将其痛打了一顿。小伙子忍不住，大声叫骂，这一下就惹火了“老歪”。“老歪”说：“我毙了你！”说着就拔出腰上扎了红绸的盒子枪，暴跳如雷，嗵一声打响了——子弹就从吓得半死的小伙子耳边飞过……

父亲小心到了极点，在整个的二队里，他是最为沉默寡言的一个人。这种沉默后来竟引起了一个小头目的注意，这个人横竖瞅着父亲不对劲儿，故意问他一些话，都是无关紧要的话，父亲只是嗯一声或点点头。“这个人有特大闷劲儿，咱得小心才是。”小头目暗中指着父亲对连长说。连长查了父亲的情况，对小头目说：“这是一个很危险的家伙！”他让对方看紧一些。父亲每天只是苦作，总能完成定量。他的身个不高，却出奇地有力，锤子打得好，结对扶钎的人都愿意找他。干活时他不穿上衣，这是早在劳改时形成的习惯。脚下的石头晒得烫人，头顶的日头越逼越近。工地上有人学父亲那样，不出两天后背的皮就红了紫了，再有几天就像破棉絮一样一层层揭下来。父亲后背的皮已呈棕色，白天晒一天仿佛没有知觉，到了傍晚常常有一股痒劲儿从深处泛上来。每到了这时候，他就要躺到粗粝的石板上摩擦一会儿，直到磨得舒畅了才爬起来。

有一天“老歪”注意到了父亲，一直在一边看着他打钎。看了一会儿，父亲的痒劲儿突然上来了，于是赶紧躺到了石板上……“老歪”蹲在一边看他磨着，嘴里发出了哼哼声。父亲爬起来才看到工地总指挥在这儿，赶忙低头，一转身就摸过了大锤干活。“老歪”却阻止他说：“喂，我问你，以前干什么的？”父亲如实说：当兵的。“你在几纵？那一年你在几纵？”父亲再次回答了他。“老歪”咬咬牙，突然炸雷一样吼道：“胡说！你这个混蛋……我毙了你！”

无论是谁在这样的吼叫里都要全身打战，唯有父亲眼睛都不眨一下，蹲下来，手里的锤子握得紧紧的。

大约从那以后“老歪”就经常来看父亲干活了。他一来，连长和大小头目都会尾随上。他们一声不吭地看。在这样的时候，父亲的后背无论怎么痒都不会倒在石板上摩擦，他只是忍着，脸憋得红红的。有一次父亲实在痒得受不了，只好在他们的盯视下一仰身子躺在了石板上，哧哧地磨起来。“老歪”笑了，然后向一边的小头目使个眼色说：“看把他痒的，你取件管用的大家巴什来。”小头目应一声离开了。一会儿，小头目提来了一柄四齿铁抓钩。“老歪”踹了一下躺在那里的父亲说：

“起来吧，好使的家巴什来了！”

父亲爬起来还没有站稳，“老歪”就一下把那个尖齿铁抓钩往他背上一搭，狠狠按住，上上下下拉动起来……白屑一层层脱落，血珠渗了出来。父亲刚要躲闪，“老歪”嘴里发出“嗯”的一声，按住抓钩柄狠力一拉。

四道红红的血印留在了背上。

父亲一声未吭。

帐篷夜话

1

这天推开吕擎的门，他正在屋里画画。原来他把自己的小窗当成了取景框，正在画院子当心的那棵老槐树。我不敢恭维，因为这幅画到底画了什么，还要费不少力气才能看得出呢。他真敢用颜色，这一点已经超过了印象派后期。可是我知道，至少有一多半初学油画者都是现代坯子，他们别的不想，只想明天一早就把自己撂在现代主义的极顶上。我说："你这幅画应该送到现代艺术展览馆去。"

吕擎说这是严格的"现实主义"。他让我稍稍退开一步，眯上眼睛再看。

我照他说的做。奇怪的是我把眼睛眯起来望向那片朦胧的时候，才发现那一堆堆一朵朵的鲜亮颜色开始变成一个个富有立体感的具象，连树干上面的纹路都清晰地表达出来了。我立刻佩服起来。眼前的这个人就是如此聪敏，他做什么都可以弄出自己的名堂，而且进入一门陌生专业的速度总是快得不可思议。我把话题再次转到了帐篷上，他嘴唇绷着不语。

"你怎么突然想起这个来了？"

他领我到另一间屋里看了那堆黑乎乎的帆布和尼龙布。他介绍在哪些地方做了改进，这样可以在分量上大为减轻——他可以将其折成一个小包，像个背囊一样把它背起来，而且安装的时候有多么省劲儿，等等。

“我一个人不用十分钟就可以把它支起来。”

他做了个手势让我和他一块儿把它抬出去。就在槐树下面，我们两人一会儿就把那个帐篷支起来了。这是个锥形帐篷，很漂亮。我原来还以为是那种两面坡的帐篷。帐篷支好后，他又到屋里搬出一个东西，不停地用脚踏动，原来是一个气垫床。他把气垫铺在下面，又搬来了一个睡袋，搬来一个铝制旅行水壶。好家伙，原来他在默默准备这样一些东西。

我说：“行了，这一套东西就足够用的了。我们有一天可以到远处去了。我这一段很想到山区去，就是我生活过的那片大山——这回不光是做地质考察，而是想去找一个人……”

吕擎看着我。

“可能是长了几岁的关系，这些年我常常想这个人，渐渐就成了一个心病……”

吕擎抬起眼：“他是谁？”

“我想去找那个山里老人，他是我的——义父……”

吕擎不再问下去。他回身去摸烟，没有摸到。“我搞这个帐篷的目的，你听了可不要见笑。眼下，我要用它做个新房。”

“在帐篷里面结婚？”我羡慕地去看帐篷。瞧他多么浪漫。浪漫的大龄青年。

“我跟吴敏商量过了，我们要把一架大的搭在院子里，然后背着充气帐篷、带上杂七杂八的东西到远处去。到郊区，到南边，那些大水库和那些荒山野岭一带是很棒的，你可能还没有去过。我们要过一段宿营生活。”

他说这些时，让我一阵神往。

“我想试一试我们可不可以应付那种野外生活。我和吴敏都认为我们应该从一开始就习惯那种生活。这样即便到了最困难的日子，我们也可以挨过去。不然有那么一天再有人把我们的房子封住，那就什么都晚了。他们可以封住一个固定的房子，可是他们封不住一个流动的房子吧！你知道，只有流动的房子才会属于自己，而固定的房子有时反而不那么保险。这要看运气，运气不好，它会变成囚笼的，真的。”

我知道他在说什么。我问他动身的时间，他说正在考虑。

天黑下来了，吕擎固执地把吃的喝的东西搬到了帐篷里，让我再多待一会儿。一盏桅灯放出久违的光亮，我们半躺半坐在帐篷里，真是惬意极了。

2

交谈中我有了一个新的想法：建议他们到那片山区去完成这趟新婚之旅——我会做他们的向导；届时他和吴敏住帐篷，我就可以住在老乡家里。那片大山才是真正的莽野呢，而你们要去的城郊那些山，早就被这座城市给烤热了。我说出这个想法，吕擎就盯着问：

“那你准备什么时候动身？”

“我还没跟梅子商量。不过我一定要回大山里一次。”

我又提议叫上阳子。吕擎没有作声。我发现他不太情愿的样子，就强调了一句：“我们不能撇下阳子。”

吕擎哼了一声：“我们什么时候也不能撇下他。不过这家伙这一段神气头不对。”

我明白吕擎的意思。人啊，激烈动荡的青春哪……我想起了阿蕴庄的那个姑娘，在心里可怜起阳子来了。

吕擎停了一会儿，眼睛望向一个地方：“老宁，还有一个人是特别向往这种生活的——如果他在这儿，我相信他会跟我们同行的，你猜猜这个人是谁？”我猜不出。吕擎点头：

“林蕖。这家伙其实就是一个四海为家、骑马挎枪打天下的那种角色。他是个干大事的人，他心里的野性极足，绝不是个安于生意场的人，无论他成了多大的财东……”

我打断他的话：“一个有了女秘书的人，一个经常到国外度假的人？你是说他？你现在对他有多大的把握？”

吕擎不解：“你是指哪一方面？”

“指朋友——像过去一样的朋友。”

吕擎点头又摇头：“我们尽管很久没有在一起了，可是我坚信他不会改变。老板和老板的区别太大了！他走向商场的初衷与其他人根本就不一样，这是一个壮志未酬的男人，对他来说，挣下金山银山都没有多少意义。钱只是他实现理想的一个工具而已。他比我们任何人，都恐惧于金钱的腐蚀……”

“我最好相信是这样。可是人真的会变的。我最担心的就是这个。他是你的同学，你们曾经一块儿干过。那一次他陷得够深了，跟橡树路彻底闹翻了，这才迁居北方那个城市。他成了商界大人物之后虽然十分低调，可惜整天忙碌的仍然是巨额财富的积累。他没有做出任何让我们吃惊的事情。”

“那还不到时候。我听他说过一些资助计划，在贫困地区建校、给收容所巨额捐助……还有其他想法。他不会让我们失望的，你再给他一些时间。”

我想起了那次找他扑空的事：“我们杂志社电话和书面联系他已经几次了，其实我们需要的对他来说不过是很少的一笔钱。我觉得他与许多商界人士没什么两样，很吝啬的。”

吕擎摇头：“不，我忘了告诉你，后来他给我来过电话——他早就仔细研究过你们的杂志了，这才决定不做捐助。”

“为什么？没有意义吗？”

“他没有细说，他只是告诉我——‘对不起，钱我有，但我有更伟大的使用’。”

一句大言，一句空洞的搪塞。我厌烦这样的回答。这时候我又想起了阿蕴庄里那些收藏的艺术品，不知怎么，一股愤愤不平之气涌上来，我随口揶揄道：“他应该投资阿蕴庄，成为那里的一个大股东；他应该学一下那个神秘人物穆老板——他们才是同一个阶层的。警惕和恐惧金钱的腐蚀？一个亿万富翁？我怎么听了后背一阵阵发凉呢？”

吕擎半晌未吭。他看着窗外的帐篷，嗓子突然有点嘶哑：“也许是

我们对这一类人物 —— 我是指对这个阶层的过敏症；也许是并无多余的担心。可我唯独对林蘖有信心也有把握……那是怎样培育起来的一种信心哪！老宁，你可能到最后也不会明白……我和他平时联系并不多，有时半年过去了还没有通上一次电话。可我们是心心相印、心照不宣的。相信吧——就像相信我一样相信我的这个朋友，千万不要往坏处想他……”

我不再说什么。因为我已经察觉了自己的冲动，那是一种毫无来由的愤慨和焦虑。但我内心里对目前的林蘖仍旧没有信任。我更信赖自己的直觉。

3

在桅灯柔和的光线下，我的思绪飘向很远很远。我在想一个人大山里的日子，想父亲晦涩而艰难的岁月，想那个一直被我隐瞒了许久的山里义亲——这个人啊，我们从未谋面，围绕我们之间却生出了那么多故事。这是一个背叛和分别的故事，也是一个逃离的故事、痛失昨天的故事。我的刻骨铭心之爱竟然就包含在这个故事之中。是的，我心里有一个沉沉的硬块，它硌得我日夜不宁。这不仅仅是因为愧疚，还有其他，有等待我破解的谜一样的宿命。我生活在两个父亲之间，一个是真实的，一个是虚拟的。

吕擎在饮一种深棕色煎茶，我尝了尝，有股说不出的陈年老味，它完全不同于我早已习惯的绿茶。他说这种茶因为可以藏得长久而变得更为让人喜欢：无论你在旅途上或是哪里，也无论你带着它度过了多么漫长的日子，它照样可以让你有一次像样的享受。因为它沤制过，所以它不再那么脆弱和容易改变。你尽可以随便煎煮一下喝，也可以往里加盐加糖加牛奶。今夜我试着喝了一大杯，渐渐觉得这不是一种茶，而是岁月本身的苦涩和甘味……我说出了这个感觉，吕擎笑了笑：“茶就是茶”。我知道他总是嘲笑一切书呆子式的酸腐。

沉默了一会儿，吕擎突然问：“你说要进山找父亲——义父？”

我点头。其实我每一次去山里，都觉得和父亲在一起。那是他的苦役地啊，那里的每一处都洒下了他的血汗。我为什么要一次次去接近和寻找？就因为这之前我们之间相隔遥远，我躲避他厌恶他，想与之永远分离。两个父亲对于我都是如此。

父亲的话题对于我和吕擎同样沉重。他蜷在帐篷的一角，那么高的个子竟然缩起来，像是怕冷。他喝着茶，吭吭哧哧：“这种茶是暖性的，对胃好……我最怕、最不愿意做的一件事，就是听母亲一遍遍讲父亲。她好像对现在最满意最自豪的一件事，就是社会上把父亲说成是‘学界泰斗’和‘文化岱岳’。这几乎众口一词。她表面上反对，总要谦逊一下，内心里从来没有怀疑过这一点……可我最害怕听到这样的说法，一开始是怕，后来是恨……”

我不由自主地把身子倾向他，我想在不甚明亮的光线下看清他的脸色和神情。可惜他的脸掩在阴影里。我没有听错那个字吧。

“父亲的全部文字我都看了一遍——不止一遍。他死得真冤，因为那些加害他的人一直把他当成了思想的敌人和对手，作为一个异类去狠狠讨伐，直到最后把他从肉体上消灭。其实这种误解多深哪。那些人根本就没有好好读过他的书，因为只要稍稍深入一下它们，就会知道父亲这样的人一点害处都没有。他这辈子，连一点点属于他自己的创见都没有。对于生活和社会，他从来没有提出过自己的建议和主张，他压根就没有这种打算，直到死，连一声尖叫都没有发出过。他哪有自己的主张！他从来没有一以贯之的追究探索，更谈不上创建什么思想体系，只是一个伏在案前的文字匠人、只是勤奋劳作了一生罢了！这样的人怎么会有害呢？他做的全部工作一句话就可以概括：无害而有益！他怎么会成了敌人、又成了今天的'文化岱岳'？"

我一声不吭。我掩去了心底的惊讶，一度怕打扰还把呼吸放得轻轻的。

"这是平凡的劳动。这值得尊敬。可是那些把一个平凡的劳动者封为'文化岱岳'的人，除了糊涂，更有可能倒会是一种心计和盘算——他们希望所有的人都在父亲这里止步，止于父亲所能做的这一切，安于最平凡的劳动……"

我忍不住，低声吐出一句："是的，平凡而伟大……"

"我父亲伟大吗？"他的头硬硬地探过来，那双眼睛闪闪发光。

我低下了头。

"为了不伤母亲的心，我不会轻易说出这些话的。可是我总有一天会说的。他们正想借助母亲和后一代的虚荣心，来混淆和掩盖一些大是大非。可他们办不到。伟大？当然，但可惜不是父亲。我今夜第一次说出了积在心里的话，因为这些话不能在家里说；不说，又会压得我难受……”

约定

1

从吕擎那儿回来，整个一天我都在想那些不幸的逝者。对于后来人而言，最大的敬重即是质朴而真实的情感，而这些，吕擎做到了。令人感动的是，他一个人于困难的处境中，竭尽全力理解着相当晦涩的父亲。这就是吕擎最为难能可贵的地方。关于父亲，我也曾经使用过“晦涩”二字。但这几十年里，我似乎沿着与吕擎完全相反的方向寻觅自己的父亲……即便对于“义父”也是如此，过去是逃离，今天是接近——他还活着吗？他在山隙里过着谁也不知道的日子，还会记起很早以前的“儿子”吗？更有可能的是一切都无从补救，老人因为年迈和贫困、焦虑和孤苦，早就离开了人世……

但无论怎样，我还是想去那片大山。我早就该这样做了，现在真的太晚太晚。

我把这个想法告诉了梅子。她说：“人上了年纪才会怀旧，可你还年轻呢。”

“我希望我们一起去找一下那个老人……”

梅子没有作声。我真希望她能同去，因为我们应该结伴而行。想想看，我们一起回到昨天的那片大山，这该是怎样的情形，这无论对她对我都是很有意义的事。一想到这儿，我的心里就热乎乎的。可我又不抱什么希望，因为我知道梅子不会长时间地离开城里的工作；而且像这样的远行她也要事先征得父母的同意。但我还是重复了一遍：

“我们一起好吗？”

梅子看了我一眼。这一刻我觉得她的眼像猫一样。

可是后来我才知道，她正认真考虑我的建议。到了晚上，夜幕降临时，我们刚坐在桌前她就说话了——她的声音这一次显得非常柔和：“我琢磨了一下，还是和你一起去吧。我想请个长假。你知道，你常常一个人出发，把我扔在家里。这一次我再也不想让你撇在这儿了。我想和你一块儿走一次，你走到哪里我就跟到哪里。我想看看你是怎样一个人在外边过日子的，想好好看看那片大山。你讲它讲得太多了，有时我觉得就好像自己也在那里流浪了好多年似的，真想亲眼去看一看。这些年你离家的日子太多了，你一走就带走了我的另一半。我半夜醒来，常常听到你的脚步声，听到你敲门——这当然是幻觉。那会儿你还在大山里呢……”

我一直听到眼睛发热。很久没有这样了。这个夜晚，我觉得梅子身上的气味熟悉而浓烈。我喜欢她头发里散出的那股李子花的气味。我觉得她的身体在微微颤抖。后来我发现她眼睛里闪烁着晶亮亮的东西。她不能够平息。渐渐，她的声音有些沙哑了：

“你知道，我们这些年过得都不容易……”

“我……”

“难道非要这样不可吗？我们如果像别人一样上班，回家做饭，星期天一块儿包水饺，将来再有个孩子——我们扯上他（她）的手到公园去，去看他的外祖母、外祖父，有时间再到剧院，去参加晚会……很多人都是这么过的，我们不能像大家一样吗？”

夜色漆黑。我在倾听。

“不能吗？”

我点点头。我听出自己的回答非常艰涩：“大概不能了，梅子。我试过，你也知道我做过多大的努力。我知道你的好意，你想让我幸福，让我在这座城市里落地生根，一点点安定下来。可是你知道，我从生下来就没有安定过。我们一家在荒原上是孤孤单单的，小时候只有外祖母和我在一起。可是后来她死去了。我差不多是一个没有父亲的孩子，却要活在父亲带来的恐怖里。无论什么时候，只要有人高声喊一句，我身上就要打个哆嗦。到处的声音都太大了，我不得不找个地方藏起来。那些给我血泪磨难的地方让我恨也让我留恋。我不能背过身去把它们全都忘掉，我试过，我做不到。我要不停地想着那片山地、那个海边平原，因为我的魂丢在那里了，在那里游荡。我知道谁也不能从根上改变我，尽管我知道自己太需要别人的援助了。我想只要你永远和我在一起，我就会好一点，就会幸福。因为谁也不能取代你，谁也不能……”

梅子的手在我的鬓角那儿抚动，好像在寻觅早来的白发。她自语一般说着："我要和你一块儿去。这次就让我们一块儿吧。我们一块儿到大山里去吧，找找你想找的人……"

这个夜晚我们都很激动。我从内心深处感激梅子。我突然发现有那么多话要说、要告诉她……我讲了在北边那个城市、在农场看到的一切、听到的一切。当我讲到那个口吃的老教授和那个跪着死去的少妇时，她哭了起来。我说她：你看，很多人是怎么生活的，它可怕吗？可这种可怕的生活离我们并不算远啊。它就在我们身边。昨天，今天，其实一切都在眼前，不过是堆在了一起。我多么想安安静静地过日子啊，我早就讨厌了那种颠沛流离的生活。可是，可是我实在无法忘记那一段。有时候我也后悔，后悔不该去那个农场，因为我心里装得东西已经太多了，我再也装不下这么多了……

我坐起来，到挎包里摸出了藏起的那个笔记本。它上面就是我沿途记下来的那些东西。整个事情的关节，特别是我的一肚子感慨，都在上边了。

梅子惊讶地接过那厚厚的笔记本，一个人看了起来。我此刻再不愿打扰她。

看来她被深深地吸引了。后来，她就把里屋的门合上，伏在写字台上久久地看下去。

2

我一个人走出屋子。我想让梅子自己待一会儿。

我往前走着，走着，直到踏上了离我们家不远处的立交桥。

人行道上有很多老人和年轻的情侣。老人孤独地坐着，若有所思地叉起双手；情侣们就在明亮的路灯下不停地拥吻。他们都很年轻，刚刚十七八岁，顶多二十来岁。在桥墩下的阴影里，有更大胆的一些恋人。没人在意这些。每个人都拥住了自己的一团生活，大家互不干扰。每个人都在自己的天地里徘徊。世界就是这样被分割了、创造了，陌生而冷淡。人的一生无法穿越另一些空间，就像永远也进入不了第四维度一样。

往前走着，没注意旁边一个人趿拉着鞋子尾随上来。我觉得不对劲儿，转脸一看，看到了他手里提着的一个东西。我知道这就是那些到处游逛的算命先生。我没有理他。可是他却固执地绕到我的前面，仔细地端量我，连连说：

“有喜啦，有喜啦！”

我的好奇心被挑逗起来：“有什么‘喜’？”

他咬咬嘴唇，做出一副很诡秘又很肯定的样子，继续盯视、上下打量。我又一次追问，他就迎着我的脸伸出了一只手。我明白了，掏出一点钱。他把钱装到衣兜里，引我到一个没人的地方蹲下来，伸手揪掉了我的鞋子。

他捏了捏我的大拇指，又捏了捏我的肩膀、头颅，最后才给我看手相。这一套把戏我见得多了，但还是任他弄去。他看了一会儿，咕哝：“外遇不少哇。”又咕哝：“艳福不浅哪。”我不希望他总是缠在这一类事情上，就说：“扯点别的。”

他扬起脸来哼一声：“别的？天下万事万物，哪一样不连在这一方面的事儿上？告诉你吧伙计，你这个人坎儿多、事儿多；有走不完的路，操不完的心；父母已双亡，娇妻睡身旁；朋友遍天下，知心有几个？”

他摇头晃脑像背古书一样说下去。后来他又捏起了我的脚趾，嘴角使劲扁着：

“呔！你长了一双流离失所的脚啊……”

他晃荡着走去了，把我一个人扔在那个角落里。看着他的背影，琢磨着他的话，心头不禁泛起一点惊悸。

一个留着女人头的男人和一个留着男人头的女人走过来。他们大大咧咧地搂抱，靠紧在一块儿走着。男的对女的说：“多么有意思啊！”女的说：“嗯。”男的说：“多么有意思啊！”女的说：“真有意思。”“多么有意思啊！”男的大声说。女的说：“真有意思。”他们从我旁边走过去……

我回家了。

屋里一点声音都没有。奇怪的是没有灯光。我推开了门，见梅子还坐在桌前的黑影里。看来她故意关了灯坐在那儿。

那个笔记本还摆在她的面前吗？

3

阳子非常挂念帐篷的事情。我告诉他：吕擎这次真的要进山了；我和梅子也要一起去。

“就住帐篷？”

“嗯。”

“他们是去结婚吗？”

“是的。”

阳子犹豫了一下：“那我就……不去了。”

“可我还是想让你一起。你一路可以画很多画，把那里的山、水、树好好画一遍，还有山里的人。你怎么不去呢？你不是盼望有这样一个机会吗？阳子，你该设法战胜自己，你为什么这么怯懦？”

最后的一句话说出来立刻有些后悔：太严厉了。我想他此刻大概仍在一种情感里挣扎。我没有问他元圆的事，因为我料定他还没有中断与阿蕴庄那个姑娘的关系。一想到这里我就恨起了那个姓穆的老板。

阳子果然没有听进去，只说：“我不去了。我在城里等你们吧，也许这段时间里对我很重要呢。”

我不再说什么。我倒真希望他能尽快做出自己的决断。青春期的热望和障碍啊，一块儿出现在我的朋友身上。那莫名的焦虑和渴望似曾相识。我曾尽力去理解，一个直接的预感不过是：如果有一个活泼可爱的女孩取代了另一个，他就不会这样神情恍惚、怪里怪气的了。他可能被性、生命力、现代魔法、艺术和幻觉、一些古怪情结，还有纯属个人的什么癖好，给一起缠住。对此，世上没有什么包治的偏方，也许一个平凡而热烈的女性略施小计就会解决这些棘手的问题，让他进入世俗的轨道平稳运行。

我把梅子要一同去山里的想法告诉吕擎，对方却犹豫起来。

第二天他和吴敏一起来了。

几天不见，吴敏有点胖了，脸上闪着一层光泽。她眼睛里全是幸福和欢乐。我觉得这是婚期逼近造成的。

吕擎在那儿向她低低地说了几句什么，她飞快地向这边望了一眼。他们多么幸福，一个女子让另一个以倔犟出名的男子变得如此温驯，甚至还有点婆婆妈妈的。吕擎说：

“我跟吴敏商量过了，都觉得你和梅子难得回老家一趟，我们就不跟上搅和了。你们回来的时候我们再结婚……”

“开玩笑。这怎么可以呢？我们可以推迟，但你们不能推迟啊……”

吕擎坚持着：“不，我们已经做了决定。就是这样。你们去吧，我们等着——等你们把路上看到的一切回来告诉我们，这样更好……”

……

卷三

第十三章

聚会

1

我和梅子为即将开始的远行而忙碌，两人都有些兴奋。我们要在离开前把一路上所需要的东西全部准备好。梅子心细，她一边翻找着零零碎碎一边设想着旅途，不时地停下来问问我。一些杂七杂八平时全放在了堆房里，那是两间搭在屋前空地上的油毡顶棚子。两年前这儿只是三十多平米的空地，上面除了两棵杨树，还有我们建成的一个小花坛。后来有一个外地朋友路过这儿，他先是建议、后来索性和我们一块儿干起来：在空地上搭建了一个棚子，既可以做堆房，又可以做厨房之类。

这天我们正在堆房里翻找着东西，突然从一边传来了很重的脚步声——这啪哒啪哒的踏地声不同于我熟悉的任何一个朋友。梅子正起身去提水，一抬头就看见了一个穿得破破烂烂的人走来。她小声对我说："来了一个乞丐。"

我瞥一眼就继续做活。可是那个乞丐一直走过来，然后在我们面前停住了。我转身搬东西，他仍然站在那儿一动不动，嘴里还发出了一声奇怪的："嗯咦！"我不由得去看，这一抬头马上愣住了。可还没等我喊出来，对方就一下握住了我的手。

他笑着。我两手脏脏的，可是我们已经顾不得那么多了。我赶紧招呼梅子，说快看看是谁来了啊。我告诉她这个人是庄周——我们在外地流浪的一个好友回来了！

多有意思，眼前的人分明是一个真正的流浪汉，瞧他的脸给晒得乌黑，一笑露出的牙齿洁白洁白。他的头发已经像女人一样长，上面还沾了草屑。天气不太冷，他却穿了一件破旧的棉衣，衣领处已经有了汗渍。

"老庄，你这家伙，像从天上掉下来一样！"

我扯着他，把他介绍给大惊失色的梅子："他就是庄周。庄周回来了！"

梅子往前走了一步，庄周对她点头微笑。她和他其实很熟，两年前他还在我们家住过呢！不过这一次庄周的变化实在是太大了、离开得也太久了。梅子瞧着这副模样似乎有些紧张，不敢直呼他的名字。

"你这个家伙，你一点音信都没有！"我拍打他的肩膀，请他进屋。庄周回头看着梅子，又专心端量我。他一边走一边跺脚——我知道他只有愉快到了极点才会不停地跺那双大脚。他穿了一双破旧的军用鞋子，没有袜子，也没有系鞋带，翻开的鞋口露出了粗糙的脚背。他的面容刚才还有些呆滞，进屋后却满脸欣喜。

"你这个家伙，怎么摸到这里来的？"

他没有回答我的话，一手摸起了茶几上的火柴，一手撕破了一包烟。点上烟，又喝了一大口水，才舒畅地吐出一口气："……早晨从火车上下来，想在城里换口气，再赶下一班火车往东；后来就想起你、想起一帮朋友来了。心里一热，就挪不动腿了……”

梅子一直站在一边，这会儿不知如何是好，好像还有点拘谨。这会儿庄周说饿了，她就应一声给他弄吃的去了。她这会儿多少有点慌里慌张的。一碗热腾腾的面条端过来了，老庄一连吃了三碗。吃过之后他说话的声音就柔和多了，声音也变得低缓了，一会儿就眯上了眼睛，歪在沙发上睡着了。我看看他蓬乱的头发，破旧的棉衣，心上顿生怜惜。可以想见他一路的饥饿困顿。梅子轻手轻脚走开，取过一床毛毯搭在了他的身上……

他舒舒服服睡了一觉，醒来打一个长长的哈欠，四处环顾着……这时我才想：庄周也许一时不会走开。他真该在城里会会朋友，待上几天甚至更长；因为他在旅途上难得有这样的休整期。正这样想着，他真的说了一句“不走了”，然后突然想起了什么，有些担心地问：“你们这些天没事儿吧？”我和梅子对视一下，都不好意思说马上要回山区的计划……

晚上，我们在外边一间给他搭了个简易床。他鼾声如雷，还不停地说梦话，梅子好几次给惊吓起来。我照例要在案边磨蹭到深夜，有时蹑手蹑脚出来，端量一会儿他奇怪的睡相。我发现，可能是长期流浪生活养成的习惯，他晚上睡觉不脱衣服，就那么仰躺着，被子只盖一角……看着眼前这个人，没有人会相信他许久以前曾是那样一个人，甚至还以为他伪造了一份履历呢。这个人走到了今天这一步，整个过程本身就构成了一部长长的传奇。

几年以前庄周还是这座城市里的一个显要人物，在许多人眼里他简直是“橡树路上的王子”。他在青年组织和艺术委员会都担任要职，而且出身名门，有一个漂亮的妻子，孩子刚刚两三岁——也就在这样的情形下，有一天突然发生了一件震动整个橡树路的怪事：这家伙失踪了。可以想见里里外外的惊愕，全家人急成了一团……直到许久之后大家才知道这是怎么一回事儿——庄周“出走”了！只不过听起来所有理由都难以成立，而且逻辑混乱，完全像是一个精神病人所为。就这样，他从这座城市里消失了，一时音信全无；随着时间的推移，断断续续有些消息传出来，有人说他已经是一个流浪汉，还亲眼看到他和真正的乞丐们搅到了一块儿。从庄周投入茫茫人海的那一天起，大家就开始想象和猜测他的生活：这样一个人抛家舍业一抬腿走开，那真是要多奇怪有多奇怪。从橡树路上走开的人哪，从此享受格外自由格外寂寞的生活去吧，那会是一条多么陌生多么偏僻的人生之路啊……

屋里有点闷，我于是打开了窗子。离得很近了我才发现，几年没见了，他的脸相却一点都没变老，只不过鼻子上不知怎么受了点伤，结了个小小的疤痕。我想那也许是在旅途上被人殴伤的。

我正端量着鼾睡的人，梅子醒来了，她轻手轻脚地走过来。我们一块儿看着这位突如其来的、奇特的朋友。一会儿，他的喉结活动了一下，接着立刻睁开了眼睛。灰暗的灯光下，这双眼睛一睁开就显得大而明亮，还有些特异：两个眼角有点微微上吊，双眼皮，一对眸子黑白分明。不过这眼睛睁大了的时候，正流露出一股不难察觉的野性。他一下坐起来，揉揉眼睛问：

"怎么还没有睡呢？你们俩……"

我说："没有，我们起来走走……"

"走走？"

梅子的脸红到了脖子。

"去睡吧，天不早了……"

他说着打个哈欠，一仰身子又躺下了——刚躺下不久，又发出了呼呼的长鼾。

2

庄周真的住下来了。我和梅子多少有些作难，也有些矛盾：我们既希望这个客人多待些日子，又怕他长时间耽搁了我们的行期。他来得可真不是时候啊，他不知道我们已经从吕擎那儿借回了尼龙充气帐篷，一切远行的准备都弄停当了；还有，岳父一家也支持我们的这次长旅，同意我们"回老家一趟"。这显然是一次不同寻常的旅行，梅子这些天里正幻想着呢，她将旅途想象得完美而浪漫。庄周到来之前，我们两人只有一个念头，就是快些回到那片大山……

夜里，庄周的呼噜声搅得我们实在没法入睡。除此之外，他带给我们的倒尽是愉快。每天天亮以后他总是很少待在屋里，匆匆吃过早饭就出门去了。我知道他大概是要料理一些事情，离开这么久了嘛；他还要去会城里的朋友，他在这座城里的朋友可太多了。

有一次他从外面回来，手里提着几盒糖果，一袋糖酥煎饼，用一张报纸裹着，说是送给梅子的礼物。这让梅子感动得不知如何是好。

梅子从柜子里找出了几件衣服，想给他换下那件棉衣，他愉快地接受了。我的大多数城里朋友他都熟悉，这会儿终于开始一个个打听他们了。我把吕擎吴敏、阳子几个人的近况介绍了一下，他立刻搓着手说："真想他们啊！我……"他嘴里发出了一声不易察觉的呻吟。

我于是马上在电话中找到阳子，然后又把吕擎和吴敏叫来……

这是一次出乎意料的聚会。这次重逢不知怎么让人阵阵伤感。大概几个人都在不约而同地回忆过去的庄周——当年的那个"王子"，那个西装革履的家伙……阳子想从邋邋遢遢的庄周身上发现一点什么，比如令人厌烦的一丝矫情、经过掩饰的悲伤、装腔作势和耸人听闻的言谈举止之类，结果很难。阳子小声告诉我：对方这会儿不过是极力想让我们大伙儿愉快，自己却咽下了难言的痛楚。"为什么要出走呢？为什么要这样作践自己呢？"阳子皱着眉头说。他的这些质询有时也塞在其他几个人的心里，但事已至此，没有一个人当面去问……

庄周把脸转向吕擎，问他这一段忙些什么？

吕擎搓着手："没什么，我们正……"

他大概想说"正准备结婚"，这时笑着去看吴敏。

吴敏的脸通红通红。我知道她和梅子一样，都对这个流浪汉朋友感到十二分的费解和陌生，除了深深的好奇，内心深处还多少会有一种拒绝……吕擎面对庄周却表现出一种特别的兴奋，他像我一样，从过去到现在都很喜欢这个人。我与其他人不同的是，我对庄周出走的原因知道一些，但我不想说得太多——其中的某一部分永远都不会说出……大部分人在庄周出走之前与他见面的次数就很少，现在当然更少了。大概足有两年我们谁也没有见到他的影子，只有零零星星的传闻飘到耳边。可是说心里话，我们平时既想念他，又不愿过多地提起他……

仿佛在这座城市里，特别是在上一代人和女人的眼里，庄周或多或少成了一个忌讳。这虽然有些奇怪，但却是千真万确的事实。大家平时提起来总是要回避他：存在心里，闭口不谈。

真实的情形是，他的突然消失不仅在亲人当中引起了痛苦，就是朋友之间也多有抱怨，对这个事实难以接受。当时在全城一部分熟悉他的人当中引起的震动太大了，都觉得这是六月下雪晴空打雷一样的怪事，再不就是一个经过了伪装的弥天大谎。后来当一切都被证明是真的之后，各种流言和猜测也就纷至沓来，朋友们见面都是张大了嘴巴，发出“啊哦、啊哦”的惊嘘声。刚开始不少人以为这是一次“逃情”，就连他的妻子李咪也信以为真。想想看，这个年头除了婚姻、除了男女情事还能激发出各种各样稀奇古怪的兴趣，城里人哪里还会关心其他。再说现在的年轻人也难有什么令人耳目一新的创举，敢作敢为的人越来越少，除非是男盗女娼……可惜这一回他们的估计都落空了。随着日子一天天漫延下去，人们知道远不是那么回事，也没有那么简单。由此而引起的困惑比以前大出了许多：既然不是为了一个女人，那么他又为了什么干出这等傻事来？这可不是一般的傻，要知道一个人傻成了这样，那也只有称之为精神病了——原来今天的世界上还有如此怪异之事：一个人匆匆出走不是为了别的，而仅仅是为了做一个货真价实的流浪汉——这个故事在今天不仅是荒唐到了极点，而且绝对不可听信。

事实就是这样，庄周撇下了父母和妻儿——他刚有一个稚嫩的孩子——在某个平平常常的早晨，一抬脚跑到了远方。

妻子李咪不知流了多少眼泪，后来干脆搬出了庄家。

我当然明白，一切绝对不会那么简单。可是我对整个事件的缘由闭口不谈，我和吕擎等朋友对此也不愿提及……整个故事里有什么令人刺疼的东西掺在其中，它正以不可回避的方式呈现出来。这其实是一个人所能承受的最大悲伤。而平时，许多人宁愿把它吞咽下去，宁愿将其装在心里……

我们的这次聚会有点突如其来，可是它发生在这个秋天，能让人感到一种特别的温情、一种这个季节里所特有的凄美……我们该和他谈点什么？一路风情？久别的问候？好像一切还没有那么简单，大家面对这样一个人常常欲言又止，有时不知怎么说着说着就冷了场。庄周占有主动发言的先机，他比周围的人都随意一些——我们都发现，他这次归来比两年前似乎放松了一点。这会儿他令人惊讶地告诉：他在两年中曾经不止一次回头找过李咪——也就是说，他曾偷偷地溜回城里看过妻子……

“她怎样了？”吕擎问了一句。

“这么多年过去了，她已经不再等我……可是我们见面时真不知说什么才好。我以前也劝过她，这次还想说：算了吧，你从头开始吧……可是我发现已经不需要了。我当时为什么不能快刀斩乱麻，像个男子汉那样？是不忍还是愚蠢？可能二者都有吧。当时她真的还在等下去，一个人拉扯着孩子。这是我觉得亏欠她的地方。我身上这件棉衣还是她给的。我们上次见面是个冬天，天太冷了……”

大家一声不响地听着。气氛太压抑了。梅子和吴敏默默相视……庄周想缓和一下，接下去转了话头。他开始用轻松的口吻讲一些路上的故事……我们也都做出好奇的样子，专心听他讲下去。由于只有阳子一个人与之呼应，庄周的声音越来越干涩，最后还是沉默下来。不知谁提到了另一个朋友——林蘖，庄周立刻打起了精神，说：

“我去找过一次林蘖。”

我和吕擎都抬头看着他。我似乎不太相信。因为与过去不同的是，林蘖太难找了，而以前他却能时不时地出现在这座城市里—— 他在校时有个外号叫“老汉儿”，与吕擎是同学，虽然不是同级，却一度是挚友；他的母校是这儿，姨母也住在这个城市，他有许多理由来这里，而且每次到来总是更多地与我们在一起。前不久我为杂志社的事情专程去那个北边的城市找过他，不仅没有见面，还留下了极不舒服的感受。如今他是一个真正的富翁了，但这之前他的名声已经很大了：在校时他是有名的铁嘴，从学校的头头脑脑再到橡树路上的人，大概至今还对他有着深深的怨恨。毕业后这家伙销声匿迹了一段时间，浪迹天涯来去无踪，再次出现在这座城市的时候却变成了一位富翁：留了板寸头，高高的身个干练利落，风尘仆仆来去匆匆。吕擎说他在学校时就有人觉得是个难解的谜团，认为这个人脾气太怪，既有魅力又难以接近……

庄周讲了去见林蘖的前后及其缘由：“这个人的名声很大，他从在学校读书时就一直吸引我，可惜那时我们还不认识。我今年初在山区和其他贫困地区发现了林蕖捐助建设的几所学校——规模和设备都让我吃惊！特别是实验室和图书馆，那是第一流的，就在我们这座城市也很难见到。后来我在其他地方又发现了两所这样的学校，这才知道他原来在默默地做一项大事业。让我感动的还有，有几座城市的流浪汉收容所也是他援建的，那里的设备同样好得令人惊讶……从那时起我就想找到这个人，甚至在心里计划怎样参与做点什么——干什么都行，没有想好。这是晚上睡不着时瞎想的，有些冲动……”

吕擎看看我，那目光好像在说：怎么样？我以前说过的话，今天得到了证明吧？我没吭声，只听庄周讲下去。

“那是我第一次去看林蕖。我因为正好路过他的城市，心里一阵激动，就决定试一试。我几乎没有想能不能见到他、他会怎样对待我……心里只是想，能够做出这样一番大事业的人，肯定一眼就会看出我是一片真心，总不至于拒人于千里之外吧。非常凑巧，我真的找到了他的住处，一敲门，出来一个头发削得很短的姑娘，个子不高，可能是他爱人……”

我凝神谛听，这时在心里说：那你错了，这是他的女秘书！

“她爱人把我让到屋里，然后我就看到了这个人——又瘦又高，那发型，差一点就剃成了秃瓢。他没说话，看人的眼神很沉。我涌到口边的话又咽了回去。我坐在那儿，一直在想怎样开始这场谈话……我几次想说话都忍住了。林蕖一直冷着脸，不说话，只不声不响地做一件事——从我进门时他就在翻一本厚厚的外语词典……”

3

庄周嗓子有些哑，“他不理我，一个人翻那本词典……”

几个人都静静地听。

“我们始终没谈什么，”庄周低低头，“就那么坐着，我喝茶，他看词典。我们都不吱声，那是自尊心在起作用，也可能彼此都知道对方要说什么。有一种谈话——我是指有一些人的谈话，可能就需要这样吧。我知道自己来得真不是时候，打扰了他。只是我不忍心就这样离开。”

阳子问：“他看的是什么词典？”

“不知道，好像是拉丁文。”

“林蕖不会拉丁文，”吕擎摇摇头。

“我那天就这么坐了一会儿，最后好像觉得也该走了。他大概认为我不是一个真正的流浪汉。因为我见他偶尔从书上抬起眼，目光里充满了怀疑。大概就因为这个，他不愿跟我说什么。他当然不会是嫌我穿得邋遢才厌弃，不会的……”

阳子笑了。

庄周顿了顿又说：“又耽搁了一会儿，他爱人就去开窗子——外面的风是很大的……”

“你们真的一句话也没说吗？”吕擎像是刚刚听明白。

“没有，”庄周摇摇头，“不过我们总算认识了。我要告辞了，站起来时，他主动伸出了手。我们握了握手，我就走开了……”

关于林蕖的故事讲完了。庄周垂下眼睛：“我这次回来，本来想看过几个朋友就走，可是……”他用力咬着嘴唇。此刻我真怕他说出什么伤感的话。正这会儿梅子突然脱口而出：“李咪……”

庄周像没有听见，大声打断梅子的话说：“我看你们家屋前空地上的棚子不错，大伙儿闲着也是闲着，不如帮我收拾一下 —— 就让我住那里边吧，这样才能多住几天。我已经习惯了，再说我晚上呼噜打得太响……”

梅子被这个提议惊得合不拢嘴。我说这怎么可以呢！我们绝不在乎你的呼噜……

庄周却固执地坚持要那样做。

最后在他的一再催促下，首先是吕擎开口赞同，接着大家竟然真的帮他收拾起来。不一会儿我们就把一些铁丝、碎木条，还有一些破纸盒子从棚里搬出来。大家一会儿干得满身大汗，油毡顶棚子里面终于变得干干净净了。接着是用纸板和旧报刊铺了几层，一个软软的地铺就搭好了。庄周试了试，说：“我住在这样的小屋里才踏实，太干净的地方住起来还不随便呢……”

新的住处整好之后，庄周的样子显得放松了一些。他当天就出去了，半天时间不知从哪儿把全部家当拎了回来：一个很大的背囊……显而易见，我和梅子启程的日子已经难以预测了。我渐渐安定下来，索性不再去想。庄周住下去，梅子却增添了新的忧虑：万一李咪和庄周的父母得知他已经回城，而且就住在我们家，一定会非常生气的。要知道他们一直在到处找他。我当然明白，可是我们绝不能把庄周交出去，因为那样做就等于是一次出卖……

自从庄周安顿下来，我们这儿简直夜夜灯火通明。阳子、吕擎和吴敏几个每天都要聚到这儿，围着庄周有说不完的话，到了吃饭的时候就一块儿动手做。我们必须承认，这是大家过得最高兴的日子。门前空地上的棚子比我们的小屋更具吸引力，因为它已经成了庄周的地方。邻居也渐渐注意上了我们，有人跑过来观望一会儿，看不明白就走开了。

庄周钦佩吕擎的眼力。有一次吴敏要帮梅子做什么，刚一离开，庄周就对吕擎说："一个好姑娘！"

这个与妻女不辞而别的人，这会儿却羡慕起这两个人的结合。

吴敏当然是个好姑娘。她是艺术学院钢琴专业的学生，而且学业优异，眼下正到了最后一个学期。大概由于庄周的缘故，她已经把很多课余时间耽搁在了这儿——吕擎感兴趣的人她也感兴趣，吕擎的兴趣有多浓，她就有多浓。

我希望阳子夜间在这儿陪庄周，这样他就不必那么晚返回学生宿舍了。阳子很高兴能这样。

只要朋友们聚集到家里，我和梅子就有一种说不出的快活。因为一帮人在这儿进进出出，邻居开始有点厌烦，后来竟难以掩饰脸色了。他们可能埋怨这一拨人多少破坏了那种安宁与静谧——其实这里从来就没有什么安静……白天和大家在一起，觉得时光过得像飞。庄周有时谈兴很浓，有时又半天不吭一声，好像进入了深长的冥思。那时候我们谁也不去打扰他。每逢这时候，棚子里突然来临的安静往往会使梅子大吃一惊，她会撂下手里正忙的事情，探头探脑往里瞅……

夜晚，我如果和庄周谈得太久，就在棚子里待下去。我们的那两间小屋总是被梅子收拾得洁净清爽，在任何人看来它都会是一个安静和美的小窝。可是不知怎么，当我这会儿突然随庄周待在屋外时，倒马上觉得有一种特殊的快意和舒适。好像整个人都一下子放松起来，又重新找回了许久以前的感觉，勾起了无限的回忆……这样一种生活，在我看来等于回到了并不遥远的往昔。我在屋外搭建的棚子啊，此刻真像一座野外帐篷。我一闭眼睛，甚至又闻到了草香，看到了一片又一片灌木和草地。棚子外面的那两棵杨树在风中哗哗抖动，更增强了一种旷野感。有时天刚蒙蒙亮吕擎就来敲门，我们啪啦一声把棚门拉开，他就一拥而入……

几个朋友如果来得早，大家就一起吃早饭。梅子这些天来已经习惯了这种生活，她知道我们是一些好凑付的人，随便煮点面条或熬一锅汤，我们就能热热乎乎地吃起来。后来庄周提议，说我们这儿离水管很近，完全可以自己开灶嘛，干吗要累梅子一个人啊！他的话梅子坚决不同意，但庄周这次很固执，坚持一定要这样做……

亿万富翁

1

坚持自炊、宿在外边，我知道这是一个流浪汉的嗜好在起作用。不过我自己知道，这种嗜好不只属于庄周一个人。一种欣喜在心头涌动，我乐于促成这种事儿。我很快把住单身时候使用的一个煤油炉搬到了棚子边上，然后自己煮起东西来。庄周到街上买来一些胡萝卜、土豆什么的，阳子又拿来了一点火腿。我们偏不让梅子和吴敏插手，也不像往常家庭主妇那样做饭，而是先烧一锅开水，然后把要吃的东西逐一投进放去，最后再加盐和佐料……

有一天半夜，我觉得有什么东西在棚子里活动，打开手电一看，是一只大大的刺猬。这家伙不知怎么进来了，这会儿准备在庄周身侧宿下。当庄周他弄明白是怎么一回事时，立刻高兴起来。我睡不着，总觉得有什么在吱吱叫唤，在跑颠颠地来去奔走。后来我推门出来，看见了一只花猫、一只狗，甚至还发现一个莫名其妙的像兔子似的影子从草丛里蹿出。狗在不远处注视，猫唰唰蹿上了杨树。我在想：这些动物们一定感到了寂寞，它们是冲着我们这些人来的，它们感到了好奇，想赶来参加这场聚会。可见作一只城市动物也是不幸的，它们的生活太单调了。它们比较起来肯定更喜欢住在棚子里的人，所以也就赶来凑凑热闹。庄周响亮的呼噜声会使它们觉得好笑，它们就蹑手蹑脚围拢过来。它们是善良的，而令人惧怕的倒往往是人类本身——想一想，在这个没有光亮的漆黑的夜晚，如果看到一个人影在我们棚子四周徘徊，那将会多么吓人啊。

这种生活让我记起了小时候，想起了与拐子四哥在河两岸游荡的情形。那时候我们沿着河堤往北，一直走进灌木林，又走向大海。我们在海边上随便找点吃的就煮起来，吃饱了再找个地方安顿下来。不一定躺到什么时候，一睁眼就看到月亮升起来。那轮清水洗过一般的月亮啊，把一种丁香花的气味撒遍了河滨和荒原。我们就这样仰躺着，躺上很久，不知是午夜还是黎明，我猛地坐起来，突然想起要回家……再后来四哥走开了，最孤单的日子也就来到了——直到有一天黑夜我不知怎么游荡到了一个果园的草寮旁边，黑影里突然伸出了一只黄色套袖……

我深夜醒来，听着身边香甜的鼾声，再也睡不着。一种小虫的鸣叫从棚外传来，让我的思绪游到远方，仿佛置身于那片海滩荒原。干草的气息时浓时淡。那个从草寮出来的汗湿夜晚让我战战兢兢，全身沾满了草子和脏脏的东西。我想呕吐，想抱头痛哭。我在凉凉的河水里漂洗自己。我至今记得那个夜晚的月亮升起来了，整条河道都闪着一层银晶晶的波光……这个不幸的故事诱惑了我的少年，当我最悲伤无助的时刻，那只黄色的套袖又一次在黑影里攫住了我……多少年过去了，我从来没有勇气将这个夜晚讲给另一个人听。这个隐秘只属于自己。

就像宿命一般，那只黄色的套袖如今又出现在离我不远的地方，竟然就在我生活的这座城市里。可它已经没有力量像当年一样将我攫取了。强大的欲望就像一只鹰爪，当年不容置疑地抓紧了我，然后撕成了碎片。那只鹰的吞食声犹在耳畔。关于那些夜晚的回忆让人怦怦心跳，面对柏慧时，我会愧从心来。我为了抵御这羞愧和浓浓的干草气味，不得不使出全身的力气，将头紧紧抵住她的胸部，大口呼吸，对她的紧张不安视而不见，然后用尽全力缚住她——就像当年的黄色套袖缚住我一样；我的双手如同一道永远不得摆脱的钢索，把对方缚得牢牢的。我听到了求饶似的呻吟声，但就是充耳不闻；这样，一直到自己的力气使尽了的一刻，一直到干草的气息缓缓地、一丝一丝地褪去……

庄周被我不安的翻动惊醒了。他“哦“一声，小声咕哝了一句什么。“睡吧。”“睡不着。”“常常失眠？”“不，偶尔。”“我也一样。有时睡不着就起来走动……”

我看不到他的表情，只听着他沉沉的、如同河水缓慢流淌般的叙说：“以前，我住在橡树路时，失眠的日子更多。后来就好得多了。奔走劳累一天，躺下就呼呼睡了。我旁边的朋友也一样，他们睡得像我一样快……夜晚不能想过去，不能想家，那样就会折磨人，所以最好不去想它。可是还有别的——人这一生要被许多东西折磨，它们说来就来。所以说要奔跑、要累，要让自己倒头便睡……要不，一个人即便是最坚硬的金属，是合金，也会疲劳折断啊！一些往事从脑子里流过去，陈芝麻烂谷子全记起来了。那时的忍和挨啊，没头没尾的日子啊，像污水一样把人淹了。这就是灭顶之灾。我告诉自己：再也不能那样了，再也不能了……我现在是一个人，我会不停地走——既然上路了，就让我把一些事情忘掉吧，忘掉吧……”

我一阵沉默。悲凉压得我一声不吭。我知道他在说什么——这些话只有我一个人听得懂。

“只有上了路才知道世界有多么大——那些从没见过的人和地方、山和水、各种奇闻怪事，都涌来了。如果人总待在一个地方，就一辈子也不知道到太阳落山的地方有什么，不知道太阳升起来的地方有什么。你非得自己跑去看一眼才行，这就是好奇心。跑也跑不到，就一直往前跑，一辈子都停不下来——这都是有个太阳的缘故啊，就是它在前边诱惑人……”

午夜起风了，风在渐渐增大。杨树剧烈地抖动起来，一齐鸣响的叶子像陡然提高的歌唱……

“我们睡吧。”庄周的嗓子有些哑。

“睡吧……”

2

不知是不是一种巧合——吕擎刚刚接到一个电话，说林蕖也要来这座城市了。“这家伙啊，来去无踪，这些年见到他可真难啊！好在这次是真的……”我揶揄道:“他会带着女秘书一起来吧,也让我们见识一下。”

庄周听到林蕖要来，长时间没有作声，眼睛只盯着一个地方出神，不知是高兴还是沮丧。这样半晌他才说了一句：“我们又要见面了……”

等待林蕖的日子，阳子一口气给庄周画了很多素描。在他的笔下，这个朋友显然被美化了。他的头发本来是混乱不堪，可是被阳子画出了很多美丽的弯曲，它们披散在肩上；额上那弯曲的一缕被风吹得向上卷去。庄周高高的鼻梁和大大的眼睛也被阳子进一步夸张了。那个形象让我想起了一个行吟诗人。看着这些素描，我心中一热，索要了一张——以后，任何时候，只要看到这张画，我都会想起一位朋友正在徒步穿越茫茫的荒原和大地，一边走一边吟唱……

那一瞬间，我心底有一根弦被强烈地拨动了一下。

“老汉儿”林蘖终于从外地赶来了。这个高高瘦瘦的人，风尘仆仆——果然留着近似于秃瓢那样的短发，远看就像一个秃顶的人——没有办法，我在他转身的那一瞬还是想到了阿蕴庄窗前所见的一幕……不该这样去想朋友，可是这种一闪而逝的念头真的又一次出现。林蘖夸张地伸大手臂去拥抱吕擎，然后又重重地拍打我和阳子的肩膀，脸上是兄长的笑容。刚刚笑过，这张脸就恢复了肃穆——因为这时他一转身见到了庄周。他上前一步，嘴里似乎“哦”了一声，握了握对方的手。

吕擎马上介绍庄周，告诉这是我们城里最好的几个朋友之一。林蘖微微点头。庄周的脸色好像也严肃了许多。这时我才感到，这两个人目前的生活情状相差何其巨大，却都在大地上来复奔走。他们之间好像有一种奇怪的联结、一种十分特别的关系。我能感到庄周在内心深处对林蘖的敬重，而林蘖对庄周却似乎有一种深深的提防和疑虑。

林蘖参观了庄周安歇的棚子，刚弓腰钻进去，庄周就拍打着地铺说：“你喜欢这样的地方吗？”林蘖饶有兴趣地看着棚子里的一切。庄周又说：“那你睡在这儿，我睡边上一点。”林蘖先是点头，后来又摇头。我明白，林蘖不会睡在这样简陋的地方，他毕竟是一个亿万富翁嘛。

这些人当中，只有吕擎一个人与林蘖有过深入的交往，两人之间有过非同一般的、特殊的友谊。这是在最为困难的那段时光里结成的患难之交，二者之间几乎没有相互隐瞒的秘密。当然这是过去，今天可能一切都在改变，因为时间可以把所有东西都弄得面目全非。我实在想象不出吕擎和这个人还可以像过去那样彻夜长谈，喝着粗茶，吸着自卷的老旱烟。那可能真的成为一段不可回返的时光。据吕擎讲，这个亿万富翁的不同之处，就是极为警惕金钱对人的腐蚀。那好啊，那就让我们看看吧。

入夜之后，我们吃过一餐简单的饭，然后就待在了庄周的棚子里。招待这样一个人，梅子开始不知如何操持，林蕖却挽挽袖子亲手干起来，将棚子里我和庄周一起准备的那套家什全用上了。清汤寡水，大碗盛饭，每个人都吃得很香。而后肯定是一个漫长的夜晚了，我看到餐具撤掉之后，林蕖马上朝女主人伸手要什么东西。梅子不明白，我也不明白。林蕖就说："烟笸箩。"哦，他真的又要吸自卷的老旱烟了。我们哪有那东西。这有点过分。好在吕擎从包里摸出了一个大大的牛皮纸袋说："嗯，这里呢。"原来他随身带着烟末和卷烟纸。两个人马上兴致勃勃地捏了一撮烟末，然后在大家的注视下熟练地卷起烟来。

两股浓浓的烟从他们的鼻孔里喷出来。林蕖叹道："真过瘾啊！"

这时候一伙人只是看着他们，没有一个人注意到角落里的庄周也在卷烟和吸烟。他自己吸，默默的。后来我们发现林蕖的目光转向了棚子一角，大家这才发现庄周也在吸这样的旱烟。林蕖似乎对出现了第三个这样吸烟的人多少有些不快，这我从他的目光中看出来了。

仍然是因为林蕖的提议，梅子把大碗的粗茶煎好，一碗碗分摆在小桌上。这种茶是林蕖随身带来的，吕擎喝了一口才发现与过去的那种粗茶味道迥然不同。林蕖嗓子低低地说："它比过去的茶更粗，蒙古人喜欢喝。"我尝了一下，觉得这茶多少有一种破布味儿。阳子喝了一口马上皱眉，夸张地伸伸舌头。再看庄周，他把大碗取过来，然后从一旁的架子上捏了一点盐投进去。这个动作同样被林蕖发现了。林蕖没有吭声，但一会儿也默默无声地取了一点盐放进自己的碗里。

吕擎显然想起了往事——关于他和这个摇身一变成为亿万富翁的人的一些共同经历，是最难忘的。他又提到了大学时代，提到因为一个大开发商的介入而引发的那场保卫林地大战—— 那似乎与学生时代完全扯不上的故事却是真实发生过的——这在今天的一代看来会多少有些怪异……林蕖是他们当中最勇敢的人之一，吕擎则是他的小兄弟。因为林蕖高两级，年纪也大不少。吕擎曾为对方的雄辩所折服，站在那儿一听就是一个小时，然后就是跟上这位兄长——对方走哪儿他跟哪儿；对方停下来，他也停下来。最后，他和林蕖结下了深深的友谊。开始一个是另一个的崇拜者，后来这种关系才有些改变——他们之间渐渐变得平等，相互尊重相互依赖了——只有在深夜，在两人谈论得十分疲倦不得不沉默一会儿的时候，吕擎安静地听着对方的呼吸，这才从心中泛起一种深深的钦敬。他在心底承认：自己永远都会将面前的这个人当成榜样……时过境迁，世事变得让人无法预料，一个亿万富翁是否还可以作为他人的榜样，倒是颇费猜祥的一件事。我相信吕擎以平静的语调重提那段日子，隐下的也许就是一个疑虑，一个期待寻求的答案。

林蕖开口时大家十分安静。空气有些凝固。外面的风声也小了许多。我只看到角落的庄周倚在墙上的后背离开了一点，身子稍稍有些前倾。林蕖的声音沙哑低沉，这样的声音在我听来，更适合给女秘书口授一份商业信函。这声音十分熟悉——我终于想起来，这是西方一部描写黑社会的电影中那个老大的声音，那个阴郁而有力的男人的声音。而今夜，林蕖扮演的又是一个什么角色？我努力抑制自己的不敬，想换上另一种心情倾听，但发现颇难。不过再听下去，这种情况不知不觉就有点改变了。我用心捕捉着他口中的每一个字。是的，这是一个过来人，这个人饱经沧桑，正在谈论往昔；实在一点讲，他的每一句话都值得我们好好听一听……

3

粗茶喝完了，梅子似乎忘了为其添上。林蕖抿了两次干碗，梅子这才想起为他加水。“……时过境迁，今天它已经没有了，是的，显而易见——我是指那种令人尊敬的疯狂的情感。每到了这时候，我又不得不重拣一些让人讨厌的大词了。因为离开它们我就无法表述，所以我请求朋友们能够原谅……时代需要伟大的记忆！这里我特别要提到五十年代出生的这一茬人，这可是了不起的、绝非可有可无的一代人啊……瞧瞧他们是怎样的一群、做过了什么！他们的个人英雄主义、理想和幻觉、自尊与自卑、表演的欲望和牺牲的勇气、自私自利和献身精神、精英主义和五分之一的无赖流氓气、自省力和综合力、文过饰非和突然的懊悔痛哭流涕、大言不惭和敢作敢为，甚至还要包括流动的血液、吃进的食物，统统都搅在了一块儿，都成为伟大记忆的一部分……我们如今不需要美化他们一丝一毫，一点都不需要！因为他们已经走过来了，那些痕迹不可改变也不能消失……”

我发现林蕖由于强调和追求某种准确的表达，不得不借助于略显生硬的书面语，还变得微微有些气喘。他的脸色本来就有些黑，这时在灯光下却显得青灰和苍白。我在他停下的间隙里突然意识到：在场的这些人，除了阳子和吴敏，全都是五十年代出生的人。我们也许有着这一代人共同的生存基因和生命密码，只是我们并不确知罢了。这时我想：这是林蕖关于学生时代以及后来许久的磨砺和挫折的总结／感慨？此番表述，吕擎和在场的所有人又会在多大程度上认可呢？正在这样想着，我发现吕擎的一只手缓缓地放到了林蕖的肩上，用力地拍打和揉动……另一个角落里的庄周一直听着，这时身子转向了一边，像是沉入了一场回忆。在接下来的沉静中，我不知怎么有些冒昧地问了一句：

“你捐助了十几所学校？还有那些城市的收容所……”

林蕖没有正面回答，只说：“一切都要继续做下去，一直做下去。”

我鼓了鼓勇气，说：“那么我们的杂志——比较起来它需要的太少了，连九牛一毛都算不上。上次你的女秘书……”

吕擎在暗中向我摆手，我只好打住了。

林蕖看我一眼，喝一口茶：“这不是钱的问题，而是用在什么地方的问题。”

我笑了，一句话脱口而出：“是的，‘钱不缺，但我有更伟大的使用’。”

林蕖点头：“不错。的确如此。这不，你已经替我回答了嘛。”

我不以为然：“可是世上需要做的事业，却不尽是伟大的，有时倒极有可能是很平凡的。”

“是啊，它们也许平凡，但起码不那么让人讨厌。”

棚子里一点声音都没有。我觉得手心在冒汗。这时满脑子里都是我们那份杂志的封面和内容……说心里话，我自己并不十分喜欢这份杂志，有时甚至是——讨厌……可问题是我在那儿供职啊，除了我自己，我不想听到一个外人使用这样的字眼。我觉得牙齿那儿发胀，但我忍住了。因为我及时地意识到对方多少有理，而且还是来到我们家的客人。

为了缓和气氛吧，我听到吕擎有口无心地说道：“不管怎么说，老兄，你今天已经是一个成功者了……”

林蕖把脸转动着，像是费力地辨认着一个生人似的，盯着吕擎：“你不是讽刺我吧？”

吕擎笑了，看看大家：“谁认为我是讽刺呢？难道你还不是成功者吗？”

林蕖咬咬牙，嗓子突然低下来，变得更为阴郁和沙哑：“当然是。不过这句话别人说行，你说不行。你知道，你这样说不行……”

吕擎不作声了。我从吕擎把脸庞转开的样子，看出他今夜、这会儿，好像有些愧疚了。尽管在黑影里，一种承认过失、请求别人原谅的眼神，我还是能清晰地察觉到。没有办法，我太熟悉和了解吕擎了。我想可能刚才的这句话中，真的有什么深深地伤害和刺中了林蕖。显而易见的是，林蕖对自己时下的处境真的十分不满。金钱不但没有深刻地让他满足，而且好像还差十万八千里呢。他想要什么？也许他拥有更可怕的豪志。他是一个真正的危险分子。他剃了一个秃瓢，一个不动声色、悄声潜行的家伙，一个时刻准备赴约的热血中年……但是他与谁、与什么人，有过这样的约定呢？这是一个隐秘，是的，正因为这隐秘只有真正的好友吕擎知道，所以才引起对方刚才那几句愤愤的反击。

庄周轻轻咳了一声。林蕖的目光越过几个人望向角落。庄周一直沉默着。阳子说了一句："我想，今后如果有可能的话，我们也参加南部山区的教育计划，尽上自己微不足道的一点力量……"

林蘖又卷了一支烟，把纸捻拧掉，慢慢点上："你是说到我那儿去打工吧？"

阳子先是愣了一下，后来干脆说："就算是吧。"

林蘖深深地吸进一口烟，吐掉。他被烟熏得眯上一只眼："那怎么办呢？那里的老乡会怎么看呢……"他的声音越来越小，渐渐变成了自语。他的目光没有落在阳子身上，显然避开了正面回答。

阳子不安地活动了一下身子，嫌热似的提了提衣领，转了转脖子。他大概还想继续听下去，听到一个准确无误的回答。

可是林蘖显然不准备就这个问题再说下去了。他可能是在弄清对方到底是怎么一回事之前，不想让任何人参与自己的事业。一种超出想象的提防心让我暗暗吃惊。我敢说这是一个人变成亿万富翁的先决条件——对所有人的不信任、极大的疑心和戒备心。他正迅速改变着自己，无论他愿意还是不愿意。我看看吕擎，想早些结束这场聚会，以便让林蘖回到自己应该待的地方去休息。可是吕擎兴致仍然很高。他与这个人毕竟有着非同一般的关系，似乎可以原谅对方的一切——不过这个人有什么需要我们原谅的呢？就因为他发了财吗？金钱的罪过有想象中的那么大吗？今夜我也不知道了。

吕擎可能还沉浸在刚才的话题里，想多少为自己做一点解释吧，这时说："我说的成功，是指你在公司/企业经营方面。这种成长速度是惊人的，这种发展是绝对罕见的。我在说另一个话题，你应该明白我的意思……"

林蕖仍然摇头："不，即便是你说的这方面的成功，也让人鄙视！想想看吧，多少人在过什么日子，他们连温饱都没有解决——你去山区和平原看看就知道了，那么多人——那可不是少数人啊，他们在过什么日子！他们为了糊口就得去干，再脏再累工资再低再危险也得拼上老命去干，这样我们所有的'成功'，花掉的成本都是世界上最低的！你明白了这一点，就会知道这种所谓的'成功'，有多么脏有多么不光彩……从这个意义上说，没有一个'成功者'是干净的，也没有一个是值得炫耀的……"

我在捕捉他的每一个字。所有人都听得认真。

"我们没有权利让这么多人、让整整一两代人为所谓的'成功'去牺牲掉自己。要知道每个人都只有一辈子啊！我在许多地方不断听到有人为消除贫富两极分化大声疾呼——这怎么可能呢？他们忘记了，只有这种分化才是快速'成功'的前提，是'经济奇迹'的前提啊！有人可能会问：你的意思是苦难越多发展越快？那我就赤裸裸地告诉你：是的！正是！你嫌这种回答太残酷？可是我要说，这就是真话！我不能做一个一边不停地掠夺，一边又要尽了虚伪的恶心鬼！简单点说，我要一百次地诅咒这种'成功'！"

我终于大声打断了他的话："既然如此，那么你为什么还要追求'成功'？"

林蕖从昏暗的光线里探过来的头颅、那对亮锃锃的眼睛有点吓人："你问得好！那就让我告诉你吧朋友，我也嫌自己脏！还有，我的追求，就为了从根上消灭这种'成功'！"

吕擎在角落里咕哝了一句：“民粹主义……”

林蕖用更大的声音喊道：“不，那个主义太远了；我的主义就在当下、在眼前……”

我一声不吭了。因为这是我许久以来所听到的真正的大言。我不能说这全是虚妄，狂言，而是源于另一种人——另一种人的心音。我看看吕擎，他正看着一旁：那儿，前几天来过的一只刺猬又出现了。

第十四章

山地行

1

我和梅子一定要赶在这个冬季来临之前结束这次旅行，因为我们必须躲过山雪。我们大致确定了这样一条路线：先乘火车到半岛东端，然后再改换汽车西行，进入半岛的所谓“屋脊”（山地）部分。我们的主要活动地区就在山地中段、分水岭南北各一百多公里的范围内。行前我想：如果顺利，如果能够找到那条“少年路径”，即找到记忆中最初入山时经过的那几个村落就好了。那样就可以直接从鼋山北坡向西，找到当年长期居住过的那个村庄。那儿才是我们此行的重点。

我们最后仍要从鼋山北坡动身，沿着与来时差不多平行的一条路线，即从分水岭北部河谷之间穿过去。在那里我们将看到一些规模浩大的水利工程——那就是父亲的苦役之地，我和梅子不可能、也不应该绕开它们……

整个行程大约八百多公里，但这仅仅指铁路和公路的长度。我们在山区需要步行的那一部分尚不包括在内。也许从地图上看距离并不太长，但经常进山的人都知道：大山里的路是无法丈量的。戴一顶尼龙充气帐篷是完全必要的，因为一路上不可能总是从一个村庄到另一个村庄，还要有一大部分时间在山里度过。

第一站是个小山村。它是我们下了汽车、徒步十华里之后所经过的第一个村庄，也是我们此次入山的真正起点。这个看上去安安静静的小村像是一直沉睡着，尽管太阳已经偏西了，还是没有一点喧声。几乎没有一棵稍大一点的树，也看不到一条像样的街道。小村在鼋山山脉西北麓，北面是连绵不绝的丘陵；往东南望去，就是那一架架隆起的大山了——严格讲那里才是山地的开端。村子小得可怜。我极力回忆很久以前是否从这儿经过，想了很久，想不出。记忆中这样的村子太多了，它们的模样看上去并没有多大出入，踞在人迹罕至之地，与热热闹闹的外部世界并没有多少关系……

可是接下去的场景却让我吃惊，也极大地改变了我的看法。

当我和梅子正在村中小巷背着东西往前走时，突然背后响起一阵刺耳的喇叭声，紧接着一辆豪华轿车从巷角拐过来。它见了我们似乎故意加大了油门，噌的一下就过去了。这么窄的路，而且又很不平整，它却至少开到了八十公里的速度。路边上一个小孩把手指吮在嘴里，久久盯着消失在烟尘里的那辆轿车。

我问旁边一个老大爷：“这是从哪儿来的呀？”

老大爷从嘴里抽出烟锅，在手心里拍打几下：“你是说刚才那个‘鳖盖子’吗？”

这是村里人对轿车的普遍叫法。我点点头。

“噢，那是村头儿坐的。”

“是村领导坐的吗？”

老人点点头。

我不太相信。我认为这个巴掌大的小村不可能拥有这样的轿车，就再次问道：“是这个村子的吗？”

“那是哩。四周村子如今没车的少哩。都坐上了‘鳖盖子’。一时一兴嘛，大清年间兴轿，后来兴马车、拖拉机——前些年村头儿出门都是坐拖拉机，再后来坐‘大头车’，现在就坐这‘鳖盖子’了。”

我和梅子一时无言。在街上，我们遇到年长的人就打听：村子里有没有一位姓孟的孤老头？有人说不知道，有人问：老孟？是不是死去的那个老汉啊？

“他是个孤老头子吗？”

“怎么讲？也算孤老头儿，也算有儿有女的人，早不在了……”

我心里一动，赶紧问：“他是烧窑的吗？”

那人点点头：“俺这村里烧窑的人可不算少，十个二十个也找得出。”

“那个老人什么时候不在了？”

“死了有个七八年了……”

在他的指点下，我们来到了一个小茅屋跟前。院子里面很热闹，不像个凋敝人家。小小的门楼上爬了很多南瓜蔓子，结了很大的南瓜：蔓子沿着院墙爬着，爬到门楼的草顶处开始结南瓜；蔓子顺着院墙再往前爬，爬到了厢房，又在那儿结了几个大南瓜。院子里有两棵香椿树，一棵榆树。里面传来母鸡扑棱扑棱抖动翅膀的声音，一个女人正呵斥什么。

我们敲门。

里面很快有人应了。门虚掩着，我直接推门进去。梅子跟在后面。

2

迎接我们的是一个四十多岁的中年妇女——也许年龄还要小一些，因为很难从外貌上判断山里人的实际年龄。她个子矮小，过早地穿上了棉衣；衣领敞得很开，没穿衬衣，棉衣扣子已经脱落了，只用一根布带当胸扎了一下。她露出的一片胸脯经过了太多的阳光和风，已经变得非常粗糙。

梅子上前问候一句，她脸色冷冷的。

我知道山里人不习惯生人这样问候，于是尽快向她说明来意：我们来这儿是想找一个姓孟的老人。

“他是你家什么人哩？”她开始打量我们。

“是我们亲戚……”

“啊哟！”她使劲拍了一下大腿，拍得很响。我这才看出她穿了一条单裤。单裤配棉衣，显得很不协调。

“啊哟！俺就是老孟家哩——亲戚？”

她突然就高兴起来，立刻弯腰搬凳子让我们坐。梅子被对方的热情弄得不知如何是好，慌慌地接过她手里的木墩。我们坐下谈了一会儿才知道，这大概不会是我们要找的那个老人。

这个过世的老头一辈子结过几次婚：两次明媒正娶，一次和邻居女人搭伙过日子。他还有好几个儿女，有的嫁走了，有的搬出小院“单立门户”了。眼前的这个女人就是老人搭伙时生下的一个孩子。

我问：“你家当家的呢？”

“出去开矿了。”

谈话中得知，这个村子的主要经济来源就是一个滑石矿。原来村头儿就是靠这个滑石矿才买了那辆豪华轿车。

我们拉着家常。我问她有几个孩子、村里的大体情况等等，女人告诉：她一共生了四个孩子，死了两个，剩下两个，大的是个女娃，跟她爸进山了；小的“在屋里胡来”……

我刚进来时听见的声音，就是她在呵斥那个“胡来”的小家伙吧。正说着，一个小男孩从屋里蹑手蹑脚出来了。这一下我和梅子都惊呆了：小孩子让人一眼就想到了小公鸡，长得奇瘦奇小，脖子很长，脸儿黄黄的，满脸泥巴鼻涕，只有一对眼睛明亮可爱，小小的嘴巴也很红润。

小孩子走过来，直盯盯地看着。他穿了和母亲相同款式的棉衣，不过上面已经被灰尘和油渍弄得发亮；也像母亲一样露着颌下的一片胸脯，不过那胸脯尽管粘了那么多灰尘，也还是显得柔嫩可爱。

我从提包里拿出一些点心和糖果给孩子。他看也不看母亲一眼，一把抓到手里就吃。

“馋痨！饿鬼！”女人骂着。

她这样骂，却把那些东西往孩子的衣服里面硬塞。她放东西的方式特别奇怪：把那些点心糖果直接塞到孩子贴身的衣怀内，因为他的衣服上没有一个口袋。它们塞进去就鼓鼓囊囊堆在棉衣里面，贴着孩子的肚皮积在那儿。我和梅子都笑了。

小孩子高兴极了，笑嘻嘻地在一边蹦了几下，蹲下来，一边从领口那儿往下伸手掏东西吃，一边看我们。他一会儿工夫就吃下了一大把糖果。我担心这有点太多了，可又不便说什么。

那个中年妇女比我们刚进来时热情了许多倍，让我们到屋里去坐，还说要给我们喝茶。

进了屋子，那种极度的贫寒马上让梅子吓了一跳，她不由自主地发出了“啊”的一声。我对这样的山里人家见多了，这会儿虽没有怎样惊讶，也还是觉得多少有点出乎意料。

三间土屋没有隔壁，成一大间。宽敞的房间内，一边是一个很大的土炕，上面半截席子、一些被孩子踏得很烂的铺草；炕的一角叠着蓝黑油亮的破被子。秋天，由于刚刚收获过，脚下滚动着很多红薯和南瓜。连接土炕的是一个很大的泥灶，泥灶旁边有一具风箱。这风箱由于还要拿到院里一个熬猪食的土灶上用，所以它这时被摘下来，斜放在屋子正中。屋内石墙被泥抹过，没有刷白粉；屋顶木椽间露出了高粱秸子，被烟熏得乌黑乌黑。墙上贴了几张女演员的大幅照片，使我们不由得停住了脚步。女主人在后边喊：

“都是他爸胡描哩，也不嫌人笑话……”

那些照片给随手描画得一塌糊涂，看上去未免太不像话了。梅子生气地动了动嘴角……几个女演员不仅被画上了眼镜和胡子，有的还叼上了一只奇怪的、乡里人才叼的长杆烟锅；最令人气愤的是，她们的下身无一例外地添上了一些很不雅观的东西……

“城里官人莫笑话，莫见怪哩，庄稼人闲来无事就是这么胡乱抹画。这也不光是娃儿他爸抹的，还有来玩的那些狐朋狗友。这个抹一下那个抹一下，大画儿也就给弄脏了，好生生的闺女也给糟蹋了……”

她一边说着一边搬弄瓷碗，给我们倒了满满两大碗茶水。我让梅子喝茶，梅子还是执拗地盯着那些被“糟蹋”了的几幅明星照。她大概最终看懂了添上去的东西，惊得睁大了眼睛。

梅子的目光转向我，我拍拍她的背，让她随便一点。

我喝了满满两大碗茶，因为实在渴了。梅子一口也没喝。我知道她嫌这碗不卫生。

女主人客气得很。她说男人就要回来了。她劝我们在这儿宿下。梅子怎么也不愿意。我们只好离开了。

看来进山第一夜只得在这个小村里留宿了。我们打听这个村里有没有宽敞的地方，有人告诉：最宽敞的就是村头儿家了。我想起了那辆小轿车飞驰而去的样子，摇了摇头。

我和梅子商量着，还想冒昧地再闯一家。

在街上走着，很想找一幢比较体面的屋子，可是所有房子都一个模样：一样的茅草门楼，一样的土墙。

我们鼓了鼓勇气又走进了一家。

小锚

1

这一家的院子和我们刚刚去过的那家大同小异，所不同的是院子的主人是一位五十左右的妇女。她的穿戴颇为齐整，让人吃惊的是头发梳洗得那么光滑，还描了眼眉。无论是打扮还是模样，都比刚才那个女人好多了。她正在院子里切红薯干，一边切一边摆在地上，已经有了白白亮亮的一大片。她见了我们就放下刀走过来。

我们说了一会儿话，想不到院子一侧的茅厕里还蹲着一个人：他在那儿咳了一声，提着裤子走出来。他见了生人几乎没有表情，只把衣服整好，磨磨蹭蹭坐在一旁。女人告诉："这是俺家娃儿他叔，帮我做活哩。"

旁边这个男人四十来岁，一双眼睛格外灵活。他搓搓手，客气地递来旱烟末和纸。我笨拙地卷上吸起来——我不会吸烟，只是吸到嘴里又把它吐掉。那个男人开始问这问那，我们告诉他，说来找一个亲戚，问他知不知道有个姓孟的老人？人们都叫他"老孟头"……他说叫"老孟"的可多了，这个庄里有一个，死了好多年了；前边的夼里也有几个叫"老孟"的人，不过有的不是老头儿。

"年轻人还叫'老孟'吗？"

"有的小孩儿刚会跑就叫'老孟'了。"

梅子笑了。

那个穿戴齐整的女人从头上拔下一个银簪子，划了划头皮也笑了。她的脸色很红。

正说着话，又有人敲门。

刚敲了一两下，那个人就自己闯进来——来人是一个特别高大的男人，手里扯着我们见过的那个很小的娃娃，娃娃嘴里还在咀嚼着我们给他的糖果。高大的男人一进门就嚷：

“俺城里亲戚在这儿啦？”

他笑眯眯的。我们马上明白这是刚才离开的那家男人回来了，只得站起来点头。

他说：“家去，家去。”

这边的女人和男人不知怎么回事儿，也不便说别的；梅子有点犹豫，我就扯扯她的手，跟上来人出去了。

刚出了门那男人就说：“孩子他妈跟我说了，我说：远道来的是客呢，走了还行？家去！”

他四下看了看，又趴在我的耳边说：“我打听了好一会儿，才知道你们闯进了这一户人家——天哩，在乡下不摸清底细怎么能乱闯？可不能到‘光棍干粮’家过夜……”

梅子不知道“光棍干粮”是什么意思。

男人又压低嗓子：“看见她院里坐的那个男人了吧？搭伙的！还有别的人……都是些不正经的人。只要是不正经的男人都爱帮她做活儿。她是个寡妇，忒不正经哩。”

我们再没说什么，就跟他回家了。

他真的是我们一开始进入的那户人家的男人。这时他的女儿也回来了，站在我们面前，让人阵阵惊讶：女孩子大约有十八九岁，已经出落成一个大闺女了；她刚刚洗过脸，皮肤光洁滋润，只是头发上沾了一些白色的粉末；脚上穿了一双崭新的白塑料凉鞋，虽有点不合季节，但很好看；塑料凉鞋的缝隙里露出的是红方格袜子；裤角很窄，紧绷在身上，显出了苗条的体形。在这片大山里，大概这就是最时髦的打扮了。她的上衣是土布蓝花衣服，如果在城里这件衣服就会显得身价百倍——想不到手织技艺至今仍在山里流行。我发现梅子的目光在姑娘的上衣那儿停留的时间很长。

姑娘见了我们，甜甜地叫“叔叔”和“大婶”。梅子第一次听人跟她喊“大婶”，有点不好意思。

她这样喊着，帮我们接下肩上的东西，又规规矩矩放到了屋角。

我心里想：家里这么拥挤，怎么睡觉？而且还有这么大的一个女孩子。我注意到屋内只有一铺大炕。

那个强壮的男人留着平头，头发上也沾满了白色粉末。他搓着大手告诉，孩子的名字叫“小锚”，然后笑着问：“你们喜欢吃什么饭？俺山里没什么好东西，随便凑合一顿吧。我让娃他妈做了鱼酱、玉米饼子——大葱蘸鱼酱吃玉米饼子，俺招待城里人都是用这个法儿，城里人吃了个个高兴哩。”

我对梅子说：“这再好吃也没有。”

女人高兴极了，从屋里走出来，用衣襟擦着手说：“比俺做饭更干净的人没有，俺男人见俺不洗手做饭就拿巴掌掴俺……”

男人哈哈大笑："给城里人弄东西吃，不洗手还成？"

小锚在一边不好意思地垂着眼睫，看看我，又看看梅子。后来她不声不响地给母亲端了水盆、拿了毛巾和香皂……

2

饭后我们和男人交谈起来，问他关于"老孟"的一些事情。他过世的老岳父显然不是我们要找的人，这一点使他很不愉快。他说：

"他妈的，他妈的，偏偏就不凑巧！"

看来他极希望我们真是他的亲戚才好。最后他说："不管怎么样，亲戚也罢，不是亲戚也罢，进了这个门就是缘分。我们就当成亲戚好了。"

小锚满怀期望地看着我们，兴奋地瞥了爸爸一眼。

男人又说："这么着吧，反正来了一遭，明天我叫小锚陪你们再转几个村子看看。"

他吞吞吐吐不愿说出另一些姓孟的老人，但经我一再启示，最后还是说了远处村子里的两三个老头子。我告诉他：我与那个老人从未谋面，详细情况也不甚了解。但我并没有讲那是我的"义父"以及他的由来，而只说了一下这个人的大致情况。

男人说："这就难了，嗯，你在这个山里找人，最难了。比如说叫'小锚'的吧，和俺孩儿一个名字的，我一口气就能找出十个八个。山里人没文化哩，听见人家取个好名儿就跟着学……"

晚上睡觉时，他硬把那个大炕让给我们，他们一家就睡在屋角：铺开一领席子，席下塞了些玉米秸，转眼之间搭成一个四四方方的地铺。

小锚自己在两个锅灶的后面搭了另一个地铺——她大概平时也是单独在那里搭铺的。

这一夜我们很久都没有入睡，因为那个男人一直在下面咕咕哝哝小声说话。到后来，好像是女主人伸手打了他一下，他才没有声音了。

我们到了下半夜才睡去，可只睡了一会儿就被什么东西弄得痒痒的，醒了。我揿亮手电一看，原来身上爬了几只虱子。这可不是陌生之物。我对梅子说："不要紧，等我们出山时，用开水烫一遍衣服就行了。"

梅子很厌恶这些东西，她再也没有睡着。

天亮之后我们就要翻过村东的岭子了。分手时他们坚持要送客，怎么推脱也没用，他们硬是让小锚送了我们很远。如果不是坚决拒绝的话，大概小锚还要跟上我们再走几个村子——我们虽然心里充满了感激，但不能让她再往前走了。

沿着山岭的下坡往前走去，可以路经岭下的很多小村落。我在自制的一张图表上已经作过标记：再往前是老介、姜格庄和屯子……这些丘陵大多是东西走向，流经北部平原的河流就在这里发育，形成小溪；小溪上游都是坡度很陡的高地，像我们脚下的这个岭子只是个例外。山上植被很好，属于茂密的混交林。那个高大的砧山在群岭以东，它的南部就是雄伟的鼋山山脉主峰。站在山坡上望去，可以看到那条山脉由东向西蜿蜒起伏，构成了著名的"半岛屋脊"……

我们走了长长一段路，才发觉有人在跟踪。后来那个走走停停的人终于追了上来，竟然是小锚！她坚持要陪我们往前再走一段，说反正闲着也是闲着。

可我很快觉得她有什么心事，因为她总是搭讪着，没话找话。我想再也不能让她继续往前了，就问："有什么事情需要我们帮你吗？"

她吞吞吐吐，最后才说："你们老在山里转，肯定见了不少人呢，我想让你们帮忙打听一个'城里人'……"

打听什么人啊？问了许多遍才搞明白，原来那是有一年来山区帮助勘查滑石矿的一个小伙子。可怜的小锚，这会儿既讲不清他是哪个地方的人，又不知道他属于哪个部门——甚至也搞不明白他来自县城，还是其他更远一点的大城市？

她什么都讲不清。

3

我和梅子听懂了，原来那个小伙子在这里工作时，他们偷偷好起来，小锚一时冲动就跟他跑开了。他们离开了很多天，小伙子也顾不得自己的工作了；他带上她一口气串了很多地方，最后才回到山里。半年之后这个滑石矿建起来了，小伙子也就随着那帮人撤走了。就这样，他再也没有回来。

我觉得那是一个不能宽恕的小子。我问小锚："你觉得他是个值得留恋的好人吗？"

“俺觉得他最好了。”

“那他怎么说走就走？他真爱你吗？”

“最爱了！”

“也许……不过要当心这个人骗你。他如果真的爱你，就该讲明白什么时候回来，让你等他、或者干脆把你带走。”

“他说不定遇上了什么要紧事呢！他还会回来，他肯定会。他手里捏了一个仪器，上面有个针，一动一动——他说那个针指向哪里，他就得走向哪里，耽搁不得哩！他的工作让他那样啊！”

我知道那是指南针罗盘仪之类的。我告诉可怜的小锚：他完全不是按照那个仪器上的指针走路的，人没有完全靠这个走路的。那人可能不是个靠得住的主儿。我最后狠狠心告诉小锚：再也不要想他了，不要为他难过——不提他最好，因为那家伙一准是个混蛋！

小锚哭了：“我一看见你们就想起了他。我怎么能不想他？我们再也分不开了，那时俺在山里过夜……有时就睡在光秃秃的石板上……”

我心里酸酸的。这显然是一个把自己冒冒失失交出的女孩子。我告诉她：带好她的小弟弟，跟父亲好好干活吧，再也不要想那个人了。

小锚哭出了声音。

梅子整个过程中很少说话。

我盯着远处的山影，自语了一句：“一个可恶的城里浪子……”

想不到最后两个字被小锚听到了，她马上说了一句：

“俺这儿都说，‘浪子回头金不换’……”

我点点头。我望着远处的山影在问—— 是问自己：

“浪子能回头吗？”

“能，他准能回来哩……”

多么善良和不幸的姑娘啊。看来我没法跟她解释得再多了。我们中间需要很多语言才能够沟通，而且还不仅仅是个语言问题。

我和梅子只得安慰她。说到“浪子回头”的话题，我们共同的意思就是：但愿如此吧，小锚。不过你还是不要等他。你该去忙自己的事情，你可千万不要一门心思等他啊。

小锚抬起那双水灵灵的大眼：“你们知道俺村头怎么说了吗？”

“村头？他怎么说？”

“他老用鳖盖子拉上俺到外面转，还说：别等他了。俺不，俺偏要等。俺不信村头的话，他才是骗人的。他在鳖盖子里使劲摁俺、握俺的胳膊。俺恨他。”

我看了梅子一眼：怎么办呢？

这个姑娘显然正处于危险的境地：失恋、被骗，还有当地恶棍的胁迫；她必须赶紧跳出这个魔圈。可我们只是山区的过客，真是心有余而力不足。前面旅途遥远，不能让她再伴我们走下去了——我们如果带上小锚，又能把她带到哪里呢？

梅子问得很细：“村头多大年纪了？”

“五十大多了，手上戴个‘金嘎儿’，就是戒指，俺这儿管它叫‘嘎儿’……”

我忍不住说：“小锚，你一定要躲开那个村头，那是个更坏的坏蛋。我们以后在路上一定替你打听那个小伙子，尽管希望不大。你先回去吧，别让爸爸妈妈焦急……”

小锚瞪大了眼睛，抱住了梅子的胳膊。她差不多把头贴在了梅子的胳膊上。

梅子拍拍她的肩膀，紧紧地搂了一下，安慰她。她在梅子怀里呜呜地哭起来。梅子给弄得很难过，也流下了眼泪……

义父的居所

1

我们和小锚好不容易才分开了，得以继续往前。小锚站在那儿目送我们，直到看不见她的影子。

路越来越难走。我们两个沉默着，彼此都在想同一个心事。显而易见，我们是找不到小锚所说的那个人的，那是一个真正的“浪子”。更令人担心的是，她能够逃开那个村头吗？我后来脑子里闪过一个奇怪的念头，说：“将来可不可以让小锚做我们家的保姆，和我们一块儿生活呢？”

“那以后怎么办？就一直住在我们家里吗？我们养得起她吗？”

我不作声了。是啊，这样的女孩子还有很多，有的或许比她的处境还要艰难，很多很多这样的女孩和男孩……怎么办呢？我们可以让小锚当保姆，也许还可以通过朋友介绍她在城里打工；以后呢？这样的事情永远也不会完结……

经过一阵攀缘，好不容易登上了高地。站在这里望去，可以更清楚地看到鼋山山脉——它走出群岭，一直向西延伸，蜿蜒二百多公里——离我们最近的这一截属于它的西段，北翼就是连绵不绝的丘陵地带，是海滩平原和整个山地的衔接处。我还记得大学期间来这儿勘查的情景。那时候我们把一多半时间耗在这些岩石上，在笔记本上认认真真地记下：

“北翼地层走向皱褶面一致，倾角较陡，由于后期构造的切割和岩浆岩的侵入，其完整性和连续性都遭到了破坏。在这里还不难看出，由于受纵贯南北那条大断裂带的牵引作用，导致它的主轴往西南稍稍偏移，使山脉成一个弧形……”

高地往前五六华里可以看到那几个村庄了，它们分别是老忝、姜格庄和老屯……我们不放过任何机会询问那个老人的下落，结果一口气找到了五六个“老孟”，其中值得注意的至少有两三个。

我极力回忆着几十年前的那个夜晚、那个山坡，回忆着第一次看到的山坡上的小屋——可是被打听的山里人总是告诉我：山坡上的小屋吗？现在还多着哩，你去看看吧。

山里人热情地领我们走向野外。在老忝东部的山坡下，由于那些梯田都是最好的黄烟种植地，所以常常可以看到一个高大的烤烟炉、烤烟人居住的一所小孤房子。他们说，这个孤房子里前后住过十多个烤烟师傅呢，他们大都是远道来的外地人，有的原籍在山里，有的在山外，其中就有一个老头叫“老孟”，他在这里烤过两季烟叶……

会是这个老人吗？我一边自问，一边小心地走进了那个黑苍苍的小屋。

陪同的人讲：那个“老孟”真是一个孤老头子，人们只是这样喊他，其实没名没姓的，也没有儿女老伴，像个木头疙瘩一样，眼珠都不怎么活动，可就是有一手烤烟的绝技。他烤出的烟叶味道最醇，颜色也最好。他一辈子都在做这种活计。这个老人好像从没找过什么老伴，也没跟人讨过儿子，因为他差不多是个哑巴。老人一辈子烟熏火燎，皮肤上的灰尘至少有铜钱那么厚，毛发上满是炉膛里的热浪烤起的焦卷儿。老头子也是个抽烟的好手，烟瘾特大，也许是因为他弄烟叶儿方便，还要不断地尝烟，尝尝它们的味道，所以一天到晚叼着一个烟斗。除了抽烟，他再无别的嗜好。

梅子也跟我钻进了那个小屋。我发现这儿简直不是人待的地方。从屋里的陈设可以看出，在上一个季节里这个小屋还住过一个烤烟师傅，因为土炕锅灶齐全。锅子破了半边，另半边完好的部分就斜搁在灶上。我问山里人：为什么不换一个好锅子呢？

那人笑笑：“好锅子也得被人砸破。”

“平常怎么不锁门？”

“山里人可不信那一套，锁着还不如敞着。锁着门，他们以为里面有什么好东西，一块石头就给你砸开。这样开着也方便，那些要饭的、做活做累了的人，都能顺路到小屋里歇歇。”

他继续讲那个叫“老孟”的人：晚上不盖被子，就躺在这个炕上，顶多铺一把草。最冷的时候，也不过是从山里割回一些苫草毛须——这东西很暖和，他两只大手揉一揉，揉成一团，到了半夜就钻进去。别人到了冬天就回老家去了，他没有家，就留在这个小屋里熬冬。大雪天他把炕烧得滚烫， 再钻进这团草里，倒也睡得安稳……

这人早就去世了。他会是那个老人吗？看着这间残破的小屋，心里有点发酸。我扯扯梅子的手说一句：走吧，该离开了。

2

告别了小屋，我们又去老屯。这儿的“老孟”是个什么人呢？

村里人都说：那个老头儿可不是个安分的主儿，平时他最爱去的地方就是看山人的小屋，他老往看山人的小屋里跑，为什么？因为他是个老光棍，闷得慌。他跑到山上，就为了去听一些荤故事。小村里也有他一个小屋，不过死的前一年被他卖掉了。

我问：“他卖掉这个小屋怎么办？到哪儿住？”

“他才用不着留什么家产，反正没人给他养老送终，他还不如卖了小屋换点钱花。住的地方还不容易？山里人走哪儿不能睡一个好觉？山上小屋里那些老光棍就是他的好伙计，他就躺在那里面睡。‘老孟’快七十岁了，还常常扒人家窗户看看光景，他趴在那儿人家也不忌讳，该做啥做啥。半夜里，只要听见后窗户有咯吱咯吱的响声，就知道是那个老头子趴在上面了——只有一户人家不是东西，心狠哩！”

“怎么？”

“怎么？人家老头子那年正趴在窗户上看光景，被这户人家的女人一个针锥捅过来，天哪，老头子疼得在地上打滚……女人捅瞎了他一只眼！”

梅子的手不由得抱了一下我的胳膊……我恍恍惚惚觉得他就是我要找的那个不幸的老人，他被人扎瞎了眼睛。

“他们就这样把老人扎瞎了，他那会儿在地上疼得打滚，抹得满脸都是灰末，呼天抢地大叫。他疼啊。就这样，老头子打那儿以后就剩下一只眼了，大伙儿又给他起个外号叫‘老独’。老独、老孟，反正都是他了。那一回折腾了好久眼伤才好，不过结了个大肉疙瘩……

“他没了小屋，在墙角上睡一宿，在沟里睡一宿，有时候还出去讨要，到山上扒地瓜花生，吃些生东西。奇怪的是他老也不死。村头说，老东西不会死了，他满山吃野物，大概不知不觉吃了一棵灵芝草，死不了啦。别看这个老头子不正经，对人倒和气，什么时候都笑嘻嘻的。

“他一辈子也没沾过女人。有一年上，他在大街上喊着叫着，说天哪，俺一辈子没沾过女人，馋哩。喊这些话的时候，离他近的女人就急匆匆地往回跑。有人跑远了才敢指点着骂他。他在山上的小屋里蜷着，一夜一夜睡不着，就在山沟里转悠，那时候常常有一些流浪人钻到山里，他就盼着和哪个流浪女人成亲，就这么盼了一辈子。大伙儿说他这是干等了一辈子，又给他取了个外号，叫他‘老等’。他就那么等，等，说自己等不到媳妇，到死那天也闭不上眼……

“大伙儿还记得到了秋天，村里人在地里刨地瓜，地瓜刨过后，一些老太太在土里拣剩下的瓜根回家喂猪、做酒，他就帮她们做活儿，卖力地做，累得嘘嘘喘，浑身是汗。他一边做活一边喊：‘谁让俺贴贴脸儿吧！俺一辈子没挨近过哩’。一个女人往他脸上吐一口，另一些人往他身上扔土块，骂他。有一个老太太——说是老太太也不过五十来岁——她心愫好，可怜他，还真的半推半就地让他贴近了一会儿。谁知道老头子这一下疯了，大喊大叫：喜欢死俺啦！哎呀哎呀……只喊了几句，一下子昏在地上。大伙儿吓得围上来掐弄，喊他，拍打他，直拨弄了好一会儿他才醒过来。他蹦着叫着，说死也值了，死也值了……”

我看看梅子，见她听得非常专注。

“这以后他就没白没黑地给那个老太太往家搬东西。他从山上偷了果子、花生，偷来各种东西就往老太太院子里扔。到后来就惹火了这家男人。本来是女人们在山坡上开个玩笑，可这会儿说不清了。那个男人先把女人揍了一场，然后又到山上找到那老头子，把他结结实实打了一顿。

“野性人哪，也是个贱人！他挨了揍就改了这毛病多好？他不哩。他还是往这家老太太院里跑。后来那个男人发了誓，说要用劁猪刀给他利索利索，就握着刀子，把老人撵得满山跑。老人年纪大了，可不愧是在山里活动久了的人，腿脚好使，那男人握着刀子在后面撵，他就在前边蹿，像野物一样一步蹦开老远。他能跳到几尺高的石头上，能爬山。就这样，谁也别想追上他。不过那个男人下了决心就不饶人了——他有一天半夜去那个孤房子里等他，好在那一回没有刀子——老头子在外面野了半宿，要回孤房子睡觉，刚一迈门槛儿，就被那个男人用一个陶土罐子套住了头——那罐子是盛粪尿的——头给套住了，老头子还不知是怎么回事呢。他被掀翻在地上，身上到处都撒上了粪尿，接上男人又用一根树条子把他身上抽得稀烂……可怜的老头子三天三夜滴水没进，亏了有人上山做活看见，要不他那回就得死在孤房子里了……”

梅子紧紧咬着嘴唇，眼里有什么在闪烁。

“大约两年后的大年三十吧，另一个老光棍让远房侄子接他回去过年——‘老孟’平时都是一个人在山上过年，差不多哪个大年都是自己过。年前那人想起了还有‘老孟’这么个人，说好久没见了，给我找找去。那天快黑了，山下鞭炮噼啪响，老光棍的远房侄子打着灯笼到山上小屋找人，一看，见他躺在炕上，早死了；他临死那会儿可能正吃萝卜，一截萝卜还咬在嘴里，那萝卜都风干了……”

人家一边讲，梅子一边流泪。她可能在心里认定了这个人就是那个老人……安静下来仔细推算，其中有好多矛盾之处。不过我还是难以排除他是义父的可能。

按照村里人的规矩，我和梅子买了很多烧纸，就在那个孤房子跟前烧了……

3

在这儿的最后几天，我们又找到了几个叫“老孟”的人。

其中的一个老人有老伴，老伴死去了，他就孤单单的。他还有一个女儿，可女儿被东北的一个人给拐走了。他于是再也没有亲人了。这个老人会烧砖，还会烤烟，这就比上一个咬着萝卜死去的老人更接近我义父的经历——因为前一个的经历虽然到处都像，可他不是一个手艺人；而我们要找的老人却是一个真正的手艺人。

这个老人因为身怀两门技艺，所以他的足迹踏遍了这片山区，一直到很老很老、腿脚不便时才离开了这里，到东北去找自己的女儿和女婿去了——他这之前只是听人说过：有人亲眼见他的女儿和女婿在东北串乡阉猪，就靠一把劁猪刀发了大财。他信以为真，就去找他们。可惜他渡海时在船上得了病，结果刚刚下船就一头栽在海边上死了……

另一个“老孟”呢？令我们吃惊的是直到最后我们才弄明白她是一个老太太！

梅子说：“不必打听这个人了。不会是她。”

我也同意。可后来我又犹豫：我当年连人都没有见过，她既然叫“老孟”，就不能排除是的可能。为什么不呢？在那个年头什么都容易混淆，发生了什么我都不会吃惊。所以我仍然耐心地听着村里人介绍：

“老太太是从外地搬来的，说一口音调古怪的话。她会烤烟，不过不会烧砖。她的主要营生是给人接生。那时候她给人接下一个孩子要一升高粱，再不就要半升小米。她死的前一天还亲手接下过一个男孩儿。那个老太太可真是一个好人哪，心慈面软。她夏天不穿上衣，只穿着一个大裤衩子，像男人一样在街上走，也不害羞。好多人以为她不在乎，上前动手动脚，被她一脚踢上去，疼得嗷嗷叫……

“老太太真是个正派人哪。她一辈子没儿没女，村里的孤老头子都想把她招到家里做个伴儿，她才不稀罕。她说亲手接生的娃儿就是儿女，她的儿女一群一群，能装一车一船哩！说是这样说，孤老太太接生的孩子都长大了，他们没有一个认她。她老了，腿脚不灵便了，才知道这些‘儿女’一个一个全都靠不住。那时候她就四处打听哪里有‘私孩子’——她要寻找那些没成家的年轻人生下的儿女，要收养一个娃儿，也好养老送终啊。”

“找到了？”梅子的眼睛睁得大大的。

“她到处找，到处找，后来找到了一个，又死了。所以直到最后，她还是没有娃儿。她接生了一辈子娃儿，就是没有自己的娃儿。临死的前几年，她急得到处转悠，两手抖着，满街走。有人说要给她生个娃儿，她信以为真。可是多少年过去了，她还是那么孤零零一个人。有一次她给人家接生，不知怎么用了不干净的刀剪，孩子死了。打那儿以后再也没人敢找她接生了，她就转到老远的地方去了，从此也就再没人见过她……”

我和梅子在窄窄的、坑坑洼洼的街巷上奔走，走到哪里都有一帮大人和孩子跟上。他们觉得我们是一对奇怪的人。有一次梅子要用相机给几个孩子照相，刚刚举起来，那些孩子就吓得哇哇大哭。还有一次，一个人答应与我合影，可梅子的闪光灯刚刚亮过，那个人就愤愤地说：“你在跟前打闪也不告诉我，我的眼没事儿吧？”我们跟他解释没事儿，他还是将信将疑地搓眼、看着四周……

我们在谷地转了三天，夜晚都宿在村子里。最后一天又打听到一个“老孟”，令人高兴的是他还健在。

他是一个高寿的人，今年有九十多岁了，仍住在山上的小孤房子里，而且确实是一个人——他有过两个老伴，都死去了；其中的一个老伴是老屯的人，而另一个老伴就是山里的一个流浪女人。

我和梅子赶到山上那座小屋时才发现，这个人已经什么都不知道了，他完全糊涂了。他讲不清自己的历史，什么都不懂；打听别人，别人也讲不清。他说的话我们也听不明白。他只是嚷叫，瞪大了两眼。费了好大劲儿我们只听明白了一句。他原来在大声问我们：

“城里那拨鬼子走了没有？”

我们对在他耳根上大声告诉：早就没有那拨鬼子了，如今早没有了。

他摇摇头，还是听不清。

……

第十五章

篝火夜

1

翻过山冈，总算摸到了那条密林丛生的峡谷——我本来在图上做过详细的标记，但要找起来却如此困难。山涧溪流已经干涸，一条窄窄的河床从峡谷横穿过去。我们一直沿着河滩往前，这样走起来就省力多了。

随着向前，河谷渐渐变宽，视界马上开阔起来。这是芦青河上游的一个支流。两岸的树木越来越密，也许是剥蚀土层越来越厚的缘故，这些树木大多比上游长得粗壮。它们更有力量抵抗季节气候的变化，直到现在叶子还油旺旺的；而在河床较窄的上游地段，两岸的树木早就开始脱叶了。

天色有些晚，我和梅子商量，想找个有水的地方支起我们的帐篷。从这个夜晚开始，我们要在山里度过了。梅子觉得这一切那么新奇，这会儿表现出进山以来从未有过的兴奋。

大约又走了两公里左右，河谷在一个花岗岩山脚下转弯——这里由于长年的冲刷，已经旋出一个很深很大的河湾，它积起的一片水潭十分可爱。这个河湾呈扇形，靠近“扇柄”的那一边水很深，展开的扇面外缘却浅浅的，露出一片干净的白沙，像退潮的海岸。映在水湾背后就是茂密的针叶林，林中混生了许多杂树，我在其中看到了东部平原常见的一些树种：枫树和野椿树。

我们都觉得这个地方真是美极了，当即决定就在河湾沙地上支起帐篷。梅子说在这里多住几天也会很高兴的——很可惜，看来我们大约只能在这里待上一夜了。

梅子支起我们随身带来的小铁锅，开始舀上河水，添一点米做饭。大概这个河谷很久没有冒过炊烟了，我站在一边看着蓝色的烟气向上升腾，觉得四周一些隐匿的小野物都在惊讶地注视。河湾里有什么发出扑棱棱的响声，我想那是鱼在跳跃。河湾左侧的灌木丛里响起了咕咕的叫声，接着又有一种嘶哑的呼喊，它低沉苍凉，那一定是老野鸡了……这儿的一切对我来说是那么熟悉，它像是我的昨天，我也像是它的一部分：它早就融进了我的血液，或者是我深深地融入了它们中间……

满天星斗闪烁出来，墨蓝清澈的夜空让人感动。山风洗涤着肉体和心灵，一阵山谷里特有的醇香扑鼻而来。月亮还没有升起，偶尔传来的鸟雀扑动翅膀声、石块的滚落声，都显得遥远而又清晰……我们待在了帐篷口。随着天色越来越暗，梅子由兴奋转入了紧张。她四下张望，说：

“我们如果在这儿遇到什么事情，谁也不知道啊……”

我告诉她：不会遇到什么事情的——这儿比起那座城市、比起任何人烟稠密的地区都要安全得多。我这样说不仅是在劝慰她，而是在转告一个得到反复证明的野外生活的经验、也是真理。我说着这些时，心上真的溢满了喜悦。是的，许多年来，我在这儿体味了从未有过的安逸和舒畅。那是一些难忘的野外跋涉的经历，不论离开这里多久，每当重新归来，大山仍然会展开它宽广的怀抱，紧紧簇拥一个不幸的游子……这次稍有不同的是，我带来了一位陌生的客人，一位异性，她是我的妻子。她这时该好好结识好好依偎一下了，这里就是她许久以来感到迷茫的那片苍野，是与自己的丈夫连在一起的那种神秘的暗示和吸引、向往和拒绝……她轻轻呼吸着，看看我，又把目光投向那一溜隐约可辨的山缘和峰廓。梅子，此刻怎么说呢？我这会儿多么高兴，我正享用着畅饮般的快乐，这是一个人历尽辛苦才能酿出的一杯酣醪啊！

我们在黑影里摸索着，点上桅灯。

天渐渐有点冷。我告诉梅子，我们该点一堆火了。

“点火？”

我点点头：“点一堆篝火吧！”

我很快动手搞来一些干柴和茅草，接着动手点火。火苗燎起的那一刻梅子又有了另一种不安：

“点上一堆火，人家远远的就会看见我们的。”

她说的“人家”指什么呢？这片荒野上根本无人，谁会在半夜里穿过那道干涸的河谷？更不会有谁从山丘上、从密匝匝的灌木丛中钻出来呀。

她说的“人家”如果是指一些野物，那么我告诉她：这里没有伤人的野物，即便有，点上一堆火也只会更加安全，野物愿意遥遥地注视火光，但不可能走近。所有伤人的大动物差不多都怕火。

2

火光映得四周通亮，大约在十几公尺远的这个范围内，我们差不多可以望见那些绿色的树叶、褐色的、浅黄色的石块，还有河湾里闪动银光的水……跳鱼在水潭里击出叮咚的声音，身后不时有什么哗啦一响，那不知是什么小动物把酥石给踏落了。天上的星星仿佛逼得越来越近，大而明亮。这种洁净的夜空我们一年里也见不了几次。在那座城市里，或者是其他地方，真的很少能看到这样的夜空。这儿的夜空仅仅属于这儿的山谷：原来一个地方有一个地方的夜空，夜空是分属于每一块具体的泥土的。

梅子坐在篝火旁，想到了那个瘦瘦的姑娘小镭，这会儿多少有点后悔。她说如果让小镭陪我们在山里再走一段，这个夜晚我们就可以一块儿宿下，那样也算有个伴儿了。

我却在想着这些天所看到的那些人家；我特别牵挂的是那些老人——他们还没有一个像我们所要找的老人，他们的经历毕竟不同，仔细推敲起来总有些矛盾。这就使我越发难以确认了。虽然寻找"义父"只是此行的诸多意愿之一，但经过几天来的寻觅，这个夜晚的焦躁还是一层层堆积起来，隐隐地压迫着我。好像远远近近的山影、闪跳的水光，都一块儿藏下了那个隐秘……

这会儿我想：他们当中的某一个是否有可能被我误解了或错过了？我和他们之间有无可能失之交臂？当然了，如果把他们每个人的一部分剪接组合，就会成为我心中的那个老人……一想到这儿我的心头就泛起了一种凄凉。我觉得这次旅行如果找不到老人，好像也就失败了大半似的，从此心里会更加空空荡荡。

这个秋风扑面的夜晚，真想见到一个活生生的老人，他这会儿就该坐在这篝火旁吸烟。

火苗往上蹿跳，它好像在努力地攀缘、攀缘……夜露越来越重，这让人联想到十几年前那个冰凉的黑夜……我在想：老人或许至今还踞在某个角落，就像我们遇到的那些默默度日的老人一样，一双浑浊的眼睛注视着前方，咀嚼着自己那份辛苦的生活。可惜我已经无法获得这样一个机会：帮助他，尽自己的力量使他的下半生过得好一些；也许我真的会想出许多办法去帮助他，以祛除长久折磨自己的亏欠和不安。当然我也知道，在许多时候金钱对这一切是难以弥补的；可我又总是心存侥幸，期望会有一种办法会让一颗心稍稍安定……

梅子望着夜空叹息："小锚，还有我们看到的这些山里人、街上满脸灰土的孩子、我们找到的一个又一个老人……看看他们过的日子吧，真是做梦也想不到。可这全是真的，原来这就是另一些人、山里人现在的生活，谁也不知道他们，他们在自己活着……"

她一边说一边摇头。我知道她对这次远行中看到的一切充满了惊讶。贫穷，还有其他，对于这个世界上的一部分人来说，总是如影随形，一生都难以摆脱。我想对她说的是，这些人完全不是"自己活着"，他们还远没有那么幸运。他们是最普通最常见的被剥夺者。任何一阵风从大地上吹过，他们都要被掠走什么。这一切有时是在不知不觉中发生的，但却是千真万确的。还有，那就是：我也完全有可能是这其中的一个，就像你看到的这些人一样，一辈子都在大山缝隙里爬着，蠕动着，直到衰老得像我们所看到的那些老人。所不同的仅仅是我逃开了，挣脱了——而这世界上的大多数人并没有多少权利选择自己的生活，他们降生在这片大山里，一辈子也就得待在这里，用这种方式熬完自己的一生。反过来，有人生在那座城市，也要在拥挤的人群里过完他们的一辈子。如果我们不到这里来看一看，互相就没有个比较。他们不知道我们，我们也不知道他们——世上的大多数人就是这么各自默默地过完。至此，人生的残酷意味就全部显现……

这个夜晚，这个时刻，我又想起了那个亿万富翁林蕖，想起了他关于"成功"、关于"苦难"的谈话。是的，在那个特殊的时刻，他说出的是真实的认识。

梅子声音有此艰涩："我们和山里人不一样，我们还可以到更多的地方去，比较起来总算自由多了；我们身边还有一些无所不谈的朋友，阳子和吕擎、吴敏，他们与我们在一起；总之我们有自己排遣苦恼和寂寞的方法……"

"山里人也有自己的方法。他们在这里也有自己的快乐、自己的朋友。这并不是问题的症结。我想说的是，一个世界与另一个世界的距离总是这样遥远，它们相互隔离，相互陌生，有时还相互惧怕。这是个多么让人惊讶的事实！人从出生到这个世界上的那一刻，差不多也就决定了自己的身份——每一种人都要大致待在一个地方，而这个地方是很早很早以前、在他还没有降生的时候就早已规定好了的，这儿完全是他的陌生之地……"

“如果大家都四处走动呢？大家都去互相结识互相了解呢？”梅子的眼睛在夜色里闪亮，直直地望向我。

“你说得太好了。可惜大多数人都没有这份时间，也不具有这种权利——人的权利远远不像想象得那么大，人的选择最终还是被极大地限定和规定了。一片大陆与另一片大陆，一种语言和另一种言语；还有种族、宗教、文化，这都是生命中令人窒息的墙。你如果立志要穿越这些墙，那么就要花上一生，而且还要碰个头破血流。尝试者络绎不绝，但大多数都在无功而返。这其实是人的悲剧，生命的悲剧。你看，我们本来就像树木一样，那么依赖自己的土地，移栽是非常危险的一件事情——可是我们有时候却会怀疑这一点。比如，你和我已经很难在大山里扎根了，山里人也不会像我们一样到那座城市去支起帐篷……”

梅子不吱声了。

“我常常想起许多年前的‘上山下乡’——多么浪漫的假设！‘扎根’！无痛苦移植！除去其他一些因素，我相信这里面有着形而上的攀缘，有对于悲凉人性的反抗。有人不停地抱怨那一段日子，吵吵嚷嚷，说苦难啊苦难啊，他们压根就不知道到底什么才是苦难。两个世界的隔绝才是苦难，是通向深渊的黑暗。时间过去了二十多年，今天的山地仍然让那些吵吵嚷嚷者害怕得要死。他们的那点人生黑夜比起‘山地’的颜色，简直不值一提。不同的阶层和地区，异质文化，它们之间的来往、互相串门似的交往，在这个世界上其实是极其有限的、微乎其微的。我们花上一辈子也走不了多少地方，更不能长时间待在我们喜欢的某个‘外地’，比如这个山区。”我说到这儿心里有些难过：“你知道，我曾经在山地生活过那么久，可今天这里对于我还是十分陌生。这里的人在用那种眼神打量我，说明我已经很难化进他们中间了。人哪，究竟用什么办法才能相互了解、才能沟通这些各自封闭的世界？用什么办法才能在精神和物质上互相援助，做到互通有无？可怜的人类啊，他们太渺小了，只有这样才能相扶相搀着往前——也只有这样，这个世界才会变得可爱一点。这其实是一个最基本的前提，因为到了那时候，大家彼此相见才不会感到惊讶和恐惧，遇到危险更不会束手无策和悲观失望。你知道梅子，我长期以来都被一种悲观的东西给压得喘不过气来——我没法摆脱它，因为我不知道用什么办法去摆脱；而这种悲观是潜在心底的、冰凉彻骨的……只有走向这片大山，走向山野深处，才能暂时忘掉那些烦恼，获得一点点宽慰。不过我不知道这是为什么——这里，我们身边，到底是什么？不过是一片大山，一片茫野，就是我们平时所说的'大自然'。它们自己在风雨里变化着生长着，是完全独立的。它们的语言与人类的语言不同，它们的语言通用四方，所以我们一下就可以听得懂。我们可以依偎到它们身上、扑进它们的怀里，这时我们会觉得一切都挺好、挺有希望；什么事情都可以重新开始，没有什么负担，非常放松地劳动和建设——这样的一种感觉就产生了。可惜这种感觉仍然是暂时的，一回到那些山村，回到人群，特别是回到那座城市，我们马上就会泄气。因为那里正是一个彼此隔绝的世界，在这种隔绝的世界中一切都给毁掉了、弄糟了、弄错了，弄得已经没法重新开始了，完全没有办法了——你明白我的意思吗？”

梅子沉思着，点头又摇头。我又在咬文嚼字了，我害怕这样会送给她更多的悲观，还有晦涩；可是这会儿又只能说出自己最真实的、从脑际里泛过的一些感受。

3

我在这个夜晚发现，只有在这片没有人迹的山野里，我们俩的心灵才可能更深地沟通。这是这个星夜、这个山地所能给予我们的最大援助了。我这会儿想说的话是那么多，我要告诉她的是那么多，并因此而暗暗感激着什么……

篝火有点减弱，我往里添些柴火。火苗在刚刚加柴的那一会儿变暗了，浓烟一团团涌出，可只一会儿工夫火焰又高起来。一只鸟在空中叫着，声音微弱，可这声音竟能传得很远。那是一只孤独的夜鸟，即便在夜晚，在万物安歇的时刻，它也要独自奔波和寻找。

它要飞向何方？

我们搭着一条毛毯，和衣而卧。因为很久没有在这种环境里过夜了，都兴奋得睡不着。我让梅子讲讲故事，梅子说：

“我还要想一想。你先给我讲一个吧。”

是啊，这是一个多么适合沉思遐想的夜晚，一个多么适合讲故事的夜晚。我想给她讲一个山里的传说，可是这些传说大多都有一点神秘色彩，又怕增加她的惧怕。我想给她讲一个美丽的传说，可又觉得这类故事太俗。到底讲点什么？我思虑着，迟迟开不了口。后来我只是告诉她：

在这座大山里，人们到了夜间都偎在被窝里，大人给孩子讲故事，孩子与孩子之间也互相讲故事。山里人原本就依靠故事打发深长的冬夜。那时候这里没有电影，更没有电视和收音机之类，他们真的全靠故事来对付冬夜——让我们这会儿也使用他们的方法吧。

梅子笑了。

我与梅子说着话，声音越来越低、越来越低……尽管一时睡不着，但我们已经在不知不觉中追随着深夜里大山的呼吸，慢慢安静下来。

朦胧中越过了午夜。河湾中的鱼跳声逐渐模糊了……不知又过了多长时间，不远处突然传来哗啦一声。我立刻坐起来。

流浪男女

1

我迎着声音走出帐篷，用手电四下照着，什么也没有发现。后来我觉得帐篷近处那些灌木晃动得有些异样，就往前走了几步。我仔细地一个个树隙探照，最后听到了一种细细的、用力屏住的呼吸——我终于看到了一对发亮的眼睛。是猴子吗？猫头鹰吗？不，我很快想到那是一对人的眼睛！

我的心扑通扑通跳起来，鼓起勇气喊了一句：“谁？”

“俺……”

一个男人的声音。

梅子也跟过来，抓住了我的衣襟。

我壮着胆子命令说：“你给我出来！”

“俺出来。”

随着应声，灌木啪啦啪啦响，不少枝条被随之踩折了。他走出来，于是篝火下出现了一个奇怪的人影。他长得很细很高——也许是我的错觉吧，我觉得他的脖子只有手腕那么粗，而头颅至多有常人的一半大小，看上去就像一只奋力举起的拳头。他的两只眼角有点吊，鼻孔外翻。我断定这个人从来没有洗过脸，整个头发、颈部、脸上，还有身上的衣服，全都是土石颜色。我想他如果伏在山上，人们就很难不把他看成是山石的一部分。他或许有点像在山野里活动久了的蜥蜴或变色龙之类，已经自然而然地把自己的肤色与周围的颜色协调起来了。他站在那儿，如果说是一个人，还不如说是一个动物更为贴切。他除了会说话之外，那眼睛的神色、微笑，都有一点动物般的怪异。

梅子吓得牙齿发出咯咯的声音，大概她以为遇到了山鬼。我知道在这片大山里什么人都有。我打量着他，发觉他身后好像还有什么东西，因为他的两只手一直背在后面、好像藏住了什么。

“后面是什么？”

他吞吞吐吐。

我又问了一声，他才慢慢从背后将其拽出——原来那是一个小极了的人。仔细端量一下，是个女人。她的身高大约只有他的一半，年龄也比他小得多，可能只有二十岁左右，发育得不好，所以就显得更加瘦小。她也像他一样，满面灰尘，头发被尘土弄得乱成一团。

我长长地舒了一口气。

梅子见这个中年男子身边有个女人，这才安静下来。

我搓搓手，往篝火跟前凑了凑，也示意这两个人往前一点。

我问："你们藏在帐篷边上干什么？"

细高个子男人搓搓鼻子："俺常在这儿过夜，这地方有水，怪好哩；俺刚转回来一会儿，可不是藏了吓人的。俺回来晚了，腰里揣了两个玉米饼，看见有火，想借火烤一烤。俺压根没见这么好的小纸屋，走近一看，就不敢来哩……"

他把我们的尼龙充气帐篷叫成"小纸屋"，这使我觉得有趣而又不祥，因为我知道山里死了人时，老乡就给死者用纸做成牛马、猪羊，或者房子之类。我打断他的话：

"你领这姑娘是谁？"

"俺……俺姊妹。"

他一直说是"俺姊妹"。

"姊妹"在山里是一个非常含混的概念，这可以指有血缘关系的兄妹，也可以做一般男女之间的亲热叫法，更可能是未婚恋人的一种称呼，所以这会儿也就难以确定他们的关系了。

正在我们端量他们的时候，那个男人拍拍身后姑娘的背，姑娘就解了衣服上的一个扣子，从怀里掏出了两个巴掌大的玉米饼——它竟然是贴身放在那儿的!

男人接过来，在火上一翻一翻烤起来。我觉得如此携带玉米饼倒是极为别致，这样即便不烘烤，一路上它们也不会变凉。

他这样将玉米饼烤了一会儿，半边都给烤煳了也不在乎，拿起来吹一吹，一人一个咬起来。

梅子推了我一下，我想起什么。锅里还有一点米水，我们就放到火上煮起来。

2

我让他们喝一点稀粥。

他们看了看稀粥，嚷叫“好东西，好东西”，用力鼓着嘴巴吹一吹，就在锅边上喝起来。梅子给他们一个碗，他们摆摆手：“不用不用。”然后一口气喝完了稀饭。手里的玉米饼吃完后，他们又一块儿伏到水边上，咕嘟咕嘟喝起了生水。

梅子瞪大了眼睛，转向我。我倒觉得没有什么。

饭后我开始问起那个男子：哪里人、叫什么名字等。他不愿回答，只瞅着身边的小女人吃吃笑。

女人伸手在衣服里摩挲着，可能摸出了几个虱子，一甩手扔到了火里。她说男人叫“兴儿”。

“兴儿，”我叫着他，“你们俩一直在外面转悠吗？”

“老在外面。”

“没有家吗？”

兴儿看看女人：“也有也没有。”

“你多大年纪了？”

“三十五六。”

女人在后面吃吃笑，两手按在嘴巴上，又奇怪地把鼻子搓了一下。我问他们的那个村子离这里有多远？兴儿不高兴了，闭上了眼睛，使劲把嘴角瘪着。这样他的整个嘴巴变成了一条很长的线。

我觉得这个人的神经可能有点不正常，就不再问下去；可是我不说话时，他的嘴巴倒张开来，咕哝了一句顺口溜儿：

“问这问那，让人害怕！”

梅子笑了，我却没有笑。一句话让我突然意识到了什么：我刚才的确问得太多了，这很像盘问一个生人，至少是不礼貌的。像所有人一样，他当然也不希望别人扰乱内心里的某种东西，拒绝吐露关于自己的一些秘密。我知道很多流浪汉就是这样：高兴了可以无所不谈，可就是不允许别人刨根问底。我觉得自己不够尊重他，心里泛起一股歉意。我说：

“别把我们当外人，大家都是来山野里转的，只不过刚才你们出现得太突然，让我们有点害怕……”

兴儿这时脸上有了笑意。他在火光里盯着梅子的衣服看了又看，上上下下打量了一会儿，突然问了一句：

“县长是你家亲戚吗？”

这突如其来的一问让人摸不着头脑。梅子张大了嘴巴：“干吗要跟他是亲戚呀？”

兴儿拍着两个尖尖的膝盖：“我见过山后村县长一个亲戚，就穿了这样的衣裳……”

这很可笑，但我们都笑不出来。他的询问方式来自一种非常朴素的观念，显然并没有侮辱我们的意思。

这时候我想起了什么，到帐篷内的提包里翻找着，找出了一些糖果、糕点，还有一包香烟。兴儿和那个女人就大口吃起来。糖果咬得脆响，他们的牙齿真好。吃了一会儿，我让兴儿吸烟，他一把将烟推开：“这种小烟棒，不顶事的。”然后就从腰上抽出了一个很大的烟荷包。

烟荷包里有烟有纸，烟纸是一些撕成长条的报纸。他飞快地卷起一支长长的喇叭烟，又从火里捏出一个彤红的木炭——这真让我们惊讶，因为红色的木炭就捏在他的拇指和食指之间，我们差不多听到了炙烧皮肉的吱吱声，闻到了焦煳味儿，可他一点不在乎，硬是捏着它把烟点好，然后再把那个炭火重新放到火堆里。他使劲吸着，吸几口，又把烟蒂插到身边的女人嘴里。女人吸了几口，一边徐徐地吐着烟，一边对梅子说：

“不尝尝吗？挺好的关东烟儿。”

梅子连忙摆手。

3

他们吸了一会儿烟，两眼马上变亮了，话也多起来。兴儿拍拍肚子：

“好一顿饱吃。”又说：“俺姊妹俩，吃不愁，穿不愁，一天到晚满山走。天黑下来，俺就找个草窝，铺一铺，软软和和搂抱着一睡，比什么都好，给个县长俺也不换哪！”

看来“县长”在他那儿是最重要的一种人生参照。

“夜里不冷吗？天再冷下去怎么办？”梅子非常牵挂这两个人。

“天冷草多，人老觉多。”

梅子给逗笑了。

“睡在草窝里，两个人搂抱着，使劲搂抱，还怕天冷吗？俺和俺姊妹就这样过冬哩。”

小女人笑着，一边笑一边偎在细长男人怀里，还把两只手插进男人的腋窝。看上去，他们在一起的样子有点像长颈鹿驮了一只小猴，令人忍不住要发笑。

兴儿又说：“你俩看来也是有福的人，知道在野地里搂抱着睡觉，这滋味才叫好哩。姊妹们在一块儿别吵也别闹，有点吃物一块儿分了吃，比什么都好……”

我深以为然地点点头。这时候我才多少认定了，他身边的女人就是他的妻子或恋人。我很想问一句他们什么时候结婚、为什么不在一个地方定居下来？但又怕惹他不高兴，就打住了。

他告诉我们，他们本来打算今晚就在靠近我们帐篷的那个灌木丛里睡觉。他说那里已经铺好了一个草窝。

我问：“如果夜里感冒了怎么办？

兴儿说：“你是说病倒吗？哪能病倒哩！俺和姊妹从来不得病。”

他说这个夜晚有这么好的一堆火，就不到草窝里去了，他们要在火堆旁边过夜。我想请他们到帐篷里睡，可我看到了梅子担心的眼神，就没有说出来。

又玩了一会儿，我刚说要睡觉，兴儿突然从怀里摸出了一副肮脏不堪的扑克牌，摇晃了一下，非邀请我和梅子一块儿打几回扑克不可。梅子吞吞吐吐地推让，那个矮小的女人就大大咧咧说：

“姊妹，耍耍牌儿吧，耍耍牌儿夜短。”

她一边说一边牵上梅子的衣袖往火堆跟前拉。

我们有点拗不过他们，只得玩起来。后来我才发现：原来兴儿和这个小女人玩牌的技术高明得不得了，前几盘我们很快就输掉了。兴儿伸出黑乎乎的手问：

“给点什么？”

这时候我才明白他是在赌博。我有点不高兴了，但又不愿惹他，就从衣兜里摸出了一个打火机——这是准备路上点火用的。他接过打火机看了看，说了句“也行”，就从领口那儿一下溜了进去。

接下去我和梅子说什么也不想干了，可是这一对“姊妹”非坚持“再干几盘”不可，说如果我们怕输东西，他们就让着我们好了，而且还说赌输赢的东西可以小到不能再小——针头线脑、烟卷、玉米饼、花生米，反正只要有点东西就行。兴儿解释说：“总归要赌点什么。说到底俺也不是为了东西，是为了一点‘意思’，是吧？总不能白干吧！”

经他这样一说，我觉得倒也没什么，就把香烟和糖果拿出来。可是再干下去时，我又有些后悔了。因为我渐渐发觉，兴儿和他那个矮小的姊妹原来不仅打牌的技术高明，而且还很会做假：尽管手脚麻利，最后也还是被我发觉了。他们会偷牌，会在暗中飞快地调换。

我不忍戳穿他们的把戏，也就陪着玩下来。只是一个多小时的时间，我拿出来的所有糖果和香烟就全部输光了。

那个小女人剥开糖纸，把糖果放到嘴里，咔咔地咬碎了，说："赢来的东西就是甜哪。"

我觉得这是一对有趣的、同时也是一对无可救药的山间流浪人。

4

总算可以睡觉了。我们进了帐篷，发觉他们两人仍迟迟不愿睡去。这两个人遇上了我们大概很兴奋吧，一直坐在火边咕哝着，还互相脱了衣服，低头认认真真地捉虱子。他们两个在那儿折腾，我们也就不能入睡了。再到后来，他们离火堆很近很近搂抱着，刚一躺倒就发出了呼呼的鼾声。

我和梅子不知什么时候也睡着了，醒来时发现那两个人还没有醒，还在相搂着呼呼大睡——我和梅子都觉得他们的睡姿有趣极了，同时有些说不出的感动。

醒来后梅子就去做饭，她这一次要准备四个人的饭了。正淘米，火边的那两个人搓搓眼睛，一睁眼就大声喊：

"一顿好睡！"

吃过早饭我们就要上路了，可兴儿正玩兴十足，我们又不忍心马上把他俩抛开；我渐渐觉得这两人十分有趣。

兴儿小声问我：“你媳妇多大了？”

我告诉他多大了。

他对在我耳边上小声咕哝：“她长得真好看哪——怎么这么好看？”

我没法回答。

他还是问得很认真：“你说她怎么长这么好？”

我有点不好意思，指指他那个小女人：“她不是也很好看吗？”

“那当然哩，”兴儿拍起了尖尖的膝盖，“说到底她们都是好东西呀，你想想，在冬天里咱要是没个女人搂抱着，冻也冻死了，渴也渴死了，饿也饿死了。一句话，死个十回八回也不稀罕！”

我被他逗笑了。我说：“你看，你那个姊妹身体很单薄，我是说她很瘦小，身体一定很弱，你可要好好照顾她呀。”

“那还用说？俺对她老好了。俺过河　沟，都是把她揣在怀里。什么重活也不让她做，逮个麻雀子烧了，都是把‘肉枣’塞到她嘴里。俺这一辈子也就这么一个依靠了，走哪儿带哪儿。俺用衣襟揣着她走的路，你这半辈子也走不完……”

他的话让我的心口热乎乎的。我瞥一眼梅子，发现她正在那儿收拾东西……太阳已经从山崖上升起来了。我们不得不启程了。临走时我说：

“兴儿，我们一块儿往前走一段怎么样？我们一块儿翻过前面的那座山好吗？”

兴儿回头和那个小女人商量了一会儿。好像他们在争论什么。争了一会儿，兴儿搓搓手过来了，对我说：

“我也想跟你们合伙，可是……还是算了吧。你们是好人，实话实说，我们两个手不老实，在一块儿时间久了，说不定会把你们的东西偷来。”

他倒真够坦率。我看看他那两只黑乎乎的手，有点不相信。兴儿把手举起来，说：

“这是真的。我这人啊，哪里都好，就是有一桩毛病改不掉：手不老实，见了好东西手就发痒，说不定什么时候就把相中的东西摸索过来，就是好朋友的东西也不行。”

我笑了。

他把两只手使劲往一块儿碰着：“有一回，我看中了一户人家的芦花大公鸡，先是逗着它玩，再后来就设法把它偷来了。人家兄弟几个一开始也待我不薄，后来见我偷了他们的鸡，就把我抓住。我伸出右手说，当时就是这只手发了痒，是它逮住了那只鸡的——‘你们真要够朋友，就把这只手给我用斧子剁去。你们今个不给我把这只手剁去，就是他妈的王八蛋，就不算真朋友’！那几个兄弟你看看我我看看你，没有一个敢操斧子的。我就把手一摆说：‘不剁？那这只手就归我了，啊？以后丢了什么东西可别再埋怨我’……打那儿以后我就再也没去找那几个兄弟玩，因为他们不够朋友！”

他的奇怪逻辑让我忍俊不禁。梅子大惊失色地看着我，又看看对方……最后，我握了握他那只本该剁去的手，告别了。

我和梅子背着东西走了。

直走了很远，他们俩还在河滩上望着我们，目送我们远行。我想：

这个河滩上度过的夜晚是很难忘掉的，也许很久以后还会记得起来。这两个人哪，在这片山野里到处游浪，我们有一天还会再碰面吗？

山草

1

离开河湾之后，我们沿着山坡上的小路一直向南。我估摸了一下，大约再走上半天的时间，就可以到达另一条河谷：沿着它往前，很容易就能翻过那座山包——山下二十多华里，就是我当年开过作坊的那个小村了。那既是我的人生、也是我们这次旅行的重要一站……

这天晚上我们就宿在那座山包下面。那里只有很小的一条溪流，但毕竟是有水的地方，我们就像昨夜一样搭起了帐篷。

这儿地势不够开阔，四周显得很局促，树木也没有我们上一个宿营地那么稠密，小灌木丛稀稀落落。整个山野显得荒凉，寂寂无声，没有多少野物的声息。我们虽然依旧把篝火拨得很亮，大概今夜再没有谁会来打扰了。也许我们心里正希望再有兴儿那样一对流浪人闯过来呢。

我和梅子吃过晚餐后就待在了帐篷里。四周太静了，这使我们又像回到了城里那些沉默的夜晚。后来我们又讲起了正在寻找的那位老人，梅子说：“如果他真的被我们找到了，那该怎么办呢？给他钱，还是按月接济他？”

这倒问住了我。我如实回答：“这些我都没有具体想过。我只想帮他、只想见到他……当然，这样我们就会常常想起他，这要比过去累；可是没有这种负担，我们也不会轻松，我们的心累。”

梅子叹息着：“如果一个老人给孤零零地扔在山沟里，真让人心里不忍……”

我再没吭声。我知道梅子这次进山，会是这许多年里最重要的一次经历。她看到的是与自己迥然不同的人生，是另一种生活，是做梦也没有想到的一些事情，这一切对她来说太陌生了。与我稍有不同的是，眼前的这些会促使她去想许多事情。一路上，她不由自主地多次讲到了自己的父亲和母亲。

这个安静的夜晚，她又一次说到了他们。

她说从小就听他们讲自己的身世，知道父母小时候与山里人的生活也是大同小异的。她说爷爷奶奶、外祖父外祖母都是山里人，不过她从来没有见过他们。在她的内心深处，他们像影子一样……父亲和母亲偶尔提到他们、提到他们大山里的生活，她也从未有过身临其境的感觉，有时甚至觉得那也蛮好玩的。“妈妈说父亲是一个在泥巴里打滚的孩子，一直到十几岁还没吃到一块玉米饼，一直靠爷爷奶奶嚼着糠末和瓜干把他喂大……爷爷和奶奶没穿过一条像样的裤子，奶奶用一块破麻袋做成了衣服，爷爷要出远门，又不得不把奶奶这个破衣服改缝了一条短裤……”

她说着声音低沉起来："实在饿得不行了，有人来招看场的，爷爷和奶奶就把骨瘦如柴的父亲交给了他们。他在那儿能吃上玉米饼和咸菜……"

梅子早就听过这些故事，可是今天复述它们，内心里的感受会是完全不同的。她说的这些对我并不生疏：后来，她的父亲就找上了一帮队伍，成了一名军人，成了一名革命者，又逐渐成长为今天的岳父。正是饥饿驱使他走向了另一种人生。

"母亲家里同样贫穷。外祖父和外祖母没有孩子，他们就像我们遇到的兴儿他们一样，在山野流浪，到处讨要，拔野菜，撸树叶吃……就靠这样才没有饿死。走到村里，谁家有点活儿，他们就缠着人家做，只为了喝上一口热汤，吃上几块红薯干。有一天他们在山里走，走到半夜，听见一个地方有哇哇的哭声，走过去，拣起一个破草包，见草包里面躺着一个小女娃娃——她就是后来的母亲……

"外祖父有一天进山里讨要，让外祖母一个人抱了孩子等在山坳里。她等啊等啊，本来他在天黑的时候就该赶回来的，可是直到半夜还没见人影。这一夜等人的滋味真不好受。第二天她不得不顺着那条羊肠小道急急往前赶，走过一个村落又一个村落，去打听男人。最后在人家的指点下，她在离村边不远的一条小路上看到了死去的外祖父。原来他被另一个强壮的乞丐给打得昏死过去了，再也没有转醒。那个乞丐当时饿疾了眼，要抢他的一块玉米饼。外祖母哭啊哭呵，搂着死去的外祖父不愿松手。就这样，外祖母抱着拣来的孩子，一边讨要一边哭，用地瓜糊糊喂这个不知道来路的苦命孩子。有好几次母女俩都差一点饿死。再后来，有一户人家刚刚死了女人，就收留下外祖母，说是给他家里做个帮手，让她睡在马棚里。

“她要拌马料，还要给东家一家做针线活。外祖母哭着说：‘不明不白，俺到底是这家里的什么人？’那个东家说：‘说是什么人就是什么人。’他们不舍得给她吃，也不舍得给她穿，每年从剩下来的牲口料里拨出几袋子豆粒和麸皮，就算一年的口粮。有时东家高兴了，还捏着一个干硬的蛋糕，递给外祖母说：‘奖你一块点心，吃吧，喂娃儿吧。’这时候母亲已经长成了十六岁，东家一天到晚盯着她。有一次他去捏弄母亲的身体，外祖母跪下，给那个男人说了数不清的好话，央求他。那个男人说：‘杂种！’……

“他一天到晚骂，有时好几天不让外祖母吃一口饭，只让她喝刷锅水。外祖母饿急了，就到牲口槽里去扒一点料豆吃。东家说：‘可恶的女人，和牲口争食！’他就踩住她的身子往狠里打。打完了，他又躺在炕上让她捶背，给他挠痒。外祖母不知哭了多少场，她知道这都是因为这个讨来的女儿的缘故。她也明白这个讨来的女儿再不逃走，谁也保不住她。就这样，在一个冬天，天下着鹅毛大雪，外祖母塞给母亲几块红薯干、一卷破棉絮，让她跑了……

“两人分手的时候不知哭成了什么模样。母亲跑了，明白这一辈子再也见不到救命的老人了。她跑啊跑啊，迎着大雪往外跑，一直跑到村边的小山上。小山上厚厚的大雪里有一棵棵松树，松树下面就蹲着一些男人和女人，他们有的攥着刀子，有的攥着一杆土枪。他们就是活动在这个山上的武工队。就这样，队伍上收留了离家出逃的姑娘；再后来，她又和另一个苦命人见面了……爸爸妈妈就这样在一支革命队伍里成长起来……”

2

梅子讲着，流出了眼泪。她结婚以来多次断断续续说起这样的故事，但从未像今夜这样泣哭。我多想安慰她几句，可一时又不知该说点什么。

这时候倒撩拨起很多奇怪的回忆。我在想与岳父岳母一次次的冲突，回忆着我自结婚以来那个家庭所给予我的诸多不快。那种隔膜真是难以言喻。那个老人严厉的面孔，他对我的奇怪提防，使我在很长时间里都有点绝望……我充分感受了这些生活在橡树路上的老人的奇特，他们对于我们整整一代人的痛苦都麻木不仁。不仅如此，整个别人的痛苦他们都视而不见。他们住在一个有大橡树的院落里，这些院落封闭了自己的生活。他们从来也没有想过，正是他们自己、他们这一类人，对这座城市里的很多不幸都负有深深的责任……可是在这个时刻，在梅子的述说里，我突然觉得他们并不像我认为的那样——他们不过是贫穷的孩子，是山草，是山谷上随风摆动的植物。他们仅仅是遇到了一个偶然的机会才没有死亡，然后艰难地成长起来，就是这样而已。

我还想到了柏慧，想到了柏慧的父亲柏老。我曾经怎样仇恨那个“伪学者”，一度觉得他的双手沾满了智识阶层的鲜血。可是只有到了后来我才明白、才懂得好好地注视他的那双手：那不是我所熟悉的、端烟斗的柏老的手，不是。柏老既不值得也不足以承受这么深刻的仇视。柏老本身也是一个可怜的人，也是一株幸而没有死亡的“山草”，他只不过在一种时代的误会和误解里侥幸地活着。他本身既是一种不幸，又参与制造了另一些不幸……

这片无边的夜色让我想到，无论是梅子的父母给我造成的痛苦，还是柏老的虚伪、他的欺世盗名，或是其他种种不可告人的阴谋，这一切都有着更为深远的背景和缘由。当我们身处山野，离开了喧闹的人群，冷静地面对裸露的夜空和土地时，就会惊讶地发现：他们都不是我们真正的敌人。一切都是可以理解的，可以追溯的，甚至是可以原谅的。

我突然觉得没有了敌人。那么，我真正的敌人究竟在哪里?

这个夜晚我感到了深深的痛苦——一种没有敌人的痛苦。

这时候我才觉得自己是一个孤独的人。

我真正地孤独了。我像一个人站立在了无边的荒漠上……

黑夜里，我紧紧地握住了梅子的手……

3

闪烁的星星与大地上的眼睛对视着。这个夜晚我突然觉得天地间有着一种奇怪的无法证明的对应——天上有多少颗星星，地上就有多少只眼睛。这二者之间极有可能分毫不差。为什么？我不知道。可是这是我真实的感悟，是一闪而过的念头。这样的闪念在我少年时候频频发生，那时一个人漫无目的地游荡着，独自面对天空树木荒漠海洋和大山，天籁向懵懂的生命传递一些模糊的、然而是最重要的信息。它们沉积在心中，或化为一个信号飞出脑廓，让我惊讶中又不能解答。今天我长大了并且正在一天天苍老，这些信号不再频频出现，可是偶尔飞临却让我仍然无法解答。它们极有可能是无解之物。

深夜梅子没有入睡，她从帐篷的一个边隙那儿久久地望向星空。我知道她走入了神往的时刻，这样的时刻在城里是绝少出现的。我也一样，我不看星星的时候，就会用两耳捕捉四周的声音。那是静下心来就会蜂拥而至的所有大地之声，是风与树木与岩石与泥土交谈的声音，是无尽的生灵喘息之声，特别是山草——这种无边的窃窃私语……在一切的声音之中，山草的声音是最为谨小慎微小心翼翼的，因为它是大自然中最弱小最无助的生命。然而它又是最多的生命。

漆黑的夜色中，我仿佛看到一只四蹄小兽在山草中跃动。它小心地伏下身子吻着山草，柔韧的蹄爪拨动着山草。它们在轻吻和低语。这只小小的四蹄动物已经从大海之滨奔到了高山之巅，极目遥望之后又踏向绵绵山岭。它在询问每一株山草：是否见过从海边来的一个孩子，一个男孩，一个走失了的孤儿，一株山草？山草回答：我们就是他，他就是我们，你看到了这满山遍野的我们，还有什么好疑惑的？

那只娇小而泼辣的四蹄动物在迟疑中奔驰飞跃。它在山草中穿行，张望，依偎。最后它终于明白了：原来自己也是一蓬山草啊，小小的、四处移动的一蓬山草……

它在想那个不能忘怀的孩子。那是它永恒的记忆。它在历尽艰辛之后还是有忍不住的叹息："他只要在野地和山岭我就会找到；那些日子里无论他走多么远，我都会找到他；夜里他奔波一天，累了宿在沟边稼禾间，我就在离他十几步远的地方蜷着。我一整夜都能听到他的呼吸。我必须跟随他，以我微不足道的能力护佑他，哪怕在危急之时发出一声啼叫也好。这是我必须做到的，这是我的使命，也是我们家族的传统：护偌那些所有的好人、有恩于我们的好人。我一时也不敢松懈地跟上他的脚步，唯恐他走失。可惜我辜负了家族的重托，有辱神圣的使命，生生让他走丢了——他没有消失在山野里，因为这里的一切都挡不住他的身影；他最终消失在城市里，在人影幢幢密密挤挤的地方——可怜那里最让我恐惧，我在那里将变得一无所有，眼睛和耳朵和嗅觉全都不再管用，我无法辨析他的声音和气味，我丢失了他！天哪，我没有脸返回海边，没有脸回到我的家族了。最后，我将疲惫和羞愧地伏下来，贴紧大地，化为一蓬山草……"

所有的生命，其归宿就是一蓬山草……

第十六章

遗产

1

从山地回到那片滨海平原，本来应该是计划中的最后一段旅程，可此刻却怎么也按捺不住了。我突然那么急于回到平原上，急着去看上一眼。我们在山上攀登，两腿越来越沉，眼看就要被硕大的背囊压趴在半山腰上。我终于忍不住了，对梅子说：鼓起劲儿翻过山吧，下山后咱们直接往北，先赶到平原上，先回老家去看看……

梅子同意了。她知道我在那里虽然一个亲人也没有了，但这个偌大的世界上，唯有那个角落会让我的心口灼烫……

晚秋时节，平原上的一切都被深沉的墨绿色染过了，它们就好像被一只巨手重重地涂抹了一遍似的，丛丛灌木绿得发黑，渠水一片苍蓝——在它们的反衬下，火红的海棠树叶如同花瓣一样铺展在大地上……

我们下山之后一直匆匆赶路，简直是一路奔跑而来。自从折向北方，脚步就不由自主地变得急促了。我知道这是故地作用于每一个游子的强大磁力，它简直无所不在。不知不觉间，身上的衣服被汗水湿透了，却仍然感不到一丝疲累……

我扑扑的心跳、突然放缓的脚步，都预示着已经踏上了故地的边缘。杂树林子密了又疏，一脚踏不透的黄茅草、柞树棵间成熟的苍耳、结了籽的鬼针草——渐渐看得见那片果园的梢头了，我不由得屏住了呼吸……它如今已成为那个国营园艺场的一部分，成为它的一个边角。那里再也没有了一座茅屋，没有了那棵大李子树。几十年过去，小果园已经面目全非了。

我和梅子好像蹑手蹑脚地走近了……正是下午时光，收获过的果树空荡荡的。它们大多是年轻的树，只有不多的几棵老树垂着暮年的头，耳聋背驼，任我一声声呼唤，就是不吭一声。我的喉咙里像有一股火苗在蹿跳，一阵阵焦渴令人难忍。最后我喘息着倚在了一棵老海棠树上——这棵大树啊，它伴着我听了多少外祖母的故事，那时它的身边还卧着护园狗大青，它毛茸茸的脸紧贴在我的腿上。不远处有一座小泥屋，梅子从进了园子就一直看着它。我告诉她：那就是园艺场的护园小屋，有个叫老骆的邻居一家就住在里面。但现在我不想去惊扰这一家，只紧紧贴在老海棠树上，无声地抚摸着它苍老的枝干……

我们的茅屋早已坍塌，如今的园子里没有了它的一点痕迹。我和梅子一起寻找它的原址，蹲下来。这一小片泥土啊，当年承载了何等可怕的沉重。可是现在只留下这片掺了瓦砾的黑褐色，上面生了几株小蓟，小蓟正开着最后的几瓣粉红色花朵。我把脸伏上去，嗅着它淡淡的、若有若无的清香。这片小蓟啊，是对一座小茅屋的隐隐怀念吗?

天就要黑了。我终于走近了老骆的泥屋。可是我这才发现门是锁着的。

一晃二十多年了，二十多年前的那个夜晚，我就是从这儿走开的——一直走进了大山。那个夜晚的一切这会儿都历历在目：老骆从母亲手中牵过我的手，在一棵樱桃树下最后停留了一会儿，就领我走开了。在园边的桃树下，他把我交给了一个尖下巴的中年人。

我在找那棵樱桃树……竟然找到了——它还踞在原地！是的，我认得它，许多分杈，枝干像紫铜一样光滑明亮。它如今也是一个老人了，半边枯枝，叶落满地。它在与我一起回忆二十年前的那个夜晚：月亮出得多晚，天多黑啊，妈妈躲开父亲，一直牵着我的手。在樱桃树下，我们就要分开了。她不吭一声，抚着我的额头，后来抱住了我。我自长大以后妈妈很少这样做了。我把头埋在她的胸前，再也不愿抬起。她拍打抚摸我的脊背，我知道她在用力忍住。她喃喃着："别恨父亲……也不要向别人提起他，从今以后你就是另一个人的孩子了——他姓孟，你要记住他叫'老孟'，今后遇到人一定要这样讲……"

这就是母亲最后的叮嘱。她扳开我，看着我的脸，又说一句：

"你也不要恨妈妈……"

只吐出这一句她就泪流满面。我什么都明白。星光下我看着她的泪水溢出眼角，又顺着鼻子两侧流下，像小溪一样四处流淌。黑夜中只有妈妈的眼泪在发光。

妈妈从怀里摸出一个纸包，给我塞进贴身的衣兜："带去吧，这等于是外祖父送给你的。他如果还在，给你的会比这多上十倍。"

我打开了那个纸包，看到了十张大面额的纸币。我从中取了三张，剩下的全还给妈妈。妈妈不要，我硬塞给她……

我知道妈妈的话是什么意思。因为我知道这是我们前几年变卖外祖父的遗产得到的一笔钱，虽然不算多，但在当时已经是一个大数了。它差不多挽救了一个可怜的家庭。我们省吃俭用使了这么久，至今还有剩余——母亲今天让我把它带到山里。

我会把这三张纸币一直留在身边。

2

大约是十二岁那年，母亲突然告诉我：在那座海滨小城里，外祖父留下的那所院落已经被人占据了，他们不知要用它做什么；听人说原来的雕花大门被拆走了，有的地方还装上了崭新的铁栅栏。这所院落该是我们的，因为外祖父一直受着敌对双方的尊重，这边的人总还不至于没收他的财产吧。他的巨大声望一直在保护他；最重要的是他的结局——他的死虽然有些不明不白，但的确是被敌人害死的。所以没有人怀疑，他的遗产今天无论怎么都该由外祖母和母亲继承。只不过事情稍稍麻烦的是，由于这一家人出逃了，那个人的女婿又被捕了……大概从那时起一座院落也就无形中成了一些人的心病，也成了我们全家刻意回避的一个地方。那里连接了最大的痛，成为连想也不敢想的不祥之地。

平时没有人会提起那座宅院，因为就是它让我们经受了那么多恐怖：外祖父一去不归，父亲从那里走向了厄运……我永远都会理解母亲和外祖母最后的迁离，我认为那是再明智不过的举措了。

不过那毕竟是浸染了家族血泪的一座院落啊，当有人告诉我们它正在受到蹂躏，正在开始从我们手里一点点滑脱的时候，全家人还是感到了揪心的疼痛。妈妈不愿把这个消息告诉外祖母，很长时间里都一声不吭，一个人默默承受了很久。

其实除了我和外祖母，她没有其他人可以商量事情；而且她已经把十二岁的我当成一个大人看待了。有一天她再也忍不住，就牵着我的手讲出了事情的全部。最后她说：孩子，我们一定要夺回那座院落。

这本来是不成问题的，要知道它本来就属于我们啊——可在当时它真的是一个有点可笑的、同时也是了不起的决定。对于那座小城来说，我们一家算是什么？是在恐惧中仓皇出逃的人、是流离失所无家可归的人。我们甚至没有勇气大白天在那个小城街巷上走一趟，而今却要干一件让全城人大吃一惊的事情：我们要回去争夺那份财产。

母亲领着我神不知鬼不觉地迈进了那座久违的城市。我们想偷偷地看一眼那座院落。我那是第一次去看外祖父的遗产，像是光顾一个神秘之地。我们走到了一条阴森森的巷子里，一拐过巷子，眼前就出现了一片开阔的空地。空地北面是一道青色的砖墙，墙的上方探出一些紫荆花、一些高大的玉兰树。砖墙上有一个很气派的绿色铁门，门上装了拉铃。宅院其实很大，里面长着各种各样的花树。院子里面的格局似乎很复杂，但一望而知，那是一些特别讲究特别精细的建筑，我敢说自己一辈子都没有见过这么好的房子。

绿色的铁门紧锁着。母亲领我穿过巷子，绕到了宅院的后面。这时我们才大吃一惊：原来院子还有一个后门，门后正有一伙人吵吵嚷嚷的在干什么。母亲告诉：当年这个后门很小，而且是常年关闭的。可这时我们看到后门早就被开大了，还安了一个丑陋的大木栅栏门，它与整个院落是那么不谐调。正看着，木栅栏门被吆吆喝喝推开了，一帮人抬着一些破碎的砖石从里面走出来。很清楚，院里正在修筑什么。

妈妈握着我的手，悄悄地、几乎是后退着离开了。

后来我们在街上找人打听那个宅院的事情：问有人在院里干什么？他们说法不一，有的说那里要被改成一处招待所；还有的说那里今后要用来关押犯人。他们说反正宅院里的过道、窗户，一切地方都要安上铁条……我觉得这太可怕了。他们要关押什么人呢？他们有什么权利侵占我外祖父的宅院呢？

第二天，母亲一个人到小城去了。我知道她去干什么。我心里知道那一次行动有多么可怕，我觉得母亲真够勇敢的。

那一天很晚了母亲才回来。她告诉我，接待她的是一个十足的混蛋，他蛮不讲理，说那座宅院在外祖父死去的第二天就没收归公了。于是两个人有一场唇枪舌剑。

母亲当时问他：凭什么要归公？

“就因为你的丈夫，我们要剥夺这个坏家伙的财产。”

“宅院是我父亲和母亲的，父亲去世了，可我的母亲还健在；即便他们全都不在了，你们也没有权利没收他们的财产，它与我的丈夫毫不相干！”

那个人瞪着一双金鱼眼，说：“你爱到哪里告就到哪里去告吧，就是要没收这个坏家伙的遗产！”

“难道我父亲也是坏家伙吗？”

“他也是！”

妈妈告诉这些时气得呼呼喘，她扯紧了我的手说：“我们还要到上边去。我咽不下这口气。”

第二天妈妈又出门去了。她走前对外祖母说，要出去做点别的事情，大约需要一两天才能回来。外祖母信以为真。当时只有我一个人知道妈妈做什么去了。

3

妈妈三天之后才回来。这一次她的神情有些振作了，告诉我：接待她的人答应查一下档案，查一下最原始的依据。也就是说，他们要弄明白这座宅院到底属于父亲还是属于外祖父。我建议她和外祖母一块儿去，可是妈妈不同意。她说你外祖母再也经不起这种颠簸了，要知道你外祖父的死、你爸爸的被捕、我们的举家北迁，都使你外祖母受尽了折磨。我们不能让她再知道这件事了，千万不能了——宁可失去那座宅院也不要惊动外祖母，不要惊动她的安宁了。

后来是我跟母亲一块儿去了。我像是她的一个小卫士，也是外祖父的继承人；我是他遗留在这个家庭里唯一的一个男子汉——当我突然意识到这一点时，心中立刻有一种庄严肃穆的感觉，再也不觉得自己小了。

记得那天母亲领着我来到一处蓝色的小房子跟前——我直到今天还

记得它的窗户上镶了蓝色的铁片，门是一种黑硬的大木头做成的，也刷了蓝色；门上有着铸铁做成的很精致的装饰。旁边是一个挺小的红色按钮。我们按了一下，一会儿门打开了。穿过一个长长的走廊，来到一个宽敞的大厅。有人开了门，我们就走进去。首先是两个排椅，妈妈让我在排椅上坐了，接着又到隔壁房间里去了一下。停了一会儿，一个很胖的人走出来，他斜叼着一支雪茄，看看我，在离排椅两三步远的一个木桌旁坐下来。那上面有两个不同颜色的墨水瓶，有蘸水笔，还有一把挺奇怪的戒尺模样的东西。我以为他就是法官，因为他的样子很威严。这个人满头白发，那样子一点也不令我讨厌。到后来我才知道，那是一个真正值得尊敬的人，是那个年代里难得一见的好人。他承担着很大的风险来办我们的事情，把我们当成了一对可怜的“孤儿寡母”。

母亲那一次从头陈述了自己的理由，那个人就用一支蓝杆钢笔慢悠悠地记着。母亲讲完了，我就站起来，迎着他说：

“这是我们的老屋！”

我那时竟然奇怪地使用了“老屋”这个词儿。我嚷道：“我们还得回老屋住——还有外祖母，她愿什么时候回就什么时候回，因为它是我们的。有人把我们老屋后院的墙给刨开了，我们没有告诉外祖母……”

那个满头白发的人摘下了眼镜看着我，说：

“是吗？”

他显然有些喜欢我，这时顾不得记录，问：“你多大了？”

我告诉他：我十二岁还多呢！

“多多少？”

“三个月零……”

他起身拍了拍我的脸庞，又微笑着看了母亲一眼。

他重新坐下，在本子上又记了几笔。后来他把写成的东西夹到了一个大本子里……

这就是那一次给我留下的一些印象、一些细节。

再后来，那座宅院的一部分就成了我们的。

在那个年头，这次胜利极大地鼓舞了我们一家，也给了我们生存下去的勇气。谁也想不到我们会得到这处院落中的几幢房子。今天看，如果我们把它留下来也许更好，可是那时候我们没法做到这一点。因为我们实在太穷了。我们甚至连吃的东西也没有了。外祖母每天花大量的时间在野地里剜菜，撸一些嫩树叶，变着法儿做出东西给我们吃。母亲在做活的空闲里如果遇到一丛蘑菇，会高兴得什么似的……我们必须卖掉那处院落。可恨的小城人已经鼓足了劲儿跟我们作对。他们千方百计设置障碍，最后想法把价钱压得只够当时公平价格的几分之一。他们差不多又从我们手里夺走了这片院落。

但我们感到欣慰的是，我们毕竟还是把它卖掉了，尽管只卖了很少的一笔钱。重要的是，我们拥有了卖出的权利—— 如果我们不同意卖，它将仍然是我们的。

故地的创痛

1

那三张崭新的纸币我一直保留着，后来，即便是最困难的时候我都没舍得花。我知道它是外祖父的宅院化成的，好像一旦失去了它们，我们留在那座小城印记也就消失得无影无踪了。

在孤单的大山里，我曾一次次把纸币从衣兜里摸出来，在小河边，在月光下，伸理着旅途上弄出的皱折。多么奇怪啊，那么大那么富丽的一座宅院，只化作一小叠带花纹的纸片握在手里，真正矗立在大地上的东西却再也不属于我们了。

茅屋里的外祖母不久就没有了，也许卖掉宅院本身就是一个噩兆。我们该不该卖掉它？围绕那座宅院的所有争执，外祖母当时真的一点也不知道吗？

那些年，我在河边遥望着一天的繁星、远处重重叠叠的山影，一颗心常常飞得邈远无踪。长夜里的河水漫得很宽、很平，近岸不时发出轻轻的溅水声。我躺在沙岸上仰视苍穹，有时会觉得整个身体正在往上浮升，随时都能借着一种无形的云汽飘荡起来。一颗灵魂在星际间穿梭，冰凉的夜色使其备感孤单。我在这样的夜晚，会觉得自己所做过的一切，走过的路和忍受的磨难，所有这些都是为了那个遥远的“我”。那是另一个神秘的、可以与之重叠而又是完全不同的自己。此时此刻，“我”

在哪里？这个“我”沉静肃穆，冷漠无情，只在一个时下难以企及的高处盯视着、腑察着。不过经历了最艰辛的努力、九死一生的跋涉，自己正在与之一点点接近；未来的一天我们终会汇合，合而为一……

那时候我常常发出莫名的呼唤——更确切一点讲是呻吟——因为不能忍受的折磨和悲伤，因为恐惧和焦渴……未来的路是这样曲折，这样神秘莫测。冥冥之中有谁做出了这样的安排？我命中注定了要走近和离去的地质学，我不能终止的失而复得的流浪：该来的全来了，命运无可逃匿。

这个黄昏，我把纸币的故事讲给了梅子，她马上瞪大了一双杏眼：“是吧？在哪里？”她当然想亲眼看一看。

我摇摇头。这办不到了。关于它的故事还没有完：明天离开平原，翻过前面的那座大山时，我会继续讲下去……

深秋的小果园一片寂静。风息了，没有一声鸟鸣。这过分的安宁让梅子不安地四下张望。落叶铺地，呈现出一片斑斓。被第一场寒霜洗过的秋草变成了红色……这出奇的安静，正好用来谛听昨天。难以置信的是那么多故事、那一大坨纠缠不去的往事竟然就发生在这里，这片脚踏之地。谁能相信这儿的每一寸泥土都渗进了血泪、汗汁和欢乐？我们在园子里徘徊了一会儿，忍不住再次去看那个泥屋。门上还是挂了一把大锁，老骆一家仍然没有回来。我们该离开了。再往那儿去？我们几乎没有商量，一直往北，一口气踏上了那片草地。丛林稀疏，一处处沙岭高高耸起，上面长满了灌木，看去真像高大的古冢群。是的，这里面埋葬的是整整一个时代的隐秘啊。

我告诉梅子，父亲归来的那个上午就在这儿四处寻觅，他试图找到战友的坟墓，结果没能如愿，因为这儿的沙岭太多了……脚下有无数条隐隐的小路，它们曾经被各种各样的人踏过：猎人、园艺工人、砍柴人、凶神恶煞般的背枪人，还有我们一家。我当年就是踏着这样的小路隐于丛林之中，在荒原深处度过一个又一个白天和黑夜的。

“梅子，当年我就在这儿看到了它……”

“谁？”

“那只阿雅！”

她屏住呼吸，四下里张望——这里没有当年那么茂密的丛林了，几乎再也看不到一棵大树。我们继续往前，按照记忆去找那个捕捉阿雅的卢叔，那个有着草泥围墙的小院。由于沙丘链不断南移，园艺场南部边缘的林草已被吞噬，那个小小的院落竟然一点痕迹都没有留下。我大步丈量，不止一次重新确定它的方位，最后还是不得不告诉梅子：小院真的没有了，它原来就在这儿，是这片淤积的黄沙覆盖了它。

梅子惊愕地望向四周，一会儿弯腰向前，走进了一个生满艾草和荆棵的地方。她蹲下，久久端详一朵荆丛中探出的蓝色小花……

最后我们总算找到了几个上年纪的园艺工人，向他们打听起卢叔。奇怪的是他们大多不知道这个人，有的虽然略知一二却讲不清楚；最后是一个脸上生了黑斑的老人告诉：“那个人早就没有了，有一次打猎，追赶一只狐狸，连放两枪，第三枪炸了膛了，脸开了花……”

我们怔怔听着，久久不语。我看着眼前的荒凉，极力不让心中的惊惧流露出来。活蹦乱跳的昨日就这么完结了，真像是一场噩梦、一个遥远的神话。

告别了老人，我们在园艺场以及四周的灌木丛中走着。这是我们一家人的辛苦劳作之地。我记得这里的一草一木。在大得没有边缘的园林中间，是长长的引水石渠、栽了白果树的大路。从大路上走一趟，可以看到红砖盖成的场部房子，看到一处处低矮的、像地堡模样的护园人小屋；大路的最东端就是那所园艺场子弟小学了，那儿同样是几排红色的砖房。

2

从我们的小果园到学校有两三华里，这之间没什么大路，上学时要翻过一座沙冈，踏着那条两旁生满了灌木的沙土小路到学校的南门。眼前就是一生的留恋之地、只要一想就会心窝发烫的地方：多么简朴的一排排校舍，从瓦顶到墙壁都是红色的，如今稍稍染上了黑色。校园没有围墙，只有爬满了眉豆秧的篱笆。一棵棵垂柳还像原来一样，默默伫立。一个铸铁大钟悬在第一排校舍前的杨树上，它的旁边是花坛，里面开满了火红的大丽花……一切都如同昨天，简直像奇迹一般，竟然没有一丝改变。我甚至相信昨天的气息连同它的所有故事，都原封不动地存于其中。那是一些难以尽言的痛楚和欢娱，还有隐秘。它曾让我无比怀念又无比惧怕，而今却主要是神往。我一走近它的时候，就不由自主地屏住了呼吸，变得蹑手蹑脚的。梅子显然也感到了什么，她几次试图将我身上的背囊摘下来，以便让我更轻松一些。我却紧紧地揪住了背带，只在门口伫立了一会儿，然后就绕着篱笆往前走去……

从园艺场子弟小学往西就是那片稀稀落落的果树了，它们现在比起昨天已经苍老多了，新生的一些树木远远不及老树多，剩下的老树也大半有了枯死的枝干。水道残破，泵房坍塌了半边。我在一处泵房敞开的豁口那儿看着，想发现记忆中那个黑苍苍的柴油机。里面空空如也，除了一大片油污，就是半张席子，上面有一大团茅草。“这里到了夜晚，也许就会有一个过夜的人。”我指指那团草。梅子怀疑的目光看着我，我没有再说什么。从泵房往西再走下去就接近园子的边缘了，那里至今还有一个护园人的草寮，它歪歪斜斜，草顶已经掀掉了半边。因为护园的季节已过，它被弃在这里。可是唯独里面的干草还有许多，都是当年秋天的新草，只要一走近就会散发出浓浓的气味。

二十多年前，一个失魂落魄的少年在这里游荡，直到夜色降临时分，从草寮里伸出一只黄色的套袖……

从这个歪歪斜斜的草寮往西再走下去就是那条涨满的芦青河了。河道靠岸处生满了苔草和苇须，它们垂挂在冰凉的河水里，等待一个不幸的少年。一些入夜后就伏在那里的水族嘀嘀咕咕，议论着马上就要发生的故事：瞧吧，一会儿他赤裸身体跳进来时就会怒冲冲拼命游起来，他会往死里拍打河水，一个连一个猛子扎下去；他从河道这边扎到那边，顺着河岸游，这样不知不觉就会让苇须荻叶把身子划个鲜血淋淋……一切如同它们的预言，少年在银色的月光下洗个不休，所有危险都置之度外，直到一阵痛楚袭来，钻心的疼痛让其一下跳到岸上，月光下低头一看：身上渗出的血流像蚯蚓一样从上往下蠕动。

少年伏在沙岸上一动不动，双手垫在颌下。他闭着眼睛，夹出一溜长睫。这被水洗过的额头显得更加饱满，上面有一片厚厚的黑发，在月光下散发出钢蓝色。就是这额头和茂长的头发刚刚印遍了什么，哦，那是紊乱的唇痕，是沾上的腥咸的口水。少年流下了羞愧的泪水，还要用力抑住这怦怦心跳。他不敢回家了，就想在这里一直躺着，就像他见过的一条夜里溅到岸上的鱼那样，被渐渐升起的太阳晒死。

他觉得自己如果现在死去，那么这一生也不算短促了；不仅不算短，而且已经十分漫长了——他经历了多少事情，爱恨情仇，死去活来，无比动人的友谊和可怕的中伤背叛，更有今夜这样的耻辱和隐秘。他一想到那只黄色套袖疯迷一般的寻索、泼辣之极的簇拥、让他喘不过气来的挤压、令人心惊的呻吟，这会儿就恨不得沉入地下，让沙子和污泥把自己埋葬，埋得越深越好……

同样是在这个地方，这个荻草密密的河岸，也同样是一个冰凉的秋天——不，是初冬，是刚刚结了冰凌的日子。就是那样的一个日子，他躺在这儿已经多半天了，连续三天的逃学都瞒过了家里人，心底的忧伤也无处诉说，只这样挨到一个个落日黄昏。不知什么时候，他被一阵吆喝声和啪啪的脚步声惊得大睁双眼——他从苇丛间抬起头，一下看到了三个人：两个掮枪的民兵，一个瘦瘦的老人。那个老人一拐一拐走着，腿都拖不动了，另外两个掮枪的年轻人就搡他揪他……少年死死盯住中间那个老人——他们越走越近，这让他看得更清，那个老人并不特别老，他正是自己的父亲。只一眼他就明白了：父亲又一次被押到某个地方给折腾了一番，这会儿刚好归来。这样的事是经常发生的，但与以往不同的是，这一次肯定是折磨得过分了，因为他看到父亲嘴角挂着血迹，腿明显地拐了。他们偏偏走到了离少年躺卧处只有二三十步的地方——是父亲先停下的，他大概实在走不动了，一手撑了一下地，然后缓缓坐下。可是屁股刚刚沾地，背枪的人就狠力一拍老人的肩膀：“你他妈装什么样儿？快走，再晚就赶不上饭局了！”父亲呻吟了一声，算是哀求。两个人呵斥起来。父亲呻吟。再踢，拉和推，父亲爬起来，一手撑着肋部，艰难地往前挪动……

这一幕就在离少年二十米的地方发生着。当时他恨得牙齿咬出了声音，只不出声。他还因为胆怯而浑身颤抖，因为害怕他们发现而用力咬住了牙关……这样直到他们远去了，少年才明白这恨和恐惧到底有多深。不过他不敢肯定刚才是恨那两个年轻人，还是恨自己的父亲。他觉得起码有一多半是恨那个不幸的人：这人自己遭殃，还给全家带来了无穷无尽的灾难。他的恨一瞬间弥漫了河岸……

只有在这个月光明媚的夜晚，在逼人的羞愧压得少年抬不起头的时刻，他才感受了自己的罪孽有多么深重。眼看自己的父亲被往死里折磨和欺辱，一个少年竟然无动于衷，竟然不能够像一头豹子一样冲扑上前，这耻辱和罪孽深不可测！这月光啊，逼得他头不敢抬眼不敢睁……

3

我们最终绕开了校园，走出园艺场，走向了海滩。

蓬蓬荒草间，到处都留下了我们一家人的足迹。外祖母和妈妈当年就在这儿拣干柴、采蘑菇；因为田里的活计少了，父亲又被打发来拉渔网。这时的父亲身体已经越来越糟了，他出门妈妈不放心，就让我暗暗跟上。妈妈说父亲干活时，你就伏在海边的沙子上看着他……这儿永远是人声喧闹，那些无学可上的孩子、流浪汉，都聚集在海边，等待着遗落在地上的鱼虾，等待着渔铺旁的大铁锅剩下的最后一口鱼汤。我一声不吭地看着那一溜赤身裸体拉大网的人，那其中就有父亲。无论有多少人，我都会分辨出他的身影。这些人当中，唯有他穿了一条短裤，瘦得皮包骨头，用力拽拉的时候，差不多整个身子都悬在了网绠上……

那个凶狠的海上老大手持一根棍子，不停地巡视，拉鱼的人稍有懈怠，就要被他连踢带打一顿怒斥。有一次他用手中的棍子压了压父亲的拽绳，嫌它不紧，就立刻把父亲掀翻在地。父亲在炙人的沙子上滚动、躲闪，海上老大就不停地踢他。踢啊踢啊，海上老大就像踢那些年轻人一样，踢得父亲最后蜷到了一起。父亲两手拼命护住身子一侧时，我突然想起了父亲以前断过两根肋骨。那个河边的罪孽感又一次淹没了我。与此同时，我更加明白了妈妈为什么让我跟了来，明白了自己的使命……下面发生的一切都让对方猝不及防。我呼喊着扑过去，那一刻肯定像个狰狞的小兽。

海上老大一时呆住了。

父亲趁机爬起，却用严厉的目光阻止我……

我一切都视而不见。我狠狠地抱住了海上老大一双又沉又重的、下端陷入沙子的腿，想把他一下顶翻。可是我这才发现太难了，这双腿就像两根石柱子。海上老大低头看我，目光里满是怜悯。可是这就越发激怒了我。我再次掀动了两下，然后就动用了牙齿。海上老大脸上的怜悯没有了，很快啊啊大叫，跳着，挣脱着。可是我紧紧咬住了他……我记得海上老大像狼一样嚎着，直到有人赶过来把我们俩分开。

我大口喘息，揩着一脸的沙子和汗，还有血——这是海上老大的血。父亲在一边踞着。海上老大一会儿发出一声尖叫，一阵怒骂，还想将扶住他的人推开。我听到了大家劝慰的声音。就在这时，我看到父亲缓缓站起来，拣起了一边的那根属于海上老大的棍子，一步步向我走来。我不相信他会打我，我只是盯着他。

他艰难地走近了，举起棍子。

棍子举得很高，一下下落在我的屁股上。我全忍受了。

回家后母亲掀开我的裤子看了看，没有发现红肿的地方。“痛不痛？”我摇摇头。“你当时为什么不跑呢？”我摇摇头。

……我和梅子登上一座沙岭。大海仿佛就在眼前。海边上几乎没有一个人，更没有船的影子。海浪疲倦地扑打沙岸。显而易见，海里已经没有鱼了，被污染的水中只有少量贝类。鸥鸟也见不到了，而过去它们总是一群群起落……我们沿着海岸往西，一直走到芦青河湾。

芦青河奔流的水今天已经成了酱色。河湾两旁密密的丛林不见了，而是一片片生满了苇荻的水洼……梅子定定地望着河湾。我们都在想自己的父亲：我的父亲，她的父亲。他们都在这儿参加过一场场惨烈的战斗。奇怪的巧合，不可思议的人与历史……

河湾的太阳缓缓降落。

三张纸币

1

由于河谷拐了个弯，白天瞄准的群山从这里望去，已经落在河谷的左边。我们沿着山谷走得很慢。这儿的山岭大都由玄武岩构成。脚下的土层很薄，树木长得特别矮小；而生长在河谷里的树木，根须可以深入十几米的地下。所以河谷中的树木总是和山坡上的树木形成了鲜明的对比：山上瘦小的枝丫在秋天刚刚深入时就脱光了叶子——这使我们想到那些早早谢顶的城里人——我想到了那所地质学院，记得那些在花坛和甬道边缓缓漫步的人大半戴着眼镜，头发稀疏，面色萎黄……这就是人类当中特殊的一族，他们渐渐都要长成这样一副模样。

随着走下去，我渐渐觉得这一带有些陌生，仿佛从未到过这里似的。可是当我和梅子登上一道山坡的时候，一眼就望见那个小小的村落了—— 我伸手指着远处那散散落落的棕色屋顶，对梅子惊喜大喊："你看到了吗？你看到它们了吗？"

"就是那个小村吗？"

"对，就是那个小村！"

她满脸兴奋。是啊，她一会儿就要踏上丈夫的滞留之地、那个在一次次讲叙中变得多少有些神秘的地方了。我们俩不再耽搁，而且不由得加快了步子，一会儿身上就热汗涔涔……

走进这些石头街巷，我不得不压抑着心中泛起的阵阵激动。奇怪的是，我们进村后已经走了好久，可连一个熟人都没有看见——好像这个村子换了另一茬人，好像完全陌生的一代正在飞速长成，他们已经替代和主宰了这里的生活。村里人都用奇怪的目光看着我和梅子，有时还发出两声快意的嬉笑。

他们笑什么？梅子看看我，我也无法回答。

穿过大半个村子，过了村中的一条小河。小河因为在村里转了两个弯，所以我们要两次涉水才能登上村西那个小小的山包：山包上有几排平房，它们比村中的房子要高大一些。

梅子这会儿大概知道了我为什么要直奔那里，明白它就是当年那个作坊的旧址——那里有多少故事啊，这里有个叫“偏”的姑娘……

我们涉过河水，登上山包，直接走进了那几排房屋。

房屋阴冷逼人，黑苍苍的。岁月没有饶过它们。有几间房屋眼看就要坍塌了，当年筑起的墙壁已经有好几处掉下了墙皮土，露出了长长的泥草。几排房子组成了一个院落，院落的大门早就破损了。我一脚踏进去就惊起了一群鸟雀。里面死一样寂静，大概除了老鼠之类再也没有一个活物了。

我屏住呼吸，仔细辨认着，寻觅当年的痕迹。

“就是这儿，这是最北面的几间，当年我们就在这里做夜班。那时候这里多热闹，点起的煤油汽灯照得屋前空地一片通明。里面到处都是欢声笑语。如果不是因为那个秃脑会计的话，我们也许会一直过得快快活活。当时全村的人都眼巴巴地看着这儿，把作坊当成了救星。那时山里人有多么穷，你没法想象。我们每次到外面出差都要借钱凑路费，一个村子的人把钱集中起来，这家三毛，那家两毛，就带着这些零零散散的钱到外地去……”

梅子一直紧跟在我的后面。我一间一间看得很细，一边走一边给她讲当年的情景。我这会儿感到有点奇怪的是，这些房子一直空着，为什么不能派上一点用场？它们没人管理，眼看就要全部废掉了。

我在一间屋子跟前迟疑了一会儿，但还是走了进去。

屋里照旧是空空荡荡。当年的一切都不见了：条桌、笨重的木凳、锤子、石板，什么都没有了。留下来的只是满屋的垃圾，是老鼠扒开的泥土。可是在屋子的一角有一团乱草，那上面有人躺过的印迹。梅子也看到了，说：“这肯定是那些流浪汉留下来的。”

是的，这片土屋虽然上面露着天，已经不成样子了，可它实在还是流浪汉的一个好去处。可是这片土屋让我心里发疼，让我紧紧咬住了牙关……

2

我这会儿不愿告诉梅子——不过也许她早就猜到了：就是在这间屋子里，有个叫作“偏”的姑娘，有过悲壮骇人的一幕……此刻，在这间黑乎乎的屋子里，唯有她的那双眼睛依旧是那么明亮。它穿过一片时间的雾霭望过来，望着一个满身尘土的人——他归来了，就站在这间屋子里……这儿的声息和气味还是那么清晰可辨，我竟不由自主地伸出了双手，像要抚摸什么。到处都是那双沉沉的、带着无限哀怨的女性的目光。我在墙上抚摸着、辨认着……这儿什么痕迹也没有了，岁月把一切都覆盖了。

当我在屋子里细细察看的时候，梅子突然揪住了我的胳膊。我转过脸：小窗上好像有人影闪了一下。

“有人……”

梅子点点头。

我们赶紧走出去。真的看到一个人，他正站在窗户旁边，伏在墙上。我刚问了一句，那人迅速离开了。

这是一个面色黝黑的男人，大约有六十多岁。这个人是谁呢？我觉得他的背影有点熟悉，可又实在想不起是谁。他手里紧紧握着一把镰刀。

梅子害怕了。

手握镰刀的黑脸男人站在前边不远处望过来，一声不吭。他只用恶毒的眼睛盯住我，咬着牙齿，眼睛眨也不眨。

正在我疑惑的时候，突然他往前闯了一步，胳膊一抖，手里的镰刀掉在了地上。他跑上来，还没等我做出反应，就一下扯住了我。

他嘴里呜呜罗罗喊着什么，我一个字也听不清。

我只想从他的拉扯中挣脱出来……可是这声音多么熟悉！就在即将挣开的一瞬间，我突然想起来了：他是偏的哥哥啊！是的，这个男人，就是这个男人……可他怎么会是这样？他在当年是多么强壮的一个小伙子啊，现在则完全变成了一个老人，像是一眨眼的工夫变成的！

“是你呀，啊呀你回来了？”他大喊着，张开的大嘴里挺立着几颗残牙。

我告诉他这是梅子，我的妻子——我们已经在大山里走了很久，我们是特意赶来看看当年的作坊的。

我面前的老人肚子疼似的，一下蹲在了地上。他摸索着拣起了镰刀。一会儿，他竟然吭哧吭哧哭起来。

“你从这儿走了不久，爹妈都死了。你知道，这都是因为我妹妹偏。偏死得好惨。她死的前几天把什么都告诉了我。她告诉我，她也许要跟上一个人走哩。偏对我说起过他的名字哩……”

他说到这里瞥了一眼梅子。

“我知道，”我说，“如果我当年把她带走就什么事情也不会发生了……”

偏死了，哥哥再也无心做别的事情——刚开始他到处找，到处找，在山野里转，到作坊里来，寻找妹妹的踪迹。就这样，一直到这片作坊破败了，屋子遗弃了，他还是没有离开……我问面前这个老人：

“这作坊最后是怎么废掉的？”

“因为闹鬼。”

“闹鬼？”

“偏，还有那个恶人的魂灵，他们就是不肯走开，老在这个作坊里打抖。所有做夜班的人都能听见他们一夜一夜追赶、呼叫，不止一次把人给吓昏了过去。他们都不愿在这儿做活了。”

我吃了一惊。我突然明白了：敢到这片屋子里来的也许只有我们这几个人了。我终于知道了它为什么死一样沉寂。我又问到了一个奇怪的现象——为什么我今天进村时一个熟人也没有看到？

他叹一声："你离开得太久了，山里不比别处，这里寒气大，受不住这么长的日子啊。他们有的老了，有的死了。他们就是活着你如今也认不出哩。"

我特别问到了一个人——我的那个女房东："她现在好吗？"

我的口气里有一丝不易察觉的冷漠。

他的嘴半张着，不再合拢。这样许久，就像刚刚记起了什么似的，拍腿喊着："你最该去看看她。你走了以后再也没回，她好伤心哩！你知道她多么想你，她是全村命最苦的人了，你啊，早该去看看她了……"

我想不出她会怎样，没有吭声。

他低下头说道：女房东的男人在我走后第二年就出事了，死于矿井的一次塌方，接着那个挂着一团鼻涕的小男孩又被开山的人不小心炸死了……

听到这儿，我扯了一下梅子的手。我们再也没有停留，立刻就去那里。

3

三个人穿过小河，沿着崖边的一条小路走得飞快。我走在最前头。要知道，当年我每天都要沿着这条小路来来去去。

我小声对梅子说："到了那儿一定要好好安慰她。"

我不知道为什么要这样叮嘱。我并没有跟她讲什么，我从来没有告诉：就是这个女房东当年偷走了我好不容易才保留下来的几张钱币。我什么也没有讲过……

偏的哥哥跟在我们后面，走近那个房东门口时就停住了，说：“你们自己进去吧。你们进去吧。”

门是开着的，我和梅子一直走进去。

这个小院比我印象中的还要破旧，院子里没有任何绿色，到处都死气沉沉。不仅院门没有关，连屋门也没关。我们进去的时候正好有一只鸡在锅灶上解下粪便，用力地啄着一只葫芦瓢。梅子把鸡赶跑，掩上门。屋里有一股霉味，好像许久没人住过似的。我首先进了西间屋，一颗心立刻扑扑跳起来——当年我就住在这间屋里啊。进去一看，与中间屋子和院落形成鲜明对比的是，这儿收拾得干干净净，简直没有一丝灰尘！可是看上去这间屋子又分明没有人居住。这幢小屋里只有老房东一个人了——看来她经常打扫这间屋子。特别令我惊讶的是，我当年使用过的那个很破的小桌子还放在原处，桌上有两三本书被书立支撑着，整整齐齐摆在那儿……这一切都和当年一样啊！

我伏到桌子上，细细地抚摸我的书我的昨天。我来得太晚了，这屋里的气味，这所有的东西都告诉我，我来得太晚了。

“你看，当年我只有这么几本书。我走得太急了，是一气之下走掉的，这些东西都没有来得及带上，你看……”

梅子翻动那些书。有一本书里掉出了一个小纸片，我取到手里一看，见是一小片稿纸。我想起来，当年女房东因为不识字，她见了地上的废纸片也不敢扔掉，总是把它捡起来交给我……

炕上，我盖过的被子还放在原处，它们叠得十分平整，棱角分明——当年我每一次起床时都要把它这样叠好，然后将枕头放在被子上面。如今它们还是原样放着。它们简直像当年一模一样，只是看上去颜色更旧了。

多少年了，再也没人使用它了。这一切都让我忍不住想流泪。我把脸挨到枕头上，深深地嗅着。我想嗅一嗅当年的气息。那是一种使我垂泪的气息。

梅子从枕头旁摸出了几个圆圆的石子儿，在手里抚摸着、看着。我告诉她这是我到作坊去的路上拣来的石子儿，当时随手放在炕上……这时我又想起了什么，到那个小桌前拉开了抽屉——抽屉里有我写满了字的几张纸，还有一支铅笔、一支钢笔。钢笔里的墨水已经焦干了，我费力地旋开笔帽，把它放到光亮处看着。

“梅子，你看，什么都在这里，它们一丝一毫没变！这就是我那会儿的全部家当……”

我把抽屉从桌子上摘下来。我发现这些抽屉的垫纸还像原来一样清洁完整。这是我从一张画报上撕下来的，把它们铺在抽屉底部。

这会儿，梅子不知怎么把这张垫纸提了一下——大约是想把垫纸抖抖干净吧？她把它从抽屉里提出来……就在这一刻，让我震惊万分的奇迹出现了！

这张垫纸一撤，立刻露出了缠绕在我心头、让我耿耿于怀的那三张纸币！

我惊叫了一声。

梅子也看到了。她的眼睛从纸币转到了我的脸上。那是一对冷峻的目光。

母亲

1

我把纸币拿到手里一遍遍看着，一句话也说不出了。我只觉得难忍的羞愧？还有其他，全都鲠在了喉头。我说：“这……”

梅子在我后背轻轻拍了两下，算是安慰。

我慢慢走到了另一间屋子里。我这时那么渴望看到女房东。

我们迈进了东间屋子，立刻看到了一个骨瘦如柴的女人，她蜷曲在碎了半边席子的泥炕上。大约是老眼昏花，耳朵也不灵，竟然没有听到我们的声响。这让人想起一个放弃了一切希望、一切生趣的女人。我们从进了小院的那一刻起，就什么都明白了。她连屋子也不愿打扫，可她竟然把我住过的屋子收拾得那么洁净。

我站在那儿，不忍心把她惊动，想让她就这样安睡一会儿。她的头发全白了，而且十分稀疏。我记得当年她的脸色红润，微胖，头发乌黑乌黑，头发下面是两道浓黑的细细的眉毛。她长了一对好看的眼睛，直挺的鼻梁，坚毅小巧的嘴巴。可是这会儿她的牙齿已经全部脱落了，嘴巴瘪着，眉毛差不多也脱光了。她腿上搭着一片露着棉絮的破被子，像死去一样蜷在那儿，连呼吸的力量都没有了，就像一截枯木随便被人抛置在一个角落。

我轻轻坐到她的身边……梅子还站在那儿看着。我愿意这样陪伴老人一会儿。可老人很快就醒来了，一翻身碰着了我，惊呼一声坐起来：“谁？谁呀？”

我没有回答。

“你是哪来的？”

她的手紧紧地揪住了自己的衣服。梅子上前推开了窗户。光线好一些了，可惜她还是认不出我。

“你是谁？”

她冰冷的声音让我心里打战。我直视着她的眼睛，忍住了什么，嗓子艰涩地告诉：

“我是当年那个人，我是住西间屋的那个年轻人啊……”

我刚刚说出这两句话，就哽住了。我很久没有这样了。这一次我在山里没有找到那个义父，可是现在却毫不费力地找到了当年的房东。

我扶着老人，耳畔突然又回响起与母亲分手时那几句要紧的叮咛：“孩子，你永远不要告诉别人你有个父亲，永远不要……”

我点点头。

“你永远也不要回来看妈妈，听见了吗？”

我点点头。

妈妈，我真的再也没有回来，真的没有。妈妈，海棠树的落叶像沾了鲜血，它那么红，铺展了一地。我收集着海棠树的落叶，把它们收成一个高高的坟尖。我发现昨天的茅屋坍塌了，它们留下的一堆泥巴也被一场暴雨冲走了……

妈妈，妈妈……

老人大声问："你是谁？"

"我来找我的父亲。我来找我的妈妈……"

"你是……"

"我是你的孩子，我是你的孩子……

老人啊啊地叫起来，两手抱住了我："你是那个娃儿！你是那个娃儿！"

"老妈妈，妈妈，我就是西间屋里的那个娃儿，那个娃儿，西间屋里的娃儿……"

老人霍的一下从坑上跳下来。她差一点跌倒，梅子赶紧去扶住她。

她几乎是呼叫着扑进了西间屋。我和梅子都跟过去。

她拍打着那个小桌，拍打着炕席子，又把炕上的被子抱在怀里，大声地喊叫起来：

"我的娃儿，我的娃儿，我就剩下了一个娃儿。他走了，他走了……"

这时候院子里响起了脚步声，原来是偏的哥哥。他被这喊声惊动了。好像他一直就在门口蹲着，这时候走进来。

"老姊妹！"他叫着。

女房东从炕上下来。她在这一声呼叫里马上变得镇静了。

“老姊妹，他回来看你了，还领着媳妇儿。你看看他们吧。”

2

这时候我才发现，原来女房东已经双目失明了。她的眼睛看上去像正常的眼睛一样，可是真的什么也看不见了。

偏的哥哥一次又一次在她的耳边大声喊着，她这才听明白了一点。我迎上前去，让她的手抚摸我的头发、我的脸；这手在我的嘴巴那儿使劲捏了两下，然后摸我的后背，拍打着：“我的娃儿，我的好娃儿。”

她推我上炕坐下，她也上炕。我牵着她的手，又把她的手放到梅子身上。她抚摸着，抚摸着。接着她把那床被子扯开来，让我们盘腿坐在炕上。她说：

“娃儿，你不知道，你的兄弟在你走后第二年就被开山的炸死了。娃儿他爹是早一年死在矿井里，我身边没有一个人了。我哭啊，就这样生生把眼哭瞎了。可我知道这西间屋里还睡过一个挺好的娃儿，他长得白白的，头发乌黑，是个好娃儿。他走了，走那会儿连告诉我一声也没有。他难道出了什么事儿？我一夜夜为他祷告，说老天爷啊，我一辈子没有做过恶事，你从我手里夺走了两个人了，可别再夺走这个娃儿。我等他，盼他回来啊，我知道他忙哩，可他也该回来看看啊，我要做玉米饼给他吃。我天天为他祷告，我知道如果真有神灵，他连一块皮儿也不会伤着。

他还会回来。我天天给他打扫屋子，擦桌子。我等了他这么多年，他再不回来我就死了……”

老人说着，一边用手去擦眼睛。梅子在一边哭。我这时候却一滴眼泪也流不出了。我只觉得泪水在心中奔涌。我真想在老人跟前跪下来。我觉得她才是一个被遗弃了的女人。她一个人孤孤单单地活在这个世界上，比我见过的任何人都更加不幸。

我说：“老妈妈——妈妈，你的孩儿回来了……”

当我说出这句话的时候，我还不知道它的含义是什么，可我几乎是不假思索地吐出了这句话。老人还把我当成了当年的那个娃娃。她可惜看不见我的胡茬长得多么密、多么硬，我的皮肤也开始松弛了，已开始走向了中年。可是她一次又一次把我揽到怀里，抚摸我，拍打我。我什么话也说不出来。

这个夜晚我想陪伴老人在东间屋里睡，可她硬把我推到西间屋，说：“那才是你的屋子，你去吧，你去吧孩儿。天一会儿就亮了。”

我们睡在了很多年以前睡过的土炕上。睡到半夜，我觉得那么温暖。后来我听到了什么声音，走下炕来一看，见老人在中间屋的灶前为我们烧炕。我把老人搀扶到她的炕上……

3

在这个不眠的夜晚，我和梅子商定：我们一定要把这个双目失明的老人接到城里住一段。我们以后还要按时接济她，尽量使她生活得幸福……我们今后要常回这个小院，这个简陋的茅屋。我们要尽可能多地来这儿……

梅子丝毫也没有异议。她不停地点头。

整个的夜晚她都握紧了我的手，一刻也不愿松开。我想，这个大山里遗留给她的故事告诉了什么？她明白了什么？她能知道我突然离开这座大山意味着什么吗？到底是什么缘故？她不曾追问……可是她会悟得出来。

我当年就像逃离恐怖的噩运一样，一有机会就要逃离。但我不知道那一次的逃离留给我的会是这么深的误解、这么长的牵挂。显而易见，我成了一个罪人，而且没有多少弥补的机会。我所能做的也许就是更多地帮一下老人，仅此而已。

天亮后，我把接老人到城里住一段的意思跟她讲了。

老妈妈全都听得明白。她听了之后久久没有作声，一双失明的眼睛望向窗户，仿佛透过窗户望向了很远很远。这样停了一会儿，老人突然吐出一句：

“好孩儿，你去商量商量那个人吧。”

“谁？”

“就是昨晚随你们进来的那个男人——偏他哥呀。”

我给弄蒙了。但我没有问，就带着这个疑问回到了西间屋里。在那儿，我琢磨着老人的话。后来，我让梅子留下，一个人走向了街巷。

这个我生活过的可怜的小山村，它的每一块石头我都熟悉，可是如今它真的变得陌生了。街上行人的目光告诉了我什么，还有，老人那句奇怪的嘱托也告诉了我什么……

我打听着，费力地找到了偏的哥哥。

六十多岁的男人正在早晨的时光里奋力做活。他砰砰啪啪在屋里砸着什么。我推门一看，见他坐在地上，两腿伸平，两手各握一把菜刀在剁着猪菜 —— 这个姿势多么熟悉啊。我突然想起了父亲 —— 那个平原上的父亲！他归来不久也学会了这么干活：两腿伸在地上，一手握一把菜刀，砰砰啪啪地干着。那种奇怪的姿势曾经让我很久以后想起来都有点害臊，他那两只乌黑的脚伸在那儿，我不知道它们像什么，我只是有点讨厌那双脚——这会儿我看到的是一双同样大的乌黑的脚：它们肮脏不堪，散发着臭气，上面有着无数的裂口和纹路，里面塞满了永远也洗不掉的灰尘、泥渣。可是，这时候我在一边蹲下来，着迷地看着他挥动菜刀。

他像没有看到我一样，只顾低着剁着，剁着，好像沉迷进这种特有的音响和节奏之中了。他眼前的猪菜剁得很碎很碎。我发现他在干这一切的时候，只是紧紧地闭着眼睛。后来他的眼睛睁开了，活计也做完了。

他从一边摸起烟斗。我告诉他要把老人接到城里住一段的设想，然后说："我想和你商量一下这事儿。"

他眯着的眼睛费力地睁开了，吐出了长长的一口烟：

"不是你要商量我，是她要商量我哩。"

"是的，她让我听听你的意见。"

"孩子，听老人一句话吧，不要把她接走。不要把她接走——你知道这个村子里有多少孤单老人吗？”

“不知道。”

“那你也不用打听了，反正你听着就是哩。我们俩就是孤单单的一个男人和一个女人。你走了以后，她男人死了，孩子也死了——知道吗？只有我一个人去帮她料理日子。她的眼看不见了，是我牵着她的手在院里走，在街上走，出去晒日头……你知道吗？娃儿家，娃儿家……”

我什么都明白了。我突然间领悟了：我连领走老人的权力也没有了！

他像哀求似的对我说：“好孩儿，你不要领走她，不要领走她。你知道山里有多么冷吗？你知道山里人是怎么熬冬的吗？上年纪的山里人入了冬都是搂抱着……”

第十七章

鼋山脚下

1

我和梅子开始走向父亲的苦役之地。

这大概是整个山地之行中最后、也是最沉重的一段旅程了。许久以来，无论是一个人在大山里流浪的日子，还是后来的地质勘查，我都小心地绕开了这里。因为那时候还没有“她”，那时候我实在没有走近它的勇气。

梅子默默地走在我的身边，长时间不说一句话。我知道她心里正被从未有过的一些感触充塞着，常常不由自主地陷入沉思。我把山路上一些崭新的发现指给她看，比如路边草丛中那一枝醒目的野花、一只山区里所独有的飞禽、从前面迅捷窜过的野兔……那时她两眼雪亮地一闪，但很快又恢复了原来的沉默。

我们差不多一直沿着一条干涸的河谷往前，并在河湾处稍做停留。因为河谷转弯处大半总有一潭可爱的积水，有时宽阔的河谷干涸了，河床中间还能寻到一处绿色的水洼、一条涓涓细流。我在心里盘算了一下，要翻过鼋山山脉，按时到达我们的目的地，最好能在太阳落山之前赶到二十华里外的那个小村。从天色看，这一段行程稍微有些紧迫了，我们不得不加快步子。

随着离山脉越近，它越是显得浑然凝重。脚下这片舒缓的山坡被几代人开垦出来，已成为很好的梯田，梯田随着延伸渐次降低，最后沉入了河谷；由于多年的干旱，河床在逐步缩小，原来的河床已经被石堰围成了大片肥沃的土地。因为这里的冲积物很厚，所以庄稼和树木都长得异常茂盛。一般而言，比较大的河流下面都有一道地下渗流，所以即便河床干涸了，它的深部水层仍旧可以维持较长时间的丰足期，这就使得那些高大的树木把根脉扎到极深处。

在我的记忆里，鼋山周围几十里，最富遮的就是大河边上的这个小村了。我和梅子将在这里歇息一两天，休整一下，以便积蓄力气最终翻过鼋山山脉。可是我的两腿越来越沉了。我知道这不仅仅是因为连日跋涉的疲惫，而是愈加接近一片山地的缘故——那是鼋山北麓，是一片灰蒙蒙的山坳，随着地势增高，每一步付出的力气也在增大；还有一个不可忽略的事实，就是我们已经十分接近那个可怕的地方——它只差一点就把父亲埋葬……隐在群山里的那段历史与我、与我们全家的命运如此密不可分；它与我的全部坎坷和屈辱也连在了一起。记得在学生时期的暑假地质勘查中，我曾憋足了一股劲儿，想一口气翻越鼋山，到它的北部去寻觅那段历史的陈迹……可还是在最后的时刻退却了：我只远远地盯视了一会儿，然后悄悄地离开。

我当时究竟为什么犹豫？我想把一切都留给一个更为重要的时刻，

比如今天吗？那一次我爬到了鼋山之巅，站在山顶上向北遥望——雾幔像平整的江面覆盖了群山，只有凸出的山峰刺破了雾海。那天我想，这雾幔像一道沉沉的幕布一样把千山万壑都遮掩了，把所有的谜、所有的顾盼和不安都一块儿埋葬了。面对一个后来者，鼋山多么沉默啊……

从太阳的位置看，我们可以在天黑之前赶到那个小村了。前面一连两个慢坡高地，爬上第一个慢坡，立刻就看到了远处那片茂密的树木。我对梅子说：“快了，就快到那个小村了！”

梅子兴奋起来。我们俩都不由得加快了脚步。

第二个慢坡看上去并不长，可是走起来却非常吃力。坡地上的树木稀稀落落，除了针叶松，就是青杨、荆条和非常矮小的槐树棵。到处都是酸枣棵，密挤的地方简直不能下脚。所以，当我们驮着一个背囊气喘吁吁地爬上坡顶时，那种愉悦简直无法言说。

太阳把整个河床照得一片明亮，河右侧的那个小村在阳光里闪闪发光。常在山里转的人都有这样的经验：如果哪个村落被茂密的树木笼罩起来，那么这个村子一定是生活境况较好的。眼下这个小村的街巷上长满了榆树、梧桐和白杨，而且一律黝黑油亮，让人一眼看上去就知道这儿的泥土有多么肥沃。

我对梅子介绍周边环境：西北方的那片低山盛产金子，进入那些山岭就可以看到那个有名的金矿了。金矿从上个世纪就在开发，尔后两次易手给外国人，直到一九四八年才由国人经营。紧靠小村的一些小山就是那个金矿的余脉，现在很多人都在打它的主意，不过如今已明令禁止村里人开采……

2

就在我指指点点说着的时候，梅子突然喊了一声说："啊，看哪，看那里的湖水有多漂亮啊！"

这里哪有什么湖？顺着她的目光看去，结果简直有点难以置信：小村西北部真的闪动着一片耀眼的光斑——那儿原来是一片开阔地啊，如今竟出现了奇迹，变成了一处蓝光闪闪的湖泊。那可真是一个海市蜃楼般的奇观！我好长时间说不出话，只呆呆地看着。

"那个湖叫什么？"梅子问。

"我也琢磨呢，真是漂亮极了……"

那片小湖在傍晚的太阳下显得太亮了，而且色彩斑斓。我对这一带非常熟悉，这会儿觉得遇到了进山以来最奇怪的事情……我们一阵高兴，就迎着它快步往前赶去……随着走近，心中的惊喜和兴奋渐渐消退下来，因为它越来越不像个湖了。

我们终于走到了山的半坡，从这儿看去一切都清清楚楚——原来那片开阔地变成了一处临时停车场，由于各种各样的小车排得密集而又规整，远远看去，金属车体在太阳下的灿烂反光就仿佛一片锃亮的湖水……梅子连连惊呼：

"天哪，想不到这个山隙里会有这么多小汽车，真像变戏法似的！"

我也觉得眼前的情形有点叹为观止。真不知道是一种什么力量，能够把这么多小汽车一瞬间全部集中于此！这像做梦，更像一个不祥的童话——在干燥赤裸的岩石之间，真正的穷乡僻壤，竟如此突兀地出现了大面积的汽车湖泊……这些铁甲动物从哪儿来、到哪儿去？我们在山的半坡上久久伫立，心绪茫然地看着，直到听见了乱哄哄的汽车喇叭声、各种小车开始蠕动时为止……

凭我的直觉判断，那里不知发生了什么大事……我和梅子揣着一个谜团，开始慢慢下山。

山的慢坡一直延伸到河阶地那儿，然后出现了一条笔直的路。我们就沿着这条路进村。一入街口，各种嘈杂立刻扑面而来，狗的吠叫，鸡的咯咯声，还有拖拉机的轰鸣……我刚遇到一个老乡就问："那片车是怎么回事啊？"

"你问那个？噢，正开大会哩！"

"这么多车啊!

"全镇都在那里开现场大会。一个村来几辆，你想想那要有多少车？比得上旧社会的骡马大会哩！"

"每个村都有自己的小汽车吗？"

"那还用说？他有，你没有，这样一比怪丢脸的。如今别说村头儿了，哪个村里都有一两个人住进了小洋楼、养起了小汽车哩！你想想，当个村头儿没有小鳖盖子还行？顶孬的也买辆大头车坐坐。呜呜一按喇叭，威风不是？"

他不知道我们是谁，虽然语气中透露出明显的厌恶，但仍不敢流露过多的牢骚。他说完了那番话，与我们怔怔地对视了一会儿，突然拍拍脑瓜，一扭头就要离去，再也不理我们。我们只好往村子深处走去。

这儿显然比我们前些天看到的那些村子富足多了。进了街巷，可以看到每户人家都有一道石垒的院墙，而且院门也比其他地方讲究得多：它们先砌成两个石柱，石柱再用彩色石英石装饰一新，上面才是石板做好的盖顶，这就形成了一个挺气派的大门——我们在其他村子看到的院墙则简单多了，那是一律土坯垒成，顶多加个石基；还有的直接就是庄稼秸秆扎成的篱笆，连大门上面的顶盖也是用茅草搭成的……最让人高兴的是，我们眼前的这个村子多么喜欢栽树啊，瞧这里的每个院落中都有一两棵茂盛的大树。

3

走在村里时天已经黑了，我们开始考虑怎样过夜。我们想找一户有空闲房间的人家住下，结果发现这很容易：他们不仅像其他山区的人一样好客，而且大多数人家住得都很宽敞。我们在他们眼里多少算是一些打扮奇异的城里人，他们凭经验知道招待我们没有什么不好：可以从客人嘴里听到一些新鲜的城里消息，遇到大方一点的来客，还可以得到一点礼品、一些新奇的小玩意儿。他们说：不久前有些地质勘查队员就在这儿住过，人家跟村子里的人交往得正经不错哩——果然，一开始他们就把我们俩当成了地质勘查队的，于是我就顺水推舟，说是来搞勘查的。

“又要找金矿吗？”一个满脸胡茬的中年人问。

我摇摇头：“不，我们要从这儿翻过鼋山，去看北面的水利工程。”

“嚯咦！”中年人咧咧大嘴，“看那些大山洞子？”

我点点头。

“嚯咦！那可是个大工程。”他伸伸舌头。

他说得不错。据我所知，整个工程前后一共搞了几十年，大约从五十年代末一直搞到七十年代末。那是由大大小小的水库、长长的水渠和数不清的涵洞组成的一个复杂的水利网，仅仅是八十米以上的涵洞就有十几座，最长的一个地下隧道长达六百多米，而且每一条隧道在开凿时几乎都有人员伤亡……

我们走进的这户人家大概是新婚夫妇，一切都是簇新的，房子盖得既结实又宽敞。仔细看看就可以发现这户人家的不同寻常：四壁都由合成材料装饰过了，地面铺了水磨石地板；屋里有沙发、背投电视和音响设备。但屋角仍然有一个很大的火炕，上面摞起了高高的被子。有两辆大功率摩托放在大房间与厢房之间的通道上，男主人正蹲在它们旁边。女人手上、耳朵、脖颈，到处都挂满了金光闪闪的饰物。她见我们走进来，就把嘴里的瓜子皮吐了，然后大声问了一句：“嗯　嗡啊？”

由于口音太重，我们竟一个字也没听懂。

梅子尽可能放慢声音说了一遍，男的马上哼一声，示意女的把我们直接领到厢房去。

我在一瞬间改变了主意：不想住这户人家了。我借故说走错了门，道了歉就走出来。我请引路的老乡给我们介绍一户普通的人家。他想了想，就把我们领到了另一座宽敞的屋子跟前。

这儿仍然住了一对新婚夫妇，但他们对人热情多了。进了院子可以看出，这房子虽然宽敞结实，但屋内的陈设却简陋得不能再简陋了。屋顶照例没有天花板，露出崭新的高粱秸，细细的屋梁支撑着轻飘飘的顶盖；屋内像我们看过的其他村子一样，没砌隔壁。只不过这里的人更喜欢宽敞，所以家家都把屋子盖得大一些，但这并不能说明有多么富足：整座小院中，屋里屋外都空空荡荡，几乎没有什么值钱的东西。在一般的城里人眼里，这儿的杂七杂八大多可以作为垃圾扔掉，比如说一堆碎玻璃、几个瓷瓶、一堆烂草、几块碎木头。可我知道这些在他们眼里都是宝贝——碎玻璃可以卖钱，瓶子要等待酒厂来回收；烂草和碎木头是烧火做饭的。院子当心有一个圆圆的大草垛子，只有它让梅子非常喜欢，她在垛子前端详了好久。

新婚夫妇住在正屋，他们让客人住厢房。院里到处都贴了“喜”字，不仅是屋面、大门，就连树干上也贴了。我们到厢房里待了一会儿，又走到院子里。我觉得这一对新人好像有点特别，最后连梅子也看出了什么。她小声对我说：那个新娘老要向她使眼色，露出神秘的微笑，好像故意要和她亲近，要攀谈什么——新娘碍于男人跟在身边，总是左顾右盼的。

我发现这个女人比男人至少要大十几岁，根本就不像一个刚刚结婚的姑娘，看样子有四十多岁，嘴唇抹得血红，眼眉也描过，腮部还搽了厚厚的胭脂。那男的大约三十多一点，是山里最常见的那种大龄青年。男子的模样很憨厚，紧紧闭起的一对厚唇特别让人放心。女的颧骨很高，颊肉贴紧，这种人在山区并不多见。

天就要黑下来了，主人给我们送来一壶热水和吃的东西。吃的东西都装在一个大草篮里——多别致的草篮啊，上面是一种宽叶茅草做成的篮盖，而且利用不同颜色的草编成了花纹。这样一个做工精致的草篮如果在城里要卖一个好价钱呢，它会被当成一件艺术品摆在显眼的位置。梅子笑眯眯地抚摸篮子，好像吃的东西倒是其次。

一会儿院子外面有人喊什么，原来是街上的人在叫男主人。

丈夫刚刚出门，新娘就凑过来了。她问我们在这里过夜还缺什么？可是问过了并不走，其实是想留下来说话。她最后把梅子引开一点，两个人一问一答，好像谈得很投机。我惊异梅子能够这么快地与一个山区女人拉起了家常，有点高兴……她们直拉到半夜，后来院门一响，男人回来了。她立刻离开了我们。

夫妻工

1

第二天夜里男人又出去了，她照例到厢房里来说话。我们在交谈中得知，她原来是金矿附近一户人家的女人，有两个孩子。有一年她丈夫到金矿去做短工，在一次事故中伤了一条腿，丧失了劳动能力，她就离开了他，接着嫁到这里来了。

我忍不住，问："撇下丈夫和孩子，这样做不觉得亏欠吗？"

女人抹着眼睛："谁说不是？可也没有办法，俺要养活孩子和男人哩。"

我终于听明白：原来她嫁过来是为了养活原来的男人和孩子，多么新奇。她说：当初就跟这里的男人讲好了，每个月给那边的人二十块钱、三十斤红薯干。她咂着嘴：

"俺新男人是个好小伙哩。"

她说到这里眼中闪着动人的光彩："俺新男人一点也不心疼钱。他那时答应得痛快，俺就背着包袱来了。俺来了，有时候他还不止给俺答应下这些呢。"她说这边的日子富得流油，可不比那边。

梅子插一句："那边不是有金矿吗？"

"金矿也不是村里的，挖出来的金子也不是咱庄稼人的。"

她见我和梅子并不急着吃晚饭，就领我们去参观大屋里的粮囤。在那间宽敞的大屋最西边一间里，直接用土坯垒了一道矮墙，墙的另一面就算是他们家的粮仓了，里面一连摆了两个抹泥衬里的紫穗槐编成的囤子。每个囤子上都有一个木盖，掀开盖子，里面是满满的玉米和红薯干。有的红薯干已经开始发霉变绿，梅子说变质了怎么办？女人摇头："这不要紧，在日头地里一晒，用手一划拉，这些绿毛就掉了。"

另一边是一个陶缸，她把缸盖打开，我看到里面装了一些很小的布袋。她满脸欢笑地捏弄着这些布袋，告诉布袋里分别放了豇豆、绿豆和麦子："过节时，俺两口把它们掺在一块儿熬粥喝。"

她说刚嫁过来的时候，天天都吃好的："咱吃麦子面和地瓜面掺起来做成的小饼呢，还有那种白面小水饺，咬一口冒油儿……”

她的口气里充满了幸福和安逸。从她的言谈举止中可以看出，这是个极容易满足的女人，而且崭新的婚姻生活正给她带来了无比的欢乐。从粮囤那儿走出时，她突然悄声问我们：

“你说，俺要老不回去好吗？”

梅子有些惊讶：“怎么，你还要回原来的家吗？”

她点点头：“原来讲定在这里只打五年‘夫妻工’哩。”

她的叫法真使我们耳目一新，但想了想也觉得极为贴切。从她的话里可以听出，她不想再回去了，因为这里的生活使她非常留恋。

“俺新男人待俺好，你别看他身强力壮，粗粗鲁鲁的，心可细着哩。他一点重活也不让俺做。你想想，三十多岁的人没个婆娘，这会儿有了，亲还亲不够哩。他亲咱怪狠……不过，”她红着脸瞥瞥梅子，“俺也不能做个负心人，不能一转脸就忘了原来的男人。俺只是琢磨着隔三岔五回去看看他，带些吃物。俺孩儿老要跑来，夜间就拱在俺被窝里睡，俺新男人也不烦。你看看，他的心多敞亮。照理说那么大的孩子了，一把扳不倒，哪好拱进被窝里……”

梅子问：“男孩女孩？多大了？”

“一个女娃，一个男娃；女娃大，男娃小。跑来的是男娃，十二岁了。十二岁的男娃还想吃奶哩。”她说着，一边按了按自己鼓鼓的乳房。

梅子笑了。

我们回到厢房，打开那个带盖的篮子，这才发现晚餐很丰盛：两碗绿豆和麦子豇豆合成的米粥，两块红薯，两碗煮得很软的瓜干。梅子说：

“我们可吃不了这么多啊！”

她让我们“尽吃”，她要坐在一边看着。梅子被她看得有点不好意思。新娘说：“你们城里人吃饭都是一小口一小口的，小嘴儿窝窝着，真好看哪。你可没见俺男人吃饭……”

我不知她说的“男人”是指哪一个。“俺男人一口就喝下半碗糊糊，咕嘟一声咽下一块大地瓜，老虎似的。”

梅子笑得喷饭。

2

我们吃饭，她就坐在一旁不停地说着：“做人还是得有良心哩，俺不能学隔壁那家，做下伤天害理事儿……”

我们问怎么了？

“他被人家骗了。那也是一户老光棍——这村里的光棍有十多个。”

梅子有点吃惊。可我一点也不觉得奇怪。我知道要按一个村子算，十几个光棍绝不算多。

她说下去：“你知道，这年头可有转着心眼骗人的。有一个女人，经中间人说合嫁到了他家，结果他一辈子攒那几个钱全给搭上去了。有两千多块呢，两千多块，全是一分一分攒起来哩，差不多都是毛票钢镚儿凑的。两千多块钱装了半米袋子，就交给那个中间人。中间人一手交钱一手交货，手扯着手把女人交给了他。那个女的一进门就嘻嘻笑，头上扎了草把子，两只眼角往上吊着，腮上一片红。我那会儿一看就给俺男人讲：这不是个牢靠的主儿。谁知这一下让我说准了。那天中间人扛着钱走了，那个老光棍就请族里人把女人用链子拴起来。那链子好长，这一头拴在屋子旮旯的木桩上，还不碍她爬到炕上睡觉。锁链子后来又系到窗棂上。老光棍夜里就抱着个带链子的女人，一活动哗啦哗啦响。族上人都知道，起码头半年是不能松开链子的——可谁能想到'贼有飞计'，原来人家女人有个断链子的小器具掖藏在身上。有一天夜里她说出去解溲，老光棍就在屋里等，后来只听链子咔啦啦响，就是不见人回来。一会儿没动静了，老光棍出去一看，人没了！那个链子给当腰截断，茬儿都是白的。老光棍立刻哭着喊着找族里人，灯笼火把照了半夜，把河套子里的树丛子都踏倒了一片，结果影儿也没见。到最来才知道，破锅偏偏碰上了漏屋，原来是她呀……"

梅子问："是谁？"

"遇上'断绳女"啦！"

我们还是听不明白。她接上解释："这些年山里人都知道出了个'断绳女'，不过谁也没亲眼见她。那是一对骗人钱的夫妻：一个扮成中间人，一个扮成找婆家的女人。两人勾搭好，钱一到手，女人就设法尽快逃走。他们约定在一个山洞子里会合，吃饱喝足，再去找另一户人家。你看看缺德不？"

"这样做违法！"梅子说。

女人拍拍手："还违法哩，不知告了多少次，官府也拿他们，就是拿不住。"

梅子惊讶的目光看着我。在别的村子里我们也遇到贩卖女人的事，不过像眼前这样的故事还是第一次听说。我很想到隔壁去看一下，因为发生在身边的故事太奇特了。我试着问了问，女人马上说："这有什么难？咱去就是了。"

她领着我们到了隔壁。那里的院门没关，女人喊了两声就走进去。

一会儿里面迎出一个蓬头垢面的五十多岁的男人。他眼神发僵，唯唯诺诺跟在女人身后。女人问他话，他听不清，原来耳朵有点聋；女人不耐烦了，伸手在他的头顶那儿使劲拍一下。

这一拍他什么都听得清了。

他哎哎应答，还倒水给我们喝，让我们到炕上坐。他的腰有点弯，端水时头要使劲扬起，但还算不得一个驼背，只是腰有毛病。

女人指着他的腰告诉我们，这是前些年出夫开山洞的时候被石头砸伤的——"你想想，人都这样了还受得住那个'断绳女'糟蹋？那个'断绳女'是个馋痨，嫁到谁家就没命地吞下吃物，然后夜里疯浪得不让男人睡觉。她倒是强壮啊，一户一户吃足了，再来折腾人家男人。经了她的男人十个有八个要害虚喘病。你想想，五十多了，加紧搂抱女人又不能睡觉，那还了得？"

我应一声："那了不得。"

梅子在后面捣了我一拳。

女人接着说："老光棍这下完了。你看他的眼神发浑了，那都是哭的。他一连哭了六天。"

我心里酸酸的。我看着这个男人，目光停留在他的手上。这双手啊，骨节早已变形，每个骨节都有杏子大小。男人见我注视他的手，索性就伸过来，让我尽情地看。

梅子指着关节问：“这是怎么了？”

女人在一边告诉：“深冬腊月要在河里捞卵石，那是工地上要用哩，河水都冻着冰，一天一天在冰水里面掏，关节还不要冻坏啊。”

3

我们在屋里看着，女人轻手轻脚走动，快言快语说：“你们经多见广，给这个老光棍再找个女人吧。你别看他有病，家里富着呢！”

她一边说一边领我们到了屋子另一间。原来那里有一个粮囤，里面装满了红薯干。老光棍睡的地方也同样令人称奇：一个大土炕，足足可以睡上一个班的战士。土炕上边是厚厚的茅草，上面铺了一块肮脏不堪的大羊皮。女人指着羊皮说：“谁有这样的好被子？那个‘断绳女’丧尽天良，盖着这么暖和的大皮被子还要跑。这样的被子往身上一裹，半夜像火炉一样暖和哩！”

老光棍关节鼓起的大手一推一推地在炕洞前比画着，告诉我们：“架火，架火，冬天夜里还架火……”

我明白了，他是说每个夜晚这个土炕都被烧得暖烘烘的，再盖上那个羊皮被子，当然不会冷了……

从那个老光棍家里出来时，女人突然凑在我耳边问了一句：

“有‘小油鸡儿’吗？”

我不明白她是什么意思，只以为那是一种飞鸟。

“上一次我们南屋的那家住了两个城里人，他们走的时候送给拳头大的一个‘小油鸡儿’，一拧哇啦哇啦唱哩……”

我明白了，她说得太快，原来是“小收音机儿”！她想让我们也送她一个。梅子听明白了，忍不住大笑起来。我只说找找看。实际上我是在盘算送她点别的，因为我们随身只带了一个半导体收音机，有点舍不得，一路上就靠它收听一些消息。这时候倒是梅子抢在前边应了一句：“我们回头就送给你！”

回到屋里，梅子把我们带来的唯一一台收音机送给了女人。女人欢天喜地跳了两下，一拧开关，里面立刻传出了播音员的声音。她拧了一会儿，有些不高兴：

“你这个‘鸡儿’怎么不会哇啦哇啦唱戏文？”

梅子给她重新调了波段，里面传出了歌唱的声音。她高兴了。

像在别的人家借宿一样，梅子总要向主人家问个不停。她不能当着房东的面就往笔记本上记，可她总要凭着记忆在睡前记到笔记本上。我很赞赏她的做法。

这一次女主人告诉了很多村子里的情况，这使我们知道了这个村子大约有二十多对夫妇是由中间人从山的那一边“弄来”的，现在大多过得很好。有两三户半路跑走了；还有一户人家跑走了不到一年，又重新回来了。女人说到这里加重了语气，说了一句给人留下极深印象的话：

“有情人棒打不散哪！”

接着她解释说，只要是跑走再回来的女人，一定会安心过上一辈子好日月，从今以后什么也不能拆散他们了——“那叫‘回头女’啊，俺这里都知道，‘回头女’比什么都金贵哩！”

我问了一句不该问的话：“你算不算‘回头女’呢？”

她的脸一下变了，有些不高兴：“我怎么能算‘回头女”呢？我又没跑过！”

……

我们在村里住了两夜，第三天一早要告别这户人家了。我们收拾背囊，盘算着最重要也是最后的一程：一口气翻过鼋山。

与这对夫妇分手时，我们照例要给他们酬谢，可这两个人无论如何不收。女的按着怀里的收音机说：“天哩，这是做啥哩？只要路过村里别忘了俺这个门就好，那咱比什么都高兴哩！”

男的说：“是哩！是哩！……”

我看到梅子的眼角有些湿润。

我们走了很远，他们还站在门前招手。

就这样，我们与山里的一户好人家分手了……

父亲的山

1

走出村子时，天刚刚透明。我对梅子说："走这条路必须早些动身，因为只有这样才能在天黑前翻过山去——这样我们就可以在山下支起帐篷了。"我告诉她鼋山可不比我们以前走过的山，在上面露宿很危险："山里面有些动物会伤人的。""什么动物？""狼，或者是野狗，反正听说它们以前伤过人。所以我们必须赶到天黑以前下山，再说天黑了山路简直就没法走。"

就这样，我们一路紧走，到达山下时差不多没有歇息，只鼓着劲儿攀登起来。

结果我们在太阳刚刚升起的时候接近了鼋山山脊，中午时分两脚终于踏上了分水线。本来我们也可以绕开鼋山主峰，可那样就要走双倍的路。在大山分水线的另一面，我们开始找歇脚的地方，支起锅子做午餐了。

我在山坡下面折了一大捧山菜。山菜被雨水冲洗得非常干净，我就直接投进了米锅里。梅子看到了想阻止已来不及，我只是做下去：放上了一点盐，这是做一种咸饭糊糊。我边做边说："忘了你父亲讲过的战争年代吗？那时他们最愿喝的就是这种咸饭糊糊。"

梅子收起了笑容。她大概又想起了那一次关于粥的谈话、连同诸多的不愉快。

“当年我就在这座大山的北坡上宿过。野物在远处嗥叫，吓得我一夜不能合眼。后来直到太阳升起来了，我才勉强睡过去，可一会儿又被太阳晒醒了。有一回我实在太困了，中午时分就歪在石板上睡去，结果两条腿都被太阳晒脱了一层皮……这座山上有一种石头甚至可以吃。”

梅子这才缓过神来，用怀疑的目光看着我。

我离开了一会儿，找来了一种白中透绿的石头，它们是夹在玄武岩缝隙里的一种石块。我咬了一下，它马上像脆骨一样裂开了。当然没什么味道。我嘴里发出格格的声音。

“快吐掉，快吐掉。”

我告诉她：“咽下去也没有什么……村里人跟这种石头叫‘脆骨石’。都说，‘弄块脆骨嚼嚼吧’。挨饿的年头，这种‘脆骨’都被人挖光了呢！”

梅子拣了很小的一块装到衣兜里，说要留做纪念。

我们在半下午时分接近了鼋山北麓。山阴处树木蓊郁，这与我们一路上见过的山岭截然不同，展现在眼前的竟是这样一片黑苍苍的乔木和灌木。这里的植被很好，而在阳坡却有很多裸露的岩石。这是因为那一面山势太陡，山雨流泄太急，冲积物很快就冲到下面的沟谷里去了。而随着山阴处坡度相对舒缓，土层越来越厚，植被也越来越好，而且腐殖物越来越多，形成了良性循环。北坡舒缓，左侧和右侧的山脉、沟谷的皱褶线呈现出一个漏斗状的剖面，每年夏秋两季都可以有大量的雨水汇入山北，于是那里非常适宜构筑大规模的水利工程。

梅子问：“怎么在这儿还看不到那个大水库？”

“还要再走一会儿。我们今晚要在离库区最近的地方宿下——其实我们现在就进入库区的门户。”

我们在天黑之前顺利赶到了山下。像过去一样，找一个有水的地方支起帐篷……

2

天亮后马上动身去寻那些水利工程。山上的老乡告诉：现在除了水库有人管理之外，那些复杂的涵洞渠网大部分闲置不用，已经常年没人管理。其实我们要看的主要是渠网和涵洞，那两个大水库远远就可以望得见……我们很快进入这个远近闻名的水利工程网中了：一道道精心开凿的干渠不断让梅子发出惊叹，那垒起的每一块石头，上面都留下了细密的凿印。我告诉她，由鼋山山脚蜿蜒西去的这道长渠，一路要穿过三个涵洞，最长的挖穿了一座山脚，长达几百米，整整花费了两代人的时间……从我们站立的渠岸往北望去，是数不清的丘陵；丘陵的北部就是那片开阔的平原了，它们才是这个庞大的水利工程的直接受惠者。长长的渠道和涵洞把直接穿过砧山，可以灌溉芦青河西岸大片土地；向东则分别接纳了鼋山东南大片山谷的积水。

展现在我们面前的是多么宏伟的工程，它简直非人力所及。

今天仿佛仍可听到当年叮叮当当的锤声、连成一片的叹息，还有炸药的轰鸣、人的喧声、阵阵的哀叫和隐隐的呼唤……多少人的魂灵留在了这片大山里，留在这无数的涵洞和沟渠之中，留在这层层叠叠的山峦之间。当年这里汇集的不是几百几千人，而是几万人；而且最险峻的工段都是由“犯人”开凿出来的。说起来没人相信，当年的父亲曾经一度脚戴铁镣在这儿做活……

“那时他们分布在这片山谷里，山坡上就站着一些持枪的人。每天晚上这里都灯火通明。他们给分成了好几拨，所以每时每刻都有人在凿石头。当时开山洞使用的是最原始的办法。他们甚至不懂得什么叫定向爆破。那当然要付出双倍的劳动、招致各种各样的危险。很多人死的时候连尸首也找不着……”

与囚禁者遥遥相望的，是那个海边茅屋。茅屋里的人望眼欲穿，只听着隐隐的雷声——那是大山里传来的……

我们沿着渠岸往前。无论身边的地势怎样起伏，渠的底部都是平坦的。有的地方硬是填平了沟谷；而有时则要毫不犹豫地豁开一座大山。它就这样跨越、穿凿，直走了上百华里。

进入涵洞时，我们每人燃起了一个火把。洞里阴森恐怖，刚走了一百多米，就能听到呜呜的声音，像有大风掠过。头顶在滴水，吧嗒吧嗒的水声汇成一片沉闷的回响。梅子说话的声音很小，就害怕惊动了这里的鬼魂。这个长达几公里的涵洞好不容易才走穿：原来它刚刚穿过的是一道并不太高的山冈。出了山冈，水渠开始进入一条密林丛生的谷地。当年的水渠设计者真是巧妙到了极点：它沿着谷地构筑，尽可能省却劈山之累。河谷直到鼋山跟前，然后转为南北走向。山谷两边的山丘平均高度约有七百多米，最近的一座山峰有九百余米，离鼋山主峰约四十华里。

我们登上了最近的这座山峰。分水岭离我们只有两三公里远，南北丘陵历历在目。脚下的山溪已经全部干涸，河谷两侧长满了弯曲的刺槐。这里曾经发生过严重的剥蚀，河谷已被冲积物填平，从而形成了今天这道水渠的基底。这样不仅可以节省大量劳力和时间，而且可以巧妙地绕过鼋山北侧几个不高的山岭，减少三到五个隧道……河谷两旁主要由石英斑岩和长石砂岩构成；沟渠的拐弯处，由来自鼋山北岭的雨水冲刷，形成了另一道山谷……中午时分进入最长的一个隧道，发现它的入口处有很多题词，可见这个巨大的隧道在当年是一大骄傲，引起了多少人的激动和畅想。我仔细看着，发现有很多重要人物都来过这里。

由于眼下是枯水季节，或者是因为气候变化的缘故，这里已经寂然无声，只留下一个黑苍苍的深洞，远看像大山的一个惊惧的、未能合拢的嘴巴。

长长的渠道、一座连一座的涵洞，让人想起了万里长城。每个人的力量那么微小，可是他们的合力却可以在山川土地上留下如此深重的痕迹。它将永远不会磨灭。它至少花费了两代人的时间，付出了难以计数的鲜血和性命——这对于牺牲者而言是足够残酷的；可是谁也不能否认，这些工程又是无比伟大的……

3

是的，就是在这里，父亲第一次、也是最后一次逃离。

一连两天都有人死在工地上。洞子打到了一处极危险的地方，因为没有起码的支护设施，即便落下几块石头都能置人于死地，更不要说大面积的冒顶了。一开始由第三班担任掘进，这是一帮戴罪之人，个个都罪大恶极，活着和死去反正都差不多，所以干起活来基本上不畏生死。总指挥“老歪”对第三班另眼相看，背后夸赞说：“这帮狗东西，谁不服都不行，都不行！”工程进展不错，“老歪”说：“只要给我顶住，最多再有个把月就突出去了……”“突出去”就是穿过这座山脚，是打透它，是见天。有一天又发生了事故，两个人抬出来时已经肢体不全了，领头的央求想想办法。“老歪”眼都红了，骂：“你妈的敌人躲进了碉堡，机枪架上了，你就撤了不成？”他掏出盒子枪挥动着，竟然不惧生死地领头冲进去，所有人也只好跟上去。

一天下来，又有人重伤致残。奇怪的是“老歪”有时蹲在洞里吆吆喝喝，有时前后蹿动，骂人，却没有一块石头击中他，连擦一点皮都没有。后来的几天“老歪”去别的工地了，这边的三班再也不敢后撤了。一直到十天之后按期轮换，三班下来，换上四班。父亲就在四班。他听三班的头儿说，十五天下来，共死伤了六个人。父亲一声不吭地在洞里抡锤扶钎，总是机警地瞥着听着。就靠这种过人的警醒，他竟然躲过了两次灾殃。他打锤，另一个人扶钎，再不就倒换一下。可就是这个与他配对的伙伴，躲闪不及，一条腿给砸断了，他自己只受了一点轻伤。

四班进洞的第三天就有人逃了。“老歪”指挥几个人追捕，只在两个钟头内就把逃跑的人捉回。从此这个人就算掉到了地狱里：先是一顿痛打折磨，然后就是交给专门的人看管上工，那些看管者都是从工地上挑选的最狠的人。父亲明白，逃跑的人不能成功，完全是因为这里的山谷太曲折复杂，即便逃出了半天也还是要迷在谷地里。而“老歪”以前在这一带打过仗，对这里的地形地貌十分熟悉，再加上有猎狗，要追捕一个逃跑的人是太容易了。

可是父亲心里正盘算着离开。他不怕死，他只是挂记着荒原上的茅屋。如果没有那个茅屋，他真想死在这里。他准备逃离，与茅屋里的人见上一面，哪怕只匆匆一面也好……就这样打定了主意。父亲与所有人都不同，他只要真的下决心逃脱，也就十有八九能成——这座山其实就是他的。他在当年就在这里浴血备战，出生入死，对山地的所有隐秘都了如指掌。在这一点上，那个“老歪”远不是他的对手。不过这既是藏在他心中的、也是摆在“老歪”面前的秘密，只是他不说对方就会视而不见。在“老歪”眼里这个人不过是个沉默不语的罪人，一个在常年折磨中变得拙纳瘦弱的可怜虫。“老歪”因为长期的凶暴和绝对的权力，已经完全忘记了自己在这座大山里还会有什么对手。

就这样，在一个大雾天里，父亲开始了行动。他在前两天已经悄悄做起了准备：每餐都多吃一碗粥。这里的干食是有严格定量的，煮瓜干和窝窝头每人一份，只有稀粥可以多喝一点。他大口吞食别人剩下的东西——生病的人通常会难以下咽粗糙的食物，他就趁机取来大啖一顿。到了第三天一早，正好是一个十步之内不见人脸的雾天。他草草吞下了自己的早餐，先一步退到一边扎紧了裤脚，又把衣襟掖到裤腰里，把一个旧军用铝壶装满了水，然后就扛着锤子往工地走去。父亲没有选择夜间行动，就因为那个时刻恰恰是工地上戒备最严的；而早餐至上工前的一段时间最为松弛。他不紧不慢地走开，待身后的一切都被浓雾遮住的时候，立刻将锤子抛到了路旁的草丛里，然后撒腿就跑。先是一口气跃上岭子，然后继续往前，直接登上鼋山北麓。一般的逃脱者只会背向鼋山，瞄准北边的丘陵一直向北，想尽快顺着河谷跑回平原；而父亲却反其道而行之，他沿着一条裂谷攀登，这样只需半个小时就能翻过山麓，而后再迂回往西，从芦青河的源头起步，逐水而行，沿西岸直接奔向平原。

父亲逃到了山麓的另一面，身后还没有传来狗的狂吠。他知道再有一刻钟左右就可以踏上那条河的西岸了。这个时候“老歪”肯定会领着一群人在山北搜索——也有一点可能就是还没有发现有人逃脱；但用不了多久四班的头儿就会慌慌地报告，不过那时他们追赶并且逮住他的机会已经微乎其微了。父亲大约也就是在这个时候好好盘算了一下。他坐下来休息了一会儿，并没有马上走开。也许就在这段时间里，他改变了主意。真是奇怪，他犹豫起来，不想逃回日思夜想的海边茅屋了……可能他想到了一个更加残酷的结局：从茅屋里重新被押到大山之中，那时候等待他的将是更为严厉的折磨和摧残。如果不能待在那个茅屋里，不能和母亲厮守在一起，那么一切逃离都是没有意义的。还有一个更现实的问题，即天下之大，却已经无处可逃。那就待在这里吧，这里不是别的地方，这片大山是自己的，从过去到现在都是——我的一条命也许就该留在这里……

就在太阳升到树梢那么高的时候，父亲又踏上了返回之路。他用了比出逃多上几倍的时间才翻过了山麓。他细细地看过了这里的每一块巨石，终于想起了战争时期发生在这里的一幕脱险——那一次差点丧命。

就在父亲马上返回工地的一瞬，“老歪”和几个人猛地缚住了他。

“老歪”挥动手枪不停地大骂，狠狠踢父亲的腿：“押回去，上镣子，往死里打。妈的，你敢逃，这回我就、就毙了你……”

第十八章

岁月之手

1

月亮照着我们的帐篷，银白的光束从缝隙中流泻进来，又在枕边漫洇。已是半夜时分，梅子睡去了。她在野外一开始没有我睡得好，但后来总能比我睡得更甜。

这个夜晚我又一次失眠了，后来实在睡不着，索性走出帐篷……

这儿处于主干渠拐弯的地方，正好在一个小山坡的下面，除了黑乌乌的大树，照例还有一片扇形的白沙。清凉的微风从渠道吹过来，又悬挂在每一片叶子上。小虫若有若无的鸣声趁机溜进了帐篷，悄无声息地落在一个人的耳边。一天的繁星好奇地注视下来，它们探究的目光迟迟不愿离开那顶小小的帐篷。

到这个夜晚为止，我和梅子在库区已经整整转了两天。我们很快就要离开这里，然后结束整个旅行了。这等于是一次心情沉重的瞻仰。感激岁月之手留下这难以拂去的、深刻而宏大的印痕。梅子看惯了城里那些精致的设计、拔地而起的塔楼、阔大宽敞的立交桥，却是第一次如此接近这片粗犷的山野、它的不可思议的杰作。她作为一个城里人，无从想象另一些人可以穿凿整座整座的大山，可以把一道长渠镶嵌在上百里的山谷上……

风在变大，白杨树沙沙抖动。月光下的白沙发出一层荧光。夜空里有一只鸟划过，低沉的鸣叫像叹息一般。我一直看着前面，直到月光在山隙和树下闪跳起来。这样的夜晚我仿佛又看到了一个人，他正缓缓走来……那个人是柏老吗？他坐在我对面的岩石上，叼着烟斗，脸上是得意的微笑。他今夜的模样仍然像个智者。

我拣起一个石块抛过去。岩石发出了沉闷的回响。

这个夜晚，我又一次思念起那所地质学院的生活。我知道是谁使我无法遗忘，是谁联结着那里的一切愉悦、欣喜和不幸。那个人留给我的，是前半生铭心刻骨的记忆。

现在看，说柏慧把我出卖了是不确的。她不过是将我心中最最珍贵的一点东西、我性命攸关的一点隐秘随手抛置了。就这样，我的命运又一次给推到了可怕的边缘上……当时我是多么恐惧，那是对命运的恐惧……

我不能忘记那种被愤怒和绝望交织纠缠的情形，不能不回忆那些近在眼前的岁月。我曾在后来一遍又一遍回想，追究自己怎样进入了一场不能忘怀的热恋。后来我渐渐发觉，这种热恋是双重的：既是对柏慧，又是对我心爱的地质学。在那个年代里，这是何等幸福的选择啊！

那是一个多么可爱的、火热的姑娘，她当时穿着一件乳白色的上衣，一件做工精细的裙子，胸部高高挺起。她的眸子正火辣辣地看着我，那张微黑的脸庞上有着无法抵御的魅力。我长久地痴迷于她的形象，醉心于她的性格。就是这样的一个姑娘，我怎么能埋怨她呢？虽然我已经绝望，虽然我已经被巨大的恐惧给毁掉了。事实上真是如此：她只差一点就把我从根上给毁了……

仿佛一转眼就到了此时此刻——我的帐篷和妻子；那天在车站与柏慧的分别，她被染过的头发……岁月之河一直流到了今夕，流到了脚下。直到这个夜晚，我仍然在父亲的苦役之地徘徊，仍然在流浪……

我不知道为什么要有那样一个生父，而他又偏偏与这个险峻的山地有着不解之缘？难道我眼前的这一片高山，还有我眼前的这个巨大的水利工程，都是为特定的人生舞台而搭起的临时布景吗？如果说这个水利工程是人工制作的，那么这高高耸起的群山呢？它们的矗立却是真实而永恒的，它们远远先于我们的生而生，它们甚至就像“父亲”一样不能选择……

我面对着自己的中年，在这样的夜晚愈加明白：自己即便经历了最艰苦、最不能忍受的逃亡，父亲的阴影还将追逐着我，它还要长长地、深深地笼罩我——从今天到明天，我还将在这种不能解脱的矛盾中犹豫彷徨……

在这苍茫大地上，有谁来牵引我的手？有谁能伴我走下去，一直走向归途？

我曾把所有的希望都寄托在一个好姑娘身上——一直到最后的那个夜晚。

那个分手的时刻啊。我已在心中做出了决定，咬紧牙关，浑身颤抖。

可惜直到最后她也搞不明白这到底是为了什么。她觉得我的反应实在是过分了，完全不能理解，更不能接受。怎么向她解释呢？我想找一个最恰当的比喻，结果还是难以讲清。我吞吞吐吐说：“我觉得心里……有一点东西给打碎了，它是我最后的……”

“它是什么？是你的自尊吗？”

“也许比自尊还要……”我思量着，“还要高贵十倍……我说不清楚。反正我觉得你也参与了对我们一家的围剿和……蹂躏——真的，我觉得你们在蹂躏我们，从上一代到下一代——‘我们’，就是那个小茅屋里的人。我的外祖母死了，还有我的外祖父、我的父亲、我的母亲。这太不公平了，残酷，血腥。有谁能减去我心上的一点沉重，哪怕一丝一毫……原来我只想求助我爱的人，求助你，因为我不敢求助别人……现在我才明白这都是做梦，全都错了。你与他们没有什么两样，你们全都一样！柏慧……”

我这样说的时候，身体抵紧在丁香树上。柏慧走近了。她的呼吸让我感到了。她的手在抚摸我的头发，吻我，一次次地吻我。她带着十二分的惊讶。结束时她在我的耳边上说着什么，我一句也没有听清。

她试图做最后的努力，想抚平我的伤口，想让一切都过去。但没有成功。

她哭了……

2

这个夜晚，面对着整整花费了两代人的工程，还有高高的鼋山、它身旁的群山与河流，我的心情愈加沉重。面对它们的沉默，蓦然间我似乎明白了一点什么。

我又记起了父亲在去世前一年发生的事情：围绕殷弓的到来他与母亲的争吵、他怎样放弃了一个绝好的机会。这可能是他后半生里绝无仅有的一次机会，事关生死荣辱。他战争年代的搭档殷弓来到了小城，而且身居高位，正好为他一刷耻辱。母亲简直在央求他去见那个人。要知道那是唯一的证人啊，可父亲的眼睛都没有斜过去一下。

他放过了一次唾手可得的机会。

那个机会如果早来十年，他会伸出双手紧紧抓住吗？

我曾经为此而怨恨。我觉得父亲这一场恶作剧太残酷了：对他来说一切都将过去，他的生命只剩下了短短的一缕余晖。他不再去想别人了，哪怕让后一代永远挂着一个恶名挣扎下去……他长了一副铁石心肠。

面对着沉沉的大山，还有这些染上了父亲鲜血的水利工程、它们的沉默，我想抓住这迟来的一点点感悟……一切都在过去，一切都会过去。时间的河流不像人们想象的那么徐缓，这只要稍微注视一下岩石、山岭，还有人们亲手制作的东西就会明白：一个人不必那么重视浮泛的热情，不必那么激扬冲动；他终会为这冲动和热情而后悔。尽管这热情也有可能留下什么痕迹，但它比起一些永恒的东西，比起更遥远、更长久的东西来，那层层冤屈和阵阵欢乐一样，都显得轻若羽毛，都会一闪而过……

父亲冰冷的面孔就像今夜的山石。

我明白自己当年有多么可笑、柏慧又错在了哪里。她太纯洁也太热情了。她热情的结果，不是给我带来安慰和笃定，而是送来一次猝不及防的伤痛。最后就是这种热情使她失去了自己的恋人——而我则失去了她——一个至宝，她曾在我的人生旅途上涂过最鲜亮的一笔颜色。

这个夜晚啊，我仍在感激她，感激她给予的爱……我不能不想到“宽容”两个字：如果当年再宽容一点，那就一定会避免我们之间的悲剧吗？可是我们知道，一切的不宽容往往都发生在过分热情的人身上，而失去了热情也就不需要宽容了——比如父亲，他不需要宽容，无论是对别人还是对自己……我当年如果是宽容的，就会容忍柏慧的不慎和轻率——可是我如果容忍了这一切，哪里还会有青春的勇气和记忆，哪里还会有不能容忍的东西？

我又想到了当年的女房东：今天看那是一场多么可怕的误解，我当时随手把那几张钱币掖在了抽屉的垫纸下面，然后就完全地遗忘了。那种极度贫穷的山区生活促使我做出“偷窃”的猜测——基于这样的判断，我再也不想回到她的身边了……“宽容”的原则并不是普遍的原则，有时候人真的是难以“宽容”：我急匆匆地离开了那个山村，甚至连告别一声都没有。

我明白，促使我急急离去的原因远不止是对女房东的厌恶，更多的还有其他。比如当我得知就此可以永远脱离这种可怕的流浪生活时，也就变得迫不及待了。我真是熬够了！我当时简直是带着巨大的侥幸和欣喜，以最快的速度逃开了……

我逃走了，可是也深深地欠下了一笔。当我今天试图回头寻找和弥补的时候，已经什么都晚了。

有的人死去了，有的人虽然活着，可是已经双目失明，永远也看不到周围的世界，包括不能看到我忏悔的眼泪——我甚至在一时的冲动之下想把那个女房东接到家里，像侍奉母亲一样侍奉她。很可惜，不过也很庆幸——她并没有给我这样一个机会。她要和一个同样可怜巴巴的男人搂抱着、搀扶着，直到度过余生。这种结合无论对于她还是那个男人，都是一份厚重的晚年的礼物。我当然没有权力再剥夺他们任何一个人。

在这朦胧的月色里，我仿佛又一次面对了女房东抖颤的双手。今夜我不禁深究一句：把老人搬回城里的想法，究竟是在什么基础上萌生的？难道我更多的不是为了抚平歉疚、为了良心上的安宁吗？再问一句：如果她真的答应了我，我和梅子与一个老人在那个小窝里拥挤着，彼此究竟能够忍受多久？我在烦琐无边的日常生活中又会表现出多少耐受力？当最初的道德冲动过去之后，我还会像对待自己的母亲那样服侍她吗？当那迟早要来的烦躁逼近了时，我又将怎样？到那时候我的难堪和追悔不是更加深重、更加令人难以承受吗？

看来一个人活在世界上，常常需要非同一般的勇气。对于任何一个人来说，都没有例外：考验迟早总会来的，它会以各种各样的方式、在意想不到的时刻出现。

3

父亲从水利工地回来之后，整个人都垮掉了。可是与其他人不同的是，他在暗暗咬紧牙关，并且为了让身边的人像他那样咬紧牙关，表现了出骇人的粗暴……我仍能记得他伸直了两条腿坐在地上，一手握一把菜刀咔咔剁猪菜的模样。还记得有一次他让我把两个很大的菜捆从海滩上挑回来，我试了试说挑不动，他就严厉地命令：挑起来。那一次我差不多压断了脊梁，脸憋得通红，我发现那条扁担拉出了很大的弧，可两个菜捆还是一动不动地贴在地上。我哀求父亲：我挑不动，真的挑不动。父亲大喝了一声。我颤颤抖抖再试，往上挺腰、挺腰，只觉得脊骨随时都会折断。就这样我终于把两个大菜捆担起来了，可是刚走了两步就跌倒了……回家后我把衣服脱下来，让母亲看肩膀上紫黑的瘀血。母亲给我敷了草药，哭着重复他的话：“你父亲说，只要不能死，就得活！”

在父亲眼里，死和活之间是一个空白，不该再有其他的什么。事物的意义在于两端，人不能在这两端之间徘徊。要做出迅速的、果决明快的选择，那才是一个人。父亲那儿的道理非常简单——你能够忍受屈辱吗？如果回答“是”，那么你就得活下去；如果回答“不”，那就尽快结束自己算了。

我永远忘不了父亲曾经对母亲复述的一个故事：

在水利工地上，一个飞机设计师与他睡在同一个窝棚里，他比父亲早一年被捕。这个人很久以前从海外学成归来，最初受到了很大的礼遇。可是后来因为一些微不足道的事情——在他说来太微不足道了，结果就沦落到了这个地步。为什么呢？他告诉父亲，说归国后随着时间的推移，或许别人觉得他不像当年那么重要了，就开始冷落他；有的人还开始找他身上的毛病，找来找去，竟对他再也不能容忍。比如他发过的一句牢骚、他非要坚持早上洗澡的顽固习惯，这一切都被当成异类行止而得不到宽容。人们终于着手清算这个可疑的、不可一世的“人物”，最后让他欲哭无泪……他蜷在窝棚里，闲下来时就不断地回忆过去的生活，告诉父亲他在海外如何如何，还有他刚刚归来的情形——那时候他们像对待一个真正的嘉宾那样侍奉他。可后来呢？有人公然当众踢他的屁股，他不仅得不到机会洗澡、吃一顿像样的饭菜，而且还要忍受那些最粗俗的捉弄。他连一些最起码最简单的要求也得不到满足，有一段时间被关起来，甚至索不回自己的腰带，要提着裤子在屋里走来走去。这使他难堪而绝望。来到工地之后，更是动不动就要遭到呵斥，繁重的体力劳动使他难以承受。他觉得自己不该接受这种劳动，况且体力上的折磨还远远比不上精神折磨的十分之一。

他诉说之后就问父亲怎么办？父亲的回答异常简单，说如果你能忍就忍下去。“如果我不能忍呢？”父亲说：“那再容易不过了……”他又问父亲：“你能够忍吗？”父亲说：“我能够。”

就是这样的一场谈话。第二天早上起来一看，父亲发现那个人不见了。一会儿有人召集他们训话，父亲才得知：就在他们昨天做活的那个石坑里，飞机设计师一头撞死了……

在库区活动的这些天里，我仿佛不时地听到父亲的大声质询：你能忍吗？你能忍吗？

我一遍遍在心里回答：我能忍！

这大概是血脉和家族的缘故——我们这一族人多么能够忍受啊！我在这个夜晚不由得佩服起父亲来。我觉得这是两个男人之间最后达成的谅解，是一个男人对另一个男人的理解。我佩服他，仅仅因为他顽强地活下来了。我觉得他的冷漠之中包裹了更为巨大的热情，那就是——活下来！

我现在明白了，所有活着的人都是热情的人：他没法不热情。

当我明白了这一点之后，长长地吐了一口气。

可怕的是浮泛的热情，是那些不值一提的冲动。只要一个人确定了真正的意义，那么他就舍得为之付出真正的热情了！一个人追求自尊和意义会有不同的方式，比如那个飞机设计师的决绝，同样显示了人类的一种深刻：不可折损的自尊。父亲要顽强地活下来，就要有非同一般的热情来支撑，而且必须成功。他明白：在可以看得见的这个世界上，实在是太需要他了——比如这个小茅屋，实在是太需要他了！

……

我昂头看着天上的星星，知道这个夜晚就要过去了。

祈祷

1

早晨我和梅子差不多一起醒来。我们一睁眼都吃了一惊：在挨近帐篷口那儿，有一个人正在呼呼睡着。这真是奇怪，我们昨天晚上大概太累了，竟然一点都没有察觉！

这人正睡着，我们不忍将其唤醒。他（她）的上半截身子拱在毛毯里，只露出两条腿。从装束和形体上看，我觉得这是一个孩子。

会是谁呢？那双脚上的鞋子让我有点眼熟。可就是回忆不起来。

后来“孩子”终于醒了，活动了一下，接着猛地坐起，掀掉头上的毯子。

我们同时喊出来：“小锚！”

梅子惊讶极了，连连问：“你怎么跑到这里来了？什么时候来的啊？”

小锚揉揉眼睛，嘴角瘪了瘪，总算没有哭出来。梅子赶紧去安慰她，听她慢慢讲。

小锚说：“你们走了以后，我就再也待不下了，真哩！我告诉爸妈，说要追上你们，伴你们在山里走……他们都不同意。后来我就跑出来，我什么也不顾了。我沿着你们走过的路打听、打听，不知跑了多远，心想在野地里看见那个帐篷就好了。昨天半夜我沿着河滩跑过来，月亮底下一眼就看到这个帐篷了。我那个高兴呀！走过来一看，你俩睡了。我怕把人惊醒，就坐在帐篷口上等啊等啊，后来，后来不知怎么就睡着了……”

多么不可思议啊。我看一眼梅子，不知说点什么才好。

小锚说话急急的，憋得满脸彤红：“我不会耽误你们的事儿吧？我只不过想在路上跟你们说说话儿，不会麻烦你们哩。你们累了时，不愿跟我说话了，我再回去，我反正走惯了山路，一点都不害怕……”

我说：“你突然失踪了，爸爸妈妈会多么着急啊……”她不回答，我就小声商量梅子：“我们再把这孩子送回去吗？”

小锚大概听见了，吓得连连摆手：“行行好吧大叔大婶，千万别把我送回去，我不会牵累你们。我不吃你们的东西，我随身带了干粮哩……”说着从角落里摸出一个破布包，从里面抖出一块瓜干饼子。

我盯着那块焦黑的瓜干饼子，心里一热。我赶紧安慰这个孩子：“我们是怕你父母着急，不是怕你牵累我们。那就留下吧，留下来‘说话儿’……你把话说完了，可要早些回去啊！”

“嗯……”

早晨，梅子忙着做饭，小锚就帮她捡柴火、淘米，饭快熟时却返回帐篷吃自己的瓜干饼子。我阻止她这样做，告诉她一定要一起吃饭，她才把瓜干饼子放回那个角落。

她睁着一双大眼看我，要跟我说话了。

我问她：“小锚，你不是在跟父亲开滑石矿吗？父亲少了你这个帮手能行吗？”

“能行。他不在乎我做多少，不过是要把我带在身边，怕我一个人闲了出事儿、闷得慌。”

“你一个人常常出神儿吗？”

“嗯。那个地质队员刚走那一阵，我整天不吃不喝。爸爸放心不下，就把我带在身边。我一个人坐那儿，一个人想心事。爸说，‘我孩儿痴了’，妈也说‘我孩儿痴了’。我告诉要等那个人，爸听了一天到晚骂，说见了那人，非用开山锤把他的后脑壳打个洞不可！我求父亲了，我告诉他：那人一定会回的，他说好了回，走得再久也能回。说不定我还能在山里找见他哩……”

小锚说她之所以对这片大山如此熟悉，就是因为跟着地质队员走过一次：“那时候可好哩……”小锚这时两眼放出幸福的光，说那时他们俩双双对对，在山上蹦跳着。那个地质队员手里拿着一张图，在上面标着数码。“他就这样领着我，在山里到处窜哩……”

“那时候他告诉你，有一天一定会回来吗？”

“嗯，他告诉过。他说他如果不回来，除非是死了。”

“那么他现在还不回来，一定是死了！”我一句话出口，立刻有些后悔。

小锚果然受不了。她盯我一眼，泪水马上顺着眼角流下来。

“叔叔，你不该这样咒他。我天天一个人为他祷告……”

“你这么小的年纪也会祷告吗？”

“祷告”二字同样出自女房东的口，这让我心里一阵感动：她们都在做同样的祷告，都在为天边上的一个人祷告。而那两个被别人祝福的人同样都是靠不住的：无论是我还是那个地质队员……山里人在极端的焦盼之中没有任何办法，于是就只剩下了祷告。

我不知说什么才好。可怜的山里孩子，我该说什么呢？她对那个地质队员一无所知——她竟然是在一无所知的情况下以身相许的。

她去梅子身边了。她们一块儿提水，抱柴拨火，小声交谈着……

2

原来小锚自从那个地质队员走了以后，再也没法在家里待下去了。她从此觉得做什么都没有意思，自己的一切都是那个人的。她夜夜在心里默念那个人的名字，后来还喊出了声音，让家里人骂了一顿。她有时候一个人走进山里，想象着会突然遇上他。她做着各种奇怪的假设，有时在河滩上坐下，一直坐到天黑下来还不愿离开。她觉得满河滩上都是那个小伙子的气味儿。太阳落下了，天黑得伸手不见五指，她还是坐在那儿。有一天从上游走过来一个流浪汉，见了她二话没说，就把她掀翻了。她伸手抓他、咬他，像头小豹子。虽然那个人力大无比，可他永远也无法制服一个正在深深怀念的少女——她把那个人的脸撕得稀烂，一口气跑回家来。她的手上身上到处是血，母亲和父亲吓了一跳。她只说在野外碰见野物了，她跟野物厮打了一场……

我们没法告诉小锚更多的东西，只是在交谈中更加明白了这个姑娘，知道了一个十八九岁的少女是怎样思念的。这使我想到：任何人都不该伤害少女，不该欺骗她。人世间最大的一桩罪，可能就是对少女的欺辱……小锚不止一次说：如果那个小伙子需要她去死，她立刻就可以为他死去，一点儿也不会犹豫。多么真挚淳朴的情感，没有一丝虚假，对此我毫不怀疑！这是怎样的一种灵魂，它在今天已经极为罕见了。这种情感没有意义吗？一个活生生的少女，她此刻就在我的身边，正为自己的爱情死去活来。她真的不是一般的热情，她差不多可以把自己熔化掉，熔化得不留一点痕迹——我宁可相信生活就是在这种炽热中、在不掺一丝虚假的真诚、在不可遏止的激流之中延续和进步的，正是它汇成了古往今来滚滚流动的永恒的河水。

我不知该对小锚说些什么才好，我只问她以后打算怎么办？

“等他，找他……”

“如果等不来、找不到呢？”

“就老找、老等。”

多么可怕的誓言！多么可怕的小姑娘啊！这种可怕的执着，我不知道那个逃离的小伙子听了会有什么样的感觉。这种执拗我觉得如此之熟悉——我想起了谁呢？人的确是需要一份执拗的，因为有时面对险恶的生存环境，一个人除了执拗将没有任何办法。

我想起了自己的母亲。在她的后半生里，父亲差不多没在她的身边好好待上几年。从那悲惨的一天之后，母亲就拉扯着孩子，和外祖母一块儿搬离了那座小城，搭了一个茅屋，开始了一场默默无声的等待……

看来一个人千万不能欺骗另一个人，不能背叛。人可以不热情，可以冷漠，但是不能欺骗和背叛，永远也不能；特别是不要欺骗那些纯洁自然的、最普通最平凡的生命……

小锚完全沉浸在那种情感里了。她忘记了羞愧，甚至在述说那些往事时也显得落落大方。

我们由于跟她说话耽误了做事，饭后赶紧收拾帐篷，打好背囊……

她就这样跟着我们走下去，最后怎么办呢？我小声商量梅子，只能让梅子告诉她：我们不会把她带走的，因为我们的事情太多了。她这样既浪费自己的工夫，又要耽误了我们的事情。

也许这样说话对一个小姑娘够残酷的了，可又必须这样说。梅子还是委婉地表达了我们的意思。

小锚马上说："我只不过想一路跟上你们说话儿，不能老跟着你们；我还要留在这儿等那个人哪。"

她的话让我们稍稍放心了一些，可同时又生出了更大的悲凉。

就这样，接下去的整整一天她都跟着我们。晚上，我们的帐篷里因为有了她而显得富有生气。我们点上篝火，坐在火边拉呱，谈天说地。姑娘暂时忘掉了烦恼，说："和你们在一块儿真好哇，老不分开多好。我给你们做活，搬东西，刷碗，帮你们看娃娃……"

她的意思大概是要给我们做保姆。我知道很多城里人都到山区找保姆，因为山区保姆价格便宜，人勤劳、能做活。我也真想把小锚带到城里去——刚刚泛起这个念头，就在心里迅速地否定了。因为小锚在专心地等一个人，而且她的热情之大，绝不是我们城里那两间小窝所能容得下的。

小锚与我们又待了两天。我们做什么她都帮忙，搭帐篷，她用力帮我们拽绳子、安支架；做饭时，她跑到很远的上游去取水。有一次她见我拔了山菜回来，就到远处去采来很多，结果我们只能吃掉它的十分之一。我做笔记时，她就在一边盯着笔尖移动。我问她识不识字？她说：“识一点点……”原来她读过初中。接着她告诉我，她一个人在笔记本上写了好多信，不过都没有发走。我想可怜的孩子，这些信恐怕是永远也没有机会发走了。至此我对那个轻薄的地质队员已经厌恶到了极点……

小锚指指前面一座更高的山峰说：“你们走出那一座山时，我就要返回了……”

我明白，在当地人的眼里，远处的那座山峰之外就是另一个世界了。从山外来的人，在他们眼里都是外地人。她指指山峰告诉：小伙子就是从大山那边过来的，现在又回大山的那边去了。

第二天早晨，小锚果然不见了。她就是这样突然地出现，又突然地消失。

说起来让人难以相信，她把一双崭新的红格袜子平平地摊在一张纸上，又歪歪扭扭写了这样一句话：

“把它送给大婶吧，我走了。”

梅子把那双红格袜子捧在手里。我们走出帐篷，又到山坡上遥望：哪里都没有她的影子。

虽然这次分别是必然的，但还是让人产生了深深的惆怅……这个山地小姑娘大概永远从我们的生活中消失了。

3

我和梅子有些孤单了。我们继续往前，去看最后的一个隧道。因为那里是整个库区施工最艰难的一段，不知多少人在那儿洒过鲜血。当年出夫的人当中，甚至有十几岁的少年，他们都是来接替父辈的，要接着前一代人继续开凿这架大山……

那个黑漆漆的山洞就在前面。它在我们所看到的几个山洞当中不算最长的一个。可是由于这里地质构造复杂，石质酥软，施工条件坏到不能再坏。

我们接近那里时，正是傍晚。黄昏的天色里，远远地就能看到烟雾升腾；还没有走到近前，又听到了呜呜的哭声。

原来有一帮人在那儿烧纸。梅子不解地看看我。我想这些人大概都是当年死难者的家属，而大约今天正是一个人的忌日——也就是说，在几年前的这个秋天的下午，那个人死去了。他的亲人在祭奠。

在他们的哭声里，我和梅子再也不想进那个山洞了。我们在洞口看了一会儿那些啼哭的人：一个个衣衫褴褛，一望而知是附近的山民。

我们走过去。梅子掏出一点钱递给他们当中一个最老的女人。我初步判断是这个老人的儿子在山洞里死去了。当梅子把几张纸币交给老人的时候，老人的泪眼定定地望着我们。我突然觉得这目光像房东女人的一样；我还觉得她不知哪个地方像我的外祖母——也许是她的头发像外祖母的一样稀疏，甚至头顶也像外祖母那样有个凹陷。她的白发在晚风中拂动，两个人搀着她，她已经说不出什么话了。

旁边的人替她收过钱，不住声地感谢。我们赶紧走开了……

翻过离那个隧道最近的小山包，还要经过一片坟场——一个修理得很好的小陵园。

一片整齐的、排成了一行行的坟头，前面都立着小小的石碑，上面刻了红色的字迹。石碑旁边各栽了一棵小小的松树。在夕阳下，这片无人管理的小陵园显得十分凄苍。从石碑上可以看出，这片坟场埋下的就是这几十年时间里在水利工程中献出生命的人——但看下去才明白，这仅仅是他们当中的一部分。原来，如果父亲他们当年在山里蒙难，还没有资格埋在这里呢。

我想起在那些干渠上，曾经看到上面刻着“连、排”的字样。就是说，当年的民夫完全是部队式编制，他们分别是营、连、排、班。这儿的石碑上就刻着第几连第几排的字样。而那些没有刻上类似字样的隧道和干渠地段，大概就是父亲一类罪人开出来的……

至此，有一个人的影子在脑际一闪而过：那个瘦瘦的、在岳父面前两脚并拢打敬礼的人。我想起了他的一段经历，于是问梅子：那个老警卫员就是在这里率领人们搞过水利工程吧？他是不是就叫“老歪”？

梅子不敢肯定。

那个老警卫员已经离开了人世。我想将他安葬在这个墓地里是再恰当也没有了。他年轻的时候就在这片大山上打过游击，后来又在这一带（我已在心里肯定是这一带）率领一群人开凿山洞——他应该埋在这里。

我们随便在墓碑之间看着。一连走了几个来回，墓碑上都是一些陌生的名字。他们的年龄、籍贯、出生地，都写得一清二楚。我发现这些死去的人大多都是方圆一二百里的农民，他们有的是平原上的，但更多的还是周围的山民。

暮色中看着这排列整齐的墓碑和坟尖，突然想到了它的严整有力。他们活着的时候排成了整齐的队伍，他们死去的时候仍然是这样。像那个老警卫员，离开人世前不久还在庄严地敬礼。那种严整划一的热情，那种刚劲有力的生活，突然间赢得了我的尊敬。我明白了，没有他们，就不会有这座巨大的工程——他们那始终如一的不变的信念，的确大大地改变了我们的生活。

可是我们面对着他们遗留下来的这一切，想要寻找的常常又是另外一些东西。它们是什么？在哪里？一时有些茫然。我们常常在大山的沉默里，在这一排排的墓碑后面，在深长、阴森无底的山洞里，在那些焚烧着纸钱的人群里，在那个泣哭的老太太呆滞的目光里，寻找着、寻找着……

天色越来越暗，我们不得不选择今天的宿营地了。再往前走，即便遇到适合宿营的地点梅子也总是摆手。我明白，她是嫌这儿离那片坟尖太近了。怎么说呢？我想告诉她，在这座大山里，很远的不说了，只在四十多年前的那段时间里，就曾经活动着十八九支拼死拼活的队伍。无数的战斗中不知死去了多少懦夫和好汉，这片大山到处都洒上了血滴。更不用说后来的开山，还有规模不算太小的几次械斗——那是村落与村落间的争执，是突然暴发的世仇……反正这儿很难寻到一个无血之地，它不可能完全摆脱死亡的故事。河谷里的沙土那么洁白，那是雨水洗涤的……

4

我们就这样走啊走啊，又登上了一个山包。

我们一眼就看到了暮色里的一片大水。

就是这里了，这是一处阔大无边的水库。在整个的水利工程网中，它可以算作心脏部位了。它大得简直像一个海湾。它在天光中闪亮，发出了诱人的淡蓝色、橘红色。水面上静静地躺着几条小船，那船在水里悠闲地漂游。水库边上还修了亭子，仔细看看原来是小船停靠的小码头。原来这里已经搞成了风景旅游区。那些小船就是供游人使用的。

我们的心情为之一变。梅子当即就决定到水边上过夜。她好像把所有的烦恼一下子都忘掉了，扯着我的手，只顾往山下走去。

我们在离水边三十多米远的沙土上搭起了帐篷。

这真的有点像在海边上的感觉。徐徐水浪一下一下推过来，在岸边发出扑扑的声音。人们很容易就会忘记这是在深山里……离水近一点的地方长满了红柳和芦苇，不时有小鱼发出“咚”的一声。我们觉得这是进山以来过得最愉快的一个夜晚。这个夜晚，我们将在轻轻的浪涛声里睡去，把所有令人不快的故事全部忘掉。

天黑了，我们照例点起了一堆火。可是不一会儿就听到不远处传来了歌声。我们迎着歌声望去，这才发现远处还有几堆篝火……

歌声变得越来越清晰。那是无忧无虑的、欢快的野外的歌声。这歌声让我觉得似曾相识。后来，有什么人迎着这边走过来了。梅子有些警觉地站起，我让她坐下，小声说：“他们可能是来旅游的外地人。”

我的判断大概没有错。一会儿走来一些年轻的男女，他们穿得都很花哨。这和我们一路上看到的山里人大为不同。问了问，才知道他们是一些大学生。

“什么大学？”

我听清之后差点叫了起来——原来他们就来自我的母校，是那所地质学院的学生！他们因为要来搞一个勘察项目，顺便也是旅游，就搭帮结伙跟上老师来了。他们的这次勘察实际上是分担一条地方铁路的部分工作，编一本项目论证书。

“你们是干什么的？”这会儿轮到他们发问了。

我想了想，故意逗他们：“我们是来旅行结婚的。”

“天哪……”年轻的姑娘小伙子们欢快起来。“瞧人家多浪漫啊，多浪漫啊！”

篝火噼噼啪啪地燃烧，火星在高空里升腾。梅子那时真像一个新娘子那么安详。她幸福地看着面前的篝火。

小伙子们还在欢呼。他们觉得这会儿遇上了有趣的事情。

“喂，你们快来看哪，这里有两个结婚的！”

有人向远处喊起来。那边的年轻人咚咚地跑过来……

卷四

第十九章

红马

1

“你为什么选择了地质学？”

那天在水库旁遇到一群野营的地质学院学生，面对了一片亮晶晶的眼睛，一句询问脱口而出。问过之后才觉得它有点耳熟……是的，当年也有人这样问我。记得第一次不无拘谨地踏入柏老家之后，刚坐下不一会儿，柏慧就这样问了一句——我那时的回答机智而巧妙，但却不够诚实。我说因为我是从大山里来的。

记得柏老当时坐在藤椅上，吸着那只黑色的烟斗微笑。他后来插话，问了一些什么没有听得太清，只记得其中的一句：搞地质这一行是否太枯燥了啊？这句话出自他的口让我多少有点吃惊，因为他是柏老啊，还有，我觉得世界上再也没有比大地更为色彩斑斓的了，人行走在大地上怎么会枯燥呢？我当时脑子里飞快闪过了篝火、高山、奔腾不息的河流、一片片的灌木……从事地质工作是多么诱人的职业啊。我觉得仅仅是“地质学”这几个字，就可以让人直接联想到“人与大地”。

在我沉默的那一会儿，柏老站起来。他在屋里踱来踱去，吸一口烟又吐掉，然后回到里屋了。

我听到他把转椅压得吱吱响，一会儿又出来找书。他搬弄书籍就像码砖块一样，能一口气堆得很高，有时又哗哗全倒下来。一本厚书打开又合上，粗大的手指在一排烫金封面的精装书上焦急地寻找、拨弄。那手指戳着书脊，就像弹击一排脑壳。

我为那些精美的书籍感到痛惜……我在想，有一天我也会拥有这么多书的，那时候我会小心翼翼地对待它们。还有就是，我要从事地质工作就不会这样整天关在屋子里，我一定要更多地去野外，到山川大地上奔走……我一闭眼睛，脑海里就浮现出芦青河畔那茂密的绿色藤蔓、金灿灿的菊芋花……

那天剩下的一段时间只有柏慧一个人与我交谈，她说：专业的选择、志向的确立，总是与家庭的影响紧密相连，父亲和母亲对孩子的影响才是巨大的，有时候漫不经心的一句话，就能决定人的一生……

她说得似乎很对。可是我的父亲和母亲似乎与地质学毫无关系，他们在当年又怎样影响了我的选择？我进入这样一座学院完全是一种偶然，是它在选择我，而不是我在选择它。当年不管是哪座学院，只要向我一招手，我就会不顾一切地跑了来——只要扑入它的怀抱，我就会献出自己矢志不渝的忠诚和深深的感激。

上一代人的影响？不，在那些日子里，我只知道父亲在日夜击打石头。我只是盼着他回来，盼着那座大山快些被击穿。母亲托人往山里送吃的用的东西，那人每次回来都被全家人围上，问着父亲的一切。有一次他说，挖山的人遇上了一种发黑的石头，石头上面有一朵一朵的黑花，像盐晶那么大的黑花，他们用钢钎子凿，一凿迸出一溜火星……一天凿不上几个洞就没有饭吃。他说爸爸他们咬着牙，往狠里打那个钢钎，像打在钢板上一样：只有声音，石头纹丝不动。那种带黑花的石头是爸爸他们的尅星……

妈妈和外祖母都擦着眼睛。

那人叹息说："如果总是这种石头，事情就麻烦了。他们一干就是一天，打啊打啊，手都软了，眼也花了，狠狠一锤子打在了自己的手背上，皮肉立刻往一边翻开，手指骨节都露出来了……"

我的头嗡嗡响，那一锤子像打在了我的手上一样。多么可怕呀……

妈妈的泪水流下来。外祖母揩揩眼睛，去扯那人的手。我知道外祖母在暗暗制止他说下去。

那人走了。妈妈像害了一场大病，站起来，手扶墙壁回到了里屋……外祖母望着窗外，自语一样说："什么时候才是个头啊！天哪，这是怎么了啊！"我偎到外祖母怀里，她的眼睛仍然望向窗外，一下下抚着我的头发："如果你外祖父在世就好了，他会想想办法；他也许有办法从山里把人领出来……"

……

我从外祖母的口中得知，外祖父是一个无所不能的人、博学的人，有时一天到晚关在自己的书房里。他一辈子到过很多地方，如果不是因为外祖母，他才不会回到这个海滨小城呢。结果他回来了，再也没有走出去。后来他终于明白自己是属于这个小城的，这儿有很多事情要做。

就为了这座小城，外祖父耗尽了多半辈子的心血。

外祖母有一次说：“最后就是这座小城把他送进了地狱。那一天，我可忘不了那一天……你外祖父要去远处，走之前还笑吟吟地嘱咐我给金鱼换水、好好喂羊——他养了两只山羚羊，让我别忘了给它们喂草。他什么都养，还养了一只乌鸦，平时那只乌鸦就不慌不忙地在院子里走动。你外祖父很宠这只乌鸦，它也就很傲慢，平常谁也不理，只见了你外祖父才热情起来，叫着扑到他身上。他临走的时候抱起乌鸦抚摸了一会儿，牵上马走了……”

2

外祖母在一个小龛笼里放了外祖父的照片。照片上的人大约有五十多岁，四方脸膛，戴着礼帽，穿着长衫。他有一双聪慧的眼睛，那真是一对十分好看的眼睛，微微有些眯。另一张照片上他穿着西装，光着头，戴了眼镜。在我看来最奇怪的就是他领口那儿露出的那个圆鼓鼓的领带了。它闪着亮，看上去硬板板的，我问外祖母这是不是木头刻制的？外祖母说那是丝织品。我听了不以为然，我才不信丝线会织出这样的东西。在我眼里那条领带很像一条刚刚出水的鲭鱼。

外祖母在小茅屋里常常要祷告许久，有时还要点上几支香。很长很细的蓝烟飘开很远还不散，一直飘到门外去了。我有些害怕：人的魂灵也许会顺着这飘荡的烟迹寻到家里来。

我问外祖母：“外祖父会到我们家里来吗？”

外祖母点点头：“他过节的时候才来。”

她说过这话不久就到中秋节了。外祖母的神情开始变得有点奇怪，只有我知道那是什么缘故。我想，我和外祖母的秘密再不能让第三个人知道。外祖母不停地洗东西，我知道她是要干干净净地迎接外祖父……绿色的菠菜，白色的粉条，再加上一点蘑菇，就是一碗又好看又好吃的菜肴了。外祖母把它摆在了供桌上，又插上了两根筷子。

中秋节是最迷人的一个节日。那时候满园的果实都可以吃了。荒滩上的野果也结出来了，各种野花开得多么灿烂。我在原野上采了那么多黄色的花。我喜欢这种花，觉得它的颜色是天底下最美的。我把它弄成了一大束插在花瓶里。我不知怎么觉得这肯定也是外祖父所喜欢的花。果然，后来外祖母的话证实了我的猜测，她说：“你外祖父桌子上总有一瓶黄色的花。”

我的心弦像被一个手指勾了一下，发出了欢快的振响。我觉得我与那个人有一种奇怪的沟通能力。我看见那个人正从遥远的地平线上走过来，他一直走进了荒滩原野，走进了我们的果园，很快就要迈进我们的茅屋了。他在角落的那个红漆剥落的小杌子上正襟危坐。他的眼睛在微笑，可他一声不吭，只用目光与外祖母交谈。母亲进屋来了，可她什么也不知道，伸手去搬那个杌子，搬了两下没有搬动，就离开了。她看不见上面正坐着一个客人……

就是中秋节的那天傍晚，我看见卢叔爬在了一棵大山楂树上。他的头上正好有两束红色的山楂果，他爬树的样子看上去可笑极了。如果不是我走近了，怎么也发现不了有人在树上，因为山楂叶子太密了。后来我又看见，他身旁的枝丫上正架起了一杆猎枪。

我惊讶得差点喊起来，他伸出两根手指轻轻摇了摇，制止我。

我无声地往树上爬，和他趴到了一块儿。“卢叔，你要打什么？”

“别说话，就在这儿趴着，我要打鬼——”

我的心嗡的一下，我想：他是打外祖父吧？他怎么知道他要回来？

我嗓子颤着，问怎么、怎么打？

他说这几天夜里老有一个奇怪的影子在园边徘徊，他料定那不是一个正常的人，因为那家伙走起路来就像在水面浮动一样，而且那个人常常在突然之间消失……我的心怦怦跳。我想高声呼喊几句，让走近的外祖父听见，让他再也不要进这园子了。可我没有喊出来。我想再等一会儿，等他出现的时候，我要不顾一切地呼喊……

这天，我和卢叔在树上等啊等啊，直等到月亮出来。到处都变得非常清明，远处的果树、灌木什么的都看得清清楚楚。可整整一天过去了，那个人影还是没有出现。我长长地舒了一口气。

那个白天我缠着外祖母，让她讲外祖父的故事。外祖母说：“他骑着家里的红马离开了，后来再也回不来了——红马自己跑回的。这红马不吃不喝，就跪在院门的台阶上，不停地磕自己的下颌。它磕啊磕啊，把它扶起来，它又跪倒，喂它什么都不吃。红马的血溅在了院墙上，它就在那儿死过去了，它是随着主人走了。你外祖父在阴间也有一匹马了，他就骑着他的大红马在路上、在野地里来来回回地走。秋天你听见玉米地里唰唰响，那是你外祖父骑着马在里面跑。他有时候性子太急，用力地拍马，让马飞跑。他这一辈子转过的地方都要从头再走一遍。他骑着马到山里，到海滩上，到林子里。凡是他年轻时候走过的地方，他都要去转转。你外祖父是个有感情的人，他要去会会老友，找找熟人，可是见到他们说不上几句话又要急匆匆往回赶。只有到了过节的时候他才被应允来家一趟，其他时间想得头疼也不能回来，这就是阴间的规矩。这些年小茅屋四周都印满了红马的蹄印，可是他不能进家。只有过节时他才能把红马拴在园边槐树上，然后一个人悄没声走进来。不过那匹红马不能牵进来，那样就会露相……”

3

外祖母不是随便说一说算完，因为我看到她在中秋节的前一天抱了一捆谷秸走出去，一直往前走，出了园子，在一棵弯弯的槐树跟前抛洒了一层。我知道那是给红马准备的草料。

中秋节的第二天，我清晰地听见了山楂树上响起一声暴怒的枪声。我手里当时正端着一个陶盆，一失手就跌碎了。外祖母和母亲都大声地喊我，我不顾一切向园子里跑去。

到了那里，卢叔正从树上滑脱下来。他脸色苍白。

“打中了吗？打中了吗？”我只在心里呼叫。

卢叔叹一声：“走吧，走吧。”

我觉得胸口被什么揪紧了。我差不多看到了一个人骑在红马上，红马和他都被打翻在地，地上是一摊鲜红的血……

卢叔领着我急急地往前走，往前走。出了园子就见到那株槐树了。卢叔手指槐树说：

“就在这儿，就在这儿……”

槐树下面是纷乱的一地痕迹，有一些散乱的谷秸。谷秸好像被什么践踏过了。卢叔说：“你看，这不是牲口蹄印吗？”他蹲下来仔细地看着、看着。他告诉我：有一个火红的东西在这儿跳跃，他仔细看仔细看，一开始认为是一头狮子，再后来又看作是一头骆驼，或一匹大马。不过那是一匹火烧的马。它的架子骨烧得熊熊正旺呢，上面坐着一个黑色的身影，奇怪的是他不怕这红色的火焰。那匹火马仰天嘶叫……他这时候才定了定神，迎着火马和人开了一枪。可这一枪打出去，那匹红色的大马变成了一道闪电，唰的一下在天边上蹿开，接着什么都不见了……

我放声大哭起来。

卢叔简直给惊呆了：“你哭什么？你这个小东西……”

我哇哇大哭。但我不愿说出心中的秘密。我一边哭，一边迎着天边走去。卢叔在后面喊我，我没有作声。我走啊走啊，一直走进了丛林深处。在那里我才安静下来。我想，我和外祖母今后再也盼不来那个人了。从今以后，他只能在四周的荒野上骑着红马流浪，遥遥地注视着这个茅屋里的人……

从那以后我就经常在丛林里寻找红马的蹄印了。我有时真能在沙地上看见踏得深深的牲口蹄印。这时我就认定外祖父从这里走过。有一次我沿着蹄印一直往前，走了很远很远……我发现这蹄印穿过大片的丛林，直走向了芦青河，又沿着河堤一直向南，走进那片大山里去了。

有一天我大概在说梦话，对母亲咕哝了一句：我看见外祖父骑着红马到山里找父亲去了。母亲一下从炕上坐起来，我这才发觉自己失了口，犯了一个大忌。

我吓得一声不吭。妈妈说：“你再说一遍……”

我说没有——我什么也没看见。妈妈看着我，她大概觉得我这个夜晚好奇怪……

一顶礼帽

1

就是那些日子里我在河边结识了一个叫拐子四哥的人。我们俩整天在原野上游游荡荡，听他讲无穷无尽的故事。他还会唱一种野声野气的歌。没有谁像他一样吸引我，那些日子里，我们好像再也不能分离。有时候他拖着那条拐腿，竟能领我走向很远很远，天黑之前来不及回返，干脆就在外面过夜。那是一些怎样的日子啊，那是我一生中唯一一段欢快流畅的时光。

当我在外面游荡的时候，母亲就说我这辈子也许像父亲一样：狂躁奔走，不得安生。她害怕了，因为我的脾性越来越像他了……

我把母亲的话告诉了外祖母。外祖母说："你爸差不多没有在一个地方安安静静住上一年，他总是急匆匆走来走去，从这座城到那座城，从山里到海边，到处这么走啊走啊，一辈子都急三火四的。他有做不完的事、找不完的人。这样走得久了，性子野了，就更不能在屋里住下去了。你母亲为这个不知流了多少眼泪，说你父亲也许到死的那天才能安静下来。他这一辈子真是走得太多了，最后有人就把他拘管在一座大山里，锁起来，让他再也跑不动，让他在一个地方开山……这都是命啊！你外祖父年轻的时候也到处跑，后来老了，就再也没出那个小城。他许多时间都守在书房里。可是他死了以后，魂灵又在野地里窜来窜去。说到底他们都不是安生的人。你身上流着他们的血，你这一辈子怕也不能安生，就这么走来走去，过完一辈子……"

外祖母把我抱起来，心疼地拍打着我。

有一天外祖母从箱子里翻找一些旧衣服，找出了一根颜色奇怪的布腰带。她直盯盯地看着它，说："这条布腰带是你外祖父开会时系的。"我问开会怎么还要系这样的一条腰带？"有人见了系这个腰带的就暗暗跟上。他们走到一个遮挡人眼的地方，大白天点上蜡烛，关上窗子开会，有时要开上一天一夜……"

多么奇怪啊，那条腰带从此在我眼里变成了一个圣物，我一动也不敢动它。

还有一次外祖母找出了一个形状怪异的帽子。这帽子看上去和礼帽差不多，可是它实在不是一顶平常的礼帽，因为它的帽檐往上翘着，比礼帽翘得厉害多了，而且那帽檐也短了一点。这帽子已经很旧了，帽子的边沿上还有一个小圆洞，而且帽顶上有发霉的痕迹。外祖母用两个手指夹住这个帽子，放在了凳子上，退远些看着，一声不吭。

她后来还是忍不住，说："你看到那个帽子上的小圆洞了吧？那是被匣子枪穿透的。"

"那个人给打死了？"

"没有，"外祖母瘪着嘴，"只不过擦破了一点头皮，那个人命大。"

"这是谁的帽子？"

"那人叫'飞脚'，那些年常到我们家来。他一来你外祖父就把里间屋的门合上，他们在屋里嘀嘀咕咕。重新走出来的时候，两人脾气好极了，你看我一眼，我看你一眼，有时候还握着手一块儿到桌边喝茶——我还以为他是你外祖父最好的朋友呢……"

"不是吗？"

外祖母摇摇头："就为了他，你爸和你外祖父吵个天翻地覆，你爸还拍了桌子。有一回我看见你爸从腰里掏出一支手枪，扔在凳子上。我吓了一跳，不知出了什么事。到后来我才知道飞脚是一个交通员，他到处传递消息，这里只是他的一个联络点。有一天半夜他砰砰敲门，进了屋子你外祖父就用小木梯把他送到了阁楼上藏起来……一帮人牵着狗来搜，你外祖父就把他们挡在了门外。要知道，如果让狗进了屋子，那么飞脚非给抓走不可，狗的鼻子灵，它们会把他嗅出来。他们见外祖父在家，都慌慌地鞠躬，退着走了。那只狗迎着你外祖父一个劲叫……反正，你父亲跟你外祖父就为飞脚的事吵起来。到后来我才弄明白了，你父亲怀疑飞脚靠不住……又过了两年，你外祖父就出事了。出事的那天飞脚也来了，他跟我讨这条腰带，我没有给他。那时候我多了个心眼。隔了不久你爸从外面回来，脸色很难看，身上的衣服又脏又乱。他问我飞脚来过没有？我说没有。他就从身上掏出这顶帽子，往炕上一扔。他说：‘这个人没有死，他也许还会回来，他来的时候你就把这顶帽子交给他。’我就把这顶帽子放起来。谁知道那个人再也没有踪影。有时你父亲从外面回来，就跟我要那顶帽子，看一眼又放回原处。我问他，他也不答。有一天你母亲告诉我，你父亲怀疑外祖父就死在飞脚的手里……”

我听了外祖母的话，一下子蹦起来。

外祖母说：“这不过是个估计，你父亲有很长时间都在找飞脚的踪迹。他到处打听，到山里，到飞脚经常来往的两个城市，都没见人影。”

“他为什么叫‘飞脚’呢？”

“因为他跑得快，好多人都说他半天的功夫能从这座城市跑到那座城市，能翻山越岭。有人看过他的脚心，说那上面长了许多像野物蹄子那样的毛，跑起来脚不沾地，像飞一样。你看见动物跑了吗？它们有时候快得就像脚不沾地。”

“真的吗？”

外祖母摇摇头：“有一天他洗脚，就坐在那个杌子上，我装作给他添水，低头看了看，见脚板光光的。不过他的脚又细又长，瘦骨嶙峋。这样的脚都是闲不住的脚——你父亲也长了这样一双脚……”

2

我与外祖母那一场场谈话如在眼前——它们今生再也不会消逝。关于脚的比较、它的形状与人的命运，一直深深地吸引了我。是的，我记得父亲从山里归来时的脚：又黑又长，满是长而深的裂口……直到今天我只要一闭眼睛，仍能清晰地看见父亲的那双脚……

我不仅忘不了那些谈话，而且要时不时地咀嚼它有可能包含的无尽内容。我常常一个人自问自答。

“当年有一个交通员，就长了这样的脚，人们给他起了个外号，叫他‘飞脚’！”

“飞脚？”

“对。是一个翻山越岭、从这座城市飞快跑到那座城市的人……”

我的思绪只要一触到“飞脚”两个字，立刻琢磨起这个出卖了别人的嫌疑犯。他出卖了谁呢？他当年真的出卖了外祖父？那可是他的挚友啊——如果真是这样，那么他也一定是迫害父亲的罪魁祸首！可惜这有可能永远是一个悬案，一个谜了……

……

那天从鼋山北麓走下来，我们就在水库边上搭起帐篷。一群地质学院的年轻人围在身边。他们把篝火越拨越旺，欢笑响彻云霄。这帮搞地质的年轻人差不多都是二十岁左右，他们生命的火气正旺，富有激情。有人在黑影里偷偷握一下手——一个男生在胖胖的姑娘后背上抚摸了几下，而周围的同学毫无察觉。

这跟我们在学校时的生活几乎是一样的。记得那个假期一伙儿人结伴到半岛去，夜间也点起了篝火……最后的几天，我与柏慧脱离了大队人马，沿着鼋山北坡往西走下去——结果就有了一次难忘的旅行。那是我一生最甜蜜的回想。

就是那一年的元旦前，我们课余时间排练一台话剧，兴奋得忘乎所以。我们每天忙到了熄灯时间还不回去。我似乎还做起了编导。大约是柏慧在一旁的鼓励吧，我干得有声有色……记得那天从排练场走出，天很冷，我一个人揪紧了衣服往前走，踏着一地撒落的柳枝。迎面有一个人站住了，我好不容易才认出他是政工处的。这个人毛发稀疏、上唇的胡子发红，人送外号“红胡子”。这会儿他定定地看着我……

他做个手势，把我领到了一间屋子里去，那是他的办公室。我有个预感，是的，不出所料……正在我一无所知兴高采烈的日子里，原来已经有人因为我父亲的问题折腾了好几个月。那台为元旦准备的话剧当然搞得乱七八糟……那一切啊，真是不堪回首！

我的大学生活啊……

那个夜晚，大学生们长时间围着我们的帐篷。一个头发焦黄的小伙子凑过来问了句：“你们是哪儿来的？真的来结婚吗？”

梅子马上代我回答：“是的。”她很开朗地伸手在小伙子背上拍了一下。梅子可从来没有这样放松过。看来她今夜有些兴奋。

小伙子站起来，她又让他坐下。有人“咔嚓”一声给他们照了一张快照。

旁边另一个小伙子从怀里摸出烟斗，用两块石子夹起了一个红色的木炭，燃着了烟斗。

“我觉得你的模样很像一个人……”我借着篝火的光亮打量着吸烟斗的小伙子。我在想那个人端起烟斗踱步的模样。

这个小伙子刚刚二十岁左右，可他的神气已经很像一个学者了，眼睛微眯，因为总是昂头看人，所以薄薄的脑壳上过早地有了几道横纹。他的头发可笑地向后梳理，已经留起了背头。我想告诉他：一个人不能过早地留起这种发式—— 我刚要对他这样讲，梅子就说了：

“你这么年轻就吸这么大的烟斗啊？”

小伙子把烟斗从嘴里拔出来，幅度很小地摆动一下，显得极有风度：“怎样嘛……”

这种浅薄的模仿令人觉得不能忍受。我不再理他，转过脸跟别的年轻人讲话。

那个头发焦黄的小伙子还是固执地问：“你们到底是干什么的呀？”

“不是告诉你了吗？我们是来结婚的。”

“专门来结婚吗？”

梅子笑了。

我说：“对，我们是专门结婚的人。我们一辈子就在这山野平原上跑来跑去地结婚。”

小伙子姑娘们“轰”的一下笑开了。大概他们从来没有遇到这样的人——如果真的有人可以花上一辈子时间在大地上奔波结婚，那该多么滑稽。

3

我想这个别出心裁的回答会让他们记住的——当他们很久以后回忆起这次考察的时候，一定会首先记起他们遇到了一对奇怪的男女：他们一辈子都在山野和平原上奔跑结婚……

这其实就是一种“热情的流浪”。与那些冷漠的流浪不同，这种流浪是心怀了一种炽热的——这在我们的家族里是绝不陌生的，从外祖父与外祖母的奔波、到父亲的一生流离……

我最愿意回想的，就是小时候跟上拐子四哥在野外过夜的情景。我们看着打鱼人点起的火把，听着他们呼叫的号子，躺在芦青河入海口久久不眠。各种小动物弄出的声音都进入了耳膜，我甚至听到了秸秆垛子里有人咳嗽。拐子四哥喷着鼻子说：“那是刺猬咳嗽，它就像老头儿一样，吭吭，吭吭……”

我回来学刺猬咳嗽给外祖母听，想不到她非但不笑，还沉起了脸。果然，这一下又触到了往事。外祖母说：“你外祖父有几天夜里老听到后窗有人咳嗽，有一次他摸出去看了看，什么也没发现。‘是个刺猬’，你外祖父跟我说。他说得声音很大，告诉我‘是个刺猬在那儿咳嗽’。可是第二天，他把你父亲叫到屋里，两人说了很久。第三天夜里，你父亲急匆匆跑进来，满脸蜡黄。后来我才知道，他一夜没睡，他把那个帽子——有个小圆洞的帽子往桌子上一扔，嚷着：‘不错，是个大刺猬。’我看见帽子上沾了血。你父亲说：‘它在那儿咳嗽，我就给了它一枪……’”

……

水库边的篝火还在蹿跳，刺耳的音乐声响起来，声音越来越大。一个穿牛仔裤的姑娘手里提了一个很大的录音机。音乐声里，有人原地扭动起来。扭啊扭啊，篝火把他们的身影铺在地上，不停地抖动。两个影子、三个影子，更多的影子叠起来，叠得很高很高。

“白皮，你这个坏蛋，把声音再放大些！”一个沙沙的嗓子叫着。

叫“白皮”的那个姑娘把音量放得更大了。

火焰往上猛蹿，它也在乐声里舞蹈。我渐渐注意到他们当中有一个孤独的小伙子，唯有他没有加入狂舞的人群。他在一边站着，面色阴郁。后来他终于转过脸来，看着我和梅子。我做个手势，邀他坐过来。谁也没有注意到他坐在我们身边。

我们交谈起来。我这时想起了一个很老的问题，就是有人在当年问过我的，这会儿我终于有机会再问他一句：

“你为什么选择了地质学呢？”

他转脸看着天空，空中被火焰映得什么也看不见。停了一会儿，他不好意思地一笑，瞥一眼梅子说：“我们约定了要考地质学院……”

我问：“跟谁约定了？”

“跟她……我们班的一个女同学……”

“我问的是——最初，你们为什么决定要选择地质？”

小伙子摇头：“不知道。好像觉得这挺浪漫的……”

“它哪儿‘浪漫’？”

“做地质工作就要漫山遍野去跑，我觉得这很浪漫——也许这只是年轻人的想法。反正我们准备试一试……”

我没有作声。爱情和浪漫的地质学结合在一块儿，这当然很好。它真的非常有意思。我又问：

“你到底是爱地质学，还是爱它的那种‘浪漫’？”

小伙子认真想了想，最后说：“爱它的‘浪漫’……”

我笑了。我对梅子说：“他很想当个到处奔走的流浪汉……”

小伙子腼腆地笑着。

奔走癖

1

“流浪汉”在我们家里从来没有什么贬义，相反我们倒多少有点崇尚它的精神。外祖母最愿讲的就是外祖父早年对父亲的那句评价。她说本来外祖父对走来走去的人并无反感，不然就不会同意父亲来到这个大院。只是后来，当他们两人对一些事情有了分歧时，外祖父才苛刻起来，对父亲变得格外挑剔。最后外祖父甚至认为我父亲并非是一个纯洁的革命者。他对外祖母失望地指出：“他不过是一个流浪汉……他热爱这种流浪生活，超过热爱自己的事业许多倍。你慢慢就会发现自己找了个什么样的女婿，你看看他身边那些朋友就会明白。他跟海港上那些乱七八糟的人一拍即合，他们都是一伙的。”

外祖母说到外祖父总是非常激动：“你外祖父直到死的时候都没有宽恕一个人，那就是你父亲。他厌恶这个人和港上那些朋友搅在一起。他对他们不像过去那么信任了。我也不太喜欢你父亲，不过我知道他是一个好人。你外祖父若是活得再长一些就好了，那时他就会搞明白你父亲是一个什么样的人。”

外祖母叹息着：“他说你父亲天生喜欢做轰轰烈烈的事儿，喜欢到处跑、喜欢冒险而已，你父亲不过是有这样的‘嗜好’！至于别的，他说你父亲还谈不上……这些话你父亲听了会多么生气。我忘不了你外祖父死的前一年还竖起一根食指，在我鼻尖上晃动着，说了一句让我经常琢磨的话。他说：‘嗜好’并不等于理想，那其实算不了什么……”

外祖母一声连一声叹气，说两个男人在最后那些日子里的误解真是太不应该了。

母亲也讲过类似的事儿。她说外祖父固执地认为父亲有流浪的“嗜好”。最后那些年里，他甚至做出了让母亲十分吃惊的事情：暗暗考察了父亲的家族。他在考察中荒唐地把父亲这一族人的根追查到了很远很远的游牧民族去了，说：“看看，这儿才是他们的根。”他在纸上画了很多线：“他们的祖先是游牧民族，他们是骑马的人，是沿着北部，从贝加尔湖那一带流浪到这里来的。当时这里，还有这里，是一整块大陆，那时老铁山海峡还没有断裂……这一族人会种桑、善骑射，富有冒险精神……”

母亲非常生气。大概她把这些话告诉了父亲，父亲听了却哈哈大笑："感谢你的父亲帮我找到了祖先，我感谢他。"

母亲后来说："多么荒唐呵，你父亲上溯几代都是种地经商的人，他们跟游牧民族怎么沾边啊？"

我当时对母亲的话甚以为然。可是今天，此时此刻，我宁可更加相信外祖父的判断。因为那是一个大学问家，我想他言必有据。当时他待在自己的书房里游思万里，也许真的寻到了根据……

"你的父亲啊，在你外祖父出事的那一年前后简直没有一刻安生过。他差不多没有安静地在家里待上一个星期。他整个人瘦得皮包骨头，头发也焦了，还是在外面跑来跑去——那时他与你外祖父也不能事事通个声气，因为这是纪律。这就加剧了两个人的误解……"外祖母在回叙这一段经历时，语气沉得吓人。她后来垂下头，认输一样说：

"也许走个不停真的是一种病呢，你外祖父是个名医，他那样说也有他的道理。一个人越走越爱走，到后来再也停不下，一停就烦躁、就难受——你外祖父说那叫作'奔走癖'，是运动神经和内分泌的作用，一种很难医治的疾病。他一直这样讲，还查过好多书籍，最后一口咬定，说你父亲就是得了这种病的人……"

"能治得好吗？"

"很难，不过也有治好的可能，任何病都有可能治愈……你外祖父翻找了各种典籍，最后小心地配好了一种白色药面。他把这白色药面交给了你母亲，还嘱咐了很多话。你母亲全都答应下来。过了不久，你母亲告诉你外祖父，说把这些药面按他的嘱咐掺在稀粥里，亲眼看着你父亲喝下去了。你外祖父拍拍手说：‘这就好，这就好……’”

“父亲真的吃了那种药吗？”

外祖母摇摇头：“你妈妈是把药掺在稀饭里了，可她不放心，先用这饭喂了一条狗。后来那条狗再也不会撒欢蹦跳了，只老老实实待在窝里，有生人来我们家，它只是轻轻哼几声。它原来多么活泼啊，一天不见家里人就急得要命，你从门口进来时，它激动得全身乱扭，往上蹿跳，伸出两只前爪去搂你……”

我当然明白，而且深知那是一种巨大的激动！

“那条狗再也不会那样欢跳了，它只是坐着……”

“就这样，你母亲就把剩下的药倒进了垃圾桶里……你外祖父说，我们吃了一辈子苦，担惊受怕，我不愿再让下一代人过一种颠沛流离的生活——‘我的女儿找了这样一个男人已经是十足的不幸了，我有责任去管束他们、解救他们……’谁也没有告诉他那些药倒掉了，可是有一天他突然问：‘垃圾桶里的白粉是怎么回事？’你妈妈支支吾吾讲不清，他就再也没有问她。你父亲从外面归来的时候，经常和他一块儿喝茶、辩论事情，我担心他把那些药掺在茶里……”

我听着，心怦怦跳起来，开始为父亲捏一把汗了。虽然这种担心已经时过境迁、全无必要了。

“反正……你父亲后来就不那么愿活动了——我是指他被捕的前几年。那时候风声不好，好多人都劝你父亲躲一躲。其实他可以去的地方很多，他一辈子不停地奔走，山里还有几座城市，都有他的好友，他去哪里都可以躲一躲，安心过上一辈子。可他只知道坐在那儿，一声不吭，无论谁劝都无动于衷……就那样，他坐着，死等死挨，硬是把一些人给等到了。人家给他套上锁链，把他拉走——这就是他坐在那儿不动的结果。我一想到这个就难受，也在心里埋怨你外祖父。他是好心，可是他毁了自己的女婿。你想想孩子，一个人干坐着，没有了一点点‘嗜好’，这样的人也就完了。我的孩子，记住外祖母的话吧，外祖母不如你外祖父有学问，没有读他那么多书，可是我琢磨了一辈子，也琢磨出一点点道理……”

这就是老人的结论。我将永远感激她的这一结论。

父亲就因为在晚年失去了奔跑的“嗜好”，结果备受磨难。也许他真的吃下了外祖父暗中下的那种药，在监禁地、在大山中，九死一生。最让人痛惜的是那个大雾天，那天他一切准备就绪，并且也成功地出逃了，可是竟然在最后的一刻又翻回山麓，回到了苦役地，再次落到了“老歪”的手里……我简直不敢想象他怎样日复一日地开凿大山、在坚硬如钢的黑色岩石前砸毁手腕的情景……

那种带黑色晶斑的岩石啊!

2

水库边，篝火越来越旺，年轻的大学生们跳得更狂了。

我问神情阴郁的小伙子：“你那一位没有跟你来吗？”

小伙子说她在家啃书本，要利用这个假期啃完。

“你为什么不和她一起？”

小伙子说这次机会太难得了，他如果不走出来，两脚就会发痒。

看来小伙子出来奔走的欲望占了上风，它比对地质学本身的兴趣要大得多。他喜爱和迷恋一种野外生活，喜欢到处跑来跑去。

我说：“你不过是有到处奔走的‘嗜好’，你这辈子大概停不下来……”

小伙子直盯盯地看我。他忧郁的神情让我想起了什么。我突然想考他一下，就问：“有黑色晶斑的石头是什么石头？”

小伙子的眼睛一垂，咕哝了一句外语。“英语吗？”小伙子摇摇头。“德语？”小伙子又摇摇头。

我不问了。我不太喜欢故弄玄虚的人。

停了好长时间，小伙子用眼角瞥了瞥我，说：

“你瞒不过我，大哥……”

这庄重的称呼让我抬起眼睛。我拍拍他的肩膀：“怎么了？你说下去吧……”

“大哥，我觉得你们可不是专门来这儿‘结婚’的人……”

“当然不是……”

“那你到底是干什么的？”

我想了想，该如实地告诉他了：“我是旧地重游……平常嘛，懒懒散散，其实是个——流浪汉……”

“真的吗？”

“是的……”

小伙子高兴了：“多么好啊，自由自在，这多么好啊，这太好了！”

小伙子脸上的阴郁一扫而光，这时候站起来，指指我，向那些伙伴们喊：

“喂——你们知道吗？他是个流浪汉……”

有几个停下来：

“是吗？哎呀太棒了！”他们拍着手，有的还要和我在篝火旁跳舞。

我谢绝了他们。那个叫“白皮”的姑娘把录音机移近了一点，再一次邀请。我让她坐下来。

她问我从哪一年开始流浪？我摇摇头：忘记了。说这些时我一直低着头，后来不知怎么把元圆唱过的一首歌小声哼了几句。白皮笑了：“多么好听，都是关于爱情的——我们就喜欢这样的歌。”

白皮说着，一双眼睛在四周转了一下，显然在找她的男朋友。她小声告诉我们：那个领头的、大喊大叫的小伙子就是她的男朋友。我看了看：很可惜，我不太喜欢那个满面春风、自鸣得意的高颧骨青年。

白皮又说：“你们好浪漫哪，带着帐篷，就在水库边上一躺……”

梅子开玩笑，指了我一下说：“那当然，他们的先人是游牧民族……”

姑娘吓了一跳：“真的吗？”

“真的。”

“怪不得。你们那个民族喜欢骑马挎枪打天下，是吧？”

“我们喜欢到处走动，我们一代一代都是这样……”

“你父亲也是这样吗？”

她又问到了“父亲”！无法回避无法选择的“父亲”啊！我的声音

沉得连自己都有些害怕，回答说：

“是的。”

“你父亲是干什么的？”

我垂下了眼睛。人哪，总是在自觉不自觉地探听别人的隐秘，甚至在两个生人的偶然相遇中也绝不放过这样的机会——这简直成了人的通病、一种难以改变的恶习。我本想拒绝回答，但又不愿让一个天真的年轻人扫兴，想了想就随口答道：我父亲是打猎的人，他日夜追赶一只狐狸，一追追了多半辈子；再到后来他觉得自己变做了一只狐狸，狐狸倒变成了猎人；他又不停地被追赶……

“最后呢？”白皮听出是个玩笑，就笑嘻嘻地问。

“最后那个狐狸扣响了扳机，把我父亲打死了。”

白皮哈哈大笑。

“你看，这就是游牧民族的悲剧……”

白皮笑得腰都弯了。一边的两个男青年鼓着掌，嚷着：“干什么？干什么？这是干什么？”

梅子责备地看了我一眼。我不再说什么了。

眼前的这帮小伙子使我明白了，他们当中并没有几个人真正热爱自己的专业，他们更多的只是喜欢这个专业可能带给他们的某种传奇色彩的生活，比如说他们可以到处去走，像风光摄影师似的大肆游荡——直到最后发现这根本不好玩。我这会儿也才醒悟：我自己当年原来也不是选择了地质学——我只是模模糊糊跨进了一个大门，说不定还真是那个游牧民族的血脉和宿命在起作用呢。我于冥冥中选择的是一种“流浪”

的精神。如果有一种“流浪学”，我一定会毫不犹豫地选择它。

想到这儿我不由得一阵高兴，因为我发现自己从来都没有背叛这种精神。

我重新跟那个阴郁的小伙子说话。突然有一个人在一旁喊：“你们听——”

大家立刻安静下来。

那是沓沓的马蹄声。黑影里大家一齐去望，可是什么也望不见。我知道这水边上根本没有一条可以骑马的通路。这会是什么声音呢?

“也许有人在驾着马车。”

这就更不对了，要知道这个地方是没有大路的。沓沓的声音好像响在寂静的深夜里，响在天空中。

夜空中的马蹄？！

这使我立刻想到外祖母讲过的故事，想到了外祖父的红马——它在那个可怕的时刻化为一道闪电飞向了天际。红马燃烧着，它就在茅屋四周的原野上跑来跑去、跑来跑去。它再也不能回家了，他只在远处盯着我们的生活……

任何时候，只要是一阵马蹄声就能引起我的畅想和激动——在那座城市里，我和梅子深夜醒来，会听到进城的马车发出清脆的马蹄声。“沓沓、沓沓”，这声音真使我如痴如醉……

马蹄啊，这牵魂夺魄的声音，原来它在这深山的一片大水边也可以听到。瞧它一出现就迅速征服了这群狂放的青年，它的魅力到底是从哪里来的呢?

一种神秘的声音越来越近、越来越近，我觉得有一副劲蹄大约就从我们头顶一掠而过……

我闭上了眼睛。

那声音渐渐小了，以至于完全消逝……

夜太深了。年轻人向我们告别，他们要走了。

走了很远，那个神情阴郁的小伙子又转了回来。他皱着眉头问：“你刚才说了‘嗜好’——我有‘嗜好’不好吗？我真的这辈子都停不下来吗？”

我不知该怎样回答，只是喃喃着：“不，‘嗜好’很重要，一个人也许永远不该抛弃他的‘嗜好’……”

小伙子琢磨着，若有所悟地点点头，走开了。

第二十章

缠绵病榻

1

跨入中年的门槛之后，这次山区之行可能是最重要的经历之一。它或许是我特意留给中年的一份礼物。梅子这一路能够自始至终陪伴我，一同欣悦和忧伤，一直注视着我的怀念和沉默。一个人并非有很多机会如此地领受他人的温情、感知近在咫尺的暖意。远走，归来，告别，渴念，这就是我们在这个秋天所做的事情，这就是我们自己和我们的城市／乡村。这当然不是什么浪漫的旅行，而只是风雨人生中的某一站、某一幕或一瞬。

也许是一次长途跋涉累积的倦怠，料想不到的是刚刚回城我就病倒了。身体中潜伏的敌手猝不及防地猛击一拳，让我在眩晕中倒下来。最初是发烧，高热几天不退，进出了几次医院还是时好时坏……奇怪的是全身力气就这样耗失净尽了似的，一连几天躺在床上，眼睛都不愿睁一下。

肯定是梅子的主意，那天车子从医院开出来直奔橡树路，开进了岳父的院子。结果我就在这儿住了下来。十几天过去了，鼻孔里仍然是浓浓的来苏水的气味儿。“应该再回医院去。”这天一大早我又听到了岳父阴沉的声音。我在愤怒拒绝，可是竟然连一个清晰的字都吐不出来。旁边的人又开始手忙脚乱了。

“给他敷一个冰袋……”岳母在一旁说。

有人迈着碎步跑开了。一会儿我的头上凉凉的舒服极了。岳父在一边咳了一声。可以想到那是一张严厉可怕的面容。“这都是在山区染上的病，”岳母嘟嘟哝哝，“多长的时间没吃那份苦了，又不是当年……”

“妈妈……”梅子劝阻她。

我闭着眼睛，不看表，不看屋内的光线，也大致可以知道正处于什么时间。我咕哝一句：“天黑了梅子，我们该回家了。”

“孩子，这不是躺在家里吗？”岳母凑在耳边，她说话的声音像呵气。

“不是……”

“这里条件好些，一个周以后再回你们那儿……”

“我们得回家去……”我仍然在对梅子一个人说话。

有人给我换了两条湿毛巾。我把毛巾揪下来仍在床上。那个不时咳一声的老人大概实在不耐烦了，迈着沉重的步子走开了。

梅子与人悄声商量什么。后来她和那个人一块儿走开了。

大约半个小时之后，有人把我扶起来。一辆车停在门口。“还需要我去吗？”响亮的小伙子的声音，是小鹿。我迷迷糊糊喊了一声：“需要……”

“好哩……”一个高高的小伙子一下子跳进车来，带着一股清凉的风。他挽住了我的胳膊，我靠在他的身上……

终于又回到了自己的小窝。这里有一种多么熟悉的气味啊。他们把我扶到床上，让我心上充满感激。

“他真是太累了……”

“他差不多没有一天能够休息好。”

“旧地重游，可能太激动了……”

我懒得说什么。我知道这并不是“太激动”造成的——恰恰相反，面对昨日痕迹，我更多的时候倒是过分地平静了。当我重新站在故地荒野时，我甚至觉得自己是完了——我那时茫然地看着一片生我养我的亲密而神圣的土地，目光呆滞、麻木——我竟然无动于衷……

从山区刚回来的那天阳子就知道了，他急匆匆赶过来，一进门就端量我和梅子，有些失望：“什么也没有带回来！”

我抬起空空的两手：“是啊，我们该给你捎回一个大姑娘来！”

“那倒不一定……”他在屋里徘徊了一会儿，自语般说道：“你们带走了人家的帐篷，人家照样结婚。”他是指吕擎和吴敏。

那一天他玩得太晚了。他后来好像一直在说他们学校新来的一个女模特儿，眉飞色舞。令我稍稍宽慰的是，他终于没有再提那个阿蕴庄的女孩——要知道她曾让他死去活来啊……就在他走后不久，我开始感到不舒服，结果第二天就病倒了。梅子说谢天谢地，总算没有倒在旅途中。

小鹿坐在床边。我长时间攥住这个小伙子的手，好像害怕他突然离开似的。小伙子高高爽爽，像渠边上多汁的梧桐苗儿一样。而我刚刚四十岁就变得如此臃肿，臃肿得令人不能容忍。我以前好像说过：“我最讨厌的一副模样终于让我自己长了出来！”

“肚子长得像锅，洗澡还让人搓”——一句顺口溜儿飘过脑海，谁说的？好像是她，元圆。我已经许久没有见过这个小家伙了——那是一年前，她抱怨说夜大里有个好朋友，是个小伙子，人蛮好，“就是长得太瘦，胸脯像鸡一样。他整天邀请我到他家去玩，一次又一次……后来我就去了。他家好阔气啊，整整占了六间房子，而全家只有三个人：一个父亲，一个姐姐；姐姐出嫁了还住在家里。母亲大概死去了。”

我记得那天梅子一直坐在一旁，她看着小姑娘，然后略有不安地留下来。

“反正他没有母亲。他们住的房子是一种老式楼房，镶了橡木地板，门窗都很结实，挺阔气的。他父亲是个厅长，秃脑门大眼睛，两只手很好玩，胖乎乎的……小伙子把我领到家里就不太管我了，只让厅长跟我玩。几天以后，厅长让我嫁给他。”

“嫁给他儿子？”梅子问。

“不，是嫁给他自己，狗娘养的……”她骂了一句粗话，合掌大笑。

元圆说那人快六十岁了，看上去只有四十四五岁，虽然头发少一点：“还能不年轻吗？每天要大把吞食复合维生素，还要让人按摩揉穴位，打太极拳什么的……”

梅子不信任、更不喜欢快言快语的元圆，自那次谈话之后，她就说元圆是一个“危险的女孩”，“与这样的女孩在一起，你可得离远点儿……”

我多少同意梅子的话。可是这会儿躺在床上，却一次又一次地想着她、她的那句顺口溜。

2

我的病把小鹿吓坏了，他大概害怕失去一个最好的朋友。在我得病的头几天他甚至哭过，因为他从来没有见我病成这样。当时我头痛欲裂，大汗淋漓，连自己都感到惊讶。我好像在自己毫无察觉的时刻受到了什么摧折，很可能是伤及内部，现在只不过是暴发出来而已……此刻小鹿坐在旁边，正怜悯地看着我。这会儿他居高临下、满腹心事地注视着、爱护着。

他盼我快些康复，像过去那样——假日里我们常常一起玩，到郊区爬山、去植物园。我们在一起时我总是感到了极大的愉悦，仿佛只有从他身上才能捕捉到自己逝去的童年——它梦一样存在过，可它真的是结束得太快了……他总是扯着我的手嚷叫："我们到哪儿去？喂，我们到哪儿去？"

"我们到黄河堤上去……"

"再到哪儿？"

"到山上！"

我们一起飞跑时，他肯定忘记了自己是一个运动员，也忘记了我的年龄比他大一倍。我们沿着一个高坡攀登，最后我终于喊起来："你这个长腿骆驼，体工队员，我怎么能跟得上呢？"

"让我驮起你跑吗？"他回头看着。

屋内一点声音都没有，静得可怕。我睁开眼睛寻找小鹿——他缩到了一个角落里，一声不吭……

人一生病仿佛就变成了一个婴孩，躺在那儿让人照料，甚至连翻身都需要别人帮忙。这情形让我想起小时候——那时生病竟然是我最高兴的事情之一。我发现家里人对我变得更好了，他们简直是无微不至地对待我，一个个全忙坏了。外祖母和母亲都呵着气对我说话，千方百计让我高兴，为我做好吃的。病很快好了，日子一长，我甚至想过：就让我再病一次吧。现在我一闭上眼睛就能看到她们忙碌的身影，她们的咕哝。

外祖母说不要迷信西药啊，草药才更好……一种草长在橡子树下，她把它捣碎，又给我敷在了额头那儿。“这孩子啊……”外祖母搬动砂锅，倒水，一会儿走开，一会儿又伏到跟前。那些草药敷一会儿就要换掉，再把新药敷上额头。她夜里搂住我睡下。

夜色温吞吞的。外祖母不时地拍打我一下：“睡吧，睡吧。”“你快讲个故事吧，讲个从没讲过的故事。”

“你好生躺着，得病了不能那么多话……”妈妈从一边过来，把我的手扳开，放进我手里一样东西，又把什么剥了皮塞进我嘴里。一股浓浓的薄荷味儿，糖果……这是妈妈给予的赏赐。

“生病真好。”妈妈走后我对外祖母说。

“胡说。哪有盼着生病的？以后好好听话，别再一个人乱窜……河水太凉了就不要往里跳，现在立秋了，立秋了就不能到河里海里洗澡了……”

我打断她的话：“你让我到卢叔家去吧！再不你把小阿雅抱过来玩一会儿……”

外祖母不吭声。我再一次请求，她就真的走开了。我知道，这同样是疾病的力量。

一会儿外祖母就回来了。一个毛茸茸的东西让我一伸手触到了。我展开两臂把它抱在怀里，听它吱哇叫唤。“不认识我了吗？你这个家伙……”我吻了一下它的鼻梁。外祖母吆喝一声：

“你这孩子，它脏……”

我不以为然。最脏的是人，而不是动物。我曾经扳着猫和狗，还有阿雅的嘴巴看过，它们都有通红的小舌头，雪白的牙齿，那真是纤尘不染。而人就远远没有这么卫生。我把嘴里的糖果吐给了小阿雅。它喷着气，把嘴里的糖果拨弄得格朗朗响。我抚摸它的头顶，小声对它说着亲热的话。阿雅不好意思了，用鼻子对在我嘴上，堵住了我的满腹话语……半夜了，阿雅一直在怀里拱动。它大概还想吃到什么，短短的前爪在四周胡乱按着、推拥着。我把它搂紧了，让它安静下来……

“喜欢一会儿就放一边去吧。”外祖母催促说。

“不，我要阿雅给我讲一个故事。”

“那就让它给你讲个故事吧，傻孩子。”

我闭上眼睛听故事了。阿雅一动不动地伏在枕头边上。我想象它的嘴巴真的活动了，真的开始诉说自己的故事、丛林里的故事……

3

阿雅说她是个小姑娘，妈妈领着她到山上去——就是平原南边的那一片大山。妈妈说要去找一株野花栽到盆里。她们拿着小镐、小铲往山上攀登。

这是个明亮的早晨，阿雅的妈妈兴致很高。她没有别的事情，只想和阿雅玩一玩。妈妈喜欢她，把她抱在怀里。“妈妈，我快长大了。”“你还是个娃娃呢。”她扯着阿雅的手往山上走。那一天山上的雾真大，阿雅觉得这很危险，她们常常看不见路径。妈妈用小镐头拨拉着路边的灌木枝条往前走。她显然熟悉那条路。她们登着登着，渐渐把浓雾甩到身后去了。原来晨雾只达到山的半腰，再上面就很清爽了。她们看到了一种紫红色的花在路边摇晃。妈妈说：“我们要找一种黄色的花……”她喜欢黄色的花……山尖上有一个标志架，那是为飞机导航用的。就在那里，她看见一个人倚着标志架站在那儿。她说：“妈妈你看，有人比我们来得还早呢！”妈妈说：“我们快走。”她怀着好奇心跑啊跑啊。山路很陡，她只跑了几步就累得喘起来。后来她终于领先妈妈几十米跑到了标志架跟前。这时她看出来了，倚在标志架上的是一个小男孩，不，他也许比她还大一点，算一个小伙子了。不过他背对着她。后来，她故意把手中的铲子在石头上碰出了声音，那个少年就缓缓地转过头来。他们的目光碰了一下，发出了铮铮的回响。他好看极了，她从来没有看到这么好的少年——不，她梦中见过一个这么好的少年。她这会儿一下就爱上了他……趁着妈妈还没有赶来的一段时间，他们悄悄地、迅速地接了吻，还做了一个约定。他们约定几年之后就在这儿会面，谁如果违背了约定，就从这高高的山上跌下去好了……

几年的时间一闪而过，那个少年长大了。他们真的要在一块儿了——

从此他们将永不分离……

阿雅在被窝里飞快钻动。它把这儿当成了野外的洞穴吗？它在我的腿上、背部和胸部到处乱嗅，像要记住一种气味……

天快亮了，外祖母离开了。母亲接替她照料我。我躺在床上，觉得黎明前的颜色那么温柔。这光色像彩色的苹果花，在轻轻地坠落、坠落……当它把我的躯体覆盖了的时候，真正的白天也就来临了；当它把田野、高山、河流照亮的时候，大地上的白天也就真正降临了……

母亲坐在床边，有时躺在身边，我总把她的一只手搂在怀里。她开始讲事故了。她的故事很多，我大半都遗忘了；可是关于父亲和战争的事故，我却永远记住了……

“到了夜间，我们的人就活跃起来……”

“‘我们的人’是小动物吗？它们在夜间才活跃起来。”

“不准胡说……”妈妈拍打我一下，讲下去：“那天我们的人胳膊上都绑一个白手巾，那是记号。月亮刚升到小树那么高，那边接应的人就顺着枯河爬过来了。港口上五六个游动哨早就睡着了，一帮人趁着这段时间从西面的老墙上翻过去。老墙上有碎玻璃，你爸原来说那些老墙基是些酥石垒成的，用镐头撬个洞，部队从那里进进出出，又迅速又隐蔽，可是殷弓不同意。他坚持让他们搭人梯爬老墙。

“后来就爬老墙了。他们在剥那些玻璃片的时候不小心弄出了声音，两个游动哨中的一个当空鸣枪。这时队伍已经进了海港大院一半，剩下的一半不知是进还是出？你父亲知道如果这时逃走，剩下的一半人全都得完。他就当机立断做了决定，让人赶紧冒着枪弹从老墙上翻过去……

“本来殷弓沿着枯河已经摸到大门了，这边打起来，他们就该迎着大门发起攻击。可是自从游动哨鸣枪以后，他们就伏在河道里，一动也不敢动。那一会儿好多人都受了伤，还死了三个战士。从港口大院往外逃要再搭人梯，所以就难免有牺牲。事后殷弓在给上级汇报时说：你父亲负有全部的责任……”

我轻轻呼吸着。我能听得见母亲愤怒的、怦怦的心跳。

我相信，关于父亲的所有不幸的故事，都是从这儿开始的。我问了妈妈，她点头又摇头。她说小城解放后父亲还像个胜利者一样，骑在马上，接受了欢呼和献花。那时他参加领导了一座城市的建设和改造，真是呕心沥血……厄运是不知不觉降临的，是后来的事。

妈妈说父亲最需要殷弓的时候，这个人却杳无声息。这样一晃就是二十余年啊。

我说：“可是后来那个人出现了………”

妈妈低下了头。

我记得清清楚楚，那些日子里父亲正好在犯心口疼。他在地上疼得死去活来。疼痛好不容易过去了，母亲用湿手巾擦去了他头上豆大的汗粒。这时妈妈才敢告诉那个令人震惊的消息：殷弓出现在小城里了！谁知父亲听了脸上没有一点特别的表情。妈妈就一次又一次劝他去找殷弓。他不吭一声……

挣脱

1

头上的湿毛巾焐得难受，可我刚揭下来，梅子又给我敷上。

我叫了一声小鹿。

小伙子过来了……我觉得头疼又加剧了，眼睛一阵阵发胀，牙齿也胀。我有点受不住了，我像是恳求他说："你在床边陪我一会儿，你就坐在这儿吧……"

他嗯嗯应答。我攥住了他的手，用力地攥着。我像在攀登一座高山，正需要他的牵引，害怕他跑开……我知道一个困难的时刻来到了。有一种奇怪的力量在强迫我休息。我要一动不动地躺下。我心里充满了敌意，想坐起来，但总不成功。时间过得好慢，好不容易天才暗下来。我想睡了，因为在病痛的折磨下我已筋疲力尽。我请小鹿帮我吞服了几片安眠药。

梅子不断把我揭下的毛巾洗一洗，重新敷到我的额头上。

"他心里很清醒，他是故意把毛巾……你看着他点。"梅子在叮嘱小鹿。

"太阳升起来的时候你不要忘了叫醒我。"我最后叮嘱一句，睡着了。

天亮时他们真的忘了叫醒我，结果使我很难堪：我躺在那儿，半个身子还露在外面，一个吵吵嚷嚷的姑娘就闯了进来。

梅子正好看到了这一幕，她赶紧过来盖被子。

“好点了吗？”元圆凑得很近问道。

我点点头。其实我的头更疼了。简直像要裂开。

“你的手……哎，他的手多烫人哪，发烧呢！”

梅子把我的手从元圆手中抽出，掖进被子里。

“你不要躺在风口上。你看北风从窗上吹进来，晚上会着凉的。晚上的风很冷，特别是秋天……”

元圆突然变得温柔细腻。她咕咕哝哝，像一个成熟的小媳妇。她几乎没有发现旁边的小鹿和梅子，只对我一个人说话。

我闭上了眼睛。梅子喂我水，喊我，我一直闭着眼睛。

元圆叫起来了：“你怎么了啊？你睁开眼睛看看我……”

我睁开了眼睛……

元圆不叫了。

梅子站在一边，一双杏眼泛着泪光……梅子走开了，再次返回时沏好了两杯热茶放在桌上。

元圆又哼唧起来。她咕哝：“我有好几支歌，真的，我的歌——它们全是唱给他的……”

梅子握着我的手。

“只有他听得懂，他听得懂……”元圆发誓似的，还是哼唧。

“你把它搬走，搬走……”梅子的声音。原来她在指使小鹿干什么。小伙子服从命令，把屋里的什么东西搬走了。不知过了多久，好像屋子里的人全都走光了，余下的只有梅子温柔的声音……

我又睡着了。睡梦中我好像来到了那所地质学院，正昏昏沉沉躺在铁制双层学生床上。柏慧站在那儿，头部正好跟我的床一般高。

“你有这种复杂的家庭关系和个人经历，他当然不会同意的。”

“我不乞求什么，你完全搞错了。我不需要柏老的同意。”

“当然啦，”柏慧说，“我也不在乎这个，我伤心的是另一些事情，我觉得这一切如果被揭露了，那是很丢人的事儿。我替你难受……”

我像被一根冰冷的针刺中了。我不要再听了，就用被子把头埋住……可她仍在说着。

我不能忍受，掀开被子，跳下床跑走了。

她一个人给撇在了宿舍里。

我沿着校园外面的山坡一个劲地跑、跑，跑向了那个山顶的标志架。我倚在那里，望着远外；我试图望见了我生活过的那个山区、那片平原。后来我在那儿一直坐到了日落黄昏。暮雾渐渐升起来，把下山的路全部遮住了……

我不愿离开这儿，就这么死死地待在山上。时至半夜，山下到处都亮起了火把，一排排的火把，它们颤抖着，让我想起了海边上拉夜网的情景。这是怎么回事？火把密密地交织起来，沿着山脚往上围来，领头的就是那个对山路十分熟悉的人，他手拄拐杖吭吭哧哧往上登着。包围圈越来越小、越来越小。我渐渐听出来，他们正在找我。原来这是一场蓄谋已久的围捕。我慌了，因为我明白了这一切时已经晚了，我没有了逃路……

“你能够忍受吗？”那一刻我好像听到了父亲的声音，是的，是他在一边发问。

我咬咬牙关：“能够。”

“那好，儿子，你就在这儿等待吧。”

2

柏老最先一个到达山顶。接着，四周的火把围过来，照亮了整个标志架。四周如同白昼，柏老两手按着拐杖说：

“你被揭露了……”

我忍受——因为我能够……那时我一声不吭。

“带走吧……”我觉得随着一声吆喝，一根冰凉的东西锁住了我。“走！”有人大喊一声，我被牵着往山下走去。

一路上都是“你被揭露了”的呼喊，是幸灾乐祸的声音。走啊走啊，我要被牵向那里？后来，我发觉被牵过了一条南北马路，走向了一个露天的水泥台子，那里有密密麻麻的人，上面有一溜桌子，桌旁坐着一些奇怪的老乡模样的人，他们很不雅观地在剔牙，搓鼻子，交头接耳，还互相传递着花生米和瓜子之类的东西，一边咀嚼，一边欣赏着我被捆绑的样子。

“开始审判吧。”柏老轻轻说一句。

又一个老乡模样的人走过来，摸了摸我的全身，又在他感兴趣的地方轻轻按了两下。一边的人对我解释说：“这叫‘验明正身’……”有人从台子的这一端把我牵到了那一端。我沿着很陡很窄的水泥台阶迈去

——这就是审判吗？我糊糊涂涂地跟着一些人往前走，后来才发觉台子西侧汇集了许多和我差不多的人，他们的身上都绑了什么……

一阵可怕的叫嚷，一阵混乱。像雷鸣似的，轰轰响过了。我们被押下台子，重新跋涉起来。翻过那座大山，一直向西，沿着低低的谷地往前。吆喝的声音，乞求的声音，讨要的声音，都汇拢在我们的队伍里。走啊走啊，我突然发现押解我们的人，领头的是一个瘦瘦的人，他拐着脚，一会儿跑在队伍的前端，一会儿跑在队伍的后端。这个人多么熟悉，我极力地辨认着……我终于想起来了，原来他就是我岳父的警卫员：虽然瘦削，走路一歪一歪，可全身都是力量和精神。我马上给他起了个外号："老歪"。

"老歪"押着我们，最后走进了那片大山。在山里，已经有很多人等在那儿了。只听那个瘦瘦的警卫员吆喝几声，大家就动作起来，噼噼啪啪凿起了山石……

我觉得这个地方太熟悉了。漆黑的山洞里插着一溜火把，有水珠滴在火把上，发出了吡吡的响声。有一个老人走过来，指责我说："你这样不行！""怎么不行？""你必须不停地转动钢钎。""不转动不是更好吗？""不转动就没有进尺！我们每天要打多少进尺是一定的！"

就根据那个老人的指点，旁边的锤子每击一下，我就转动一下钢钎。到后来我觉得钢钎在明显地往里深入。一个炮眼打成了。那个老者从布兜里摸出细细长长的东西，从那儿塞进去，又把花花绿绿的炮线连在一块儿，接着他呼喊一声，大家都往外撤。我想隐蔽在一个角落里，想看看炸药是怎么点燃和炸响的。大家都撤走了。可是一会儿那个老人　着水走过来，只轻轻一把就把我提到了肋下，他真有力量啊。

他把我提到火把下，看着我的脸说：“你看着我！”

我转过脸去——我差点叫出来！刚才在黑影里我看不清，这下我看清了，他原来是我的父亲！

“爸爸！”我大喊了一声。

“你能够忍受吗？”

我点点头。

“那么你就跟上我走。”

他把我扔在水里，一个人向前走去，双脚踏起了一片水泡。

我紧紧跟上去。

刚刚跨出洞口，后面就传出了惊天动地的排炮声。碎石有的甚至溅出了洞口。父亲看一眼我焦黄的脸色，再没有吱声。

一会儿邻近的那个隧道里也传来了隆隆的炮声。炮声刚刚停止，有人就大声呼喊着，两手在空中舞动。大家明白那里出事了。不管那个瘦削的警卫员怎么呼喊，我们还是没命地往那边跑去。有一个人从隧洞里抬出来了，他的衣服全被炸飞了，身上还粘着几根布条，鲜血淋淋。我一辈子也没看到死得这么惨的人。我看了看，那是一个老人了。我想这个老人大约有七十多岁了。

看了一会儿，突然有人在揪我的衣襟，父亲！他动动嘴巴，示意我走出来。我退出几步，他对在我耳边上说：

“死者是你的义父。”

我的头轰地响了一下：“这不可能……”

“你谁也不要告诉，不要告诉他在洞子里出事了，你只说你的义父还活着，还住在大山的小屋子里，活得挺好，听见了没有？”

“可是……”

“听见了没有？”

我忍住了什么，点点头。

“这就好了，你明白了就好……”

……

3

怪诞而逼真的梦境让我难以走出来，我竟再也忍不住，泪水哗哗涌出……梅子怜惜地扳住我的肩膀。后来她哭着问我：“谁明白了就好？”

我用力地想着，想不起。

元圆在屋子外边说话，喊着：“就来了，就来了！”同时进来的是两个人。我认出一个是吕擎，另一个是吴敏。

仅仅几天不见，吴敏变得这么白胖。不知为什么，她满脸羞红——为什么要这样呢？我问吕擎：“她的脸为什么这么红？”吕擎搓搓手：“噢，我们——”

“你们结婚了——结婚了就要脸红吗？”

“噢，一般讲来……”

“你们不是说要在帐篷里结婚吗？”

“母亲让我们快点结婚——这是她的命令。”

“对，”我说，“我们做任何事情，无论什么时候，都不能违抗母亲的命令。不然的话是会招致报应的……”

吕擎难堪地搓着手，后来又示意吴敏与梅子一块儿去做什么。

这样屋里只剩下我们两个了。

吕擎开始说阳子如何如何，他说阳子这一段很少去他们那儿，也不提阿蕴庄那个学考古的女孩了，他现在迷上了一个东北来的高个模特儿，那个女模特儿非常有名……不知是否因为药物的作用，我的思绪老要飘开，我要用很大的力气来控制思绪，这样才能听明白对方说什么。我想起了山里姑娘小锚，又想起了阳子——他曾一个人去山里写生。他写生的时候，那装束很像一个地质勘查队员……我脱口而出：

“吕擎，阳子做了一件很可耻的事情。”

“他怎么了？”

“他抛弃了一个叫‘小锚’的山里女孩！”

吕擎连连摇头。

“我们和那个女孩一块儿过了好几天。”

我喊着梅子。梅子和吴敏一块儿跑进来了。我说：

“我突然明白了，小锚要找的那个小伙子就是阳子！”

梅子对着吴敏耳朵上说了几句什么，吴敏皱着眉头。

我说：“吕擎，你把阳子找来，我的话就会得到证实。”

吕擎唔唔应答，就是不愿离开。

“这个混蛋，年纪轻轻开始堕落……我永远也不能饶恕他。他那些画只能画出自己苍白的灵魂……”

我两手捶着床。

吕擎站起来，卡着腰，像个指挥官一样站在那里。

满屋里都是纷乱的脚步声……“这是怎么搞的？这真是奇怪啊。”

我听出这是吴敏的声音。我说：“有什么好奇怪的？我们注意他已经好久了，他的名字就叫‘飞脚’。‘飞脚’，你们知道吗？有人很早就盯上了他。他两手沾满了我们一家人的鲜血！我这里有他的一张照片，你看一下……”

这是谁的照片？这个人穿着军衣，他是……是梅子父亲当年的照片！

他们真的在传看照片。吕擎传给了吴敏，吴敏传给了梅子。梅子大叫一声：“这是怎么了？天哪，他越来越不清醒，他发烧，在说浑话……”梅子又哭了，哭着去擦眼睛。

我觉得万分痛苦和焦灼，我扬起手……接上我喊了些什么连自己也听不明白。我只觉得有一种巨大的危险和前所未有的机会同时来临了，我们要不失时机地抓住什么……我睁大眼睛寻找，又一次重现那个梦境：一个人拄着拐杖，就站在那个小山坡的下面……对，刚才他还蹲着，这时候站起来了，迎着西边的太阳往前走。那是一个老人，正是当年那个“飞脚”，他到这里凭吊什么？这是一片异族人留下来的工事……他在这里发出嘲笑，我们应该捉住他……我的父亲、殷弓，还有外祖父，很多人都为了追赶这个人付出了鲜血和生命。我是一个后来人，可我直到今天还在蒙受屈辱……你们捉住他，捉住他！你们不要来阻拦我，我要在这里死死地盯住他……你们干吗要阻拦我？

尽管我不停地发出抗议，他们还是把我搬上了担架。他们抬着我向前一阵快跑，我颠得全身都疼。我告诉他们我没有受伤，我不必待在担架上。我一点皮都没有伤，真的一点都没有……没人听我的话，他们只是抬着我飞跑。

多么可笑的恶作剧。吕擎也是一个糊涂人，亏了还是一个知识分子。他如此容易地落入了别人的圈套。他们抬上我跑着——他们实际上在用这个办法绑架我、要把我投入一个白色的囚笼……

我在衣兜里藏下一截短短的钢锯条就好了，那样我就可以在夜深人静时、在那些所谓的监护人员全部离开的时候，割断冰凉的钢筋窗棂。那时候我就会逃走，一口气逃得无踪无影。我会连夜追赶外祖父——他正骑着火一样燃烧的大红马纵情狂奔……

有人抚摸我，把我移到一架车上—— 他们推着我一阵迅跑。嘈杂的人声。有人大声喊：“向左，向左。”

4

我被推进了一间屋子。一阵奇怪的香味扑进了鼻孔，让我很快平静下来。

到了哪里？我睁开眼睛，看见了一片银色的花朵。啊，我来到了那棵巨大的李子树下，外祖母、妈妈，她们都在树下伸出手来：“我的孩子，我的孩子，你跑到了哪里？你的脚裂开了口子，头发全是灰土，你跑到了哪里？”

我两眼涌出了泪水……我一声不吭，哽咽着说不出话。我扑进她们怀中……巨大的李子树微笑了。外祖母把我抱到怀里，然后又递给母亲。母亲替我揩去泪花。我说：

“我刚刚从父亲身边逃回来，我刚刚看见他了。”

母亲好像早就知道了一切，她不让我说话，只把我紧紧地按在胸口上。我觉得母亲的心跳非常急促，她口吃似的问：“父亲让你去做什么？”

“他同意了，让我去找殷弓。”

“殷弓在哪？”

“他在一间病室里，他在那儿养病，可是我没法接近那间房子……”

母亲最后把我交给外祖母就离开了。外祖母扯着我的手在海滩丛林里走着。我离开这儿多久了啊，这时候我再也遏制不住地喊了一声：这儿是我的出生地啊！这里的一切一切都是那么令我神往，童年往事一齐向我涌来。正是这一切，是童年和往昔，在我身边编织成一张真正的摇篮，我大仰着躺了下去。我感到无比的幸福。外祖母坐在旁边，我睡过去了。她在这期间采来很多草药，开始给我医治创伤。外祖母稍微用力一点擦着伤口，草药的汁水弄得我有点疼。可我忍住了。外祖母的手温柔到了极点，我觉得她把我紧贴在身上的衣服脱掉了，查看我浑身的皮肤，寻找着一处又一处伤口。外祖母看得多仔细，她目光的分量我已经明显地感到了。后来我终于醒了。我醒来的第一件事，就是大声追问妈妈哪去了？

外祖母告诉：妈妈找那个人去了。

我和外祖母交谈起来。她仔细问我这么多年到哪儿去了？她说她和妈妈等得好苦。我告诉她，我没有辜负她们的期望，一个人在山里偷偷长大了。我每时每刻都没有忘记前人的嘱托，我继承了家族的血脉和誓言。

我告诉外祖母：外祖父没有死，他一开始骑着红马在原野和大山里奔波—— 后来才走向远方……

外祖母激动得手都抖了，她摇晃着我问：“孩子，你说的是真的？”

外祖母怎么也想不到男人还活着。我告诉她：外祖父骑着红马走了—— 他走了，因为他明白，那座海滨小城已经没有任何希望了，他必须走开，必须从此销声匿迹。

“他去了哪里？”外祖母追问。

“他化装成了一个老教授，并且还有点口吃，他被关在了一个书斋里，在那里重复做他读书的营生……”

“再后来呢？”

再后来我不忍心讲下去了。我说：“再后来他就那样度过了自己的晚年……”

这后几句话是我编造的。

外祖母呜呜地哭起来。她捂着鼻子，肩头一抽一抽。我难过极了，真想抱住外祖母，随她大哭一场。我这一辈子就看不得一个老婆婆放声痛哭。我安慰着外祖母，扶着她，在大李子树下慢慢地走动。

这片美丽的果园哪，你是妈妈和外祖母多么好的避难所。从那座小城到这片果园，这是一段多么坎坷、多么曲折的传奇之路啊。

我对她说：“外祖母，你知道吗？我逃到这里并没有脱离危险，因为一路上都有人跟踪，他们随时都会出现。”

外祖母安慰我：“你到了自己出生的地方，就是到了最安全的地方。这里是一片荒野，是一片灌木，你藏在里面，什么事情都不会发生。因为你从童年起就藏在这里，你不是太太平平长大了吗？”

“外祖母，你不知道外面的情况，你一个人和母亲在果园里生活，不知道这个世界如今变成了什么样子。到处都是跟踪的人，他们又机警又险恶。也许我们在这里的一切活动都在他们的掌握之中。你还是领我到荒原深处去吧。”

外祖母四下看着，可能又想起了和外祖父在一起的那些忐忑不安的日子。我随着外祖母在丛林里转着。这些羊肠小道通向哪里？通向蘑菇，通向昨天，通向母亲捡拾干柴的那些橡子树……

我们走啊走啊，丛林里到处都是莫名其妙的响动。我知道这是动物们弄出来的。可是会不会有人藏在里面呢？到后来，我又想到了那棵巨大的李子树。我想再也没有比藏在它密密的花簇间更安全的了。我说：我要回到大李子树上。

我攀到了大树的顶端。

一会儿一个人阴沉着脸出现了——他身后还有一些人。他们突然出现在茅屋跟前。我看到了，领头的就是柏老！

“他在哪里？”柏老端着烟斗喊叫。

外祖母有些慌促地往后退着。

这时候我看到她的头发和李子花一样的颜色，在风中抖动……我紧紧伏到了树干上，一声不吭。

第二十一章

恐惧和忧郁

1

这次生病多少有点奇怪：整个躯体被病魔死死缠住，精神却愈加强盛地挣扎。在患病前后二十多天的时间里，我一度觉得灵魂飘荡到了从未企及的高度，它简直是在云端翱翔。我自己的肉身，我的一切，都在它的俯视下变得空前清晰和赤裸。我知道，我的病态然而却是桀骜不驯的精神正在忙里偷闲地欢度自己的节日。我从未有过的思辨力和幻想力相互砥砺，要把我送达一个尽可能遥远的神奇世界。我明白自己并不愿从那个世界里走出来，哪怕那儿从本质上来说是由魔鬼看护的。可是正像天下没有不散的筵席一样，我最后还是要告别它，要从病榻上站立起来，所谓的“人已痊愈”。

那些围在四周的朋友突然散去之后，倒让我产生了一阵长长的、难以忍受的孤单。

我突然想起吕擎夫妇从这里走开就再也没有出现，就像其他人一样，他们终于松了一口气，然后过起了甜蜜的、默默无闻的婚后生活。他们竟然连个电话都没有，而我也忍住了不去摸那个话筒。只有阳子来得多一点，他仍然动不动就要谈及那个“非同凡响”的女模特儿。我感到他在热情谈论的间隙中、在小小的停顿里，却悄悄隐藏了极大的痛苦。我知道这仍然是关于那个阿蕴庄的姑娘。是的，他在转移自己的情感，不然他就无法承受。这个艰难然而却是必要经历的过程已经开始。我看着他，心里有些怜惜。至于阳子是怎样“成功”地离开那个姑娘的，其中肯定会有什么故事。一切都不那么简单。阿蕴庄在一个角落默默地盛开着一朵恶之花，所有人都对它无可奈何或视而不见——从梅子嘴里我多少知道，岳父以及他的老友们一直与那个年轻的收藏家保持了联系，而且那幅“昂贵”的画作已由岳父顺利交给了吕南老。阳子说：“陆阿果找过你呢。”我没有吭声，故意把话题扯到吕擎和吴敏身上。我还想让他约他们到这儿来，但后来还是忍住了。我生病时打扰他们已经够多了。

凭我的直觉，像任何一对夫妇一样，他们那种安宁也不会保持太久——我一不小心说出了这种担心，阳子立刻高兴得手舞足蹈。他真希望像我说的那样，早些看到这对夫妇发生点什么。阳子正处于一个非常不稳定的时期，情绪忽高忽低。我真想问一下他与阿蕴庄那个姑娘是怎么分开的，如今是不是真的走入了另一场热恋？但我不忍触动那个沉重的话题。我认为阳子刻骨铭心地爱着那个不贞的姑娘——尽管他内心里从来没有原谅过她……他用奇怪的眼神盯了我一会儿，然后撇撇嘴巴，叹息一声。他仿佛看透了我的心事，叹息着，在屋里徘徊了一会儿，匆匆离开……

几天后吕擎来了。他是来传递一个消息的，进门就说：“听说了吗？

那个庄周自己打起背包走黄河去了——从黄河下游走起，已经走了两个多月了。”

“徒步走黄河？”

“对，只有他一个人。如果顺利的话，他现在大概已经走到中游了。听说刚开始还骑了一辆老式自行车，后来干脆把自行车也扔了，徒步往前……他如果事先同我打一声招呼就好了。”

“打一声招呼又怎么样？”

“我也许会随他一起走的……”

吕擎很惋惜地搓着手。可见庄周这次远走黄河真的让他动心了。看来我预想的不错：吕擎婚后这一段短暂的安宁期就要结束了。

庄周自从那次离开到现在再也没有回到这座城市，也没有跟我们联系过。当然这非常正常。前一段有个传闻，说车站广场上有一个人，样子很像庄周，正与一些流浪汉混在一起。阳子听了匆匆赶到车站，结果那伙人早就散掉了，他什么也没看到……

吕擎在那个让人羡慕的小四合院里待不下，也不愿按时去学校上班。他做什么也没心情，人变得更为焦躁也更为沉默。很少有人能够与之交谈，因为他不愿与别人深入讨论问题，至少是在周围找不到可以倾心相诉的人。在他那儿，心灰意冷与热烈渴望总是交织在一起。庄周与林蕖的到来曾让他兴奋过一段，他当时望着两人离去的背影，恨不得立刻就追随他们走开。“我不会永远这样挨下去的。可是……”

我知道他没有说出的意思是：母亲怎么办？母亲与远行，这实在是无法克服的一对矛盾，它长久地困扰着吕擎。他偶尔向我说起的一个话题，就是在不久的将来约上几个志同道合的朋友，一块儿走出去。至于说走多长时间、什么时候归来，一切还都没有仔细想过。“因为比较起来这些都不太重要，重要的还是要走出去，是有那样的一份勇气。”他这样说。

我这之前没有想过，我与梅子的山里之行使吕擎感到了深深的不安。后来才知道，在我们离开的那些天里，他简直像热锅上的蚂蚁，一天到晚对吴敏说“离开”的问题——至于何时离开、怎样离开，到哪里去，他都没有谈过……吴敏不断地安慰他，却从未表示过异议。她不见得就能理解焦躁不宁的丈夫，对他的想法也未必完全赞同，但既然有了厮守的决心，也就准备了一生的跟从。她曾私下里对梅子说：“我明白了，吕擎最终是不会待在这座城里的。”

在我认识的几个城里女性中，吴敏的经历的确有些特殊。她的童年是在一个小县城度过的，在那儿，她和父亲两人过着一种凄苦的生活。父亲好不容易把她拉扯大，历尽千辛万苦，最后才把她送进了一所艺术学院。父亲年轻时在另一座大城市，曾是一个知名的文化人，后来是带着难以承受的屈辱回到了故乡小城的。她的母亲没有一同归来，因为她不愿分担丈夫的这份耻辱。于是在父亲生命的后半截里，只有一个听话的女儿与他相依为命。那是一段多么艰难的岁月，可这一切吴敏从不对人讲起……

吕擎和吴敏的工作和居住条件算是非常好的，一般的城里人、所谓的“白领”，不仅大多没有宽敞的住处，而且必须按时上班，遵守一种固定的工作时间。而吕擎只需在每个星期的固定几天里到校值班，其他时间基本上可以自由处理。他的这份工作多么令人羡慕，那还是母亲当年费了许多周折才把儿子留在了大学校园的。因为在许多人眼里，吕擎基本上算是一个不学无术的浪荡子。吴敏毕业之后也找到了一份理想的工作，照理说他们应该满意了。可是我发现，婚后的吕擎不但没有远离沮丧，而且情绪越来越低落，甚至频繁地、无缘无故地请起了病假。他确实有病，但我知道那只是心理和精神方面的疾病，然而这是一种更为可怕的病症——长长的忧郁。据他母亲说，儿子经常一个人在小院里走来走去，在这个有限的空间里不停地徘徊。

2

吕擎的母亲知道我是儿子最好的朋友，不止一次对我诉说独生子的一切。我知道这些话她是不会对其他人说的。她希望我去劝劝吕擎，希望儿子能有所排遣，起码做到按时上班。她说任何一个年轻人闷在家里，手头又没有事情做，都会愈加痛苦和烦闷。我望着一位母亲的白发与深皱，心里有说不出的难过。我明白这种信任的分量，明白一个自尊的老人轻易不会求人帮忙的。可是我也知道，我大概并没有多少能力来劝解那个细细高高、沉默寡言的人。这是一个在特殊环境里长大的、相当复杂的城市青年。

我每次去找吕擎，心中都暗怀着一个使命、一个嘱托。但我们要说的话早在这之前就说得差不多了。我们后来要做的好像只是喝茶闲谈，或长长的沉默。他通常把我引到自己的小小天地 —— 那个无所不包的乱七八糟的厢房。就在那里，我第一次发现了他的那些五花八门的健身器械。特别可笑的是屋里悬起的那个大沙袋。他嘭嘭击打着它，汗流浃背 —— 这样的人怎么会患忧郁症、怎么会不健康呢？可他又真的有病。在这个秋天里，在万物都开始成熟和结出果实的时候，他却越来越萎靡不振。

回想起来，他即便是与吴敏热恋时，和现在也差不多。如此温柔的姑娘都不能使他振作和幸福，其他人将没有任何办法。在吕擎看来，一个人活在世上，唯一幸福的可能，就在于一种相对的、尽可能有效的“隔离”之中。与什么隔离？与这个世界！因为这个世界已经走到了某个尽头，物欲驱使下的邪恶、可怕与可耻的倾轧、腐败与险恶、庸碌和萎靡、令人绝望的人性……一切都无可回避无可逃脱。选择之路尚且堵塞，不选择更是绝境。他说：所有人无一例外，大家全部的幸与不幸都在于睁开了眼睛……他的话又使我想起了庄周的一句慨叹：“人哪，有时是多么脏多么丑！人的确会因为厌恶和羞惭而绝望的……”

我一度不相信吕擎母亲的话，不认为这会是一种疾病。但我们交谈渐多相处日久之后，又觉得吕擎所患的比一般的“疾病”更为可怕。这比其他人、特别是上一代人所能想象的病情还要复杂得多、困难得多。它简直近乎绝症，因为它源于对人本身的恐惧与绝望、源于深深的厌恶……我以前曾选择过一个轻松一点的、同时又是最基本的问题问过吕擎：“你是因为不能自由支配自己的时间才苦恼吗？你是想做更愿意做的事情，是这样吗？”

吕擎摇头："我如果获得这些时间，比如说我现在待在家里，时间已经够多了，可我又能做什么？"他直盯盯地看着我："你能告诉我该做些什么吗？我已经三十多岁了，早过了而立之年。我应该做些什么？我就是想知道自己这一辈子该做些什么……"

我没法回答。停了一会儿我说："有一次梅子把你的情形，还有我们这些朋友的情形告诉了她的父亲。你猜我的这位岳父听了以后怎么讲？他说得简单明了，非常通俗，他说我们是——'吃饱了撑的'……"

我一句话出口又有些后悔，害怕吕擎听了要骂人——谁知他推推眼镜连连点头："他说的对，人解决了温饱之后就会考虑怎样活着。所以天底下才有那么多人解决不了这个问题——一旦解决了麻烦也就大了……不过他以为我们仅仅是因为没有经过饥饿的折磨，就把我们看得太简单了。我们和他那一代的不同之处，在于我们甚至不怕'饥饿'——连'饥饿'都不怕了，这该怎么办？这就是我们与他们的不同！"

他说着拍了一下我的手臂："我、阳子，还有吴敏和梅子，我们这些人与你也不一样。我们与你的最大差别就是没有那样的经历——我们没有平原和山区的生活，没有经受那一场人生的折磨。那是最底层的折磨。说起来尽管各自也有那么一点苦痛经历，可我们差不多一直是待在一座城市里，在街道上赖赖巴巴地长大的。这里和那片平原山区完全不是一回事儿。我相信这一点，相信它们之间有极深刻的区别。相对而言，我们只在一种非常单一的情绪里哭哭泣泣、打打闹闹。这座城市有时候看上去很大，一条又一条马路拐来拐去，有各种各样的热闹地方，其实它很可怜。它太小了。它说白了不过是大地上的'盆景'，而且淤满了人性的污垢。这里没有真正的高山，就造假山；与野物打不上交道，就在公园里囚禁各种动物；没有大江大河，更没有大海，就在城里搞起一潭死水，还取名叫什么“湖”。那些曲折的街道走起来还要迷路，它引着你走上很远的废路，就为了显得复杂和漫长；其实我们只在不大的一个地方兜兜圈子。这些曲折只是一种迷惑，一种假象，目的就是为了自欺，为了让人兴致勃勃地转圈子。这样转来转去，一个人就会放弃登高远望的想法，也放弃了远行的打算……好长时间了，我总也弄不明白为什么会这样躁、这样不安，后来才知道，我是慢慢看破了这座城市的假象和计谋！我开始渴望，渴望能像一个真正的人那样放开手脚，走出这个又污浊又渺小的‘盆景’！走得越远越好，走到真正的高山大河那里、走到一望无际的地方去，哪怕等待我的是荒漠和死亡……想是这样想，可真要做到就太难了！一个人一旦真的要走，要换一种活法，就会发现自己还远没有这份胆量，没有这份气魄，身边的拖累还是太多、牵挂还是太多，各种障碍垒叠得像大山一样……但最可怕、最要命的就是，再不走就晚了，现在走也已经晚了——生命是有限的，这就是平常说的‘时不我待’！我一直在咬着牙下这个决心——这个过程拖下来真是苦啊，这就是我的病根……”

3

他说得时缓时急，那种内在的急促和焦虑再明显不过。他用力地拍打我的后背，都把我拍疼了：“我们现代人天生是一些不会行动的人，只会纸上谈兵。比如说在纸上几秒钟就可以划出‘一公里’，可真正的‘一公里’是什么？我们真的明白吗？我们只能从心里去感觉它，我们的脚和腿弄不明白。这就是我们与另一些人——真正的人的差别。我有时候想到我的父亲——他一辈子的聪明和智慧都是用来弄懂纸上的那‘一公里’，他从来就没打谱用自己的两条腿去度量那‘一公里’，也不想去弄懂真正的‘一公里’是怎么回事。所以他懂得越多，就越脆弱。他的知识很多，但没有思想。没有思想的知识人就是脆弱的人，也就很容易被‘饥饿’吓住。你肯定明白我的意思……”

他的话让我想起了那个口吃老教授、那个老年讲师。是的，他们在后半生都曾经被“饥饿”深深地困扰。他们崇尚“宁为玉碎不为瓦全”的精神，在强暴面前也没有跪倒；可是他们却唯独抵挡不住“饥饿”的折磨——一辈子与书为伴，过惯了精神生活的人，当有一天要与这一切绝缘、连一片字纸也看不到时，竟是那样难以忍受。这种“饥饿”的滋味也许真的无法消受……剥夺了他们精神劳动的权力，杜绝一切这样的机会，即使是一个真正的勇士，也会被这种“饥饿”折磨得死去活来。他们最后不得不伸手接过一碗馊食……

“听听吧，这就是父亲他们的故事。这样的故事我们从小就听惯了，可就是没有听听另一些人的故事，比如山里人的故事。在那些最偏僻、最贫穷的旮旯里，就活着一些与我们完全不同的人。他们一代一代都有自己一套对付日子的办法。他们很穷，待在山窝里受尽磨难，平时却并不比我父亲他们沮丧，结局也没有那么惨。他们甚至很乐观。有人如果认为他们都是些痴呆呆的土人，那就错了。我深信他们这些人当中有真正的智者，他们拥有另一种坚韧和强大，他们像泥土一样不可战胜。这其中的奥妙到底在哪里？我们应该多问问多想想。但是，很不幸，我们是一直漠视这一点的。我们耽搁得太久了，我们的时间不多了。所以我才想抓紧时间，准确点讲是要找个孤注一掷的机会——彻底甩开那一团污浊，走进另一个世界！这一趟非走不可，因为我知道随着年龄的增长，体力会越来越差，将来想走也走不远了。我们已经耽搁不起了。我整天想的就是这些。我把父亲的手稿一叠一叠找出来，母亲不让动，我就告诉她：我们必须把它放在阳光下晾一晾，不然的话就会霉烂。我小心地一页一页放开，就像山里人晾晒地瓜干似的，把它们晾在院子里。翻动这些手稿的时候我才明白：父亲当年真是'饥饿'而死——他们后来又允许他译和写了，却不准他署名。他甚至是有些感激地伸手接过了这'活儿'，就像饿个半死的人不顾一切地接过那碗变质的'份饭'……结果他还是没有挨过最后的那场大'饥荒'。"

我久久沉默，因为我无言以对。他在说精神的饥荒，那是一场空前的、后来人也许永远不会理解和相信的大面积的饥荒……我由此又想到了那一次林蕖的长谈，他的关于五十年代出生的这一代人的特殊境遇。显而易见的是，吕擎的痛苦是与之不同的，但却是彼此影响相互关联的——那个夜晚参加交谈的人当中，除了林蕖，似乎只有两个人有机会观察过大面积的底层生活，这就是我和庄周——当庄周说将来要做的一个重要工作，就是把所见所闻全部记录下来时，林蕖却持某种保留态度。他说："这种记录和展示既是急需的，有时又是危险的，它会使我们与另一些人划不清界限。个别人正在把这些当成一种话语权、一种资本和手段，他们已经蜕化成了冷酷的目击者和情况收集者……”

我曾长时间理解着林蕖的话，想弄懂其中的深意。我不明白的是，冷酷不好，但“目击”和“收集”有什么不好？所谓的苦难，它对于每个人的意义是不一样的。一个默默行动的人，才是真正强有力的人。我说：“林蕖，这家伙怪怪的，我发现他与我很难交流；不过他正在扎扎实实做事，这是让我钦佩的地方。”

吕擎点头：“他每天忙得马不停蹄，所以绝不会得什么忧郁症。不过他也有自己的恐惧，我知道他现在怕极了——你上次就应该发现这一点……”

“他吗？他恐惧什么？财富？女秘书？”

“他恐惧被这一切腐蚀。他非常恐惧，这是真的！因为他开始怀疑自身的免疫系统……”

饥饿

1

我想，关于饥饿的感觉，我们与上一代人是完全不同的。

我至今还能记起外祖母弓着腰在阳光下晾晒菜叶的情景：一片一片摆好——即便是嫩嫩的榆树芽、香椿叶，甚至是山芋叶，外祖母也要收好晒干，装在口袋里；口袋满了，她又把它们装在土缸里。我问外祖母为什么要这样？外祖母说："防饥馑哪……"

我笑着告诉妈妈："昨天外祖母又把一些红薯叶藏起来了。"

妈妈没有作声。外祖母不停地藏起那些树叶之类的东西，几个土缸都藏满了……我们家里任何时候都能找到保存完好的几大缸干菜。在我眼里这等于一个笑话。我不知道为什么外祖母会这样一丝不苟地坚持下去。我从记事起就见外祖母在不停地贮存干菜。

"妈妈，外祖母为什么那么怕'饥馑'？"

妈妈告诉：如果你有外祖母那样的经历，也就不会觉得奇怪了。一个人只有亲眼目睹了饥馑才会明白……

外祖母这一辈子遇上两次大饥馑。

一次是她十几岁的时候，平原上遭了蝗灾，从入冬起就没有粮食，到了春天开始有人饿死，大街上老人倒下了，接着是小孩，再接上是中年人和女人。他们饿得实在没有东西吃，就从倒下的地方挖土吃；两只手实在没有力气了，就用牙去啃。树皮早就啃光了，到处看不到一点绿色的树叶；有人把木头劈成小块，又用石臼子把它们捣碎，熬成糊糊。有人吃了白土，肚子胀得滚圆，疼得呼天号地："疼啊，疼啊，疼死我啦……"没有人能救他们，就这么眼瞅着一个人在地上打滚，给活活胀死。有人去吃一种有毒的青蛙——明明知道它有毒，还是把它们吃下去，到后来口里吐着绿沫，满地爬着，自己把自己身上的皮肤都抓碎了，死得好惨……这一切外祖母都亲眼见过。

“一粒粮食、一点吃的东西也没有了吗？”

“没有了。”

“它们哪去了？”

“都被饥饿的人吃了，最后猫、狗，地上的蚂蚁、蚯蚓，只要会动的东西都被吃了；接着才吃草，吃树皮，它们都吃光了，再吃什么东西？就剩下吃土、吃石头了……你外祖母那一代人差不多都吃过土和石头。”

“外祖母也吃过吗？”

“吃过。不过她吃得少，她熬过来了……”

妈妈接着说：“另一次饥馑来临时差不多有了你。这一次不像上一次那么可怕，可也死了不少人。果园南边那个小村大约有一半人被饿死了，全村的人都到场院搬谷秸麦糠，碾成屑末蒸着吃。草垛被搬空了一半，也有一半人饿死了。到后来煮东西的草都没有了，大伙儿就吃生东西。有的吃了又吐，吐了又吃，最后身上一点水气都没有了，就那么死了。你外祖母亲身经历了这两次饥馑。你在她眼前可不能提这些，一提她就吓得两手发抖，好几天舍不得吃一顿饱饭——她能把一块玉米饼分成十几份，一次只吃一份。你不能在外祖母跟前提到挨饿的事，她是吓破了胆。那两个字她听了都要害怕半天……”

我从来不敢在外祖母面前提这两个字……

可是另一种“饥饿”的滋味呢？有人在当年问过口吃的老教授：“老家伙，在农场干活的滋味怎么样？”

老教授不停地咳：“吭吭，吭吭……”

“咳成这样还抽烟？”

“吭吭，吭吭……”

“喂，臭东西，手上有茧子了吧？”

“吭吭，吭吭……”

“就知道咳，鸟人……喂，有新活儿了——想不想回去握握笔杆，再回图书馆去？”

“图书……馆？！

“哈哈，真是个鸟人，一提那事儿就瞪大了眼，也不咳嗽了……这回又该翘尾巴了……鸟人！”

……各种各样的饥饿在折磨人。也正因为饥饿，当年的卢叔才能驯化阿雅。同样因为饥饿，才有了阿蕴庄这样的地方。陆阿果就是一个能够熟稔地运用饥饿这种武器、同时也是常常被饥饿折磨的女人。那个出入阿蕴庄的亿万富翁穆老板更是一个不知餍足的家伙，他已经拥有了巨大的财富，可仍然被另一种饥饿给逼到这里。陆阿果说起这个人总是非常得意，仿佛那正是她的成就之一：

“瞧瞧他吧，都那么一把年纪了，见了咱的姑娘还是抠心挖胆的模样。不过他真是迷上她了，对她有求必应，还给她取了个外号，叫她‘白鲸’……”

“什么？”我怀疑自己听错了。我见过的那个学考古的姑娘，她的身材十分苗条。

“就是‘白鲸’，一种大鱼。他就这样叫她。谁知道呢，也许他就这样认为吧！女人的奇妙你才知道多少，别看你十几岁就出道了……”

2

就因为二十多年前那场可怕的经历，陆阿果对我形成了一种难以言喻的复杂感受。她在我面前似乎有某种优越感，总是居高临下，放荡而又洒脱。她周身洋溢着浓烈的干草气味、若有若无的膻气与香脂混合的气息，那种大大咧咧和无耻下流，以及不管不顾的老鸨气概，都让我有几分畏惧。她口中刚刚甩出的“出道”二字，就像突然泼来了一盆又烫又脏的浑水，让我不由得退开两步。我强抑着难言的尴尬和愤懑，下颌那儿涨得难受……离开时，我只记住了那个姑娘的外号：“白鲸”。

我知道这里面蕴含了许多隐晦和无耻，而这一切阳子可能还蒙在鼓里呢。对于阳子来说，真该是彻底离开她的时候了，如果继续陷在里边不能自拔，后果将不堪设想。她既然是一头“白鲸”，那就让其遭遇更凶猛的海洋动物吧。显而易见，穆老板就是这样的一头动物。

当阳子又一次来到这里时，我直接问他：“你知道‘白鲸’这个外号吗？”

他一时没有回答，而是低头想着什么。窗子的强烈光线正好落在他的后脑那儿，把一片浓发照得黑中透蓝，从这个角度看过去，头发间正冒出一丝若有若无的烟汽——好像整个人已经接近了燃点，随时都能燃烧起来……我忍不住上前摸了一下，这才知道是强光下的幻觉。阳子马上抬头，嘴角发颤：“……当然知道。这是那个混蛋给她取的外号。”

“这么苗条的一个姑娘，怎么能取这样的外号？”我有点不解和愤愤不平。

“不，不是的，她真的像一条‘白鲸’……这只有和她在一起的人才知道，知道这样叫有多么贴切。我们多次在一起——我是说这一年多来。她发誓再也不接待那个穆老板了，我们抱在一起的时候，她总是哭着这样说。可是后来我才知道，她一离开我，照样会接待别的客人！她是那个年轻老板手里最大的一张牌，头牌，没有她根本不行。年轻老板给她的待遇非常优厚，她的一切都是那个人给的……她家在东部一个渔村，已经盖起了全村最大的楼房，她的家里人都以她为自豪……”

我不明白这些与“白鲸”这个外号又有什么关系？我愣愣地看着他。

“我不能忍受这样的关系，谁都不能忍受！我不知多少次在心里命令自己：一定离开她、离开她！可是没有多久，我还是要回到她的身边。她真的是一条‘白鲸’。你如果只看她的身材和脸庞，只会被这外在的漂亮给迷倒；可是她赤裸的时候才真的像一条大鱼——浑身都闪着荧光，白得刺眼，一动就像在大海里畅游……对不起，真该死，我不能私下里这样说她。可我怎么办啊，我只是想告诉你，我已经没有一点办法了，除非是死了才能摆脱、摆脱……她真的是一头‘白鲸’，她说不定什么时候就能把我一口吞下去，可我明知危险，还是离不开他。为这个我恨死了自己，一遍遍骂自己咒自己……不知多少次试着忘掉她，试着去爱上另一个人，结果全都失败了。‘白鲸’对我的吸引是要命的，对别人大概也一样。男人千万不能沾上她靠近她，只要一沾上一靠近，肯定就毁掉了……”

“那个穆老板对她有过承诺吗？比如说将来娶她……”

“怎么会呢。唯一帮她却没有沾过她的，就是收藏馆的那个年轻老板了。”

我这时立刻想起那个年轻人纤弱文雅的模样——“为什么？”

“她原来是阿蕴庄的一个服务员，他挑中了，送她去大学考古专业进修，还给她高薪。不过他根本不敢沾她。他害怕穆老板那一伙，更害怕陆阿果。”

“陆阿果？他为什么要怕她？”

“‘白鲸’说了，她的老板专属于陆阿果一个人，那个女领班已经把他盘得死死的。女领班办法多得吓人，他怕她，就是凌晨两点叫他也得去。女领班后面有个大财阀撑腰，这里的实际主人不是别人，其实就是她。”

我琢磨着，似乎听明白了一点。我问：“那个大财阀就是穆老板吧？”

“不，”阳子干脆地摇头，“那人不是企业商业这一行的，是一位更大的人物，权势人物，只有陆阿果谁知道这个人是谁。”

我不再吱声。如果有人将陆阿果从园艺场的草寮走到今天——这一路的行迹画出来，该是多么生动曲折！人是可以创造奇迹的；有一定姿色的女人更可以创造奇迹。我一时还不能理解和洞悉这其中全部的隐晦，只是更加关心这个年轻的朋友，格外为他担心。我说：

“无论如何都要离开‘白鲸’。我一直希望你能爱上元圆……还有，听说你近来与一位女模特儿在一起了，那就好好相处吧。”

“好吧，”阳子搓了搓鼻子，“那个女模特儿……”

“你现在爱上她了吗？”

“还不是，我自己知道不是。我只是觉得画她、与她的那些交谈，非常吸引我，有时能让我稍稍忘掉‘白鲸’。是什么我讲不清，反正我愿意好好画她、和她在一起。我要一笔一笔把她画出来，多次地画，从不同部位不同角度……可惜她很快就要离开学校了，我不愿失去这个机会。”

“但愿她有那样的魅力。”

“你没见过她。她个子很高，显而易见是个混血儿。头发、眉毛、鼻子、眼睛，还有下巴，都有点……她到了哪里都极受欢迎。一个特别爽快的人……她的生活曾经很苦，很苦很苦，苦到我们不能想象的地步……”

“她愿意做模特儿吗？”

“开始的时候不愿意，那是被迫的；现在嘛，她爱上了这个工作。”阳子开始详细地讲述女模特儿……

3

她的父亲很年轻的时候就死了，母亲在父亲死后变得无所顾忌。她是独生女，可母亲一点也不爱她，或者说已经没有精力去表达这种爱了。那时候她还很小，母亲常把她一个人扔在家里，让她自己到处去玩。她说母亲是天底下最会玩的一个女人，尽管那时候四十多岁了，可看上去只有三十多岁，年轻得很，也聪明漂亮得很。她差不多与那个城市里所有的名流都打得火热。她喜欢有名的人，喜欢具有浪漫气质的人。她的这个毛病最终也没有改掉。由于有这样一个母亲，很多人就误解了她的女儿，她的女儿在那些人眼里简直是这个城市一个小小的奇迹。

女模特儿那时还很小，有人就背着一个大画夹子到她们家来了。他们画出了她的各种姿态，让这个小姑娘兴奋不已。再后来又有人提出给她画裸体素描，她扭扭捏捏，还是答应了。就这样，关于她的很多裸体画不知怎么落到了其他人手里。那时候关于风化案是查得极严的，为一幅裸照蹲监是常有的事。有关部门追查起来，就找到了她。那是一次巨大的打击，差点把这个姑娘从根上毁了。当时她气愤地提出给自己做个体检，以此来证明自己是一个完美无缺的姑娘。可是这种检查不但没有给她带来更好的名声，反而使她的名誉一落千丈。在街道上，她成了人们议论的中心，一走向街头，人们就尾随她，有的还对她做出各种淫荡的手势……

好在这样的日子没有多久，那个城市发生了一次解冻，艺术学院破天荒开始招收模特儿——做模特儿带来的耻辱使她死去活来，可是这一回她咬咬牙第一个报了名。就这样她开始了自己的模特儿生涯。当她站在那儿，一层层脱去衣服，出现在课堂上的时候，总是微笑着向台下投去挑衅的目光。一年一年过去了，她终于从沙沙的画笔上听懂了什么——她成了整个北方最受欢迎的一个模特儿。很多人都知道她的名字，他们尊敬她，爱护她；当她南下来到这座城市的时候，同学们简直是奔走相告，兴奋了好久……

“就是这样一个姑娘，你如果能见到她就什么都明白了！”

……

事隔不久阳子来告诉我：“我跟她，就是那个模特儿，约定好一起过这个星期天——去郊区登山，你愿意吗？你去不去？”

当然不仅仅是受好奇心的驱使，我立刻答应了。星期天，我和阳子一起骑着自行车来到郊区。他说跟她约定在进山的那个路标旁见面。

离那儿还有很远阳子就兴奋起来，说快点吧，她是一个很守时的人。他说着用力地蹬起自行车，赶到了我的前面……

果然有一个高个子姑娘站在路标旁，老远就向蹬在前边的阳子招手。

走近了可以看出，她真的是一个中西混血儿，不仅脸廓如此，而且眼神里蕴含的东西也不完全像东方人。她整个人放松得很，几乎不用阳子介绍就主动过来握手。她说阳子已经介绍得够多了，说她自己有一点倒和母亲相似——喜欢具有浪漫色彩的人。

我哪有什么“浪漫色彩”！

她对阳子说：“你看他的外表可以蒙骗我们——穿得很朴素，打扮也不入时，因为他心里盘算好了，以为这样我们就可以把他同马路上走着的那些人混到一块儿去……”

阳子像一个及时捧场的啦啦队员，没等她的话落地就发出哈哈大笑。

她说只一眼就能看出我是一个很有个性的人。

经过这一场聒噪，我对她却有了一丝失望，心想等着吧，又是那些没完没了的陈词滥调。好在她接下去没有再讲什么。

我们存了自行车一起登山。

女模特

1

在山路上，她大概听阳子说过我是学地质的，一会儿就问我什么是“玄武岩”？我回身指了指这座城市，告诉她这里处于断陷盆地，我们所攀登的小山就在盆地东部，它，以及西部的那些山岭，都是玄武岩构成的……她皱着眉头，很认真的样子。最后她抬头说：在她听来，我讲述的这些就像唱歌一样动听。她说她有那样的本能：可以把一切真实而有意义的东西听成歌声；反过来，再动听的言辞如果没有意义，她都可以把它们当成不可入耳的噪音……

阳子劲头十足地走在最前面，这样我和女模特儿就落在后面十几步远的地方。她伸出食指点画着前边的阳子说：“你看，这小伙子的臀部多么好看。”我不由得看了看，发觉阳子的臀部给人一种很健壮很有力的感觉。

“一个中等个子、特别是矮个子的人，如果长了一个难看的臀部，那么这人整个儿也就完了。”她像自语一样说下去，“高个子，比如我这样的人，并不在乎臀部怎么样……”

阳子听到了，停下来转脸插了一句：“你的臀部也很漂亮。”

模特儿严肃地点点头：“对，我的臀部也可以。”

她告诉我：为了练出两条漂亮的腿，她曾经试过跑步、登山、竞走。

“当然，主要是体操。还有，不能让阳光和风过分地接触身体，那样它们就会变得不受看……”

“那么劳动人民的身体呢？”阳子回头故意问。

模特儿摇摇头：“那是另一种身体。他们当然是美的、健康的，可那也是另一种境界的美——一个人如果进入不了另一种境界，最好的办法就是待在原地，不要破坏原来的东西……”

我听着她的高论，一时无法判断对错。

我们很缓慢地登山。接近中午的时候，也正好到达了山顶。山顶上有一个挺干净的小冷饮部，阳子提议我们进去坐一会儿。模特儿说：“我们最好买点饮料，我们手里不是带了吃的东西吗？那就找个安静的地方野餐吧。”

我们同意。我告诉她：我们在山区转的时候，总是随身带一个小钢锅、一个水罐，都是自炊。

女模特儿这时笑眯眯地仰脸看人，那种神往的模样非常可爱。我此刻突然明白了，阳子被这样一个人迷住是完全可以理解的。这真是一件好事。

阳子这时夸耀说：“我们几个朋友将来也要出去走一走。我们要到外地、到远方！”

“旅游吗？”

阳子摇摇头：“也不完全是旅游……”

“实地考察吗？”

阳子点点头，但很快又说：“也算不得实地考察……”

“那是什么？”

阳子思索着，最后还是找不到贴切的字眼。他看看我说：“反正是到远处去吧——我们认为这是有意义的，为了它可以不惜代价——那才叫‘意义’。你到了那一天可不可以跟我们一道走一趟？我想那一定是很棒的，因为很有意义！”

女模特儿马上摇摇头：“我没有时间。”

阳子惋惜地搓手。

她告诉我们：她没有时间撂下自己的工作到处去走，再说她从生活中已经获取足够多的“意义”了——“我们的生活中总是‘意义’太多，‘意义’把我们压得好苦，把我们的腰都压弯了。可你们还嫌不够，还要再出去寻找‘意义’！通常来看，‘意义’在我们身边不是少了，而是多了……”

“你是说真正的‘意义’？”阳子执拗地问。

“你以为它们有真有假吗？”

“那当然啦！”

女模特儿说：“我觉得‘意义’都是一样的，它的名字反正就叫‘意义’。开始的时候我甩开‘意义’去活，到后来‘意义’反而自己找来了，就像我的一个小弟弟似的，让我就牵着它的手往前走。‘意义’真的像一个小弟弟，它长了一双大眼睛，又软又亮的头发。你工作着，累了的时候，就抚摸抚摸它的头发，弹弹它的脑壳，再刮一下它的鼻子。你看这就是‘意义’——‘意义’是一个挺好的小男孩……阳子你不用噘嘴巴，‘意义’长得比你好看多了！”

2

我没法儿把她的话完全当成玩笑。我在想：她很机警，也很聪慧，可惜并没有真正的见解。太俏皮了，这个年头总有人以俏皮为能事，其实很轻浮。就像我们看到的许多大中学生一样，他们极力想脱俗，想标新立异，可骨子里仍然是非常时髦的、流行的东西。他们自以为苛刻挑选的，也依旧是些大路货。我是绝对不敢相信“甩开意义”去生活的人，我会始终警惕这一类人，无论他是谁。

女模特儿不是那种嘈杂的人，她说这些的时候语气很从容、很缓慢，也没有故作低沉。她只是随随便便谈着，这使她多少显得自然得体。

吃饭的时候阳子故意大声对我说：他们艺术系里大约有三四个很漂亮的小伙子——他们个子很高，很帅气，都是一些桀骜不驯的人——正一齐向女模特儿发起进攻呢。

“你多么幸福”——阳子夸张地对她做了个手势。

“当然幸福啦，从在北方那个城市里就有人追我。不过你们这边喜欢我的人似乎更多一些。我觉得很满足。”

阳子冲着我嚷：“她可傲慢哪，她不同意人家，就直截了当地在人家面前摆摆手说‘算啦算啦，别这样了，算啦’，她说得多么简单，她就不明白，人家正被爱情的火焰烘烤得日夜不眠，有的一把一把脱发，她就那么轻飘飘地说‘算啦算啦’……”

“你这是胡扯，谁说我是轻飘飘的？我只是故意装出轻飘飘的样子，好让对方放松下来。我晚上有时也很思念的……”她不好意思地抿了抿嘴唇。

这是我在她脸上看见的唯一一次羞涩。阳子得意地笑了。模特儿抬起头："我拒绝，是因为我已经考虑好了，已经下了决心要这辈子独身。"

我几乎没加思考，脱口而出说："那可太苦了……"

她仰脸看着我："我知道你指了什么。我也想过，异性给我的幸福和欢乐是太大了，太大太大了。可能正因为是这样一种诱惑，我才感到恐惧。它的诱惑真是太大了。我觉得真正懂得这种诱惑的人，反而不敢轻易去碰它……"她接下去大概更多的是说给阳子听：

"一个这辈子明明白白得不到安宁的人，根本就不该建立自己的家庭，不该结婚。她最好变聪明些。有人不是会作诗吗？我真想学他们诌上一句，我想好了这样两句，"她笑笑，接着仰脸吟哦道："夫妻的睡床冰冷刺骨／单身汉的被窝火热烫人……"

她哈哈大笑，吟哦之后把阳子推了一下，接着又在他的头发上抚摸了两下。

阳子终于经不住那一下摩挲，脸立刻涨得像红布一样，而且溢满了幸福。

女模特儿像介绍一个陌生人那样，指着阳子对我说："这小伙子还是一张白纸，它'可以描最新最美的图画'——不过谁来描他呢？"

我笑着说："你来描它好了。"

她严肃地摇头："我可没有这样的能力。不过这个小伙子已经懂得够多了，不光是在专业方面—— 两性方面也懂得够多了。这个小伙子才二十来岁，可是我觉得他像一个四十岁左右的人一样成熟。他在许多方面都是这样，真的。”

阳子愤愤地说：“胡扯……”

女模特没有理他，很快把话题扯到自己身上：“在过去，我一直因为我自己的欲望——我是指那些不可抗拒的诱惑——而紧张；后来这种诱惑越来越强大了，让我简直没法抗拒……不久我做了专业个模特儿。在各种各样的目光下，我觉得那种诱惑逼得越来越近、越来越近——然而事物都是物极必反的，当它们近得没法再近的时候，就会在突然之间全部消失。我就像得到了解放似的，一下子放松了。我觉得生活中如果没有这种不可抗拒的东西，我们每个人都会放松得很。我想不明白今后该怎么办？直到现在我还是一个处女——这是我的全部财富吗？当然我不会这样认为，这样就显得太可笑了……我的父亲在很多人看来连野兽都不如，情欲彻底毁坏了他。可是那个人在我眼里也是一个了不起的人，因为他也在极端的事物上找到了自己。他是一个放松的、有觉悟的人，我现在很喜欢他。他也许不是一个好的男子汉，但却称得上是一个真正热情的、真正认真的人……”

我又一次听到有人在我面前使用“热情”两个字。我吸了一口凉气。

阳子问：“那么你的母亲呢？”

模特儿摇摇头：“她不是一个热情的人，正相反，她太冷了，她是个冷冰冰的人。这点上她与父亲多么不同。表面上看起来他们有很多相似之处，实际上只有我知道：他们是完全不同的人。”

3

就这样交谈着。我在这餐饭的最后问了一句：“你准备一直做这个工作吗？”

“我准备像现在这样，被很多人画下去——从年轻的时候画到中年，再画到老年，如果到了老态龙钟的时候他们还愿意画我，我就感到非常幸福非常满足了。我的身体——我是说被画过的身体——一张一张排列起来，它们就真正变成了有生命的、会动的东西，你看过拍摄的电影胶片吗？它们每一个动作定格在胶片上都差不多，肉眼简直看不出它们相互之间有多大差异。可就是这一个一个格子延续下去，接连地转动，放在银幕上就有了大幅度的动作和变化。我生命的外形就在这一张张的素描里面，像电影胶片一样流动起来。我的工作，等于是把自己的‘动’展现给大睁眼睛的人。你不能从这长长的、像河流一样的图画里感觉到什么吗？它是我又不是我。我想我好像是被拍摄的电影胶片上的那个人，每一瞬间我都是一个静止，别人看到的也只会是这一个静止。它们连接起来就会‘动了’——那就有意思了——年轻时的样子、头发的变化……人啊，原来是这样一点点变化的——明白了吗？”

她的话开始吸引我。我在想，她为什么不设法去做一个电影演员之类的？要知道她是完全具有这个能力的。是的，关于生命变化的记录是有意义的。比如一个历史人物、比如我自己、我的亲人，我们只可以看到他的“变”，却难以看到他的“渐变”；有时就连简单的昨日记录都没有留下来……我常常想到外祖母的昨天——她年轻时是什么模样？我曾一遍一遍想象……她是怎么变成一个满脸皱纹、头发雪白的人？关于外祖母年轻时的样子，这个问题曾长期在我心头徘徊，我很想知道外祖母年轻的时候漂亮还是不漂亮——我想她会是非常漂亮的。因为在我看来外祖父是个极为挑剔的人，外祖母当时只是他们那个大家庭里的一个使唤丫头，她竟然使他着迷。她既然具有那么大的魅力，怎么会不漂亮呢——而且后来，又是她把他从海外召唤回来。可惜谁都没有她年轻时的照片，更没有一张画……我曾问过母亲：

"外祖母年轻时漂亮吧？"

"不知道——人有时分不清自己的母亲丑还是漂亮……"

"妈妈就漂亮！"

"你在说假话。"

我当时受了极大冤枉，因为我绝对没有说假话，我觉得母亲是天底下最漂亮的人。外祖母没有留下一张照片，这就使我们无从判断。外祖母不是我的母亲，所以我才能更客观地判断她是丑陋还是漂亮，是这样吗？不过我们所能看到的只是一个"定格"的外祖母或母亲。我们心中的外祖父和父亲也是这样，他们无论是在人们的记忆中、照片或讲述中，都仅仅是一个"定格"的人物。历史的记叙也没法让一个人物真正地活动起来——而这一点似乎只有照相术和连续不断的图片能够做到……

我得好好琢磨一下女模特儿的话了。

……

那次登山之后好多天我都与吕擎阳子在一起。我们在讨论很多问题。梅子事后问："你们又在打算什么？"我告诉她与吕擎那一次次的谈话、我们关于远行的想法、阳子的近况等等。梅子认真地听着，但没有再问下去。

我觉得我们那一次山区之行对她来说是太重要了。她常常沉默，常常翻看她在路上写下的各种各样的笔记。对于她而言，那片山地是一个令人震惊的、无论如何也难以想象的世界。她不断在心里将我的昨天与那个环境联接在一起，结果就生出了阵阵惊讶。有一天深夜，一个安静的时刻，她突然说了一句："请你原谅我……"

我吓了一跳："原谅什么？"

她没有回答。

很显然，她在回忆和总结很多往事、关于我们的事情。有很长时间了，她不愿回到自己的母亲和父亲那儿去；有一段时间，我的岳母、甚至是从不愿挪窝的岳父都到我们这里来了。他们没有什么事情，只是来待一会儿，像是沾了一点这里的气息就走开了。

她的弟弟倒是我们盼望的客人，可惜那个小伙子如今成了这个世界上最忙的人。他参加了排球队，又参加了足球集训，那充沛的精力和爽朗的性格永远让我羡慕。我觉得一个人无论具有多少智慧、多么强大的思维能力，一旦缺少了这种最质朴、最自然流畅、欢蹦跳跃的东西，那就没有多少意思了……我觉得自己、吕擎、阳子，甚至还有那个胖乎乎的小姑娘元圆，正搅在一如既往的生活中，正被黏稠湿润的世俗之丝给牢牢地缠住。所以我们正在逐渐失去某种"意思"。

我们即将变成一些烦琐乏味的人。我们的乏味正因为我们太烦琐——我们的不幸在于我们已经没有办法重新走向一种单纯，而我们——

人——“只有化进了大自然才是美的”——这是好朋友庄周说过的一句话，它作为一种结论显得多么贴切和深刻。

我盼念令人神往的那一场远行。我在想阳子的新朋友，那个女模特儿——她的放松与洒脱、机智和敏锐有几分是假、几分是真，几分是伪装和做作？但有一点是确定无疑的，她在两代人的辛酸之中已经“悟”出了什么，而且正试图用自己的方式与世俗世界“隔离”，以此来规避“人的脏和丑”——令人厌恶和羞惭的“人的脏和丑”……

第二十二章

追逐和催逼

1

这是一座沉默而喧嚣的城市，所有的市声时而汇到耳畔，时而变得淡远。一片陌生的都市之声，于静夜中化为寂寞之海，又让人想起大漠中风吹流沙发出的细碎无边的呜咽。在寸草不生的荒原上，所有生物只靠大口呼吸夜气来获取一丝水分。幻想的蓝湖在梦中闪闪烁烁，只等待一些冲动的生命在某个早晨去将其拾得。

我们分处在一些小小的空间里，当彼此没有一个电话、未通任何迅息的时刻，会有一种奇特的凄凉感弥漫开来。这种感受通常会在午夜时分达到顶点，开始让人难以忍受。在室内踱步，开灯关灯，伸手去摸电话、然后放下……在另一些角落、另一些空间，会有未知的人正处于这样的时刻，他们手中的香烟燃到了手指而毫无察觉，目光茫然追逐着窗外的星辰。黎明迟迟不来，这座城市的黎明与其他城市的黎明一样，都是受尽煎熬的产物。如果在午夜时分响起了亲切的电话铃声，如果恰好在这个时刻传来了遥远的、像轻微的呼吸一样的问候——总之任何一点点讯息、一丝丝声音，都是对生命的挽救，都会成为人世间的恩泽。没有，什么都没有，一切都藏在冷酷的彬彬有礼的夜色之下，都在听任一切于恐怖和焦虑中干枯，自生自灭。

许久了，我们不再细说心事。现在终于明白了成长是多么可恶的东西，它使我们彼此隔绝互不信任，使我们变得庸常平淡且中规中矩，既机灵聪慧又长于猜忌，彼此之间真像美好的芳邻，像一个屋顶下尚未结成的仇人，也像一团和气的同行者。但唯独不像兄弟，不像挚友，不像共赴危难的同志。没有办法，冷酷的光阴是一种没有温度的无色无味的火，它正在把我们烧制冶炼成一些古怪的果实。我们待在了同一座城市里，却像隔离了万水千山，这段距离常常需要我们花上一生去跋涉而不能抵达。

我的朋友，我的因绝望和冷漠、因困窘和无奈、因各种原因而变得沉默寡言的人，我的被现代谎言所欺骗和中伤的人，我的让爱情及其他魔鬼倍加摧残的人，我的兄弟，我的手足，就在这样一个猝不及防的时刻，突然一起走到了一个共同的“坎”上。时光在催逼，人的分流和归属正在加快；对于一部分人而言，一场人生的跋涉即将开始——这一次是真的开始了，而且从今以后再也不能终止；对于另一部分人来说，则是永久的静默和等待，时间的汤汁将把他们慢慢腌制，让其成为口味怪异的瓜子。种子散在大地上，或者被风吹走；种子发芽了，开花了，吹残了，死亡了，腐烂和变臭了，化入泥土了……多么沉重的话题，以前我们曾像一个不晓事理的孩童那样去谈论它，现在却不得不用更为小心的口吻去触动它们了……在一个物欲淹没一切的时刻、在全球化先生打扮一新向你不怀好意地走来的时刻，你还能若无其事地待在原地吗？

我们曾被另一些东西所吸引，而且长时间无法转移自己的视线。我们的关怀显得邈远而纯稚，因此也更能拨动他人心弦。可悲的是每个人都不再那么年轻，因为大家都生活在一个使人苍老的时代。此时此刻，谁还愿意再次倾听你的童话，你的故事，像你一样，与整整一个时代死打硬缠、拼命抵挡？

我觉得自己从来没有像现在这样，离他们——那一类人——如此遥远。

生活的帷幕仅仅掀开了一角，却足以使人惊心动魄了。

我们无可回避、无可逃脱，因为这种沉重是与生俱来的。嬉戏的年代已然过去，而且对于大多数人来说，它真的将一去不再复返。我们也许不愿如此，但冷酷的寒冬里，血液中的某种因子还没有凝固，它已经开始了隐隐动作。一些生命必要向前走去，他们的目光必要垂落下来，落到真实的土地上。

多么漫长的跋涉，它会令人生畏。可是没有办法，开始了就是开始了。有人会对这样的旅程使用尖酸刻薄的语言，会鄙视和嘲笑，但一切都将难以改变。

我们会执拗地、不倦地质询和提问：为什么？为了什么？回答是那么淡弱和遥远，回答永远无法捕捉和获取——它们藏在了时光之中、土地之中，在生命之流的漫无边际当中。

这场跋涉既是肉体的，又是心灵的。心灵指引了肉体，肉体又追逐着心灵。经受、忍受、叩问、目击，就这样一路奔走下去，没有终结也不会止息。

父辈的故事已经讲完、结束，但它们会化为沉沉的屑末积淀下来，存留心底。它们还会溶解在血液中，于是就要不断催生出崭新的故事。有人或许会责怪那些讲叙者，埋怨这种多嘴多舌徒增事端，扰乱了一场庆典和一个节日，也给下一代添加过多的忧虑与负担。其实这是完全错了，因为没有任何一种力量能够把上一代或上几代的故事深埋于岩底并牢牢密封起来。即便是真正的隐秘也总会融入土壤，化于大层，最后还会掺在气流中游荡。于是每一株枝茎的叶脉里都将流动着它们、吐纳着它们。

2

从很早开始，吕擎认为摆在他们眼前的一条大路就是出走和远行。这是为了寻找那遗落的一粒而不惜揉碎凝固的生活，是简洁单纯而又无法表述的冲动，是生的要求……我们知道，前面不止一个人这样做了，今天的人不过是加入那个行列而已。

我估计吕擎不会被这犹豫折磨得更久了，他终会走向远方。当我把这猜测说给梅子时，她的同情和理解中又增添了新的忧虑，还有困惑。她说："人这一辈子没有去过的地方太多了，人总不能一直走下去吧？"

"是的，人如果力气够用、时间够用，他们会一直走下去的……可惜每个人只有一辈子，于是他们只能接续前边的人……"

"那么一个人就要在行走上花一辈子的时间了。"

“对，一辈子。”

“人的一辈子都用来走路，不停地走？”

“人活着其实就是在拼命赶路，就像被什么追逐着、催逼着……”

“是的，你在说自己——你这些年总是在赶路……”

“可我就是因为不停地走、走，从平原到山区，再到这座城市，才遇到了你……”

梅子睁大了那双鹿眼看了我许久。后来她垂垂眼睫：“那以后呢？你会随上吕擎他们，把我一个人抛在这儿吗？我好担心……”

“我多么盼望两个人一起上路，还有许多人，大家一起。”

梅子思忖着，杏眼闪烁。她又回到一个很现实的问题上：

“那么公职怎么办？还有手头的工作？”

我一时无语。这是一种怎样的选择啊，这个话题实在太沉重了……

梅子沉默了一会儿，后来又一次说：“这可得好好想想，如果是一时冲动，放弃工作就太可惜了……”

我摇头：“不是一时冲动，而是从来没有停止过的‘冲动’。再说这个城市有很多人在失业，一个人放弃了工作，立刻就会有好多人接上……”

她走到窗前望着。原来那儿有几只鸽子在觅食。我看出至少有一只是信鸽。她转过脸说：“我常常想，你和他们有点不一样。你一直在走，从十几岁到现在……你这辈子出发的次数够多了，你没有过多少安定的日子。再说你的工作与其他人不同，无论什么时候你都有机会走开……我们刚刚回来不久，前几天你病得多厉害，我真给吓坏了……这一段我觉得身体不太好——我是说你暂时可不要走开……”

我知道她担心什么。我笑了：“不会走开的……”

“将来呢？”

“我说过，将来要走也是我们一起。”

梅子咬着嘴唇。停了一会儿她说：“在别人看来大家都过得挺好，吕擎、阳子，每个人工作顺利，家庭幸福，日子安定——他们要走没人会理解……人家会问：天哪，这到底是怎么了？出了什么事？他们精力旺盛，正是好好干一番事业的时候，现在有多少事情需要他们去干啊！别人想不明白，也说不明白。我知道现在他们心里有多么躁、多么烦，这都是真的，因为我都看到了。可是我也不知道他们为什么会这样！我试着问过答过，可就是找不到理由……”

我点点头：“是的，他们的理由只能是自己的。一个人也只有说服了自己，那才算得上个理由。你说得对，他们精力旺盛，因为只有强盛的生命力才能推动一个人不断出发。在我们老家那儿，那些病病歪歪的人别说到远处去，他们首先要做的只是赶在入冬前把窗户封好，支起火炉，备上棉衣，看看能不能挨过这个冬天。他们连大冷天跑到大街上的胆子都没有……也许一个现代人最难的，就是把出发的目的地说得更具体了，因为他还没有走出去，还不知道这一路上会遇到什么。他只不过是心底里有一个强烈的声音，这声音告诉他要走，这声音在召唤他，所以他才一定要走，再也不能待在原地了。对于所有急于出发的人来说，他的脚下好像汪着、汹涌着销蚀一切的碱性液体——或者是站在原地一动不动，被它溶化分解掉，或者是赶紧跳出来。真的，如果是这样一个人，他即便再能够忍受，也没有多少时间了，他需要赶快跳出来，他要生存下去，要奔向前边那个广阔天地……”

“广阔天地”这个词儿马上让梅子双眼一亮，她接着插话：“以前的‘上山下乡运动’呢？那不是去‘广阔天地’吗？到后来有人还哭哭啼啼闹着回城……”

“有人是这样，也有人正好相反——因为人是各种各样的。同一件事，对于有些人而言是灾难，对于另一些人而言却是非常重要的经历，它给予的滋养一辈子也受用不尽……有许多人是在这个运动中再生了——你自己就常常怀念那时候，给我讲了许多下乡的故事。我觉得那些故事太好了，这是你所讲的最好的故事，它使我难以忘掉……”

梅子点着头，笑吟吟地看着我。是的，下乡的经历对于她是至关重要的。

3

“刚下乡的时候，我们背着黄挎包，天是蓝的，地是蓝的，老乡的脸笑得像一朵花。多么有意思啊，我们担水、推小车，第一次学着在松软的土埂上植红薯苗，栽进去，倒上一碗水，用手把土埂抚平，像绣花一样。我们那会儿才明白了什么叫‘锦绣山川’。水塘亮亮的，下班——不，收工的时候，我们跳进去洗个澡，男女在一块儿，都穿了内衣，那会儿还没有游泳衣……”

梅子只要说到这些乡下往事，总是涌起从未有过的欣悦和兴奋。

“还有，我们轮流做饭——开头有一个老大娘为我们做饭，她做得很好，可是有一次我们当中一个小男孩儿发现她做饭不洗手，大家就觉得不卫生，就开始轮流做饭了。我们不会发酵面粉做馒头，不过我们慢慢学，到后来就可以做出又白又软的大馒头了，那种馒头味儿，啧啧……”她咂着嘴，“回城以后再也没有吃到……”

我曾让她表演一下当年的手艺，她笑着摇头：“离开了‘广阔天地’，手艺也就没了。”

好像真是这样，因为她不知试了多少次，再也没有做出过去的那种大白馒头。这事连我都觉得有点怪。

我问她：“是不是面粉和酵母有问题？”

“不，有一年，我们下乡时认识的一个老乡给我们带来了当地的面粉和酵母，试了一下还是不行——不是当年的那种味儿了……”

我若有所悟。我说：“不是馒头变了，而是人的感觉变了——你的感觉变得迟钝了，是你感觉不到麦子原本的那种香味儿了。”

梅子点头又摇头，一会儿又不停嘴地讲起来。

“过节的时候队里分给我们一头猪，我们都不敢宰它。最后还是找了屠宰手老方。‘老方要来宰猪了’，男知青都跑去看宰猪，女的只有胖丫一个人敢去看。我们都躲起来，听着猪的嗥叫，胖丫回来告诉我们怎么宰猪，那猪怎么蹬腿，最后怎么一歪头死去，我们都去堵她的嘴。那天中午我们做了猪肉丸子，就是把猪肉和胡萝卜白菜放在一块儿剁碎，球一球放在玉米皮上，蒸了一大锅。我们掀开锅，捧起了玉米皮在手里撩动着——太烫了，哎呀真香！那香味儿让人难忘……”

梅子说时，我仿佛也分享到了当年的那种美味。

我们一起品咂着昨日的甘甜。她说那些年啊，简直累极了也苦极了，一年里总有几回想家想得哭起来……这样牢骚了一会儿又说：“不过我如果没有到‘广阔天地’里去，这一辈子就再也没这个机会了，那也怪可惜的……”

我极力肯定她的话：“你算说对了。有的人总认为他可以在城里、在从小熟悉的街巷上，或者在书房里、在校园里把什么都弄明白。做梦去吧。这儿只不过是很小很小的一个角落，一个人总待在这儿，一辈子也弄不明白过日子到底是怎么一回事，这一点都不是夸张……”

在梅子的生活中，即便是一些细枝末节，也打上了那一段生活的印记，留下长长一串故事……比如她长时间系着一条红色的布条腰带，这鲜艳的色彩与她的气质和打扮相去何等遥远。问她，她说因为这一年是她的“本命年”——她们下乡的那个地方就流行这种红腰带。

“它有什么好处？”

她睁大了眼：“可以避邪呀！”

接着她就讲了个避邪的故事：“胖丫老受队长表扬，队长说：胖丫力气大，胖丫好，不用锻炼就是好青年。那个队长是个麻子，牙齿被烟呛得乌黑，说话粗鲁，爱用的一句口头禅就是：‘我吃你的狗苍蝇？’都不知道是什么意思。他指派男知青做活，见有人做得不好就胡乱骂，常了大伙都不生气。不过骂完之后他又斜着眼盯住你说：‘我吃你的狗苍蝇？’这句话让大家觉得挺有趣。胖丫不光被表扬，后来还受到了特殊优待。因为我们大伙都睡通铺，房子紧张；后来队长就把饲养屋东边那几间给腾出来了，点名让胖丫和另一个姑娘住在一块儿。她们总算有了自己的小宿舍。可是那个姑娘不是我们一伙的，她的家离这儿近，星期天常常回去，这样就只有胖丫一个人住在那个小屋里了。后来才知道，麻子队长常常钻到胖丫那儿去。有一天胖丫哭了，她让我伸手摸摸她的肚子：那儿有什么在跳、在动。我觉得这事肯定不对劲儿。胖丫让我发誓不告诉别人，我就发了誓。她才说：‘那就是麻子队长留下来的一个毛病。’我差不多给吓昏了。我问这到底是怎么回事？胖丫告诉，‘就是那么回事’—— 那一年是她的‘本命年’。她说麻子队长有一次掀她的衣裳看，一看就埋怨说：‘本命年’连个红腰带都不系，没遮没拦的。说着就粗暴地对待了她。胖丫一边说一边哭。我说你怎么不去告发他？胖丫说开始想告发他，后来觉得他其实是个好人。我骂胖丫，再也不理她了。后来胖丫去跳井，又被人家救出来了。她的肚子越来越大，事情就暴露了。破坏下乡的罪名一下就落到麻子队长头上，上级来人拍桌子，拍累了刚一转身，他就说了一句：‘我吃你的狗苍蝇？’那个人火了，第二天，一副手铐把他拉走了。后来直到回城我们也没见到那个队长……”

这是个多么沉重、同时又是多么有趣的故事。“本命年”为什么一定会招致厄运？而厄运为什么又怕红腰带？也许血色可以抵消灾难……

热与冷

1

这天我和吕擎正说着话，小鹿一步闯了进来。小伙子几天不见，比过去黑了一点。我想大概他在球场上活动得时间太长，不过因此也显得更加健壮，英气逼人。他穿着运动服出现在屋子里，整个房间立刻换了一种气氛。吕擎的个子和他差不多高，可是与之相比就文弱多了。小伙子的一双眼睛永远带着微笑，腮部鼓鼓的。他看看我，又看看吕擎和梅子，问："怎么了？你们在商量什么？怎么一见我就不说话了？"

我对梅子小声咕哝了几句。

小鹿的大眼睛闪动着："你们在说我吗？"

我告诉他，我和吕擎正商量一些重要事情呢。

"什么事情？"

"比如说将来到最艰苦的地方去——到远方去，你敢不敢一起去呢？"

"怎么不敢？我肯定要去！"他毫不犹豫地喊道。

梅子赶忙阻止："不行不行，你中学以后还要上大学呢。"

吕擎凡事非常认真，这时对梅子解释说："他跟我们不同，他不一定一直走下去。到时候我们可以把他带到半路，他什么时候想回来就回来。再说他出去走一走也有好处，他如果从来没有到过那些地方，那么走一趟对他的一生都会是很好的……”

我十分赞同。

梅子说：“他也常常出去，也走得很远；他在上个学年就参加过夏令营，几个大城市、市郊，他参加比赛时都去过。”

吕擎摇头：“城市和郊区算什么，那种生活面太狭窄了。他不是一直待在城里吗？他应该去爬一爬大山，　一　大河；应该到荒山野岭去看看，知道一下那里的人到底是怎样生活的、他们的各种故事……”

梧桐苗似的小伙子笑了。他拍着手，很兴奋：“吕擎哥说得最好不过了！”

梅子有点担心了。我知道她不愿我们怂恿她的弟弟，她自己可以随我们走，但不会让弟弟中断学业，用她的话说就是——“不能在这时候耍野了性子”。她说父母如果知道我们在引诱他们的儿子，一定会跟我们没完的……

我们这会儿只是随便提一下，想不到小伙子很快当成了一件心事。他一会儿就小声叮嘱我一句，说吕擎他们出发的时候一定要告诉他一声……吕擎离开我们家时，他还特意追上去，仍然在谈论关于出发的事情。

梅子把一切都看在眼里，这时责备我说：“你们怎么能这样怂恿？他还是个孩子，他会很认真的！”

她有些激动。我想不到她会把眼前这件事看得如此严重。她未免有些过分牵挂自己的弟弟了。我跟她开玩笑、逗她，她仍然板着脸，这就不得不使我格外慎重了。我也有些认真了，说：“小鹿已经不小了，在这一类事情上他完全可以独立自主，他也有这个权利。我们不过是随便征求了一下他的意见——难道连这样的事情也要瞒着他？”

“他懂什么？他还单纯得很，你们一说什么他就会跟着急……”

“一个单纯的人真要跟上折腾折腾又有什么不好？再说现在也没有机会‘下乡’了，他连你那样的经历都不可能有，这样的人将来怎么过日子？到时候他会非常脆弱，将来即便遇到一个小坎儿都过不去——如果让他管理别人的生活，比如说做了官，带给大多数人的也只能是苦难……”

“你胡扯到哪里去了！”梅子打断了我的话。

正这时候小鹿一步跨进门来，他看看我们的脸色，很快明白了我们在谈论什么，于是就不再提那个话题。他只觉无趣地在屋里踢踢踏踏走了一会儿，然后就伸伸舌头离开了。

2

也许梅子的担心多少有些道理：小鹿的热情越来越大，好长时间无心再做别的事情，总幻想着去远方、旅行、长长的跋涉之类……最后连我和吕擎也觉得与他一起时说得太多了，同时我也认为自己有更大的责任，不该用一些连我们自己都没有实行的计划去鼓动内弟。这个小小的插曲又一次使我明白：人与人的区别竟会这么大，一个纯稚清洁的生命反而会有更多的专注——尽管他对于人生的这种远行到底意味着什么还一无所知，尽管他是一张白纸……梅子知道了弟弟的近况之后在一边吓唬我说：岳父岳母肯定会因这事儿大发雷霆。我开导梅子：“也别太担心，反正已经这样了。再说真到了那一天也没有什么。吕擎说得对：总把他圈在一个乱腾腾的城市里也没有什么好的；还有，我们的原籍本来就不是这里……”

梅子马上反驳说：“他跟你不一样，他就出生在这里。”

“出生在这里又怎么了？你父亲、母亲，他们都是从平原和山区出来的，他们的根在哪里？他们的孩子远离了自己的根，就不会健康成长——因为他们一家的血脉连着自己的根。我们应该鼓励弟弟，让他有更多的机会去看看父母原来生活的地方，看看那里的人是怎么过日子的。吕擎说得多好，他起码应该明白还有多少人怎样生活、人世间还有多少过生活的方法。他在学校放假时总可以到外面多走一走、看一看。我们关心爱护自己亲人的方法常常是错误的，怕这怕那，有时简直等于怕他更健壮更懂事、更坚强更成熟……”

“可他还小呢……”

“这你就错了，他是一个大小伙子了。今后我们谁也不能强迫他这样、那样，我们只能让他自己决定——将来的事儿，就让他自己去决定吧。”

梅子有些生气了：“你多么不负责任！你到现在还坚持。这太不负责任了。你在引诱他去当‘盲流’，可他本来正上学，还在体工队里集训，你竟然唆使他去当‘盲流’……”

我忍不住笑出来：“‘盲流’有什么不好？你男人以前也是个‘盲

流’，现在还不是把你给娶来了？现在我倒挺喜欢这个词儿：‘盲流’，盲目流窜，无拘无束——我就是个‘盲流’嘛 ……”

“你就是个‘盲流’！”梅子用力跟上一句，让我一怔。

“……”

我发觉自己想申辩什么，最后嗓子那儿哽得难受……我曾经是个“盲流”，这是真的；不过……怎么说呢？我只能说自己是个‘盲流’。让我稍稍难过的是，我此刻从她的口气中听出了一点什么；是的，我听出了她从心底里对这一类人的厌烦和拒绝……显而易见，梅子缺乏对“盲流”这个概念的实感，也送给我一片冰凉的心情。

我好长时间再未说话。但后来我还是忍不住，问了一句：“你知道自己的父母吗？”

梅子睁大眼睛望着我：“怎么？”

“他们也有过到处奔走的经历，他们不是当过兵吗？”

“那是他们要打仗，他们可不是到处乱走的‘盲流’！”

“对，他们那时为了打赢一场战争才到处奔走，也可以说他们不是‘盲流’；可你以为我们这一代，我们自己，就比他们要轻松多少吗？我们也想‘打得赢’；梅子……”

梅子皱眉：“别扯那么远了，你今天让我累极了……你总是让我累、自己也累……你该想一想，你已经四十岁了，我们在一起的时间也不过剩下这么多……几十年一晃就会过去。我真不愿说这些，可是……我们该好好珍惜时间，好好过。平常我都不敢想这些……你没发现自己鬓角上有了那么多的白发吗？你别再折腾自己了……”

我抚摸着鬓角："白发染一下就……"

一句话出口我就忍住了。我一句也不想再说了。我像她一样，今天真的有点累了……

3

是的，我们都太累了……

我常常想起与柏慧在车站酒馆的那次匆匆相见、她染过的头发……究竟是什么使一个女人在三十多岁的年纪里就顶着花白的头发？这些年你经历了什么？一切都在不言中了。你告诉我柏老年轻的时候历尽艰辛，可是我发现他的头发到了六十多岁才开始变得花白——他的女儿呢？

那天我看着柏慧，心中流淌的全是苦涩。我从桌上拾起她的手。我发现只有这双手还像过去一样柔软……柏慧，是什么东西压在你的肩头？我那一次真不忍心把在东北看到的一切告诉你——我知道你再也不能承受了，你的嘴里没有了往日青草的芬芳，那是因为它被生活的苦水浸过了……那个时刻，我们这对久别重逢的人深深地亲吻着，默默无声，因为我们都不敢回忆很久以前，不敢去触及往事。我们小心翼翼地、客客气气又是恋恋不舍地彼此推开了……

"春天的风一吹，丁香花就涌进窗户。那种气味让我不能安眠。我常常想到你，想到父亲，想到我们全家。我觉得自己与世隔绝，什么也不知道。我永远是幼稚可笑的，永远也长不大，永远是一个被人捉弄的婴儿。而且，我有时觉得……觉得自己是一个有罪的人……”柏慧低下头。

我赶紧阻止她：“别这样讲……”

“真的，我常常想到一个字……”

“什么字？”

“就是‘赎’。”

“赎罪的‘赎’吗？”

“是的……”

多么可怕啊柏慧。一个三十多岁的姑娘就有了花白的头发，她究竟还要怎样赎？你有什么罪过？就因为你在橡木地板上徘徊，丁香树下的小院里还有一个手持烟斗的柏老？你要赎回什么？你是为自己感到了隐隐的不安吗？今天看你当年的过失又算得了什么，那种青春的热情如今已经没有多少可以指责的了。我对那些往事也正在淡忘。至于柏老的劣行，我当时相信你并不知道，你也不知道有一个口吃的老教授……

那个时刻啊，我既想到了父亲的全部不幸，也想到了梅子一家：这是截然相反的两个家族——人生的曲线和家族的曲线多么奇特！面对着全部难以把握的神秘，我们后一代只有愧疚与惊愕。家族的隐秘藏在茫茫夜色里，它总是在出人意料的时刻浮现出来；它的某种射线会击中后一代人，无论我们愿意还是不愿意，它都将一次次引起心底的痛楚。

可是面对着一个柏慧，我还想说：我们只是我们；我们不必埋怨巨大的阴谋与不幸，也不必为自己的幸运去忘情地欢呼。柏慧，让我们早日从这吓人的沉重里解脱出来吧。那说不清的恩怨纠葛从来就重重叠叠，像群山一样累积。先人在地下长眠了，可是他们遗留的一切却死死地压在了后一代身上，压得他们在三十多岁的年纪里就落下了花白的头发……

“我常常想我这一辈子，想找一个‘赎’的办法……”柏慧仍然自语般说道。

我的心被揪紧着。

“我想不出什么办法。也许我该到农村，特别是山区，跟一个不识多少字的山里人结婚，这样过一辈子。哪怕他粗鲁地待我、骂我—— 这对我或许也是一种安慰。我要与他生一个强壮的孩子。我想我该归于最贫苦的山区里，那样我的心上就干净多了。有时我晚上流出眼泪，丈夫问我为什么为什么？刚刚做了个噩梦吗？我说不，不是一个噩梦，是一个好梦……”

她缓缓的叙说压迫着我，使我彻底打消了一个念头。我原准备在她情绪好的时候讲讲她的父亲：那个柏老助恶行亏的故事，讲讲农场与口吃老教授和他儿媳的死……现在看这太残酷了，这个故事绝对不该由我讲出来。

只不过在当时与后来，我总是怀疑她通过什么途径得知了那一切……我怀疑她“赎”的念头就来自那些残酷的消息。

任何人都有一个开始。柏老开始时只是一个两脚乌黑的山里孩子，穷得吃了上顿没下顿，靠讨要，靠跟人家打短工、做一些别人不愿做的脏活累活混得一口饭吃。后来他终于长得强壮了，在一次械斗中伤了人，就糊糊涂涂地加入了一支队伍。他根本不知道这支队伍的颜色。后来他立了一个功，二十多岁上当了连长，再后来他又学着识字唱歌……

一个生命一旦开始起步，就无法停止。它将没法回到自己的起点。

一个人在生命的旅途上必须不断地叮咛和询问：从哪儿来？到哪儿去？

但是，并不是所有人都那么容易弄明白自己“从哪儿来”，即便弄明白了也难以记住；至于“到哪儿去”的问题，则往往会缠绕人的一生……

正是“来”和“去”的问题，压迫着柏慧，让其白发丛生；也正是同一个问题，使得我在大地上跌跌撞撞地奔走……

是的，正如梅子所说，我们要珍惜青春了；可也正因为害怕青春的白白流逝，我们才不敢在生命的旅程上稍有耽搁。

今天无论是谁，一旦迈出这一步就无法停止，无法停止……

无尽的远方

1

阳子这一段总是来去匆匆，而且神情恍惚。从谈话中得知，他仍与那个女模特儿在一起，并且打得火热。我发现他变瘦了，但也变得更精神了。头发蓬乱，可是两眼雪亮。我发现一谈绘画、谈其他艺术他就显得特别起劲，好像任何时候都没有像今天这样富于灵感，整个人像被唤醒了一样。

他在我和吕擎面前谈得最多的，就是关于那个学院热气腾腾的生活、关于他的新朋友——那个模特姑娘的层出不穷的新感觉。他把他的新作一一展示给我们。谢天谢地，他再也没有提到阿蕴庄。

吕擎是懂画的，他特别欣赏阳子最近画出的那些人体素描。吴敏也凑过来看了——她承认那个女模特儿的体形是美的，但同时又说："这个人瘦骨嶙峋！"

阳子很不高兴地看着吴敏。过去他从不敢用这样的眼神去端量她。平时他在吕擎和吴敏身边一坐就是很长时间，而且总是一声不吭。他说话的声音也很小，他们一起吃饭的时候，他总是觉得燥热，脱了外套额头还沁出一层汗珠。吕擎和吴敏一直把他当成了一个挺好的、腼腼腆腆的小弟弟。而如今这一切都在改变，他好像出乎意料地长大了……

不管怎么说，我们认为阳子与女模特儿最终结合的可能性几乎等于零。他们只是一种互相吸引，是一种复杂纠缠的情感关系。

我们只是有些担心，担心有什么事情耽误了这个更年轻的朋友，我们非常关注发生在阳子身上的一切。

这一天他兴冲冲地告诉我和吕擎：他们上完素描课出来的时候，有一个穿了护膝的油画系的小同学——她比他整整低上一级——因为讨论艺术问题和他争吵起来。他说本来是个很一般的问题，她倒越吵越起劲，一直吵到冬青林那儿，他也并未说什么啊，她竟然猝不及防地给了他一个耳光！

“这还是第一次遇到一个小姑娘敢动手打我。我气极了，真想狠狠地揍她一顿。可我举起了巴掌又不忍。因为我看到小姑娘脸色红红的，年纪还小着呢。她真漂亮。我觉得有点面熟。仔细一想，就是在新生入学欢迎晚会上见到的那个，她当时唱了一首通俗歌曲。小姑娘真好……不过她打了我一耳光……”

阳子在叙说这个过程的时候一直有些兴奋。他停了一会儿又补充道：“第二天我见了她就说：‘喂，小东西，就是你昨天打了我一耳光。’她呢，一点道歉的意思都没有，还朝我做个鬼脸，说：‘我以后还要揍你’。看看她多么狂，还想揍我——她真够狂的了吧……’

吕擎打断他的话，可是问他别的，他总也听不到。

阳子仍在咕哝：“她还想揍我呢……”

吕擎厉声说：“我也想揍你！”

阳子愣了一下，翻着白眼。大家都笑了……所有人都离去时，阳子还拖延着不走。我发现他的目光常常专注地投向某个方向。他的黑亮的、如同漆过似的乌发被他伸手抓乱了，一绺绺倔犟地向一旁伸去，像是风中鸣叫的火焰。我知道他处于怎样的时刻，不再打扰他。可他刚刚安静了一会儿就转过脸——凝视着远处，嘴唇嚅动，却没有说出什么。

我发现他的眼睛这时显得明亮而美丽，那真是儿童般的、黑白分明的一双眼睛。

他轻轻呼唤一声，想说什么又打住了。他靠在窗前遥望……窗外是旋旋下落的杨树叶；花坛上的一丛月季正开得热烈，它娇嫩鲜丽的瓣朵在油黑的叶片间、在粗劲的刺茎中燃烧。我看到他的眼睛蒙上了一层晶莹。我小心翼翼地探问：“阳子，你怎么了？是不是刚才大家的玩笑开得过分了一点……”

他连连摇头：“不，不不，谁也没有刺伤我。我只是……只是有点感激……这是一种感觉、一种想法，总是无缘无故的。我心里那么感激——感激你、他、他们，所有的人，还有，这个秋天……这种心情是突然出现的，我讲不清……可我以后总会好好诉说出来、总会表达它的，因为它这会儿被我捕捉到了，它存在着，存在我的心里；我真想把这种心情——刚才突然感到的这种心情全部画出来，一口气画上许多许多……它们是很多的、很饱满也很复杂的，也许会让我不停地画上一生——只有这样，这样才能把心里的感激告诉给所有的人……”

阳子先是低低的，后来越说越快、声音越来越高。最后我竟听到了奇怪的声音——抬头注视时我简直给惊呆了：阳子哭了，泪流满面。

我拍了一下他的肩膀，又用力地握握他的胳膊。我发觉他的身体在颤抖。这个秋天的下午，这个时刻，城市的一切喧嚣和嘈杂都退远了，正像屑末一样撒上泥土……

他要走了。我挽留他，说梅子回来时一起用餐，可他还是告辞了。

2

送走了阳子，我却迟迟没有进门，一直倚在那棵杨树上。

我又想起了那个夜晚，我与阳子在枫树下的长谈；还有，与吕擎的长谈……此刻我为这一切——所有深长的友谊、不可更移的信任而感激着——是的，正如阳子所说，它是一种“感激”，而不是其他；正是这突如其来的、有时甚至是毫无来由的感激，深深地鼓舞着、支撑着倍感艰难的人生。如此一来它将不再显得那么漫长和难忍，它将变得让人倍加珍惜和留恋……人的感念啊，像海浪一样从四面围拢过来的谢忱啊，为了什么？从何而来？又如何打发？顷刻间那些焦思、烦躁，那一切的懊丧和怨恨，都被悉数击退了……

那奔走的欲念啊，又何尝不是这长长的感念化成！

远方啊，无尽的远方！有什么像黑色的玫瑰苞朵闪烁的荧光，像美鹿的眼睛，像她的长睫与双唇……

我伸出双手，感觉着，期待着；我梦念的高原啊，那双穿越了时空的目光啊。粉色的苹果花在坠落、坠落，如雪片般轻柔地覆盖了我的脸颊、头发、周身……

你站立在高原上，你的眸子、手指、长发、裙裾和泪珠。我无尽的叹息和愧疚……

趁着这温润的夜色即将消失
我要再一次挣脱
要求助于你的目光
在你的气息环绕中
倾听这片夜色
这啜饮之声

我找到了遗忘的方法
它是罂粟花结出的果实
它在我心田里结籽

请倾听高声礼赞
请双手护佑
我的至宝
我的灵魂
我的啜饮之声

那个遥远的时刻
你为我注满了甜蜜的酒浆
我只等一声召唤
一个肯定的信号
……

第二十三章

回转的背影

1

就像那个秋天庄周突然出现在这座城市里一样，林蕖说来就来了。我和朋友们有点大喜过望，就像看着一个从天上掉下来的人一样。

这个留着板寸头、沉默而怪倔的人物已经好久不见了，但这会儿在我们眼里却没有一点陌生感。比起其他客人，他在我们这儿多年来可以说一直沉甸甸的，就像口袋里落了个秤砣，沉而硌人。

林蕖一来我们就发现，他好像迅速变得苍老了。他的眉骨更加凸出，颧骨也显得格外高大，看上去有点像异族人。不过他仍像过去那样表情肃穆，阴着脸，看人时紧绷嘴角，许多时候不发一声。对于来自他人的问候，或者充耳不闻，或者只淡淡地瞥过去一眼。不过由于大家都熟知他就是这样的一种性格，所以倒也没人感到有什么别扭。我们都知道他还像过去一样，在一些奇怪的角落独来独往，并且总有一些常人不解的、突兀而出人预料的爱好。近来还听说他对古代航海术产生了兴趣。不过这没有什么，因为在我们看来，面前的这个亿万富翁本身就是一个奇迹。

探险逐奇对他来说只是奢侈的一种，严厉也是，沉默也是，幽默也差不多。不过这种种奢侈最好还是远离我们这伙朋友吧，这伙人当中有的已经烦到了极点。

像过去一样，林蕖总是住在一个安静却又不太起眼的宾馆里，可能也只是用来过夜而已，大多数时间都要待在吕擎这儿。他在城里好像没有多少业务要办，往昔的一些朋友也早就星散四地，连住在本城的那个姨母也形同路人。随着年龄的增长，他孤单的禀性越来越凸显出来，落落寡合，与吕擎在一起时也没有多少话了。我注意端量过他，发现他脸上已经没有了一点油性，皮肤就像被吹风机吹过一样，干干的。他显得比实际年龄大得多。看来财富并不能保证一个人的滋润，更不能使之快乐。他低头卷旱烟的时候我注意了一下头顶，惊讶地发现有好几处头发已经脱落了，代之以白色的打着小卷的绒毛——像小鸟那样的绒毛。他高高眉骨下边的一双眼睛像像鹰一样，再配上头顶的绒毛，让我不由得想到了一只秃鹫。他喜欢蹲在地上，所以当略显笨重的身子活动时，真的蛮像一只秃鹫。那根喇叭烟含在口中，就像叼了一根微不足道的肉丝。

我在他沉默的时候多少想了一下这人的处境。目前他独身，以前的老婆是同班同学，据吕擎说那是一个性格十分暴烈的好女人，与林蕖是天生的一对。林蕖同样暴烈。女人刚直不阿，这让林蕖惧怕，所以他们的婚姻好不容易才坚持了十年。而后就是他一个人独来独往了。谁都知道这个人常常通宵不眠，读书，喝浓茶和咖啡，思考全世界的问题。印第安人和爱斯基摩尔人的苦难他全都关心。在校时，他曾经对探险南北极的阿蒙德森着迷，对所有的远征故事都神往不已。迷恋财富是后来的事，是他更大的愿望不得实现之后的一种补充，一种聊以自慰和退而求其次。这个富翁的最大特点是不爱钱财。他爱女人吗？目前除了有个娇滴滴的女秘书之外，还没听说其他的什么。这个人像个野心家，但就是不像好色之徒。有一次我曾对吕擎私下里说过这个问题，吕擎说："这家伙如果爱上一个人就好了。他过得太苦了。这家伙心大。"

我同意吕擎最后掷下的那个词儿。我相信所有类似的人都注定了没有多少个人幸福可言。由于心太大，并且一直在扩张，一不小心就得弄个中空，你如果把耳朵贴近了，会听到一种咚咚的腔子的回音。心大的人做什么都是大手笔，大处着眼，大笔赌注，大开大合。不过如果是个小个头的人再配上一颗大心，两者中和一下就会好得多；而像林蘖这样的大块头又长了一颗大心，就会留下许多疏漏——有一天吕擎见不着林蘖，就到他住的那个宾馆找人，结果得来的消息让人十分不解：宾馆的人说这个客人几乎从来如此，只是登记在册，基本上不在这儿过夜，似乎连一顿饭都没有吃过。

吕擎回来后对我说："这个人已经不是过去了，他需要狡兔三窟。""为什么？"吕擎点点头："可能是害怕遭劫吧。"我觉得这也太过小心了。时下这个人的行动已经是十分诡秘了，如果再进一步神秘化，就会让人讨厌了。事实证明那些富翁们要做到不让人讨厌是十分不容易的，无论是谁都不行。这个林蘖又是一例。吕擎说对方的电话换了一次又一次，也不知哪个号码管用，更不知要周转几次才能找到他本人。常常是女秘书男助手，然后又是一头山羊、一条狗，最后的最后才是他这个老山货站出来说话。吕擎说谢天谢地他总算给了自己一个确定无疑的号码："要不是这样……"吕擎抿抿嘴，不再说下去。我偏要问："不这样你又会怎样？"吕擎说："我会让他妈的干脆滚蛋！"

2

阳子脸上充满了惊惧，嘴唇紫着找到我："我又到阿蕴庄了……"我的心凉了一下，顿时有些失望。他赶紧解释："你别那样想。我不会了，我不会再和她有任何联系了。我是冲着那些艺术品去的。"我冷笑："那些艺术品！你该止步了，你迷上了最折磨人的东西……"阳子低头承认："是的，我隔一段时间非要去那儿不可。那就是艺术的魔力啊，我这辈子都没法挣脱。我早就发现，那儿的收藏品中时不时会有一两件消失——这是他在出手……我心痛得不行，真可惜！我知道真正的收藏家是不会这样轻易出手的，这个家伙简直是疯了……"

我直到这时候才算明白：阳子这一次真的是指那些艺术品，准确点说是那些画作。我马上轻松了许多。但接下去阳子说出的事情却让我大吃了一惊：

"昨天，很晚的时候了，我从那个南楼出来时没有直接走开，而是去了楼东的芭蕉小径那儿。我也不知怎么会走到那里去的，我心里真的没有想过'白鲸'——我踏上小径时才想起，以前我们就在这儿走来走去的，避开所有人……也许是走顺了脚，我不知不觉就走到这儿来了。那会儿天越来越黑，所以我压根就没有注意前边有两个人——他们也没有看到我——等我突然发现了一个高个子男人、发现他旁边的那个姑娘就是‘白鲸’时，差点喊了出来。我当时真的捂住了嘴巴……那个男的背朝着我，宽肩，秃瓢，可我一眼就看出来了，他是穆老板！一股恼恨和厌恶冲上来，哽得嗓子发痛，你会明白那是什么滋味。我只想快些离开这里——可正这会儿穆老板转身了……”

阳子说到这儿嫌冷似的抱起肩膀，磕着牙齿：“我真不敢相信啊……不过也可能是我的眼睛弄错了。我就为这个来告诉你的……”

“你看到了什么？”

“我，”阳子吞吞吐吐：“我看到他转身了，可他不是穆老板，而是另一个人——他是……林蕖！”

我额上的血管蹦了好几下。阳子这小子肯定昏了头了。我愤愤地盯着他。

阳子急得声音都变了：“我当时就认为是他——他显然也认识我，因为他一愣，马上转身躲开了一步。‘白鲸’还站在原地，我看她时她也转过身去。我为了证实，跟上去一步。这时那个高个男人又转回身来——不过这一次他已经戴上了一副宽宽的墨镜……”

我像是僵在了那儿，直到阳子离开，都没有说一句话。我忘了问一句阳子：“你以前见过穆老板吗？是就近还是远看？”因为这对于整个判断是至关重要的。缠在心里的只剩下一个问号，那也是以假设为前提的：为什么林蕖会到阿蕴庄来？如果真如阳子所说，那么他与那个穆老板要么长得极为相像，要么从根上就是一个人……这样一想，我有点害怕了。

这一瞬，我突然想起了在陆阿果窗前看到的那一幕、那个背影……心里沉沉的像凝了个铁块，恨不得马上就去阿蕴庄。我急于弄明白的就是：穆老板与林蕖是否为一个人？如果眼前真的会发生这样的事情，那么我所知道的阿蕴庄的故事都要从头诠释了。

在弄清一切之前，我不会告诉吕擎什么。我知道自己在内心深处对林蕖是挑剔的，同时又有说不出的深刻的敬畏；而吕擎，除了同样的敬畏，再就是深深的友谊——这也许只有用一个最直白俗烂的词儿才能形容：战斗的友谊……

我给陆阿果拨了一个电话。对方喜出望外，因为我还从来没有主动找过她。她直接在电话上喊起来："你可真沉得住气啊！你可真行啊！天底下哪有你这样没心没肺的人？"

我把电话挂掉，然后就去了阿蕴庄。

陆阿果今天容光焕发，仿佛正准备了空前的盛情，要向一个青年时代就结下了不解之缘的异性彻底倾诉一番似的，一见面就眼窝发湿。咦，这样的人还会激动得泪水潸潸？我不信，可又不由得不信，因为她就是湿了眼窝嘛。只有一个可能，就是她刚才在里屋用水龙头抹了一下眼睛，不过好像也大可不必。她伏在我的身上，推也推不掉，或者干脆是我不忍和不愿，就这样让其静静地待了三两分钟。没有办法，我今天说到底还是有求于她。她试着在我的脖子那儿轻轻咬着，然后又舔起来。尖尖的像猫舌一样的感觉，这似乎有点不可承受和继续。我伸手在她的下巴那儿一挑，她就仰起了脖子。这是唯一能够让她终止的动作。

她脸上的皱纹非常细小，再加上脂粉稍厚，不离得十分切近简直不易察觉。鼻梁有一个顽皮的漫洼，最后高高挑起。牙齿洁白，嘴微张，一副大嘴巴，让人想起某些歌星。她系得松松的缎子大襟领休闲装，自然而然地坦露出半个乳房。它们像使了某种魔法那样修挺，以至于我不得不认真看了两眼。她羞涩了，是训练有素的那种羞涩。她试图一手环住我的脖颈，然后将一只膝盖顶在沙发上，做成一个难以挣脱的架势，然后来一个深吻。一种陈年旧布的气味穿透香水和粉脂的层层防线，扑在我的鼻孔跟前。我最忍受不了的就是这个，别的倒还可以通融。我把脖子转到一边，憋住了一口气说：

“还是让我们……好好待一会儿吧！让我们……拉拉过去的事情，拉拉工作的事情……”

陆阿果高兴了，拢一下头发，还拍拍手。我发现她的一对小手保养得很好，胖乎乎的。同时我又一次认定：女人总是比男人更多了一些天真和单纯，瞧她做了至少十年女领班了吧？还这么容易地被我支应开。她笑眯眯地看着我，像观察一个得意的作品似的，脸上是与年龄极不相符的儿童般的欣悦。她问：“你不喝酒吗？来一杯白葡萄酒多好？”

我说：“我可没有你们——没有穆老板那些人的毛病。不过你喝我就陪你好了。”

3

我们谈往事，这是真的。只有回忆往昔的时候，我无法再将细致入微的算计加在她的身上了。对于流逝的青春岁月，一个过来人还有什么好说的，感叹而已。那片平原，林木，对于我们都一样满怀深情。不同的是她偶尔还要表现出极为特异的感受，或者说是邪癖，比如说到果园西部的沙滩，说到那里长得浓旺的一溜野椿树时，她立刻睁大了一双猫眼：“那种气味我可受不了，一点都受不了。”我问怎么了？她摇头：“受不了，就是受不了。我一闻这气味就得躺在那儿了，急得满沙滩打滚儿，恨不得立马找个好小伙子来搂搂我——你别用那种眼神看我，这是真的，人和人不一样，我在那时候，你们可得铆着劲儿对我好才行……”

她呷着酒，牙齿有时在杯缘上搁一会儿，细细地观察我。我这时突然注意到，面前的这个女人好像已经整过了容，眼角像是被手术刀拉了一点，这就让人看上去有一种猫科动物的媚与魅，还有一股邪乎乎的劲头。她专心盯人的时候，嘴唇努着，下唇形成了一个又肥又艳的浓瓣儿，像一种北美进口的大红豆籽儿。“你说说怎么办吧！老天，一转眼儿就是二三十年，这真是开天大的玩笑啊！你说是吧！你说怎么办吧……”我不太明白她是什么意思。这个人的思维有一种极不连贯的特征，要捕捉她的准确意思十分不易——有一次我这样表示了，说与她对话常常感到有困难时，她就哈哈大笑说：“这有什么！这还不好办吗？你听不懂女人的话，就别听，只一个猛虎扑食下去，还不什么都结了？”对不起，我这会儿完全没有那样的食欲。

我的思绪终于还是转到了一个更紧迫的事情上来。我说：“你就没有照片什么的？我是说影集？咱们翻一翻多好！让我看看你这些年都是怎么生活的、每个时期什么样子；我特别想看你在阿蕴庄的照片，因为这里是你的杰作啊！”她立刻打断我的话：“别胡扯，这是首长的杰作。”“谁是‘首长’？”她握起小小的拳头在胸前摇晃着：“这就是首长。”一边说着一边往里屋走去。大约磨蹭了有十几分钟，她才搬来一叠子相册。

翻看时，不经意间证实了我的一个判断：她真的做过整容手术。以前的眼角稍稍耷下一点，这就多了一份悍气。是的，记忆中的黄套袖是满吓人的。我忍不住好奇，还是一张张翻过了这些不同时期的照片。它们太多了，多到让人惊讶。各种环境都有，南南北北，大江大河。看来一个女人一旦泼辣起来不管不顾，的确会有翻江倒海的伟大力量。不过这种力量会随着姿色的衰败而日渐减弱。一个不道德的美人对社会是极为有害的——这个命题千万要深深地藏起来，公开说出来要倒大霉的……我不过是见景生情、有感而发而已；我不是一个概括力很强的理论家，所以别人也大可不必将我的话当真。

我尽可能快一些掠过往昔——她的往昔；我要专心寻找现在。一幅幅定格的画面，无耻或有耻的记录。还好，没什么赤身裸体的东西；不过有几张也够劲儿：纱巾下闪闪烁烁的乳房甚至是下身……她笑着指点它们：“看到了吧？这是刚时兴那会儿照的。”“现在不时兴了？”她重重拍我一下：“你土老帽儿去吧！现在这算什么啊……”

果然，阿蕴庄的出现了。一排排的洋酒，贵宾，神秘暧昧的灯烛，一群不修边幅的中老年家伙。小姐，还是小姐。是的，东部美女的个子真高，她们个个都是古代齐国的美女，是让秦始皇目色迷离的那些青春。奇怪的是几千年过去了，人未变习惯也没变，瞧阿蕴庄里尽是齐女。海边鱼肥，人比鱼更肥。大鱼，白鲸，就是这样，谁不服谁就来这儿亲身体验一下！在一个有点熟悉的华丽无比的西餐厅里，一场酒宴正在进行——照片上歪过半边脸的男子让我的目光凝住了。这个人，这个人看不清全部的脸庞——如果有谁把他的那半边脸拧过来多好啊！看来只有求助于陆阿果了。我问："这个人真面熟。"她歪过头，用染得血红的指甲尖捏过去看了一眼："嗯，是穆老板嘛。要这家伙留下个影就难了。""为什么？""不为什么，毛病呗。人啊，钱多了毛病就多。"

我像洗扑克牌一样唰唰翻动照片。其中至少有三张穆老板的背影。有一张正面的，可惜，戴了阳子说的那种特大号的墨镜。我咕哝说："如果他摘下镜子就好了……"

在我端量这些照片的时候，陆阿果离开了一会儿。她回来时笑吟吟的，两手背在身后。"想看吗？"我点点头。"那你闭上眼。"我闭上眼。她在我的额头、颌边，最后是嘴上，一声不响地吻了几次。她不能停止。我终于睁开了眼睛。

那是一张镶了框子的不大的照片，翻转着正面朝下掉在地板上。我弯腰捡起，接着像烫了一下似的，手腕猛地一抖。

"你怎么了？"

"哦，没怎么……"

五十年代生人

1

那一刻是我亲眼看到的：林蕖与“白鲸”的照片。这可不是阳子在暮色中充满疑惑的目击，而是我几乎对在了眼上的一次仔细打量。是的，这就是如雷贯耳的那个“穆老板”了，不错，一个亿万富翁，一个与其他人极为不同的声色犬马的家伙。瞧他还真的爱上了一个人，古代齐国美人儿，海边人，并且被他恰如其分地以一种大鱼命名了。我想一种关于现代友谊的游戏该结束了。这对于我和阳子他们一点都不难，对于吕擎这个革命战友嘛，那又是另一回事了。

他居然会留下这样的一幅照片。如果不是被爱搅昏了头，不是忘乎所以，又怎么会落在我的手里呢？那一刻陆阿果的解释是：穆老板发现后一定会撕掉的，是“白鲸”太舍不得了，让陆阿果给保存下来的。“我就像她妈妈一样。”她说。是的，她们这个行当都是这样的说法。我一时糊涂，当时甚至提出带走这照片，陆阿果马上变了脸：“哦，这可不行！”

我离开了阿蕴庄。没有直接回家，而是去了吕擎那儿。吴敏说：“你哪去了啊，他们找你呢？”“谁找我？吕擎吗？”“是啊，林蕖也来了，他们都去你家了。”我心里说这真是够巧了，然后赶紧往回走去。

踏进家门时，梅子正在厨房里做菜，刀磕着菜板，发出了“咚咚”声。外边一间只有吕擎和阳子两人。我马上问客人呢？他们说林蕖吗？人家挽挽衣袖就进去帮忙了。我探身看了看厨房，不错，梅子在忙，另一个高个子男人只把后背向着我。

晚饭之后大家都很高兴。每个人都喝了一点酒，有些兴奋，脾气似乎也好多了。林蕖提议大家听听音乐什么的——他听音乐总要开得很大，这会影响邻居，梅子就把门窗关严了。

在外间大一点的屋子里，我们打开了音响。可是林蕖听了听，说不能听那些“破烂儿”。他四下瞅了瞅，抓抓头发。后来他说自己要弹琴——梅子就高兴地从衣橱上搬出了很久没有动过的一把琴，上面落满了灰尘。那是她弟弟在我们结婚时送给的，我们几乎没有动过。

林蕖闭着眼问：什么琴？只要是琴他就能对付。

都叫不上琴的名字。这琴中间有一块蟒皮，四周全是木头。上面有三根弦，又像竖琴又像三弦。林蕖随便调了一下音，就伸出五根手指，像转花儿一样在弦上抹动，发出的声音还算动听。可是接下去他就用力弹奏起来，一边大力揉弦，一边不时地用手去叩击上面的蟒皮，结果发出了清脆的、小鼓般的“咚咚”声。

刚玩了一会儿元圆就来了。她的到来大家都很高兴，梅子立刻拉住了她的手，用眼示意弹琴的人。

元圆走到林蕖跟前，他仍未停止弹琴。

元圆突然说：“我唱一首歌好吗？”

没人理她。因为林蕖不开口，大家谁也不愿去附和。可是元圆从来就不懂得什么叫尴尬，像个小皮球一样蹦蹦跳跳，又拽上阳子，说：“你这个人真沉。”

林蕖弹着，一边小声哼起来。他刚哼了几句，元圆就拍了一下手：多么巧啊，这正好是她喜欢的一首歌！

她喊得太响了，林蕖看了她一眼。

元圆把那首歌从头到尾唱了一遍，唱得非常用心。我们好像第一次听她这么婉转地歌唱。

林蕖专注地为之伴奏。这一对完全不同的人竟然配合得珠联璧合。大家注视着他们。阳子对在吴敏的耳朵上小声说了句什么，吴敏的脸一下子红了。她稍稍离开阳子一点，走到吕擎身边。吕擎什么都没在意，只顾看元圆唱歌。林蕖使劲揉弦、拍琴，后来只听得扑通一声，什么都停止了——原来那把琴被他在兴奋中一拳捣破。

“呀……”吴敏喊了一声。

梅子咬了咬嘴唇。我觉得她有点心疼这把琴。因为我们见到这琴会想起那些不同寻常的日子。这件新婚礼物这会儿就算完了，它毁在一个亿万富翁手里。

梅子想把琴放起来。林蕖看看她，连连说：“不要心疼不要心疼，我以前学过这手艺，我会蒙琴皮的……明后天我给你重新把它用蟒皮蒙起来就成了，然后它又像新的一样了。这并不太难。你不要心疼，我会给你修得好好的。”

2

晚上林蘖提出要宿在吕擎家里，因为时间还早，我和阳子就陪他一块儿去了那里。

林蘖一进那个小四合院的门就格外谨慎起来，脚步放得轻轻的。有个窗户还亮着灯，那是吕擎的母亲在工作。林蘖站在老槐树底下，望着北屋那个明亮的窗户，咬着下唇。后来老人可能发觉了什么，走出来。她认识林蘖，这时微笑着点点头。林蘖毕恭毕敬地鞠了一弓，叫着“阿姨”，上前握住了老人的手。

老人邀请大家到屋里坐一会儿。林蘖感激地应一声。我们一块儿走进去。这是非常宽敞的镶了柞木地板的一间大屋，既是老人的卧室，又是她的书房和工作间。那一溜书柜是吕擎父亲留下来的，它们都是红木做成的，是一种中式书柜。里面放得很多中国典籍都是线装的，蓝色书套上的骨头别针雪白雪白。老人的卧床整理得非常干净，被子叠得四四方方，但很单薄。这使人担心她晚上会冷。书桌上搁了毛笔，她和去世的老伴一样，一辈子都用毛笔写着小楷，所有著作都是用这种小楷规规矩矩写在竖杠红条竹纸上的。吕擎说母亲的小楷几乎和逝去的父亲一模一样。桌子一边摊了涂抹过的一部手稿，一边是刚刚抄清的一沓稿纸。那真是工整极了，而且似乎飘散着淡淡的檀木香气。

林蘖坐在那儿，双手放在两个膝盖之间，认真回答老人的问话。老人的话很缓慢，每一句都十分清晰。林蘖的话也很缓慢。后来，老人在谈话中好像涉及了古代航海的某一条水道，林蘖就很小心地回答了，又做了一点解释。我发现逢琳的眼睛亮了一下，高兴地看着我们几个：“他说的很对。”老人从书架上搬出几本线装书，从中翻找什么。她翻到了一页指点着，林蕖赶紧站起来。他们一块儿念了几句。老人说着，林蕖在一边连连点头：“是的，是的……”

我们又坐了一会儿就告辞了——因为老人大约再稍稍工作一段时间就该安睡了。在吕擎那个无所不有的乱七八糟的房间里，林蕖特别留意了一下那个垂着的沙袋。他伸手捏捏，“嗯”了一声。这时有一只猫从门口窜进来，一下跳上了吕擎的膝盖。吕擎拍拍它，它又跳到了吴敏怀里。吴敏抱着猫，一边抚摸它一边跟大家说话。

这天晚上我们回家时已经比较晚了，第二天早晨起床也晚。一会儿吕擎来了，是他自己。他说：林蕖到街上转去了，转几条街后自己会找来，他不让人陪。我想他们休息得一定会很晚。吕擎说：“我和他睡在一个屋里，谈到很久。你别看他的样子老苍苍的，精力很好。”吕擎说他们谈了很多重要的话题。他说如果跟林蕖接触久了就会发现：这人对自己有些沮丧，有时很不自信，甚至还怜悯自己呢。总之他是一个非常沮丧的人、近乎绝望的人。

我想说：是的，这家伙心大，可惜他失败了；失败了是好的，如果他成功了，那将带来更大的灾难。但我说出口来的却是：“是啊，经营海内海外一些大产业不容易。他又这么贪玩，有这么多‘伟大的使用’，可能也够他受的。”吕擎摇头：“不是这个。他的产业仍然很成功。他的沮丧与另一些大事情连在一起……业务上的事有一个班子。他现在主要是读书，一些大事情过问一下……”“这多么像一个首长。”吕擎察觉了什么，看了我一眼。我不再说话，听他讲下去。“他内心里充满了矛盾，这已经很久了。他没法与自己和解……我们在牺牲几代人的幸福，以大面积的痛苦来换取一个危险的机会，可是这个机会我们不愿失去……我们毁坏了全民的价值观，而且如此彻底！一个民族也会犯错误，而不仅是一个人，这可以从历史上找到许多例子。问题在于，他自己，我们大家，都是不可饶恕的参与者，我们没法停止……”

吕擎的声音越来越低，像艰涩的水流一样停息下来。我又想起了林蕖上次归来所说的关于“五十年代生人”的一段话。我承认自己无法忘记。我那时认为那是他代表我们大家、整整一代人的反思和追问。他在一定意义上道出了实情。那个时刻他击碎了自己的虚荣，那个时刻他是另一个真实的自己 —— 可是换了一个场景、一个时刻呢？可是现在呢？可是——

阿蕴庄呢？“白鲸”呢？

他说的对。声色犬马与理想豪志并存，圣洁的情感也无法阻止淫荡与下流。他曾经说“时代需要伟大的记忆”，是的，这一切都需要好好记下来。

时候到了。我不得不说出那个“穆老板”到底是谁，他的真实面目。原来这是吕擎昔日的战友，我们心底的崇拜者，同时也是阿蕴庄的一个大股东，藏在那个私人收藏家背后的大财阀，在与古代齐女厮混的同时，牢牢地占有着一头“白鲸”。

吕擎被我这番话一时弄蒙了。他紧盯住我，好像要从目光里得到确认。他最终沉默下来。他卷了一支烟吸起来。许久之后，他小声咕咴了一句：

“这家伙真该得到审判。”

再有一会儿林蕖就要从街上回来了。吕擎看看窗外，说：“我们该把阳子叫到这儿吧？他该来这儿吧？”没等我回应，吕擎就去找电话叫阳子了。

3

在等林蕖的这段时间，他的姨母和阳子几乎同时来了。其实我以前曾见过她，脑子里一直没有对上号。她听说林蕖在这儿，就急急找来了。这人看上去很年轻，其实已经超过了五十，但精于化妆，打扮入时，走在街上会让人误判为时髦少妇。听说她一手栽培了好几个文学青年，各种各样的人差不多都在崇拜她。一个心直口快的人，同情弱者，也常常发现天才。一阵寒暄之后，林蕖正好进门来了。她冷冰冰地对外甥说：“你终于来了。”

林蕖笑笑，像个大孩子。她很快就把话题转到了杂志和稿子一类事情上。林蕖对这些皆无兴趣。她看着我说：“我们都是干杂志的，你应该经常到我们杂志社去坐坐，大家对你评价很高呢。”我说那太感谢了。“我这个古怪外甥大概给你们添了不少麻烦吧？他的脾气可够倔的……”说到自己杂志刚刚发出的一篇稿子，她摇头叹息：“让我怎么说呢……”

林蕖幸灾乐祸地掏出了旱烟卷着，抽了起来。林蕖像是故意大口喷烟，弄得姨母连连咳嗽。她用手把烟雾赶到一边去。她手上有一颗很大的水晶戒指，就像小动物的眼睛一样亮。她把脸转向我和阳子，像在个别探讨、面授机宜一般说起来，声音略低：“这个作者太迟钝了，自己待在一个角落。这很危险。应该再‘现代’一些——感受潮流，感受时代精神……这是他的致命伤！想想看，人家都荒诞了，他还不荒诞；人家都象征了，他还不象征；‘后现代’在中国，‘达达’，‘垮掉一代’，‘反艺术’……唉，是该好好动动脑筋了，吃老本不成的，淘汰率很高的，而且……嗯？！”

林蘖笑眯眯地吐着烟说：“那些混蛋才最爱弄‘荒诞’，那些混蛋也最爱弄‘象征’。”

可惜她只顾说自己的，并没在意林蘖，从提包里找出一叠花花绿绿的刊物：“你们听着啊……”她飞快地瞥了吕擎一眼：“这是市里新出现的一个作者——他（她）可是个真正的天才，我发现的。当然啦，也没让我少费心啊。这是他刚刚写出来的，一些句子真绝啦。你看他写狗——‘狗眼里缓缓伸出一根蓝色的火棍，把主人的裤子灼了一个洞’；他写一个小女孩——‘她眼看着外祖母的拐杖在地上发出芽来，外祖母提起拐杖，就像拔起一棵小树’……”她读着读着入迷了，幅度很小但频率很快地摇头：“你们听，他还这样写：‘月亮唱着冰凉的歌，吵得全家人整夜睡不着……’‘母亲一天夜里接连生下了三只绿色的青蛙’”她念到这儿又伸出那只带了戒指的手说：“写两人握手——一个人握着对方伸出的手的感觉——‘我看见他每只手上都有五个吸盘……’听见了吗？这就是他刚刚写出来的！要知道他才二十二岁啊！”

“一个黄口小儿！”林蕖抽出嘴里的烟卷。

她念完了，急剧喘息：“看了这些稿子，我不能不激动。推荐给一个评论家，同样的感觉！我常常想：他怎么写出了这么好的句子？那个评论家也说：‘我很难正视这种现象，觉得真是不可思议。尽管年纪大了，也还是不得不崇拜一个突如其来的天才，一个现代发音器官！’你们看他这样说啊……”

她握起了那个戴着戒指的拳头，轻轻地、干净利落地在另一只手心里砸了一下。

林蕖用力地吸了一口烟：“他应该这样写那只手——”

姨母极为惊讶地盯住他：“怎么写？”

“他应该写——他亲眼看见他每只手上都有五个吸盘；往水里一伸，吸盘上吸住了两个田螺；而田螺上呢？又冒出了火苗儿……”

他的姨母由恼怒到惊喜，最后又皱了皱眉头：“好了，到了‘田螺’那儿也就好了，不要蛇足……”

她终于走了。林蕖有些抱歉地笑笑：“我的姨母是个‘现代崇拜狂’。”他抬头看了看西边的太阳，自语似的说：“没有办法。也只得忍住——这是这个年头的命啊！我们都得好好忍住。”

他说对了，我和吕擎一直忍耐，不是对别人，而是对一个亿万富翁。我们沉默的时候，林蕖却掏出一包白米似的颗粒，让梅子在石臼里捣烂……一卷什么东西展开，原来是一张泡软了的蟒蛇皮，那上面的金色花纹把梅子吓了一跳。原来他真的要为我们修那把琴了。

他找来一块木板，然后把润湿的蟒皮从一边钉上，用力拽动、平整和伸理。因为蟒皮总是要从手里滑动，最后不得不用一把钳子夹住。没有人帮他。梅子神色好像有些慌。眼前这种忙活的场景让我想起了什么，那是卢叔的小院……我仿佛听到了那个小动物在尖叫……吱吱，吱吱……

“拽紧……钉子，一边再钉一个。好了，很快就成了……”

可怜的阿雅！我一闭眼就能想起那天卢叔咬着牙，差不多连脚也要踩上去：“用力拽，帮我拽呀。”可惜那块板子朽了，他一用力，它“啪啦”一声碎成了两半。卢叔骂着，吐着唾沫。他急疯了一样到处找、找，又找到了一块新板子。“来，拽呀。”他找来的几个帮手都是平时的猎人和酒友，这些人一个个脸色发紫。他们使劲拽着。我恨死了这几个人。“钉子，哎，这钉子太短了。”卢叔从一边找出几个锈钉，“叭叭”钉上去。一张张剥下的毛皮平展展地贴在了一块块板子上……

“多么好啊。”林蕖弹了两下固定在木板上的皮子，“有热水吗？”他在蟒皮上抚摸，试着松紧度。梅子端来暖壶。林蕖照着绷紧的蟒皮滴水。蟒皮变得更加松软了，它给剪成一个圆圈，然后又在木琴壳子上抹了些刚捣成的黏汁……

外祖母说：“阿雅喊叫的声音能传出十几里，你听了一辈子也不会忘。它的腿断了，腰也断了，还要跑回来……它跑回来，再也就再也逃不掉了……”

4

吕擎关上小厅里的门，这样只剩下我们、阳子和林蕖。一点声音都没有。林蕖搓着手，看我们三个一眼。“忙完了吗？”吕擎问。林蕖点点头。

“那好。这儿没有外人了，我还想听听你关于五十年代出生这一茬人的那番话。它们好像很精辟？”吕擎的嗓子沉得吓人。

林蕖低头卷烟，慢慢点上，长吸了一口：“我明白。你们真正想听的是阿蕴庄的故事。”

我紧张得站了起来。林蕖仍旧低头吸烟：“昨天晚上我已经感觉到了。我今天去了阿蕴庄，见到了陆阿果。这是早晚的事情。你们现在就决定吧，要对我怎么办？”

吕擎重复刚才的话：“我说过，还想听听你关于五十年代……”

“那我还是那样说。不过我从来不敢说自己是这一代人的代表。自然，我也不是其中的败类。我那天诅咒了两极分化，自己却是另一极的人，这个我提醒你注意。我以后还会诅咒。”

我插话：“这并不妨碍你继续过糜烂的生活。”

“是啊。不过这会儿没有必要说谎，我正在做出一个决定……我不会总是把自己撕成两半。如果你们还有耐心，还愿意等等看，还把我当一个朋友……”

阳子泪水涟涟嚷道：“你，你已经不配！你活活毁了‘白鲸’……”

林蕖站起来，走近阳子：“原谅我吧阳子。你也知道我爱她。我从来没有这样爱过一个姑娘……我刚开始就为了她才投资阿蕴庄收藏馆的……”

阳子腾一下站起，两人胸部碰到了一起：“可是你从来没有忠诚过这份爱！你也压根不准备娶她——你欺骗了我们，欺骗了所有的人！”

林蕖坐下来：“我会永远独身，这是一开始就告诉过她的。不错，我过的是一种糜烂的生活。我太绝望……事实上很少有人像我一样熟悉橡树路，知道这里的大多数人连一毫米的理想都没有。还有这里的电视广播报纸，你知道它们整天在干些什么……没有任何力量阻止这座城市迅速走向下流。我呢，长期以来一直喊来喊去喊破了嗓子，还掏出大把的钱做公益事业，整个人就像小丑……”

“那就继续当这个小丑！”一直沉默的吕擎大声说道。

林蕖对吕擎的话充耳不闻，只是怜惜地看着阳子：“老弟，离开‘白鲸’吧，忍住吧，我们两人都离开她吧……”

“为什么？”阳子愤怒了。

“因为，因为她实在不属于我们……”

“她属于谁？”阳子愣愣的。

“我也不知道。不过我敢肯定，她真的不属于我们……”

第二十四章

父辈与远行

1

林蘖走了。他告别这个城市与来到这个城市的情形一样：行动快捷，却又出人意料。他最终并没有留下什么许诺，也许觉得没有这个必要，也许认为行动才是最好的回答。他比我们任何一个人都忙，要打理多得吓人的业务，从乙地到甲地，频繁的国际旅行。这是一个永远独身的家伙，一个真正的孤儿，没有妻子儿女也没有家……我们与之不同的是，总认为人在大地上应该有个居所——可哪里才是真正的居所呢？可能同样是因为找不到这样的居所，林蘖才匆匆奔走吗？

林蘖就这样走了。那天注视着他渐渐消逝的背影，梅子突然问了一句："他来这儿干什么啊？"

谁也没法回答。没人能够回答梅子提出的问题。与林蘖不同而又多少相似的另一个人就是庄周——他们一个身无分文，一个腰缠万贯，却同样游荡在无边的大地上……他们到底要干什么？他们最终要奔向何方、要寻找什么？这是我们要问的问题，其实也是我们自己的问题。

这座城市好像突然变得清冷起来……时光在不知不觉间流逝，等我们愣过神来，发现最后一批落叶已经铺在了地上……时光啊，箭一般的时光啊。随着天气越来越冷，吕擎的焦躁不安又泛了起来。他频繁而匆促地出入那个四合院，看上去坐立不安。有一天他来找我，刚刚坐了一小会儿就站起来，走动，叹气和搓手，然后倚靠在门框上四处遥望。他盯着满地落叶咕哝："我要走了……"

我心中一动，但没有抬头看他。

"就在这个冬天吧。我要告诉妈妈了……"

虽然他语气平淡，我却知道此刻跳动的一颗心有多么炽热和执拗。瞧啊，又一个朋友即将顶着寒风走上旅途。我想劝他不要太匆促，比如说到了春天再从容打算……但我没有说出。

他好像知道我要说什么，眼睛转过来："冬天走吧，这样身上穿了厚衣服，背包里就能多装些东西；天气随走随暖，不用的就可以扔掉——不能冒冒失失闯到荒路上啊，背囊里一开始要尽可能多装些东西……"他越说越快，声音也变得低低的，最后像一阵急切的自语。

我明白他的这个盘算已经很久了，想得也很细——看来他在整个秋天都被这个念头给缠住了……往年的这时候，当室内温度降到了零上七八度时，吕擎就开始在家里捣鼓取暖设备了。他的小四合院哪儿都好，就是没有管道暖气，多少年来一直要生煤炉。今年他动手更早，在入秋的第一个月里就给母亲那间工作室里安上了一个小锅炉、两组暖气片。现在我才明白，原来这是他为出发做的准备。

吕擎从来没有冒犯过母亲，母亲的话对于他就是不可更改的命令。

可是关于这次非同一般的“出发”，吕擎却从未对母亲提起过。这是他心里的一块痛。他告诉我：他最害怕到了关键时刻，老人的一句话就能把它给否决掉。那时他也只能放弃这次“旅行”了。他告诉我，除非是母亲的阻止，只有母亲才能阻止他。我当然明白：母亲的命令是不能违抗的……

如果他真的开始那场远行，那就要把母亲留在小院里。我没有对吕擎说出的一个事实就是：我也曾将孤单的母亲撇在荒原上——我离家不久父亲就去世了，于是那儿的小茅屋里只剩下了她一个人。我为此留下了永生的痛楚。我至今还记得在大山里流浪的那些日子：有时半夜靠在一块冰凉的山石上，突然就想到了那片荒原，想到有一幢孤零零的小茅屋在北风里打颤——一颗心立刻咚咚地跳起来，接上再也无法入睡。在这个寒冷的夜晚啊，母亲正在做什么？她伏在窗前吗？窗前有一盏我熟悉的油灯吗？她身边再没有一个相依为命的人，连个说话的人都没有……在那些冰冷的大山的日子里，我就是这么铭心刻骨地挂念着白发如雪的母亲。我明白了，一个游子如果撇下了孤单的母亲，那么无论如何都是一个罪人……

对于远行的男人来说，不能丢下母亲，这才是唯一重要的问题……而我当年跑向南山的时候却一无所知。我甚至带着一丝被遗弃的委屈、带着心底深处那一点他人无从察觉的快意，开始了人生的第一次攀缘。一层欣喜悄悄地在心底泛开——我突然明白这一下终于可以摆脱那个重如磐石的茅屋了，它从今以后将不再日日夜夜压在我的身上。让它的全部沉重都压在那个暴怒和狂躁的父亲身上吧……当时我很少想也不愿去想：苦难的磐石同时还压在柔弱的母亲身上。

很可惜，不久之后，刚刚解脱的轻松感很快又被深深的牵挂给抵消了。妈妈，我离开了你，最终变成了一个罪孽深重的人。可是我已经不能归去，因为一旦踏上回返之路，一旦迈入那片丛林、那个茅屋，立刻就会被一些背枪的人攫住。我将被当成一名逃犯、一个企图脱离原罪的人，给押到大山深处去做无边的苦役……我在山地忍饥挨饿，像一条啃石虫一样在山隙里爬来爬去。有一天实在忍不住了，我偷了几捧花生，结果被护秋的山里人追赶着，他一边追一边破口大骂："你这个杂种！你这个没爹没娘的贼流子！"我藏在了棘窝里，突然明白自己真的是"没爹没娘"了，真的就属于这片大山了，成了一个山中孤儿……

2

第二天吕擎搓着手来了。他显然有些激动，脸色通红。他告诉我，他不仅跟母亲谈了，而且谈得很好。"我跟妈妈讲了之后，她马上说：你走吧。她说每个人都有自己的道路，'你如果真的想好了，那就做吧，这么大的人了，别人没有权力也没有办法阻拦你'。"他说到这儿顿了顿，又继续下去——"妈妈的口气里甚至有些歉意，她说就因为我没有'子承父业'，曾让她很难过很失望。这些年来她一直在想：儿子为什么非要重走父辈的路？这又是一条什么路？起步那会儿可千万要问清啊！'我知道后一代应该问，因为他们有这个权利啊'……"

吕擎复述母亲的话时说得很慢。我知道他怕我误解和忽略了每一个字——不会的。

“我明白母亲已经想了很久。在我和吴敏结婚前后，我越来越频繁地请病假时，她一定把什么都想过了——她料定我有一天要做点什么，到时候会跟她从头谈起的……”

我听着，一直在忍住什么。我忍住了，我不愿在这个时候去想自己的母亲，也不想提那些往事。

“母亲非常辛苦，她几乎足不出户，每天都忙着整理父亲的遗著。她告诉我，她在一笔一笔抄下这些字、编出索引、篇目；她在搞这一切的时候，就觉得在跟那个过世的老学者对话。她说那个老学者后来不顾一切地拼命译东西、著述，就因为当时的环境稍微宽松了一点，又有地方出他的著作了，他于是高兴得不得了——有些书却不能署他的名字，那是替别人干的，他只是一个苦力。但他即便这样也仍然兴奋，因为其他人连这个机会都没有呢。就在那些年里他写出了那几大本代表作，还有一大摞译著。就凭这些，死后他被封为了这座城市的‘文化岱岳’，也就是‘泰斗’。妈妈这辈子都以他为荣，以这个称号为荣，虽然有好几次她对别人说‘什么岱岳啊’，但我知道她心底是满意的感激的，还有骄傲。作为他的儿子我不能不做的一个事情，就是仔仔细细读过父亲的每一个字。他的博学和劳动征服了多少人，我也是其中一个。父亲曾经在词源学和其他方面，做了那么烦琐的辑录和研究，涉及的资料汗牛充栋！这是何等的耐心和毅力，更有超人的能力，一种非常人所能进行的深奥无比的智能游戏……我相信整个城市不要说一般民众，就是大学里的人社科院里的人也没有几个咽得下弄得懂，因为人人忙得团团转，谁也没有这份耐性和心情。说实话，父亲这种仔细认真高级别高难度的智力游戏谁也玩不起，太奢侈太偏僻也太费时费力，一般人翻一下就吓个踉跄。可也就是这种最晦涩最无功利的工作做到了一个极端，结果物极必反，也变成最通俗最明了的事业——成为‘最博学最深奥’的一种像征和符号，就连一般市民都知道了，知道我父亲才是最伟大的学问家，是一座硬邦邦的‘岱岳’！至于说他究竟做了什么，谁也说不明白！没有一个人敢指出这是一种‘伟大的游戏’，更没有人敢说出真相，因为说出来是非常危险的一件事，会遭人唾骂，一辈子都没法解释没法翻身！那么好吧，这句话就由他的亲生儿子说出来吧——我在真的走开之前，就想说出这样的一句话……”

我忍住心中的惊惧，尽可能思虑其中的每一点道理。但我还是不得不将冲到嘴边的一句话吐出来：“是否游戏另当别论，即便是游戏，在那样的年头，能这样做的也属凤毛麟角，已经是难能可贵、已经是功德无量了……”

吕擎额上的筋脉跳起来，头往我这边探出一截：“你说的对，你说的我并无异议；可问题的症结并不在这里——我对父亲能在那样严酷的环境下做出这样的游戏／学问充满了敬意——我要说的是后来的人，是他们怎么对待我的父亲！他们误解了一个不能开口的人，或者干脆说他们愚弄了一个不能开口的人！我宁愿相信父亲如果活着，他听了会悲伤难过得要死。他会奋力推开‘岱岳’这顶帽子，而且一定不是出于谦虚，而是从底里涌出的愤怒！他会毫不客气地指出这其中掩藏的全部愚蠢、误解，特别是——愚弄！父亲在那样的年头都能做出这样的游戏／学问来，有这样的智慧，就不会是一个被虚荣迷住了心窍的人，一定不会……”

我大惊失色地看着他。我的心上被重重撞了几下，有点发痛。我承认，自己一时还反不过神来。

“也有，也有另一个可能，就是父亲像后来有些人预料得那样，客气几句，把那顶高帽子接过来戴在自己头上……”吕擎的声音因为难过而低沉，“如果是这样，他的形象就会在我的心里一落千丈……不过我还是假设，不会的，不会发生这样的事情。你知道，我对父亲寄托了多么大的希望，我最不敢想的一件事，就是有一天会对他彻底绝望……”

吕擎的脸变成了铁青色。他的嘴唇也变成了紫色。我知道，天太冷了。我心底有一万个声音赞同我的挚友吕擎，也有一万个迷惑等待破解和反抗。我一时不知说什么才好，我只是试着问了一句：

“他当时也没有办法。他当时尽可能做这样一些有益无害的、有利于文化积累的事情，不是极有价值吗？你难道能否认它的价值吗？”

“我从来没有否认过它的价值！我说过，它需要的耐心、安定心，更有博学和能力，绝对是第一流的！我怎么能反对这么多‘第一流’呢？我傻吗？我不可理喻吗？问题是你不能说它就是当年或时下的最高价值！更不能说他是最高榜样！”

我还是想据理力争：“那么好吧，那你告诉我，在当年——请不要脱离具体的环境，你父亲他们这些人还能做什么？”

“能做的很多！任何时候选择都是各种各样的。就在他身边，有的人奋不顾身迎上去，尖声大叫，溅得满地是血！有的人能为了一句真话撞烂了自己！还有的人一字一泪地写出了压在心底的一切……”

他因为愤慨和激动，大口大口地呼吸。

我更忍不住：“你说的都是事实。但我们总不能只强调这一种选择、只承认这一种选择吧？我们没有权利让所有人都去当烈士，更没有权利让所有人都去尖叫——我们这样要求的时候，首先要问一句自己敢不敢、能不能！”

吕擎抱着脑袋坐下。他吸气，又徐徐吐出，看看窗外。他站起，踱到我的身边，声音尽可能地和缓下来：“我都同意，每一句都同意。可是我们在说压根不同的两个问题啊。我说的是——什么才是真正伟大或更有价值的东西、什么才是‘岱岳’？又为什么制造出一个根本就不存在的‘岱岳’，用它巨大的阴影挡住另一些声音、精神和脊梁？为什么？你能以文化和学术固有的晦涩和争执为借口，去混淆和掩盖这些最基本也是最尖锐的问题吗？”

我当然不能！可是，可是漫长的社会与文化的进步史上，本来就有不同的发声方式和不同的价值。我想不好，面对一个咄咄逼人的吕擎，我不再说什么了……

3

无论如何，吕擎还是开始做出发的准备了。吴敏因这一次不能同行而痛苦，但也只得勉强接受下来。我觉得吴敏真了不起。

不过我担心她将从此承担起难以预料的沉重。她不会有机会尽早离开这个小院的，不会很快追随自己的男人。在未来的日子里，也许还有许多无法揣测也无法接受的变数……但不管怎么说，吕擎和他的几个朋友这次成行有望。

可是后来的消息又让人费解：吕擎说他找阳子谈了，这家伙也许太年轻，也许干脆就是个窝囊废，“他要画完那个模特儿再走，说这个冬天正好是她在他们学院工作的最后几个月了。他让我待到开春再走。他承认这一段正在‘热恋’……”

“与那个模特儿吗？”

“可能与那个打了他一耳光的油画系小女孩。看得出他真的喜欢上什么人了。”

两天之后，小鹿皮肤黑黑地从外面闯进来，脸上似乎还带着汗珠。我一见面就对他说：你忘了自己的许诺了吗？你不是说有一天要跟吕擎出发去吗？他们正好要在寒假走了，你呢？

小伙子听了立刻有点急，踢了踢腿，为难地说：“不过——”

“不过什么？你也要变卦吗？”

他低头看了看脚背：“寒假正好有两场挺棒的足球赛，我是主力队员，我不能扔下那两场足球不管哪……”

阳子和小鹿都不能走了。接着是吕擎的另几个朋友也在犹豫——他们的借口各种各样，差不多都说延到来年春天吧——我宁可相信春天来到时，他们又会重新选择一个季节。吕擎脸色发黑，只是一声不吭。我知道如果这时候没人挺身而出帮助他，他说不定会因失望而病倒。我安慰他，说实在不行，就改到春天吧。吕擎说：“他们吗？春天又会有春天的事情。我已经全都准备好了，我本来就想一个人——最后总是一个人……”

我无言以对。

这个夜晚我差不多没有睡觉，心绪很乱。后来我对梅子说了吕擎和母亲的谈话，还有我们之间全部的争执和讨论。冬天来了，大多数人要像冬眠的动物一样蜷在窝里——而此刻有些人出发的念头却是那么强烈。我觉得这次真该陪吕擎上路，这是一个机会，我想伸手抓住它。“梅子，如果顺利，我在开春的时候就能返回，那时候许多人都会接上走——反正这一次我想陪他上路了。我心里有时急得要命，半夜火车拉着响笛开进城里时，我都急得怦怦心跳……梅子！”

她的一双眼睛闪动着，一声不吭地看着我。

“这是真的……我不属于这座城市，这座焦干的城市早晚会榨掉和耗尽我最后的一滴水……”

两行泪水从她鼻子两侧流下……我这会儿觉得她那么弱小。我很爱她。可我还是要说：真的，我与这座城市、与她的一家，都永远难以和谐起来……这个夜晚她一直靠在我的胸前。后来她睡着了。我却怎么也睡不着。我回想着我们的过去、我们从相识到现在……她简直是被我愤怒地从那个家庭中争抢出来的！那些让人心酸又让人感动的一个个情节啊，至今如在眼前。不过我得承认，在关键时刻，她还是没有让我失望……

那时候她就像现在一样，喜欢把头顶在我的胸部。我一抬手就能碰到她后脑上光滑的短发。她总是一缩脖子抬起头来，睁开一对黑亮的杏眼……再后来，她的父亲出现了。那是一个满脸怒容的长者，第一次见面就问：“你就是那个宁什么什么吗？”我说对，我就是。他又问：“你觉得与我女儿的事情合适吗？”我说我们……我们很合适的——我当时脸烫得像火，两手都是汗水……

他轻轻咳着，背着手，踱起了步子。踱了一会儿，他突然一转身，用手指点着地板说——“你们的基础是不同的，你必须考虑这个。你的父亲是……”

一股火突一下冲到了脑门上。奇怪的是这一下手上的汗汁全干了，而且马上握成了拳头。我把一丝胆怯压住，直盯着他，吐出来的每个字都很清晰：“是的，我们的基础不同，我有一个任何时候都值得炫耀的家族；而我爱上的那个姑娘在这一点上是不能令人满意的。不过只要我们两个相爱，‘基础’还不是等于零……”

他的眼睛一会儿就变红了。他向我扔出了一个沉甸甸的字眼：“混……”转身走开了。

后来我见到了梅子。她一声不响，只紧紧抱住我。停了一会儿她哭了，说：“你可以顶撞他，也可以和他辩解。可你不该侮辱他，他是一个好人。他不过刻板一点……”

“就是这样一个‘好人’！他以为自己住了橡树路，侮辱别人就是随随便便的事儿，以这样的口气谈论我不幸的父亲！他骂我‘混蛋’，他自己才是一个典型的‘混蛋’。”

梅子吓得两手一抖。

“他居然可以侮辱我，侮辱我们一家。他说的‘基础’，就是指我们受苦受难的一家……”

梅子想掩我的嘴巴，她叫着。

“他太自以为是了，觉得自己昨天在山上跑了几圈，就可以随便训斥别人侮辱别人……我也在山上跑过。在那架大山里，吭哧吭哧苦挣苦扎一辈子的人多得数不过来。好多好多山里人都是那样。还有我父亲，他们流血流汗，活过来都不容易。可他们没有一个像他这么霸气。他们到现在还吃着麸皮和地瓜干。他们在什么年头里付出的也不比他这样的人少。一句话，他给我少来这一套！”

梅子先是震惊，后来又痛苦地把脸转向一边。她在等我平静下来。我像从长跑运动场上刚刚下来，大口吸气……她揩一下我的眼角，可能发现渗出了什么。那时候我攥住这只手，定定地望着她。我发觉自己的火气太大了。后来我说：

“梅子，你不是说这只是我们两个人之间的事情吗？你看，第三个人还是出现了。”

“不过我不会同意他的。你能相信我吗？”

就在那场风暴的当天晚上，她的母亲来了。这个胖胖的做过护理工的女人已经离休在家。当时我一眼就看出她保养得很好，这是一个挺好的、心慈面软的母亲的形象。她说起话来也没有那么多哼哼啊啊的毛病。她微笑着看我，但说出来的话却同样令我伤心。她只是很委婉地告诉，我与梅子的事情真的不太合适 —— 虽然做母亲的真心希望我和她女儿在一起，只是她觉得这不合适的 —— 一种不合适的婚姻比什么都糟糕啊。她希望我们都仔细地想一想，再想一想……她这样说了一会儿，仍然微笑着看我。

我送了她一段路。我忍着才没有说出一句不礼貌的话。因为我觉得，如果我和梅子从现在开始鼓足了一股劲的话，弄到最后她只能是我的岳母。还有，我很早就失去了母亲……哪怕这么一个挺好的上年纪的女人多少爱护我那么一点点……这种渺小的念头在脑海里一闪而过。但我知道它是非常真实的一种渴望。

过了好久——我和梅子结婚以后才弄明白，原来她的父亲那时已经把女儿许给了那位老警卫员的儿子了……梅子最终还是不同凡响。她在自己的婚姻问题上与那个严厉的父亲划清了界线。结果很好。

一个人在青春焕发的时候，应该牢牢地葆住自己应有的那一点权力。年轻人不该把自己已经被反复剥夺、只剩下很小很小的一点东西再拱手交给别人了。梅子差不多做到了这一点。这也是我很难忘记的。我觉得她的勇气才是永远值得爱恋的……

就凭着这勇气，她与我走到了一起。可是今后、今后的今后——她还会有勇气伴我走下去吗？

这场人生的长旅啊，我们才刚刚走到中途。这个夜晚我反复想着与吕擎的那番剧烈的争论和讨论。我终于明白，所谓的远行、真正的远行，首先就是从离开自己的父辈开始的，就是从所谓的“岱岳”脚下转身走开。我们是五十年代生人，已经不再是轻信的阿雅了，一旦走开，就不会为了一个轻信和许诺冒死回返，而是要一直跑、跑，要来一次挣命远驰……

黎明是再生

1

午夜的嘈杂围笼着我，这不眠之夜真是太长了。我大概从来没有在这座城市里享受过一个安宁的夜晚，脆弱的神经已经被各种尖厉的声音切割得支离破碎，全靠了浑身聚起的最后一股力量才能挺住。我恐惧那一天、那个时刻，那绷断和疏失涣散的一瞬……我承认，我从来没有像这些年这样脆弱而顽强。

在一座被各种欲望煎磨得越来越烫、眼看就要溶化成一摊泥水的城市里，我的心却变得越来越凉。我不断地安慰着弱小的妻子，自己心底的弦险些折断。我一次又一次振作，我仅仅用各种各样的回忆来滋养心弦，让其在小心的擦拭下尽可能变得柔韧……火车又入站了，巨大的嘶鸣和不远处马路上的急刹车交织一片，还有一阵猛似一阵的吼叫——莫名其妙的、往往是突然涌起的巨兽的大吼……街巷上的人流通常总是持续到午夜，而载重大卡粗粝的引擎常要响上一个通宵。我睡不着，却偏偏不再服用安眠药。我大睁双眼，对决般地盯着无数个黎明。

在这样的时刻，我试着让漫漫的海潮覆盖自己的眼睑和耳郭。那是连接了童年的声音，可以溶解一切，从无边无际的丛林到茫茫山地。我沉入其中，觉得自己变成了一粒风干的种子，随风起伏和涌荡，到远方、再远方，直落到一片干裸的岩石、落入一片深不见底的大渊、一片寸草不生的大漠。它就在这儿奄奄一息，喊哑了嗓子，渴望一个温湿的角落，即便是极小极小的一个角落，只为了活下去，为了抽出绿芽，扎下它那蜷缩的根须……

谁来小心翼翼地维护着这一粒种子，不让它死亡？它随时都会终止呼吸，在这个午夜、这个喧嚣而又冰冷的大漠上，它已经奄奄一息。

突然，一只美丽绝伦的小动物飞身而来，当它低下头来的那一瞬，面对这一粒种子，差点流出了感激的泪水。它小心翼翼地含取这粒焦干的种子，然后奋力腾跃……那粒种子已经在大漠上冻僵，焦渴昏厥，这会儿在小动物的嘴里慢慢苏醒，一颗绿色的心开始在温暖湿润的口腔里扑扑跳动，误以为来到了一片肥沃的土地。出于生的本能，这粒种子马上开始轻轻绽放，舒展开第一绺根须。小动物的嘴巴被根须攀住，舌不能伸口不能张，只在心里呼喊："种子啊种子，你先忍住，这里还不是你生根发芽的土壤呢，我们还没有跑到春天。你忍住吧，我会拼了命地飞速赶路，尽快把你携到真正的春天里，移到一片泥土上……"

它离开冰冷的大漠，又跨越裸露的岩石，穿过一片片砾滩。后来狂风舞动起来，险些把它抛到天空。它紧紧抵住岩板，含住了那粒种子。这时候它实在熬不住了，想泣哭和呻吟，但它知道只要一张嘴，那粒种子就会被狂风吹走。风越刮越大，它的身子终于被一阵裹卷沙石的强风携走……后来它简直想不起怎样投入了这团旋转的冰冷的浊流。它所要做的只是昂起头颅，不让那污黑的脏腻淹没过顶。它已经没有思索的空隙，没有呼告的机会，只有奋力的躲闪和拼挣，只有生存的使命和欲念。它要呼吸，却不能哀求，不能告诉天地间那个神灵：我口中有一个即将诞生的生命，这生命误把我的口腔当成了温床……我已经感觉到了蠕动和膨胀，小小的尖芽将泡软的种壳顶出一个凸起；哦，老天，一根游动的嫩须在我的牙隙里寻找，极力想扎下根来……

小动物在心里祷告：我是阿雅，我是从小被告知了要护佑他的那只阿雅，自打他跑出海边茅屋的那一刻我就一直跟在身后，随他跑遍了千山万水。我不敢瞌睡也不敢打盹儿，因为我害怕他走失 —— 那样我的罪过就大了。长辈人一遍遍叮嘱：这是我们一家最好的朋友，这是一个善良不幸的孩子，就像我们一样被欺骗被折磨，像我们一样九死一生；这孩子性子拗气永不服输，一撒开丫子就会一口气跑到天边；你千万跟住他啊，为他长着眼色；他倒下来的那一刻你要守在身边，他渴昏了你要喂他一点露水；他饿急了你就去找来野果……长辈的话我一句句都记牢了，我们阿雅只要答应下来的事，就是死去也要办到，这就是我们家族的脾气！一路跟紧了尾随了，过高山涉大河，一点闪失都没有发生……千不该万不该是后来发生的事，这是我从来没有想过的啊，做梦都没有想过 —— 他一头扎进了城里！城里是我们阿雅最害怕最陌生的地方，这里人气旺人头挤，我的眼睛看不过来，鼻子也不管用了；再加上轰隆隆车水马龙，我有一千只眼也不够用啊！就这样我到底还是跟丢了他 —— 从此我们俩是天地一方，我哭干了眼泪哭碎了心，再也找不见他了。

我白天在街巷上蹿，天黑就回到城郊趴着。夜夜望着北斗，那是我跑来的方向。我对长辈在天之灵诉说，求得他们的原谅：我没有完成家族交给的使命，我迷路了，我护佑的那个孩子走失了！长辈在天上的魂灵可怜我，他们没有惩罚我，只让我别气馁别伤心，打起精神，再从头耐心地找起来——他们让我先变成人的模样，用人的口气说话，走一路讲一路，细细地向路人讲述他的身世，这样总有一天会遇上一个知根知底的人，到了这一天，也许一切都会失而复得……

2

我是这样一个孩子，我从遥远的海边丛林和山地走来，双脚皲裂，衣衫褴褛，一不小心闯进了城里。我在这里迷路了，找不着南北看不见星星。以前不是这样，山再高路再远我都不怕……走啊走啊，我在曲折狭窄的街区里踟蹰着，眼看就到了中年。我发现自己跨不进任何一个门槛，哪儿都不属于我，我也不属于它们。那一个个门洞里面全都一样，它们长了柔软蠕动的器官，正分泌出一种酸液，只等着在我一不小心的时候迈进去，那时候立刻就会把我吞噬和消化，连一点渣滓都不留。

我只剩下了唯一的出路：开始一场没有尽头的流浪，找到我不幸的童年之路。走吧，尽管这条回返之路漫无尽头。我的全部辛劳只不过是为了给心找一个居所。我从哪儿来？要到哪儿去？这句永远不变的询问磨得心上发疼，直到生出老茧。我迷路了，无数个夜晚，我不知多少次从头想了一遍：义父、女房东；我久久地盯着那条路——因为我正是从那条路上进入这座城市的……

我可怕又迷人的童年啊，我丛林中的茅屋！那是一段什么岁月？那儿发生过什么？从那样的茅屋中走出的一个儿子，为什么还要再次投入那片寸草尽枯的焦土？你在那里度过了可怕的夜晚，又在这里忍下了另一种夜晚。你从罪孽的深潭边上轻手轻脚地绕过来，关于它的每一次追忆都让你心惊肉跳。一切都像梦境，但它又的确发生过……好好想一想吧，想想你到底是怎么离开的……

在那个绝望的茅屋中，你以为父亲走近了临死前的疯癫。妈妈再也不能忍受了，她决心结束自己的生命。她真的那样做了。抢救妈妈……绝不能没有妈妈……她总算活过来了！至此你才明白：一切灾难都是那个男人——所谓的父亲带来的，他在你看来是十恶不赦的。你恨不能杀了他，尽管弑父之罪深不见底。外祖母没有了，你相信外祖母的死也与他有关。妈妈啊，妈妈啊……在一个有月光的夜晚，我一个人坐在海棠树下，母亲喊我，因为你不知道我突然哪去了；你怕我失踪，嗓子低低地喊我。我知道，在这个世界上只有母亲一个人还挂念着我——而父亲从来也不会这么喊。你喊着，我却一声不吭。我那时候就有一个见不得人的想法在心里翻腾，我不愿让你发现我，就像我不愿让你发现那个暗暗憋住了的念头一样。你喊着、喊着，从茅屋出来，在屋子四周徘徊，缓缓地走向铺了落叶的海棠树下。我没有躲闪，就蹲在树旁。后来你显然是发现了我，因为你的脚步突然轻快起来。你几乎是小步跑到了我的面前，把我抱在了怀里。

“孩子，你怎么一声不吭？急死我了。”

我仍没作声。

“你在这儿干什么？”

我还是没有作声。后来，大概是月光的缘故吧，你看到了我鼻子两旁发亮的泪水，就小声叫起来。

“你这是怎么了孩子？你怎么了？谁欺负你了？”

我咬着牙关，用衣袖擦去泪水，那个念头再也憋不住了：

“妈妈，我非杀了他不可！”

你的手一抖：“谁？”

“父亲！”

你的手捂住了我的嘴巴，四下里看看，又看看空中的那个月亮，说：“罪过啊孩子，罪过啊！”

我伏在母亲身上哭起来……

是的，我是从那幢茅屋走来的一个孩子，一直走到人生的中途，闯进了这座城市，我迷路了……

我，阿雅，就这样一路讲着他的身世，讲啊讲啊，直讲得口干舌燥。人们听得眼泪潸潸，他们说太可怜了，只是没人告诉那个走失的人在哪里。我跑下去，找下去，我一定要找到他……那些夜晚啊，我实在没有一点办法，只盯着天上的北斗，目不转睛，这样直到睡过去。我不知道多少天无眠了，瘦得皮包骨头，实在挺不住了，结果一合眼就长睡不醒。

我大约睡了一个冬天，该死的我睡过了整整一个冬天，我们动物冬眠的毛病又在我身上发作了！好在醒来前我做了一个梦，或者这个梦就是神灵告诉我的秘密：我苦找苦求的那个孩子迷路以后遇到了大难，他死去活来，这会儿已经搁在了没有一丝水汽的冰寒大漠上，岁月把他风干成一粒小小的种子，快干透了，内里只剩下了一丝丝气息，你快些去救他吧，趁着这粒种子还没死，赶紧把他送到泥地上，送到湿润温暖的春天里，越快越好！

我搓搓睡眼，一跃而起……最后，我含住了那粒种子……

3

焦躁地等待这个黎明。第一抹阳光照在梅子脸上。她微笑着看我。她比我早起，忙碌了一会儿，这时伏在一旁。我坐起来，她却紧紧伏在我的肩上。这样过去了一刻，她匆匆转身，然后就呕吐起来。她双手护着自己的胸口。

“你怎么了？ 怎么了？”

“我……”她忍住了，眼泪渗出来。“我忍不住，难受。我怀疑是……”

她说自己可能怀孕了。

我心里强烈地震动了一下。当天我就和梅子一块儿到了医院。结果不出所料——真的！我有些紧张、恐惧和激动，一时不知如何是好。我觉得自己猝不及防地迈入了人生旅途上的另一个里程……这是我们的一个坎儿，对于梅子就尤其是。

很明白，我暂时不能离开了。

……

梅子的反应越来越厉害，好像这是突然来临的、一切早有安排的。岳母一次次到这儿来，不停地帮女儿做这做那，还一遍遍叮嘱我……那个小家伙在腹中生长得很快，像一粒种子那样迅速变大，生根发芽。半夜，梅子有时要惊讶地叫出来。

一个生命在腹中踢踢踏踏，剧烈地躁动。好像他（她）知道了父亲要执意远行才故意折腾不休。我心里说你算了吧，你歇息一会儿吧，我不会离开的……梅子揪紧了我的手，让我感觉着体内的婴儿，一脸的震惊和喜悦。

“天哪！你看……”她一遍又一遍呼叫着，传递着心中的惊喜。

我却更多地感到了一种猛烈的反抗。一个生命在反抗。他（她）反抗谁？为了什么？

我就是在这一瞬间意识到了自己和梅子的粗暴与无知……我们这会儿不得不共同面对着一个新生儿的剧烈反抗，久久地相互注视。但是已经别无选择了。我们将加倍爱惜这个生命。我们会为这个婴儿倾注全部的爱怜。

这个北风呼啸的夜晚，梅子紧紧靠在我的身上。突然，她又把我的手按在了腹部。

他（她）在猛烈地踢打、踢打……

天快亮了！

黎明啊，这是我们一遍遍呼唤的那个黎明吗？这是我们的黎明……黎明前送给我一个清晰的梦境：美丽的阿雅跑啊跑啊，跋涉了千山万水，终于追上了一个人，这个人就是梅子。阿雅将口中的那粒种子小心地交给了她……啊，阿雅，你在这一个个黎明让我们感激着，羞愧着，没有尽头。

希望就在黎明这儿……归根结底，黎明是一次再生……
我看到了徐徐移动的指针
划破了乳白色的薄膜
这就是黎明
我的孩子骑上了白马

他持缰远望北方
前倾的身体离开鞍子
一个削了短发的男孩
挥手扬鞭
马蹄冲向崖畔的一刻
前后左右黑蝶翩飞

我是你睫毛上的一滴泪珠
从出生的一刻就害怕跌落
当你悲酸难忍之时
我会有许多兄弟
你用温润的呼吸吹拂
我从秀挺的鼻梁滑下
在起伏的山岭上跋涉

来到一片丰腴的丘壑
一点一点耗尽自己

你是一切相加的重量和恩典
你赐予的喜乐让我享用一生
在纵横交织的向往与禁忌之间
给我一片方寸之地
你让我飞驰而下
你给我孟浪的勇气
你让我忘掉死亡

从春天到秋天
穿越了火热的夏天
秋天的窗前有个赤足的少年
冬天的窗前有个阴郁的中年
没人叫出他的名字
不知道他是我的影子

耗去了四十年的光阴
再一次从头走过
当一轮红日喷薄而出
我跳下了你的睫毛

人们在晨光中屏住呼吸

看着你的两道长泪

……

一九九〇年九月—一九九五年十月，龙口

二〇〇九年十月，三稿于万松浦

图书在版编目（CIP）数据

忆阿雅 / 张炜著．—济南：山东教育出版社，
2016
（张炜文存）
ISBN 978-7-5328-9248-8
Ⅰ．①忆… Ⅱ．①张… Ⅲ．①长篇小说 - 中国 - 当代
Ⅳ．①I247.5

中国版本图书馆 CIP 数据核字（2015）第 312858 号

总 策 划：刘东杰
出版统筹：祝　丽
特邀编辑：马　兵
责任编辑：赵燕瑚　顾思嘉
装帧设计：王承利　宋晓军
手稿摄影：曹清雅

张炜文存
忆阿雅

张炜著

主　管：山东出版传媒股份有限公司
出版者：山东教育出版社
（济南市纬一路 321 号　邮编：250001）
电　话：（0531）82092664　传真：（0531）82092625
网　址：sjs.com.cn
发行者：山东教育出版社
印　刷：济南精致印务有限公司
版　次：2016 年 3 月第 1 版　2016 年 3 月第 1 次印刷
规　格：720mm×1092mm　16 开本
印　张：42.5 印张
字　数：489 千字
书　号：ISBN 978-7-5328-9248-8
定　价：86.00 元